HEYNE <

Zum Buch

Schottland 1314: Seit acht bitteren Jahren regiert Robert the Bruce das Land mit eiserner Hand. Es ist ihm gelungen, fast alle englischen Besatzer zu vertreiben. Doch der lange Krieg hat viele Leben zerstört. Unzählige Männer sind gefallen, viele Frauen und Kinder sind dahingeschlachtet worden oder hinter mächtigen Kerkermauern verschwunden. Es bleiben noch drei Festungen mit englischer Besatzung, die Robert niedermachen muss, um den englischen König Edward II. endgültig zu besiegen. Doch Edward, den die Schmach der Niederlage zu neuen Taten treibt, will alles daran setzen, Schottland doch noch zu unterwerfen. Auf beiden Seiten sammeln sich die verbliebenen tapferen Krieger zur letzten Schlacht ...

Zum Autor

Robert Low ist Journalist und Autor. Mit 19 Jahren war er als Kriegsberichterstatter in Vietnam. Seitdem hat ihn sein Beruf in zahlreiche Krisengebiete der Welt geführt, unter anderem nach Sarajevo, Rumänien und Kosovo. Auf Wunsch seiner Frau und seiner Tochter hat er das Reisen mittlerweile aufgegeben. Um seine Abenteuerlust zu befriedigen, nimmt er regelmäßig an Nachstellungen von Wikingerschlachten teil. Robert Low lebt in Largs, Schottland.
Besuchen Sie den Autor im Internet unter www.robert-low.com.

Lieferbare Titel

Die Königskriege: Der Löwe erwacht – Krone und Blut – Die letzte Schlacht

Die Eingeschworenen: Raubzug – Runenschwert – Drachenboot – Rache – Blutaxt

Robert Low

DIE LETZTE SCHLACHT

DIE KÖNIGSKRIEGE III

Roman

Aus dem Englischen
von Christine Naegele

WILHELM HEYNE VERLAG
MÜNCHEN

Die Originalausgabe THE LION RAMPANT erschien 2012
bei HarperCollins Publishers, London

MIX
Papier aus verantwortungsvollen Quellen
FSC® C014496
FSC
www.fsc.org

Verlagsgruppe Random House FSC® N001967
Das FSC®-zertifizierte Papier *Holmen Book Cream*
für dieses Buch liefert Holmen Paper, Hallstavik, Schweden.

Vollständige deutsche Erstausgabe 10/2015

Printed in Germany 2015
Redaktion: Heiko Arntz
Umschlaggestaltung: Nele Schütz Design
unter Verwendung des Originalartworks von © Larry Rostant
Karte: Copyright © 2013 by John Gilkes
Satz: Buch-Werkstatt GmbH, Bad Aibling
Druck und Bindung: GGP Media GmbH, Pößneck
ISBN: 978-3-453-41244-6

www.heyne.de

Gewidmet allen Schotten,
wo immer sie sein mögen

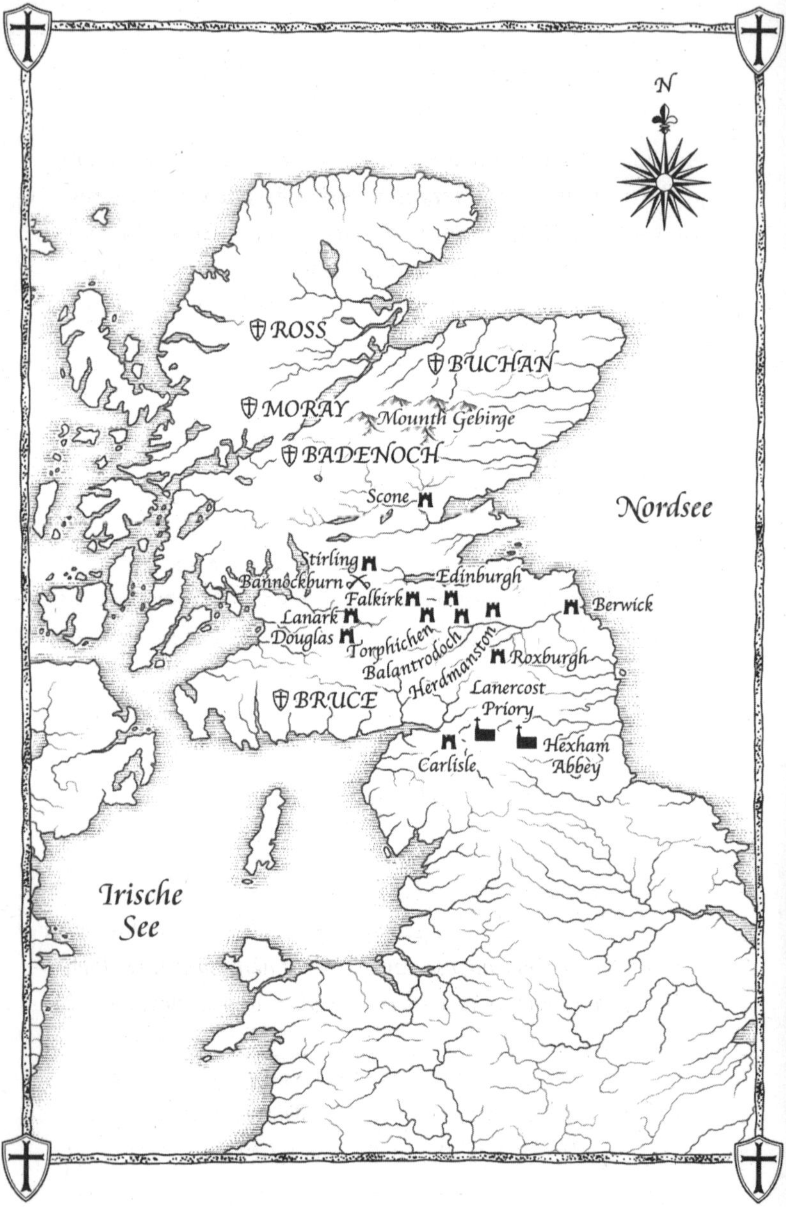
N
ROSS
BUCHAN
MORAY
Mounth Gebirge
BADENOCH
Scone
Nordsee
Stirling
Bannockburn
Edinburgh
Falkirk
Berwick
Lanark
Douglas
Torphichen
Balantrodoch
Herdmanston
Roxburgh
Lanercost
Priory
BRUCE
Hexham
Abbey
Carlisle
Irische
See

Dies ist die Chronik des Königreiches aus der Zeit der großen Unruhen. Niedergeschrieben im Kloster der Greyfriars in der Oktave Septuagesima, im Jahre des Herrn eintausenddreihundertneunundzwanzig, im dreiundzwanzigsten Jahr der Regierung unseres Königs Robert der Erste, den Gott erhalten möge.

Im Jahre des Herrn eintausenddreihundertvierzehn hatte der König acht ereignisreiche Jahre regiert und seine Feinde mit Feuer und Schwert bekämpft. Die Balliols und die Comyns waren aus dem Land vertrieben und alle, die noch am Leben waren, flohen in den Süden. Der alte Earl von Buchan, der ausgebrannt war von dem ständigen Krieg gegen sein Land und sein Volk und jetzt im Sterben lag, flehte den englischen König Edward um Hilfe an und sorgte gleichzeitig dafür, dass Isabel, seine ehemalige Gattin, in einem Käfig an der Burgmauer von Berwick schmachtete, weil sie es gewagt hatte, die Pläne von Bruce zu unterstützen. Buchans Handlanger, der grausame Malise Bellejambe, war ihr Gefängniswärter, und dieser Aufgabe widmete er sich äußerst gewissenhaft.

Doch dieser zweite König Edward war anders als sein Vater. Er hatte jeglichen Versuch aufgegeben, seine Macht auf Schottland auszudehnen, denn er hatte genug damit zu tun, sich mit seinen eigenen Baronen herumzuschlagen, die seinen Günstling, Piers Gaveston, von seiner Seite entfernen wollten und versuchten, seine Macht einzuschränken.

So kam es, dass der gute König Robert freie Hand hatte, die englischen Besatzer und ihre schottischen Verbündeten aus dem Land zu jagen. Zu Beginn dieses Jahres unseres Herrn gab es im ganzen

Königreich nur noch drei wichtige Festungen, die sich in der Hand der Engländer befanden: Roxburgh, Stirling und Edinburgh.

Und nun beschloss unser König, das Reich zu befreien und dem Feind auch diese letzten drei Bastionen zu nehmen, indem er sie von außen her abriegelte und belagerte. Da sie jedoch über keine geeigneten Belagerungsmaschinen verfügten, war die Wahrscheinlichkeit eines Sieges für die Schotten gering, sodass die Engländer Hoffnung schöpften.

Da kam Sir James Douglas nach Roxburgh …

Isabel

Der Himmel ist finster, und Gott ist grausam. Doch er möge dich strafen. Du Lügner. Hurenbock. Folterknecht. Mörder. Er möge dir Kröten unters Hemd schicken, Ameisen in Bart und Schamhaare und Fliegen in die Augen, du altes Scheusal. Ich bitte den barmherzigen Gott, dass er mich zu einem Irrlicht in den Marschen werden lässt, damit ich ihn ins Moor locke und versinken lasse. Gott, ich werde dich ewig preisen, wenn du mich in die weiße Hirschkuh verwandelst, die die Jäger zu den Wölfen des Waldes führt, damit sie von ihren scharfen Zähnen zerrissen werden. Ihr Heiligen, macht mich zu einer Wespe, die ständig um seinen Kopf kreist und ihm keinen Moment Ruhe lässt. Allmächtiger Gott, lass ihn so tief begraben werden, dass er nie den Weg hinauf zum Jüngsten Gericht findet, so tief, dass nicht einmal die Würmer ihn finden. Oder lass mich sterben, Herr, damit ich nicht noch länger in diesem Käfig von Berwick unter dem niederträchtigen Malise Bellejambe leiden muss.

KAPITEL 1

ROXBURGH
FASTNACHTSDIENSTAG 1314

Frixco de Fiennes eilte über das Kopfsteinpflaster, um in den Schutz des Torhauses zu gelangen. Der kalte Nieselregen machte die ohnehin graue Abenddämmerung so trübsinnig wie ein Häufchen nasser Asche. Alles passte zu seiner Stimmung, besonders wenn er zu der Gestalt hinübersah, die unter dem Torbogen stand und sich leise hin und her wiegte: Aggie mit dem Kind im Arm. Seufzend ging er zu ihr hin, nahm seine Mütze ab und schüttelte die Nässe aus.

»Aggie«, sagte er müde. »Du solltest doch nicht hier auf mich warten.«

»Niemand kann uns hören. Die Wachen sind in ihrem Verschlag«, erwiderte sie mit ruhiger Stimme. »Außerdem schlafen sie.«

Frixco fluchte unhörbar und nahm sich vor, die Männer aufzuscheuchen, wenn er hier fertig war. Von irgendwo hinter ihm ertönte eine Lachsalve aus der großen Halle, wo man den Abend vor Aschermittwoch beging, indem man sich noch einmal richtig die Bäuche vollschlug.

»Nein, du brauchst dir keine Sorgen zu machen«, fügte Aggie bitter hinzu. »Ich will dich nicht lange belästigen – nur etwa so lange, wie es gedauert hat, um dieses Würmchen hier zu zeugen.«

Frixco brachte mühsam ein Lächeln zustande, doch er wünschte sich diese Frau samt ihrem Kind hundert Meilen weit weg.

»Ich kann nur ein paar Silbermünzen erübrigen«, sagte er bedauernd, doch er merkte sofort, dass sie ihm diese Lüge nicht abnahm. Die Verzweiflung ließ ihren Mund zu einer schmalen Linie werden, aber sie nickte, während sie ihre freie Hand nach dem Beutel ausstreckte.

Selbst diesen gab er nur widerwillig her, und nicht zum ersten Mal verwünschte Frixco die Tochter des Burgkochs und hoffte dabei, sie würde es für sich behalten, wer der Vater ihres Kindes sei. Im Geiste sah er schon Sander mit dem Fleischerbeil, sodass er kurz die Augen schließen musste, ehe er Aggie mit einem flüchtigen Lächeln ansah.

Ihr Blick drückte nichts als Verachtung aus. Jetzt wandte er sich der großen Halle zu, erinnerte sich jedoch an die schlafenden Wachen, machte kehrt und ging an ihr vorbei. Aggie hörte, wie er den Männern drinnen die Meinung sagte, während sie ihr Schultertuch um sich und das Kind schlug und aus dem Schutz des Torhauses in den Nieselregen hinaustrat.

Sie ging jedoch nicht zu ihrem Bett im Küchengebäude zurück, wo ihr Vater nach wie vor wütend von ihr verlangte, endlich den Namen des Mannes zu nennen, der ihr den Bastard gemacht hatte. Immer noch konnte sie es kaum fassen, dass sie Frixco zu Willen gewesen war – aber andererseits konnte sie es auch wieder verstehen. Er war immerhin der Truchsess, der Bruder des Vogts, und hatte einen gewissen Einfluss. Darüber hinaus hatte er Geld, wenn er sich auch nur ungern davon trennte, und einen Sommer lang schien er ihr die Möglichkeit zu bieten, Roxburgh zu verlassen.

Als sie zu den regennassen Zinnen des Torhauses hinaufstieg, musste sie an den Gefangenen denken, dem sie jeden

Tag das Essen gebracht hatte, solange sie Schale, Löffel und Becher noch tragen konnte, ohne etwas zu verschütten – sieben Jahre lang, mindestens. Er und ich haben das gleiche Schicksal, dachte sie, Gefangene in diesem Gemäuer, das an drei Seiten von Wasser umgeben ist. Sie war fünfzehn Jahre alt, und ihr Leben war vorüber.

Sie stand auf dem Dach des Torhauses, dicht am Kohlebecken, in dem der Nieselregen in der Glut zischte. Der Wind fegte das Wolltuch vom Kopf des Kindes. Schnell hüllte sie ihn wieder ein.

»Aber Mädchen«, hörte sie eine Stimme. Sie drehte sich um und sah Leckie, der sie unter seinem Helm anlachte. »Du solltest mit dem Kleinen runter ins Warme gehen und nicht hier im Wind stehen. Ihr holt euch beide den Tod hier oben.«

Aggie mochte Leckie. Er sah sie nie schief an oder stellte ihr peinliche Fragen wegen des Kindes. Er war freundlich und teilte oft Brot und Käse mit ihr, wenn sie heraufkam, um sich den Wind um die Nase wehen zu lassen und von anderen Orten zu träumen.

Jetzt nickte sie lächelnd, tatsächlich sehnte sie sich plötzlich nach Wärme und Schutz. Ein letztes Mal drehte sie sich um, und ihr Blick schweifte in die Umgebung, auf den zerfurchten Weg, der zu der hochgezogenen Brücke hin und auf der anderen Seite weit in die Ferne führte, in ein verheißungsvolles Anderswo.

»An so einem Abend sind keine Rebellen unterwegs«, erklärte Leckie entschieden, der ihren Blick in die Dunkelheit jenseits der Burg für besorgt hielt, und wieder lächelte sie. Die Rebellen beschäftigten im Moment die Gedanken aller Bewohner. Roxburgh war eine der letzten mächtigen Burgen dieses Reiches, die noch gehalten wurden, alle anderen hatte der Usurpator Robert Bruce schon erobert. Die Angst hatte alle ergriffen.

Doch nichts bewegte sich in der bleigrauen Dunkelheit außer ein paar schwarzen Kühen, nichts als Schatten im Nebel. Sie wandte sich zum Gehen und sprach leise zu dem Kind.

»Ruhig, ganz ruhig, der Schwarze Douglas wird dich heute Nacht nicht holen.«

Am Fuße des Felsens unter dem Torhaus trottete ein halbes Dutzend schwarze Kühe langsam über die Weide, als suchte es nach dem saftigeren Gras, das unter den überhängenden Latrinen wuchs. Als eines der Tiere mit dem Ellbogen in etwas Klebriges, Stinkendes geriet und anfing zu fluchen, wurde es von den anderen sofort zischend zur Ruhe ermahnt.

Wütend und frustriert warf Sim Craw seinen schwarzen Umhang ab und zerrte die aufgerollte Strickleiter von seinem Rücken.

»Nur zu«, zischte James Douglas wütend. »Am besten du läutest gleich am Tor, Sim. Dann wissen sie, dass wir da sind.«

»Diese Haken bringen mich noch um«, flüsterte Sim zurück. »Und außerdem bin ich eben durch Scheiße gekrochen.«

»Jetzt gebt Ruhe, ihr beiden, sonst werden wir noch entdeckt.«

Die beiden sahen in das finstere, nasse Gesicht vor ihnen. Ein Ebenbild des Schwarzen Jamie Douglas, dachte Sim. Die Einzigen, die noch nicht zu wissen scheinen, dass der Hundejunge und Jamie Douglas Geschwister sind, sind die beiden selbst. Der Schwarze James wollte es wohl nicht sehen, weil er schließlich Herr von Douglas war und nie zugeben würde, dass der Hundejunge, ein armer, gemeiner Bauernsohn, ein Fehltritt seines Vaters war. Und der Hundejunge, selbst wenn er es vermutete, würde seinen Jugendfreund, der jetzt gleichzeitig sein Lehnsherr war, damit niemals in Verlegenheit bringen wollen.

Wie immer behielt Sim das bei sich. Er sah die beiden nur unwillig an.

»Ich hoffe, du hast den Speer, Hundejunge«, flüsterte er heiser. Die Antwort war ein genervtes Stöhnen.

»Den habe ich vor mir hergeschoben, als wir durchs Gras gekrochen sind. Und ich heiße Aleysandir, nicht Hundejunge. Das habe ich dir schon mehrmals gesagt.«

»Ja, ja«, murmelte Sim, der dabei war, das Durcheinander aus Seilen, Holz und Eisen zu entwirren. Der Hundejunge war nicht mehr derselbe, seit er herausgefunden hatte, dass er einen richtigen Namen besaß. Sim erinnerte sich, wie es herausgekommen war. Sie hatten die Namenslisten der Hundepfleger in der Burg Douglas gefunden, als Jamie und der Hundejunge sie geplündert hatten. Du lieber Gott, das war bestimmt auch schon wieder fünf Jahre her.

Damals hatte auch Sir James seinen neuen Namen bekommen – der Schwarze Douglas – für das, was er der englischen Garnison in seiner eigenen Burg angetan hatte, aus dem sie ihn vertrieben hatten. Er hatte sie den englischen Besatzern auf überaus schlaue Art und Weise wieder abgenommen, so, wie sie es jetzt auch planten, aber er hatte auch gewusst, dass er sie nicht würde halten können – also hatte er sie verwüstet.

Zusammen mit seinen Leuten hatten sie, soweit sie konnten, alles zerstört und unbrauchbar gemacht, vom Viehfutter bis zum Wasser im Brunnen, sie hatten den Keller mit Beute gefüllt und darauf gepisst, dann hatten sie den Engländern, die sich zusammen mit ihren schottischen Anhängern ergeben hatten, die Köpfe abgeschlagen und ein mächtiges Feuer angezündet. »Die Vorratskammer von Douglas«, hatte man es mit grimmigem Humor genannt, und die Erinnerung daran war so schwarz wie die verkohlten Mauern, die übrig blieben. Noch finsterer war Jamies Gesicht, weil er gezwungen gewesen war, sein Elternhaus und sein rechtmäßiges Erbe zu zerstören.

Doch jetzt war sein Gesicht nicht finster, es zeigte dieses hämische, fast irre Grinsen, bei dem Sim immer eine Gänsehaut bekam.

»Tja, du bist schon ein schlauer Kerl, Sim Craw«, flüsterte James Douglas und schlug ihm auf die durchnässte Schulter. »Das hier wird Randolph in den Schatten stellen.«

Sim warf dem dunklen Lord mit dem wirren Haarschopf einen säuerlichen Blick zu. Als ob es hier darum ging, Douglas zu Ruhm zu verhelfen, indem man Randolph übertraf. Der sitzt in Edinburgh und überlegt, auf welche Weise er dort die Burg einnehmen könnte, und wir sitzen hier in Roxburgh und überlegen dasselbe. Jetzt schickt der Lord von Douglas sich an, Roxburgh mit einem einzigen Handstreich zu nehmen, aber, wie es schien, nur, um Randolph eins auszuwischen … Nicht zum ersten Mal staunte Sim darüber, wie schnell sich der scheue, bescheidene Lord von Douglas in einen kaltblütigen, hartherzigen Mörder verwandeln konnte.

Und dazu bedient er sich meines Einfalls, fügte er im Geiste mürrisch hinzu, als er endlich den Wurfhaken am oberen Ende der Strickleiter freibekommen hatte, die mit einer Halterung für den Speer versehen war. Zwanzig Fuß waren noch aufgerollt, die hölzernen Sprossen der Leiter dick mit Wolle gepolstert, damit sie gerade weit genug von der Mauer Abstand hatten, um den Fuß draufsetzen zu können. Sein Vater und die anderen Brunnengräber hatten diese Technik von den Bergleuten bei Leadhouse mitgebracht, und Sim hatte sich daran erinnert und sie für seine Zwecke abgewandelt.

Jetzt schlich er zu der Felsenklippe, auf der das Torhaus wie ein Klotz stand, er blickte nach oben und wischte sich die Regentropfen aus den Augen. Dann nickte er dem Hundejungen zu, der sich gegen den Felsen lehnte und die Hände verschränkte, während Sim den langen Speer in die Halterung an der Leiter schob und Jamie Douglas reichte.

Dann setzte er den Fuß auf die Hände des Hundejungen, der fluchend aufstöhnte.

»Du wirst fett, Sim.«

Fett und alt, stimmte Sim im Geiste zu, als er auf die Schultern des Hundejungen kletterte, dann im Felsen einen Halt fand und sich an der nassen Wand hochhangelte, bis er nicht mehr weiterkonnte. Er streckte die Hand aus, ergriff den Speer und schwang ihn so hoch er konnte, wobei er sich verzweifelt am Felsen festklammerte, während ihm der Regen übers Gesicht lief. Schwankend schob er ihn mit beiden Händen noch höher und reckte sich so weit er konnte, bis er merkte, wie der Haken der Leiter sich über die Brüstung schob und mit einem knirschenden Geräusch in den Stein grub.

Er zog an der Schnur, und die Strickleiter entrollte sich mit einem so leisen Geräusch, als liefe eine Katze über die Steine. Sim spürte, dass jemand ihn am Stiefel berührte, blickte hinunter und sah den Schwarzen, der besorgt zu ihm hochstarrte.

»Bist du sicher, dass du als Erster gehen willst?«

Sim antwortete nicht. Er wusste, warum der Schwarze besorgt war: eigentlich war er zu alt für diese Sache. Aber es ist meine Leiter, dachte Sim. Sie gehört mir. Also antwortete er nicht, zog noch einmal kräftig daran, um sich zu vergewissern, dass sie auch fest verankert war, und kletterte los.

Frixco, der sich an den Wachen im Torhaus abreagiert hatte, eilte über den nassen Hof zurück zur großen Halle. Er spürte die wütenden Blicke, die ihm folgten, wütend wie nie zuvor, das wusste er. Aber so war es nun mal, es war eine gottgegebene Tatsache, dass die, über die er Macht hatte, ihm das verübelten und ihm wütende Blicke nachschickten, wenn sie dachten, er sehe es nicht.

Aber obwohl Frixco schon so lange hier war – mein Gott, es mussten mindestens achtzehn Jahre sein –, hatten die Engländer ihn immer als einen Gascogner und die Schotten als einen Eindringling betrachtet, egal, welche Farben er trug. Gascogner waren unter dem alten und dem neuen König beliebt gewesen, besonders unter dem neuen, denn Gaveston, der Günstling des Königs, war auch ein Gascogner gewesen.

Aber Gaveston war tot, und die Lords, die ihn ermordet hatten, umkreisten den König mit finsteren Gesichtern und knurrten ihn und seine loyalen Barone an – zwei Hundemeuten mit gesträubtem Nackenfell. Jetzt wurden alle Gascogner, die König Edward dienten, von jenen verdächtigt, die anderer Meinung als der König waren. In der Stadt Roxburgh gab es einen Vogt, der dem König durch eine Rechtsverordnung aufgezwungen worden war, um die Loyalität des Gascogners, der die Garnison der Burg befehligte, zu kontrollieren, und das war Sir William de Fiennes, Frixcos Bruder.

In der Halle schlug Frixco wohlige Wärme und fröhlicher Lärm entgegen, und er nahm sich Zeit, um seinen nassen Mantel auszuschütteln und mit den Feiernden, die ihm am nächsten saßen, ein paar Worte zu wechseln. Aber noch wartete eine Aufgabe auf ihn, ehe er sich hier niederlassen konnte. Und so zog er weiter, eilte aus der Halle und die Treppe hinauf in die Privatkapelle.

Der Gefangene kniete demütig vor den geschnitzten Votivtafeln, die für diesen besonderen Tag hervorgeholt worden waren: die vierzehn Stationen des Kreuzwegs. Der Gefangene, dem man an diesem Feiertag eine Andacht gestattet hatte, kniete vor der neunten Station, wo Jesus zum dritten Mal unter dem Kreuz zusammenbricht. Frixco hoffte, der Mann würde nicht darauf bestehen, vor jeder der vierzehn Tafeln eine längere Andacht zu halten. Er war gekommen, um ihn in seine Zelle zurückzubringen und dann mit den anderen zu essen und zu trinken.

»Es ist Zeit«, sagte er. Er erhielt keine Antwort, deshalb wiederholte er es etwas lauter.

Doch Hal hörte ihn nicht. Er war versunken in das Bildnis – eine wunderschöne Schnitzarbeit, die den Schmerz eindrucksvoll wiedergab. Christus, am Boden liegend, auf eine Hand gestützt, mit der anderen das erdrückend schwere Kreuz festhaltend. Er dachte an die vielen Male, als er in der kleinen Steinkapelle von Herdmanston zur Beichte gegangen war und in der Schlange gewartet hatte, egal, ob er Lord Hal war oder nicht, bis er an der Reihe war. Meist war kaum genug Zeit, um hastig eine Sünde zu bekennen, denn Pater Thomas war der Einzige, der hier die Lossprechung erteilte.

Vater, ich habe gestohlen. Vater, ich habe geflucht. Ich habe zur Fastenzeit Fleisch gegessen. Ich schlage meine Frau. Ich trinke. Die meisten der Wartenden wussten längst, was die anderen unter dem angeblichen Beichtgeheimnis zu bekennen hatten, und die, die länger brauchten, stellten sich ganz ans Ende, begleitet von den vielsagenden Blicken und Rippenstößen der ungeduldig Wartenden. Der hat bestimmt jemanden umgebracht, oder zumindest hat er einen Bischof beraubt, pflegte man sich stirnrunzelnd zuzuflüstern.

Wurden die Gebete jemals beantwortet? Oder schliefen Gott und Seine Heiligen etwa? War der Herr immer noch eine Zuflucht? *Non accedet ad te malum* – es wird dir kein Übel begegnen.

Sieben Jahre. Auch für sie … Er fragte sich, ob Isabels Gebete wohl beantwortet worden waren, und hoffte, dass sie wenigstens nicht mehr in einem Käfig gehalten wurde. Doch das war unwahrscheinlich. Die betrügerische Isabel MacDuff war mit stillschweigendem Einverständnis ihres Mannes, des Earls von Buchan, vom alten König Edward an der Burgmauer von Berwick aufgehängt worden. Edward hatte es getan, weil sie es gewagt hatte, Robert Bruce die Krone aufs Haupt zu setzen, und Buchan war einverstanden gewesen, als Warnung für alle treulosen Ehefrauen. Hätte er die Möglichkeit dazu gehabt, er hätte seinen Nebenbuhler Hal umgebracht.

Hals Versuch, Isabel in einer gewagten Rettungsaktion zu befreien, war gescheitert, und er wurde selbst gefangen genommen, und eine Zeit lang hatte es so ausgesehen, als würde Buchan seinen Triumph endlich doch noch feiern können – aber dann war der alte König Edward gestorben. Ein Wunder, dachte Hal. Er wurde unter dem neuen König gefangen gehalten, wurde aber geschont. Höchstwahrscheinlich, bis irgendjemand sich an ihn erinnern und handeln würde.

Doch der neue Edward hatte andere Sorgen, und jetzt war Hal schon sieben Jahre hier in Roxburgh, offenbar hatte man ihn wirklich vergessen. Der gefallene Christus sah ihn mit seinen hölzernen Augen an, und Hal sagte sich, der Herr sei wohl immer noch eine Zuflucht – denn tatsächlich kannte Hal keine Furcht mehr, obwohl er jeden Tag aufs Neue mit

Erleichterung feststellte, dass das nicht daran lag, dass er keine Wünsche mehr hatte.

Freiheit. Isabel. Diese Worte klangen für ihn wie eine Glocke, und der geschnitzte Christus schien sich zu bewegen, was aber nur am Kerzenschein lag, der im Wind flackerte. Wie jeden Tag, so erinnerte er sich auch jetzt an das Versprechen, das er und Isabel sich gegenseitig gegeben hatten – das Versprechen, sich niemals zu trennen. Man sollte vorsichtig sein, vor Gott Schwüre abzulegen, denn der Teufel hört immer mit.

Doch Gott sieht alles, dachte Hal, als er auf die starren hölzernen Augen Christi starrte. Du hast dich nicht von Engeln forttragen lassen und hast deine Füße an den Steinen wundgestoßen. Dafür bist du in einer Winternacht in einem Stall auf die Welt gekommen. Du liebst auch meine arme, verlorene Isabel, und ich hoffe, du beschützt sie besser, als ich es konnte …

Ein Schlag auf seinen Hinterkopf holte ihn in die Wirklichkeit zurück, und beinahe wäre er gestürzt, doch er fing sich und drehte sich zu Frixco um, der ihn unwillig ansah.

»Hörst du mich jetzt?«, wollte er wissen, und Hal nickte stumm.

»Zeit zu gehen«, knurrte Frixco, der das Warten satthatte. Seit sieben Jahren plagten sie sich nun mit dem hier ab, und jeden Tag warteten sie auf eine Anweisung – von wem auch immer –, was mit ihm geschehen sollte. Doch es kam kein Befehl, und selbst Frixco hatte schon fast vergessen, was der Lord von Herdmanston – wo immer das sein mochte – eigentlich getan hatte.

Ein Mord, erinnerte er sich dunkel. Und er war ein schottischer Rebell. Eines Tages würde er sicher hängen, wenn nicht heute, dann eben morgen, und für Frixco de Fiennes, der sich um ihn kümmern musste, konnte dieser Tag nicht schnell genug kommen. Von unten hörte er Rufe und lautes Gebrüll, und sein Gesicht wurde noch finsterer – er verpasste den besten Teil des Festes.

Leckie hörte ein merkwürdiges leises Klicken, konnte aber nicht ausmachen, woher es kam. Er legte den Kopf auf die Seite und hörte angestrengt hin. Seltsames kleines Geräusch, dachte er, wie eine Maus, die in Klapperschuhen tanzt. Oder ein böses Wichtelmännchen mit roter Mütze, das seine Krallen schärft. Er folgte dem Geräusch und schlich am Kohlebecken vorbei ins dunkle Ende des Wehrgangs, spähte zwischen die Zinnen und entdeckte blitzendes Metall, wo keins sein sollte.

Sein Herz schien kurz stillzustehen, und als er näher trat, sah er die Haken. Er starrte sie an und hatte Mühe, zu verstehen. Die Krallen eines bösen Wichtelmännchens, ganz richtig, dachte er, und sie hängen hier an meiner Mauer. Er sah hinüber zu Aggie, die ihrem Kind etwas zuflüsterte, und wollte ihr zurufen, sie solle fliehen, dann blickte er wieder auf die Stahlkrallen und hörte das leise Kling-Kling, mit dem sie sich an der Mauer hin und her bewegten.

Denn hier kletterte etwas – jemand – die Leiter herauf, die daran hing. Die Erkenntnis traf Leckie, als hätte ihm jemand einen Kübel Eiswasser über den Rücken gegossen. Er hätte auf der Eisenplatte Alarm schlagen müssen. Er hätte sich die Lunge aus dem Hals schreien müssen. Stattdessen trat er an die Brüstung, spähte darüber – und hatte das Gesicht eines grauhaarigen Mannes vor sich, der ihn böse angrinste.

»Buh!«, sagte Sim, dabei schoss seine Hand vor, packte den Wachsoldaten vorn an der Tunika und zerrte ihn über die Mauer, noch ehe dieser einen Ton herausbringen konnte.

Etwas weiter unten kamen Jamie und der Hundejunge heraufgeklettert. Sie sahen, wie etwas an ihnen vorbeiflog, und hörten es dumpf aufschlagen. Sie fluchten leise, denn sie erschraken, als plötzlich zu ihren Füßen ein Mann aufschlug. Sie hörten, wie Schädel und Knochen brachen.

»Um Gottes willen«, zischte Jamie. »Was war das denn?«

»Sim bei der Arbeit«, erwiderte der Hundejunge grimmig, dann kletterten sie weiter.

Oben auf dem Dach hatte Aggie ihr geflüstertes Zwiegespräch mit dem Kind beendet. Sie wollte Leckie noch einmal zum Abschied zuwinken, sah aber nur eine undeutliche Gestalt in der dunklen Ecke, deshalb wandte sie sich schulterzuckend der Treppe zu. Das Kind fing an zu weinen, als ihm der Regen ins Gesicht fiel.

»Ruhig, ganz ruhig«, sang sie und wickelte den Kleinen fester in ihren warmen Umhang. »Der Schwarze Douglas holt dich heute Nacht nicht, mein Lämmchen.«

»Von wegen, mein Lämmchen«, sagte eine Stimme dicht neben ihr, während eine schwielige Hand ihr den Mund zuhielt, »da irrt deine Mutter sich ganz gewaltig.«

Frixco, der Hal die Wendeltreppe hinauffolgte, die zur Halle führte, blieb verunsichert stehen. Ein derartiges Gekreische war eher unüblich an einem Fastnachtsdienstag. Und das Klirren von Schwertern erst recht! Gab es einen Kampf? Frixco wollte ihn auf keinen Fall verpassen, deshalb wollte er Hal ungeduldig vorantreiben, doch dann sah er in das Gesicht seines Gefangenen und fuhr herum, um zu sehen, was hinter ihm passierte.

Das Grauen in Person schien ihn anzustarren. Ein Auge hing an einer blutigen Sehne, das Gesicht eine zerfleischte Masse mit weit aufgerissenem Mund, in dem jeder Zahn rot umrandet war.

»Zurück«, schrie sein Bruder. »Zurück, die Treppe hoch und verriegle die Tür. Der Schwarze ist hier!«

Wie betäubt und mit offenem Mund starrte Frixco auf die blutige Erscheinung seines Bruders und auf die Männer, die hinter ihm herkamen und ihm mit gezogenen Messern Rückendeckung gaben. William de Fiennes, mit verunstaltetem Gesicht, halb blind und in Panik, versetzte seinem Bruder einen Schlag, um ihn aus seiner Erstarrung zu lösen.

Hinter ihm sah Hal Jamie Douglas, eine kurze lichte Erscheinung, wie ein Blitz vor einem dunklen Hintergrund und so vertraut, als seien keine sieben Jahre vergangen – mit wild fliegendem schwarzem Haar, in einer Hand das Schwert, in der anderen den Langdolch. Und hinter ihm – Hal glaubte seinen Augen nicht zu trauen – ein zweiter Jamie Douglas, der mit grimmigem Gesicht ein zitterndes Mädchen mit einem Kind im Arm bewachte.

Erst später, als sie sich alle in die Kapelle geflüchtet hatten und die Männer die wenigen Möbelstücke, die es hier gab, gegen die Tür schoben – einschließlich der vierzehn geschnitzten Kreuzwegstationen –, dämmerte es Hal, dass es der Hundejunge war, den er da gesehen hatte.

Sim sah die Männer auf der Treppe, die mit erhobenen Schilden ihren Lord schützten. Er hatte ihn schwer verletzt, diesen Sir William de Fiennes, wie er jetzt Jamie Douglas mitteilte, als sie in die Halle stürmten.

»Hab ihm das Auge ausgestochen«, erklärte er, und Jamie nickte nachdenklich. Beide waren sich einig, dass ein Mann mit einer solchen Verletzung vielleicht endlich darüber nachdachte, ob er weiterhin Widerstand leisten wolle.

Doch für weitere Erklärungen war jetzt keine Zeit. Sim setzte krachend über die Bänke hinweg und warf sich auf die

Männer, sein Atem dröhnte ihm in den Ohren. Einige flohen in den hinteren Teil der Halle, wo es keinen Ausgang gab. Auf dem Tisch zu seiner Linken schlitterte der Rote Rowan durch einen Matsch aus Bratensaft, Fleisch und Gerstenbrei und trat gegen die Holzteller, dass sie durch die Luft flogen. Er drehte sich um und wollte Sim grinsend entgegentreten, wurde im Kampfgetümmel aber umgerissen.

Sim stürzte sich auf einen Mann mit einer Armbrust, der seinen fieberhaften Versuch, sie zu spannen, aufgab und sie stattdessen wie eine Keule schwang, wobei er seine Angst und seinen Zorn hinausschrie. Sims Klinge flirrte im Kerzenschein durch die dicke, rauchgeschwängerte Luft und drang in den Hals des Mannes, dessen Geschrei in ein würgendes Gurgeln überging. Dann stieß er die Leiche mit dem Fuß zur Seite und schickte gleichzeitig in hohem Bogen einen halben Käselaib durch die Luft.

»Aaaah!«

Sim fuhr herum und konnte die Klinge, die gerade wie eine wütende Schlange zustoßen wollte, im letzten Moment abwehren, doch die Kraft des Aufpralls hätte ihm fast sein Schwert aus der Hand geschlagen. Der Mann, der brüllend auf ihn zugerast war, war schon älter, mit weißem Bart und tränenden Augen. Jetzt wich er zurück und schwang drohend seine Waffe.

Ein Feuerhaken, stellte Sim fest. Tatsächlich, er greift mich mit einem Feuerhaken an. Ein ehemaliger Soldat, ging es ihm durch den Kopf, als er auf das Knie des Mannes zielte. Der Mann wich aus, doch Sim trat auf einen schmierigen Holzteller, und im nächsten Moment lag er am Boden und ruderte mit Armen und Beinen.

Der alte Mann stieß einen Schrei aus und hob den Feuerhaken hoch über seinen Kopf – aber aus seiner Brust erschien plötzlich eine Schwertspitze, die mit solcher Kraft von unten nach oben gestoßen wurde, dass sie bis in seinen Unterkiefer drang. Mit einem hohen, dünnen Aufheulen ging der Alte zu Boden, und Sim blickte in das grinsende Gesicht von Jamie Douglas, der leicht taumelte, weil sein Schwert vom Gewicht des Mannes mitgerissen wurde.

»Himmel, was tust du da? Das war hier eine Sache zwischen zwei alten Knackern! Wir wollen euch jungen Leuten schließlich was bieten!«

Er achtete nicht auf Sims empörtes Gesicht und zog ihn mit einem breiten Grinsen wieder auf die Füße, dann stemmte er den Fuß gegen den Hals des alten Mannes und zog mit einiger Mühe sein Schwert heraus. Das Blut bildete eine Lache, in der Äpfel und Pflaumen lagen, die vom Tisch gefallen waren, dazu gebratene Kapaune, Pfannkuchen und Brot.

Noch eine blutige Vorratskammer für den Schwarzen, dachte Sim bitter, als er weitere Schreie hörte und sich erschöpft umwandte. Er sah den Hundejungen und hob grüßend sein Schwert.

Der Hundejunge sollte die Frau mit dem Kind beschützen, allerdings wusste er nicht, warum sie dem Schwarzen so wichtig war. Trotzdem blieb er dicht an ihrer Seite und lächelte sie jedes Mal freundlich an, wenn sie ihn ansah, obwohl sie nicht aufhörte zu zittern.

Doch wenn er in die Halle blickte, verschwand sein Lächeln, denn hier herrschten Chaos und Gemetzel, und immer noch klirrte der Stahl.

Er bemerkte ein paar Männer, die Richtung Treppe rannten, um sich in Sicherheit zu bringen. Er sah, wie Sim und Jamie zwei Männer töteten, und dachte, jetzt sei alles vorbei, doch plötzlich kam eine weitere Gruppe von Männern mit verzweifeltem Geschrei auf ihn zu. Sie wurden angeführt von einem dicken Mann mit kahlem Kopf, der ein Fleischerbeil schwang und dessen Mut an eine verzweifelte gefangene Ratte erinnerte.

Der Hundejunge ließ die Frau los und schob sie hinter sich, dann stürzte er sich auf den fetten Riesen. Er schwang sein Schwert von oben, damit der Mann es von unten blockieren musste, in der anderen Hand hielt er den Langdolch, den er dem Kerl in den Bauch stieß. Ihm war, als hörte er hinter sich einen Schrei, unterdrückte aber den Drang, sich umzudrehen, um zu sehen, ob die Frau und ihr Kind angegriffen wurden.

Der Dicke taumelte, hielt sich den Bauch und sah abwechselnd zum Hundejungen und auf das Blut in seiner Hand, sein Gesicht hatte den ungläubigen Ausdruck eines zu Unrecht geprügelten Hundes. Ein weiterer Mann warf sich dazwischen. Der Hundejunge holte aus, aber sein Hieb wurde von einem kleinen Schild abgefangen – der Hundejunge merkte erst später, dass es ein Topfdeckel war –, und der Mann grunzte vor Anstrengung. Dann griff er mit einem langen, scharfen Küchenmesser an.

Es sind Bedienstete, kam es dem Hundejungen plötzlich in den Sinn, als er den Angriff mit dem Schwert abwehrte. Neben ihm schlug Patrick das Messer nieder, warf sich mit seiner lederbewehrten Schulter gegen den Topfdeckel des Mannes, sodass dieser taumelte, mit der Kniekehle gegen eine Bank stieß und mit einem verzweifelten Schrei darüberfiel.

Wie ein tollwütiger Hund warf Patrick sich auf ihn und hieb mit dem Langschwert auf ihn ein, dass Blut und Knochensplitter spritzten.

Der Hundejunge wandte sich um und sah die Frau, die ihr schreiendes Kind an sich drückte und starr vor Entsetzen war.

Nun ja, dachte er, als er die feucht schmatzenden Geräusche hörte, mit denen Patrick sicherstellte, dass sein Gegner auch wirklich tot war, so ein Anblick ist nichts für zarte Nerven.

»Hab keine Angst«, keuchte er, indem er sich auf sein Schwert stützte, weil er ahnte, dass das Schlimmste vorüber war. »Der Schwarze hat mir aufgetragen, für deine Sicherheit zu sorgen, also wird dir nichts geschehen.«

Patrick tauchte auf, sein ohnehin schon rotes Gesicht mit Blut bespritzt. Er grinste sie an, als er mit der Mütze des Toten seine Klinge von Blut und Hirnmasse säuberte.

»Man kommt ganz schön ins Schwitzen«, bemerkte er, aber die Frau drückte lediglich ihr Gesicht in das Bündel, das sie im Arm hielt, und schluchzte. Er zuckte die Schultern.

»Ach, Weiber!«, sagte er. »Hast du ihr nicht gesagt, dass sie in Sicherheit ist?«

»Doch«, sagte der Hundejunge, und stirnrunzelnd fügte er hinzu: »Ich verstehe ja auch nicht, warum sie so heult.«

Die Frau hob den Kopf, das schmutzige Gesicht von Tränen verschmiert, und mit zitternder Hand zeigte sie auf den zuckenden Riesen, dem das Hackebeil aus der Hand gefallen war und der jetzt dalag wie ein erschlagener Ochse. Durch seine Finger rann das Blut aus der Bauchwunde, die der Hundejunge ihm zugefügt hatte.

»Das war mein Vater.«

Hal musste immer an den Anblick der beiden Jamies denken. Er fühlte sich merkwürdig losgelöst von allem, von dem Gestank nach Angst und Schweiß in der Kapelle, wo die Männer wie gefangene Tiere saßen und auf die Schläge gegen ihre verbarrikadierte Tür horchten.

Sir William brüllte Flüche nach draußen und versuchte, seinen eigenen Leuten Mut zu machen, ehe er das Bewusstsein verlor und nur noch schwer atmend dalag. Einer seiner Soldaten fasste sich schließlich ein Herz und trennte tapfer die letzten Fasern durch, an denen sein Auge noch hing. Er wollte es Frixco geben, der entsetzt zurückwich.

Gegen Morgen war allen klar, dass Sir William im Sterben lag und dass Frixco keine Führungsperson war, deshalb überraschte es Hal nicht, als einer der Männer – derselbe, der Sir William das Auge entfernt hatte – zu ihm kam und sich im stickigen Morgendämmer neben ihn kniete. Er stellte sich ihm als Tam Shaws vor, »ein braver Schotte«, was wie eine Herausforderung klang. Hal sagte nichts, er hatte seine eigene Vorstellung davon, was einen braven Schotten ausmachte.

»Hat der Schwarze vor, uns alle umzubringen, oder wird er uns verschonen?«, fragte Shaws, eine Frage so unmissverständlich wie eine offene Klinge.

Hal zuckte die Schultern. Er wusste es nicht. Wie alle hatte auch er von Jamie Douglas und dessen Grausamkeit gehört, was er nur schwer mit dem Jungen in Einklang bringen konnte, den er einst gekannt hatte. Doch der Hundejunge war bei ihm, und Hal konnte sich einfach nicht vorstellen, dass dieser sich an den Geschichten beteiligt hatte, die man sich mit schreckgeweiteten Augen in jedem Haus des Königreiches erzählte. Das sagte er ihm jetzt auch, und der Soldat hob eine skeptische Augenbraue.

»Es ist ja nicht dein Leben, das hier auf dem Spiel steht«, erwiderte er trocken. Das war richtig. Hal stand auf, steif vom langen Sitzen.

»Würdet ihr euch ergeben, wenn man euch verschont?«, fragte er.

Shaws schwieg, er wechselte Blicke mit seinen Leuten, auch mit dem wimmernden Frixco. Schließlich nickte er.

»Dann entriegelt die Tür«, befahl Hal.

Jamie Douglas war überrascht, als innen Möbel gerückt wurden. Er hatte nicht damit gerechnet, dass die Verteidiger sich als so mutig erweisen würden. Trotzdem, dachte er grimmig, besser so, denn ich muss diese Burg einnehmen, und möglichst schnell.

»Los, Jungs!«, rief er, und die schwarz gekleideten Männer auf der Hintertreppe ergriffen ihre Waffen und ballten die narbigen Fäuste.

Der Hundejunge, der immer noch die Frau bewachte, die zusammengesunken neben ihm hockte – mein Gott, sie war ja fast noch ein Mädchen, stellte er jetzt im fahlen Morgenlicht fest –, sah sie zittern und legte ihr beruhigend die Hand auf die Schulter. Sie hatte die ganze Nacht kein Auge zugetan und ängstlich ihr Kind an sich gedrückt. Der Zwischenfall mit ihrem Vater war dem Hundejungen unangenehm, aber er wollte ihr klarmachen, dass es noch andere Menschen gab, die sich um sie kümmern würden.

»Du stehst unter dem besonderen Schutz des Schwarzen, du und das Kind«, sagte er erneut, worauf sie ein mühsames Lächeln zustande brachte.

Oben wurde knarrend die Tür geöffnet, und alles wartete gespannt auf den todesmutigen Angriff der letzten Verzweifelten. Stattdessen trat ein Mann heraus, in einfachen Wollstoff gekleidet, das eisengraue Haar und der Bart zerzaust und verfilzt. Alles starrte ihn an, keiner kannte ihn.

»Jamie, mein Junge«, sagte der Mann leise, »sie wollen sich ergeben, wenn du sie verschonst. Es wäre klug, darüber nachzudenken.«

Sim erkannte die Stimme, sobald er sie hörte. Er sah nach oben.

»Sir Hal!«, rief er, und Jamie Douglas sprang auf, als hätte ihn etwas gestochen. Doch schnell erholte er sich von seinem Schock und schüttelte ungläubig den Kopf. Da stand plötzlich ein Held vor ihm, dessen Gefangenschaft in Roxburgh er völlig vergessen hatte, wie er sich zu seiner Schande eingestehen musste.

»Sir Hal von Herdmanston. Hier hat man Euch also gefangen gehalten! Eigentlich hätten wir euch befreien sollen«, rief er laut, denn er wusste, dass solche Worte ihre Wirkung nicht verfehlten. »Aber wir kommen offensichtlich zu spät – Ihr habt die Burg schon selbst eingenommen.«

Isabel

Die Nonnen sind da, die eine, die Schwester Constance heißt, und die andere, Alise. Welche Nonne heißt schon Alise? So heißt doch nur eine, die sich für etwas Besseres hält, für mächtiger als der Allmächtige. Die kleine Constance ist auf ihre Art ganz nett, aber sie glaubt alles, was man ihr über die »Hure von Babylon« erzählt, die hier in Berwick im Käfig an der Burgmauer hängt, bis sie auf ihren reservierten Platz am Höllenfeuer abberufen wird. Das Kloster, aus dem sie kommen, ist dasselbe, in dem ich vor vielen Jahren von Malenfaunt als Geisel festgehalten wurde, aber von seinen Schäfchen damals ist kein einziges mehr da. Ich würde zu gern wissen, was aus der kleinen Laienschwester Clothilde geworden ist. Zusammen mit allen anderen ist sie, wie Constance mir reichlich selbstgefällig mitteilt, durch anständige, christliche Frauen ersetzt worden. Nun ja, bis auf Alise, die Satans Unterteufeln eine ergebene Helferin ist. Durch die Frau ist die Erbsünde in die Welt gekommen, wie sie mir immer wieder gern in Erinnerung ruft, und damit alles Übel, alles Leid und alle Unreinheit – mit diesem verschlagenen kleinen Grinsen, das andeuten soll, dass sie sich selbst offensichtich nicht zu den Töchtern Evas zählt. Wer ist denn frei von Sünde? Selbst ein Ordensritter müsste wohl in der Wüste leben, wenn er alle Gebote Gottes halten wollte. Das habe ich einmal zu ihr gesagt, und ihr kleiner Mund zog sich zu einem hässlichen Katzenarsch zusammen, weil jemand so mit ihr zu sprechen wagte, aber sie konnte nichts machen. Doch hinterher schien es eine Zeit lang, als ob die Menschenmenge, die in den Außenhof gelassen wurde, um mich zu begaffen, noch größer wurde, ja, sie wurde sogar ermutigt, mich anzupöbeln. Doch ausgerechnet Malise sorgte dafür, dass das wieder aufhörte, denn er hat es nicht gern, wenn seine Befehlsgewalt über mich angefochten wird. Schwester Alise hasst es, wenn sie an der Reihe ist, auf einem Strohsack vor meiner Tür zu schlafen, damit nichts Unrechtes passiert und niemand die Gelegenheit nutzt – ausgenommen natürlich Malise Bellejambe selbst. Was weiß sie schon über mich, diese Alise? Was weiß überhaupt jemand von denen, die da unten über mich geifern und feixen, als sei ich ein wildes Tier? Ich bin Isabel MacDuff, und ich werde geliebt. Hal lebt – ich wüsste es, wenn es nicht so wäre – und er wird kommen. Miserere nostri. Dies irae, dies illa, solvet saeclum in favilla. Erbarme dich unser. Tag der Rache, Tag der Zähren, wird die Welt in Asche kehren.

Amen.

KAPITEL 2

DIE BURG VON EDINBURGH
TAG DER HEILIGEN FERGNA VON IONA, MÄRZ 1314

Im Nebelregen näherten sie sich dem schwarzen Felsen mit der düsteren Burg, und Hal, der so lange nicht geritten war, fühlte sich wund und erschöpft. Sie kamen an einem mächtigen Karren vorbei, der hinten beschwert war, weil man ein totes Schwein auf die Deichsel gelegt hatte, und die Schlachter in ihren blutigen Schürzen blieben stehen und riefen Jamie beim Vorbeireiten einen fröhlichen Gruß zu.

»Der gute Sir James«, sagte Sim und lenkte sein Pferd neben Hal, damit sie sich leise unterhalten konnten. »Der Schwarze Lord von Douglas, der Liebling des Volkes. Ein furchtloser, unbeugsamer Held.«

Hal wechselte einen Blick mit Sim, sah den Spott in seinen Augen und antwortete mit einem flüchtigen Lächeln. Wieder fiel ihm auf, wie weiß Sim Craw geworden war. Zwar hatte er sich inzwischen daran gewöhnt, aber zunächst war es ein Schock gewesen, wie viel Schnee sein alter Gefährte jetzt auf dem Dach hatte. Doch erst als der Hundejunge anregte, dass sie sich für die Ankunft des Earls von Carrick lieber ordentlich herrichten sollten, war ihm aufgefallen, wie er selbst auch in die Jahre gekommen war, er sah es an jeder grauen Locke, die Aggie ihm abschnitt.

Und schließlich war Sim nur sieben oder acht Jahre älter als er.

Da es niemanden kümmerte, wie ein Gefangener aussah, egal ob von edlem Geblüt oder nicht, wusste Hal bald selbst nicht mehr, wie er aussah, erst als er vor der welligen Oberfläche eines schlechten Spiegels saß und darin einen Mann mit einem Gewirr grauer Haare erblickte, das in einen wilden, buschigen Bart überging, in dem sein Gesicht fast völlig verschwand.

Als Hal sich erblickte, wurde ihm fast schwindelig, denn es kam ihm vor, als sehe ein Fremder ihn an, als habe ein anderer seinen Körper bezogen wie ein leeres Haus. Als der Bart ab war, war ihm allerdings der hagere Mann mit dem kantigen Kinn, der darunter zum Vorschein kam, ebenso fremd.

Aggie, die ihr Kind in einem Tragetuch auf dem Rücken trug, hatte schließlich erklärt, sie habe getan, was sie könne, und der Hundejunge hatte kritisch genickt und angemerkt, dass das Ergebnis ganz passabel sei. Hal, der den schlaksigen Jungen, der sich nur für Hunde interessierte, sieben Jahre lang nicht gesehen hatte, konnte über diesen neuen Hundejungen nur staunen. Er war ein athletischer und geschickter Krieger geworden, das Ebenbild des Schwarzen selbst. Er nannte sich jetzt auch Aleysandir, ein respektabler Mann mit einem Namen und genügend Witz und Verstand, um zu wissen, wie ein kleiner Lord von Lothian sich einem Earl zu präsentieren hatte. Doch für die, die ihn von früher her kannten, war er immer noch der Hundejunge.

Hal hatte in seinem Gefängnis ab und zu Neuigkeiten aus der Welt draußen erfahren und wusste, dass ihm vieles entgangen war, aber die Ankunft des Earls von Carrick hatte ihn doch verwirrt. Er hatte Bruce erwartet, aber stattdessen kam dessen Bruder, und Hal schalt sich selbst einen Dummkopf.

War er nicht selbst dabei gewesen, als der Earl von Carrick König wurde? Jetzt war dessen Bruder Edward der Earl von Carrick – der letzte der Brüder. Die Erinnerung an all die anderen tapferen Männer, die für Robert Bruce' Weg auf den Thron geopfert worden waren, war ein Wermutstropfen bei der Feier, die für Edward Bruce anlässlich seiner Ankunft in Roxburgh abgehalten worden war, am Tag nach Hals Befreiung.

Er und Hal hatten sich getroffen, nachdem der offizielle Teil vorüber war: die Begrüßung und die eindrucksvollen Reden, die offizielle Unterwerfung und die gegenseitigen Versprechungen … Sir William Fiennes, dessen Leben immer noch am seidenen Faden hing, war in einer Sänfte fortgetragen, und Frixco, der kaltschnäuzige kleine Dummkopf, war hinterhergerannt, als sei der sterbende Bruder eine Garantie für seine eigene Sicherheit. Der Hundejunge hatte gesehen, wie Aggie verächtlich hinter ihm ausspuckte. Sie war offenbar hocherfreut und konnte es kaum glauben, dass sie jetzt gehen konnte, wohin sie wollte, dazu mit genug Geld, um mit dem Kind eine Zeit lang davon leben zu können.

Edward hatte gegrinst, sein Gesicht hochrot und noch feister als früher, wenn auch die tiefen Falten um Augen und Mund die Sorgen verrieten, die er in den sieben Jahren ertragen musste, seit Hal ihn zuletzt gesehen hatte.

»Ja, die Zeiten haben sich geändert, und zwar zum Besseren«, hatte er gebrummt, als er Hal einen Hornbecher mit Wein reichte. »Bis zum Sommer will der König Edinburgh, Stirling und Roxburgh in seiner Gewalt haben. Das ist ziemlich ehrgeizig – aber bei Gott, der Schwarze hat einen guten Anfang gemacht.«

»War auch klug, dass er mit Roxburgh angefangen hat«, erwiderte Hal, »sonst säße ich dort immer noch fest.«

»Da habt Ihr recht«, pflichtete Edward bei. Er war zum Eingang des Zelts gegangen, blickte hinaus und schüttelte traurig den Kopf.

»Schade«, sagte er dann auf Französisch, »Roxburgh ist so eine schöne Burg, es ist eine Schande, dass wir sie schleifen müssen.«

Hal wusste den Grund: Sie hatten nicht genug Soldaten, um sie gegen die Engländer zu verteidigen, falls sie zurückkommen sollten, und zusammen mit Edinburgh und Stirling stellte Roxburgh einen wichtigen Stützpunkt für die Engländer im schottischen Königreich dar. Nun, aber es gab ja noch andere Burgen in Schottland.

»Doch selbst wenn sie alle fallen sollten, die Engländer haben immer noch Berwick und Bothwell«, hatte er bemerkt, und Edward hatte genickt.

»Richtig, und Dunbar nicht zu vergessen. Aber keine ist in so gutem Zustand wie die Festungen von Stirling, Edinburgh und diese hier. Und wenn wir sie einnehmen, vertreiben wir damit die letzten englischen Garnisonen aus dem Königreich, und das führt den Feinden des englischen Edward noch einmal deutlich vor Augen, dass er nur der schwache Sohn ist. Eben kein Longshanks, auch wenn seine Beine noch so lang sind.«

Er schwieg und schwenkte stirnrunzelnd seinen Weinbecher, als sei eine Fliege hineingefallen.

»Ich weiß, warum Ihr Berwick erwähnt«, hatte er plötzlich gesagt, und Hal war zusammengezuckt, weil er dabei lachte. Einen Augenblick starrten sie einander an.

»Sie ist noch dort?«

Die Antwort ließ lange auf sich warten. Doch schließlich sah Edward ihn an.

»Isabel MacDuff ist noch immer dort. In einem Käfig an

der Innenmauer. Vor zwei Jahren versuchten wir auf Befehl des Königs einen Überfall auf die Burg von Berwick. Wir konnten auch eine von Sim Craws raffinierten Leitern anbringen, aber wir weckten den Hund auf, der dort oben schlief. Der machte einen solchen Radau, dass die Wachen kamen und uns entdeckten.«

Er schüttelte den Kopf, als er daran dachte, wie sie Hals über Kopf geflohen waren.

»Wegen einem Hund habt Ihr sie im Stich gelassen«, sagte Hal. Es war keine Frage. Er klang so fassungslos, dass Edward den Kopf hob. Seine Augen blitzten.

»Meine Schwester Mary war in einem ganz ähnlichen Käfig … mein Gott, wenn Ihr hinaufgeschaut hättet, hättet Ihr sie an der Burgmauer von Roxburgh gesehen. Christina, meine andere Schwester, wird in einem Kloster festgehalten, meine Nichte in wieder einem anderen, und wo die Königin ist, weiß kein Mensch. Denkt Ihr wirklich, das alles ist uns gleichgültig, Lord Henry?«

Hal merkte, dass er zu weit gegangen war, dass er Edward unrecht tat, und so nickte er nur widerwillig.

»Im ersten Jahr wurde ich unter schwersten Bedingungen gefangen gehalten und überwiegend im Dunkeln«, sagte er, und auch wenn seine Stimme unbeteiligt klang, seine Augen trübten sich bei der Erinnerung an diese Zeit. »Sie erwarteten stündlich eine Nachricht vom englischen Edward«, fuhr er fort, und es kam ihm vor, als spräche da ein anderer, der sich bemühte, möglichst nüchtern zu klingen. »Aber der lag im Sterben, und der Sohn war viel zu sehr mit seinem Lustknaben und den empörten Baronen beschäftigt. Schließlich ließen sie mich aus der Zelle und behandelten mich etwas besser … aber da war Prinzessin Mary schon weg.«

Edward Bruce schien versöhnt, er trank seinen Wein aus und schenkte nach.

»Ja. Da war sie schon in Sicherheit. Also wisst Ihr auch, dass der Überfall auf Roxburgh jetzt nicht ihretwegen geschah«, brummte er.

Und noch weniger meinetwegen, dachte Hal grimmig, auch wenn Jamie Douglas jetzt so tat, als sei dies der eigentliche Grund gewesen. Als er das erwähnt hatte, hatte Edward nur kurz genickt.

»Und dasselbe gilt für Berwick«, hatte er hinzugefügt. »Wenn wir die Burg stürmen, dann nicht wegen Isabel MacDuff, sondern um sie den Engländern abzunehmen.«

Dann hatte er sich in einen kurulischen Stuhl geworfen und ein Bein über die Lehne geschwungen.

»Und doch kümmern wir uns um unsere Frauen, Lord Hal. Aber darüber würde ich mit dem König nicht so offen sprechen. Er ist nicht mehr derselbe seit damals, als die Königswürde noch ungewohnt für ihn war.«

Er starrte in seinen Weinbecher, als habe er nur zu sich selbst gesprochen.

»Jetzt geht es ihm darum, seine Position zu festigen«, fuhr er schließlich fort, »damit jeder weiß, dass er der König ist. Das ist ihm im Moment das Wichtigste, und da ist es besser, man ist vorsichtig.«

»Ich habe die Erklärung der Geistlichen gelesen«, hatte Hal bemerkt, worauf Edward ihn erstaunt angesehen hatte.

»Die habt Ihr gelesen? Dann lag denen Euer Wohlergehen offensichtlich sehr am Herzen, wenn sie Euch im Gefängnis ein Exemplar davon gegeben haben. Dann haben wir Sir William das Auge wohl zu Unrecht ausgestochen. Was haltet Ihr von dem Dokument?«

Hal erinnerte sich, welche Fragen ihm dabei gekommen

waren. Aggie, das Mädchen, das ihm sein Essen brachte, hatte das Dokument von der Kirchentür abgerissen, das man landauf, landab an alle Kirchenportale genagelt hatte. Sie wollte wissen, was darauf stand, konnte aber nicht lesen. Und sie wagte nicht, jemanden von Roxburgh zu fragen, der lesen konnte.

Das Mädchen hatte ihm eine brennende Kerze ins Zimmer gestellt, und das Licht trieb ihm Tränen in die Augen. Es waren Tränen der Freude, denn zum ersten Mal seit – wie langer Zeit? – konnte er wieder etwas sehen. Aber es brauchte eine Weile, bis sich seine Augen an das grelle Talglicht gewöhnt hatten. Dann stieg ihm der Geruch nach Pergament in die Nase, der beißende Geruch der Eichengallustinte – es war wie ein frischer Luftzug von draußen. Schließlich las er die Erklärung der Geistlichen. Darin verkündigten sie in großen Worten, dass Robert Bruce nun der rechtmäßige König sei, dessen Krönung mit Gottes Segen stattgefunden habe. Dass Mord, Niedertracht und Verrat nötig waren, um auf den Thron zu gelangen – davon stand in der Erklärung natürlich nichts.

»Schall und Rauch«, hatte Hal schließlich zu Edward gesagt. »Aber bei Gott, die Pfaffen wollen uns anscheinend glauben machen, dass Bruce ein neuer Josua ist und weiß und rein wie ein Unschuldslamm.«

Edward hatte schallend gelacht und dabei Wein über seine Hand geschüttet, den er ableckte. Hal merkte, dass der Earl von Carrick ziemlich betrunken war, was keine Seltenheit bei ihm war.

»Ach, bei Christi Wunden, wir haben Euch vermisst, Lord Hal. Aber es war vielleicht Euer Glück, dass Ihr sicher hinter Schloss und Riegel wart, denn jetzt darf man seine Meinung nicht mehr so frei äußern, so viel steht fest. Ihr solltet Eure

Ansichten über das Schriftstück der Bischöfe jedenfalls lieber nicht meinem Bruder unterbreiten. Falls Ihr ihn jemals zu Gesicht bekommen solltet.«

Er schwieg, seine Miene hatte sich verdüstert. Dann sah er Hal an.

»Aber Ihr standet ihm ziemlich nahe, das weiß ich. Ihr und Kirkpatrick. Wie zwei kluge Hirtenhunde habt ihr ihm gedient.«

Aus seinen Worten klangen Neid und eine langjährige Bitterkeit, und Hal hielt es für das Beste, nichts darauf zu erwidern.

»Wie geht es Kirkpatrick?«, hatte er gefragt, plötzlich schämte er sich, die Frage hatte ihm längst auf der Zunge gebrannt.

»Er ist alt geworden«, hatte Edward nur erwidert, um sogleich wieder das Thema zu wechseln. »Macht Euch besser keine große Hoffnung, dass Ihr in nächster Zeit zum König vorgelassen werdet«, fuhr er fort. »Und wenn, glaubt nicht, dass Ihr Euch einfach zu ihm begeben könnt. O nein. Jetzt gilt es, ein genaues Ritual einzuhalten: Man geht ein paar Schritte, dann bleibt man stehen. Kniet nieder. Auf keinen Fall sieht man ihn an. Und man spricht nicht, ohne dazu aufgefordert zu werden.«

Dieses Königreich ist nicht groß genug für die zwei, hatte Hal gedacht, als er den Hass und die Bitterkeit in der Stimme hörte. Doch Edward hatte sich wieder beruhigt, er hatte seinen Wein ausgetrunken und war aufgestanden.

»Nun, dann gute Reise. Ich werde jetzt gehen und Roxburgh dem Erdboden gleichmachen. Ein Jammer – so eine schöne Burg.«

Schöner als die hier auf jeden Fall, dachte Hal jetzt, als er zum Felsen hochsah, auf dem die Festung von Edinburgh thronte, während sie sich einen Weg durch die Belagerungslinien bahnten.

Sie ritten durch das Zeltlager. Hier hockte ein schwarz gekleideter Benediktiner am Boden wie ein Hund und nahm jemandem die Beichte ab, dort machten laut lachende Frauen mit wiegenden Hüften den gerade angekommenen Helden aus Roxburgh anzügliche Angebote. Irgendwo im Dunkel bumste ein Paar lautstark, und überall waren die Hunde des Lagers auf der Suche nach etwas Essbarem.

Die Luft war schwül. Hal roch den alten Schweiß von Tausenden ungewaschener Körper, gleichzeitig nahm er aber auch die Düfte der Kochtöpfe und das Schmiedefeuer wahr, als sie sich durch das Chaos im Lager hindurchkämpften. Er fühlte sich bedrängt und eingeengt, und es kam ihm vor, als bewege er sich wie im Traum, viel zu langsam und irgendwie losgelöst von allem.

Es war alles zu viel und kam zu schnell nach sieben Jahren Einsamkeit im Gefängnis, dachte er, aber es brachte auch viele alte Erinnerungen zurück.

Wie ein endloser Wandteppich zog es an ihm vorüber: ein zerlumpter Priester, der Psalmen sang; Knappen, die ein Fass mit Sand vor sich herrollten, um das Kettenhemd darin vom Rost zu befreien; ein hochnäsiger Kerl in einer Tunika aus grauem Wollstoff, auf der Hand den Falken seines Herrn; zwei Männer, von Kopf bis Fuß gepanzert, aber ohne Helm, die sich mit Stangen im Turnierkampf übten und jetzt unterbrachen, um grüßend die Hand zu heben, als Jamie vorbeikam. Unter den Hauben aus Panzerketten waren nur ihre Augen zu erkennen.

Hinter ihnen, unter den hohen Burgmauern, war eine lange Reihe von Sturmwänden aufgebaut, Schutz für die Armbrust- und Bogenschützen. Dahinter, dort, wo sich der wuchtige Fels von Edinburgh erhob, taten hungrige Krähen sich an den verwesenden Leichen gütlich, die in Reichweite der feindlichen Geschosse lagen und daher nicht geborgen und begraben werden konnten.

Die Leute marschierten in Blocks und exerzierten unter den gebrüllten Befehlen ihrer Anführer. Hal sah, dass einige von ihnen nur lange Stangen hatten, wie Speerschäfte ohne Spitze, und dass viel zu viele von ihnen keine Rüstung trugen, sie hatten nicht einmal einen Eisenhelm.

»Stoßen – stoßen! Jetzt vorwärts!«

Die schwitzenden Männer drängten sich im Block zusammen und wussten kaum, wo rechts oder links war, die Hälfte von ihnen konnte die Sprache der anderen Hälfte nicht verstehen, und sie waren sich bisher auch nie begegnet. Es war ein einziges stolperndes, taumelndes und fluchendes Durcheinander.

Diejenigen, die früher schon einmal dabei gewesen waren, die besser bewaffneten Bürger und die Adligen in ihren Rüstungen, hatten keine Mühe mit den Übungen. Trotzdem machte sich keiner über den anderen lustig. Wenn es hart auf hart kam, würden sie alle aufeinander angewiesen sein.

Hal schritt durch diese halb vergessene Welt aus Lärm und Gestank und Tod, die durch die leuchtenden Farben der Banner, Zelte und Wappenröcke nur noch grotesker wirkte.

Die auffälligste Fahne von allen war die des Earls von Moray, groß wie ein Bettlaken flatterte sie in der feuchten, übel riechenden Brise. Sie trug nicht das Wappen, an das Hal sich erinnerte, aber dann erkannte er es: Es war tatsächlich Randolphs Wappen, das jetzt aber von den königlichen Insignien Schottlands in Rot und Gold eingerahmt war.

Er sah, wie Jamie Douglas mit finsterer Miene an seinem Zügel riss. Man sah, dass es ihn Überwindung kostete, aber schließlich befahl er, sein eigenes Banner zu senken. Sim Craw, der dicht neben Hal ritt, unterdrückte hustend ein leises Lachen und berührte Hals Arm, als der Eingang des protzigen gelben Zeltes sich öffnete und Randolph selbst erschien.

»Die Farbe an seinem neuen Wappen als Earl ist noch nicht mal ganz trocken«, flüsterte Sim heiser. »Jamie widerstrebt es, Randolph als Earl von Moray anzuerkennen, vor dem er selbst nur ein Lord Douglas ist. Er nimmt ihm auch die königlichen Insignien auf dem Wappen übel, die bedeuten sollen, dass Randolph sich als Blutsverwandter des Königs betrachtet.«

»Mein verehrter Sir James«, rief Randolph auf Französisch, und seine Stimme klang so freundlich, dass man die Angst darin kaum wahrnahm. »Wie ich höre, habt Ihr in Roxburgh gesiegt. Bei Gott, Eure List und Klugheit sind beinahe schon sprichwörtlich.«

Hal erwartete Grobheiten und Beleidigungen, aber Jamies Gesicht hellte sich auf, er warf den Kopf zurück, und sein spöttisches Gelächter war schlimmer als jede Grobheit.

»Du liebe Zeit, Thomas, sitzt Ihr hier immer noch fest?«, rief er. »Braucht Ihr ein paar Tipps, wie man Burgen knackt?«

Randolph wurde rot. Er brachte ein mühsames Lächeln zustande, ging auf die Bemerkung aber nicht ein.

»Seine Gnaden, der König, wollen Euch so bald als möglich sehen, Euch, den tapferen Sir James, und ebenso den befreiten Sir Henry von Herdmanston. Willkommen, Mylord. Sieben Jahre von uns getrennt und schon wieder im Mittelpunkt des Geschehens.«

Hal, überrascht, dass die Aufmerksamkeit plötzlich ihm galt, konnte nur stumm nicken. Randolph hatte vor sieben Jahren nicht zu dem Kreis um Bruce gehört, deshalb kannten die Männer sich nur vom Hörensagen – und von Hal hatte man in der Tat lange nichts gehört.

Das Gespräch wurde von einem dumpfen Schlag in der Ferne unterbrochen, und alles drehte sich um und blickte nach oben.

»Dort.«

Hal sah den behauenen Stein, der eine Kurve durch die Luft beschrieb, dann spritzte eine Fontäne nasser Erde auf, und er rollte, ohne dass er Schaden angerichtet hatte, bis fast vor die Pavesen, die zu einem niedrigen Schildwall errichteten Langschilde, wo eine Wolke schwarzer Krähen aufstob.

»Sie haben keine Geschosse, deswegen versuchen sie es mit behauenen Steinen, die sie irgendwo abtragen«, brummte Sim. »Wir hätten Geschosse. Aber du siehst ja, was uns für die Belagerung fehlt.«

Maschinen. Nicht eine einzige Mange, nicht ein einziger Tribock. Weder Türme noch Rammböcke. Nichts.

Jamie Douglas wandte sich mit einer kurzen, spöttischen Verbeugung an Randolph.

»Ihr sitzt hier seit letztem Winter, Mylord Earl«, stellte er mit gespielter Traurigkeit fest. »Wie schade, dass es hier nicht einmal ein paar Holzbalken gibt, die man aufeinanderlegen könnte. Trotzdem, ich bin sicher, dass Ihr Euch weiterhin redlich bemühen werdet, und ich hoffe inständig, dass Euer Lordschaft es schaffen wird, ehe Ihr so einen großen Stein an Euren Lockenkopf bekommt. Das steht einem Earl nicht gut zu Gesicht. Gelobt sei Gott, Mylord.«

Damit wandte er sich zum Gehen, umringt von seinen Bewunderern, mit denen er lachte und plauderte. Wie eine drohende Gewitterwolke blieb Randolph zurück.

Sie verließen das nasse, übel riechende Lager und ritten hinunter in die Stadt, vorbei an düsteren Häusern und durch enge Gassen, die zur Abtei von Holyrood führten, wo es friedlich, warm und trocken war und wo der König den unerschrockenen Eroberer von Roxburgh zu sehen wünschte.

Unterwegs erklärte Sim, dass sich in der Zwischenzeit einiges geändert hatte, es war nicht mehr wie früher. Randolph und Douglas und Edward Bruce, der letzte der Brüder, waren jetzt mächtige Hauptleute, die sich in den Kriegen gegen die Buchans und die Comyns bewährt und schließlich alle Feinde von Bruce vernichtet hatten.

»Ein schreckliches Gemetzel war das«, sagte Sim und schüttelte bei der Erinnerung daran den Kopf. »Die Comyns sind alle unter der Erde. Der Earl von Buchan ist in den Süden geflohen und hat schon vor Jahren ins Gras gebissen, der arme alte Mann. Es heißt, er sei an gebrochenem Herzen gestorben.«

Er sah Hal von der Seite an, aber dessen Gesicht war wie versteinert. Hal hatte seine eigenen Ansichten über den armen alten Mann, der an einem gebrochenen Herzen gestorben war. Wenn der Earl von Buchan jemals ein Herz hatte, hätte er am liebsten gesagt, dann wäre es auch unter einem Schmiedehammer nicht zerbrochen. Doch das brauchte er gar nicht erst auszusprechen, er spürte, dass Sim ihn auch so verstand.

Buchan, Isabels Ehemann und über zehn Jahre lang der Fluch, der auf ihrem Liebesverhältnis lag, hatte sich in Rauch aufgelöst. Es war, als hätte er nie existiert. Hal fragte sich, ob Isabel das wusste. Es war wahrscheinlich, dass man es ihr hinterbracht hatte, und wenn auch nur aus Bosheit, da sie jetzt, was ihre Ehe anbelangte, frei war, was ihr aber nichts nützte.

Sim hatte noch vieles zu erzählen, während Jamie Douglas sich für den Empfang beim König fein machte. Hal schien man vergessen zu haben, doch das war ihm ganz recht. Ihm genügte vorerst die Ecke im Zelt, die Sim als Angehöriger des Gefolges von Douglas beanspruchen durfte. Sim hingegen war empört.

»Du bist der Lord von Herdmanston«, schimpfte er. »Herrgott, schließlich haben wir Jamie als kleine Rotznase aus den Klauen der Engländer gerettet und zu seinem Alten in Sicherheit gebracht.«

»Wohl wahr. Und du hast ihm eine Ohrfeige gegeben, wenn ich mich richtig erinnere«, sagte Hal grinsend. »Hat er dir womöglich nie verziehen?«

Sim machte eine wegwerfende Handbewegung.

»Damals war er noch nass hinter den Ohren, aber für das hier würde ich ihm wieder eine scheuern. So springt man nicht um mit einem Sientcler. Ignoriert von dem König, dem du treu gedient hast, und hier im Zelt von Douglas in die Ecke gestellt wie ein ausrangiertes Möbelstück? Das gehört sich nicht. Und wo ist überhaupt deine Verwandtschaft aus Roslin?«

»Das war damals, Sim Craw. Und dies ist jetzt. Jetzt bin ich der Lord von gar nichts mehr, denn Herdmanston liegt in Schutt und Asche, wie du mir selbst erzählt hast. Die Sientclers von Roslin haben ihren Teil getan, denn sie haben den Anspruch auf den Besitz aufrechterhalten. Und außerdem ist eine Ecke in diesem Zelt hier heller und freundlicher als das steinerne Loch, in dem ich bis vor Kurzem gesteckt habe.«

Darauf hatte Sim keine Antwort. Mit gebeugtem Kopf saß er da und dachte traurig an das letzte Mal, als er Herdmanston gesehen hatte. Es war noch immer schwarz vom Feuer vor sieben Jahren, die Fußböden waren eingebrochen, aus den Mauern spross Unkraut. Alle Bewohner von Herdmanston waren zu Sir Henry Sientcler von Roslin gezogen, aber ihre Felder waren immer noch in Herdmanston, und sie waren zu wertvoll, um sie brachliegen zu lassen. Also waren einige von ihnen zurückgegangen, um zu pflügen und zu ernten. Sie lebten in notdürftig hergerichteten Kellerräumen unter den Ruinen des alten Wohnturmes.

»Es wäre nicht viel nötig, um es wieder aufzubauen«, fügte er hinzu, als er Hal alles erzählt hatte, aber dann verstummte er. Von Hals Leuten, die ihm einst gefolgt waren und unbegrenztes Vertrauen in seine Fähigkeiten hatten, war niemand mehr da. Sie waren bei der Brücke von Stirling umgekommen, in den Wäldern von Callendar und bei den späteren Raubzügen. Die wenigen, die überlebt hatten, waren längst zu alt, nachdem sie – du lieber Himmel – fünfzehn Jahre lang gekämpft hatten.

»Eher zwanzig«, korrigierte Hal, als Sim es aussprach, und danach wurde er noch trübsinniger. Und in dieser ganzen Zeit, dachte Hal traurig, hatten Isabel und ich insgesamt nicht mehr als ein Jahr und einen Tag zusammen, wenn man die paar Monate hier und die paar Wochen da zusammenzählt.

Und doch würde er alles dafür geben, diese Zeit mit ihr noch einmal erleben zu dürfen.

»Der neue Lord von Badenoch hält sie gefangen«, sagte Sim plötzlich, als könne er Hals Gedanken lesen. Hal sah ihn an. Sims Augen waren alt und tränten, aber sein Blick war so entschlossen wie früher.

Der neue Lord, dachte Hal, und fast hätte er laut gelacht. Der Junge, den Kirkpatrick in der Kirche der Greyfriars in Dumfries fast umgebracht hatte, wenn Hal es nicht verhindert hätte, weil er dachte, mit dem Tod des Roten Comyn, seines Vaters, sei auf dem Altar genug Blut vergossen worden.

»Ja«, Sim nickte. Er wusste, was Hal durch den Kopf ging. »Das Bürschchen ist zu einem Mann herangewachsen und Lord von Badenoch geworden mit allem, was dazugehört. Aber der Einzige, den er im Moment befehligen kann, weil er keine Armee hinter sich hat, ist Malise Bellejambe, und Badenoch hat ihn in seiner Aufgabe bestätigt, die der Earl von Buchan ihm übertragen hatte: Isabel in einem Käfig gefangen zu halten.«

Bellejambe. Sim sah, wie Hals Miene sich verdüsterte.

»Ich hatte gehofft, Malise Bellejambe hätte längst den Löffel abgegeben«, sagte Hal ausdruckslos. »Aber dann habe ich immer auch wieder das Gegenteil gehofft, damit ich ihn mit eigenen Händen umbringen kann.«

»Er lebt noch«, sagte Sim und lachte trocken. »Er ist etwas grauer geworden, wie wir alle, aber wie man hört, ist sein Herz so schwarz wie immer.«

Bellejambe, der mit Gift und Dolch gemordet hatte, der Isabel auf Geheiß ihres Mannes nachspioniert hatte, bis er sie endlich fand und sein Opfer fest im Würgegriff hatte. Hal mochte gar nicht daran denken, was er ihr angetan hatte. Er wäre fast von der Bank aufgesprungen, denn plötzlich überfiel ihn das fast unwiderstehliche Bedürfnis, so schnell wie möglich nach Berwick zu reiten.

Doch Hal bezwang seine aufwallenden Gefühle. Was blieb ihm anderes übrig? Er musste den Tatsachen ins Auge sehen. Seit sieben Jahren hatte er weder ein Schwert geführt noch eine Rüstung getragen noch auf einem Pferd gesessen. Von Herdmanston war nichts mehr übrig als sein Titel. Er hatte niemanden hinter sich und keine Zukunft vor sich. Was für ein Ritter, dachte er. Mich hat ja selbst der König vergessen, dem ich einst zum Thron verhalf.

Aber Isabel hatte ihn nicht vergessen. Das wusste er sicher, und es schmerzte ihn wie ein Messerstich, wenn er sich vorstellte, dass sie sieben Jahre lang in diesem Käfig gehockt hatte, im festen Glauben daran, dass er kommen und sie retten würde. Der Gedanke war so übermächtig, dass er immer wieder von der Bank aufsprang, als müsse er allein zu ihr eilen und die Mauern niederreißen. Er fühlte sich schrecklich hilflos, und dieses Gefühl schmerzte ihn und ließ ihn erschauern wie im Fieber. So war es die ganzen sieben Jahre gewesen, und die Narben an seinen Händen zeugten davon, wie verzweifelt er gegen die Mauern seines Gefängnisses gehämmert hatte.

Doch es blieb ihm nicht viel Zeit, um Trübsal zu blasen, denn schon wenig später erschien ein Knappe und erklärte, der König wünsche Sir Hal von Herdmanston in seinen Gemächern zu sehen. Der Junge äußerte den Wunsch sehr ehrerbietig. Er war erfahren genug, um zu ahnen, dass es mit diesem alten, schäbig gekleideten Mann mit den schlecht geschnittenen Haaren wohl eine besondere Bewandtnis haben musste, da der König nicht nur bereit war, ihn zu empfangen, sondern ihn sogar zu sich einlud.

»Kommt, wie Ihr seid«, fügte der Knappe hinzu, als er sah, dass Hal zögerte und an sich heruntersah. Sim legte ihm beruhigend die Hand auf den Arm, als er sich anschickte, dem Diener zu folgen.

»Mach dir keine Sorgen«, zischte er ihm mit seinem fischigen Atem ins Ohr.

Das war leichter gesagt als getan für jemanden, der einem König begegnen sollte, den er so lange nicht gesehen hatte. Vor acht Jahren war Bruce frisch gekrönt gewesen, da war er noch unsicher gewesen, geplagt von Schuldgefühlen wegen dem, was er im Kloster der Greyfriars mit dem Roten Comyn gemacht hatte.

Selbst im Gefängnis von Roxburgh hatte Hal die Streitereien mitbekommen, wenn die Mönche der Bischöfe Wishart und Lamberton ihre Debatten so lautstark führten, dass es durch die dicksten Mauern drang. Sie redeten darüber, dass es eigentlich kein kaltblütiger Mord gewesen sei, weil es nicht »vorsätzlich« geschehen war. Im Gegenteil, so hatte man es den Mönchen sorgfältig eingebläut, es war ein Fall von *chaude-melle* gewesen, von Jähzorn, ausgelöst von den Provokationen des Lords von Badenoch. Außerdem, dachte Hal, als er jetzt in seinen derben Schuhen durch das Kirchenschiff schritt, konnte der neue Josua von Schottland doch nicht so niederträchtig sein, dass er den Mord an seinem Rivalen vorsätzlich begangen hätte.

Er erinnerte sich an den fassungslosen Bruce, der – so hatte es geschienen – stumm war vor Entsetzen über seinen Zornesausbruch. Doch wer hätte zu sagen vermocht, ob nicht alles doch nur Schauspielerei gewesen war. Denn Bruce hatte sich in der Tat sehr schnell wieder gefasst und auch nicht versäumt, Kirkpatrick und ihn unverzüglich loszuschicken, um sicherzustellen, dass der Rote Comyn auch tatsächlich tot war.

Vor Hals Augen erschien wieder das alte Bild von dem besudelten Altar mit dem metallenen Blutgeruch, und in Gedanken versunken blieb er stehen. Er dachte daran, wie Badenochs Fersen in den Stiefeln mit diesen eitlen, hohen Absätzen auf den Steinboden getrommelt hatten, als er zuckend diese Welt verließ und Kirkpatrick dafür sorgte …

»Sir Henry!«

Die bekannte Stimme holte ihn in die Gegenwart zurück, und jetzt stand er vor einem makellos sauberen Altar unter der großen Rosette aus Buntglas, dem Chorfenster. Eine Gestalt, die er im Moment nur im Umriss erkennen konnte, kam auf ihn zu, und der Diener verbeugte sich und zog sich zurück.

»Hal. Gelobt sei Gott.«

»In Ewigkeit«, erwiderte Hal, dann erinnerte er sich, etwas zu spät, neigte andeutungsweise den Kopf und fügte hinzu: »Euer Gnaden.«

Er bemerkte, wie einige Anwesende, darunter auch der Diener, mit einer Handbewegung entlassen wurden und im Dunkel verschwanden, dann blickte er auf, als Bruce näher herantrat.

Die Statur war unverändert, groß gewachsen und muskulös, und er hatte im Alter kein Fett angesetzt. Er muss um die vierzig sein, dachte Hal, aber sein Haar ist noch überwiegend dunkel.

Aber das Gesicht. Heilige Muttergottes, dieses Gesicht …

Es war gröber, die Linien darin waren tiefe Furchen geworden, die Haut grau und schrundig, sodass er älter aussah, als er war. Mein Gott, dachte Hal, er sieht ja noch älter aus als Sim. Auf der rechten Wange – die alte Wunde, erinnerte sich Hal, die Malenfaunt ihm in einem Turnierkampf *à l'outrance* beigebracht hatte – eine dicke, wulstige Narbe. Wie zum Ausgleich gab es auch noch den Hieb, den er beim Kampf bei Methven davongetragen hatte, eine Linie aus altem Narbengewebe, die über der linken Braue anfing und unter dem Auge über die Wange fast bis zum Mundwinkel verlief. Diese beiden Verletzungen wären schon schlimm genug gewesen, aber in diesem Gesicht sah man noch etwas anderes als nur schwere Kampfspuren, wie Hal erschrocken feststellte. Jetzt gab es deutliche Anzeichen der Krankheit, über die schon lange geflüstert wurde – der berühmte Fluch des Malachias.

Doch die Augen waren klar und neugierig und das schiefe Lächeln leicht ironisch, als er sah, wie schockiert Hal war. Er sollte sich selbst mal sehen, dachte Bruce, und jetzt war er sich nicht mehr so sicher wie vorher, als Kirkpatrick ihn überzeugt hatte, dass Hal genau der Mann für das Vorhaben sei, das er plante.

Die sieben Jahre waren an dem Lord von Herdmanston auch nicht spurlos vorübergegangen. Er war schrecklich hager, ging gebeugt, war grau – Herrgott noch mal, er war einfach alt. Und er hatte die ganze Zeit keine Waffe in der Hand gehabt, wahrscheinlich wäre der jüngste Knappe ihm im Kampf überlegen.

Das hatte er Kirkpatrick vorgehalten, doch der hatte es nur mit einem abfälligen »Ach was!« weggewischt. »Der wird schon wieder Muskeln bekommen und dann ebenso geschickt sein wie früher«, hatte er erwidert. Aber er hatte noch ein wichtiges Argument. »Wem sonst könntet Ihr denn sonst eine solche Aufgabe anvertrauen, Mylord, wenn nicht einem der alten Haudegen?«

Also ergriff Bruce jetzt Hals Hände und sah ihn lächelnd an.

»Willkommen«, sagte er. »Euer König ist hocherfreut, dass Ihr in die Welt zurückgekehrt seid und wieder in seinen Diensten steht.«

Es war nichts weiter als die rituelle königliche Begrüßung, auf die es nichts zu erwidern gab, und auch der nächste Satz gehörte noch dazu.

»Welche Belohnung kann Euer König seinem treuen Untertan zuteilwerden lassen?«

Die Antwort hätte eigentlich aus einer tiefen Verneigung bestehen müssen zusammen mit der Beteuerung, dass die neu gewonnene Freiheit schon Belohnung genug sei, gefolgt von einer wortreichen Dankesbekundung.

»Die Gräfin von Buchan.«

Jemand schnappte scharf nach Luft, und Hal drehte sich zu dem Prälaten um, der diese Reaktion nicht hatte verhindern können und jetzt mit vor Schreck geweiteten Augen dastand. Der Mann neben ihm war älter und faltiger. Er wirkte kein bisschen schockiert. Vielmehr schien ein Lächeln seine Lippen zu umspielen.

Eine Stille war eingetreten. Bruce schien überrascht. So hatte lange niemand mehr zu ihm gesprochen, und seine Gedanken wanderten zurück zu jener Zeit, als er und Hals Männer aus Lothian im Dunkeln ums Feuer gesessen hatten. Der Mann, der jetzt Jamie Douglas diente – der Hundejunge –, war auch einer von ihnen gewesen, und sie alle hatten offen und ehrlich miteinander gesprochen. Für ihn war es eine herrliche Zeit gewesen, und die Erinnerung daran wärmte ihn noch jetzt.

»Einen bescheideneren Wunsch hätte ich von Euch wohl nicht erwarten dürfen«, erwiderte er und lachte kurz auf. Dann deutete er auf die beiden Prälaten.

»Dies ist mein Kaplan, Thomas Daltoun, und Bernard von Kilwinning, der früher Abt dort war und jetzt mein Kanzler ist. Meine Herren, dies ist der kühne Sir Hal, der gerade bewiesen hat, dass sieben Jahre Gefangenschaft seine Lebensgeister kein bisschen trüben konnten.«

Die Prälaten nickten, sie hatten die Situation erfasst. Sie machten eine ehrerbietige Verbeugung, und mit ihren Schriftrollen unter dem Arm entfernten sie sich leise. Bruce sah ihnen hinterher und wartete, bis sie außer Hörweite waren.

»Die Gräfin von Buchan«, sagte er und wandte Hal sein ramponiertes Gesicht zu, »ist mit Henry de Beaumont verheiratet.«

Eine grausam lange Zeit kostete er Hals Verwirrung aus, schließlich lachte er, und es klang wie berstendes Glas.

»Alice Comyn hat den Titel geerbt, als der Earl starb, denn der hatte sich am Ende von Isabel losgesagt. Die Ländereien gehören jetzt übrigens mir, als König. Henry de Beaumont hat Alice geheiratet und nimmt für sich in Anspruch, der Earl von Buchan zu sein, ein Titel, der nur auf dem Pergament existiert. Er hält nicht viel von mir, und das nicht nur wegen der Ländereien von Buchan. Er bekam zweimal die Insel Man von den Plantagenets, und zweimal haben die abtrünnigen Lord Ordainers sie ihm wieder weggenommen. Und da ich sie seit dem letzten Jahr besitze, sind seine Chancen, diese Insel jemals wiederzubekommen, äußerst gering, und noch geringer sind seine Chancen auf die Ländereien der Buchans.«

Er schwieg, sein Gesicht sah jetzt aus wie eine schlecht gearbeitete Maske aus Lehm.

»Isabel MacDuff ist jetzt nichts weiter als eine Lady von Fife«, fuhr er fort. »Aber ich bin überzeugt, dass der Titel Euch nie wichtig war.«

Bruce erwähnte nicht – was auch nicht nötig war –, dass Isabel auch ihn, Bruce, einst interessiert hatte, als er jung war, und Hal, der es schon damals gewusst und sich damit abgefunden hatte, nickte nur.

Er fragte sich lediglich, ob Bruce sich jetzt aufgrund seiner Königswürde auch wirklich gezwungen sah, endgültig auf Isabel zu verzichten.

»Eine Lady von Fife in einem Käfig«, wagte er zu bemerken. Er war sich im Klaren darüber, dass dieses Gespräch Bruce' Strafe für seine Unverblümtheit war, aber er versuchte, sich seinen Ärger nicht anmerken zu lassen.

»In der Tat«, erwiderte Bruce ungerührt. »Genau wie meine Schwester bis vor Kurzem. Sie und meine Frau und meine Tochter werden ebenfalls gefangen gehalten. Aber wir werden sie schon bald befreien.«

Seine Stimme wurde wärmer, und er lächelte.

»Ich habe Isabels Mut nicht vergessen, mit dem sie sich über ihren Mann und alle Comyns hinwegsetzte, um die traditionelle Rolle der MacDuff zu spielen und den König zu krönen«, sagte er leise. Dann reckte er sich und schüttelte den Anflug von Mitgefühl ab wie ein nasser Hund das Regenwasser.

»Aber es tut sich etwas«, sagte er bedeutungsvoll. »Ich habe den schottischen Lords, die immer noch König Edward dienen, ein Ultimatum gestellt. Sie haben Zeit bis November dieses Jahres, um den Treueeid auf mich zu leisten, anderenfalls verlieren sie ihren schottischen Besitz.«

Hal überlegte. Das könnte doch nur zur Folge haben, dass sie wieder Krieg mit den Engländern bekämen, und das wäre keine Hilfe, um Berwick einzunehmen und Isabel zu befreien, und diesen Gedanken sprach er aus. Bruces Grinsen wurde noch breiter.

»Genau. König Edward wird gar keine Wahl haben. Er muss eine Armee zusammenstellen und gegen uns ziehen. Und ich werde ihm seine letzten Burgen abnehmen, sodass er für seinen Feldzug keine Stützpunkte hat.«

Jetzt begriff Hal. Ein kluger Plan, das musste er ihm lassen. Die Engländer würden wie üblich gen Norden ziehen, wo sie nichts ausrichten könnten, und da sie keine Stützpunkte für Nachschub mehr hatten, würde sich der Mangel noch schneller bemerkbar machen als sonst, und sie müssten sich wieder zurückziehen, denn Bruce würde sich auf eine Schlacht gar nicht einlassen. Als Hal seine Vermutung aussprach, nickte der König.

»Genauso ist es«, sagte er und berührte seine Wange mit zwei Fingern, als müsse er sich vergewissern, dass sie nicht nässte – eine Gewohnheit, die er seit damals nicht mehr abgelegt hatte.

»Wenn Edward Plantagenet wieder scheitert, kann es sein, dass seine Leute unzufrieden werden«, fuhr der König fort. »Die schottischen Lords, die ihm noch folgen, werden zur Vernunft kommen und ihm den Rücken kehren, und damit hätte ich das Königreich endlich gesichert.«

Und deine Krone wird noch fester auf deinem Kopf sitzen, dachte Hal. Doch er hütete sich, es auszusprechen. Stattdessen sagte er: »Ein vernünftiger Plan. Und wenn Edward und seine Anhänger einen Waffenstillstand aushandeln wollen, dann muss die Befreiung der Gefangenen dazugehören.«

Bruce zog die Augenbrauen hoch, er machte eine spöttische kleine Verbeugung in seine Richtung, und Hal wurde rot wegen seiner eigenen Vermessenheit.

»Ich brauche Eure Dienste, Lord Hal«, fuhr Bruce fort, obwohl Hal sich nicht vorstellen konnte, wie er von Nutzen sein könnte. Er brachte seine Bedenken vor und fügte hinzu, dass er auch gar nicht wusste, ob er dazu noch fähig wäre.

Bruce nickte, aber er wusste, dass er den Mann bereits in der Tasche hatte, dennoch fügte er hinzu: »Falls Euch das die Entscheidung erleichtert: Ich verspreche Euch, dass Eure Belohnung darin bestehen wird, dass ich tun werde, was in meiner Kraft steht, um Isabel zu befreien und sie sicher in Eure Obhut zu bringen«, erwiderte er. »Wenn alles nach Plan geht, werden wir Berwick einnehmen. Im schlimmsten Fall werden wir zumindest die Befreiung aller Gefangenen aushandeln.«

Er hatte ins Schwarze getroffen.

»Und was Eure Fähigkeiten anbetrifft«, sprach er weiter, »an die erinnert man sich gut.« Er schwieg und lächelte schief, um seinen Wangenmuskel nicht anzustrengen. »Außerdem ist hier noch jemand, der für Euch haftet.«

Er hob die Hand, auf die rotgolden das Licht durchs Fenster fiel. Es blieb still, doch dann trat eine Gestalt aus dem Dunkel und kam langsam angehumpelt.

Ein alter Mann, dachte Hal. Noch so ein kleiner Mönch?

Doch als das Licht auf den eisengrauen Kopf fiel, wurde er in Hals Erinnerung plötzlich blond, und ihn durchfuhr ein freudiger Schreck des Wiedererkennens.

»Sieh an, Hal«, sagte Kirkpatrick fast traurig. »Du hast immer so klug gehandelt. Nur bei dieser Frau hast du den Kopf verloren.«

Isabel

In der Nacht kam er zu mir. Er kommt nicht mehr oft – so selten, dass ich – Gott verzeihe mir – in meiner Einsamkeit fast froh bin, ihn zu sehen, denn er kann mich mit seiner Widerwärtigkeit schon lange nicht mehr aufregen. Er beschimpft mich und schlägt mich dafür, aber selbst dazu hat er nicht mehr viel Kraft. Du schicktest mir Malise Bellejambe, Herr, als den einzigen Menschen in meiner Welt. Liegt es an meinen eigenen Sünden, dass du noch grausamer gegen mich bist als er? Ich verstehe es nicht, mein Gott, denn was er mir antut, ist doch gewiss auch eine Grausamkeit gegen Dich. Kann es sein, dass Du mir einen Spiegel vorhältst, damit ich verstehe, dass nichts mich schützen kann, o Gott, außer dem Schild, auf dem kein Wappen ist, auf dem dafür alle Himmel und die Sonne zu sehen sind. Das einzig Reine, das ich Dir darbringen kann, ist meine Seele. Nimm sie, Herr, und gib mir dafür diesen Schild.

KAPITEL 3

PALAIS DU ROI, PARIS
TAG DES HEILIGEN JOSEPH VON ARIMATHIA, MÄRZ 1314

Der Gestank wehte von der Île des Juifs herüber, beißend und übermächtig drang er überallhin, sodass die Königin von England ihre Hand vor die Nase halten musste. Ironischerweise erwies es sich jetzt als Vorteil, dass Isabellas Hände und Arme ein Jahr zuvor schwer verbrannt worden waren. Wegen der hässlichen Narben, die zurückgeblieben waren, hatte sie sich angewöhnt, parfümierte Handschuhe zu tragen.

Draußen auf der Seine bargen mutige Männer die Asche ihres Paten, Jacques de Molay, Großmeister des Templerordens, der an diesem Tag zusammen mit Geoffroi de Charney, dem Ordensvorsteher der Normandie, auf dem Scheiterhaufen verbrannt worden war. Sie hatten ihre Geständnisse öffentlich widerrufen, und ihr Vater hatte angeordnet, einen Scheiterhaufen zu errichten, auf dem die beiden Tempelritter qualvoll sterben sollten. Immerhin hatte de Molay auf diese Weise noch Zeit gehabt, ihren Vater laut und deutlich zu verfluchen und zu prophezeien, dass seine Peiniger innerhalb eines Jahres zur Hölle fahren würden.

Isabella war überzeugt, dass der Name ihres Paten noch lange im Gedächtnis der Menschen fortleben würde, als

Märtyrer des Ordens, aber nicht zuletzt auch wegen des Fluchs, den er gegen den Papst und ihren Vater ausgesprochen hatte. Das sprach sie jetzt auch laut aus – ein ziemliches Wagnis, und Beaumont, Badlesmere und der junge Earl von Gloucester zuckten nervös zusammen. Allerdings waren sie nicht weiter überrascht, denn sie wussten, dass diese zarte, junge Königin schlau war wie ein Fuchs und mehr Courage besaß als ihr Mann, aber diese Gedanken behielten sie für sich.

Genau wie sie ihre Ansicht über die Tempelritter für sich behielten. Immerhin war der Orden vor zwei Jahren in Vienne offiziell verurteilt worden, und der König von England hatte sich an die Anweisungen des Papstes gehalten. Jetzt übernahmen die Johanniter die Besitztümer des Templerordens, auch wenn Edward deshalb ungehalten war. Er konnte nichts dagegen tun, ohne den Heiligen Vater zu erzürnen, und das konnte er sich nicht leisten.

»Wird mein Vater uns empfangen?«, fragte Isabella den Gesandten, der sein schwabbeliges Teiggesicht in traurige Falten legte und anfing zu erklären, weshalb König Philipp von Frankreich dazu nicht bereit war. Eine kurze Bewegung mit dem parfümierten Handschuh schnitt seinen Redestrom ab.

Sie hatte verstanden. Angeblich war ihr Vater betrübt darüber, was er hatte tun müssen, aber Isabella fragte sich, ob es das war oder nicht eher der Fluch, der ihrem Vater zu schaffen machte. Wie sie ihren Vater kannte, würde er sich jetzt vor Sorge die Fingerknöchel wundbeißen, und zwar sowohl wegen des Makels, der auf seiner Königswürde lag, als auch wegen des Makels auf seiner unsterblichen Seele. Die Qual, die beides ihm bereitet, wird anhalten, dachte sie, noch lange nachdem der Wind Gestank und Asche fortgetragen hat.

Dies war Philipp der Schöne, wie sie ihn kannte, der gut aussehende, hinterhältige, eitle Vater und König. Er war zu den grausamsten Taten fähig, doch selbst er schien verunsichert angesichts dessen, was hier geschehen war, als hätte diese neueste Boshaftigkeit ihm alle Kraft genommen. Das und die sechsjährige Suche nach dem Schatz der Templer, die, wie Isabella wusste, die eigentliche Ursache dieser Verschwörung war – eine Suche, die nichts zutage gebracht hatte.

Sie zweifelte nicht daran, dass die Nachricht über diese neueste Gräueltat an dem letzten Großmeister des Ordens der Armen Ritterschaft Christi in kürzester Zeit alle Ohren erreichen würde, und sie fragte sich, was sie mit ihrem versteckten Schatz machen würden, diese letzten empörten Tempelritter.

Gewiss würden sie ihn nicht ihrem verzweifelten Mann aushändigen, um damit seine Kriege zu finanzieren, so viel stand fest. Also müsste er sich auf Isabella verlassen. Sie sollte ihren kranken Vater dazu überreden, dass er König Edward von England gestattete, die herzoglichen Anteile von der Gascogne an den Papst zu verpfänden, denn in dieser Region war Philipp von Frankreich Edwards Lehnsherr. Im Gegenzug würde der Papst Edward Geld leihen, um seine neueste Unternehmung, einen Krieg gegen Schottland, zu finanzieren.

Es war ein kompliziertes Tanzmuster, wie Isabella auch mit ihren achtzehn Jahren nur zu gut wusste, die kunstreichen Schritte, die die reichen Wollhandelshäuser wie Pessagno in Genua genauso gut kannten wie die Bardi in Florenz und die Peruzzi von Neapel. Und niemanden kümmerte es im Geringsten, dass ihr größter Konkurrent, der Florentiner Frescobaldi, sich mit ähnlichen spekulativen Anleihen für Edward I. völlig ruiniert hatte.

So war es eben im Handel, wo ein Fehler einen in den Abgrund treiben und ein Erfolg einen reicher als Gott machen konnte. Isabella hatte längst begriffen, dass es in jedem Krieg allein auf Gold ankam, das war der eigentliche Muskel, mit dem der Kampf ausgefochten wurde.

Also wäre es nicht ihre Schuld, wenn das ganze komplizierte Beziehungsgeflecht zerriss und ihr Mann das Geld für die neue Invasion nicht bekäme. Wie traurig. Und wie schade, dass seine eigenen Barone ihm dann die Flügel stutzen würden. Aber auch daran wäre sie nicht schuld …

Doch obwohl sie bereits mit ihrem Verrat liebäugelte, wusste sie genau, dass eine Schwächung ihres Mannes und der Fall seines neuesten verhassten Günstlings gut geplant sein mussten. Am Ende würde sie schon dafür sorgen, dass er bekam, was er brauchte – wenn Gott ihr ein Zeichen schickte. Aber sollte er ruhig erst einmal eine Weile schmoren, genau wie er sie durch seine vielen kleinen Demütigungen schmoren ließ …

»Isabella.«

Sie blickte in das lächelnde Gesicht von Blanche, der Frau ihres Bruders. Sie umarmte sie und bewunderte ihr Kleid, und währenddessen überlegte sie, ob die Gerüchte über ihre Affären stimmten – und wie bald Gott sie dafür strafen würde.

Sowohl Blanche als auch Marguerite, die Frauen ihrer Brüder, waren ausdruckslose, blasse Geschöpfe, hübsch, aber langweilig. Sie würde schon herausfinden, was hinter den Gerüchten steckte, nahm sie sich vor. Die beiden würden es ihr erzählen, denn sie war jung und konnte sich entzückend naiv stellen, sie konnte lächeln und begeistert in die Hände klatschen, wenn die Geschichten von gut aussehenden jungen Männern handelten. Vielleicht würde das, was sie herausfand, ihren Vater auch davon abhalten, weiter über mögliche Anleihen vom Papst zu reden, und das wäre ihr gerade recht. Zu traurig. Aber nicht ihre Schuld …

Beaumont beobachtete die beiden, das fuchsschlaue Lächeln der Königin und die eifrige Blanche, die wie immer bemüht war, sich beliebt zu machen und den neuesten Klatsch zu hören.

Pass auf, du Küken, dachte er, die Gemahlin meines Königs ist eine Schlange, die dich bei lebendigem Leib verschlingen wird.

Der Gestank nach verbranntem Fleisch kam durchs Fenster und erinnerte Beaumont wieder an den traurigen Schlamassel mit dem Templer. Er wünschte, er hätte ebenfalls einen parfümierten Handschuh. Er fragte sich, welche Geheimnisse de Molay mit in den Tod genommen hatte, statt sie Philipp von Frankreich, dem verhassten König, zu verraten.

Was war mit dem Schatz der Armen Tempelritter geschehen?

EDINBURGH
OKTAVE DES HEILIGEN BENEDIKT VON MONTECASSINO, 1314

Durch den schmalen Fensterschlitz hörte man das Gebrüll aus Hunderten von Kehlen. Bruce hob den Kopf und lächelte: Jamie Douglas drillte seine Truppen. Wie jeden Tag.

»Er ist eben eifrig«, war Abt Bernards trockener Kommentar, als Bruce eine Bemerkung machte, und sein Gesicht verriet keinerlei Regung. Stattdessen schob er das Schriftstück ein wenig weiter zu ihm hinüber und bemerkte, das Wachs sei jetzt abgekühlt.

»Er ist wütend«, fuhr Bruce fort, als er die Schriftrolle studierte. »Weil Randolph Edinburgh eingenommen hat, und zwar auf dieselbe Art und Weise, die der Schwarze in Roxburgh angewandt hat. Wenn er nicht irgendwie Dampf abließe, würde unser Jamie explodieren.«

Er sah den Kanzler an, der ein neues Stück Siegelwachs hervorholte.

»Wenn ich das hier gesiegelt habe, werden die Brüder, deren Namen nicht genannt werden darf, Besitzer der Burg von Glaissery sein. Möge es ihnen zum Wohle gereichen.«

»Es wird *Euch* zum Wohle gereichen«, erwiderte Bernard vielsagend, und Bruce stand vom Tisch auf. Alle Knochen schmerzten ihn.

»Außerdem«, fuhr Bernard fort, »heißen sie jetzt die Benediktiner Christi.«

»Ganz wie Ihr meint. Aber Ihr seid der Abt von Arbroath, und Ihr müsst Euren Brüdern in Christo klarmachen, dass sie sich nennen dürfen, wie sie wollen, solange die Tempelritter dabei nicht erwähnt werden. Weder ist dies eine Ordensburg, noch wird es einen neuen Templerorden mit mir als Großmeister geben.«

Er starrte auf die Urkunde und schüttelte den Kopf.

»Niemand wird sich doch von diesen angeblichen Benediktinern täuschen lassen – mit ihrem Schwert unterm Skapulier.« Bruce sah seinen Kanzler ernst an. »Die Templer glauben, nur weil dieses Land mit dem Bann belegt ist, kann ich den Papst herausfordern, indem ich sie schütze. Erinnert sie daran, dass ich mich nicht freiwillig unter den Bann begeben habe, Abt Bernard. Eher früher als später werde ich mit der Mutter Kirche wieder versöhnt sein, und ich will es mir nicht dadurch erschweren, dass ich jedem verurteilten Ketzer hier Unterschlupf gewähre.«

»Das wissen sie gut, Mylord«, sagte der Kanzler leise und

mit einer Andeutung von Bitterkeit in der Stimme, die Bruce nicht entging. »Darum bieten sie ja auch an, was sie anzubieten haben. Es gibt keinen Orden der Armen Ritterschaft Christi in Schottland, wie jeder bezeugen wird, nur ein paar bettelnde Benediktiner oben im rauen Norden. Allerdings mit einem ziemlichen Haufen Geld, das sie verleihen können, und einem Waffenarsenal, das man dafür erstehen kann.«

»Kein Wort darüber«, unterbrach Bruce ihn, der vor Aufregung ins Französische verfiel. »Kein Wort über Geld oder Waffen.«

»Auch nicht, wenn wir zwei unter uns sind?«

»Wände haben Ohren«, murmelte Bruce, der die Schreie draußen hörte. Und Gott hört ebenfalls mit, fügte er im Stillen hinzu. Noch schlimmer, Malachias hört auch mit, und dieser kleine Heilige hasst mich.

Sein Fluch ist es, dem ich es verdanke, dass die Krone auf meinem Kopf unsicher ist, grübelte er, deshalb zögern alle, die mit uns Handel treiben sollten, und können sich nicht entschließen. Tatsächlich, es war kaum möglich, auch nur einen Händler zu finden, der bereit war, dem Rebellenkönig von Schottland Geld zu leihen, egal, was man ihm dafür versprach.

Also bin ich auf Ketzer angewiesen, und auf die Legende vom Schatz der Tempelritter, dachte er. Er trat vom Tisch zurück und ging zu dem Fensterschlitz, die Hände auf dem Rücken. Und auf zwei alte Haudegen …

Weit draußen auf dem Feld hinter der Burg galoppierten Reiter hin und her – mindestens vierhundert, mit glänzenden Lanzen. Allerdings war es eine Täuschung, die auch Bruce schon oft zu seinem Vorteil gebraucht hatte, denn es waren gar keine Ritter, nicht einmal bewaffnete Serjeants.

Es war berittene Infanterie in dick gefütterten Mänteln mit langen, scharfen Speeren. Wie ein Schwarm dreister Spatzen fanden sie sich zusammen, dann sprangen sie blitzschnell von ihren zotteligen Hochlandponys und konfrontierten den Gegner mit einem dichten Block aus zwölf Fuß langen Piken, während die Pferdeknechte die aufgeregten Ponys wegführten.

Es ging etwas durcheinander, hier und da stürzten ein paar Männer, und selbst aus dieser Entfernung glaubte Bruce, das wütende Gebrüll der Anführer zu hören, jeder fest entschlossen, dass sein Kommando aus zwanzig Mann sich nicht blamierte.

Er reckte den Hals, um besser sehen zu können, konnte aber niemanden erkennen, auch nicht Jamie Douglas, der nur einer unter vielen war. Wahrscheinlich ist er in der Nähe des Banners, dachte Bruce. Zumindest hatte sein Block richtige Waffen und nicht nur Stangen. Er fragte sich, ob Kirkpatrick und Hal von Herdmanston Erfolg hatten, und versprach St. Malachias noch mehr Kerzen, damit er ihnen half.

Jemand war hereingekommen, er hörte leises Gemurmel, und als er sich umdrehte, trat sein Kaplan Thomas Daltoun näher. War er gekommen, um dem König die Beichte abzunehmen? Bruce runzelte die Stirn.

»Euer Bruder ist hier, Mylord«, erklärte der Kaplan, und Bruce' Stirn fing augenblicklich an zu schmerzen. Edward, hier? Er hatte ihn nach Stirling geschickt, um die Belagerung dort zu überwachen. Edward hatte das Kommando verlangt, und Bruce hatte nachgegeben.

Aber jetzt war Edward hier in Edinburgh – so schnell konnte er doch Stirling unmöglich eingenommen haben?

Er trat ein, groß, vierschrötig, rotgesichtig. Er nickte dem Kanzler zu, der gerade gehen wollte, aber sein übliches breites Grinsen sah erzwungen aus. Bruce wurde mulmig zumute.

»Bruder«, sagte er und ignorierte wie immer Edwards Verzicht auf jegliches Protokoll. »Du bringst mir sicher gute Neuigkeiten aus Stirling. Mowbray ist festgenommen, die Burg gehört uns, und dein Ruhm überstrahlt alles ...«

»Es ist dein Ruhm, den ich aufpoliere«, erwiderte Edward grimmig, dann sah er Daltoun auffordernd an, der immer noch dastand. Bruce sagte jedoch nichts, und schließlich begriff Edward. Er holte tief Luft, als wolle er in eiskaltes Wasser springen – und jetzt bekam Bruce es wirklich mit der Angst zu tun.

»Mowbray ist auf dem Weg nach Süden zum englischen Edward«, sagte sein Bruder schnell, als wollte er die Worte loswerden, ehe man ihn am Weiterreden hinderte. »Er bringt ihm die Nachricht über den Waffenstillstand, den wir ausgehandelt haben, er und ich. Er besagt, dass Stirling aufgegeben wird, wenn es nicht bis zum Johannestag von einer englischen Armee befreit wird.«

Die Worte hingen in der Luft wie schwarzer Rauch, der sich nur langsam verzog. Bruce sah ihn an, er verstand nicht gleich und starrte seinen Bruder an. Dann merkte er langsam, wie es in seinem Kopf anfing zu dröhnen, doch Edwards kühler, herausfordernder Blick blieb ungebrochen.

»Was hast du dir dabei nur gedacht, Bruder?«, fragte Bruce schließlich mit zitternder Stimme. »Was um Himmels willen hast du dir bloß dabei gedacht?«

Edward wurde rot, und die Falte zwischen seinen Augen wurde tiefer – aber er zügelte seinen Zorn, was Daltoun erstaunte und seinen Bruder verwirrte.

»Was ich mir gedacht habe? Ich habe mir gedacht, etwas müsste geschehen«, sagte er langsam.

Bruce ließ ein Keuchen hören.

»Es war etwas geschehen«, brüllte er, ehe er sich wieder fing und schwer atmend vor ihm stand, sein Gesicht eine einzige verzerrte Maske. Fasziniert beobachtete Daltoun, wie wasserhelle Tropfen aus der Narbe traten.

»Du hast Schotten, die noch immer auf der Seite der Plantagenets stehen, ein Ultimatum gestellt«, erklärte Edward ungerührt.

Jetzt war Bruce nicht mehr zu halten.

»Das habe ich«, brüllte er. »Ja, das habe ich, Bruder. Ich habe den Plantagenets ein Ultimatum gestellt. Und jetzt hast du mich an diesen Ort gebunden. Bist du denn verrückt geworden? Hältst *du* dich hier etwa für den König?«

Das spuckte er auf Französisch aus, und Daltoun hätte geschworen, er konnte die Worte in der Luft sehen, doch hinterher dachte er, dass es wohl nur Speicheltropfen gewesen waren. Aber der letzte Satz stand zwischen den beiden Brüdern wie eine stinkende Wolke und wartete auf eine Antwort.

Das war es also, was er wollte, dachte Bruce bitter. Er gibt sich mit Carrick nicht zufrieden, mein einziger verbliebener Bruder …

Edward Bruce erhob sich auf die Zehenspitzen, und einen Moment lang dachte Daltoun, jetzt würde das Undenkbare geschehen und er würde auf seinen Bruder losgehen, den König angreifen …

»Nicht im Mindesten, Bruder«, erwiderte Edward, indem er sich wieder zurückfallen ließ, und seine Stimme war jetzt ein sanftes Säuseln. »Ich wollte dir den Thron sichern.«

Bruce war sprachlos, er machte den Mund auf und zu wie ein Fisch auf dem Trocknen.

Edward zwang sich zu einem schiefen Lächeln.

»Du willst die schottischen Lords auf deiner Seite haben?

Dann musst du sie auch für dich gewinnen«, fuhr er fort und begann, auf und ab zu gehen. »Dieser Plantagenet ist nicht wie sein Vater. Er ist faul und apathisch und hätte sich wegen seines Lustknaben fast mit seinen Baronen verfeindet. Jetzt will er sich für den Tod seines Günstlings rächen.«

Er schwieg und drehte sich um.

»Und das ist der Mann, gegen den du nicht kämpfen willst, Bruder? Das ist der Mann, den du erst verhöhnst und vor dem du dann davonrennst? Wie wird das ankommen bei den Lords, die dir Lehnstreue schwören sollen – und bei denen, die es bereits getan haben?«

Bruce sagte nichts, er konnte nur vor sich hinstarren, während die Gedanken in seinem Kopf kreisten: »Der Fluch des Malachias.«

»Du hast den Thron usurpiert«, sagte Edward rundheraus, und Daltoun schnappte nach Luft. »Du hast ihn dir mit Gewalt genommen. Was keine Schande ist. Aber wenn du ihn behalten willst, Bruder, dann wirst du darum kämpfen müssen. Wegrennen, das mag die deutsche Methode sein – aber diesen Preis wirst du damit auf Dauer nicht behalten.«

Daltoun wusste, dass die deutsche Methode eine Variante des Turnierkampfes war, bei der man dem Angriff des Gegners geschickt zur Seite auswich, um dann selbst anzugreifen. Bruce hatte sie viele Male mit Erfolg angewandt, im Turnier und anderswo, aber sie wurde von den Rittern verachtet, die die französische Methode – ein entschlossener Angriff, bei dem Pferd und Reiter zu Boden stürzten – für die einzig ehrenvolle Art und Weise hielten.

Einen Moment hatte Bruce seinen Bruder nur wütend angefunkelt. Doch jetzt wandte er sich ab, machte eine Handbewegung zur Tür.

»Geh jetzt, Edward«, sagte er müde, und als sein Bruder

sich nicht rührte, sah er ihn scharf an. »Geh mir aus den Augen!«

Daltoun, der sah, wie sich die Sturmwolken auf Edwards Stirn zusammenzogen, zwang sich, ein paar Schritte zu machen, und räusperte sich, sodass beide Männer ihn ansahen, als bemerkten sie ihn zum ersten Mal.

Edward holte tief Luft, dann drehte er sich auf dem Absatz um und ging. Die schwere Tür fiel krachend ins Schloss. Daltoun folgte ihm und wäre fast mit dem Kanzler zusammengestoßen, dem hinter der dicken Tür vermutlich nichts entgangen war.

»Herrgott noch mal«, fauchte Bruce und ließ seine Faust auf den Tisch niedersausen, dass Papiere und Wachs hüpften.

Das war typisch Edward. Dort ist der Feind, also die Lanze bereit, den Schild hoch – Angriff. Egal, wie die Chancen stehen – ein entschlossener Angriff konnte alles entscheiden …

Doch er war sein letzter verbliebener Bruder. Die anderen waren auf seinem Weg zur Königswürde auf der Strecke geblieben. Die Ruhmsucht ist vom Teufel, dachte er.

Unüberlegt, dachte er weiter. Der voreilige Bruder Edward, der ebenfalls einen teuflischen Eigensinn hat. Dieses Königreich ist zu klein für uns beide, solange einer König ist und der andere es auch sein möchte …

Die Worte seines Bruders waren eine Geißel, doch gleichzeitig waren sie auch ein unsanfter Appell an die Vernunft. Natürlich hatte Edward recht – er hatte zwar eine Krone, aber kein Königreich, und wenn er die Invasoren nicht herausforderte, würde sich das nie ändern. Zu früh, dachte er. Wir sind noch nicht so weit – haben nicht genügend ausgebildete Leute, weder genügend Waffen noch Rüstungen …

Doch daran würde sich so schnell nichts ändern, und

wenn er siebzig Jahre alt werden sollte – was er nicht werden würde, da war er sicher.

Ich bin vierzig, dachte er. Wenn nicht jetzt, wann dann?

Bernard, dem das hochrote Gesicht des Königs gar nicht gefiel, sah, dass die Narbe auf seiner Wange feucht war. Er ließ einen neuen Klecks aus geschmolzenem Wachs auf das Pergament fallen, und seine Hand zitterte, als er es Bruce zuschob.

Der König überlegte, berührte seine Wange, betrachtete seine Fingerspitzen, und einen Augenblick lang sah er erschöpft und geradezu verängstigt aus. Doch dann ballte er die Faust und drückte das königliche Siegel auf das Dokument, welches die Burg von Glaissery, die jüngst den MacDougalls am Loch Awe fortgenommen worden war, dem verbliebenen Rest der Armen Ritterschaft Christi überschrieb, ganz gleich, wie sie sich jetzt nennen mochten.

Damit ist es also geschehen, dachte er, und dank meines Bruders brauche ich plötzlich auch diese heimlichen Templer und das, was sie mir zu bieten haben.

Doch vor allem ist es jetzt wichtiger denn je, dass Kirkpatrick und Hal, die beiden alten Haudegen, Erfolg haben, sonst kann ich mit Stangen auf die Engländer losgehen – oder warum nicht gleich mit Mistgabeln.

DIE IRISCHE SEE
ZUR GLEICHEN ZEIT

Über der schwarzen See trieben ein paar Möwen reglos im Wind, und die Dünung kam in langen, tiefen Schwellen. Hal hasste es, auf einem schwankenden Deck zu kämpfen, trotz der Geduld, die Gerald de Villers mit ihm hatte.

»Noch mal«, sagte er, und der Mann in der schwarzen Kutte, der das Skapulier abgelegt hatte, beugte nur liebenswürdig den Kopf und kam abermals auf ihn zu, schwang sein großes Breitschwert nach links und rechts, täuschte und kam abermals. Schwitzend, unsicher und keuchend wehrte Hal ab und parierte, dann taumelte er vor Erschöpfung und spürte den scharfen Luftzug, als de Villers' Klinge an seiner Wange vorbeipfiff.

»Schon besser«, sagte der Mönch und strich grinsend seinen Bart. »Ihr kommt mit jedem Tag mehr zu Kräften.«

Wenig überzeugt ließ Hal sich auf die Füße ziehen und das Schwert des Mönchs verschwand in der Scheide, die er um das weiße Gewand mit dem diskreten roten Kreuz über dem Herzen geschnallt hatte. All das wiederum verschwand unter einem schlichten schwarzen Gewand. Doch auch wenn er keinerlei Erkennungszeichen trägt, dachte Hal, niemand würde diese Männer für einfache Mönche halten.

Kirkpatrick sah zu, wie Hal sich die Kettenhaube vom Kopf zog, sich dann vorbeugte und sich schüttelte wie ein Hund, bis das Kettenhemd von ihm abrutschte und zu seinen Füßen lag. Es hatte die Tunika gleich mitgezogen, und Hal goss sich einem Eimer Wasser über den nackten Oberkörper.

Er ist schwer misshandelt worden, dachte Kirkpatrick, als er die Narben sah. Und er ist mager, seine Muskeln sind verkümmert. Er schämte sich, wenn er an diese letzte Nacht dachte, als Hal gefangen genommen worden war. Es war schwer, darüber zu sprechen, besonders mit Hal selbst, aber im Dunkeln hatten sie geredet, obwohl die Worte nur mühsam kamen. Sie hatten sich an den Mord und den Verrat erinnert, der sie in die Burg von Closeburn geführt hatte und auch wieder hinaus. Fast wären sie in Sicherheit gewesen …

Was war passiert, hatte Kirkpatrick gefragt, nachdem du mich aufs Pferd gesetzt und es losgeschickt hattest? Hal hatte Scham und Bitterkeit aus dieser Frage herausgehört, was ihn überraschte – für ihn war es nur vernünftig gewesen, denn Kirkpatrick wusste Antworten auf Fragen, die einem besser nicht unter der Folter gestellt werden sollten, und es gab nur ein Pferd, das sie beide nicht getragen hätte, außerdem war Kirkpatrick verletzt. Natürlich war da noch der Wermutstropfen, dass Kirkpatrick ihn für seine eigenen Zwecke missbraucht hatte, indem er vorgegeben hatte, sie würden Isabel befreien. Stattdessen hatten sie einen Mann ermordet und damit Bruce ein weiteres Hindernis aus dem Weg geräumt.

Doch damals war gar keine Zeit für große Überlegungen gewesen, er hatte nur wenige Augenblicke, um den blutenden Kirkpatrick aufs Pferd zu setzen und es mit einem heftigen Hieb zum Galopp anzutreiben. Dann hatte er sich umgewandt und die Männer mit den Hunden gesehen.

Die Hunde hatte er getötet, aber beim letzten hatte er sein Schwert verloren, sodass die Männer ihn mühelos zu Boden werfen und überwältigen konnten. Kirkpatrick nickte, als Hal es zögernd und mit vielen Unterbrechungen erzählte.

»Das war sicher schlimm«, sagte er, und Hal hätte ihm gern erzählt, wie es wirklich gewesen war. Sie hatten ihn geschlagen und getreten und mit ihren Schwertgriffen bearbeitet, während John Fitzwalter immer wieder brüllte, er solle lebendig gefangen genommen werden. Blutig geschlagen vom Panzerhandschuh des Malteserritters Oristin del Ard, während der junge Ross von Wark ihn anschrie, er solle endlich aufstehen. Aufstehen – wozu? Damit er ihn abermals niederschlagen konnte?

Ein Stiefel traf ihn seitlich am Kopf, dass sein Schädel nur so brummte. Das sei für den Mord am Profos von Closeburn! Ich nicht, dachte Hal, das war Kirkpatrick. Und dazu noch sein Verwandter.

Erneut Fußtritte in die Rippen und ins Gesicht. Das ist für den jüdischen Gefangenen! Kein Jude, dachte Hal, nur ein kleiner Katharer aus dem Languedoc, der Arzt von Bruce, der ein Geheimnis bewahrte, das nicht ans Licht kommen durfte, nämlich die Wahrheit über Bruce' Krankheit. Und dann der Profos, sein eigener Verwandter. Das hatte Kirkpatrick bloß zu seinem Vergnügen getan, hätte Hal am liebsten geschrien, er war nur geschickt worden, um den Arzt zur Hölle fahren zu lassen, und hatte mich mit seinen Lügen mitgezogen. Dennoch hatte Hal nur geschrien und gestöhnt, als er für Kirkpatricks Morde misshandelt wurde: grausame Fußtritte, die ihm seine Finger und einen Ellbogen brachen.

Weitere brutale Schläge mit etwas Schwerem – einem Speerschaft oder der flachen Seite eines Schwerts –, die ihm den Atem raubten und vor Schmerzen halb wahnsinnig werden ließen. Er trat um sich und konnte nur noch stöhnen und denken, Herr Jesus, jetzt haben sie mich erledigt. Dies ist für Dixon, schrie jemand! Der arme alte Dixon.

Der Gefängniswärter mit seinem Schlüsselbund, dachte Hal. Auch das war Kirkpatricks Tat. Oder vielleicht war es der Diener, der vor der Tür des Profos gelegen hatte und im Schlaf getötet wurde – ebenfalls Kirkpatrick. Oder einer von den Wachen am Hintereingang – ich bekenne, die beiden habe ich umgebracht, aber Kirkpatrick hat dabei geholfen.

Eine schreckliche Blutspur, und verursacht hauptsächlich vom Schwarzen Roger Kirkpatrick. Ich hätte gar nicht dabei sein sollen, wollte Hal ihnen sagen, nur hatte Kirkpatrick mir weisgemacht, dass ich Isabel befreien würde, die zu dem Zeitpunkt schon längst woanders war. In einem Käfig in Berwick.

Daran hatte Hal jeden Tag denken müssen, an dem er in

Roxburgh aufgewacht war, mit seinen Wunden und seinem Zorn, wenn seine Augen versucht hatten, die Dunkelheit zu durchdringen, und er sich vorstellte, dass ganz in der Nähe, nur durch ein paar Fuß Mauer getrennt, ein ähnlicher Käfig war, in dem Bruce' Schwester schmachtete. Als sie ihm endlich erlaubt hatten, auf die Zinnen zu humpeln, um etwas frische Luft und Bewegung zu bekommen, war Bruce' Schwester weg. Einfach so, samt Käfig, und es war viel Überredungskunst und Schmeichelei nötig gewesen, bis man ihm verraten hatte, dass sie nicht tot war, allerdings so krank, dass man sie in die Obhut von Nonnen gegeben hatte, wo sie sich hoffentlich erholen würde.

Hal hatte sich gefragt, ob Isabel wohl auch krank geworden war. Lange hatte er gar nicht gewusst, ob sie überhaupt noch am Leben war. Das hatte er erst erfahren, als der König sie erwähnte. König Robert … der Titel klang ihm immer noch fremd.

Nachdem er jetzt das Gesicht des Königs gesehen hatte, wie jeder andere es auch sehen konnte, fragte er sich, ob der Mord, der sicherstellen sollte, dass die Lepra des Königs ein Geheimnis blieb, sieben Jahre Gefangenschaft in Roxburgh wert gewesen war. Diese Frage stellte er sich auch jetzt, als er atemlos vor Erschöpfung auf dem geteerten Deck unter dem großen geblähten Segel saß.

»Nun ja«, erwiderte Kirkpatrick jetzt, als sie darüber sprachen, »damals sah es so aus, da standen wir mit dem Rücken zur Wand und hatten den Rammbock am Tor. Später, als der König krank wurde – er war ja fast dem Tode nahe –, wurden die Gerüchte immer lauter. War es die Sache wert? Für dich vielleicht nicht, obwohl du jetzt einen wärmeren Empfang in Closeburn bekommen wirst.«

Hal hatte gehört, dass Bruce die befreiten Ländereien von

Closeburn ihm, Kirkpatrick, seinem treuen Wachhund, geschenkt hatte, sodass der sich jetzt Lord Roger Kirkpatrick nennen konnte. Denselben Namen hatte der Verwandte getragen, den er in jener Nacht getötet hatte, was ganz danach aussah, als habe der Teufel die Hand im Spiel gehabt.

»Jetzt fehlt mir nur noch der Ritterschlag, der mir für dieses Jahr versprochen ist, dann habe ich alles erreicht«, fuhr Kirkpatrick stolz fort. »Aber schließlich habe ich Bruce dafür auch fast zwanzig Jahre gedient.«

»Ja«, sagte Hal nachdenklich, »du bist aufgestiegen.«

Kirkpatrick schwieg. Ihm wurde bewusst, wie tief Hal von Herdmanston gefallen war, und er schämte sich und ärgerte sich über sich selbst, weil sein Stolz mit ihm durchgegangen war. Er lächelte versöhnlich.

»Ich werde mein Wappen abändern«, sagte er als Versuch, die Sache wiedergutzumachen. »Diese dicken Säcke auf dem Schild wirken für meinen Geschmack zu arrogant, zu kaufmännisch.«

»Arrogant und kaufmännisch«, wiederholte Hal. Er musste lächeln über dieses neue ritterliche Feuer in Kirkpatrick, der den Anstand hatte, rot zu werden und etwas verlegen zu lächeln.

»Wie ich höre, bist du auch auf Brautschau«, fügte Hal hinzu. Kirkpatrick nickte, versuchte aber, die Sache als unwichtig abzutun, obwohl die betreffende Lady eine Erbin mit vielen Morgen Land war.

»Was ist eigentlich aus der Frau geworden, deren Mann dich wegen diesem Techtelmechtel erdolchen wollte?«

Diese Frage kam wie ein Faustschlag, der Kirkpatrick den Atem nahm. Doch schnell erholte er sich wieder, obwohl ihm bei der Erinnerung daran heiß und kalt wurde. Er hatte Kontakt zu einer alte Flamme aufgenommen und ihre noch nicht erkaltete Liebe für ihn schamlos für seine Zwecke ausgenutzt. Er dachte daran, wie er mit Annie im Keller lag, ehe sie sich Eintritt zur Burg von Closeburn verschafft hatten. Später war ihr Mann Nicholl aus der Dunkelheit aufgetaucht, fassungslos vor Zorn, und hatte sich an ihm gerächt.

Er hätte ihnen Pferde für ihre Flucht bringen sollen, stattdessen brachte er einen Dolch. In der Erinnerung spürte Kirkpatrick immer noch die Stelle auf dem Rücken, wo die Klinge eingedrungen war und ihn fast zum Krüppel gemacht hatte. Es hatte lange gedauert, bis er sich wieder erholt hatte, ganz hergestellt war er danach nie mehr. Aber es hatte ihm Zeit gegeben, seine Rache zu planen.

»Sie sind geflohen«, sagte er kurz, doch es war nur die halbe Wahrheit. Er hatte viel Zeit und Geld darauf verwendet, die beiden ausfindig zu machen. »Er konnte ja kaum in Closeburn bleiben, nachdem ich dort Herr im Hause war.«

»Und die Frau – wie hieß sie wieder? Annie?«, fragte Hal, und als Kirkpatrick ihn nur anstarrte, wusste er die Antwort – Nicholl, Annies Mann, hatte Kirkpatricks Zorn nicht überlebt. Und es passte zu Kirkpatrick, dass Hal nicht sicher sein konnte, ob Annie es überlebt hatte, Jugendliebe hin oder her. Blut und immer mehr Blut, dachte Hal, dick und klebrig wie Schneckenspuren, und alle führen sie zurück zu Kirkpatrick.

»Für dein neues Wappen«, sagte er ernst, »würde sich vielleicht eine Hand mit einem blutigen Dolch eignen. Denk mal darüber nach.«

Kirkpatrick antwortete nicht.

»Ihr solltet besser auf Euer Kettenhemd achtgeben«, unterbrach jemand auf Französisch die Stille. Beide Männer sahen auf und blickten in das Gesicht von Rossal de Bissot mit seinem spatenförmigen Bart.

»Es wird in der Seeluft rosten, wenn Ihr Euch nicht darum kümmert«, fuhr er fort, »obwohl es gut ist, dass Ihr es viel tragt, damit Ihr Euch wieder an das Gewicht gewöhnt.«

Hal, der es gerade hochzog, um sich wieder in seine kalte Umarmung zu begeben, war weniger erbaut, aber de Bissots Bewunderung war echt, und sein Lob tat gut.

»Bis wir Crunia erreicht haben«, strahlte er und schlug Hal auf die metallene Schulter, »werdet Ihr wieder ganz der Alte sein – stark genug, wie es sich für einen Angehörigen des Ordens der Armen Ritterschaft gehört.«

»Die Chance besteht wohl im Moment kaum«, erwiderte Hal kurz, und Rossal nickte.

»Gott will es so«, erwiderte er mit einem schmalen Lächeln.

»Für diese Ehre wart Ihr ja sogar einst ausersehen«, fuhr er zu Hals Erstaunen fort. »Euer Onkel, Sir William, sprach mit Eurem Vater darüber.«

»Sir William? Der Alte Templer?«

De Bissot runzelte die Stirn über diesen Spitznamen, doch er nickte.

»Ja, so habt Ihr ihn wohl genannt. Es war kurz nachdem Ihr Weib und Kind verloren hattet. Sir William bat darum, dass man Euch fragt, aber Euer Vater weigerte sich, schließlich wart Ihr der einzige Erbe von Herdmanston, und Euer Vater wollte Euch nicht auch noch verlieren.«

Hal war platt. Das hatte der Alte Templer, Sir William Sientcler von Roslin, nie erwähnt, und sein Vater auch nicht. Es hätte leicht passieren können, dass er sich womöglich für das mönchische Leben eines Templers entschieden hätte, denn Hals Trauer um seine Frau und seinen kleinen Sohn hatte eine tiefe Wunde in seine Seele gerissen, und Sir William als Bannerträger war entschlossen genug, um die Sache einzufädeln.

De Bissot bemerkte seinen Blick und lächelte durch seinen graumelierten Bart.

»Tja. Dann hättet Ihr vielleicht mit uns hier gestanden«, sagte er, und Kirkpatrick schien unruhig zu werden.

»Gekniet«, korrigierte er, und de Bissot wandte sich um und sah de Villers und Sir William de Graften beim Gebet.

»Die Terz«, sagte Rossal. »Die Zeit wird uns von Gott geschenkt und sollte nicht verschwendet werden. Ich gehe zu ihnen.«

»Die verbringen ziemlich viel Zeit auf ihren Knien«, bemerkte Kirkpatrick säuerlich, während Bissot zu den anderen Rittern ging. »Sie könnten jetzt noch im Heiligen Land sein, wenn sie rechtzeitig aufgestanden wären.«

»Sie kämpfen sehr gut, wenn sie auf beiden Füßen stehen«, erwiderte Hal. »Denk an den Wald von Callendar.«

Kirkpatrick antwortete nicht. Der Wald von Callendar, wo die Templer geholfen hatten, Wallace' Armee zu vernichten. Ein christlicher Orden, der gegen Christen kämpfte. Kirkpatrick war nicht dabei gewesen, aber er wusste, diese verwerfliche Tat hatte dem Ruf des Ordens geschadet und zu seinem Untergang beigetragen.

Und doch waren sie noch da, sie segelten mit versprengten Templern übers Meer und beförderten Schätze der Templer zu einer früheren Templer-Hochburg in Spanien, um von dort die gehorteten Waffen zurückzubringen.

Es war ein Geschäft, das für den schottischen König mit dem Orden von Alcántara ausgehandelt worden war, den Spaniern, die die ehemalige Burg der Templer übernommen hatten. Im Gegenzug, so viel wusste Hal, hatten de Bissot und die anderen dafür ein Stück Land und eine Burg irgendwo im Norden bekommen, die ihnen gehörte, solange der Name der Tempelritter nicht fiel.

Es war, gelinde gesagt, der seltsamste Auftrag, den er mit Kirkpatrick je ausgeführt hatte, und sie hatten zusammen schon einige Aufträge erledigt. Auf königlichen Wunsch natürlich, und das war fast so, als hätte Gott selbst es ihnen befohlen. Aber es war auch ein ziemlich verzweifeltes Unterfangen, das wusste Hal. Bruce schickte seine zwei treuesten alten Spürhunde, weil er sonst niemanden hatte, der ihm derart loyal ergeben war.

Hal musste innerlich grinsen. Von wegen Loyalität. Kirkpatrick macht es für einen Ritterschlag, das Schwert auf seiner Schulter, das ihn in den gleichen Stand erheben würde wie die anderen Adligen des Reiches. Ich würde meinen Adelsstand zurückgeben, dachte Hal, wenn ich dadurch erreichen könnte, nicht hier sein zu müssen.

Er tat es einzig für Isabel. Allein für sie.

Schweigend saßen die beiden eine Weile da, während das Schiff durch die Wellen pflügte und die Mannschaft versuchte, geschäftig auszusehen, damit Pegy Balgownie, der wegen des schwachen Windes schlecht gelaunt war, sich nicht etwa eine unangenehmere Arbeit für sie ausdachte.

»Von der Matutin bis zur Komplet und während der Nacht auch noch«, murmelte Kirkpatrick, der wieder die knienden Männer beobachtete.

»Herr, öffne meine Lippen, so wird mein Mund dein Lob verkünden«, intonierte Hal mit gespielter Frömmigkeit. »Die Ordensritter haben eine Menge Fragen an Gott, der sie anscheinend verlassen hat. Im Gegensatz zum König.«

Kirkpatrick schüttelte den Kopf.

»Der König wird den Orden nicht öffentlich unterstützen, der ja offiziell auch gar nicht mehr existiert, wenn es nach dem Papst geht. Aber er wird Leute, denen er etwas schuldig ist, nicht im Stich lassen – und ich auch nicht.«

Das Letzte hatte er sehr nachdrücklich gesagt, und Hal wusste, warum. De Bissot hatte Kirkpatrick einst vor dem sicheren Tod gerettet und damals unauffällig dafür gesorgt, dass der angeschlagene Bruce Informationen und Unterstützung bekam, noch ehe Hal gefangen genommen wurde.

Und jetzt, dachte Hal, bringt er noch mehr. Er wechselte einen Blick mit Kirkpatrick und wusste, dass sie denselben köstlichen Gedanken hatten: Verborgen im Bauch der *Bon Accord*, tief unter ihrem stinkenden Ballast, war ein Nest aus starken, fest verschnürten Kisten. Die Schätze der Templer, die man rechtzeitig vor ihrem Untergang in Sicherheit gebracht hatte.

An Deck entstand eine Bewegung, sie sahen sich um und erblickten einen weiteren Schatz, den dieses Schiff beförderte: eine duftige Wolke aus lavendelblauem Stoff, ein schön geschwungener Mund, zwei große Augen, schwarz wie Oliven in einem atemberaubend schönen Gesicht. Ihr dunkles Haar wurde von einem Netz aus Perlen zusammengehalten. Sie bewegte sich geschmeidig und elegant, und sie wusste, dass alle Augen auf sie gerichtet waren.

Doch Hal fand, dass das hübsche Gesicht der Doña Beatriz Ruiz de Castro y Pimental etwas Gefährliches hatte, wie ein herzförmiges Rasiermesser. Der Orden von Alcántara hatte sie geschickt, um den geheimen Handel abzuschließen, und wenn jemals etwas den Unterschied zwischen den beiden religiösen Orden verkörperte, dann war es Doña Beatriz, die wie ein Traum dahinglitt, stets gefolgt von Piculph, ihrem Mohren. Die Templer hatten mit Mohren nichts im Sinn – und mit Frauen noch weniger.

Kirkpatricks leises Lachen ließ Hal in dieselbe Richtung blicken wie er: Die angeblichen Benediktiner standen hastig auf und machten sich eilig davon, sie versuchten, nicht unhöflich zu wirken, was ihnen aber kaum gelang.

»Wenn nichts weiter sie verraten würde«, sagte Kirkpatrick, »dann sicher dies. Ihre Ablehnung Frauen gegenüber verrät sie so zuverlässig wie ein Judaskuss.«

Sie sahen zu, wie Rossal de Bissot steif auf die Dame zuging und sich knapp verbeugte, was sie mit einem Nicken erwiderte. Kurz darauf ging Piculph davon – außer Hörweite, wie Hal vermutete – und die Dame fing an, ruhig an Deck auf und ab zu gehen, neben ihr Rossal, und jeder seiner keuschen Schritte wirkte, als müsse er barfuß über Nägel gehen.

Hal merkte, dass die anderen schwarz gekleideten Ritter Piculph beobachteten, während der Rest der Mannschaft ihnen aus dem Weg ging, doch die verstohlenen Blicke, die Doña Beatriz begleiteten, stellten keine großen Anforderungen an die Fantasie. Sie waren ein bunt zusammengewürfelter Haufen elender Lumpenpiraten, dachte Hal, doch Pegy Balgownie hat sie im Griff.

Er hatte kein Ahnung, worüber Rossal und die Dame sprachen, er wusste lediglich, dass Doña Beatriz aus Villasirga in Kastilien zu Rossal in die Templerburg gekommen war, die jetzt dem neuen Orden der Alcántara übergeben worden war. Guillermo, der Bruder der Lady, war ein hohes Tier in diesem Orden, nur knapp unter dem Großmeister.

Hier war wenig von brüderlicher Liebe oder christlicher Nächstenliebe zu spüren, dachte Hal mürrisch. Der Orden der Alcántara brauchte Geld und war bereit, den ehemaligen Templern ihre eigenen Waffen zu verkaufen, und dieses ungleiche Paar, das hier übers Deck spazierte, schloss den Handel ab.

»*Jede Gesellschaft von Frauen ist gefährlich*«, zitierte Kirkpatrick leise die Ordensregel.

»Richtig«, sagte eine spöttische Stimme hinter ihnen, »was ihr zwei bestimmt am besten wisst.«

Sie blickten in das grünlich-bleiche Gesicht von Sim Craw, der ein großes Bündel an sich drückte. Wenn es jemanden gibt, der das Meer noch mehr hasst als ich, dachte Hal, dann ist es Sim.

»Du hast also aufgehört, die Fische zu füttern«, erwiderte Kirkpatrick ebenso spöttisch, und Sim nickte, doch es wirkte nicht sehr überzeugend.

»Mir geht's gut, wenn wir ordentlich Fahrt machen«, sagte er, »aber wenn wir so herumdümpeln wie jetzt, dreht sich mir der Magen um.«

Hal blickte hoch zum Segel, das sich etwas blähte und dann wieder zusammenfiel. Unten an der Ruderpinne versuchte ein muskulöser Rotkopf, die Kogge in jeden noch so schwachen Wind zu drehen, während Pegy Balgownie, der wie ein kleines Fass auf Beinen aussah, düster auf die Nebelwand starrte, den besten Beweis, dass es keinen Wind gab.

»Du solltest dein Wickelkind lieber ablegen«, spottete Kirkpatrick, »sonst geht es dir beim Kotzen noch über Bord.«

»Würde auch nicht viel ausmachen«, sagte Sim traurig und sah auf die fest eingewickelte Armbrust. »Ob nass oder trocken, bei dem Wetter rostet sie sowieso.«

Bedeutungsvoll sah er Hal von oben bis unten an.

»Genau wie Euer Kettenhemd, Herr«, fing er an, aber er unterbrach sich, zwinkerte verwirrt und rannte zur Reling, die Hand auf den Mund gepresst.

Pegy merkte kaum etwas von dem Gewürge und dem gutmütigen Gespött der anderen, er war viel zu sehr damit beschäftigt, über die Flaute zu schimpfen. Neben ihm strengte Somhairl seine Muskeln an, um das schwere Ruder zu bewegen, er murmelte nur leise in seinem Singsang-Dialekt, dass man vielleicht das Segel nass machen sollte …

Er hatte recht, dachte Pegy. Ein tüchtiger Mann, dieser

Somhairl, der sein Handwerk auf den Birlinn-Galeeren von Angus Og gelernt hatte, der von den Hebriden stammte. Somhairl war ein Seeräuber, der es mit jedem Wikinger hätte aufnehmen können. Diejenigen, die ihn kannten, nannten ihn den Roten Schatten und fürchteten ihn, wenn er schnell und lautlos angerudert kam und sein rotes Haar im Wind flatterte.

Keine Chance, dass das hier passiert, dachte Pegy missmutig. Kaum genug Wind, um seine Zöpfe in Bewegung zu setzen, und selbst wenn sie das Segel klatschnass machten, würde es wenig helfen. Sie kamen ja voran, wenn auch langsam. Jetzt wäre der Moment, dachte er bitter, wo der Rote Rover dort aus dem Nebel auftauchen müsste und ich dicht hinter ihm, um irgendein bekalmtes Schiff zu entern.

Aber der Pirat de Longueville – die berühmte »Geißel der Meere«, auch bekannt als der Rote Rover – hatte sein Handwerk schon längst aufgegeben und in eine adlige schottische Familie eingeheiratet. Jetzt nannte er sich Charteris. Und seine alten Kapitäne, dachte Pegy bitter, mussten sich um die Gunst ihrer Könige bemühen. Ich fand das Leben als kleiner Seeräuber schöner – doch vorsichtshalber bekreuzigte er sich bei diesem ketzerischen Gedanken.

Wie zur Antwort ertönte über ihm eine tiefe Stimme.

»Segel auf Backbord Viertel!«

Es war nicht Gottes Stimme, es war Niall Silkie hoch oben im Krähennest, aber schon in dem Moment, als Pegy aufs Achterkastell sprang, um besser sehen zu können, wusste er, dass hier der Teufel seine Hand im Spiel hatte.

Isabel

Mein Gott, Du hast mich durch die Hand dieses Mannes gestraft, und ich habe Demut gelernt, das schwöre ich beim Leben Deiner Mutter. Ich habe gelitten und gelernt, welche Macht der Körper über uns hat und wie dadurch die Seele gezeichnet wird. Halte es mir zugute, Herr, dass ich gelernt habe, dass ich diesen gezeichneten Körper nicht auch noch vor Dich bringe, wie dieser Malise es sich wünschen würde, der mich als ein Stück Dreck betrachtet. Dein Wille hat mich auf den rechten Weg geführt, o Herr, und mir alle anderen Wege unmöglich gemacht.

KAPITEL 4

DIE IRISCHE SEE
OKTAVE DES HEILIGEN BENEDIKT VON MONTECASSINO, MÄRZ 1314

Niall Silkie schaute angestrengt in die Ferne. Eine weiße Fahne mit einem roten Kreuz könne er sehen, das schwöre er bei den Augen seiner Mutter. Und sie hänge am Toppmast einer anderen Kogge und bewege sich nur schwach im Wind. Am Pegy-Mast, von dem John von Balgownie seinen Spitznamen hatte.

»Eine Templerfahne?«, fragte Kirkpatrick, und die schwarz gekleideten Gestalten schauten sich ratlos an und kauten an ihren Schnurrbartenden. Die Engländer hatten drei goldene Löwen auf rotem Hintergrund, die konnten es also nicht sein.

De Grafton warf Rossal de Bissot einen bedeutungsvollen Blick zu.

»Wir haben doch als Ablenkungsmanöver noch weitere Schiffe ausgesandt, Bruder, oder nicht?«

Rossal strich sich den Bart und nickte unsicher.

»Zwei aus Leith und die *Maryculter* – das war zwei Tage, ehe wir selbst ausgelaufen sind«, erwiderte er nachdenklich. »Es könnte also die *Maryculter* sein.« Er sah Pegy Balgownie an. »Könnt Ihr das von hier aus feststellen?«

»Eine Kogge sieht aus wie die andere«, sagte Pegy nach

einer Weile. »Fünfundzwanzig solide schottische Ellen lang, sechs breit, mit Kastellen zum Kämpfen und einem Segel – sie sehen sich alle ähnlich. Und segeln auch unter keiner Fahne … Der Kapitän der *Maryculter* ist Glymyne Ledow, ein gewiefter Seemann mit Teer an den Händen, wie es kaum einen zweiten gibt. Der würde mich und meine *Bon Accord* wahrscheinlich erkennen.«

Hal fragte sich, wie, da die Kogge, die ihnen entgegenkam, tatsächlich haargenauso aussah wie ihre: eine hässliche, tiefe, ovale Schüssel mit spitzem Bug und quer abgeschnittenem Heck, an jedem Ende das hölzerne Kastell. Die Aussicht, hier an Bord kämpfen zu müssen, erfüllte ihn nicht gerade mit Zuversicht.

»Allerdings würde er sie wohl eher als die *Agnes* kennen«, fuhr Pegy fort, indem er angestrengt zu den Tauen und Segeln hochblickte, »wenn sie im Augenblick auch *Bon Accord* heißt.«

Er strahlte Kirkpatrick an.

»Das war das Passwort in der Nacht, als unser tapferer König Aberdeen einnahm.«

»Sehr passend und loyal«, brummte Kirkpatrick, »aber im Moment wenig hilfreich.«

»Ich hatte sie *Agnes* genannt«, fuhr Pegy wie zu sich selbst fort, »nach meiner Frau …«

Er unterbrach sich, dann brüllte er eine Folge von Befehlen, und die Mannschaft setzte sich in Bewegung. Dann hieb er mit seiner riesigen Faust aufs Achterkastell.

»Die war auch so eine Sau, die sich im Dreck wälzte und ihren unnützen, faulen Arsch nicht hochkriegte«, schrie er so laut er konnte. Einige Männer lachten.

Plötzlich ertönte Rossals ruhige Stimme. Sie ließ alle aufhorchen.

»Blenden auf Backbord hoch«, sagte er, und die schwarz gekleideten Männer wurden lebendig. Fast traurig lächelte er Hal an.

»Vermutlich ist es nicht die *Maryculter*, und freundlich ist sie schon gar nicht«, sagte er auf Französisch. »Bruder Widikind, bitte bringt die Lady in Sicherheit und passt gut auf sie auf.«

Der hoch gewachsene deutsche Tempelritter sah ihn an und zögerte, dann nickte er, aber die Spitzen seines gegabelten Bartes zitterten empört über diese Zumutung. Mit wiegenden Hüften begab Doña Beatriz sich nach unten, hinter ihr der schwarze Piculph.

»Da haben wir ja einen schönen Schlamassel, Bruder«, sagte Sim, der sein Bündel auspackte und das Wickelkind zutage förderte – eine große Windenarmbrust mit stählernem Bogen. »Ich hoffe, Ihr irrt Euch.«

Unwahrscheinlich, dachte Hal. Wenn Peggy Balgownie die *Maryculter* nicht von einer anderen Kogge unterscheiden konnte, dann musste es umgekehrt genauso sein – doch würde kein Schiff das Beauseant-Banner des ketzerischen Templerordens am Mast führen, wenn es nicht wüsste, wen es damit grüßt.

»Und wenn es nicht die *Maryculter* ist«, schloss Kirkpatrick, nachdem Hal dies laut zu bedenken gegeben hatte, »dann will uns jemand damit in eine Falle locken.«

»Was bedeutet, dass sie uns erwartet haben«, fügte Hal hinzu, und der Rest blieb unausgesprochen: Es musste einen Verräter geben, und vermutlich war er sogar mit an Bord. Hal wechselte Blicke mit Kirkpatrick und Rossal und wusste, dass sie dasselbe dachten. Er merkte aber auch, dass sie gar nicht überrascht waren, und das machte ihn wütend. Die beiden wissen etwas, das ich nicht weiß, dachte er bitter. Als könne dieser alte Hund keine neuen Tricks mehr lernen, oder als spiele er, Hal, in diesem Plan überhaupt keine Rolle mehr.

Kirkpatrick, dem Hals Wut nicht auffiel, pfiff durch die Zähne und grinste Sim an.

»Mannomann, das ist ja ein furchterregendes Teil, das du da hast. Kein Wunder, dass der Papst die verboten hat.«

»Ja, die Päpste haben was gegen diese Waffe. Außerdem gegen unseren König, gegen unser Königreich und gegen die Templer«, knurrte Sim als Antwort. »Mir kommt's so vor, als ob jeder kleine Priester, sobald er irgendeinen wichtigen Hut aufhat, sich berufen fühlt, irgendwas zu verbieten.«

»Gott segne und schütze dich«, erwiderte Kirkpatrick und machte spöttisch grinsend das Kreuzzeichen über Sim.

»Gelobt sei Gott«, antwortete Sim, während er sich vergewisserte, dass die Seilwinde an seiner furchterregenden Waffe gut geölt war und sich leicht drehen ließ.

»In Ewigkeit.«

»Fühlst du dich auch kräftig genug, um damit zu schießen?«, fragte Hal, doch als Sim ihn nur ansah und die Stirn runzelte, kam er sich dumm vor. Seine Übelkeit schien verschwunden von der Anspannung, dass er gleich würde in Aktion treten müssen. Er sagte nichts, aber sein Blick stellte Hal dieselbe Frage, und dieser war sich gar nicht so sicher, wie die Antwort lautete.

»Niemals aufgeben«, sagte Sim plötzlich und grinste ihn an, und an Hal zogen die Jahre vorbei wie Blätter im Wind. Wir leben noch, signalisierten sie sich damit, wenn wieder einmal ein Wunder geschehen war und sie eine ihrer tödlichen Auseinandersetzungen überlebt hatten.

Niemals aufgeben. In seiner Erinnerung tauchten die Namen all der anderen auf, die mit ihnen gekämpft hatten, und er fragte sich, wo sie jetzt sein mochten, zumindest die, die er noch lebendig angetroffen hatte. Sore Davey und Mouse, Red Rowan und Lang Tam Loudon und eine Handvoll anderer. Alte Männer, dachte er, genau wie ich. Falls sie noch am Leben sind.

Dann dachte er an den Hundejungen und fragte sich, wo der wohl stecken mochte und ob er in Sicherheit war.

HERDMANSTON, LOTHIAN
ZUR GLEICHEN ZEIT

Der Hundejunge musste sich immer wieder umschauen, denn die Ruinen von Herdmanston übten eine unwiderstehliche Anziehungskraft auf ihn aus.

Von dort oben, aus diesem hohen und unvernünftig großen Bogenfenster, hatte er sich im Dunkeln abgeseilt und war davongeschlichen, um Hilfe zu holen, als der Earl von Buchan zusammen mit Patrick, dem Sohn des Markgrafen, die Burg belagert hatte. Jetzt trug dieser Patrick den Markgrafen-Titel, und der Hundejunge fragte sich, ob sein Gesicht, das während der Belagerung mit kochendem Wasser verbrüht worden war, auch einen so traurigen Anblick bot wie dieser Wohnturm, der verfallen und von Gras überwuchert im Regen aufragte.

Dort war es gewesen, wo er sich durch den Vorhof von Herdmanston getastet hatte und über seine toten Hirschhunde gestolpert war, und dann war er über die Ringmauer geklettert, die jetzt mehr aus Lücken als aus Mauer bestand.

Die kleine Kapelle war noch in verhältnismäßig gutem Zustand, darin hatten einige von Jamie Douglas' Reitern vor dem Regen Schutz gefunden. Auf Zehenspitzen waren sie hineingegangen und hatten sich wie entschuldigend vor den verwitterten Steinsarkophagen bekreuzigt, in denen Hals Eltern ruhten. Hinter der Kapelle stand das massive Kreuz, das die Stelle bezeichnete, wo Hals Frau und Sohn begraben waren. Hier hatten die Belagerer ihr Katapult aufgebaut, erinnerte sich der Hundejunge, dessen Bolzen das Tor zertrümmert hatten …

»Siehst du was?«

Schuldbewusst zuckte der Hundejunge zusammen und drehte sich zu Jamie Douglas um, der mit entschlossenem Schritt näher kam. Unwillkürlich schüttelte er den Kopf.

»Vom Turm aus würde man besser sehen können«, sagte er, und Jamie nickte grinsend.

»Ich habe gehört, dass du hier mal runtergeklettert bist. Aber jetzt hier wieder hochzukommen wäre nicht so leicht, auch wenn die Natur inzwischen für Haltegriffe gesorgt hat.«

Er nahm seinen Helm vom Kopf, schob den Ringpanzer wie eine Kapuze nach hinten und blinzelte in die feuchte Abenddämmerung.

»Sie sind da«, knurrte er. »Ich spüre es, und ich kann sie riechen wie Mist an den Schuhen.«

Der Hundejunge zweifelte keinen Moment daran, dass der Schwarze recht hatte. Der Mann nahm Engländer auf eine Meile Entfernung wahr. Sein Hass auf sie hatte alle seine Sinne geschärft. Außerdem hatten sie vor einer Stunde ein paar Reiter gesehen, und es war nur der gewohnheitsmäßigen Vorsicht auf beiden Seiten zu verdanken, dass sie sich einander nicht weiter genähert hatten.

»Rot, gefüllt mit kleinen weißen Kreuzen und einem großen weißen Winkel«, sagte Jamie, und der Hundejunge wusste, dass er das Banner beschrieb, das sie gesehen hatten.

Sir Hal pflegte das auch zu tun, dachte der Hundejunge, aber der hätte auch gewusst, wem das Banner gehörte. Doch er war klug genug, das jetzt vor Jamie Douglas nicht zu erwähnen.

»Es ist nicht der Markgraf«, sagte Jamie wie zu sich selbst. »Dessen Wappen ist ein ziemlich großspuriges Ding mit diesem springenden Löwen, der alle daran erinnern soll, dass Patrick von Dunbar sich für so königlich hält, dass er als Thronanwärter infrage kommt, genauso wie sein Alter vor ihm.«

Er kratzte sich verwirrt am Kopf.

»Wer ist es dann?«

»Egal«, antwortete der Hundejunge. »So nahe bei Dunbar kann es niemand sein, der uns freundlich gesinnt ist, denn wenn Edward Plantagenet mal ganz plötzlich stehen bleiben sollte, dann würde der kleine Markgraf Patrick mit seinem verbrühten Gesicht vermutlich in seinem königlichen Arsch landen.«

Jamie musste lachen und schlug dem Hundejungen auf die Schulter.

»Dann dürfte es eng darin werden«, erwiderte er, »denn um den Platz streiten sich doch bereits die Despensers und Gavestons Verwandte aus der Gascogne.«

Es trat eine Pause ein. Man hörte nur die Brachvögel, die im verregneten Himmel schrien. Der Hundejunge sah die verwüsteten Felder ringsum, auf denen einst Hafer und Gerste gediehen war oder Schafe gegrast hatten. Es würde Sir Hal gar nicht gefallen, wie heruntergekommen sein Besitz war, dachte er.

Doch das Land ringsum war auch nicht besser. Der Hundejunge hatte nichts als verrottete Felder gesehen, denn die frühe Ernte war vom Regen ruiniert, und jetzt schlachteten die Bauern ihre Tiere, weil sie sie nicht mehr füttern konnten. Wenn auch das aufgebraucht war, würde es eine Hungersnot geben, denn die zunehmende Hitze ließ bereits jetzt die zweite Ernte und das Viehfutter verdorren. Zusammen mit dem Krieg, der unweigerlich bevorstand, würde es ein schlimmes Jahr für das Königreich Schottland werden, und viele Menschen würden Gras essen.

Und was das Schlimmste war: Er selbst war an dieser Situation mitschuldig. Jamie Douglas plünderte die Gegend aus, mit kleinen, schnellen Packponys und zwei schwerfälligen Wagen, auf die Viehfutter und Kornsäcke geladen wurden. Seine Leute waren alle zu Pferde unterwegs, um Kühe und Schafe zusammenzutreiben, denn die Armee, die sich um Stirling sammelte wie Wölfe kurz vor dem Angriff, musste ernährt werden.

Sie hatten ihre Schreckensspur kreuz und quer durch Lothian hinterlassen und sich auf die Besitze konzentriert, von denen sie wussten, dass sie immer noch den Feind unterstützten. Dabei waren sie von Reitern verfolgt worden, die vermutlich aus Dirlton oder Dunbar kamen und sie jetzt drei Tage lang vor sich hergetrieben hatten. Aber Jamie Douglas rannte nicht so leicht davon, dachte der Hundejunge, selbst wenn es ratsam war.

»Ich würde sie gern besser kennenlernen«, sagte Jamie Douglas, und der Hundejunge fuhr aus seinen Gedanken auf und sah ihn an, dann folgte er mit den Augen dem vielsagenden Blick des Schwarzen. Er sah zum Turm von Herdmanston hoch.

»Könntest du es schaffen?«, fragte Jamie, und der Hundejunge grinste spöttisch.

»Mein Gott, heben Hunde am Baum das Bein? Ich bin hier runtergekommen, also schaffe ich es auch wieder hoch.«

Nicht weit von ihnen entfernt ließ Addaf sich auf ein Knie fallen und rieb seinen grauen Stoppelbart. Er wusste, dass irgendwo vor ihm Reiter sein mussten, aber er wusste nicht genau, wer sie waren. Die Schotten ritten alle auf zähen, halbwilden kleinen Ponys, also handelte es sich wahrscheinlich um nichts weiter als eine Bande zerlumpter Plünderer, denn er war sich sicher, sie hatten auch schwarze, zottelige Rinder bei sich gehabt.

Doch andererseits konnte es sich vielleicht auch um Männer in Rüstungen handeln, und dieser Gedanke machte ihn unsicher. Ein Gefühl, das ihm nicht behagte, nicht zuletzt deshalb, weil er jetzt Addaf Hen hieß, was so viel bedeutete wie Addaf der Alte, denn er war in die Jahre gekommen. Aber das Alter hat auch seine gute Seite, dachte er, man wurde mit Respekt behandelt und von den Jüngeren, Unerfahrenen um Rat gefragt – was ihm jedes Mal ein Trost war, wenn er sich von seinen steifen, schmerzenden Knien erhob.

Er blickte um sich auf seine Leute, über hundert grimmige walisische Bogenschützen mit bleichen Gesichtern. Nun ja, geschieht ihnen ganz recht, wenn sie wie aufgewärmte Leichen aussehen, dachte er übellaunig, etwas anderes hatten sie nicht verdient dafür, dass sie den sauren Wein getrunken hatten, mit denen sie eigentlich die Köpfe ihrer Pferde hätten behandeln sollen.

Mit Wasser verdünnt und vorsichtig aufgetupft, wehrte er die Stechfliegen ab und linderte die Bisse – die Stirn von Addafs kleiner Stute war voller dicker Beulen –, aber kein echter Waliser verschwendete Alkohol, egal, wie grässlich er schmeckte, um damit ein Pferd zu behandeln.

Also hatten sie den sauren Wein getrunken, und jetzt hatte es sie erwischt. Sie stöhnten, während der Dünnschiss an ihren Beinen herunter und über ihre Pferde lief, denn Addaf gönnte ihnen mit Absicht keine Ruhepause. Erkunde die Gegend, hatte man ihm aufgetragen, also hatte er sie genau das tun lassen. Der Zweck der Übung sollte sein, die Schotten daran zu hindern, irgendetwas mitzunehmen, was der Armee des Königs nützlich sein könnte, wenn sie eintraf.

Ihr Trinkgelage hatte sich schwer gerächt. Jetzt hatten sie die schönen, farbenprächtigen Wappenröcke besudelt, die Sir Thomas Berkeley ihnen besorgt hatte. Sie trugen daher sein Wappen auf der Brust, aber Addaf war sich sicher, dass sie sich sogar den Hintern mit dem Banner abwischen würden, wenn Not am Mann wäre. Das wäre Sir Thomas gar nicht recht, aber der war mehr als hundert Meilen weit weg von dieser schwülen, fliegenverseuchten, gottverlassenen Gegend.

Neben ihm tauchte Hywel auf. Wortlos kniff er die Augen zusammen und ließ sich mit einem solchen Stöhnen aufs Knie nieder, dass Addaf wusste, auch sein Innenleben war in Aufruhr. Er warf einen kurzen Blick auf den Mann mit dem schwarzen, gestutzten Bart und den tiefen, schmutzigen Furchen im Gesicht. Er dachte an die Zeit, als Hywel ein junger Mann gewesen war, mit ungestümer Kraft und einem unverwüstlichen Humor. Jetzt war es schon lange her, seit er Hywel hatte lachen hören, und die Männer nannten ihn nur den finsteren Hywel.

»Gelobt sei Gott«, brummte er.

»In Ewigkeit«, antwortete Addaf.

»Jetzt wissen wir also, dass wir keine Feinde Christi unter uns haben«, fuhr Addaf fort, »bis auf die Teufel, die in unseren Eingeweiden toben. Hast du irgendeine Vorstellung, wer das da vor uns sein könnte und, noch wichtiger, wo genau sie jetzt sind?«

»Keine Ahnung«, knurrte Hywel. »Aber ist das nicht auch egal, Mydr ap Mydfydd? Wenn wir weiter vorrücken, werden sie schon da sein, und wir können sie erledigen wie üblich, denn wir sind besser als sie.«

Mydr ap Mydfydd – Meister des Ziels – war ein weiterer Spitzname, den Addaf sich ehrlich erworben hatte, aber tatsächlich entsprach er dieser Tage nicht mehr ganz der Wahrheit, denn Addafs Augen waren längst nicht mehr das, was sie einmal gewesen waren. Addaf war ziemlich sicher, dass seine Leute das auch wussten, es aber aus Respekt vor ihm nicht erwähnten.

Er drehte sich halb um und blickte hinauf zum trüben Himmel, dann zu den Männern, die geduldig bei ihren Pferden warteten. Er hörte jemanden würgen, dann warf Lowarch plötzlich seinem Nachbarn die Zügel hin und rannte zusammengekrümmt und laut stöhnend ins Gebüsch.

Y Crach trat neben ihn, sein rosiges Gesicht war in der Hitze noch mehr gerötet als sonst.

»Du musst sie bestrafen«, sagte er in seinem walisischen Singsang, worauf Addafs Gesicht sich ebenfalls verfinsterte. Y Crach – was »Grind« hieß – war drahtig und flink, ein guter Bogenschütze, aber nicht sehr muskulös. Man erzählte sich, er sei Priester gewesen und habe eine tödliche Krankheit gehabt, von der er genesen war, ohne dauerhaften Schaden zu nehmen, habe aber die Narben in seinem Gesicht zurückbehalten. Er selbst war überzeugt, dass Gottes Hand im Spiel gewesen war. Jetzt war er voll Eifer, Gottes Werk zu tun, und noch eifriger, wenn es darum ging, die heidnischen Schotten zu bekämpfen.

»Im Grab sind alle gleich«, war Addafs bewusst abweisende Antwort. Y Crach war empört, und Hywel lachte, aber dann zuckte er zusammen, weil sein Innenleben ihn an seine eigenen Sünden erinnerte.

»Also, kämpfen wir, oder gehen wir nach Hause?«, fragte er, und Addaf schüttelte missmutig den Kopf. Natürlich konnten sie nicht nach Hause gehen – wenn sie denn ein

Zuhause gehabt hätten –, ohne erledigt zu haben, weswegen sie gekommen waren. Sie gehörten jetzt zum Gefolge der Berkeleys, und auch wenn Sir Thomas selbst nicht anwesend war, so war doch sein Sohn Maurice da. Der machte sich Sorgen um seine Frau, die er krank in England zurückgelassen hatte, und wenn sie hier keinen Erfolg hatten, würde es seine Stimmung nicht gerade verbessern.

Addaf blickte Y Crach streng an, bis dieser endlich verstand und sich entfernte. Dann erhob er sich mühsam.

Hywel stand ebenfalls auf. Er betrachtete den alten Graukopf, der wie aus Eisen gemacht schien, mit diesem Muskelpaket auf der einen Schulter, das ihm fast das Aussehen eines Buckligen verlieh. Hywel war schon sieben Jahre bei Addaf, sieben schwere Jahre, in denen sie nichts weiter getan hatten, als Menschen umzubringen, und er wusste, dass es Addaf alle Lebensfreude genommen hatte.

Er fragte sich, wie Addaf früher gewesen sein mochte, in der Zeit vor dem Krieg. Einen Augenblick lang sah er sich selbst als jungen Mann und musste grinsen, als Addaf ihn ansah.

»Wir lassen sie tanzen, wir lassen sie springen«, sagte er,»denn sie haben nur krumme Stöcke statt Klingen.«

Die Erinnerung an den Jungen, der er einst gewesen war, verblasste. Addafs Blick war jetzt bitter.

»Es ist doch gut, wieder mal an zu Hause zu denken«, sagte er. Doch mindestens für Addaf war das gelogen, denn er hatte jahrelang nicht mehr an den kleinen Hof, seine zwei Brüder und seine Mutter gedacht.

Die Alte wird längst tot sein, dachte er plötzlich, und ihn durchfuhr ein scharfer Schmerz bei dem Gedanken, was er alles zurückgelassen hatte. Die Brüder womöglich auch … und selbst wenn sie noch leben, dann ist es doch schon lange nicht mehr mein Zuhause, es wird ihnen gehören und ihren Kindern, die dort heranwachsen. Keiner würde mich mehr erkennen, falls ich jetzt dort auftauchte.

Er verscheuchte den Gedanken und humpelte mit schmerzenden Knien davon.

Hywel betrachtete Addafs buckelige Schulter, als dieser zu den anderen ging und seine Befehle bellte, und im Stillen fragte er sich, wie lange es wohl dauerte und was ein Mensch alles durchmachen müsse, um ein so eingefleischter Pessimist zu werden, wie er es war.

Eine Stunde später sollte er es wissen.

DIE IRISCHE SEE
ZUR GLEICHEN ZEIT

Niall Silkie rutschte am geteerten Tau vom Krähennest herab und schwang sich aufs Achterkastell wie ein langarmiger Affe. Leichtfüßig landete er, allerdings fast auf den Zehen von Pegy Balgownie, der mit gerunzelter Stirn dastand.

»Ich bin überzeugt, dass dieses Schiff dort brennt.«

Hal sah den Zweifel in Rossals Gesicht.

»Ich habe auch eine Rauchfahne gesehen«, pflichtete Niall Silkie bei. Pegy strich sich nachdenklich den Bart und sah Rossal ratlos an.

»Vielleicht ist es wirklich dieses andere Schiff, die *Maryculter*«, sagte de Grafton auf Französisch mit ernster Miene. »In diesem Falle müssten wir ihnen zu Hilfe kommen, und wenn auch nur, um herauszufinden, warum es brennt und wer es angegriffen hat.«

»Es ist eine Falle«, widersprach Kirkpatrick, der vor Anspannung in sein breitestes Schottisch verfiel. »Sie wollen

Eure Ritterehre herausfordern … ein dreckiger kleiner Trick, also müssen sie wissen, dass wir echte Ordensritter hier an Bord haben, die früher den weißen Mantel getragen haben und nicht nur den grauen der niederen Ränge. Sie verlassen sich jetzt darauf, dass Ihr blind Eurem Ehrgefühl folgt, auch wenn Euer Orden aufgelöst wurde.« Er sah funkelnd in die Rune.

Auf Rossals Stirn erschienen tiefe Falten, und Pegy, der fürchtete, diese Entscheidung könnte tatsächlich fallen, blickte auf zum Segel, das sich jetzt etwas stärker blähte, und auf die Nebelwand dahinter.

»Der Wind hat etwas zugenommen. Wir müssten das Ruder nur zwei Zähne weiterdrehen und könnten im Nebel verschwinden wie ein Gespenst, Mylord.«

Somhairl, der durch die Ritzen des Achterkastells die Stiefel über sich sah und jedes Wort hören konnte, lehnte sich bereits gegen die Ruderpinne und spannte in Erwartung des Befehls von Pegy die Muskeln. Mehrere Männer standen da, aufgerollte Taue in den Händen, um das schwerfällige Schiff auf den neuen Kurs zu bringen. Alles wartete gespannt.

Endlich sprach Rossal.

»Lasst die Segel einholen, Kapitän«, sagte er entschieden. »Wir werden abwarten, bis dieses brennende Schiff näher heran ist.«

Kirkpatrick stieß einen ärgerlichen Laut aus, doch nach einem Moment des Zögerns nickte Pegy und gab die nötigen Befehle. Die Männer gehorchten, und die *Bon Accord* verlor an Fahrt, bis sie nur noch im Seegang rollte und schlingerte.

»Lasst ein paar Lücken in der Schutzwand«, rief de Villers fast fröhlich, »damit unser Freund hier in Ruhe die Fische füttern kann!«

Unter Deck hörte Widikind das Gelächter, als er sich gerade mit einer steifen kleinen Verbeugung von Doña Beatriz verabschieden wollte.

»Habt Ihr Angst?«

Ihre Stimme war leicht und musikalisch, ihr Französisch hatte einen entzückenden Akzent, und bei ihrer Frage zog sie die Augenbrauen in die Höhe.

»Wenn es zum Kampf kommen sollte, wird der Herr entweder seine Hand über mich halten, oder er wird mich in seine ewige Gnade aufnehmen. Wovor sollte ich Angst haben?«

Ihre Antwort bestand aus einem betörenden Lachen, sie öffnete das Perlennetz in ihrem Haar und bedeutete Piculph, ihr zu helfen. Widikind fand den Anblick des Mohren, der mit seinen Fingern durch ihr Haar fuhr, um das Netz zu lösen, unangenehm und verstörend.

»Ich meinte, vor mir«, erwiderte sie. Widikind sah sie überrascht an, doch er fing sich schnell.

»Wir halten es für gefährlich, wenn ein Ordensmann zu oft in die Gesichter von Frauen blickt«, zitierte er aus dem Gedächtnis den alten Katechismus. »Die Ritter Jesu Christi sollten um jeden Preis die Gesellschaft von Frauen meiden, weil sie sie schon oft ins Verderben geführt hat.«

»Die Regel des heiligen Benedikt«, sagte sie, was ihn erstaunte, wie sie lächelnd bemerkte. »Obwohl, soweit ich mich erinnere, die Regel besagt, die Ritter Jesu Christi sollten um jeden Preis *die Umarmung* von Frauen meiden, von ihrer Gesellschaft war da nicht die Rede.«

Widikind wurde vor Verlegenheit abwechselnd heiß und kalt. Er fand keine Worte.

»Mein Bruder gehört zum Orden von Alcántara, das sind die Ritter, die Eure Burgen in Kastilien übernommen haben«, fuhr sie fort. »Wie sie alle lebt er nach der Regel der Zisterzienser. Er sagt, die Tempelritter befolgen die Regel des heiligen Benedikt, die ihm aber insgesamt zu streng sei. Er sagt, dass Ihr – als man Euch noch nicht zu Ketzern erklärt hattet, verzeiht, Bruder – in Schuhen, Hemd und Hose geschlafen habt, nur um nicht in Versuchung zu kommen, Unzucht miteinander zu treiben. Gilt dieses Gebot jetzt noch immer für Euch, Bruder, obwohl Euer Orden aufgelöst ist?«

Widikind machte den Mund auf und wieder zu. Er wusste, dass er ein dummes Gesicht machte. Außerdem sprach er Französisch mit einem starken Kölner Akzent, sodass es selbst für seine Ohren schrecklich klang.

»Es schickt sich nicht«, brachte er schließlich mühsam heraus. »Dieses Thema. Ich muss jetzt zu meinen Brüdern. Kämpfen.«

Sie machte eine lässige Handbewegung und schlug Piculph auf die Finger, weil er zu stark an ihr zerrte.

»Ach was, Sir, dies ist doch die langsamste Verfolgungsjagd seit Aesops Schildkröte. Es wird noch mindestens eine Stunde dauern, bis wir kämpfen müssen, und vielleicht müssen wir es auch gar nicht, es sei denn, wir wären so dumm, uns darauf einzulassen. Also, was ist schlimmer?«

Bei dieser letzten Frage verlor Widikind die Fassung, er schnappte nach Luft, wurde tiefrot.

»Schlimmer?«

»Ja, mit Männern oder mit Frauen zu schlafen? Was ist schlimmer in den Augen Eures Ordens … Eures ehemaligen Ordens?«

Widikind schwankte, er konnte weder klar denken, geschweige denn protestieren. Er wollte nur noch weg, wollte ihr sagen, dass das gesamte mönchische Leben ein einziger Kampf gegen Leidenschaften sei, denen Frauen nicht widerstehen konnten. Aber er stand wie angewurzelt da und starrte ihr Gesicht an wie das Kaninchen die Schlange, gleichzeitig sah er aus den Augenwinkeln, wie der Mohr spöttisch den Mund verzog.

»Männer«, brachte er schließlich heraus, und Doña Beatriz schnippte mit den Fingern, worauf er es endlich fertigbrachte, seinen Blick von ihrem Gesicht zu lösen. Fast wäre er gestürzt, doch er fing sich, und erschrocken reckte er sich hoch auf. Er merkte, wie ihm der Schweiß über Stirn und Rücken lief.

»Ach so«, sagte sie leise und spöttisch. »Ihr vermeidet es also, mit Frauen zu reden oder auch nur Kontakt zu haben, Sir, weil die Regel des Benedikt die Umarmung einer Frau für … gefährlich hält.«

Sie beugte sich zu ihm vor. Ihre Schönheit war wie eine geschliffene Klinge.

»Und die Umarmung mit einem Mann ist noch schlimmer«, schloss sie rasiermesserscharf, »und doch habt Ihr keine Hemmungen, Euch frei unter Männern zu bewegen. Das verstehe ich nicht. Vielleicht könnt Ihr mich aufklären, da ich nur eine Frau bin?«

Widikind sah sie an, plötzlich war ihm kalt. Dies war die Schlange des Paradiesgartens, ganz bestimmt, und der durchtrieben grinsende Mohr hinter ihr war ein Abgesandter der Hölle persönlich. Aber Widikind von Esbeck gehörte zum Orden, sein Großvater war Großmeister in Deutschland gewesen, und selbst wenn sie vom Heiligen Vater verboten und von allen Verbündeten verlassen waren, er würde sich vor dem Bösen nicht fürchten …

»Wie Ihr schon sagtet, Mylady, Ihr seid nur eine Frau. Euch darüber aufzuklären wäre, als füllte man edlen Wein in einen schmutzigen Becher. Eine sinnlose Verschwendung.«

Mit kurzem Nicken drehte er sich auf dem Absatz um und

tastete sich die Stiegen hinauf aufs Deck, wo er die kühle Brise wie Balsam spürte. Hinter sich hörte er das leise Lachen des Mohren.

Doña Beatriz wartete, bis er ganz verschwunden war.

»Typisch«, murmelte sie, »und sehr aufschlussreich. Diese Ritter Christi sind hart wie Stahl, aber ein Hauch Parfum und ein kokettes Lachen genügen, und ihre Männlichkeit ist dahin.«

Lächelnd wandte sie sich an Piculph.

»Er denkt, ich bin Satans Tochter, mit einem maurischen Kobold als Diener. Hast du gesehen, wie er dich angestarrt hat? Wenn du plötzlich einen schuppigen Teufelsschwanz gehabt hättest, wäre er nicht weiter überrascht gewesen.«

Piculph, ein guter französischer Christ und Serjeant des Ordens von Alcántara, nickte und lächelte unverbindlich, er hatte seine eigenen Gedanken.

»Dieser Widikind und seine sogenannten Brüder waren einst Tempelritter, und zwar die weiß gekleideten. Ihr solltet sie auf keinen Fall mit den grauen Laienbrüdern verwechseln, die Ihr in Villasirga fliehen saht, Señora.«

»Wenn die Zeit reif ist«, erwiderte Doña Beatriz, »wird die List schon über die Waffe siegen, Piculph.«

Sie hörte, wie oben Leute über das Deck trampelten, und merkte jetzt auch, wie schwerfällig das Schiff rollte und schlingerte. Sie runzelte die Stirn.

»Wir scheinen nicht weiterzufahren. Diese Dummköpfe werden sich doch hoffentlich nicht auf einen Kampf einlassen? Sie haben ja keine Ahnung, wer ihnen alles auflauert.«

Piculph kniff die Augen zusammen und faltete das Perlennetz vorsichtig zusammen.

»Das meine ich ja, Señora. Kämpfen ist, was sie gelernt haben, und dabei denken sie überhaupt nicht an das Risiko.«

HERDMANSTON
EINE STUNDE SPÄTER

Die Chancen waren perfekt, wie Y Crach laut und genüsslich verkündet hatte: vier Wagen, eine Handvoll Packponys, eine Herde schwarzer Longhornrinder und ein paar geduckte Männer mit Speeren, die mit dem Mut der Verzweiflung vor ihren Wagen kauerten.

Hywel – der Verräter, wie Addaf insgeheim dachte – gab ihm recht. »Wir lassen sie tanzen«, hatte er gerufen, und Addaf sah, dass die Männer zustimmten, sie grinsten und nickten, sofern sie nicht gerade kotzten.

Widerwillig gab Addaf das Zeichen zum Absitzen. Die Jüngeren ergriffen die Zügel und führten die Pferde weg, während die Älteren schnell die gewohnten Reihen bildeten und ihre Bogen spannten, indem sie mit einer geschickten Bewegung an der Sehne entlangfuhren und sie in die Kerbe hakten. Addaf sah seinen noch ungespannten Bogen an, das Band am oberen Ende bewegte sich nur schwach und zeigte ihm die Windrichtung und die Windstärke an. Wir haben etwa zwanzig Mann gegen uns, dachte er, mehr nicht. Zwanzig und dann noch eine Handvoll zerlumpter Mitläufer, um die Rinder zusammenzuhalten – sie waren ihnen also um ein Fünffaches überlegen, und eine einzige Salve würde sie am Boden festnageln.

Warum also war er so nervös? Weil Y Crach hier anscheinend das Kommando übernehmen wollte? Er betrachtete die schwarze Ruine des Wohnturmes, das verwitterte Kreuz und die ramponierte Kapelle, die Atmosphäre hier war ihm irgendwie unheimlich. Seine Leute hatten Pfeile auf ihre Sehnen gelegt, die sie aber im Moment noch zu Boden gerichtet hielten. Sie warteten auf den Befehl, um sie hochzuheben, die Sehne bis ans Ohr zurückzuziehen und einen Hagel aus Eisenspitzen auf den Feind loszulassen.

Unter den Speerkämpfern entstand eine Bewegung, und alle Köpfe, die bis jetzt auf Addaf gerichtet waren, drehten sich um und beobachteten den Feind. Sie wussten, für die schottischen Rebellen bestand die einzige Hoffnung darin, auf die Bogenschützen loszustürmen, statt wie Schachfiguren dazustehen und zu warten. Sie wollten um jeden Preis vermeiden, dass diese brüllenden Hochländer, die kämpfen konnten wie verzweifelte Ratten, sie womöglich mit ihren scharfen Speerspitzen einkreisten.

Aber der Ansturm blieb aus. Stattdessen schien die erste Reihe jetzt verschwunden zu sein, was sehr verwirrend war. Die Männer überließen ihre Kameraden den feindlichen Pfeilen und hatten sich selbst hinter den Wagen in Sicherheit gebracht. Einer der Männer erhielt einen derartigen Stoß, dass er zu Boden ging und seinen Speer verlor. Ein weiterer war wie betrunken zur Seite gekippt.

Puppen.

Addaf sah es im selben Moment wie die anderen. Die erste Reihe der Männer, die jetzt hinter den Wagen Schutz fanden, hatte sie mit eilig gebauten Puppen in die Irre geführt: zwei über Kreuz zusammengebundene Latten, mit Gras umwickelt, bekleidet mit Tunika und Helm.

Puppen.

Kaum hatte er es begriffen, da hörte er auch schon ein Gebrüll, das ihm das Blut in den Adern gefrieren ließ und das die Bogenschützen so gut kannten.

Dahinter dröhnte der Boden von den Hufen galoppierender Hochlandponys, auf jedem ein brutaler Hochländer mit einer dieser grausamen Jeddart-Lanzen mit Klinge, Speer und Haken.

Ganz an der Spitze ein Reiter mit wild flatterndem schwarzem Haar, das bärtige Gesicht verzerrt vor Zorn und Hass. Er schwang die Hakenaxt mit einer Hand, spaltete dem jungen Daiwyn den Schädel und schien es kaum zu merken.

Addaf wusste nicht, wer es war, er wusste nur, was es war. Es war Zeit, woandershin zu verschwinden, und zwar so schnell wie möglich.

DIE IRISCHE SEE
ZUR GLEICHEN ZEIT

»Jetzt sehe ich es«, rief Niall Silkie mit schriller Stimme aus dem Krähennest, »aus dem Heckkastell kommt ziemlich viel Rauch. Und sie hat ihre Fahne verloren, jetzt hat sie eine andere, ein rotes Hufeisen.«

Die Kogge war so nahe herangekommen, dass Hal und die anderen es selbst sehen konnten, wenn sie hinter den hastig errichteten Schutzwänden hindurchspähten. Eine Rauchfahne und eine rote Flagge mit einem nach unten offenen Bogen wie ein hängender Schnurrbart.

Pegy lief rot an, er war wütend und brüllte Befehle, die Leute rissen an den Seilen und hissten das Segel, das sich langsam blähte und die *Bon Accord* wieder in Bewegung setzte. Andere Mitglieder der Besatzung bewaffneten sich mit langen Messern, und zwei zum Verwechseln ähnlich aussehende Brüder, drahtig und mit fuchsrotem Haar, sprangen auf das Heckkastell, einer den Bogen, der andere die Pfeile in der Hand.

»Das ist kein Hufeisen«, knurrte Pegy die Männer an, die bei ihm standen, »das ist ein Krebs.«

Er lachte trocken, als er die verständnislosen Gesichter neben sich sah.

»Da erlaubt sich jemand einen kleinen Scherz mit seinem Namen. Jack Crabbe gehörte zu den tüchtigeren Kapitänen des Roten Rover, ehe der sich entschloss, sich auf die Seite des Königreichs zu schlagen. Jetzt ist Jack Crabbes Schiff ein verkommener Seelenverkäufer, der für jeden arbeitet, der ihn dafür bezahlt – aber wahrscheinlich ist er hauptsächlich in eigener Sache unterwegs.«

»Das hier macht er kaum für sich selbst, da bin ich sicher«, erwiderte Rossal mit ruhiger Stimme auf Französisch. »Es ist kein Zufall, dass er hier ist und das Banner des Ordens gehisst hatte.«

Nein, das ist er nicht, dachte auch Hal, und er grübelte über den sonderbaren Rauch nach, während die Brüder, Angus und Donald, sich stritten, wer zuerst schießen dürfe.

»Wir sind noch zu weit weg«, erklärte Angus. »Gib ihn mir! Ich kann so weit schießen.«

»Du? Du könntest nicht mal den Arsch eines Ochsen treffen, wenn du seinen Schwanz in der Hand hättest.«

»Um Himmels und aller verdammten Heiligen willen – Gott verzeih mir – schießt vielleicht einer von euch jetzt mal!«

Pegys ungeduldiges Brüllen ließ alle zusammenfahren, aber Donald spannte die Sehne, bis der Bogen protestierend knarrte, dann ließ er den Pfeil los. Er fiel zwanzig Fuß vor dem Schiff ins Wasser.

»Siehst du? Du Hornochse! Warte, bis sie näher heran ist.«

Die Brüder funkelten sich böse an, aber Hal hatte endlich erkannt, was der Rauch zu bedeuten hatte, und ihm wurde eiskalt vor Grauen, als er es den anderen erklärte.

»Sie werden nicht näher kommen. Das brauchen sie nicht. Sie werden das Geschütz abfeuern, das sie dort am Bug haben, und uns Karkassen schicken, um uns in Brand zu setzen.«

»Gott im Himmel.«

Die Worte waren Rossal entfahren, ehe er sich dessen bewusst war, schnell bekreuzigte er sich und versprach, bei erster Gelegenheit Buße zu tun. Kirkpatrick, der neben Hal stand, prustete vor Lachen, als er die Worte hörte.

»Dann hoffe ich, dass Ihr die Gelegenheit noch bekommt«, sagte er. Er blickte hoch zum Segel, dann auf die Nebelwand. Das Schiff nahm immer mehr an Fahrt auf.

In diesem Moment hörte man einen dumpfen Schlag, als sich etwas löste, gefolgt von einem Rauchschwall, dann leuchtete kurz etwas Rotes auf. Eine Sternschnuppe stieg auf, beschrieb einen Bogen in ihre Richtung und schlug zischend aufs Wasser auf.

»Um Gottes willen«, murmelte Angus. »Welch furchtbarer Anblick! Aber ich bin froh, dass die auch nicht besser schießen können als du, Bruder.«

»Ein Warnschuss«, erklärte de Villers und rückte seinen Kettenpanzer zurecht, sodass er den unteren Teil seines Gesichts bedeckte. »Dieser Crabbe will nicht, dass wir bis zur Wasserlinie abbrennen. Er weiß, was wir an Bord haben.«

Wieder stand es wortlos zwischen ihnen: Sie hatten einen Verräter unter sich.

Langsam wurden sie von dem verfolgenden Schiff eingeholt, trotz Pegys gebrüllten Befehlen, trotz der Eimerkette, die sie gebildet hatten, um das Segel zu befeuchten, damit es mehr Wind aufnahm, trotz Somhairls Kraft, mit der er die Ruderpinne der schwerfälligen Kogge bediente, um sich auch den leisesten Windhauch zunutze zu machen.

Eine weitere Sternschnuppe mit einem Schweif aus Rauch – diesmal war das Zischen und Aufspritzen schon wesentlich näher. Hal sah, wie Sim aufs Vorschiff kletterte, den Fuß in den Bügel seiner großen Armbrust setzte und sie spannte. Am liebsten hätte er dem alten Narren zugerufen, er solle seinen weißen Kopf einziehen, aber dann grinste er: Er selbst war ja ebenfalls halb nackt und unbewaffnet und fast genauso alt.

»Sie wollen, dass wir beidrehen«, rief Niall aus dem Mastkorb.

»Signalisiere zurück, sie sollen Scheiße fressen«, schrie Pegy zurück, und die Männer lachten, aber es war ein wildes, verzweifeltes Lachen. Angus versuchte, der Aufforderung zu folgen, er zeigte sein nacktes Hinterteil und gestikulierte, sodass die Männer brüllten vor Lachen.

Hal sah jetzt Gestalten auf dem anderen Schiff, mit Eisenstangen hoben sie die brennende Kugel aus ölgetränktem Korbgeflecht, es sah dem Gerippe eines Tieres so ähnlich, dass man es eine »Karkasse« nannte. Lasst es fallen, wünschte er inständig. Wenn ihr es auf euer eigenes Deck fallen lasst, haben wir heute vielleicht noch eine Chance.

Er blickte auf das Segel und dann zurück über seine Schulter, die Nebelbank lag eine Kabellänge vor ihnen, und er stöhnte auf – er wusste, dass ihre Verfolger es nicht riskieren konnten, sie im Nebel zu verlieren, der nächste Schuss musste ein Treffer sein. Und sie waren nahe genug, um es zu schaffen.

Rossal und die anderen wussten es ebenfalls. Sie wussten auch, dass die schwarz gekleideten Männer auf dem Achterkastell das Ziel sein würden. Es war so offensichtlich, dass sie auch gleich ihr eigenes Beauseant-Banner hätten setzen können.

»Bringt euch in Sicherheit«, sagte Rossal leise, »wenn euch euer Leben lieb ist.«

Gleichzeitig stampfte Pegy mit den Füßen wie wild aufs Deck, um Somhairl zu befehlen, er solle das Schiff hart drehen, um dem Feind das Zielen zu erschweren.

Somhairl stemmte sich gegen die Ruderpinne und drehte das schwere Schiff nach Steuerbord, als die Welt um ihn zu explodieren schien. Um ihn wurde es schwarz. Die Ruderpinne bewegte sich unkontrolliert, und die Kogge rollte heftig hin und her.

Pegy merkte es und schrie wütend auf. Die Männer verließen ihre Posten und sahen zwischen den Männern, die vom Heckkastell strömten, die zusammengebrochene Gestalt des Roten Schattens. Donald und Angus rannten gleichzeitig zum Ruder und versuchten fluchend, das Schiff auf Kurs zu bringen.

»Er hat einen Schlag bekommen«, sagte Kirkpatrick, der neben dem bewusstlosen Steuermann kniete. »Hier, hinter dem Ohr. Bei Gott, wie gut, dass sein dicker Zopf dazwischen war, sonst stünde er jetzt vor seinem Schöpfer.«

Ein Schlag, dachte Hal, der töten sollte, nicht nur bewusstlos machen. Er wechselte einen Blick mit Kirkpatrick, der wusste, was er dachte: Der Verräter war hier an Bord. Hals Augen schweiften zu dem schwarz gewandeten Ritter. De Villers fing seinen Blick auf und wandte sich ab, während de Grafton seine Schulter gegen das Ruder stemmte und den beiden Brüdern half. Es konnte jeder hier unten sein, dachte Hal bitter.

»Brassen!«, schrie Pegy, und sofort kehrte wieder Leben in die Männer.

Auf dem Vorderdeck hatte Sim seine mächtige Armbrust gespannt und auf die Reling gestützt, jetzt kniff er die Augen zusammen und suchte sein Ziel. Wirklich, alt werden ist schrecklich, dachte er, denn auf die Entfernung verschwamm ihm alles vor den Augen.

Aber auch ein verschwommenes Ziel ist ein Ziel, solange man die Menschen noch vom Mast unterscheiden kann. Er schoss, und das tiefe Summen der sich lösenden Sehne ließ alle die Köpfe drehen.

Auf dem Vordeck der *Marrot* studierte Jack Crabbes teuer angeheuerter Ingeniarius den Wellengang und wartete auf genau den Moment, wo das Schiff sich wieder heben würde. Er war ein Baumeister aus der Gascogne, dieser Ferenc Lop, und auch wenn das Schießen mit einer Mange von einem schaukelnden Schiff neu für ihn war, so erfüllte es ihn mit Befriedigung, dass er es gemeistert hatte, wie er bisher alles gemeistert hatte, was mit Kriegsmaschinerie zu tun hatte. Er hatte die Hand gehoben, und die Männer warteten, dass er sie senkte und das Signal zum Abschuss gab. Da ließ das schwirrende Geräusch eines Bolzens sie alle zusammenzucken. Entsetzt fuhren sie zurück, darunter der Mann mit dem Abzugsseil. Der Anschlag klickte, und der Arm der Mange schoss nach vorn, genau in dem Moment, als Ferenc rückwärts dagegen fiel, vom Bolzen in der Brust festgenagelt.

Die Wucht des Katapults schleuderte ihn in die Luft, und in einem blutigen Durcheinander zappelnder Arme und Beine ging er über Bord. Die Karkasse, die aus dem Schleuderkorb gefallen war, schoss zur Seite und hinterließ ihre unbarmherzige Spur in der Gruppe von Männern, die daneben stand. Sie traf auf das Segel, wo sie einen Augenblick zu verharren schien, ehe sie aufs Deck fiel, weiterrollte und das Holz in Brand setzte. Flammen schossen auf und hüllten alles in Rauchwolken. Man hörte Schreie.

Die Männer auf der *Bon Accord* trauten ihren Augen nicht, als die *Marrot* anfing, sich führerlos zu drehen. Zwar konnte man vor Rauch nicht viel erkennen, aber es war klar, dass die Flammen das Segel erfasst hatten. Sie wandten sich zu Sim, der seine Armbrust erneut spannte. Er drehte an der

Winde, seine Ellbogen arbeiteten wie zwei besessene Fiedler, und die Männer johlten vor Begeisterung. Sim blieb die Ruhe selbst. Er schoss einen weiteren Bolzen in den Rauch, dann rutschte er aufs Deck hinunter, sobald sie endlich die ersten rettenden Nebelschwaden erreicht hatten.

»Bei Gott«, erklärte Kirkpatrick strahlend, »das war ein Schuss, der auch einem jungen Kerl alle Ehre gemacht hätte.«

»Ja, ja, schon gut«, bestätigte Sim und zog einen Lappen heraus, um den Stahlbogen seiner Armbrust zu reinigen, um die alle bewundernd herumstanden. Erst später gab er zu – und das nur Hal gegenüber –, dass er eigentlich auf Jack Crabbe gezielt hatte, der eine Spanne weiter zur Linken von dem Mann gestanden hatte, den er getroffen hatte.

Doña Beatriz stand abseits von dem allgemeinen Jubel, ihren Schatten Piculph hinter sich, und beobachtete Pegy und die beiden ungeschickten Brüder, die sich um den Steuermann bemühten. Sie runzelte die Stirn über das, was sie gesehen hatte, und über den, der es getan hatte, und überlegte, wie sie ihr Wissen zu ihrem Vorteil nutzen könnte.

HERDMANSTON
ZWEI STUNDEN SPÄTER

Sie kamen näher geschlichen, vorsichtig und geduckt beschrieben sie Halbkreise, die Pfeile auf den gespannten Bogen, es regnete, und es war ihnen egal, was die Nässe mit den Bogensehnen anrichten würde.

Addaf wusste, dass die Schotten verschwunden sein würden, und seine Brust schmerzte vom langen Laufen. Es war ein verzweifelter Ansturm gewesen, bei dem ihre Pferde sich in alle Himmelsrichtungen zerstreut hatten. Jetzt schlichen sie zu Fuß zurück wie geprügelte Hunde. Addaf hatte fünfundvierzig Mann verloren, sämtliche Pferde und einen Großteil seiner Würde.

Vier Pferde hatten sie bisher wiedergefunden, dazu alle fehlenden Männer, aber es nützte ihnen nicht viel, denn die meisten waren tot. Mindestens neun von ihnen hatten ihre rechte Hand oder noch mehr verloren und waren am Blutverlust gestorben – oder vielleicht auch vor Schreck und Entsetzen. Jeder sah es: Sie waren lebendig gefangen genommen und misshandelt worden.

Fünf waren noch am Leben, aber auch sie würden das Ende des Tages nicht mehr sehen. Sie hatten ihre verbleibende Hand, ihre Zähne und jeden Leder- oder Stoffstreifen benutzt, um ihre blutenden Stümpfe abzubinden. Aber sie hatten zu viel Blut verloren, und Addaf befahl, die Knebel wieder zu lösen, damit sie sanft in eine Bewusstlosigkeit glitten, ehe sie ihren langen Schlaf antraten.

Er war sich bewusst, dass Y Crach neben ihm war, von dem eine fieberhafte Unruhe ausging, aber diesmal war er klug genug, in Addafs Gegenwart den Mund zu halten, auch wenn er immer wieder mit anderen den Kopf zusammensteckte, nickend und mit finsterer Miene.

Doch dafür hatte Addaf jetzt keine Zeit. Er kniete neben Hywel, der mit grauem Gesicht und blauen Lippen dalag, sein abgeschlagener Unterarm ein Anblick des Grauens.

»Sie haben sich nicht mit Kleinkram aufgehalten, sagte er«, berichtete Hywel mühsam keuchend. »Von wegen erst die Daumen abhacken … Der andere, den sie Hundejunge nannten, sagte, sein Herr werde grausam sein. Er hasse Bogenschützen mehr als alles andere, sagt er. Er hasse sie noch mehr als Engländer, denn er werde nie begreifen, wie man als Waliser dem englischen Edward dienen könne.«

Hywel packte Addafs Arm mit der blutigen Hand, die ihm noch geblieben war.

»Er nannte sich ›Hundejunge‹. Sagte, wenn jemand von uns am Leben bleibe, sollten wir es allen anderen sagen und allen Walisern, dass sie auf der falschen Seite kämpfen.«

»Die richtige Seite ist die, die gewinnt«, erwiderte Addaf und blickte in die sich trübenden Augen.

»Der andere hat Stricke um unsere rechten Handgelenke gebunden, ein Mann musste uns festhalten, und ein anderer zog unsere Arme lang. Dann ging er mit seiner Axt die Reihe entlang. Ein Schritt, ein Hieb …«

»Wer? Wer war das? Dieser Hundejunge?«

Addaf merkte, dass Hywel schon nicht mehr ganz von dieser Welt war, seine Augenlider zitterten, und man hörte seine Stimme kaum noch.

»Douglas«, sagte er so leise, dass Addaf sein Ohr dicht an seinen Mund halten musste. »Der Schwarze selbst.«

Dann plötzlich mit klarer, fester Stimme, die fast ein wenig heiter schien, sagte er: »Wir lassen sie tanzen, wir lassen sie springen …«

Addaf schloss ihm die Augen.

»Das Grab macht sie alle gleich«, sagte er grimmig.

Isabel

O mein Gott, Deine Liebe ist schmerzhafter als Dein Zorn. Während der vielen Jahre seit dem Tod seines Vaters im Kloster der Greyfriars hat der neue Lord von Badenoch mich nicht einmal besucht, sondern lediglich Malise dafür bezahlt, mich zu bewachen – für seinen Verwandten, meinen längst verstorbenen Ehemann. Doch, Herr, dieses Jahr brachtest Du Badenoch zum Schweineturm, begleitet von dem katzbuckelnden Malise, dessen ganze Sorge seinen vierteljährlichen Zahlungen galt. Ein treues Abbild seines ermordeten Vaters, dieser neue Badenoch, ein kleiner sommersprossiger, rothaariger Draufgänger. Er musterte mein Strohlager in der Steinnische, dann das Fenster, das die Tür zum Käfig dahinter ist. Dann sah er mich von oben bis unten an und fragte nach meinem Befinden – und meinem Alter. Nicht so alt wie die Hure von Babylon, kleiner Johnny, antwortete ich ihm und beobachtete, wie er errötete. Er ordnete an, dass man mir Salben und Schminktöpfe und derlei Dinge bringt, »im Gedenken an den Mann, der mich verschont hat« – doch er bestätigte Malise weiterhin in seinem Amt als mein Wärter. Der Mann, der den kleinen Badenoch verschonte, war Hal, an jenem Tag im Greyfriars-Kloster, als dieser finstere kleine Lord noch ein Knabe war und man ihn brachte, damit er seinem ermordeten Vater ein letztes Lebewohl sagen konnte, die Mörder waren eigens zurückgekommen, um sich dessen zu vergewissern. Kirkpatrick hätte ihn umgebracht, wenn mein Hal es nicht verhindert hätte. Malise war damals geflohen, woran sich der kleine Badenoch offenbar erinnerte, denn er bedachte Bellejambe mit einem Blick, der diesen bis an die grauen Haarwurzeln erröten ließ. Hinterher rächte Malise sich an mir, doch wie immer hat er damit mehr verloren als gewonnen. Ich ertrug sein Gemurre und seine wüsten Obszönitäten und erfuhr dafür, dass Badenoch nicht nur kam, um mich zu sehen, sondern auch, um in Berwick für Ordnung zu sorgen, denn die Engländer werden im Sommer kommen, um Bruce zu erledigen. Davon kannst du schon mal träumen, sagte ich zu Malise, und zum ersten Mal hatte er nicht mehr die Kraft, mich zu strafen. Also, ein Sieg für die Beharrlichkeit. Hoffen wir, o Herr, dass dies nicht nur ein Trugbild leerer Hoffnungen für das Königreich ist.

KAPITEL 5

WESTMINSTER
TAG DES HEILIGEN GEORG, APRIL 1314

Ostern bedeutete doch nichts anderes als Schnupfen und Schmerzen, dachte Edward, ein trübseliger, elender Tag folgte dem anderen, die Feuchtigkeit kroch an einem hoch, und ganz gleich, wie viele Feuer man anzündete, sie konnten den kalten Wind nicht abhalten, bis man hustete und Dünnschiss bekam.

Genau wie bei seinem Vater. Er verdrängte den Gedanken wie immer, wenn er sich wieder einmal einschleichen wollte wie ein räudiger, schutzsuchender Hund. Auch der hatte sein Leben mit dem Dünnschiss ausgehaucht, der ihm am Bein heruntergelaufen war. Alle Lebenskraft dahin. Aus und vorbei, durch schädliche Körpersäfte im Arsch, König hin oder her.

Den Tod interessierte keine Rangordnung. Das hatte jetzt auch der Papst erfahren müssen. Genau wie Jacques de Molay es auf dem Scheiterhaufen prophezeit hatte, hatte das geistliche Oberhaupt der Christenheit das Zeitliche gesegnet. Edward konnte sich bei dem Gedanken ein Grinsen nicht verkneifen, und er musste an seinen Schwiegervater denken, den König von Frankreich, den de Molay im selben Atemzug gleich mit verflucht hatte.

Trotzdem schlichen sich immer wieder leise Zweifel bei

ihm ein, ob nicht auch eine kleine Wolke von de Molays rauchschwarzem Fluch über ihm, Edward, schwebte, wenn man bedachte, wie er den Orden der Armen Ritterschaft behandelt hatte. Mit den Templern selbst war er gnädig verfahren, aber er hatte den Erlass des Papstes befolgt und ihre verpfändeten Besitztümer – na ja, die meisten jedenfalls – auf die Johanniter übertragen. Sollen sie damit selig werden, dachte er, mir selbst wird es nicht viel nützen, denn sie werden sich meiner Armee nicht anschließen.

Es war ihr eigener Fehler gewesen, sie hatten die Armee seines Vaters unterstützt, und was es ihnen gebracht hatte, das sah selbst ein Blinder.

Trotzdem hoffte er, dass ihm jemand zu Hilfe kommen würde.

»Von wem haben wir noch keine Antwort?«, fragte er, und de Valence rollte umständlich das Pergament auf und studierte es im Schein der Wachskerzen, die die kleine Gruppe in mildes goldenes Licht hüllten. Doch er konnte niemandem etwas vormachen, alle Anwesenden einschließlich des Königs wussten, dass er es längst auswendig aufzählen konnte.

Lancaster, Arundel, Warwick, Oxford, Surrey – die mächtigsten Earls des Reiches. Und Sir Henry Percy, die Bastion im Norden.

»Wir hatten Aufforderungen an alle Earls und etwa achtzig Burgherren des Reiches geschickt, dass sie sich auf einen Krieg mit Schottland vorbereiten sollen«, betonte de Valence. Mit finsterem Blick rutschte Edward unruhig auf seinem Stuhl herum, alles tat ihm weh.

Aufforderungen an achtzig Burgherren und jeden Earl – sogar an seinen dreizehnjährigen Halbbruder Thomas, den Earl von Norfolk. Ganz zu schweigen von Ulster, wo persönliche Briefe mit dem königlichen Siegel an fünfundzwanzig zerlumpte irische Stammesführer gingen. Doch die fünf Mächtigsten des Reiches und Percy, der Stern des Nordens, hatten sich geweigert. Der Ärger darüber trieb ihm die Galle hoch und hielt ihn kaum auf dem Stuhl.

»Wenn wir Bruce erst besiegt haben, Herr, wird alles andere sich finden«, fuhr de Valence hastig fort, als ahnte er, dass die Hoffnungen des Königs schwanden. »Denn selbst ohne diese abtrünnigen Lords werden wir nächsten Monat um diese Zeit zwanzigtausend Mann in Berwick haben, einschließlich dreitausend Walisern.«

Samt Schmieden und Zimmerleuten, Bergleuten und Ingeniarii, samt Schiffen zum Transport von fünf Belagerungsmaschinen sowie den Bauteilen für eine komplette Windmühle, die Korn für eine ganze Armee mahlen kann. Und mit Pferden – vielen Pferden.

Edward dachte mürrisch an den Mann, der sich gerade verabschiedet hatte. Elegant gekleidet, aber mit einem Kindergesicht, das erst noch männliche Züge entwickeln musste. Aber Antonio di Pessagno, der Kaufmann aus Genua mit seinem Gesicht wie ein frisch gelegtes Ei, hielt das Schicksal Englands in seiner feisten, beringten Hand, denn es waren seine Darlehen, mit denen der Einmarsch bezahlt werden sollte.

Edward mochte Pessagno nicht, aber die Lords Ordainers – Lancaster, Warwick und die anderen Barone, die ihm ihren Willen aufzwingen wollten – hatten seine alten bevorzugten Geldgeber, die Frescobaldi, verbannt, sodass er keine andere Wahl gehabt hatte, als sich an diesen Genuesen zu wenden. Es waren dieselben Earls, die ihn jetzt im Stich ließen, grübelte Edward. Ein Ärgernis, das ihn schon lange plagte. Dieselben Earls, die den Tod von Gaveston auf dem Gewissen haben …

»Welche Gründe nennen sie? Weshalb weigern sie sich, meinem Ruf zu folgen und das Reich zu verteidigen?«

»Dass sie diesen Feldzug nicht billigen.«

Die Antwort kam messerscharf und schnitt de Valence das Wort ab, ehe er weitersprechen konnte.

Hugh Despenser, der Earl von Winchester, trat vor.

»Sie behaupten, dass Ihr die Ordonnanzen gebrochen habt«, fügte er mit süffisantem Lächeln hinzu.

Niemand sagte etwas. Alle wussten, dass der König die sogenannten »Ordonnanzen« sehr bewusst missachtet hatte, indem er den Feldzug gegen die Schotten ohne Billigung der opponierenden Barone – die von allen nur noch die »Lords Ordainers« genannt wurden – anordnete. Natürlich verlangte es ihre Ehre, das Reich zu verteidigen, komme was wolle, aber wenn sie zugestimmt hätten, hätten sie damit dem König das Recht zugebilligt, allein einen Krieg anzuzetteln, und das hätte all das zunichtegemacht, wofür sie gekämpft hatten. Ihre Ablehnung andererseits bedeutete, dass sie es akzeptierten, dass die Schotten plündernd durchs Land zogen, was wiederum ihren Bemühungen um eine neue Gesetzgebung, die »Ordonanzen«, zuwiderlief.

Verdammt wollten sie sein, wenn sie es billigten! Andererseits machten sie sich schuldig, wenn sie es nicht billigten, also konnte der König nur gewinnen. Doch ihm wäre es lieber gewesen, wenn sie nachgegeben und ihre Sonderzahlungen entrichtet hätten. Dennoch war es letztlich ein Sieg für ihn. Und Despenser, der ihm die Sache erläutert hatte, sonnte sich jetzt in der Gunst des hoch gewachsenen Edward mit seinem hängenden Augenlid, während de Valence und seinesgleichen ins Abseits gedrängt wurden.

Doch Edward war nicht dumm. Despenser war kein Feldherr, während de Valence, der Earl von Pembroke, mit Sicherheit einer war. Und was noch wichtiger war: Der Earl hasste Lancaster, weil er Gaveston aus dem Gefängnis geholt und sofort hingerichtet hatte, und Edward vertraute auf die Kraft der Rache.

Zufrieden lehnte er sich zurück. Jetzt musste er nur noch nach Norden marschieren, wo dieser Emporkömmling Bruce sich auf eine Belagerung von Stirling eingelassen hatte und sich einer Schlacht nicht verweigern konnte, ohne bei seinen Baronen das Gesicht zu verlieren.

»Fordert diesen Usurpator heraus, besiegt ihn, und wir haben alles gewonnen. Lasst die Würfel rollen, Mylords, lasst die Würfel rollen.«

Lasst die Würfel rollen, dachte de Valence zufrieden, als sich ein zustimmendes Gemurmel erhob, das dem königlichen Ego so guttat. Aber man konnte sie auch rollen lassen und dabei verlieren.

Darum bedeutet das Spiel auch immer ein Risiko, dachte er.

CRUNIA, KÖNIGREICH KASTILIEN
TAG DES HEILIGEN JACOBUS DES JÜNGEREN, MAI 1314

Der Hafen lag weiß strahlend vor ihnen, umgeben von der braunen Küstenlinie mit staubigen grünen Pinien und Zypressen. Und überall das Meer, tiefgrün und bleigrau, mit kleinen weißen Schaumkämmen und einem Wald aus schwankenden Masten.

Crunia war der Hafen der Pilger, jenen, die mühsam von Canterbury aus durch Frankreich und die englische Gascogne, dann durch Aragon und Kastilien gewandert waren und den Rückweg nicht mehr bewältigen konnten. Reiche Leute, manchmal auch bettelarme, konnten, wenn sie Glück hatten, von hier aus mit dem Schiff zurück in die Gascogne oder sogar bis nach England fahren – mit denselben Schiffen, die faule oder kranke Pilger hierherbrachten, die dann nur noch das letzte Stück zum Schrein von Compostela zu Fuß zurücklegten und sich dafür trotzdem die Pilgermuschel an den Mantel heften konnten.

Verwundert starrte Hal sie an, die Lahmen und Verkrüppelten, die Fetten und Herausgeputzten, aufgetakelte ältere Weiber und Seeleute. Sogenannte Pilger, die glaubten, sie könnten Gott zum Narren halten, aber auch die anderen, mit wunden Füßen und der Inbrunst ehrlicher Büßer. Er war noch nie in einem fremden Land gewesen, und ihm schwirrte der Kopf bei dem Gedanken an die unbekannten Gefahren, was Kirkpatrick mit einem gutmütigen Lächeln quittierte.

»Das kann einem schon den Atem verschlagen, was?«, sagte er leise und legte ihm beruhigend die Hand auf die Schulter. Hal sah ihn an und erinnerte sich, dass Kirkpatrick früher im Languedoc gewesen war und in einem Kreuzzug gegen die Katharer gekämpft hatte. Dieses Languedoc war gar nicht weit von hier, das wusste er, aber er hatte Schwierigkeiten, sich die Landkarte genau vorzustellen.

Sim, der die Kaimauer entlanggeschlendert war, trat zu ihnen.

»Zum Pilger tauge ich bestimmt nicht«, brummte er, indem er auf die zusammengedrängten kleinen Häuser blickte. »Aber nach dem Schiff ist mir jedes Land recht. Mein Gott, ich kann kaum noch gerade laufen.«

Hal versuchte, nicht zu auffällig um sich zu blicken, als sie halfen, ihre schwere kostbare Fracht auf die gemieteten

Wagen zu laden, und bemühten sich, dabei so harmlos wie möglich zu wirken.

Die Menschen hier, vom Pilger bis zur Hure, schienen aus einem anderen Stoff gemacht, aber die Verkaufsstände waren wahre Schatzkammern – mit ihrem Schmuck, ihren bunten Teppichen, dem Geschirr aus Silber, Glas und Kristall und mit den Gegenständen aus Metall, die aussahen wie aus feinster Spitze gefertigt.

Hier gab es auch Mohren, schwarz wie die Nacht und in langen Roben, mit Turbanen, blitzenden Zähnen und goldenen Ohrringen. Bei all diesen neuen Eindrücken hätte Hal sich nicht weiter gewundert, wenn ihm ein Mann mit einem Hundekopf und mit einem geflügelten Greif an der Leine entgegengekommen wäre.

»Bleiben wir über Nacht hier?«, wollte Sim wissen. »Ich sehne mich nach einem bequemen Bett, und vorher könnte ich eine anständige Fleischpastete vertragen.«

»In dieser gottlosen Stadt ist nicht viel zu erwarten«, erwiderte Kirkpatrick grimmig, »ich möchte jedenfalls nicht wissen, was die hier in ihre Pasteten tun. Es ist am besten, wenn wir gleich weiterziehen. Die Ritter von Alcántara bringen uns zu einer sicheren Komturei, irgendwo an der Straße nach Villasirga.«

Hal hatte die Ritter ankommen sehen, zwanzig Mann in weißen Roben mit einem seltsam verzierten grünen Kreuz, alle auf edlen Pferden. Sie waren von Kopf bis Fuß in Kettenpanzer gehüllt und trugen kleine runde Eisenkappen. Mit ihren sonnengebräunten Gesichtern ähnelten sie den maurischen Händlern, die sie allerdings mit einer solchen Verachtung behandelten, dass sie in Schottland dafür wahrscheinlich längst einen Dolch zwischen den Rippen gehabt hätten.

»Die sehen jeden schief an«, sagte Kirkpatrick, als Hal ihn darauf aufmerksam machte, »bis auf Doña Beatriz.«

Das war richtig. Der Anführer der Ritter verbeugte sich und umschwänzelte die elegante, kühle und glitzernde Dame, die ihn als »el caballero Don Saluador« vorstellte, gefolgt von einem Schwall unverständlicher Worte, die, wie Kirkpatrick erklärte, auf die Abstammung des Mannes hinwiesen. Don Saluador musterte sie derweil mit einem Gesicht, als hielte man ihm Sims alte Socken unter die Nase.

»Aber die dort hassen sie noch mehr als die Mauren«, fügte Kirkpatrick hinzu und deutete mit dem Kopf auf eine Gruppe von Männern, die sich jetzt arrogant durch die Menschenmenge drängte. Prächtig gewandet, die Gesichter so hochmütig und ausdruckslos wie Heiligenstatuen, in wallenden weißen Gewändern mit einem roten Kreuz, dessen unteres Ende wie ein Dolch zugespitzt war.

»Ein Steckkreuz«, rief Hal verwundert aus.

»Richtig«, bestätigte Kirkpatrick. »Das Jakobskreuz des Santiago-Ordens. Der kleine Heilige hat seine eigenen Krieger. Der Orden der Alcántarer ist so neu, dass die Farbe auf ihren Röcken fast noch nass ist.«

»Stimmt nicht ganz«, sagte jetzt Sim und wischte sich den Schweiß ab, und Kirkpatrick sah ihn fragend an.

»Es gibt jemanden, den sie noch mehr hassen«, fuhr Sim fort und nickte in die Richtung der schwarz gewandeten ehemaligen Templer, die trotzig und mit hoch erhobenem Kopf dahinschritten. Sie weigerten sich, unerkannt zu bleiben oder sich von Blicken einschüchtern zu lassen. Auch wenn sie keinerlei Kennzeichen trugen, erkannte jeder sie an ihrem Auftreten, aber niemand wagte es, sie als Ketzer zu bezeichnen.

Du lieber Gott, dachte Hal, die Welt ist voller kriegerischer

Mönche, aber wie es aussieht, kämpfen sie alle nur gegeneinander.

Die Sonne stand schon hoch am Himmel, als die Wagen fertig beladen waren, und auf den staubigen Straßen drängten sich die Pilger, die aus der Messe kamen und weiterhin laut ihre Psalmen sangen, als sei der Lärm, den sie dabei vollführten, ein Gradmesser ihrer Frömmigkeit.

Die Bewohner wussten es besser und spotteten sowohl über den Gesang dieser faulen Büßer als auch über deren Dummheit, hier in der Mittagshitze herumzulaufen. Über die Ritter von Alcántara spottete hingegen niemand, wie Hal bemerkte, obwohl auch sie mit ihren vier Wagen und einer zusammengewürfelten Gruppe von Fremdlingen in der Gluthitze unterwegs waren.

Rossal und die anderen verabschiedeten sich von de Grafton, der sich bereiterklärt hatte, bei der *Bon Accord* zu bleiben, als sei er allein in der Lage, sie zu verteidigen. Andererseits, wenn alles planmäßig verlief, musste das Schiff mit Vorräten versorgt werden und zur Abfahrt bereitliegen, also schien es ganz vernünftig. Hal sah allerdings, wie Kirkpatrick nachdenklich die Stirn runzelte, als er auf einen der Wagen kletterte.

Außerhalb des Hafens war die Luft so klar, dass man glaubte, jeden Baum im Vorgebirge zu erkennen, das sich bis zum blauen Horizont hinzog, wo es mit dem Himmel verschmolz.

Den Pilgern verging bald die Lust, Psalmen zu singen, und die Menge löste sich langsam auf, als einer nach dem anderen sich stöhnend ein schattiges Plätzchen suchte und erschöpft zu Boden sank.

»Sehr vernünftig. Ich würde mich jetzt auch lieber in den Schatten setzen, statt hier auf dem Wagen zu schmoren«, sagte Sim und wischte sich erneut den Schweiß ab, der über sein Gesicht lief.

»Oder auch nicht so vernünftig«, sagte Kirkpatrick grimmig und deutete mit dem Kinn zur Seite, wo in einiger Entfernung ein paar Gestalten hockten, reglos wie Felsen. »Wegelagerer und Halsabschneider«, sagte er mit schiefem Grinsen. »Die warten nur darauf, dass es dunkel wird und alle, die kämpfen können, die Stadt verlassen haben. Dann stürzen sie sich auf die Müden und Erschöpften, wie Eulen auf Mäuse.«

»Mein Gott, dann rauben sie also auch Pilger aus«, sagte Sim empört.

»So ist es«, sagte Kirkpatrick. »Die Krieger des Heiligen sind damit beschäftigt, den Hauptweg zu bewachen, den Jakobsweg. Und da es zwei Straßen nach Santiago gibt, nimmt das ihre gesamte Zeit in Anspruch. Allerdings wird die nördliche Route heutzutage weniger benutzt, seit die Mauren die Straße von Aragon nach Kastilien nicht mehr benutzen dürfen.«

»So geht es einem, der versucht, Gott auszutricksen«, sagte Hal grinsend.

Doch als der Tag mit einem prächtigen rot-goldenen Abendhimmel zur Neige ging, war ihm nicht mehr nach Spaßen zumute. Zu heiß und staubig war der Tag gewesen, zu groß das Sprachengewirr, das jeden Psalm zu einem sinnlosen Gebrabbel machte, zu ermüdend die Streitereien, die bei jeder Rast ausbrachen.

Hal ahnte, dass dies nur ein unbedeutender Vorgeschmack dessen war, was die Kreuzritter zu erdulden hatten, und dass es, je weiter sie nach Süden und Osten kamen und selbst im Heiligen Land, noch viel schlimmer sein musste. Sein Respekt vor seinem Vater nahm nur noch zu, wenn er daran dachte, was dieser im Namen Gottes auf sich genommen hatte.

Als sie endlich von der Landstraße in einen schattigen Waldweg einbogen, hatte er das Königreich Kastilien bereits gründlich satt, und die weißen Gebäude der Komturei von St. Felix erschienen ihm wie eine himmlische Oase.

Mit steifen Beinen rutschte er von dem Zelter, den man ihm zur Verfügung gestellt hatte und der jetzt von einem Mann weggeführt wurde, stumm und schemenhaft in der Dunkelheit, die sie umgab. Mit Fackeln wurden Hal und die anderen in einen großen Raum geleitet, auf dessen rechter Seite sich eine schwere Tür befand, auf der linken ein Bogengang, in dem Tische und Bänke standen und weiter hinten auf dem Boden frisches Stroh.

»Es ist nicht viel«, sagte eine leise Stimme mit französischem Akzent, »aber für uns ist es Bett und Tisch.«

Sie wandten sich um und sahen einen hochgewachsenen Mann mit dem Kreuz der Alcántarer auf einem weißen *camilis,* das seinen dunklen Teint und den sauber gestutzten schwarzen Bart noch stärker betonte. Sein Lächeln war so blendend wie seine Robe, und an seinem Arm ging wie selbstverständlich Doña Beatriz, von der die Tempelritter wussten, dass sie seine Schwester war. Dennoch empfanden sie den Anblick als empörend.

»Ich bin Don Guillermo«, stellte er sich vor und lächelte sie entwaffnend an. »Ich versichere Euch, das ist unser ganzer Komfort. Ihr seht also, wir können genauso genügsam sein wie die Benediktiner. Bis zu einem gewissen Grad.«

Rossal verbeugte sich steif. Die anderen taten es ihm gleich, und Hal sah das finstere Gesicht von Widikind.

»Wir danken Euch für Eure Gastfreundschaft und die Begleitung. Ich möchte mich noch vor der Gebetszeit um meine Aufgabe kümmern.«

»Natürlich«, erwiderte Don Guillermo aalglatt. »Seid versichert, dass die Wagen von unseren besten Männern bewacht werden.«

»Daran zweifle ich nicht«, sagte Widikind. Rossal warf Kirkpatrick einen Blick zu und ging dann hinaus, gefolgt von de Villers. Sim reckte sich genüsslich und ließ lautstark einen Furz los.

»Keine schlechte Herberge eigentlich«, sagte er und musterte die kleine Galerie im ersten Stock, die man von einem Torbogen aus betrat.

»Eine Sängerempore«, bemerkte er grinsend. »Vielleicht gibt's später Unterhaltung, was meint ihr, Jungs?«

In der Komturei eines religiösen Ordens? Hal sah Kirkpatrick an, der nickte und dann zu einer Tür unterhalb der Galerie trat. Sie war verschlossen. Der Bogengang auf der anderen Seite endete an einer Treppe, bei der Kirkpatrick überzeugt war, dass sie auf den Glockenturm führte, den er gesehen hatte, als sie hereinkamen.

»Ein so nettes Gefängnis, wie man es sich nur wünschen kann«, bemerkte er zu Rossal, der zurückgekommen war. Dieser nickte mit finsterem Gesicht und wandte sich der Tür zu, durch die man sie hereingeleitet hatte. Als sie das laute Knirschen der Eisenstange hörten, die gerade von außen davorgeschoben wurde, war ihnen alles klar, und er runzelte die Stirn.

»Wo ist eigentlich Bruder Widikind?«

IN LOTHIAN
ZUR GLEICHEN ZEIT

Wie die Berserker wüteten sie in der schottischen Mark. Sie plünderten, brannten Häuser nieder und brauchten sich um ihre Sicherheit keine Sorgen mehr zu machen, jetzt, nachdem sie die Waliser los waren.

Mit Feuer und Schwert, mit Lügen und List fielen sie über die kargen Felder und die armseligen Häuser in Byres, Heriot, Ratho und Ladyset her. Sie zerstörten Mauern und rissen Holzwände nieder, verwüsteten die Hochburg der Pinkneys in Ballencrieff und jagten den Bewohnern von Haddington Angst und Schrecken ein.

Grausam und todbringend waren die Reiter des Schwarzen Jamie Douglas, er schwelgte in Feuer, Schwert und Raserei, und nie war es genug, um seinen Hass und seine Rachegelüste zu befriedigen für all das, was man ihm genommen hatte.

Sie platzten in den Wochenmarkt von Seton hinein. Hier stand der Burgherr felsenfest auf englischer Seite, und dafür wollte der Schwarze Jamie ihn bestrafen. Mit wutverzerrten Gesichtern und gezogenen Klingen wüteten sie unter den Händlern, die in alle Winde zerstoben. Doch sie fanden nur wenig Essbares, wie der Hundejunge feststellte, und Jamie nickte und deutete auf die Kirche.

»Verlass dich drauf, Gott sichert sich seinen Zehnten«, sagte er und trieb die anderen an, sich zu beeilen und nur Erbsen und Gerste mitzunehmen, außerdem lebende Hühner und die bereits geschlachteten Kaninchen.

Vorsichtig verstauten sie die gestohlenen Eier, ließen aber die Schmuckstücke zurück – nun ja, zum größten Teil jedenfalls. Jeder nahm sich eine Kleinigkeit, als Andenken oder als Mitbringsel für irgendeine Liebste, und hier und da einen

Ballen guten Wollstoffs, der in einer kalten Nacht als Mantel oder Decke dienen konnte.

Jamie und der Hundejunge ritten zu der massiv gebauten Zehntscheune. Der Hundejunge sprang von seinem Pony und stieß mit dem Fuß die Doppeltür auf. Die Halle war leer. So leer, dass nicht einmal Mäuse darin hausten, und Jamie zog verwundert die Augenbrauen hoch. Nicht weit davon stand die Kirche, die zwar von innen verriegelt war, aber davor stand mit trotzig erhobenem Kopf der Priester.

»Das Silber ist vergraben«, sagte er bitter, »und außerdem kommt Ihr zu spät. Vor Euch waren schon andere da.«

Jamie beugte sich im Sattel leicht nach vorn und begrüßte den Mann freundlich in makellosem Latein.

»Pater Petrus«, erwiderte der Priester, der ihn offenbar nicht verstanden hatte. Der Hundejunge wusste, dass dies bei Dorfpfarrern nicht ungewöhnlich war, die oft nur die Messtexte beherrschten und den Unterschied nicht kannten zwischen Barabbas und Barnabas.

»Euer Besitz ist Euch sicher. Ein silberner Kelch, bestimmt innen vergoldet, stimmt's?«, erwiderte Jamie ruhig. »Und natürlich eine Pyxis. Aus Silber? Oder Elfenbein? Und ein kostbares Gefäß für das heilige Öl, ein Weihrauchfass, drei Messkännchen und ein Ostensorium.«

Der Hundejunge starrte Jamie sprachlos an, aber der Priester blieb ungerührt.

»*Ein* Messkännchen, denn wir sind hier nicht reich. Das Ziborium habt Ihr vergessen. Unseres ist aus Zinn. Aber diese Dinge gehören, wie jeder gebildete Mensch weiß, zur Grundausstattung eines jeden Gotteshauses, dafür muss man nicht über seherische Kräfte verfügen.«

»Gott behüte«, sagte der Hundejunge, und alle bekreuzigten sich.

»Offensichtlich waren die anderen, die vor uns hier waren, sehr bescheiden«, sagte Jamie im Plauderton, »denn es scheint, als hätten sie nur Viehfutter mitgenommen. Es sei denn, Ihr hättet den Inhalt Eurer Zehntscheune ebenfalls versteckt.«

»Ich wünschte, es wäre so. Sie suchten nach Essbarem genau wie Ihr«, erwiderte der Priester. »Sie kamen aus Berwick, und sie waren eigentlich keine Plünderer, sondern arme Leute, die am Verhungern waren.«

»Berwick …«

Der Hundejunge wusste, warum Jamie plötzlich nachdenklich wurde. Berwick war weit entfernt, und wenn die Bewohner auf der Suche nach Nahrung bis hierherkamen, dann musste dort wahrlich große Not herrschen. Das war eine gute Nachricht für den Schwarzen Sir James. Lächelnd wünschte er dem Priester alles Gute – auch für seine Frauen und Kinder, was dieser mit säuerlichem Blick quittierte.

Eigentlich war alles nach Wunsch verlaufen, trotzdem schleuderte der Hundejunge die erste Fackel, die dafür sorgte, dass schließlich alle Häuser im Dorf brannten. Lautes Schreien und Weinen und wütende Blicke folgten ihnen, als sie davonritten.

Mein Innerstes ist gefüllt mit Angstgeschrei und Feuersglut, dachte der Hundejunge, und er fragte sich, ob das alles jemals aufhören würde.

KOMTUREI DES HEILIGEN FELIX IM KÖNIGREICH KASTILIEN TAG DER AUFFINDUNG DES KREUZES, MAI 1314

Er hieß Bruder Amicus, aber an ihm war nichts »Freundliches«.

»Du solltest deine Sünden bekennen und Buße tun, Bruder«, zischte er. »Wenn du keine Vergebung erlangst, kommst du in die Hölle, wo böse Dämonen dich aufs Rad flechten und dir für die Sünde des Stolzes alle Knochen brechen. Du wirst für deine Arroganz in eiskaltes Wasser geworfen werden, bis du um Vergebung wimmerst. Geifernde Kobolde werden dich für deine Gottlosigkeit mit stumpfen Messern zerlegen und für deinen Stolz in eine Grube mit geschmolzenem Gold werfen, wo du zur Erinnerung an deine Völlerei Ratten, Kröten und Schlangen fressen musst.«

Er schwieg, schwer atmend und mit Schaum in den Mundwinkeln.

Widikind lachte mit aufgeplatzten Lippen, er sprach langsam, denn man hatte seine Arme nach hinten gedreht, mit Ketten gefesselt und ihn daran aufgehängt, was das Atmen beschwerlich machte. Er war nackt und mit seinem eigenen Kot beschmiert. Seine Worte kamen stoßweise, ebenso sein Atmen, aber für das, was er sagen wollte, reichte es noch.

»Davon kannst du träumen, Folterknecht. Das alles habe ich schon erlitten und noch mehr, im Dienst für Gott und den Tempel, selbst Kröten und Schlangen habe ich gegessen. Ich habe keine Angst vor der Hölle, und ich bin überzeugt, wir werden uns dort wiedersehen.«

Das Gesicht des Inquisitors verfinsterte sich noch mehr. Er wandte sich ab und überließ Widikind seinen Qualen.

Sie hatten ihn mit einem Schlag auf den Kopf bewusstlos geschlagen, im selben Moment, als er hinausging, um nach den Wagen zu sehen. Er kam unerwartet, doch noch im Stürzen ahnte er, wer dahinterstand.

Gewissheit erhielt er schnell genug. Als er wieder zu sich kam, roch er ihr Parfüm, schwer und verführerisch. Es nahm ihm den Atem wie die Umklammerung einer Schlange. Und jetzt hing er in diesem Raum, in dem das Feuer die Schatten an der Wand tanzen ließ.

»Ihr tätet gut daran, zu sprechen, Templer«, sagte Doña Beatriz leise und trat näher heran. »Mein Bruder braucht Euer Wissen. Er wird Euch nicht schonen.«

Für Widikind war die Scham wegen seiner Nacktheit schlimmer als die Aussicht auf die bevorstehenden Qualen, aber jetzt wusste er, dass seine Seele keinen Schaden genommen hatte, deshalb konnte er nur lachen. Er sah ihr an, dass sie wütend war. Jemand packte ihn am Bart und hob seinen Kopf. Der Mohr, ihr Diener, hielt Widikinds schmutzigen Bart mit einer Hand, sodass er beiden ins Gesicht sehen konnte. Das seine war ausdruckslos und wie aus Stein, während ihres rot vor Zorn war.

»Ihr werdet sprechen«, sagte sie mit einer Stimme wie ein Rasiermesser, und mit einem bösartigen Lächeln winkte sie einen weiteren Mann heran. Er war schmächtig und grauhaarig. Sein Blick war eiskalt. Widikind wusste sofort, was dieser Mann mit ihm vorhatte.

»Dies ist Rafiq«, sagte Doña Beatriz. »*Buscador de demonios.*«

Sie drehte sich um und ging. Piculph zögerte einen Augenblick, er schielte zur Seite, wo Rafiq mit seinem ausdruckslosen Gesicht stand, dann ließ er den Bart los, sodass Widikinds Kopf wieder kraftlos nach vorn fiel.

Wikidind konnte es nicht sehen, aber er wusste, dass Piculph gegangen war, und jetzt spürte er auch, dass der, den sie »Dämonenjäger« nannten, sich ihm genähert hatte. Widikind hörte ihn etwas summen, leise und melodiös wie ein Mönch beim Psalmodieren, und er fragte sich, ob es wohl ein Psalm gegen das Böse oder vielleicht ein Zauberspruch war.

»Es sieht so aus, als seien Eure Befürchtungen berechtigt gewesen«, sagte Rossal zu Kirkpatrick. »Und deshalb sollten wir ein paar Vorkehrungen treffen.«

»Was geht hier eigentlich vor?«, fragte Sim. Eine Frage, die auch Hal auf der Zunge gelegen hatte. Doch Rossal gab bereits Anweisungen, und die beiden anderen fingen an, die Tische auf die Seite zu legen.

»Ich hatte so eine Ahnung«, entgegnete Kirkpatrick, »dass dieser Guillermo und sein Fräulein Schwester etwas gegen uns unternehmen könnten.«

»Das Gold …«

»Ja, genau.«

Hal konnte dennoch nicht verstehen, warum dieser Guillermo und seine Schwester sie angreifen sollten – und warum trotzdem alle hier so gelassen blieben. Als er es aussprach, schlug Rossal ihm leicht auf die Schulter.

»Gleich werden wir wissen, ob dieser Guillermo vertrauenswürdig ist.«

»Aber haltet Eure Waffen bereit, falls er es nicht ist«, fügte Kirkpatrick hinzu, »und bleibt hinter den Schutzwänden – ich glaube nämlich, diese Sängerempore dort oben ist nicht nur für Sänger gedacht.«

Sim konnte nicht länger ruhig bleiben. »Wenn sie vorhaben, uns umzubringen und uns das Gold abzuknüpfen«, wetterte er verwirrt und völlig außer sich, »warum versuchen wir dann nicht, hier rauszukommen, verdammt?«

»Reg dich nicht auf, Sim Craw«, sagte Kirkpatrick, er legte ihm beruhigend die Hand auf die Schulter und lächelte ihn an. »Vielleicht täusche ich mich ja auch. Vielleicht haben sie uns nur zu unserer eigenen Sicherheit eingeschlossen.«

»Ja, so gewiss, wie Schweine fliegen können«, murmelte Hal.

Der Dämonenjäger war eine Ausgeburt der Hölle, davon war Widikind überzeugt. Er liebkoste seine Klingen und schälte die Haut zurück, bis der Schmerz so schier unerträglich wurde. Stundenlang beschäftigte er sich damit, während Widikind an der Kette hing, wo Schweiß, Blut und Kotze an ihm herabliefen.

Irgendwann – Widikind wusste nicht mehr, ob es Tag oder Nacht war – unterbrach der Dämonenjäger seine Arbeit, um Brot und Käse zu essen und sich mit Wein zu erfrischen, dann griff er zu den glühenden Eisen.

Widikind wurde übel vom Gestank seines eigenen verbrannten Fleisches, aber er schluckte alles hinunter, um dem Folterknecht nicht die Befriedigung zu verschaffen, die er sich erhofft hatte. Doch jetzt war der Schmerz so grausam, dass er Gott und die Heilige Jungfrau anrief. Auf Deutsch brabbelte er undeutlich vor sich hin. Doch die Stoßgebete waren nicht das, was sein Peiniger von ihm hören wollte.

Er sank immer wieder in schwarze Bewusstlosigkeit, merkte aber, dass Gestalten kamen und gingen, und roch wieder das Parfum der Frau. Ein Mann an ihrer Seite bellte Befehle, und aus den Beschwichtigungen eines anderen schloss er, dass es Bruder Amicus sein musste, der mit jemandem sprach, den er Don Guillermo nannte.

Wieder hörte er Guillermo, der diesmal leiser sprach, nicht im eleganten höfischen Spanisch, sondern auf Französisch.

»Dieser de Grafton, kann man ihm vertrauen?«

»Nein, lieber Bruder, aber wir können uns darauf verlassen, dass er uns helfen wird, solange es in seinem Interesse ist.«

Doña Beatriz' Stimme klang spöttisch, und Widikind hörte ihren Bruder lachen.

»Geh nach Crunia. Durchsuch das Schiff. Der Schatz muss dort sein. Und gib uns sofort Bescheid.«

»Und die Besatzung?«

Es blieb still, was als Antwort genügte.

Etwas später – Widikind hatte keine Ahnung, wie viel Zeit vergangen war – brannte der Dämonenjäger Widikind mit einem glühenden Eisenstab ein Auge aus, was einen langen, durchdringenden Schmerzensschrei zur Folge hatte. Widikind wand sich an der Kette und trat um sich, als er spürte, wie sein Fleisch in der Hitze kochte, sich auflöste und über seine Wange lief. Es zischte wie ein Braten am Spieß.

»Wo ist der Schatz der Templer?«

Es war das Erste, was der Dämonenjäger ihn gefragt hatte, und überhaupt das Einzige, was er bisher gesprochen hatte.

Widikind, der sich gefragt hatte, was er unter seinen wahnsinnigen Schmerzen geredet haben mochte, grinste mit blutigem Mund, denn die Frage bestätigte ihm, dass er nichts verraten hatte. Er erinnerte sich, wie sein Fleisch auf der Wange geschmolzen war und was Bruder Amicus ihm angedroht hatte. Als Strafe für seinen Stolz. Ja, er war stolz, dass er nicht schwach geworden war, obwohl es sich für einen Templer nicht schickte, stolz zu sein.

Doch er konnte nicht widerstehen.

»Habt Ihr schon ein paar Dämonen gefunden?«, artikulierte er mühsam mit den geschwollenen Lippen und lachte leise, bis er wieder das Bewusstsein verlor.

Ein Eimer kaltes Wasser brachte ihn wieder zu Bewusstsein. Widikind merkte, dass er tiefer hing, seine Hände waren jetzt mit Stricken gebunden, und der Schmerz in seinen Armen konnte etwas abgemildert werden, wenn er sich auf die Zehenspitzen stellte.

Die man ihm gebrochen hatte. Der Schmerz durchfuhr ihn wie eine scharfe Klinge.

Mühsam hob er seinen taumelnden Kopf und starrte das Gesicht seines Folterers mit dem verbleibenden guten Auge an, doch er konnte keinerlei Befriedigung darin erkennen. Nach wie vor wirkte dieser Mann eiskalt.

Erneut setzte der Dämonenjäger Widikind das glühende Eisen auf den Bauch, und zum ersten Mal zeigte er so etwas wie eine menschliche Regung: Er schien überrascht, dass keine Reaktion erfolgte.

Jetzt fragt er sich, ob er zu weit gegangen ist, dachte Widikind.

»Wo ist der Schatz der Templer?«

Es klang eine Spur missmutig, und Widikind wusste, dass es an der Zeit war. Er wollte ihn näher heranlocken, wollte ihn mit seinem heißen Eisen ganz nahe bei sich haben. Er spürte Finger an seinem Hals, die seinen Puls prüften, ein Unterarm lag auf seiner Brust, und er wusste, wo der Dämonenjäger stand. Und er war ein Tempelritter, dem immer noch die Kraft Gottes beistand.

Er schwang die Beine hoch und umklammerte mit ihnen die Hüfte des Mannes, er kreuzte die Knöchel, bis seine gebrochenen Zehen ihn vor Schmerz aufschreien ließen, aber jetzt begrüßte er den Schmerz, denn er löste in ihm ein Gefühl des Triumphes aus und verlieh ihm eine Kraft, die wie Feuer durch seine Adern strömte. Gott, gib mir Kraft …

Der Mann war stark, aber Widikind hatte sich jahrelang Tag für Tag im Reiterkampf geübt und sich nicht geschont. Zwar waren seine Zehen gebrochen, aber in seinen Oberschenkeln und Waden steckte noch genügend Kraft. Der Dämonenjäger wand sich schreiend, konnte sich aber nicht befreien. Mit der Hand, in der er das glühende Eisen hielt, schlug er auf Widikind ein, aber jedes Mal drückte Widikind fester zu, bis etwas knackte. Der Mann schrie auf.

»Das war eine gebrochene Rippe«, sagte Widikind so dicht am Gesicht des anderen, dass das Blut von seinen Lippen über dessen Wange lief. »Und ich werde dir noch mehr brechen, wenn du nicht machst, was ich dir sage. Wenn du weiter Widerstand leistest, breche ich dir das Rückgrat.«

»Lass … mich …«

»Nein.« Widikind drückte noch etwas kräftiger zu. »Heb das Eisen hoch«, befahl er dann heiser dicht am Ohr des anderen. »Heb es langsam hoch, bis zu dem Strick um meine Handgelenke. Wenn du etwas anderes damit machst, breche ich dir alle Knochen.«

Der Folterknecht war einer Bewusstlosigkeit nahe, und die langsam abkühlende Spitze des Eisens schwankte hin und her und versengte Widikinds Hände, ehe sie den Strick durchbrannte. Zusammen fielen sie zu Boden, aber Widikind war darauf vorbereitet gewesen. Er ergriff die Eisenstange und ließ sie auf den Kopf des Dämonenjägers niedersausen.

Noch zweimal schlug er zu, ehe der Schmerz in den Füßen seinen ganzen Körper ergriff und ihm abermals die Sinne raubte. Als er erwachte, erblickte er ein bekanntes Gesicht, das schweißüberströmt und fassungslos erst auf den gespaltenen Schädel des Folterknechts, dann auf Widikinds verwüstetes Gesicht starrte.

Piculph, schoss es ihm durch den Kopf, und er wollte fast verzweifeln bei dem Gedanken, dass seine Flucht im letzten Moment vereitelt werden sollte. Der Mohr fuhr sich mit der Zunge über die Lippen, hielt Widikind eine Hand hin und zog ihn auf die grausam schmerzenden Füße.

»Komm mit mir«, sagte der Mohr in gutem Französisch, »wenn du hier lebend rauskommen willst.«

Man hörte einen dumpfen Schlag, etwas krachte, und alle blickten zur Tür. Draußen wurde der eiserne Riegel aus der Halterung genommen, und während sie sich noch duckten und ihre Waffen bereithielten, flog die Tür auf, und ein nackter, blutüberströmter Mensch fiel in den Raum.

Einen Augenblick rührte sich niemand – dann setzten sich alle gleichzeitig in Bewegung. De Bissot und Kirkpatrick stürzten zu dem Halbtoten, Hal und de Villers rannten zur offenen Tür, wo die Wache lag, aus dessen gespaltenem Schädel Blut über die Pflastersteine floss. Sim behielt die Galerie im Auge, nur für den Fall. Aber die undeutliche, gebrochene Stimme ließ sie alle erstarren.

»Halt«, sagte Widikind mühsam. »Piculph sagt, dass es keine Möglichkeit gibt, zu entkommen, deshalb hat er mich zu euch gebracht. Hört gut zu, ich habe wichtige Informationen für euch und nicht mehr viel Zeit.«

Er sprach heiser, sagte, was er zu sagen hatte – bis seine Stimme erstarb, weil ihn die Kräfte verließen. De Bissot richtete sich auf und sah Kirkpatrick an.

»Ihr hattet recht.«

»Verbarrikadiert die Tür«, rief Hal, und sie machten sich

ans Werk und schoben die schweren Tische dagegen. Dann bereiteten sie ein provisorisches Lager für den bewusstlosen Widikind, aus dessen nacktem, geschundenem Körper es tropfte wie aus einem undichten Weinschlauch. Kirkpatrick sprach es nicht aus, aber er war sicher, dass der Mann nicht mehr lange zu leben hatte. Und wenn sie keine Möglichkeit fanden, hier herauszukommen, aus dieser Festung, die gleichzeitig ihr Gefängnis war, dann würden sie alle nicht mehr lange zu leben haben.

»Dieser Guillermo wird gleich da sein und mit uns sprechen wollen«, sagte Kirkpatrick. »Er wird uns drohen und schmeicheln. Danach könnte es unangenehm werden.«

Hal wollte gerade fragen, was hier eigentlich vorgehe – er ärgerte sich, dass man ihn nicht eingeweiht hatte, doch ehe er etwas sagen konnte, bewahrheiteten sich Kirkpatricks Worte. Sim hatte die fast unmerkliche Bewegung am Vorhang zur Empore gesehen und warnte die anderen.

»In Deckung«, rief er, und Hal, der sich umdrehte, ehe er hinter den Tisch abtauchte, sah mehrere Gestalten, die fast lautlos auf die Galerie glitten, die Armbrust im Anschlag, hinter ihnen der hochgewachsene, finstere Guillermo.

»Sieh an«, bemerkte Sim, der angewidert zur Galerie hochsah und gleichzeitig wie wild an seiner Windenarmbrust kurbelte, »der alte Kirkpatrick hat mal wieder recht gehabt. Meinetwegen könntest du dich ruhig mal täuschen.«

Jetzt trat Guillermo vor und blickte auf sie hinunter. Als er sprach, klang seine Stimme ganz ruhig.

»Ihr tätet gut daran, keinen Gebrauch von Eurer Armbrust zu machen«, warnte Guillermo. »Ich müsste Euch unter Beschuss nehmen, und die Tische würden dem nicht lange standhalten.«

»Ihr werdet nicht wagen, uns zu töten«, sagte Rossal ruhig

und trat hinter der Schutzwand hervor. Hal wollte ihn zurückziehen, doch er spürte Kirkpatricks Hand auf dem Arm, und als er ihn ansah, schüttelte dieser lächelnd den Kopf, was ihn noch mehr verwirrte, als er ohnehin schon war.

»Ihr wisst nicht, wer von uns das Geheimnis hütet, wo der Schatz ist, den Ihr sucht«, fuhr Rossal fort, »jetzt, wo Ihr die Wahrheit entdeckt habt.«

Hal riss die Augen auf, genau wie Sim, aber Kirkpatrick sah sie nur mit einem Grinsen an und legte dann den Finger auf die Lippen.

»Sand«, fauchte Guillermo verächtlich. »Kisten voll Sand. Und ein paar Bleigewichte. Ziemlich klug. Und jetzt werdet Ihr uns erzählen, wo Ihr den Schatz wirklich versteckt habt. Ihr werdet es erzählen oder schrecklich büßen.«

»Ihr hättet uns nicht die Waffen lassen sollen«, kläffte Rossal zurück, »denn Ihr werdet uns nicht foltern können, ohne erst mit uns zu kämpfen, und wir werden uns weder zurückziehen noch ergeben, also werdet Ihr uns töten müssen. Und das könnt Ihr nicht, Mylord, weil Ihr etwas von uns wollt. Eure Drohungen sind warme Luft.«

»Drei arme Ritter«, höhnte Guillermo, »und drei alte Männer – ein Narr mit einer Schweinsblase am Stock würde genügen, um Euch Euer kleines Geheimnis zu entreißen.«

»Bei Gott«, brüllte Sim. »Ich schicke einen Bolzen da rauf, der ihm sämtliche Eingeweide rausreißt.« Nur durch Hals und Kirkpatricks gemeinsame Anstrengung war er davon abzuhalten.

»Ihr habt eine Stunde, um darüber nachzudenken«, erklärte Guillermo, worauf er hinter dem Vorhang verschwand, gefolgt von den beiden Männern mit ihren Armbrüsten.

Kirkpatrick und Hal ließen Sim los, der sich schüttelte wie ein wütender Hund.

»Kannst du mir jetzt endlich mal erklären, was hier eigentlich gespielt wird«, sagte Hal mürrisch zu Kirkpatrick, »denn mir scheint, alle wissen Bescheid, außer mir und Sim. Ich habe diese Geheimniskrämerei satt, Kirkpatrick.«

»Guillermo ist ein skrupelloser Schuft«, erwiderte Kirkpatrick ruhig und ignorierte Hals aufgebrachtes Gesicht, »er kann sehr charmant sein, aber er ist machthungrig, und der Ruf seiner Schwester ist auch nicht besser. Guillermo will unbedingt Großmeister seines Ordens werden, aber der Mann, der diese Position jetzt innehat, ist nicht dumm. Er heißt Ruy Vaz, und er hat Verdacht geschöpft.«

»Vielleicht steckt der hinter der ganzen Sache«, gab Hal zu bedenken. Doch Rossal schüttelte den Kopf und lächelte traurig.

»Nein, Ruy Vaz war derjenige, der uns gewarnt hat. Die Warnung wurde uns von einem Bedienten übermittelt, der Guillermos Schwester nahesteht.«

»Piculph«, rief Sim aus, dem die undeutlich gelallten Worte von Widikind wieder einfielen. Alle blickten auf den deutschen Templer, der, in einen Umhang gehüllt, zitternd und mit verdrehten Augen dalag. Er stirbt, dachte Hal.

»So scheint es, obwohl er es uns nicht direkt gesagt hat«, fuhr Kirkpatrick fort. »Aber wir dachten uns den Bluff mit dem Gold aus und schickten sogar als Täuschungsmanöver weitere Schiffe aus.«

»Also war das alles nur ein Schwindel?« Sim war fassungslos. »Wir haben diese ganze Seereise für nichts und wieder nichts gemacht? Dafür habe ich mir die Seele aus dem Leib gekotzt?«

»Die Fische sind dir dankbar«, sagte de Villers grinsend und fing an, die Tische gegen die Tür zu schieben, die zum Glockenturm führte.

»Nein, wir sind nicht umsonst hier. Der Schatz ist bereits vor uns angekommen«, sagte jetzt Rossal, »jetzt müssen wir nur noch dafür sorgen, dass Ruy Vaz ihn erhält, damit er uns die Waffen aushändigt, die wir König Robert versprochen haben.«

»Auf dem Wagen ist er nicht«, erklärte Kirkpatrick, der Hals Verwirrung bemerkte, »und auch nicht auf dem Schiff, wie Guillermo vielleicht schon herausgefunden haben wird. Widikind …«

»Bruder Widikind hat nichts verraten«, unterbrach Rossal energisch. »Sonst wüsste Guillermo doch längst alles. Aber dumm ist er auch nicht, früher oder später wird er die Sache durchschauen.«

Hal sah ihn an.

»Die anderen wurden festgenommen«, sagte er. »Also haben wir kein Schiff, und wenn wir tatsächlich einen Schatz haben, wie Ihr sagt, dann kann ich mir nicht vorstellen, wie er zu diesem Ruy Vaz kommen soll, ganz zu schweigen von den Waffen, die wir zu König Robert bringen müssen.«

Er unterbrach sich, denn er sah, wie Rossal und de Villers die schwarzen Kutten auszogen, sodass sie nur noch in ihren weißen Unterkotten dastanden, jede mit einem kleinen roten Kreuz auf der Brust. Rossal zog einen Lederbeutel hervor und reichte ihn Kirkpatrick.

»Der Schatz«, erklärte er feierlich und beugte sich vor, weil er seine nächsten Worte nur noch flüsterte.

»*Ordo ex chao*«, sagte er, und Kirkpatrick nahm den Beutel, nickte und schob ihn unter seine Tunika.

»Also ist es jetzt meine Aufgabe, irgendwie zu Ruy Vaz zu gelangen«, sagte er und grinste Hal und Sim an. »Und Eure ist es, zum Hafen zurückzugehen und herauszufinden, was mit der *Bon Accord* geschehen ist. Übrigens war es de Grafton, der es beinahe geschafft hätte, Somhairl umzubringen.«

Mit ehrlichem Bedauern schüttelte er den Kopf.

»Er ist wirklich von der Gnade abgefallen. Am Ende hat er sich längst mit Guillermo und seiner Schwester verbündet. Aber egal, ob er sich an diese Dame gebunden hat oder nicht, auf jeden Fall ist er ein Agent der Engländer, soviel ist klar.«

»Du lieber Himmel, wie sollen wir das bloß schaffen?«, stöhnte Sim und kratzte sich verzweifelt den Kopf. »Deinetwegen sitzen wir hier jedenfalls erst mal im Gefängnis, Kirkpatrick!«

»Nun mal langsam, Freundchen, vergiss nicht, mit wem du sprichst«, erwiderte Kirkpatrick, aber er lächelte dabei. »Ich hoffe, du bist genauso geschickt, eine Mauer runter- wie hochzuklettern, Sim Craw. Ich werde alle Gürtel und diese schwarzen Gewänder hier brauchen, denn wir haben leider keine von deinen genialen Strickleitern.«

De Villers war zurückgekommen und berichtete, er habe die Glocke mit seiner Kotte umwickelt, den Glockenstrang abgeschnitten und an der Mauer festgemacht.

»Er ist aber nicht lang genug«, sagte er. Jetzt wusste Hal, was sie vorhatten, denn er hatte gesehen, dass die Komturei am Rand einer Schlucht stand: Das Glockenseil reichte bis zum Fuße des Felsens, auf dem der Turm stand, von dort ging es gut zehn Ellen weiter nach unten bis in die Schlucht, die mit Buschwerk überwuchert war. Wer hier hinunterfiel, konnte sich leicht das Genick brechen.

»Die Gürtel und Stoffstreifen sollten reichen«, sagte Kirkpatrick zuversichtlich.

Hal sah ihn an. Sie waren nicht mehr die Jüngsten und diese Art des Kletterns ohnehin kaum gewohnt.

Doch bevor Kirkpatrick seinen Blick kommentieren konnte, verkündete Sim bereits: »Gelobt sei Gott«, und alle bekreuzigten sich.

»In Ewigkeit.«

Jetzt trat Rossal zu Hal.

»Bruder de Grafton wurde freigelassen und unter den Schutz von Sir Henry Percy gestellt, nachdem der Orden in England verboten und alle Templer festgenommen worden waren«, sagte er leise auf Französisch. »Möglicherweise hat er sich von seinen Gelübden vor Gott losgesagt und sich auf die Seite von König Edward geschlagen.« Er zuckte mit den Schultern. »Vielleicht arbeitet er auch nur für Percy. De Grafton war jedenfalls der Einzige von uns, der die Wahrheit über den Templerschatz nicht kannte. Genau wie Guillermo und seine Schwester glaubte er, der sei wirklich in den Kisten auf unseren Wagen.«

Hal nickte stirnrunzelnd und versuchte, das alles zu verstehen. Wenn Guillermo Verstand hatte, würde er sich fragen, wohin der Schatz aus den Kisten verschwunden sein konnte. Wenn er weder hier noch auf dem Schiff war, dann konnte er nur unterwegs während einer Rast entwendet worden sein, und das unter den Augen der begleitenden Ritter.

Rossal nickte und lächelte.

»De Grafton wird es inzwischen auch wissen, denn er gehört ja zum Orden. Vielleicht erzählt er Guillermo sogar, was Sache ist, aber ich denke, er wird in erster Linie seinen eigenen Vorteil im Auge behalten. Wenn er es nicht verrät, wird Guillermo weiter raten müssen. Schließlich sind wir Templer. Wir verehren Baphomet und verfügen angeblich über besondere Kräfte. Wer weiß schon, welchen Zauber wir damit auf Menschen ausüben können? Und vielleicht können wir auch Gold verschwinden lassen!«

»Wisst Ihr vielleicht auch einen Zauber, der Flügel verleiht?«, knurrte Sim Craw. »Oder, noch besser, einen, der uns unsichtbar macht?«

»Gelobt sei Gott«, sagte Rossal erschrocken und bekreuzigte sich, um Sims Gotteslästerung ungeschehen zu machen.

»In Ewigkeit«, erwiderte Hal und funkelte Sim an, der keine Reue zeigte. Dann wandte er sich an Rossal. »In einem hat er allerdings recht. Guillermo ist nicht so naiv, dass er vergessen hätte, den Turm umstellen zu lassen.«

»Aber unten in der Schlucht steht bestimmt niemand«, wandte Kirkpatrick ein, der jetzt aufsprang. »Also los! Wir haben nicht viel Zeit.«

»Sie werden damit rechnen, dass wir versuchen, hier rauszukommen«, beharrte Hal, aber Rossal legte ihm die Hand auf den Arm.

»Nehmt es mir nicht übel«, sagte er, »aber die halten Euch für drei alte Männer, die für sie keine Bedrohung darstellen. Die wollen uns Templer und ganz besonders mich. Und solange sie uns hier haben, werden sie sich auf uns konzentrieren.«

Hal durchfuhr ein Schreck, ihm kam eine furchtbare Erkenntnis. Bisher hatte er gar nicht daran gedacht, was die Ordensritter vorhatten, doch jetzt wusste er es.

»Wir sind die letzten Templer«, erklärte Rossal schlicht. Irgendwo in der Nähe hörte man de Villers beten. *Non nobis, non nobis, Domine, sed nomini tuo da gloriam* … Nicht uns, o Herr, nicht uns, sondern Deinem Namen gib Ehre.«

Rossal rollte mit den Schultern, um die verspannten Muskeln zu lockern.

»Wir werden in der engen Tür mit ihnen kämpfen, dann auf der engen Wendeltreppe zum Turm hoch. Sie werden eine ganze Weile brauchen, um uns zu bezwingen, und sie müssen mindestens einen von uns am Leben lassen, um ihn zum Reden zu bringen.«

Er nickte ihnen zu.

»Ihr werdet die ganze Nacht haben, vielleicht sogar länger, wenn Gott mit uns ist. Erst dann werden sie Euch verfolgen.«

Damit wandte er sich ab und ging zu den anderen Templern. Kirkpatrick räusperte sich und wechselte einen Blick mit Hal.

»Sie verteidigen den Schatz und die Ehre ihres Ordens bis zum Letzten«, brummte er. »Für sie ist es ein würdiges Ende.«

Hal hörte das Zittern in seiner Stimme. Er dachte daran, dass Rossal de Bissot Kirkpatrick schon zweimal das Leben gerettet hatte. Er folgte dem Mann die Treppe hinauf, hinter ihm ging Sim. Oben drehte dieser sich keuchend zu Kirkpatrick um.

»Wo ist der Schatz?« Er wirkte nervös. »Mir scheint, dass ihr ziemlich viel Vertrauen in diesen Ruy Vaz setzt.«

»Der Großmeister von Alcántara hat immerhin seinen Verräter entlarvt«, antwortete Kirkpatrick, »der glaubt, man könne den Schatz der Templer wiegen und in Kisten verladen. Ruy Vaz weiß, wie die Sache sich wirklich verhält.«

»Ich wünschte, ich wüsste es auch«, murmelte Sim. »Oder bezahlst du vielleicht die Waffen für unseren guten König Robert mit Gottes Segen?«

»Nein«, sagte Hal und dachte an den Lederbeutel und das geflüsterte *Ordo ex chao*. Ordnung aus dem Chaos. Eine passende Losung für ein Templerpfand. Er erklärte es Sim, der sich daran erinnerte, wie sie etwas Ähnliches benutzt hatten, um Isabel zu befreien. Aber das war so lange her – er wollte gar nicht wissen, wie lange schon.

Es war ein Zahlungsversprechen über eine Summe, die anderswo hinterlegt war, das musste zusammen mit einem Losungswort präsentiert werden, das nur der Überbringer und der Empfänger kannten, worauf ein Teil oder die gesamte Summe ausgezahlt wurde. Es gab kein Gold, weder in Kisten noch sonst wo, nur ein kleines Stück Pergament und ein paar Worte.

»Dieser kleine Zettel hier, mit dem Siegel der Templer und dem der Schiarizzi, der Kaufleute in Italien, ist sehr viel Geld wert«, erklärte Kirkpatrick und klopfte auf seine Tunika, unter der der Beutel hing. »Und in Villasirga wartet jetzt einer der Kaufleute zusammen mit Ruy Vaz darauf. Wenn er den kleinen Zettel zusammen mit dem Losungswort bekommt, dann wird er nur nicken, und Ruy Vaz weiß, dass ihm das Geld sicher ist.«

Sim dachte angestrengt darüber nach. Er fuhr sich mit der Zunge über die Lippen, dann nickte er etwas unsicher. Früher hätte er sich zusätzlich noch bekreuzigt und über seine Schulter gespuckt, wenn es um solch gefährlichen Zauber ging, wie dies offenbar einer war – denn wie konnten die Templer Geld von einem Ort zum anderen transportieren, ohne dass man etwas davon merkte?

»Du musst zum Hafen gehen und dich um das Schiff und die Mannschaft kümmern«, sagte Kirkpatrick mit Bestimmtheit. »Wenn ich dies zu Ruy Vaz gebracht habe, wird er Guillermo und seine Handlanger bestrafen, und wir werden Waffen und Rüstungen bekommen, aber dann brauchen wir immer noch ein Schiff, um alles zu König Robert zu bringen.«

Kirkpatricks Augen und seine schweißnasse Stirn glänzten in der Dunkelheit, und das Geräusch, als das Seil über die Mauer fiel, schien viel zu laut. Einen Moment blickten de Bissot und Kirkpatrick sich an, und man sah unter Kirkpatricks Bart, wie seine Kiefermuskeln arbeiteten. Dann nickte er, wandte sich an Hal, und die beiden umfassten sich an den Handgelenken, kurz und ohne Worte. Dann schwang Kirkpatrick sich mit leisem Ächzen über den Rand des Glockenturms, hing einen Moment über dem Abgrund und war verschwunden.

Hal wischte sich den Schweiß aus den Augen und rieb sich die Hände, er dachte daran, wie er, Isabel und Sim dem Hundejungen bei einem ganz ähnlichen Abenteuer zugesehen hatten, als dieser sich aus dem Fenster des belagerten Turms von Herdmanston abgeseilt hatte. Die drei hatten zusammen auf dem Bett liegen müssen, damit es von dem improvisierten Seil, an dem der Hundejunge hing, nicht mitgezerrt wurde.

Hals Gedanken kehrten wieder in die Gegenwart zurück. Er half Sim, keuchend und schnaufend über den Rand zu klettern, und war sich keineswegs sicher, dass der große, schwere Kerl die nötige Kraft in Armen und Beinen hatte, um es sicher bis nach unten zu schaffen. Doch er hörte keinen Schrei und keinen Aufprall, also musste alles gut gegangen sein.

Er fragte sich, ob er selbst noch die Kraft hatte, und griff gerade nach dem Seil, als Rossal de Bissot, ein Schatten auf dem Glockenturm, erschien.

»Nehmt dies«, flüsterte der Templer und hielt ihm sein Schwert hin, »und gebt mir Eures. Ich will nicht, dass es Guillermo in die Hände fällt, und ich kenne niemanden, der würdiger wäre, es zu gebrauchen. Schließlich seid Ihr ein Sientcler.«

Ergriffen nahm Hal das Schwert und gab ihm das seine. Das neue fühlte sich schwerer an, doch es glitt leicht in seine Scheide, in die es bis auf einen Fingerbreit unter dem Griff passte.

»Hybris«, sagte Rossal lächelnd. »Dieses Schwert ist länger, schwerer und hat mehr Verzierungen, als es sich für einen Armen Ritter schickt.«

»Ich fühle mich geehrt. Aber Ihr habt zu großes Vertrauen in den Namen der Sientclers«, murmelte Hal. Sein Mund war wie ausgetrocknet, aber Rossal hatte recht: Die Sientclers waren auf ganz besondere Weise mit dem Orden verbunden, nicht nur, weil sich unter seinen Vorfahren eine Frau befand, die Hugues de Payens, den Begründer des Ordens, geheiratet hatte. Hal hatte manchmal das Gefühl, als habe jedes Mitglied seiner Familie persönlich aus dem Gral getrunken.

»Ihr werdet der Klinge keine Schande machen«, erwiderte Rossal und lächelte.

Von irgendwo unter sich hörte Hal de Villers singen: *»Vade retro Satana, nunquam suade mihi vana«* – weiche zurück, Satan, niemals verführe mich zu Nichtigem.

Hal wusste, dass der Ritter gegen seine Angst ankämpfte – gegen die Angst vor dem Tod, auf den sie sich jetzt vorbereiten mussten.

Er blickte de Bissot an. Der schien weder Angst noch Bedauern zu empfinden, sondern war nur von einer großen inneren Ruhe erfüllt. Der Templer hob die Hand zu einem letzten Gruß, dann war er verschwunden.

Hal stand einen Moment da, dann trat er an die Brüstung, setzte sich darauf und rutschte etwas hin und her, bis er im Gleichgewicht war, und mit einem letzten inbrünstigen Gebet um seine Seele ließ er sich über die Seite fallen.

Vade retro Satana, hörte er, während seine Füße an der Mauer nach Halt suchten. *Ipse venena bibas.* Selbst trinke das Gift.

Mit schmerzenden Händen und die Augen voll brennendem Schweiß fragte Hal sich, wie in drei Teufels Namen der Hundejunge das damals geschafft hatte.

Isabel

Erst jetzt verstehe ich wirklich, wie groß Gottes Liebe ist. Du schicktest mir die kleine Nonne, die Constanze heißt. Sie hat mir leise etwas zugeflüstert, so leise und schnell, ich konnte kaum glauben, dass ich es wirklich gehört hatte. Er ist frei, sagte sie. Roxburgh ist gefallen, und Hal ist frei. Gelobt sei Gott.

KAPITEL 6

KAPELLE HEILIGE MARIA UND HEILIG KREUZ, LOTHIAN
TAG DER AUFFINDUNG DES KREUZES, MAI 1314

Der Hundejunge fragte sich, wie das passieren konnte. Noch nie zuvor hatte er eine Frau getötet, und es war ein merkwürdiges Gefühl, auch wenn er es nicht absichtlich getan hatte.

Sie hatten die Plünderer überrascht, wie sie gerade gekochte Fleischbrocken aus ihren Kochtöpfen fischten, während ihr gestohlenes Vieh in der Nähe weidete – zumindest die Tiere, die noch nicht zerlegt unter Säcken auf den Karren lagen.

Ihr Hunger war der Grund gewesen, weshalb die Männer bis hierher gezogen waren, und das war ihnen zum Verhängnis geworden. Sie hätten einfach nur ihre Beute nehmen und sich schnellstens davonmachen sollen, statt hier Feuer anzuzünden und das Fleisch zu kochen. Aber sie waren eben keine Krieger, sondern Schuster, Fischhändler, Gerber und andere Handwerker aus Berwick, die sich aus Verzweiflung aufgemacht hatten, um zu plündern. Der Nachschub aus dem Süden war schon längst versiegt, und der Brotpreis war auf das Zehnfache gestiegen.

Und da der Hunger sie fast verrückt machte, nahmen sie auch in Kauf, dass ihr Raubzug sie bis in die Gebiete des Markgrafen von Dunbar geführt hatte, der eigentlich auf ihrer Seite war. Genauso wenig kümmerte es sie, dass das halb gare Fleisch, das sie hier in sich hineinschlangen, von Lord Setons Rindern stammte, der ebenfalls zu ihren Verbündeten zählte.

Der Hundejunge hatte dafür plädiert, sie in Ruhe zu lassen, da sie mit dem Plündern den Männern des Schwarzen Jamie eigentlich einen Gefallen getan hatten. Dazu kam, dass die meisten dieser Männer aus Lothian stammten. Zweifellos konnten einige von ihnen sehr wohl mit einem Speer umgehen und dienten vielleicht in der Stadtgarnison von Berwick. Sie hatten womöglich Verwandte in der Armee, die Bruce bei der Belagerung von Stirling gedient hatte. Einige hatten vielleicht sogar Verwandte unter diesen Männern hier.

Der Schwarze hatte dem Hundejungen zugehört, als er dies zu bedenken gab. Er runzelte die Stirn, damit alle sahen, dass er ernsthaft darüber nachdachte, denn dieses letzte Argument hatte vielen Männern eingeleuchtet. Trotzdem machte sich keiner Illusionen darüber, wie Jamie Douglas schließlich entscheiden würde.

Nach einer angemessen langen Pause zuckte er die Schultern und grinste sie an.

»Wie ihr wisst, hasse ich die Waliser noch mehr als die Engländer, und Gott weiß, wie sehr ich die Engländer hasse.«

Er wartete, um die gewünschte Wirkung zu erzielen.

»Aber noch mehr als beide zusammen hasse ich diese schottischen Anhänger der Plantagenets.«

»Gibt es überhaupt jemanden, den Eure Lordschaft nicht hassen?«, ließ sich eine Stimme aus dem Dunkel vernehmen. Patrick, dachte der Hundejunge. Das ist Patrick, den wird sein Mundwerk noch mal an den Galgen bringen.

»Von dir bin ich auch nicht übermäßig begeistert«, erwiderte Jamie Douglas leise und bissig. »Aber wenn du die

Klappe hältst und mir folgst, könnte es vielleicht sein, dass du mir irgendwann sympathischer wirst.«

Die Männer lachten, sie waren bereit, dem Schwarzen überallhin zu folgen, während die anderen, die sich etwas abseits um die Pferde kümmerten, herübersahen und dachten, sie hätten etwas verpasst. Vorsichtig, wie Füchse vor dem Hühnerstall, rückten sie alle ein wenig näher an die Feuer ihrer Gegner heran. Dann tat der Schwarze einen lauten Pfiff, und sie stürzten sich auf die zerlumpten Männer, die gerade auf ihre heißen, halb garen Fleischbrocken bliesen.

Ohne taktische Feinheiten, ohne Formierung, die sie wochenlang geübt hatten, nur als brüllende Meute mit langen Messern und kleinen Äxten drängten sie sich zwischen den Pferden hindurch, sodass Jamie gerade noch laut warnen konnte: »Achtet auf die Seile.«

Der Hundejunge war so damit beschäftigt, nach den Seilen Ausschau zu halten, mit denen die Pferde gewöhnlich in Brusthöhe eingezäunt waren, dass er gar nicht bemerkte, dass die Tiere an ihren langen Zügeln angepflockt waren, bis er über einen der Pflöcke stolperte. Er fiel hin und rollte einem erschrockenen Mann bis fast vor die Füße.

Der Mann war so verblüfft, dass ihm der Mund offen stehen blieb und ihm sein Stück Rindfleisch herausfiel. So hatte der Hundejunge Zeit, aufzuspringen und seine kleine Axt zu schwingen, worauf der Mann schreiend versuchte, sich in Sicherheit zu bringen.

Der Hundejunge rannte hinter ihm her. Verzweifelt und wild um sich schlagend versuchte der Mann, der Klinge über seinem Kopf zu entkommen, aber die Axt traf seinen Unterarm, und man hörte den Knochen brechen, dann schrie er abermals auf, als die Klinge seine Hände traf und ihm einige Finger abschlug.

Ein letzter Hieb spaltete schließlich seinen Kopf, und röchelnd rollte er am Boden. Der Hundejunge sah im Feuerschein etwas aufblitzen und hörte lautes Kreischen hinter sich, wo ein neuer Gegner sich mit einem rostigen Schwert auf ihn stürzte.

Er sprang zur Seite, drehte sich um und warf sich so heftig gegen den Mann, dass der nach Luft schnappte, weil ihm der Atem wegblieb. Der Hundejunge taumelte kurz, konnte sich aber wieder fangen und mit der Axt einen Rückhandschlag ausführen, denn inzwischen lag der Mann auf den Knien und rang immer noch krampfhaft nach Luft, aber da säbelte ihm der Hieb schon die Schädeldecke ab, säuberlich wie bei einem hart gekochten Ei. Der Hundejunge hatte keine Zeit, seine Tat zu bewundern, denn schon nahte von links ein neuer Gegner.

Er schleuderte die Axt und sah, wie sie sich im Flug drehte. Der Mann riss seinen Kopf zur Seite, sodass die Waffe an seinem Ohr vorbeipfiff und stattdessen die Frau, die hinter ihm stand, in die Brust traf. Der Hundejunge hörte den dumpfen Laut deutlich trotz des Lärms ringsum.

Er sah, wie die Frau in sich zusammensackte – dann war der Mann, den er verfehlt hatte, hinter ihm und holte mit einem Messer, das so schartig war wie ein schlechtes Gebiss, nach links und rechts aus.

Jetzt besaß der Hundejunge nur noch seinen Panzerstecher. Zusammen mit der Axt war dies die bevorzugte Waffe, wenn man in dichten Reihen mit dem Speer kämpfte, denn wenn man den Speer hinwarf, um die Gefallenen zu erledigen, brauchte man eine Klinge, mit der man das ungeschützte Gesicht angreifen konnte, oder, falls der Gegner einen Helm trug, etwas Flaches, Schmales, das durch den Sehschlitz drang.

Der Mann, der dem Hundejungen jetzt gegenüberstand, war kein gut ausgerüsteter Ritter mit Kettenhemd und Topfhelm, obwohl er sicher zeit seines Lebens davon geträumt hatte. Stattdessen diente er in der Garnison und trug grauen Wollstoff. Seine mit Metallplättchen verstärkte Lederjacke lag zusammen mit seinem eisernen Hut irgendwo am Boden, und wahrscheinlich hatte er sich das Messer geschnappt, weil er im Moment nichts Besseres hatte.

Er war sicher gut geeignet, Wache am Tor zu stehen oder Hilflose auszuplündern, dachte der Hundejunge, als er sich ihm vorsichtig in Halbkreisen näherte, aber dem tödlichen Tanz eines guten Messerkämpfers war er nicht gewachsen. Das war auch dem Mann klar, der sich immer wieder nervös mit der Zunge über die trockenen Lippen fuhr und die Klinge des Hundejungen nicht aus den Augen ließ.

Er sollte lieber auf meine Augen achten, genau wie ich die seinen beobachte, dachte der Hundejunge. Doch dann machte er einen Fehler, er hörte die Frau aufschreien, die von der Axt getroffen worden war, und drehte sich halb nach ihr um. Der Mann machte einen Satz auf ihn zu, was der Hundejunge zu spät bemerkte … Doch in diesem Moment blieb der Mann wie angewurzelt vor ihm stehen.

»Was ist denn jetzt los?«, fragte der Hundejunge verwundert, und dann sah er Patrick, der auf die dünne blutige Klinge seines eigenen Panzerbrechers blickte, die er dem Mann in den Hals gerammt hatte.

Eine Gesichtshälfte des Mannes hing schlaff herunter. Sein linkes Auge zuckte wild, aber trotzdem packte er jetzt sein Messer und wollte sich abermals auf den Hundejungen stürzen. Doch er verfehlte die Richtung, torkelte zur Seite und lief direkt aufs Feuer zu, wo er hinfiel und liegen blieb, sabbernd und qualmend. Seine Beine rannten noch immer, und er schien gar nicht zu merken, dass er auf der Seite lag und brannte.

»Hat man so was schon gesehen?«, sagte Patrick und grinste, als er näher herantrat, um den Mann zu töten. »Muss wohl irgendwas in seinem Kopf durchgeschnitten haben.«

Der Hundejunge nahm das alles nur am Rande wahr, denn er war zu der Frau getreten. Sie war inzwischen tot, aus ihrem Mund floss Blut. Weder alt noch jung, weder hübsch noch hässlich, es war, als hätte es sie nie gegeben.

Er saß da und blickte auf den Fleck, wo sie gelegen hatte, ehe die anderen Frauen gekommen waren – alles Gefangene –, um sie fortzutragen und in der Dunkelheit zu begraben. Er sah, wie sie langsam wieder zu den Feuern zurückkehrten, und noch immer drehte er die Axt in den Händen, die sie getötet hatte. Er fragte sich, ob sie mit den anderen Frauen verwandt gewesen war oder sie gekannt hatte.

Sie waren ängstlich, diese Frauen, aber sie wussten nicht, wohin sie gehen sollten, wie sie Patrick am Feuer erklärten.

»Die Männer, die ihr getötet habt, haben uns einfach mitgenommen«, sagte eine der Frauen, die einen so mächtigen Busen hatte, dass sie kaum die Arme darüber verschränken konnte.

»Sie waren viel zu hungrig, um uns zu belästigen, aber ihr seid gerade zur rechten Zeit gekommen.«

»Da freut euch mal nicht zu früh«, sagte Tam lüstern, »gegessen haben wir nämlich schon.«

»Wag es, mich anzurühren, und du kriegst eine Ohrfeige, dass du Sterne siehst, du unverschämter Kerl«, mischte sich eine weitere, nicht weniger stattliche Frau ein und hob energisch das Kinn. »Von euch hatte ich wirklich etwas Besseres erwartet, wo unsere Männer doch auch dort draußen sind, um für König Robert zu kämpfen.«

Das könnte sogar wahr sein, dachte der Hundejunge. Das arme Volk war bisher noch nie gebraucht worden, um im Krieg zu kämpfen, denn normalerweise bestanden die Armeen aus Bürgern und Pächtern, die sich wenigstens einen eisernen Hut und einen soliden Speer leisten konnten. Doch die Zeiten hatten sich geändert. Auf Befehl ihrer Lehnsherren erschienen jetzt sogar barfüßige Männer im Lager rund um Stirling, und man musste Höfe und ganze Dörfer plündern, denn sie alle mussten ernährt und ausgebildet werden. Es hatte sich herumgesprochen, dass eine Offensive bevorstand, und zwar mit der größten Streitmacht, die man jemals gesehen hatte, also wurden sie von ihrem König gebraucht. Das, zusammen mit dem Elend, das der Krieg über sie gebracht hatte, war der Grund, dass die meisten von ihnen auch gleich ihre Familien mitbrachten, die ihrem gestohlenen Vieh hinterherzogen in der Hoffnung, wenigstens auf diese Weise satt zu werden.

»Na ja, wir sind auch brave Männer, die für den König kämpfen«, erklärte Rowty Adam den Frauen, »also wäre das, was ihr uns gebt, eigentlich kein Verlust für eure Männer und sogar ein Dienst am König.«

»Niemand wird euch etwas antun«, sagte jetzt eine energische Stimme, und Jamie trat in den Feuerschein. Er setzte den Fuß auf einen Baumstamm, der als Bank diente, und nickte der Frau mit dem stattlichen Busen freundlich zu. »Darauf habt Ihr das Wort von Sir James Douglas.«

Man konnte deutlich sehen, dass einige der Männer lange Gesichter machten, aber niemand wagte ein Wort des Widerspruchs, während die Frau errötete und die anderen Weiber albern lächelten. Der Hundejunge war sich sicher, wenn der Schwarze Douglas eine von ihnen am Arm gepackt und mit ihr in der Dunkelheit verschwunden wäre, sie wäre ihm mit wiegenden Hüften willig gefolgt ohne einen Gedanken an ihren Mann.

»Na ja«, sagte Tam bitter, als Jamie gegangen war, »da der Schwarze uns jetzt an die Leine gelegt hat, werden wir uns anderweitig die Zeit vertreiben müssen – also mit einer Geschichte. Parcy Dodd, du bist dran mit Erzählen.«

Der Hundejunge saß da und drehte seine Axt in den Händen, während Parcy Dodd mit seiner Geschichte anfing. Er dachte daran, wie er einst mit Bruce am Feuer gesessen hatte, vor vielen Jahren, ehe der König wurde. Sie hatten über die ritterlichen Gelübde gesprochen, und Bruce war an jenem Abend leicht betrunken gewesen. »Man muss einer Dame immer in Treue dienen«, hatte der Hundejunge damals verkündet, da war er noch jünger und dümmer gewesen. Nun ja – jünger auf jeden Fall.

Er sah sich um, dorthin, wo die tote Frau gelegen hatte, die Blutlache im Gras war nur noch ein dunkler Fleck unter vielen. Hatte er dieser Dame etwa »in Treue gedient«, und auch wenn es dumm war, sich damit zu beschäftigen, fühlte er sich schmutzig, so als hätte er ein ritterliches Gelübde gebrochen.

»Also, das war damals«, begann Parcy Dodd, »als ich noch mit Illmade Jock umherzog …«

»Mit Illmade Jock?«

Alles drehte sich zu dem Hundejungen um. Parcy sah verwirrt auf.

»Ja, genau, der mit Bangtail Hob zusammen war, als er von Wallace ermordet wurde …« Er verstummte, weil er den ungläubigen Blick des anderen sah. Ihm war ganz offensichtlich unwohl zumute.

»*Ich* bin damals mit Illmade Jock und auch mit Bangtail Hob umhergezogen«, sagte der Hundejunge, der genau wusste, dass Parcy beide nicht gekannt hatte und ihnen wahrscheinlich auch nie begegnet war. »Jock starb in Herdmanston, während der Belagerung. Also rede nicht über Leute, die du gar nicht kennst.«

»Gut, in Ordnung …«, erwiderte Parcy und kramte in seinem Gehirnkasten nach einer anderen Geschichte.

»Du bist zu streng«, hörte er jemanden hinter sich sagen.

Der Hundejunge drehte sich um und blickte in Jamie Douglas' amüsiertes Gesicht. »Er hat doch nur seine Geschichte ein bisschen ausschmücken wollen und hat einen bekannten Namen gewählt, weil er dachte, die anderen würden sich an ihn erinnern.«

»Ausgerechnet an Illmade Jock?«, fragte der Hundejunge verdutzt.

Jamie lachte und schlug ihm auf die Schulter. »An Jock, an Hob, an den alten Sir Hal Sientcler«, zählte er auf, »alles berühmte Männer, die mit Wallace gekämpft haben und von denen einige auch jetzt wieder mit dem König kämpfen.« Der Hundejunge sah ihn noch immer skeptisch an, daher fuhr Jamie fort: »Und du selbst gehörst auch dazu, Aleysandir von Herdmanston.« Er grinste. »Eine Legende, bei dessen Namen die Leute zusammenrücken wie um ein wärmendes Feuer.«

Der Hundejunge saß ganz überwältigt da und musste an Illmade Jock denken, der an seinem eigenen Blut erstickt war, während die Belagerer das Tor von Herdmanston mit Äxten bearbeiteten. Besonders heldenhaft hatte er dabei nicht ausgesehen.

Jetzt also war er ein Held des Königreiches. Wie Aleysandir von Herdmanston auch.

Das bin ich gar nicht, dachte er, und ein Held erst recht nicht. Ich bin der Hundejunge, der durch den Krieg verroht ist und gerade eine Frau getötet hat, statt sie ritterlich zu beschützen, wie er mal geschworen hatte. Es wird nicht das letzte Gelübde sein, das ich breche, dachte er, denn dieser Kampf ist unmenschlich geworden.

CRUNIA, KÖNIGREICH KASTILIEN TAG DER SIEBEN APOSTOLISCHEN MÄNNER, MAI 1314

Nach zwei Tagen erreichten sie schließlich Crunia, mitten im Festtagstrubel zu Ehren der Sieben Bischöfe. Hal und Sim waren bereits am Vortag auf den segensreichen Einfall gekommen, zwei Pilgern ihre schmutzigen, zerlumpten Mäntel abzukaufen, und so fielen sie nicht weiter auf, als sie in die Hafenstadt kamen, wo praktisch jeder betete oder psalmodierte – ein Geräusch, das sich ansteigend und abfallend aus der Ferne wie rollende Wellen am Strand anhörte und sich harmonisch mit dem Zwitschern der Vögel und dem Duft der sonnenwarmen Myrte vermischte.

Irgendwann verließen Hal und Sim die staubigen Fahrwege und erreichten das Kopfsteinpflaster der Innenstadt, wo sie den Hafen schon von Weitem an den tanzenden Masten ausmachen konnten. Durch schwitzende Menschenmassen und parfümierte Rauchwolken hindurch bahnten sie sich einen Weg dorthin.

Torquatus, der erste der Sieben Bischöfe, dessen aufgemalte Nase bereits etwas eingebeult war, schwankte unsicher auf einem Meer diensteifriger Hände, Ctesiphon segelte ungehindert durch die Menge, während St. Hesychius und St. Secundius aussahen, als balgten sie sich um den Vortritt. Die anderen der Sieben Bischöfe waren in dem singenden Menschenmeer untergegangen.

»Du lieber Himmel«, rief Sim, »wie sollen wir uns in diesem Durcheinander bloß zurechtfinden?«

»Wir dürfen auf keinen Fall stehen bleiben«, sagte Hal, der sich mit einiger Mühe vorwärtsarbeitete. Sie mussten vor allem hinunter zum Hafen und die *Bon Accord* finden, wie er Sim gestikulierend klarmachte. Dieser drängte sich fluchend mit den Ellbogen durch das Gewühl, bis sie schließlich auf der anderen Seite der Menschenmenge herauskamen und erst einmal Luft schnappten.

»Was für ein Gedränge«, schimpfte Sim. »Verrücktes Volk. Sieh dir bloß mal meine Klamotten an.«

Empört breitete er seinen zerlumpten Mantel aus, aber dann mussten beide lachen, denn man konnte beim besten Willen nicht feststellen, ob die Flecken und Risse alt oder neu waren.

Hal blickte auf das Haus, das vor ihnen lag, und auf die Männer, die reglos davorstanden, mit versteinerten Gesichtern und gut sichtbaren Messern, die Arme demonstrativ über der Brust verschränkt.

»Sieht aus wie eine Taverne oder ein Gasthof«, sagte er, dann begriff er, warum die Männer sie anstarrten: Sie wurden dafür bezahlt, dem Gesindel den Eintritt zu verwehren. Hal zog kurzerhand seinen Beutel hervor, hielt ihn hoch und schüttelte ihn, sodass die Münzen klimperten. Die Männer sahen Hal an, tauschten dann Blicke und traten schließlich zur Seite, um die sonderbaren Fremden, die offensichtlich wohlhabende Pilger waren, vorbeizulassen.

Hal und Sim traten durch einen Torbogen und erreichten den Innenhof, in dem genauso ein Lärm herrschte wie auf der Straße. Männer schrien und hielten Silbermünzen hoch, Pfennige, Groschen, Brakteaten und Turnose, während ein Savoyer mit einer schwarzen Augenbinde sie entgegennahm, genau besah und schließlich nach einem Prinzip, das weder Hal noch Sim verstand, Wetten annahm und Gewinnchancen verkündete.

Im Hintergrund war ein freier Platz, wo zwei Männer hockten, die jeweils einen Hahn mit gestutzten Flügeln festhielten. Die Tiere, der eine grüngolden, der andere rot und weiß, gaben gackernde Laute von sich, reckten ihre kahlen Hälse und konnten es offensichtlich kaum erwarten, aufeinander loszugehen.

»Hahnenkämpfe!«, rief Sim begeistert, gerade als die Männer losließen. Die Hähne bestürmten sich wie Turnierkämpfer. Ihre vergoldeten Sporen glänzten in der Sonne. Klirrend stießen sie zusammen und bearbeiteten sich mit Schnäbeln und Krallen. Es folgte eine Pause, dann fielen sie wieder übereinander her. Mit schlagenden Flügeln und hackenden Schnäbeln vollführten sie einen wilden Tanz umeinander und versetzten sich tödliche Hiebe mit den scharfen Klingen an ihren Füßen.

Ein Mann schrie auf, als der Rotweiße zuschlug, und sein Gegner blutete. Der Mann warf die Arme hoch, schlug seinem Nachbarn den Hut vom Kopf und traf Sim mit dem Ellbogen am Ohr. Sim fluchte und stieß zurück, so fest, dass der Mann sich stöhnend krümmte, aber Sim war nicht recht bei der Sache, denn schon feuerte er wieder den Rotweißen an.

Hal warf dem stöhnenden Mann einen kurzen Blick zu, nur um sich zu überzeugen, dass von ihm keine Gefahr ausging – als er Piculph in der Menge entdeckte, der nicht ahnte, dass sie ebenfalls hier waren. Fast hätte Hal ihn gerufen, doch er hielt sich zurück. Widikind hatte zwar gesagt, Piculph sei auf ihrer Seite und spioniere für Ruy Vaz, aber Hal war sich nicht sicher, ob er ihm wirklich trauen konnte.

Es folgte ein lautes Gebrüll, und die Zuschauer drängten

nach vorn. Der Goldene hatte dem Rotweißen einen Sporn in den Hals geschlagen. Der Kampf war so gut wie entschieden.

Als Hal sich wieder umsah, war Piculph verschwunden. Er nahm Sim beim Arm und zog ihn zu sich heran, um ihm ins Ohr zu schreien, was er gesehen hatte. Sim verfolgte weiterhin die Kampfhandlung im blutigen Sand, wo der weiße Hahn jetzt taumelte.

»Dreht Euch nicht um.«

Die Stimme war leise, nicht lauter als normal und ganz dicht an Hals Ohr. Hal wollte den Kopf umwenden, als er eine Faust in der Nierengegend spürte.

»Ich sagte, Ihr solltet Euch nicht umdrehen.«

Es war Piculph. Hal fing sich wieder und blickte nach vorn, wo der weiße Hahn umhertorkelte, auf dessen Brust sich ein blutiges Kreuz ausbreitete – seine Sporen glänzten im Staub, und die Menge brüllte. Wie ein Templer, dachte Hal. Wie Rossal und die anderen, die auf ihrem letzten Kampfplatz ihr Leben lassen.

»Ich dachte, Ihr seid längst tot.«

Die Stimme klang gepresst und rau und war so dicht an seinem Ohr, dass Hal den Wein roch, den der Mann getrunken hatte. Jeden Moment wird Sim sich umdrehen und uns sehen, dann ist es zu spät für Ausreden.

»Kirkpatrick, Sim und ich sind geflohen«, beeilte er sich zu erklären. »Kirkpatrick hat sich zu Eurem Großmeister aufgemacht, der jetzt den Beweis für Guillermos Verrat bekommt.«

Er hoffte, dass das der Wahrheit entsprach. Er hatte nur gesehen, wie Kirkpatrick am Fuße des Felsens in der Dunkelheit verschwunden war.

»Dann hat mein Meister gewonnen, und wir können Hoffnung schöpfen«, erwiderte Piculph. »Ich stehe unter Verdacht und werde beobachtet. Tatsächlich war ich gerade dabei, mich abzusetzen, als ich Euch entdeckte ... De Grafton hat herausgefunden, dass der Schatz, der nicht auf den Wagen war, auf irgendeine andere geheimnisvolle Weise überbracht wird, die ich nicht verstehe. Er weiß auch, dass Euer König lange im Voraus gewarnt worden war. Und die Spur führt zu mir.«

»De Grafton hat davon gesprochen?«, fragte Hal.

»Ja, gegenüber Doña Beatriz. Er will, dass der Templer namens Rossal hierher gebracht wird, aber die Dame traut ihm nicht.«

Ein wahrer Schlangenknoten von Lügen und Verschwörungen, dachte Hal. Dort vorn auf dem Sand stand jetzt der Weiße schwer atmend und mit geöffnetem Schnabel, ein Flügel hing schlaff herunter, und wieder stürzte sich der Grüngoldene flügelschlagend auf ihn und brachte ihm weitere Schnitte bei.

»Doña Beatriz sah, wie de Grafton dem Steuermann den Schlag hinters Ohr versetzte«, erklärte Piculph, »danach hatte sie ihn in der Hand und zwang ihn, für sie zu arbeiten. Er wurde von den Feinden Eures Königs geschickt und soll dafür sorgen, dass die Waffen für Eure Armee ihr Ziel nicht erreichen. Aber er ist schon lange vom Orden und von der Gnade Gottes abgefallen. Ich bin sicher, er macht es inzwischen nur, weil er sich seinen eigenen Vorteil erhofft.«

»Und die Mannschaft?«

»Wird im Haus der Dame festgehalten«, sagte Piculph. »Es ist das große weiße, das auf dem Hügel westlich des Hafens steht. Sie wurden von de Grafton, diesem Judas, mit dem Versprechen auf ein Festgelage dorthin gelockt. Wein, Huren – all das sollte es geben. Stattdessen wurden sie im Keller eingeschlossen. Euer Schiff wird von Guillermos Alcántarern bewacht, die auch Eure Mannschaft umbringen sollten. Aber wenn sie erfahren, dass der Plan aufgeflogen und Guillermo entlarvt ist, werden sie Doña Beatriz fallen lassen.«

»Dann sollte es ihnen jemand sagen«, erwiderte Hal. Der Weiße hob in diesem Moment zuckend und zitternd den blutüberströmten Kopf, und wie durch ein Wunder fand er noch einmal die Kraft zu einem letzten verzweifelten Angriff. Seine Sporen wirbelten herum und trafen auf den goldenen, rot gekrönten Kopf des Gegners.

»Das ist gefährlich …«, fing Piculph an.

»Alles, was Ihr tut, ist gefährlich«, unterbrach ihn Hal, der einen Blick von Sim auffing, der bemerkt hatte, was da vor sich ging. Sims Gesicht verfinsterte sich.

Hal wollte etwas sagen, aber jetzt erhob sich ein solches Gebrüll, dass Hal den Mund wieder schloss.

»De Grafton und Doña Beatriz sind immer noch dort«, sagte Piculph, als der Lärm etwas verebbte, und Hal konnte die Furcht in seiner Stimme hören. »Ich habe keine Lust, ihnen über den Weg zu laufen.«

Hatte er Angst vor dem Tempelritter oder vor der Lady? Hal wusste es nicht, aber er bestand darauf, Piculph müsse gehen. Sim kam auf sie zu, sein Gesicht war gerötet vor Aufregung.

»Er hat ihm die Augen ausgekratzt, bei Gott, der Weiße hat den Goldenen blind gemacht … Wo ist der Halunke geblieben?«

Hal fuhr herum. Piculph war verschwunden.

Auf dem Kampfplatz drehte sich der Goldene flügelschlagend um die eigene Achse, während der Weiße seine letzte Kraft zusammennahm und sein Vernichtungswerk vollendete. Schließlich hinkte er mit einem hängenden Flügel zu dem zuckenden Gegner und stieß unter dem begeisterten Gebrüll der Zuschauer ein triumphierendes Krähen aus.

Die sind ganz wild aufs Kämpfen, hörte Hal die Kommentare. Es liegt ihnen im Blut, steckt ihnen in den Knochen. Wie bei einem edlen Ritter. Wie bei einem Templer.

So einer sollte ich auch sein.

DIE SCHLACHTLINIEN BEI STIRLING ZUR GLEICHEN ZEIT

Es war ziemlich warm, und alles war voller Fliegen, wie Thweng feststellte. In spätestens einer Woche würden hier auch Krankheiten ausbrechen, wie überall, wo zu viele Menschen an einem Ort versammelt waren und nicht wussten, wie man einen geeigneten Platz zum Scheißen findet. König Robert hätte es nicht gefallen, dass er dies hier sah, aber es wäre genau das, was Aymer de Valence und die anderen hören wollten.

Beim Anblick der Zelte und Schutzhütten, die rund um den mächtigen Fels mit der Burg wie Pilze aus der Erde geschossen waren, liefen Sir Marmaduke Thweng kalte Schauer der Erinnerung über den Rücken. Als er das letzte Mal in Stirling gewesen war, hatten sie die Katastrophe an der Brücke erlebt, wo Cressingham umgekommen und de Warenne von Wallace in die Flucht geschlagen worden war. Damals hatte Sir Marmaduke Thweng die Verteidigung der Burg geleitet – und hatte sich schließlich den Feinden ergeben müssen.

Mowbray sah sein Gesicht und dachte, er mache sich Sorgen um die belagerte Burg.

»Wir werden sie halten, Mylord, bis Mittsommer«, sagte er zuversichtlich.

Der Blick, mit dem Thweng ihn ansah, erinnerte an einen Seehund auf einer nassen Klippe.

»Das habe ich früher auch einmal gedacht«, erwiderte er. Das war alles siebzehn Jahre her, und bei dem bloßen Gedanken tat ihm alles weh. Er fragte sich nicht zum ersten Male, ob es klug gewesen war, dass er seine über sechzig Jahre alten Knochen aus dem friedlichen Kilton hierher geschleppt hatte, um in einem weiteren Krieg gegen die Schotten zu kämpfen.

Wenigstens war seine Aufgabe jetzt klar, auch wenn sie schwierig war: Er sollte den Befehlshaber der Festung von Stirling mit einem Geleitschreiben von Edward Bruce persönlich, der ihm Sicherheit versprach, durch die Linien der Schotten und zurück zu seiner Burg bringen, wo er den Ausgang der Schlacht abwarten sollte.

»Haltet die Augen offen«, hatte de Valence, Earl von Pembroke, zu ihm gesagt. »Versucht herauszufinden, ob Bruce sich stellen und kämpfen wird.«

Sich stellen und kämpfen, dachte Sir Marmaduke. Pembroke und Beaumont glauben, es genüge, mit einer Armee in den Norden zu ziehen und die schottischen Rebellen herauszufordern. Der König selbst, obwohl er ein getreues Abbild seines Vaters ist, hat leider dessen Scharfsinn und Weisheit nicht geerbt. Ihm ist es ziemlich egal, was danach passierte, solange ein Sieg die Sache mit Lancaster, Warwick und den anderen Unzufriedenen endlich beendet. Die schlimmste Befürchtung des Königs war, dass die Schotten sich wieder in die Berge zurückziehen könnten.

Zusammen mit Mowbray war Marmaduke die Römerstraße heraufgekommen – als offizieller Abgesandter, der die ritterlichen Formalitäten um den bevorstehenden Angriff klären sollte. Sie hatten den direkten Weg zur Burg genommen, genau wie die Armee es tun würde, wenn sie ankam, mit dem großen Felsen von Coxet Hill auf ihrer linken Seite, um sich in der kleinen Kapelle von St. Ninian mit Bruce und den anderen Lords zu treffen.

Mowbray, dessen schmales Gesicht an ein Frettchen erinnerte, zeigte auf die Fallgruben, die überall am Ufer gegraben worden waren, wo man den Fluss Bannock überquerte, locker bedeckt mit Ästen und Laub. Weiter Richtung Norden sah man mehrere Männer, die schwitzend weitere Löcher aushoben.

»Gefährlich für Pferde«, bemerkte er, als sei Thweng ein Knappe, dem man solche Dinge erklären müsse. »Das bedeutet also, dass die Schotten sich tatsächlich auf einen Kampf einstellen, wie vom König erhofft.«

Nach allem, was er gesehen hatte, die große Zahl exerzierender Männer, und vor allem die Tatsache, dass sie ihre Familien mitgebracht hatten – was man nicht tat, wenn man mit einer Niederlage rechnete –, meldeten sich bei Sir Marmaduke leise Zweifel an der Gewissheit eines englischen Sieges.

Und dennoch – er kannte Bruce von früher her, in seinen jungen Jahren, als er ein berühmter Turnierkämpfer gewesen war und sie beide zusammen mit kostbarem Sattelzeug, edlen Pferden und teuren Waffen die Turnierplätze unsicher gemacht hatten. Sie hatten alles geteilt, ihre Siege, ihre blauen Flecken, ihren Wein und ihre Scherze. Er war »Sir M«, Bruce war »Sir R«, was klang wie das verächtliche »*sirrah*« und zur allgemeinen Heiterkeit beitrug.

Der Turnierkämpfer Bruce hatte damals von der direkten Methode des Kampfes nichts gehalten, der französischen Methode, bei der Pferd und Reiter es darauf anlegten, den Gegner zu Boden zu werfen. Er bevorzugte die deutsche Kampfmethode, bei der man ein leichteres Pferd ritt, mit dem man dem direkten Angriff auswich, um blitzschnell umzukehren und von hinten anzugreifen.

Seine Taktik war es, die Ritter um die Hüfte zu packen und aus dem Sattel zu zerren, damit der Knappe – der Bursche zu Fuß, der seiner Einladung mit einer schweren Keule Nachdruck verlieh – den Lord auffordern konnte, sich als Geisel zu ergeben. Er und Bruce hatten abwechselnd für den jeweils anderen den Knappen gespielt. Es war eine herrliche, siegreiche Saison gewesen – eine Erinnerung, der Thweng jetzt wehmütiger nachhing.

Und auf dieselbe Art und Weise hat er seine Kriege geführt, dachte Thweng, als sie durch das Gedränge der Männer ritten. Schließlich hatte er niemand Geringeren als Wallace zum Lehrer gehabt. Warum sollte er es also jetzt anders machen?

Sie ritten an dem Dorf Bannock vorbei, eine Ansammlung windschiefer Hütten mit eingefallenen Zäunen. Männer standen am Wegrand, auf ihre Speere gestützt. Sie sahen ihnen nach, und einer spuckte demonstrativ aus. An der Deichsel eines Wagens, den man beschwert hatte, damit er nicht kippte, hing eine faulende Leiche, von Fliegen übersät.

Eine deutliche Warnung an Plünderer, dachte Thweng. In diesem Dorf waren die armen Bewohner nicht geflohen. Bruce hatte ganz offensichtlich verfügt, dass nicht geplündert werden dürfe, woran sich die bewaffneten Männer auch zu halten schienen. Hier herrschte Ordnung, alles war gut organisiert, und Thweng spürte, wie ein Schauer ihn überlief. Wenn deine Feinde in Unfrieden leben, dachte er, kannst du deinen Becher füllen und dich zurücklehnen. Doch wenn sie fest entschlossen und einig sind, pack die Zügel fester und heb deinen Schild hoch …

Sie hatten die kleine Steinkapelle erreicht, die von prächtigen Zelten und bunten Bannern umgeben war, und stiegen ab. Das letzte Stück des Weges hatte Sir James Douglas sie begleitet, aber Sir Marmaduke fiel es schwer, diesen fröhlichen, dunkelhaarigen jungen Mann mit dem Unhold in Einklang zu bringen, dem man die grausamsten Taten nachsagte und dessen Name »der Schwarze« schon genügte, um Frauen und Kinder schreiend die Flucht ergreifen zu lassen.

Der kleine Trupp bewaffneter Engländer blieb bei den Pferden, nervös wie Hasen in der Schlangengrube, während Mowbray und Sir Marmaduke über das Pflaster zur Tür von St. Ninian schritten und zusammen mit dem lächelnden Douglas in die dämmrige Kapelle eintraten.

»Wartet hier, bis man Euch ruft, Mylord«, sagte eine Stimme irgendwo im Schatten. »Dann werdet Ihr vortreten und Euch verbeugen. Ihr werdet nicht sprechen, ehe man Euch dazu auffordert. Verstanden?«

»Verstanden, Mylord Randolph«, erwiderte Thweng, der die Stimme erkannt hatte und damit den Mann zwang, näher ins Licht zu treten, wo man sein ernstes Gesicht sehen konnte. »Earl Randolph, sollte ich wohl sagen. Ihr seid aufgestiegen, seit Ihr einen König für einen anderen verraten habt.«

Randolph wurde rot.

»Ich bin meinem König gegenüber loyal«, rief er aus, aber Thweng winkte ab mit einer Geste, die gleichzeitig als entschuldigend, unbekümmert oder wegwerfend verstanden werden konnte und Randolphs Zornesröte noch verstärkte. Aber schon wurden sie gerufen, und der Earl hatte keine Gelegenheit mehr zu antworten.

Bruce stand hinter einem Tisch, der mit Papieren übersät war, einige halb aufgerollt, andere entfaltet und festgeheftet – an einer Ecke mit der Spitze eines Dolches. Neben ihm stand sein Bruder Edward, eine derbere Ausgabe von Bruce, aus gröberem Stein gehauen, und hinter ihnen ein Gefolge schemenhafter Gestalten, die sich offensichtlich im Hintergrund halten sollten.

»Mylords«, begann Edward, »wenn ich um Euer Schreiben bitten darf.«

Mowbray reichte Edward die Pergamentrolle, er überflog sie und legte sie zur Seite.

»Ihr könnt zur Burg gehen. Aber ohne Umwege. Wenn Ihr Euch in der Burg befindet, gilt diese Verfügung nicht mehr. Habt Ihr verstanden?«

Edward sprach ernst und energisch, auch er hatte sich sehr verändert, seit er als eifriger junger Mann die Kapitulation von Stirling ausgehandelt hatte. Fast hätte Mowbray gelächelt, wenn er daran dachte, was sich wohl damals zwischen den Brüdern abgespielt hatte, als sie davon gehört hatten. Stattdessen senkte er den Kopf und wartete, bis er merkte, dass er entlassen war. Er warf Sir Marmaduke einen kühlen Blick zu und verschwand. Es folgte eine gespannte Stille.

»Nun, habt Ihr genug gesehen, um Plantagenet zufriedenzustellen?«

Die Stimme klang heiser, und das Gesicht, als es in dem dämmrigen Zelt sichtbar wurde, schien wie aus Stein. Sir Marmaduke erschrak ein wenig und brauchte einen Moment, ehe er sich wieder gefasst hatte.

»Viele Männer«, sagte er und starrte auf die verschorfte Haut und die Wunden. Eine Narbe, vom linken Auge an abwärts – sie stammte aus Methven, erinnerte er sich – und die verunstaltete rechte Wange – eine Turnierverletzung. Aber das war lange her, und wenn sie bis jetzt nicht verheilt war, dann war damit etwas nicht in Ordnung. Er hatte Gerüchte von einer Krankheit gehört, man erzählte sich, der König der Schotten, dieser Usurpator, läge fiebernd und halb tot im Bett, aber Sir Marmaduke hatte das immer als Wunschdenken abgetan. Jetzt war er sich nicht mehr so sicher.

»Viele Männer«, wiederholte er jetzt, »Männer in grobem Wollzeug, die Fallgruben ausheben.«

»Und trotzdem wird Plantagenet uns hier finden«, sagte Bruce mit unbewegter Miene, »wenn er erst einmal den Mut aufbringt, herzukommen. Und unsere Fallgruben werden tief sein.«

»Keinen Zweifel, Sirrah«, erwiderte Thweng und hörte, wie die Schattengestalten im Hintergrund nach Luft schnappten wegen der Beleidigung, die diese saloppe Anrede darstellte. Doch der König lächelte, was ihm mit seiner Wange nicht leicht zu fallen schien. Mein Gott, dachte Thweng, diese Verfärbung geht ja ganz bis zu seinem Ohr …

»Ich habe hier etwas für Euch«, erklärte Bruce plötzlich. Er nahm einem der Männer hinter sich einen Armvoll Stoff ab und breitete ihn aus.

»Bringt dies Mylord Berkeley. Es gehört ihm. Er hat es vor Kurzem auf meinem Gebiet verloren.«

Das blutige, zerrissene Banner der Berkeleys, das Jamie Douglas mitgenommen hatte, schien bösartig zu glitzern, als Thweng nach dem rauen Brokatstoff griff und ihn sich über den Arm legte. Aber noch immer konnte er die Augen nicht von dem Gesicht des Mannes abwenden, den er seit seiner Jugend kannte.

Gott im Himmel, dachte er, wie kann sich ein Mensch so verändern. Diesen wilden Ehrgeiz hatte er schon immer gehabt, aber Thweng hatte nicht geahnt, was der junge, mutige Ritter, der Robert Bruce einst gewesen war, dafür hatte opfern müssen. Es war, als wären die dunklen Flecke seiner Seele, für alle sichtbar, zu Schandmalen auf seinem Gesicht geworden.

Thweng verscheuchte den Gedanken, denn auch sein Lehnsherr hatte keine unbefleckte Seele, und er selbst hatte ebenfalls genug auf dem Gewissen. Außerdem hatte er eine

Aufgabe zu erledigen, die seine volle Aufmerksamkeit erforderte. Er räusperte sich, straffte die Schultern.

»Ich danke Euch für Euer Geschenk. Leider habe ich keine gebührende Gegengabe«, sagte er dann, »aber vielleicht interessiert es Euch zu erfahren, dass aus Eurem Rosenkranz ein hübscher Stein verloren ging – Strathbogie.«

Der Treffer saß, wie mit der Schwertspitze mitten auf den Schild. Es folgte eine Stille, dann erhob sich unter den Schattengestalten im Hintergrund ein leises Murmeln. David von Strathbogie, der Earl von Atholl, war erst kürzlich ins Lager von Bruce umgeschwenkt, obwohl er mit der Tochter des ermordeten John Comyn von Badenoch verheiratet war. Jetzt ließ seine erneute Rückkehr zu den Engländern die Lords auf Bruce' Seite erschauern. Sie waren ohnehin nur wenige, und er brauchte jeden von ihnen als Befehlshaber seiner Truppen.

»Wie es scheint«, fuhr Sir Marmaduke fort und schlug den Nagel vollends ein, »gefiel ihm das Techtelmechtel Eures Bruders mit der Tochter des Earls von Ross nicht. Wie man hört, heult die kleine Izzie Strathbogie Rotz und Wasser.«

Edward knurrte missmutig, er beugte sich vor und ballte die Fäuste auf der Tischplatte, denn er selbst war der Verführer gewesen, dem sie das zu verdanken hatten. Bruce räusperte sich, und Edward trat mit finsterer Miene einen Schritt zurück.

»Gut pariert«, sagte Bruce trocken. »Und Eure Beobachtungen bezüglich der Gründe sind einleuchtend. Ihr wisst natürlich am besten, was für Probleme man mit Frauen haben kann. Wie geht es Lady Lucy?«

Sir Marmaduke kämpfte seinen Ärger nieder, gleichzeitig bewunderte er Bruce' schlagfertigen Gegenangriff. Die Geschichte der tolldreisten Lucy Thweng und ihrer Liebhaber,

Ehemänner und sogar Entführungen waren ein Skandal für die ganze Familie, aber besonders für ihn, ihren Onkel. Doch er zwang sich zu einem bedauernden Lächeln.

»Ein rassiges Tier«, erwiderte er, denn so hatte sein eigener König sie beschrieben und dabei gegrinst und Despenser angestoßen, denn es gab Gerüchte, dass der alte Sir Marmaduke die Früchte seiner Nichte ebenfalls nicht verschmäht hatte. Und offenbar war es bis hierher gedrungen, denn im Hintergrund wurde leise gekichert, was aber schnell wieder verstummte.

Da die Stelle anhielt, glaubte Sir Marmaduke bereits, er sei entlassen. Er wollte sich gerade umdrehen, um den Rückweg anzutreten, als er Bruce' Stimme vernahm.

»Ihr habt unsere Fallgruben gesehen, Sir. Sagt Plantagenet, dass wir in ihnen Pfähle errichtet haben – die längsten und spitzesten, die wir haben.«

Und als Thweng sich tief verneigte, hörte er einen letzten geflüsterten Gruß: *»Lebt wohl, Sir M.«*

Bruce sah ihm nach, und sein Magen schmerzte bei dem Gedanken, dass er einen weiteren Freund verloren hatte. Einen alten Freund – denn er war überrascht gewesen über die eingefallenen Wangen und das schüttere weiße Haar. Doch jetzt fragte er sich, warum er sich so gewundert hatte – Sir M. musste seine sechzig Jahre auf dem Buckel haben – mindestens. Er war ihm schon alt vorgekommen, als sie zusammen Turniere gekämpft hatten. Mein Gott, damals muss er so alt gewesen sein, wie ich es jetzt bin.

Eine lange Freundschaft, verflogen, als hätte es sie nie gegeben. Kein Wunder, dass man von einer »Thronbesteigung« sprach – man erklomm wirklich einsame, eisige Höhen.

»Denkst du, er hat es gesehen?«

Edwards Stimme war heiser vor Aufregung, sein breites Gesicht glänzte, aber das Gesicht seines Bruders erschien verärgert und verbittert, als er ihn ansah.

»Sir M entgeht nichts«, sagte er kurz, und Edward, der die Stimmung seines Bruders bemerkte, zog es vor zu schweigen. Er wusste, dass die Sache mit Strathbogie noch zu frisch war, und fast glaubte er auch die missbilligenden Blicke der anderen im Rücken zu spüren.

»Er hat die Arbeiten gesehen, Euer Gnaden«, bestätigte Jamie, dann runzelte er die Stirn. »Obwohl ich nicht verstehe, warum Ihr die Männer neben den eigentlichen Löchern auch noch falsche graben lasst.«

»Ich will nicht, dass Plantagenet die Römerstraße nimmt«, erklärte Bruce geduldig. »Wenn er den Bogen nach Norden schlägt, was er machen muss, wenn er die Belagerung von Stirling wirklich beenden will, dann soll er glauben, dass ich dort ebenfalls gegraben habe. Dann wird er denken, dass ich mich stellen werde.«

»Aber das müsst Ihr«, entfuhr es Jamie, und Edwards Lachen übertönte das missbilligende Gemurmel im Hintergrund über diese Verletzung der Etikette.

»Wenn ich mich ihnen überhaupt stelle«, erwiderte Bruce mit ruhiger Stimme, und es war sowohl an Jamie als auch an die Lords im Hintergrund gerichtet, »dann werde ich nicht zu Fuß kämpfen. Das hier wird kein zweites Falkirk.«

Alle hoben erwartungsvoll die Köpfe. Sie wollten wissen, wie der König zu kämpfen gedachte. Und plötzlich kam Jamie die Erleuchtung, er wusste es: Wenn der Zwischenraum zwischen den gegnerischen Armeen von Gräben durchzogen war, dann wäre das auch ein Hindernis für die Blöcke der Speerkämpfer, die beim Vorrücken dicht zusammenbleiben mussten. Deshalb die falschen Erdlöcher: Bruce würde nicht auf die Engländer warten, er würde sie angreifen, genau wie Wallace es an der Brücke gemacht hatte.

Fast hätte er es laut ausgesprochen, doch er beherrschte sich. »Wenn Euer Gnaden selbst kämpfen wird«, sagte er stattdessen.

Bruce bedachte ihn mit einem schiefen Grinsen. »Genau. Und wenn das der Fall ist, werdet Ihr mit Eurer eigenen Truppe an meiner Seite stehen. Bis dann möchte ich, dass Eure Männer aufsitzen und sich bereithalten.«

»Wir sind keine Kavallerie, Euer Gnaden«, erwiderte Jamie auf Französisch. »Dafür habt Ihr Sir Robert Keith' Leute.«

»Der Marschall hat nur wenige Pferde, und die werden gebraucht«, sagte Bruce. »Eure Männer sind gute Reiter, und ich möchte, dass sie aufgeteilt werden. Der Hundejunge wird die andere Hälfte befehligen. Er soll in Lothian umherreiten und so viel Lärm und Feuer und Rauch machen wie nur möglich.«

»Aleysandir? Er hat nicht den Rang, ein Kommando zu übernehmen.«

»Rang hin oder her, es ist von größter Wichtigkeit«, erwiderte Bruce. »Und ich sage Euch auch, warum, mein guter Sir James: Er ist Euer Ebenbild. Die Wahrheit ist, Ihr seid vom selben Vater gezeugt. Ihr gleicht euch wie ein Apfel dem anderen. Zumindest aus einiger Distanz …«

Er bemerkte, wie Jamie Douglas erstarrte, und runzelte die Stirn.

»Beruhige dich, Junge. Ich will das Land in Aufruhr versetzen. Ich brauche alle Reiter, die ich bekommen kann, als Boten des grausamen Sir James. Und wenn der Schwarze an zwei Orten gleichzeitig gesehen wird, umso besser.«

Jetzt begriff Jamie Douglas, und sein Ärger verebbte langsam. Doch er funkelte die anderen Lords an, und sein Blick warnte sie, die Schande seines Vaters auch nur mit einem Wort zu kommentieren.

»Ich brauche eine ganz bestimmte Art von Beutegut«, fuhr Bruce fort. »Holt alles Eisen aus den Werkstätten der Schmiede von Northumberland, so viel ihr nur tragen könnt. Nehmt es von den Kirchen, wenn nötig. Wir brauchen alles, was wir kriegen können, um Pflugscharen zu Schwertern zu schmieden.«

Und trotzdem wird es nicht genug sein, dachte er, wenn die Waffen aus Spanien nicht ankommen.

»Aber vor allem«, fügte Bruce hinzu, »haltet die Augen offen. Beobachtet die Straße aus Berwick und bleibt wachsam, bis Ihr mir melden könnt, dass der stolze Edward mit seinem Heer über den Tweed kommt. Dann sagt mir, welche Route er nimmt und wie viele es sind.« Jamie Douglas war entlassen, und Randolph räusperte sich.

»Der Earl von Atholl ist ein herber Verlust.«

Bruce funkelte ihn an. Als ob er das nicht selber wüsste. Er zügelte sein Bedürfnis, Randolph anzufahren, und zuckte unbekümmert die Schultern.

»Wenn man die Großen und Tüchtigen nicht dazu bringen kann, für ihren *König* zu kämpfen, dann kann man die kleinen Leute aber dazu bringen, für ihr *Land* zu kämpfen, Mylord«, erwiderte er auf Englisch, dann ging er nach hinten zu den anderen, blieb vor einem der Männer stehen, und Sir Henry Sientcler von Roslin verbeugte sich.

Es war grausam, aber seine Sorge ließ keine Rücksicht auf die Gefühle des Lords zu.

»Und wenn Euer Verwandter und Namensvetter von Herdmanston scheitert«, sagte er schließlich, »dann werden wir zur Verteidigung unseres Reiches tatsächlich nichts weiter als spitze Pfähle in Fallgruben haben.«

CRUNIA, KÖNIGREICH KASTILIEN
AM SELBEN ABEND

Sie fassten eine Art Plan. Sim stand auf und stürzte sich in das Treiben auf der Straße. Hal blieb mit einer Flasche verdünnten Weins in der Zuschauermenge beim Hahnenkampf zurück, er wollte sehen, ob Piculph zurückkam.

Als Sim zurückkehrte, ging es bereits auf den Abend zu, die Sonne stand blutrot am Horizont. Die Hahnenkämpfer beendeten ihr Spektakel, und die Sieger fütterten ihre erschöpften, verwundeten Champions, ehe sie sich in dunklen Leinensäcken erholen durften, in denen sie hoch oben aufgehängt wurden, um vor den Ratten sicher zu sein. Die Verlierer verkauften ihre Tiere dem Wirt der Taverne, und der Hühnereintopf, der noch am selben Abend serviert wurde, kostete nicht viel.

Sim aß einen Teller von dem Eintopf mit gutem Appetit, aber Hal sagte, ihm gefalle der Gedanke nicht, dass der Rotweiße hier zusammen mit dem Grüngoldenen gekocht worden war. Sim zuckte nur die Schultern. Ihm gefiel nur nicht, dass hier in Compostela auch aus den besten Zutaten immer nur höllisch scharfe Gerichte entstanden. Doch er leerte Hals Schüssel auch noch, dann lehnte er sich zurück, rülpste und tat einen zufriedenen Seufzer.

»Die wissen immerhin, wie man mit Heiligen umgeht«, bemerkte er, während er einen Schluck vom Wein nahm, der mit Wasser so verdünnt war, dass er wie rostiges Regenwasser schmeckte. »Die sieben Heiligen sind gebührend geehrt worden, das kann ich dir sagen. Die beiden, die sie Segundo und Tesifonte nennen, haben sich in einer Nebenstraße eine ganz schöne Prügelei geliefert, aber ich glaube, das hing eher damit zusammen, dass die Gerber den einen trugen und die Schuster den anderen. Und Cecilio ist von seinem Traggestell auf eine Nonne gefallen, die jetzt ziemlich böse auf Gott sein wird.«

»Gelobt sei Gott«, sagte Hal, um Sims Gotteslästerung wiedergutzumachen.

»In Ewigkeit. Ist dieser Piculph zurückgekommen?«

»Nein, ist er nicht«, erwiderte Hal. »Hast du unser Schiff entdeckt?«

»Habe ich«, sagte Sim rülpsend. »Ziemlich weit draußen. Wir müssten ein gutes Stück in die Bucht hinausschwimmen«, fuhr er fort, »es sei denn, wir können uns ein Boot beschaffen.«

Schweigend dachten sie darüber nach. Beide waren sie keine guten Schwimmer. Von der Mannschaft der *Bon Accord* konnte keiner schwimmen, außer Niall, der sich mit einer Art Hundepaddeln über Wasser halten konnte.

»Und von diesen noblen Ordensrittern mit dem grünen Kreuz habe ich keine Spur mehr gesehen, weder auf der *Bon Accord* noch sonstwo in der Stadt«, sagte Sim, was ein kleiner Hoffnungsschimmer war. »Und beim Haus dieser Doña dort auf dem Hügel auch nicht.«

»Du warst dort? Das war ziemlich unvorsichtig.«

»Ich bin nicht sehr nahe dran gewesen«, beruhigte Sim ihn. »Aber wir müssen doch wissen, wo es ist.«

Das stimmte, aber Hal gefiel der Gedanke nicht, dass man keine Männer vom Alcántara-Orden sah. Vielleicht hatten sie nur ihre Kettenhemden und die Mäntel abgelegt, damit sie ihnen leichter nachspionieren konnten. Sim runzelte die Stirn und gab zu, dies könne gut möglich sein, obwohl er immer geglaubt hatte, dass es für einen Ordensritter eine schwere Sünde sei, sich ohne sein Ordenskleid außerhalb der Komturei zu bewegen.

Der Orden der Alcántarer, belehrte Hal ihn, sei nicht so streng wie der Templerorden, was auch Sim wusste.

»Trotzdem könnten wir nicht einfach hier herumsitzen«, wandte er ein. »Laut Piculph werden die Männer von unserem Schiff in diesem Haus gefangen gehalten und müssen befreit werden.«

»Mir wäre wohler, wenn ich wüsste, was noch alles in diesem Haus ist. Das könnte Piculph uns sagen. Wissen wir, wo er steckt?«, fragte Hal.

»Hat sich abgesetzt«, erklärte Sim. »Es war ein Zufall, dass wir ihn überhaupt noch angetroffen haben.«

In bedrückter Stimmung warteten sie ab, bis es ganz dunkel war, dann schlüpften sie hinaus auf die Straße, die voller Betrunkener war, durch die sie sich vorsichtig hindurchschlängelten, bis die Straßen breiter und steiler wurden und wo die Menge sich verlief. Plötzlich hielt Sim Hal fest.

»Hier ist es.«

Das Gebäude war von einer Mauer umgeben und lag völlig im Dunkeln. Vielleicht, weil es leer war. Es konnte aber auch eine Falle sein. Hal holte tief Luft und zog sein Schwert unter dem Mantel hervor. Sim horchte stirnrunzelnd auf das laute Gurgeln in seinem Bauch, dann nahm er seine eingewickelte Armbrust auf die Schulter und zog sein Messer heraus, das für den Nahkampf besser geeignet war.

Sie sahen einander an, ihre angespannten Gesichter glänzten in der Dunkelheit.

»Niemals aufgeben.« Sim murmelte den alten Kampfruf, um sich Mut zu machen, und presste die Lippen zusammen, als Hal mit der Schulter das Tor aufdrückte.

Sie befanden sich in einem geschützten Garten, duftend und voller Insektengesumm. Der Duft war atemberaubend.

Noch ungewöhnlicher war das leise Gluckern von Wasser, wie ein Rinnstein nach dem Regen – und dann ein Stöhnen, das Hal erschreckt herumfahren ließ. Er blinzelte angestrengt in das silberne Mondlicht.

»Sim?«

Wieder hörte er ein leises Stöhnen, dann ein Rascheln von Kleidern.

»Mann, bist du verletzt?«

Er ging in die Richtung, aus der das Stöhnen kam, und konnte gerade noch rechtzeitig stehen bleiben, als er ein ekliges klatschendes Geräusch hörte und sich ein Gestank ausbreitete, der ihn zurückfahren ließ.

»Bei allen Heiligen«, stöhnt Sim, »hab ich einen Dünnschiss …«

Zwei Schüsseln vom scharfen Hühnereintopf, dachte Hal. Der Gestank war wirklich erbärmlich. Er trat ein paar Schritte zurück.

»Ach, mein Gott«, stöhnte Sim.

»Psst«, zischte Hal, aber Sim, der mit bleichem Gesicht im Schatten hockte, winkte ab.

»Wenn das nicht mindestens ein Dutzend Wachen mobilisiert hat, dann ist hier niemand«, brummte er, was auch Hal einleuchtete, sodass er sich etwas entspannte.

»Geh schon mal weiter«, sagte Sim, »ich komme gleich nach.«

Hal zögerte, nickte dann. Er wandte sich um, schob sich zwischen niedrigen, gepflegten Sträuchern hindurch. Hier wuchs nichts Essbares, nur Zierpflanzen. Nach Hals Auffassung eine Verschwendung guten Bodens. Ein leises Flattern und Schwirren wie von Flügeln ließ ihn innehalten. Geduckt stand er im Schatten eines Gebäudes, das von einem hohen, runden Turm überragt wurde.

Die Doppeltür stand offen, doch innen war es stockdunkel. Hal wurde es abwechselnd heiß und kalt, als er sich vorwärtstastete. Er versuchte, keine Geräusche auf dem gefliesten Boden zu machen.

Das einzige Licht kam vom Mond, und irgendetwas vor ihm leuchtete schwach, aber Hals Augen hatten sich jetzt an die Dunkelheit gewöhnt und erkannten einen Torbogen und eine Tür. Der Keller, dachte er, wo laut Piculph die Mannschaft der *Bon Accord* gefangen gehalten wurde. Er suchte den Weg nach unten.

Langsam und vorsichtig tastete er sich an der Wand entlang, bemüht, weder an den Kerzenständer noch an die Statue, den Stuhl oder die Bank zu stoßen, bis er die Treppe nach unten gefunden hatte. Vier Stufen, dann war er an der Tür, die einen Fingerbreit weit aufging, weiter ließ der Riegel des Schlosses es nicht zu. Eine Stimme ließ Hal das Blut in den Adern gefrieren.

»Wer da?«

Es war Pegys Stimme, die undeutlich und gedämpft durch das dicke Holz drang, und erleichtert atmete Hal auf. Er gab sich Pegy zu erkennen und hörte das aufgeregte Gemurmel der anderen. Die Tür jedoch war zu dick, um sie aufzubrechen. Pegy wusste, dass Doña Beatriz den Schlüssel hatte. Verärgert und schwitzend versprach Hal, wiederzukommen, dann machte er kehrt.

Keine Wachen, kein Anzeichen von Leben. Vielleicht hat Piculph tatsächlich seinen Auftrag ausgeführt, dachte Hal – als er ein Schwirren wahrnahm und sich instinktiv hinwarf. Als weiter nichts passierte, richtete er sich auf, blieb jedoch geduckt hocken. Jetzt hörte er einen leisen Flötenton, was ihn aufs Neue verwirrte.

Ein Licht flammte auf, und Hal, immer noch geduckt und

das Schwert in der Hand, blinzelte geblendet in den Schein der Fackel, mit der Sim jetzt durch die offene Tür trat.

»Warum hockst du auf dem Boden?«, fragte er mit lauter Stimme, und Hal sprang auf.

»Leise! Ich habe etwas gehört.«

Sim blickte in die Runde und hielt die Fackel höher.

»Hier ist niemand«, fing er an, doch dann hörte man es wieder – ein Schwirren und dieses leise Geräusch, das Hal einen solchen Schrecken eingejagt hatte.

»Tauben«, rief Sim lachend. »Du versteckst dich vor ein paar Turteltäubchen im Taubenschlag.«

Sim hatte recht. In dem hohen Turm waren Tauben. Aber wo waren die hergekommen? Die Sache war ihm so peinlich, dass er die Frage nicht stellen mochte, als er aufstand und Sim wütend ansah.

»Ist dein Arsch wieder in Ordnung?«, fragte er, und Sim zuckte die Schultern.

»Im Moment ja«, gab er zu, »aber es hatte mich schwer erwischt.«

In diesem Moment kam eine Taube angeflattert. Zahm wie ein Schoßhündchen trippelte sie in den Lichtschein, wo sie hoffte, Futter zu finden.

»Ein Turteltäubchen«, wiederholte Sim mit triumphierendem Grinsen. Hal blickte ihn finster an.

»Normalerweise fliegen Tauben nicht im Dunkeln«, wandte er ein. »Schon gar nicht, wenn sie bluten …«

Sim näher trat, um den Vogel genauer zu betrachten. Er hüpfte und schlug mit den Flügeln, aber man konnte deutlich sehen, dass eine Flügelspitze blutig rot war.

Dann hob Sim die Fackel, und am Rande des Lichtkegels, der jetzt größer war, sahen sie eine schlaffe weiße Hand.

Doña Beatriz war schnell gestorben, sie war von hinten mit

einem einzigen Schwerthieb getötet worden, der von ihren Schulterblättern nach oben geführt worden war und ihren Schädel gespalten hatte, ihr Haar lag wie tote Schlangen in der dunklen Blutlache.

»Rückhandhieb mit einem Breitschwert«, stellte Sim fest und wedelte mit der Hand, um die Fliegen zu vertreiben. »Sie muss gerannt sein, dadurch war es schwer, zu zielen. Eigentlich hatte ihr Mörder wohl vor, ihr den Kopf abzuschlagen.«

»Piculph?«, fragte Hal nachdenklich, aber Sim war genauso ratlos und zuckte nur die Schultern, dann verzog er wieder das Gesicht und massierte sich den Bauch, wobei er versuchte, Hal nicht anzusehen. Er schluckte schwer und machte sich daran, die Kleider der toten Frau zu durchsuchen.

»Kein Schlüssel«, erklärte er schließlich und wischte sich mit dem sauberen Handrücken über den Mund.

Sie gingen auf den blassen Lichtschein zu, der Sim jetzt so nervös machte, dass er die Fackel auf den Fliesenboden stieß und auslöschte, dann trat er auf die letzten Funken, schnell und gründlich, wie es Menschen tun, die nur Binsenmatten und Holzhäuser gewohnt sind. Der beißende Rauchgeruch folgte ihnen nach dorthin, wo es heller war.

Da war eine Tür, gerade weit genug offen, dass ein schwacher Lichtschein herausdrang, eine erschrockene Taube flog mit klatschendem Flügelschlag davon – dann hörten sie ein leises, gleichmäßiges Geräusch wie Wassertropfen, sodass sie beide stehen blieben und sich ansahen.

»Ein Springbrunnen vielleicht«, zischte Sim, sein stinkender Atem dicht an Hals Gesicht.

»Oder ein Zeitmesser«, erwiderte Hal, der so ein tickendes Wunderwerk aus Federn und Zahnrädern schon in Canterbury gesehen hatte. Sim, der bisher nur davon gehört hatte, machte ein skeptisches Gesicht, während sie schnell und geräuschlos in den Raum schlüpften.

Er wurde vom Mond beleuchtet, der fast senkrecht darüber stand und durch das Dach schien, das nur aus nebeneinanderliegenden Holzbalken bestand und ansonsten offen war. Hal begriff, dass sie in dem Turm standen, den sie von außen gesehen hatten. Er sah auch von innen merkwürdig aus. Auf dem Boden wuchsen exotische Pflanzen, dazwischen zogen sich Wege aus blauen Fliesen, und alles war mit weißen Klecksen übersät. In der Mitte des Raumes stand ein Wasserbecken, und an den Wänden befanden sich von oben bis unten kleine viereckige Nischen. Hal stand noch immer staunend da, als er wieder das inzwischen vertraute Gurren vernahm.

Die Reihe der Ziegelsteine, die rundum in Hüfthöhe aus der Mauer herausragten wie ein Gürtel, lieferten schließlich des Rätsels Lösung.

»Ein Taubenhaus«, staunte Sim. Genau das war es, und diese Steine verhinderten, dass Ratten hinaufklettern und Eier und Jungvögel stehlen konnten. Das Balkendach schützte vor Raubvögeln, erlaubte den Tauben aber, ein und aus zu fliegen. Doch irgendetwas musste die zwei Vögel getötet haben, die zerfleischt und blutend am Boden lagen. Das Ticken wurde lauter.

»Wasser«, sagte Sim und bahnte sich durch die blühenden Sträucher einen Weg zum Wasserbecken.

Das Wasser war rot von Blut, und darüber hing Piculph nackt am Ast einer Weide.

Er war schwer misshandelt worden. Jemand hatte ihn ausgepeitscht, bis ihm die Haut in blutigen Fetzen am Körper hing, sodass der Tod eine Erlösung für ihn gewesen sein musste. Er konnte noch nicht lange tot sein, denn noch immer tropfte Blut herab.

In diesem Moment fiel eine Tür ins Schloss und ließ sie herumfahren, und Sim schrie auf, als etwas durch die Luft wirbelte, sich um seinen Hals legte und ihn umwarf. Er fiel nach vorn, und etwas würgte ihn und zog ihn mit.

Ohne zu überlegen, schlug Hal mit dem Schwert zu, und die dünne schwarze Schlange, die sich um Sims Hals gelegt hatte, löste sich. Man hörte jemanden fluchen, und im selben Augenblick war Hal an Sims Seite, der sich würgend und hustend am Boden krümmte.

Hal sah, dass es keine Schlange war, sondern das Ende eines Lederriemens – von einer Peitsche, stellte er fest, und ihm fiel Piculphs Aussehen ein. Dann erklang eine Stimme.

»Ganz schön schnell für einen alten Mann. Ihr habt mir meine ganze Überraschung verdorben. Ich habe ziemlich viel Zeit mit Üben zugebracht. Ich wusste ja nicht, wie viele kommen würden, also musste ich mir einen Vorteil verschaffen.«

De Grafton trat ins Mondlicht, die gekappte Peitsche in der einen, eine blitzende Klinge in der anderen Hand. In seiner schwarzen Templerrobe hob er sich kaum von den Schatten ringsum ab.

»Nur zwei? Dann hatte Piculph die Wahrheit gesagt.«

Er zuckte bedauernd die Schultern.

»Schade. Ich habe ihm nicht geglaubt. Ich hatte erwartet, dass dieser Ruy Vaz einen ganzen Trupp herschicken würde. Aber zwei alte Männer … Das ist geradezu eine ziemliche Beleidigung.«

»Es reicht für Euch«, brachte Sim heiser heraus, dem der Hals noch immer wehtat.

»Ruy Vaz und seine Leute sind auch auf dem Weg hierher«, fügte Hal hinzu und hoffte, dass es stimmte.

De Grafton machte eine zuckende Bewegung mit der abgeschnittenen Peitsche, bei deren Geräusch eine Taube aufstob und erschrocken gurrte. De Grafton betrachtete sein Folterinstrument.

»Jetzt ist sie so kurz, dass sie zu nichts mehr taugt«, sagte er und schleuderte sie missmutig fort.

»Ihr massakriert harmlose Vögel und wehrlose Frauen«, sagte Hal, der endlich seine Stimme wiederfand. »Was seid Ihr doch für ein Held, de Grafton.«

De Grafton trat unter den Wedeln einer Palme hervor und zerdrückte ein paar Blüten, sodass sich ein schwerer Duft ausbreitete.

»Die Frau? Sie hatte diesem Piculph geglaubt. Sie wollte mit ihm gehen und Ruy Vaz um Gnade bitten.«

De Grafton verzog angeekelt den Mund.

»Dachte wohl, sie kann ihre weiblichen Reize spielen lassen«, sagte er, »könnte sich so der Strafe entziehen und mich hier alles allein ausbaden lassen. Ich habe sie getötet, diese Paradiesschlange, danach habe ich alles, was ich wissen wollte, von Piculph erfahren.«

»Der kein Krieger war«, warf Hal ein, während er sich näher heranschob.

»Ein Serjeant des Ordens von Alcántara«, spottete de Grafton. »Wenn die anderen auch so sind, wird dieser Hafen in einem Jahr in der Hand der Mauren sein.«

»Das wirst du nie erleben«, brüllte Sim und sprang auf.

De Grafton glitt zur Seite, sein Schwert blitzte auf, schnell wie die Peitsche, und man hörte einen dumpfen Aufprall und ein Aufspritzen, das Hal das Blut in den Adern gefrieren ließ. Er warf sich nach vorn, fuhr aber zurück, als das Schwert ihm entgegenkam. Er sah Sim auf der anderen Seite des Wasserbeckens liegen, wo die Wucht des Schlages ihn hingeschleudert hatte, halb im Wasser, halb draußen, blutüberströmt und reglos, über ihm pendelte und drehte sich Piculphs Leiche, im Mondlicht gurrten die Tauben.

»Ihr habt den Schlüssel, den ich brauche«, sagte Hal, der versuchte, Sim nicht anzusehen. De Grafton legte den Kopf auf die Seite wie ein neugieriger Vogel.

»Man hat mir aufgetragen, Euch aufzuhalten. Oder, wenn möglich, Euch ganz zu beseitigen«, sagte er fast traurig. »Ich habe es Lord Percy und seinem englischen König geschworen, bei meiner Ehre als Tempelritter.«

»Die Tempelritter gibt es nicht mehr, und Euer Schwur ist ebenso wertlos wie Eure Ehre. Ihr seid doch längst von der Gnade abgefallen«, erwiderte Hal, der einen duftenden Blütenzweig vor seinem Gesicht zur Seite bog. »Piculph ist nicht gestorben, weil Ihr wissen wolltet, wie viele auf dem Weg hierher sind. Er starb, weil Ihr wissen wolltet, ob Rossal kommt. Er selbst, mit der Zahlungsanweisung, die er bei sich trug. Die Ihr ihm abnehmen wolltet, wenn Ihr erst das Lösungswort aus ihm herausgepeitscht hättet.«

Eine Stille trat ein, nur unterbrochen vom Tropfen des Blutes und dem Flattern der aufgestörten Tauben.

»Hattet Ihr inzwischen gemerkt, dass Ihr als Einziger nicht eingeweiht wart? Sie haben Euch nicht getraut, de Grafton, auch wenn sie nichts beweisen konnten. Aber Rossal hat es gewusst. Vielleicht hat Gott es ihm mitgeteilt.«

Fast unmerklich nahm er Kampfhaltung an, bereit, jeden Moment zuzuschlagen.

»Ihr könnt Schwüre brechen und den Orden hinters Licht führen, sodass einfältige Männer und törichte Frauen auf Euch hereinfallen«, fuhr er fort, »aber Gott sieht alles, Mylord.«

Einen Moment war es still, dann stoben die Tauben auf, als de Grafton aufschrie wie ein wütender Stier. Offensichtlich war ihm klar geworden, dass alle seine Pläne gescheitert waren. Und wie ein wütender Stier stürmte er los.

Er führte seine Waffe geschickt wie alle Templer. Hal wich zurück und musste einmal mehr feststellen, wie langsam er geworden war. Doch derselbe Reflex, der ihn die Lederpeitsche hatte durchschlagen lassen, ließ ihn jetzt den duftenden Blütenzweig abbrechen und de Grafton ins Gesicht schleudern, sodass dieser den Kopf wegdrehte und sein Hieb über Hal hinwegzischte, der sich rechtzeitig geduckt hatte.

In diesem Moment schoben sich Wolken vor den Mond, und es wurde dunkel.

Es wurde still, nur die aufgestörten Vögel waren zu hören. Nichts als Blütenduft und schwarze Leere um ihn. Aber de Grafton musste es genauso ergehen, und Hal bemühte sich, seinen verräterisch lauten Atem zu beruhigen.

Ein Geräusch zur Linken ließ ihn herumfahren. Ein Vogel war de Grafton zu nahe gekommen, und dieser hatte zugeschlagen, also schlich Hal sich leise näher heran, hieb mit der Klinge nach links und rechts und zog sich sofort wieder zurück, anscheinend ohne etwas getroffen zu haben.

Vögel schwirrten und flatterten durch die Dunkelheit und gurrten vor Angst. Etwas spritzte im Wasserbecken auf, und Hal fragte sich, ob es de Grafton war. Bei dem Gedanken, dass er dort den verletzten Sim erledigen könnte, wäre er am liebsten ebenfalls hineingesprungen, aber er unterdrückte seinen Impuls.

Der Schweiß lief an ihm herunter, und er stand geduckt da, als würde sich ein sicheres Loch im Boden auftun, in das er kriechen könnte. Die Nachtluft war schwer von Blüten und Blutgeruch.

Jetzt gaben die Wolken den Mond wieder frei. Er sah einen silberschwarzen Schatten zu seiner Linken vorbeihuschen und spürte einen Schlag, der ihm fast das Schwert aus der Hand gerissen hätte und ihn zu einem Rückwärtssprung zwang. Er parierte einmal, zweimal, konnte einen Hieb gegen sein Knie abwehren und war plötzlich allein, weil de Grafton wie ein Spuk verschwunden war. Doch im nächsten Moment war er zurück, die Schwerter klirrten, und die Funken flogen, ihre Klingen berührten sich fast am Griff, und einen Wimpernschlag lang hatte Hal das Gesicht von de Grafton so dicht vor sich, dass er seine Hitze spürte, die wutverzerrten Augen und das irre Grinsen sah. Doch dann schnellte der Kopf des Templers vor wie bei einem Kampfhahn, und Hals Kopf fuhr zurück vom Aufprall gegen seine Stirn. Er spürte etwas am Arm und merkte, dass er verletzt war.

De Grafton lachte leise.

»Habt Ihr vielleicht die Zahlungsanweisung? Das wäre immerhin möglich. Oder das Geheimwort? Oder sogar beides? Ich werde Euch ein wenig anritzen, dann werden wir bald die Wahrheit wissen.«

Hal spürte den Schmerz und merkte, dass er blutete, der Griff seiner Hand am Schwert lockerte sich, und er nahm die linke Hand zu Hilfe. Eine Taube gurrte laut, und dann stand de Grafton dicht vor ihm und schlug Hal mit seiner Klinge das Schwert aus der Hand.

»Wir werden es herausfinden«, wiederholte er, und Hal wusste, der nächste Hieb würde ihn wehrlos machen, und de Grafton würde ihn fesseln und foltern.

»Es wird Euch nichts bringen«, keuchte Hal durch die Schmerzen. »Die Anweisung und das Geheimwort sind längst auf dem Weg zu Ruy Vaz.«

Es entstand eine Pause, und Hal wünschte sich, er hätte geschwiegen. Dummkopf, dachte er und biss die Zähne zusammen, jetzt hat er keinen Grund mehr, dich zu verschonen. Er konnte nur noch am Boden knien und warten wie ein Ochse auf das Schlachtbeil.

In diesem Moment hörte er ein pfeifendes Geräusch und einen Aufprall. De Grafton schrie auf und erstarrte, dann klappte er in der Mitte zusammen, als der stählerne Bügel der großen Armbrust wie eine Axt zwischen Schulter und Hals eindrang, dahinter Sim, brüllend wie ein brünstiger Hirsch, mit blutüberströmtem Gesicht.

»Umbringen wolltest du mich, was? Du mieses dreckiges Arschloch, aus dir mach ich Kleinholz!«

De Grafton taumelte und schrie, er gab den Versuch auf, das Ende des Bügels herauszuziehen, und wollte sich zu dem unbewaffneten Sim umdrehen – da traf ihn Hals verzweifelter zweihändiger Hieb, der dem Templer in die verwundete Schulter und hinab bis in die Hüfte drang. Die Wunde spaltete den Mann förmlich in zwei Teile, und seine Fersen trommelten auf den Boden.

Die Vögel schwirrten und gurrten, und endlich hörten die Fersen auf, sich zu bewegen. Sim wischte sich das Blut vom Gesicht und rang nach Luft, seine Zähne leuchteten rot im Mondschein.

»Niemals aufgeben«, keuchte er, und Hal sah ihn an und begriff langsam.

»Ich dachte, er hätte dich umgebracht«, sagte er, und Sim runzelte die Stirn.

»Sein Schwert hat die Armbrust getroffen. Sieh dir das an, er hat sie völlig ruiniert.«

Er zog die Waffe aus de Graftons Schulter und hielt sie empört hoch.

»Verdammt, so eine gute Waffe bekomme ich nie wieder.«

»Du bist ganz blutig«, sagte Hal mühsam, und Sim wischte sich erneut das Gesicht ab.

»Vom Wasserbecken dort. Das ist Piculphs Blut. Abgesehen von dem Schlag auf den Rücken bin ich unverletzt – was man von dir nicht gerade sagen kann.«

Hal ließ sich von Sim nach draußen führen, fort von den Leichen, dem Gestank nach Blut und exotischen Blumen. Sim reichte Hal sein Schwert, das er aus de Graftons Leiche gezogen hatte, dann sah er sich mit kritischem Blick Hals Arm an.

»Böse Schnitte, ziemlich tief, aber es sind keine Sehnen verletzt, also wirst du ihn wieder gebrauchen können.«

Hal versuchte, gegen die Schmerzen anzukämpfen. Er starrte auf sein Schwert und staunte über die scharfe Klinge, die de Grafton ausgelöscht hatte. Zu reich verziert, hatte Rossal gesagt, als er ihm das Schwert übergeben hatte, und jetzt sah Hal es erst richtig – das Templerkreuz auf dem Knauf und die entlang der Klinge eingravierten Buchstaben, die jetzt durch de Graftons Blut gut zu erkennen waren: C+S+S+M+L. Quer über das Heft zogen sich weitere Buchstaben: N+D+S+M+D. Hal überlegte, ob es wohl einen Templer gab, der ihm sagen könnte, was das bedeutete.

Sim durchsuchte de Grafton nach dem Schlüssel und verschwand damit, und kurz darauf kam die Besatzung der *Bon Accord* in den nächtlichen Garten gestolpert. Hal gab Pegys Wunsch nach, dass Somhairl und ein paar weitere Männer nach dem Schiff sehen sollten, während er mit seinem verwundeten Arm dasaß und versuchte, sich möglichst nicht zu bewegen.

Der bärenstarke Steuermann von den Hebriden war bald wieder zurück und berichtete, das Schiff liege auf Grund. Es sei halb unter Wasser und das Steuerseil durchgeschnitten.

»Der Bastard«, fluchte Pegy und versetzte de Graftons Leiche einen Tritt. »Er wusste schon vor Eurer Ankunft, dass er gewonnen hatte, Sir Hal.«

Bedrückt blickte Hal auf sein Schwert und dachte wieder über die Buchstaben nach. Erschöpft und benommen sah er zu, wie das Blut in den Vertiefungen trocknete. Plötzlich flammte Licht auf, er hörte Stimmen und hatte das Gefühl, als tauche er aus einem tiefen, dunklen See auf.

»Bei allen Heiligen«, sagte eine bekannte Stimme, »das ist ja das reinste Leichenhaus hier.«

Es kostete Mühe, den Kopf zu heben. Er sah in ein grinsendes Gesicht.

»Kirkpatrick«, Hal sprach mühsam wie ein Betrunkener. »Du kommst etwas spät.«

Isabel

Du bedeckst Dich mit Licht wie mit einem Kleid und breitest die Himmel aus wie einen Vorhang. Ein Zeichen, Herr, um mein Weinen zu stillen, und ich danke Dir dafür. Ich sah ihn, durch den Rauch hindurch, durch die Menschenmenge hindurch, die über die Schreie der verbrennenden Frau vor Begeisterung johlten, ein dunkler und fremdartiger Engel, unter einer Kapuze und vorsichtig, aber der Einzige, der nicht auf die arme Seele auf dem Scheiterhaufen gaffte, sondern hochsah zu mir. Er weiß, dass ich ihn auch gesehen habe. O Herr, Freude über Freude – ein Zeichen. Alles verändert sich, der Wind dreht sich.

Der Hundejunge.

KAPITEL 7

STADT BERWICK
QUATEMBERTAG, MARIAE HEIMSUCHUNG, MAI 1314

Er hätte nicht hier sein sollen, in diesem Gedränge bei Marygate. Er hörte es förmlich, wie Jamie das sagte, während er sich in das Gewühl stürzte. Du solltest nicht hier in der Stadt Berwick herumlaufen, Aleysandir. Du sollst lieber die Menschen beobachten, wie sie sich in diesem gekauften Waffenstillstand verhalten. Du sollst mich spielen, Aleysandir – sagt der König –, und mein Gesicht ist zu bekannt, als dass du dich den Engländern hier in Berwick so einfach zeigen solltest.

Ich soll mit dir verwandt sein, antwortete der Hundejunge sich selbst voll grimmiger Genugtuung. Dergleichen hätte er gegenüber Jamie niemals laut zu sagen gewagt. Mein Blut ist dein Blut, Jamie Douglas – und wenn du in meinen Stiefeln stecken würdest, würde dein Blut dich auch hierher bringen.

Seine Stiefel waren verdreckt von den Straßen und Gassen, in denen sich »englische Soldaten« drängten, doch in Wahrheit waren es gar keine Engländer, sondern die Lehnsleute jener schottischen Lords, die nach wie vor loyal zu Plantagenet hielten und den Verlust ihrer Gebiete im Norden befürchteten. Es war ihnen jetzt nicht mehr möglich, nach Hause zurückzukehren, sie hatten alles verloren, was ihr früheres

Leben ausgemacht hatte, und die Armee war alles, was ihnen noch blieb. Laut und ungehobelt torkelten sie durch die Straßen, immer auf der Suche nach Huren und Alkohol, aber vor allem auch nach etwas Essbarem.

Das war auch einer der Gründe, weshalb der Hundejunge in die Stadt gekommen war, wo er sich ohne große Probleme unter die anderen ungewaschenen Männer mischen konnte – er war auch nicht mehr als ein weiterer abgekämpfter Soldat mit Eisenhut, mit einem Waffenrock, der mal bessere Zeiten gesehen hatte, und einer ganzen Girlande von Handwaffen am Gürtel.

Er und Jamie wussten, dass die Stadt völlig ausgehungert war, sodass Bier billiger war als Brot, doch die schottischen Adligen, die sich König Edward verpflichtet hatten, warben immer noch um Freiwillige – und es wurde Verpflegung angekarrt, Getreide, Fleisch und Bier, auf Wagen, von Engländern bewacht, die das Wappen von Aymer de Valence, des Earl von Pembroke, trugen.

Da seine Truppen hier waren, musste auch der Earl sich hier aufhalten, aber es waren nur gerade so viel Leute, wie für die Garnison auf der Burg gebraucht wurden und um die Verpflegung zu bewachen. Sie war nicht für die Stadt und auch nicht für die schottischen Lords, sondern für andere bestimmt. Die Vorräte wurden für die Armee hier eingelagert, denn die Burgen, von denen sie sonst ihren Nachschub erhielten, waren in der Hand der Feinde. Das alles deutete darauf hin, dass man in Kürze ein großes Heer von Engländern erwartete. Aber wo waren sie jetzt?

Der Hundejunge hatte gehört, dass die Arbeiten an der Stadtmauer zur Verteidigung von Berwick unterbrochen worden waren, weil die Arbeiter völlig entkräftet waren, und er hatte selbst den halb fertigen Graben und den Schutzwall gesehen, der im Moment nicht mehr war als ein niedriger Deich. Jeder Gaukler mit einer Schweinsblase am Stock hätte die Stadt einnehmen können, aber die Burg selbst flößte einem nach wie vor Respekt ein.

Er hatte auch gehört, man sollte sich Isabel MacDuff ansehen, die in einem Käfig am Schweineturm hing, aber nachdem er sich in Tavishs Wirtshaus einen Lederbecher Warmbier erkämpft hatte, hörte er, dass diese Attraktion schon wieder von einer anderen abgelöst worden war. Denn unterhalb der Burgmauer wurde eine Hexe verbrannt. Die Menge versammelte sich bei feuchtem Seenebel, der hereingezogen war, erwartungsvoll und gierig, Menschen, die eigentlich Brot gebraucht hätten, sich aber stattdessen mit Blut zufriedengaben.

Der Hundejunge ließ sich mittreiben, zusammen mit den Napiers und den Harpers und den Butlers aus Edinburgh und Lothian, die sich neben den mürrischen MacDougalls und McNabs drängten, die noch hinter den Mounth-Bergen beheimatet waren und sich alle inständig wünschten, sie wären nicht hier, in dieser südlichen Stadt, wo niemand echtes Schottisch sprach.

Der Hundejunge wurde geschubst und gepufft und antwortete mit unwilligem Knurren. Er blickte suchend die Zinnen entlang und kniff in der früh einsetzenden Dämmerung angestrengt die Augen zusammen. Er hatte gehört, man könne sie nur vom Burghof aus sehen, aber damit hätte er wirklich zu viel gewagt. Umso überraschter war er jetzt, als er sie sah.

Nicht im Käfig, sondern hoch auf den Zinnen stand sie, neben Malise – dessen Haare grau geworden waren, wie der Hundejunge bemerkte –, mit einer Kapuze über dem Kopf, dessen Haar immer noch fuchsrot war. Wie Lord und Lady standen sie hoch über der Menschenmenge, und wer die Wahrheit nicht kannte, hätte leicht falsche Schlüsse ziehen können.

Der Hundejunge sah sie eindringlich an, er wollte sie mit seinem Blick zwingen, ihn ebenfalls anzusehen – und schließlich tat sie es auch. Er hatte sich nicht geirrt, er sah sie zusammenzucken wie ein Fisch am Haken, und er war sicher, dass sie ihn erkannt hatte. Aber die Ankunft der Hexe verursachte so viel Tumult, dass er bald nur noch damit beschäftigt war, nicht umgestoßen zu werden.

Die Frau war umgeben von einem Klüngel Weihrauch schwenkender Priester und einem psalmodierenden Mönch. Mit nichts als einem langen Hemd bekleidet und bewacht von bewaffneten Männern mit finsteren Gesichtern, die von der Burg abgestellt waren, stolperte sie dahin. Ihr Gesicht war grau und starr vor Angst.

Der Hundejunge kannte sie. Er kannte sie und ihren Ankläger, den kleinen Mann mit dem spitzen Gesicht, der mit stolz erhobenem Kopf einherschritt und sich in dem Triumph sonnte, dies alles bewirkt zu haben. Frixco de Fiennes blickte nach links und rechts, aber niemals hinter sich auf die Frau, die er zum Tode verurteilt hatte. Der Hundejunge fragte sich, wo Aggies Kind jetzt wohl sein mochte.

Es war leicht, die lange, wortreiche Anklage zu durchschauen, die immer wieder vom Gebrüll und Geheul des Pöbels übertönt wurde. Frixco erklärte Aggie zur Verräterin, die die Schotten nach Roxburgh hereingelassen hatte, indem sie teuflische Zaubersprüche angewandt hatte, um sie unsichtbar zu machen. Die Tatsache, dass es die Kirche war, die den Tod der Frau beschlossen hatte und nicht der Truchsess von Berwick, sprach dafür, dass zumindest nach dem Landrecht die Beweise äußerst dürftig waren. Die Kirche brauchte keinen anderen Beweis als das Geständnis der Frau, und ihre zerquetschten Finger und ihr zerschundenes Gesicht zeugten davon, mit welchen Mitteln das erreicht worden war.

Jetzt war sie eine Hexe. Keine Frau, denn bei einer Frau müsste jeder verhörende Priester nach dem Verhör seine Seele erforschen und sich fragen, was er mit ihr gemacht hatte. Aber in diesem Fall galt: *Du sollst nicht dulden, dass eine Hexe am Leben bleibt.* Also war das weinende, gebrochene Häufchen Elend, das man an den Pfahl band, keine Frau, die Mitleid verdiente.

Sie wurde angekettet, wie der Hundejunge bemerkte, denn Stricke würden verbrennen, sodass sie womöglich ihren Anklägern vor die Füße stürzen würde.

Die Priester beschmierten ihr die Fußsohlen und Beine mit Pech und verteilten es auch über ihr Hemd, sodass es noch aufreizender an ihrem Körper klebte. Ein rotgesichtiger, betrunkener Soldat mit schlechten Zähnen, seine Hand im Schritt, brüllte sie an, dies sei jetzt ihre letzte Gelegenheit noch mal richtig zu vögeln, ehe sie in die Hölle käme.

»Du vollgefressener Drecksack«, knurrte der Hundejunge und versetzte ihm einen Stoß mit dem Ellbogen, sodass er zusammenklappte und einen Schwall billigen Biers über die Schuhe der Umstehenden kotzte.

Einer Dame immer in Treue dienen. Sie bewahren vor Not und Gewalt …

Die Priester forderten Aggie nochmals ernst und scheinheilig auf, ihre Sünden zu bereuen, und der Hundejunge verzog verächtlich den Mund. Heute war ein Quatembertag.

Durch Rauch und Nebel hindurch sah der Hundejunge jetzt wieder Isabels Augen – zumindest bildete er es sich ein –, ehe er sich abwandte und durch die Menge davonging, hinunter zum Schottischen Tor und der Brücke.

Frixco de Fiennes war ziemlich betrunken, sowohl vom Wein als auch von seinem Triumph. Er hatte seinen Bruder an der Verletzung sterben sehen, die man ihm in Roxburgh zugefügt hatte, und er hatte feststellen müssen, dass er ohne ihn dieses trostloseste aller Geschöpfe war, ein Adliger, aber von so niederem Rang und noch dazu ein Gascogner, dass er nicht mehr wert war als ein Haufen Mist.

Er besaß kaum einen roten Heller, deshalb hatte er eine Arbeit angenommen, und zwar bei den zermürbten Beamten, die immer noch versuchten, König Edwards Gesetze auszuführen, in einem Land, in dem er schon längst keine Macht mehr besaß. Er hatte bald gemerkt, dass er in den Jahren, in denen er auf Roxburgh die Bücher geführt hatte, zu einem geschickten Rechner geworden war, für den eine Mark zwei Drittel von einem Pfund waren, ein Schilling zwölf Silberpennys und ein Zwanzigstel von einem Pfund, und dass bei allem der Penny die einzige echte Münze war.

Er hatte auch gelernt, dass es eine neumodische Art des Rechnens gab, bei der man ein gottloses maurisches Zahlensystem benutzte, das angeblich alles einfacher machte, zumindest behaupteten das die jungen Schreiber, die das eingeführt hatten. Frixco hatte seine eigenen Zukunftschancen überschlagen, und sie waren nicht rosig.

Es war Aggies Unglück gewesen, dass sie ausgerechnet in diesem Moment bei ihm auftauchen musste und ihn um Hilfe und Unterstützung für »sein Kind« bat. Er hatte sie aus reiner Verzweiflung angezeigt – aber es hatte ihm auch eine Belohnung eingebracht, die er für Kleider und Wein ausgegeben hatte. Jetzt verließ er stolpernd den stinkenden Scheiterhaufen und überlegte, wo er auf dieselbe Art weiteres Geld verdienen konnte.

Er stieß mit einem Mann zusammen, sosehr war er in Gedanken gewesen. Frixco, besorgt darüber, dass er einen von den vielen Hundert Bewaffneten verärgert haben könnte, die hier grölend durch die Straßen zogen, stammelte eine Entschuldigung – dann erkannte er das Gesicht des anderen.

Er riss die Augen auf, völlig verwirrt, er kannte das Gesicht, konnte es aber nicht zuordnen … dann kam ihm die Erleuchtung so plötzlich, als sei ihm ein Apfel auf den Kopf gefallen. Er sah das schwarze Haar und das bärtige Gesicht, wie er es in Roxburgh gesehen hatte, der finstere Ausdruck und die Stahlklinge in seiner Hand.

Der Hundejunge und Frixco starrten sich einen langen Augenblick an. Der Hundejunge wusste, dass er erkannt worden war, somit war Berwick jetzt für ihn erledigt. Eine plötzliche wilde Freude erfasste ihn.

»Einer Dame immer in Treue dienen. Sie bewahren vor Not und Gewalt«, knurrte er und versetzte Frixco einen Faustschlag ins Gesicht, wobei er sich wünschte, er hätte den Dolch in der Hand. Er machte einen Satz über den Mann hinweg, der im Straßenkot lag, und rannte die Straße hinunter. Doch er lief nicht lange, dann verfiel er in einen zügigen Schritt und bahnte sich einen Weg durch die Menge, die vom Scheiterhaufen zurückkam.

Er war vielleicht hundert Schritte weit gegangen, da hörte er die Schreie in der Ferne, klar und gespenstisch drangen sie durch den Nebel zu ihm.

»Der Schwarze ist in Berwick! Hütet euch! Der Schwarze Douglas ist in Berwick!«

DAS MEER VOR COLONSAY
ZUR GLEICHEN ZEIT

Die *Señor Glorioso* war einem Schiff insofern ähnlich, erklärte Pegy, als sie schwamm und Segel hatte. Doch davon abgesehen hätte sie auch gut und gern ein Ochsenkarren sein können, und trotz der angeblichen Großzügigkeit des Großmeisters Ruy Vaz, der sie ihnen geschenkt hatte, war Pegy mürrisch und überzeugt, dass sie den schlechteren Tausch gemacht hatten.

Das sagte er nicht nur einmal auf ihrem Heimweg zurück nach Schottland, und für Hal, der abwechselnd in seinen Fieberträumen versank und wieder auftauchte, war der Grund klar: Das neue Schiff war für lange Strecken auf dem Mittelmeer gebaut, und seine Takelage, die Spiere und Segel waren für die alten Koggenschiffer der *Bon Accord* so exotisch wie ein sechsbeiniges Fohlen.

Das Lateinersegel mit seinen dreieckigen, unhandlichen Rahen blieb Niall Silkie, Angus und Donald bis zum Schluss ein Rätsel, während Somhairl sich mit der großen Ruderpinne genauso wenig anfreunden konnte. Pegy, der kein Gefühl für die Geschwindigkeit des »großen Biests« hatte, konnte zwar mit einiger Mühe feststellen, wo sie gerade waren, doch wollte er sich nicht dazu äußern, auf welchem Kurs sie sich befanden. Er wusste nur, dass sie überladen waren, und betete um gutes Wetter.

Irgendwo saß der Teufel und lachte.

Der Wind frischte auf, als sie Colonsay umrundeten – zumindest war Pegy sich ziemlich sicher, dass es Colonsay war –, und die Mannschaft reffte die Segel, so weit sie es für nötig hielten, worauf die *Señor Glorioso* anfing zu schlingern und zu rollen. Dann blies der Wind den Seenebel fort, nahm alle Kraft zusammen und jagte sie mit einem heulenden Südwester direkt auf die Küste zu.

BERWICK
EIN PAAR STUNDEN SPÄTER

Sein Rücken tat ihm weh vom geduckten Hocken, und er hätte schwören können, er hörte es knacken, als er sich endlich aufrichtete und sich in Dunkelheit und Nebel hervorwagte aus der stinkenden Gasse, in der er sich verkrochen hatte. Es kam ihm wie eine Ewigkeit vor.

Bestimmt haben sie es inzwischen aufgegeben, dachte der Hundejunge. Es war Stunden her, seit sie Alarm geschlagen hatten, aber jetzt war es dunkel, und der Seenebel über der Stadt war noch dichter geworden. Er hatte schon vor mindestens einer Stunde gehört, wie die Soldaten das *couvre-feu* ausriefen, also müssten die dunklen, nassen Straßen jetzt leer sein.

Aber sie waren nicht leer. Die Fackeln, die im wabernden Nebel tanzten, beleuchteten Trupps von Männern, die noch immer nach ihm suchten. Der Schwarze Douglas war in Berwick eingeschlossen, und früher oder später würde man ihn aufspüren. Der Hundejunge verwünschte seine Ähnlichkeit mit Jamie. Und gleich darauf verwünschte er seine eigene Dummheit.

Er trat aus dem Schatten der Dreifaltigkeitskirche und wäre beinahe mit einem dicken Mann zusammengestoßen, der eine spuckende Fackel trug und über dessen Gesicht sich eine alte, zusammengezogene Narbe vom verbundenen linken Auge über die Wange hinab bis zum Unterkiefer zog.

»Der Schwa…«, schrie er, da zertrümmerte ihm auch schon

der Schwertgriff des Hundejungen die Stirn, und er fiel um wie ein geschlachteter Ochse. Aber der Schrei war gehört worden. Man hörte Rufen. Die Fackeln bewegten sich auf ihn zu, und er rannte los.

Er raste durch die stockdunklen Gassen, nahm Treppen, schlitterte über Pflastersteine, durchquerte Hinterhöfe und schlängelte sich wie ein Fuchs durch gewundene Gassen, eng wie Tunnel.

Er entfloh geschickt jedem Lichtschein, der hinter ihm erschien, und hielt auf das wuchtige Gebäude zu, das einst den Fratres Saccati gehört hatte, denn gleich daneben war das Brückentor, das Tor, das zur Furt und in die Freiheit führte.

Wie eine kopflose Krähe schoss er von einem Versteck zum nächsten, raste Wendeltreppen hinauf und blieb zwischendurch stehen, um ein Wasserfass umzuwerfen, dessen Inhalt sich auf seine Verfolger ergoss. Kurz darauf blieb er wieder stehen, um die Tür eines Schweinestalls zu entriegeln und lachend dessen Bewohner freizulassen.

Er landete in einer Sackgasse, wo er seitlich auf ein Sims sprang, von dort auf einen Balkon und hinunter in einen neuen Hinterhof, von wo aus er seine Verfolger mit spöttischem Gelächter, lauten Flüchen und Töpfen bombardierte und einmal sogar mit einer schweren Pastetenform, die zum Einweichen im Regen stand. Türen und Fensterläden wurden zugeschlagen, Kinder und Frauen kreischten, Hunde bellten.

Er sprang und rutschte über steile Dächer, riss Schieferplatten ab und schleuderte sie hinab, schwang sich an den gaffenden, offenen Mäulern von Wasserspeiern entlang und einmal auch in ein Fenster, das fahrlässigerweise offen stand.

Die Frauen im Raum kreischten, und er hielt gerade lange genug inne, um eine spöttische Verbeugung zu machen und sie mit schweißnassem Gesicht anzugrinsen, ehe er den vollen Nachttopf ergriff und zum Fenster hinaus goss. Er hörte einen Fluch und das Zischen einer erlöschenden Fackel, doch im nächsten Moment war er schon an der Tür und stürmte die Treppe hinab, von dort in den Hinterhof.

Irgendwo in der Silver Street schwang er sich auf ein Sims und weiter hinauf zu einem nutzlosen kleinen Balkon, an dessen Spindelsäule er auf das Schieferdach hochkletterte, wo er rittlings auf dem steilen First saß wie auf einem Pferd, den Rücken zum Schornstein. Er keuchte, und der Schweiß lief in Strömen an ihm herab, aber immer noch tanzten die Fackeln, immer noch hörte er aufgeregte Stimmen.

Er war ihnen entwischt. Jedenfalls fürs Erste.

Trotzdem war er seinem Ziel kaum näher gekommen. Er erkannte die roten und weißen Handelshäuser der ausländischen Wollhändler. Damit war er nahe am Maison Dieu, zu dem durch Stadtgraben und Mauer ein eigenes Tor führte, dicht genug an der Furt, sodass er es wagen konnte, sobald die Fackeln erst verschwunden waren.

Doch immer noch flackerten sie auf. Der Hundejunge segnete im Stillen den Silberschmied, dessen Haus dies war, weil er aus Eitelkeit diesen albernen kleinen Balkon errichten ließ. Hier oben, dachte der Hundejunge, bin ich sicher bis zum Morgen, wenn der Nebel sich verzieht. Das bedeutete ein paar Stunden Ruhe, sodass sich die Aufregung legen konnte. Unten hörte er die frustrierten Rufe seiner müden Verfolger, und er musste ein Lachen unterdrücken, weil sie über ihre Verletzungen und die ausgebrochenen Schweine schimpften.

Dann hörte er das Pferdegetrappel, das vom Brückentor heraufkam, er hörte, wie Stimmen nach ihm riefen. Noch immer draußen, lange nach *couvre-feu* und zu Pferde, dachte der Hundejunge – das muss ein Ritter oder ein Soldat sein, auf jeden Fall ein wichtiger Mann mit einer wichtigen Aufgabe.

Doch ganz offensichtlich beteiligte sich der wichtige Mann an der Suche, denn er stand in den Steigbügeln und hielt eine Fackel hoch, offensichtlich um die Dächer zu beleuchten. Zweifellos wegen der ausgesetzten Belohnung, dachte der Hundejunge, aber auch für den Ruhm, der demjenigen sicher war, der den gefürchteten Schwarzen Douglas festnahm. Wieder konnte der Hundejunge bei dem Gedanken ein Lächeln nicht unterdrücken.

Er sah, wie der Reiter mit seiner zuckenden Fackel näher kam, er trennte sich von den Männern, die zu Fuß im unteren Teil der Stadt weitersuchten. Der Hundejunge wand sich aus seinem gesteppten Wams, das zu warm war und ihn behinderte, aber er wollte es nicht ganz aufgeben, deshalb legte er es sich über den Arm wie einen Schild und glitt, so leise er konnte, auf das Straßenpflaster, in der anderen Hand das Schwert. Der kühle Nebel drang durch sein schweißnasses Hemd wie ein Messer.

Er sah den Hofplatz der Silver Street mit seinem kleinen Marktkreuz, ein niedriges Steinkreuz auf einem Sockel, am oberen Ende ein Ring – und plötzlich hatte er einen Einfall.

Schnell bekleidete er das Kreuz mit seinem Waffenrock und seinem Eisenhut, sah einen Moment bedauernd auf seinen Panzerstecher, steckte ihn dann aber quer durch den Rock, wobei er den rechten Ärmel mit der scharfen Spitze auf der Brust befestigte. Er trat zurück, bewunderte kurz sein Werk, dann lief er dem Reiter entgegen, der im Schritttempo näher kam.

Er hielt dramatisch inne und machte dann kehrt, wie jemand, der gemerkt hatte, dass er entdeckt worden war.

»Heda, halt!«, hörte er jetzt den Mann rufen, der sein Pferd antrieb und ihm folgte.

Als der Reiter den Platz erreichte, sah er den Mann, der dort stand und auf ihn zu warten schien, die blitzende Klinge quer vor der Brust. Der Mann hatte einen Eisenhut auf dem Kopf und sah nicht so aus, als wolle er wegrennen. Der Reiter grinste. Er selbst war gepanzert und bewaffnet, er trug einen Helm und war ein geschickter Kämpfer, wie es alle königlichen Kuriere waren, die den Wappenrock mit den Löwen Englands trugen.

»Ho«, sagte er und rutschte vom Pferd, das Schwert gezogen. Er wollte auf dem glatten, rutschigen Kopfsteinpflaster des Hofes nicht vom Pferd aus angreifen, außerdem würde es seinen Ruhm noch vermehren, wenn er diesen Geächteten zu Fuß festnehmen könnte. Doch der Kerl war verdammt stattlich, wie er jetzt feststellen musste. Vielleicht hätte er doch auf dem Pferd bleiben sollen.

»Ergibst du dich?«, fragte er. Er bekam keine Antwort, was ihn ein wenig nervös machte. Er überlegte, ob er die anderen rufen solle, die Männer von der Garnison, aber er wollte den Erfolg nicht mit anderen teilen, also trat er schnell vor – und schlug zu.

Der klirrende Aufprall ließ seinen Arm schmerzhaft vibrieren. Er fluchte und wich zurück. Mit der tauben Hand konnte er kaum sein Schwert festhalten. *Nom de Dieu*, trug der Mann etwa irgendeinen neumodischen Panzer unter seinem gepolsterten Wams?

Der Hieb kam von hinten und warf ihn mit dem Gesicht aufs Pflaster, wo er keuchend und zuckend lag und keine Luft bekam. Mit einem Rest seines Verstandes, der hauptsächlich mit der Frage beschäftigt war, ob man ihn zum Krüppel oder gar totgeschlagen hatte, sah er, dass das, was er angegriffen hatte, ein verkleidetes Steinkreuz war und dass der, der ihn von hinten getroffen hatte, sich jetzt auf sein Pferd schwang.

Der Mann lenkte das Pferd herum, grinste ihn an und salutierte spöttisch, die Wassertropfen in seinem schwarzen Bart glänzten wie Perlen.

»Ich hätte dich umbringen können. Denk daran und lass sie wissen, dass Aleysandir von Douglas ihnen heute entkommen ist«, sagte der Mann laut. »So mutig wie der Schwarze Sir James – nur dass er besser aussieht.«

Dann verschwand er mit lautem Hufgetrappel und höhnischem Gelächter, und dort, wo er gestanden hatte, breitete sich wieder Nebel aus.

FIRTH OF LORN
TAG DES HEILIGEN RONAN VON LOCRONAN, JUNI 1314

Unrasiert, hohläugig und todmüde stolperte die Mannschaft an diesem Morgen an Deck, der Wind hatte sich beruhigt, und sie konnten sich wieder Grüße, Neuigkeiten und Obszönitäten zurufen.

Das Brot war aufgeweicht und schimmelig, der Käse so ranzig, dass sie ihn über Bord warfen, und Hal wusste, dass es schlimm um sie bestellt sein musste, wenn die Seeleute sich entschlossen, Essen fortzuwerfen, wo sie doch normalerweise alles aßen. Sie kauten auf Speck herum, der so hart war wie die Erbsen, mit denen er gekocht worden war, und spülten alles mit Wasser hinunter, das sie durch ein Leinenhemd gegossen hatten, um den gröbsten Unrat herauszufiltern. Die *Señor Glorioso* rollte und stampfte schwerbeladen dahin und schien nicht mehr ganz dicht zu halten.

Hal, der schweißgebadet dasaß, hatte noch immer keinen Appetit, und Sim war so sehr mit Kotzen beschäftigt, dass er an Essen gar nicht denken konnte.

»Wenn es so bleibt«, sagte Pegy optimistisch und blickte zum Himmel hinauf, »dann könnten wir in einer Woche in Oban sein, vielleicht schon früher.«

»Wenn es so bleibt?«

Pegy zuckte die Schultern. Tatsächlich gefiel ihm der bleigraue Himmel überhaupt nicht. Er erwartete, in ein ziemliches Unwetter hineinzugeraten, das in weniger als einem halben Tag über sie hereinbrechen könnte. Doch er behielt seine düstere Prognose für sich.

»Wie geht es Euch?«, fragte er stattdessen. »Ist Eure Wunde heute schon behandelt worden?«

Hal knurrte, denn die Erinnerung daran war fast genauso schlimm wie der Schmerz, den er ertragen hatte, als Somhairl, vor Konzentration auf seine Lippe beißend, ihm den Eiter ausgedrückt hatte.

»Grün war er«, sagte Hal, »genau wie Sims Gesicht. Ich gehe davon aus, dass die Chancen, Oban um diese Jahreszeit ohne Schwierigkeiten zu erreichen, nicht gerade gut stehen?«

Pegy runzelte die Stirn und kaute an seinen Schnurrbartenden.

»Tja, wir müssen es halt versuchen. Wir haben ohnehin keine andere Wahl, es sei denn, wir steuern eine der kleinen Inseln an und warten dort ab, bis das Wetter sich beruhigt hat.«

»Das könnte Stunden dauern, oder Tage«, sagte Hal. Er zuckte zusammen, als er seinen Arm in eine bequemere Stellung brachte. »Ich halte nicht viel davon, tagelang in einem Schuppen aus Treibholz zu sitzen und mich von Krebsen und Heringen zu ernähren. Außerdem wären dann alle unsere Bemühungen umsonst gewesen.«

»Stimmt«, sagte Pegy. »Ihr wärt in einem Holzschuppen kein angenehmer Gesellschafter. Aber seht es mal von der anderen Seite, Mylord, dieser Wind bläst wenigstens die Mücken fort.«

»Solange er uns dahin bläst, wo Bruce auf uns wartet«, brummte eine Stimme, »kann er heulen, so viel er will. Wo sind wir, Pegy?«

Mit missbilligendem Gesicht wandte sich der Kapitän Kirkpatrick zu.

»Ihr werdet Eure Meinung schon noch ändern, wenn der Wind Euch erst richtig zu seiner Musik tanzen lässt«, erwiderte er. »Außerdem sind wir im Firth of Lorn, dort, wo er sich verengt, das letzte Stück vor Oban. Kein guter Ort, um in einen Sturm zu geraten.«

»Du lieber Himmel, und das nennt sich nun Sommer«, sagte Kirkpatrick bitter. »Man sollte doch meinen, da müsste das Wetter besser sein.«

Die Umstehenden lachten, am lautesten Somhairl, der über Kirkpatricks Worte spöttisch den Kopf schüttelte. Dieser warf ihm einen vernichtenden Blick zu, ehe er sich wieder Pegy zuwandte.

»Bringt alle Segel raus, oder wie ihr Seeleute es auch immer ausdrückt. Je eher wir Oban erreichen, desto eher kommt unsere Fracht beim König an.«

»Und Sims Eingeweide sind auch wieder da, wo sie hingehören«, sagte Hal, der sich plötzlich hinsetzen musste, als ihn ein neuer Fieberschauer überfiel.

»Ja, richtig«, erwiderte Pegy und schlug sich spöttisch an die nasse Stirn, »die Segel rausbringen, ganz wie Eure Lordschaft befehlen. Wenn nur irgendjemand hier an Bord eine

Ahnung hätte, wie dieses Biest von einem Schiff darauf reagiert …«

Sie schlingerten weiter, nass und schwer wie eine Kuh auf der Weide. Der Wind kam von Osten, und die Männer sangen dazu, auch um sich selbst aufzumuntern, während sie Segel setzten.

Hal blieb auf dem Vordeck, bis sein Gesicht vor Salz starrte und seine Augen blutunterlaufen waren. Hier entdeckte Pegy ihn Stunden später und ließ ihn von Angus und Donald in Sicherheit bringen, denn der Sturm war stärker geworden. Die See war grün und wusch über das Stufenheck – eine Art Achterkastell, auf dem Vordeck gab es nichts dergleichen –, die Segel schlugen und flatterten, und die Männer hatten zu kämpfen, um sie einzuholen.

Da Pegy jetzt alle pumpen und ausschöpfen ließ, wurde langsam auch dem Letzten klar, dass das Schiff zu viel Wasser aufnahm und zu schwer beladen war, um diesen Sturm auszureiten.

»Wir sinken«, sagte Pegy zu Kirkpatrick und Hal ohne Umschweife. »Wir müssen Land erreichen.«

»Wo?«

Sie schrien sich über das Tosen des Windes an und klammerten sich an Tauen fest. Pegy brüllte, wo sie seiner Ansicht nach sein mussten, und Kirkpatrick kniff die Augen zusammen. Es hatte angefangen zu regnen, aber nasser, als die Männer ohnehin schon waren, konnten sie nicht werden.

»Ich glaube, wir sind nicht weit von Craignish. Wir könnten schon in dem kleinen Loch vor der Burg von Craignish und den Campbells sein, die gute Freunde unseres Königs sind.«

Pegy dachte nach.

»Ja, stimmt«, sagte er schließlich. »Wir könnten in der Tat

im Gewässer vor Craignish sein, wie Ihr sagt. Wir könnten dann bei Islay durch den Sund fahren und hoffen, dass der Wind sich etwas dreht, damit wir wieder auf Kurs nach Norden kommen.«

»Ich versteh zwar nicht viel davon«, brüllte Kirkpatrick, »aber ich weiß, dass das ein zu weiter Umweg wäre und uns nicht viel nützen würde. Können wir nicht weiterfahren wie bisher, direkt hoch nach Craignish, um Scarba herum?«

»Das wäre kürzer, aber bei diesem Sturm ...«, brüllte Pegy zurück.

»Wenn sie sinkt«, gab Kirkpatrick zurück, »dann können wir uns auch keinen Umweg leisten, Pegy. Und wenn wir in diesem Zustand versuchen, sie durch den Sund von Islay zu bringen, riskieren wir, dass sie an die Küste geworfen wird, und dann werden diese Inselratten sie ausrauben und keinen Gedanken daran verschwenden, was das für das Königreich bedeutet. Wir müssen den direkten Kurs nehmen.«

»Aber ...?«, wollte Hal einwerfen. Aber Pegy ließ ihn nicht zu Wort kommen.

»Eure Lordschaft haben einen scharfen Verstand«, sagte Pegy, dem es nicht recht war, dass man ihn offenbar für ängstlich hielt. »Aber ... wenn der Wind uns auf dem jetzigen Kurs weitertreibt, wird es schwer zu verhindern sein, dass wir an die Küste von Jura oder Scarba getrieben werden. Oder durch den Corryvreckan.«

Die Männer, die das mitbekommen hatten, unterbrachen ihre Arbeit. Ihre Mienen verrieten Sorge, wenn nicht Entsetzen. Hal und Kirkpatrick blickten sich an. Das also war der wahre Grund für Pegys Bedenken.

»Ist das so gefährlich?«

»Es heißt, dort auf dem Meeresgrund wäscht die Caillaich

Bheur ihre großen Laken«, erklärte Pegy, »und das verursacht die hohen Wellen.«

Die Cally Vaar – selbst Hal kannte den Namen dieser alten heidnischen Hexe, der eisigen Wintergöttin, und er bekreuzigte sich.

»Coire Bhreacain«, erklärte Somhairl mit ernstem Gesicht, um dann genauso düster hinzuzufügen: »Der Corryvreckan, Hexenkessel des Meeres.«

»Ach, hört doch auf, ihr zwei«, erwiderte Kirkpatrick etwas unsicher. »Mein Gott, Seeleute sind doch noch schlimmer als alte Weiber. Umfahrt einfach diesen Hexenkessel und bringt uns sicher zum Loch Craignish.«

»Aye, aye, Mylord«, erwiderte Pegy und trieb die Mannschaft zur Eile an. Die Männer entwirrten zerfetzte Lateinersegel und fluchten über die Taue, die die eiternden Schwielen an ihren Händen immer wieder aufrissen. Langsam und taumelnd wie ein müder Ackergaul nahm die *Señor Glorioso* Kurs auf die unsichtbare Küste, und Pegy, der abwechselnd betete und fluchte, hätte schwören können, er höre den Teufel lachen, aber vielleicht war es auch nur der Wind.

Einige Stunden später und mit einer Präzision, die Pegy nur als teuflisch bezeichnen konnte, nahm der Wind wieder zu, er wurde zu einem irren Heulen, und die *Señor Glorioso* scheute wie ein störrischer Esel, für den Pegy sie schon immer gehalten hatte. Dann aber fing sie an zu rennen.

Die schwitzende Mannschaft konnte nichts tun, um sie zu bremsen, weder Somhairls Geschick noch seine Kraft am Ruder noch Angus, Donald noch die anderen, die todesmutig auf dem nassen Deck umherschlitterten, in die Takelage kletterten und Segel einholten, bis praktisch nichts mehr übrig war.

Hal hörte es, ehe er es sah, ein dumpfes Brüllen, das seinen Blick auf die Umrisse der Inseln lenkte, die im Seenebel nur undeutlich zu erkennen waren. Dann sah er die schäumenden weißen Wellenköpfe, den großen Wirbel des Mahlstroms.

Ein Kopf tauchte neben ihm auf, und Sim blickte entsetzt auf das tobende, aufgewühlte Meer, auf das sie geradewegs zufuhren.

»Gott steh uns bei«, entfuhr es Sim, und Hal bekreuzigte sich.

Der Corryvreckan erwartete sie mit tief hängenden grauen Wolken, boshaft und schadenfroh, umgeben von dunklen Bergen und mit unzähligen versteckten Riffen unter der Wasseroberfläche.

»Der Höllenschlund«, brüllte Pegy fast trotzig, als die *Señor Glorioso* sich hineinstürzte und sofort seine Opfer forderte. Der erste Seemann verschwand, mitgerissen von einer Welle, die aus dem Nichts kam. Mit einem verzweifelten Aufschrei und wirbelnden Armen wurde er über Bord gerissen.

Der Nächste war sein Freund, der beim Versuch, ihn zu retten, hinter ihm hertaumelte. Er rief, man solle anhalten und umkehren, was ein guter Witz gewesen wäre, wenn ihre Lage nicht so traurig gewesen wäre. Er drehte sich wie anklagend um, ließ die Leine los, um seiner Bitte mit beiden Händen Nachdruck zu verleihen, und verschwand mit der nächsten Woge, die über das Schiff hinwegging.

»Festhalten, Jungs!«, schrie Pegy. Etwas anderes konnten sie jetzt auch nicht mehr tun, dachte Hal. Festhalten und diesen Wahnsinn durchstehen, wie ein Ritter im Kampfgetümmel.

Jetzt drückte die aufgewühlte, kochende See die *Señor Glorioso* auf die Seite, aber das Gewicht der Fracht, die sich unter Deck verlagert hatte, riss sie wieder zurück, sodass sie aus den Strudeln auftauchte wie ein wilder Tänzer, der sich aus einem Wirbel gelöst hatte, um gleich darauf wieder von der Wucht einer Flutwelle erfasst zu werden.

Hal kam es vor, als explodiere das Wasser unter dem Schiff, es bäumte sich auf wie ein angreifendes Schlachtross, Spiere, Planken und Menschen wurden durch die Luft geschleudert wie Spreu, ihre Schreie gingen im Toben des Sturmes unter.

Verzweifelt klammerte Hal sich fest. Der Schmerz in seinen Armen brüllte noch lauter als der Sturm. Jetzt wurde das Schiff krachend niedergeschmettert, hilflos wälzte es sich im Wasser. Der Mast knackte, sein weißes Holz sah aus wie splitternde Knochen, dann brach er, Takelage und Segel, in denen sich Männer verheddert hatten, landeten teils auf Deck und teils im Wasser. Als die *Señor Glorioso* endlich zuckend und schlingernd dem tödlichen Strudel entkommen war, war sie ein Wrack.

Hal hörte, wie Kirkpatrick aufschrie, er drehte sich halb um und sah von links etwas Großes, Schwarzes kommen, es wurde immer größer, so groß wie die ganze Welt, dann traf es ihn, und es wurde dunkel.

NEWMINSTER, NORTHUMBERLAND
TAG DES HEILIGEN ERASMUS VON FORMIAE, JUNI 1314

Die Luft war von Gesumm und Gestank erfüllt, und John Walwayn wusste, dass das die typischen Anzeichen waren, wenn sich ein Heer versammelte. Das Gesumm war das Gemurmel der Männer, ihre Fragen, Begrüßungen und Beschwerden. Der Geruch stammte von Mist, Leder, dem alten Schweiß zu vieler ungewaschener Körper und einem beißenden Gestank, von dem er nur zu gern angenommen hätte, es sei die Angst, aber in Wirklichkeit war es die Pisse der vielen zwei- und vierbeinigen Lebewesen hier.

Typisch war auch das furchtbare Gedränge, das immer dichter wurde, je näher man dem König kam. Walwayn bahnte sich mit Schultern und Ellbogen einen Weg durch die Menschenmenge, wobei er auf niedrigere Ränge keine Rücksicht nahm – davon gab es allerdings nicht viele – und sich vor höheren entschuldigend verbeugte.

Denn er war ein *clericus peritus lege* – ein Mann, der sich mit den Gesetzen auskannte, ein Schreiber des Earl von Hereford. Er war berechtigt, Gericht zu halten, und durfte im Namen seines Herrn, des Konstablers von England, verhören und Recht sprechen.

Und das war der Grund, weshalb die Großen und Tapferen, die wussten, wen dieser kleine Schnüffler vertrat, ihm Platz machen und den Mund halten mussten, wenn er vor ihnen zum König durchgelassen wurde.

Er spürte, wie sie ihn von hinten mit den Augen durchbohrten. Er hörte sie knurren, jemand sprach in einer fremden Sprache, vielleicht war es Deutsch oder Flämisch. Hainaults Leute, dachte er und war froh, dass er es nicht verstanden hatte und nicht zu reagieren brauchte.

In dem schwülwarmen Raum kniete er nieder und wartete. Einst war es das Zimmer des Abts gewesen, aber die Schlichtheit der Mönche war lange vergessen, hier herrschten jetzt die Bequemlichkeiten eines königlichen Haushalts, für den allein zwanzig Wagen benötigt wurden.

Ein Feuer brannte im Kamin – trotz der schwülen Wärme, die sogar bis ins Innere des Gebäudes drang –, und der Schein teurer Kerzen ließ die Täfelung aus Eichenholz glänzen und beleuchtete eine lange Tafel, auf der gesiegelte Pergamente lagen. Ein Teller mit gewürzten Fleischstücken, die mit Brotkrumen bestreut waren, war halb begraben unter den Schriftrollen, aber die Reste, die unvorsichtige Esser verstreut hatten, verteilten sich über den ganzen Tisch.

Der König saß auf einer Seite der Tafel. Er trug ein einfaches grünes Gewand aus Wollstoff, und sein Haar war sorgfältig in Wellen gelegt und vergoldet – eine Marotte, die er sich vor Jahren angeeignet hatte, der goldenen Kappe Gavestons nachempfunden, der jetzt tot war. Walwayn kniete mit gesenktem Kopf, doch unter seinen gesenkten Wimpern blickte er heimlich nach oben. Er fand, dass der König schlecht aussah, doch das mochte auch an seinem grünen Gewand liegen.

Der Windzug ließ die Kerzenflammen tanzen und warf unheimliche Schatten an die Wand. Auch das war ein Anzeichen für eine bevorstehende Schlacht, dachte Walwayn, dass anscheinend niemand schläft, solange der König nicht schläft – und der ist mit Sicherheit viel zu unruhig, um zu schlafen.

»Argyll ist bei der Flotte?«, fragte der König, und Walwayn hörte die untertänige, beruhigende Bestätigung von einem der Männer, die sich um den Tisch drängten. Er erkannte Mauleys Stimme, Truchsess und Befehlshaber der königlichen Haushaltstruppen.

»Der Rote Earl spricht davon, dass er seine Tochter besuchen will«, unterbrach eine Stimme – Beaumont, der Mann, der der neue Earl von Buchan sein wollte. Walwayn wusste, dass sein eigener Herr, der Earl von Hereford, einen gewissen Respekt vor Henry de Beaumont hatte, wenn auch nur wegen dessen Abstammung von einer langen Reihe großer Krieger, außerdem genoss er einen Ruf eines kühnen Draufgängers.

»Der Rote Earl kann reiten, wohin er will«, erwiderte der

König gereizt. »Ich brauche ihn nicht, ich brauche nur die Iren, die er mitgebracht hat. Und seine Tochter bleibt in Rochester, wo sie in Sicherheit ist – das könnt Ihr ihm sagen.«

Walwayn wusste, dass der Rote Earl von Ulster mit Vorsicht behandelt werden musste, denn seine Hilfe war notwendig, seine Lage aber äußerst heikel – die Tochter, die so sicher in Rochester verwahrt wurde, war Bruce' Frau und somit de jure Königin von Schottland. Allerdings erkannten sie dort keinen schottischen König an, ihr Gegenspieler hieß bei allen nur »der Bruce« oder auch schlicht »das Ungeheuer«.

»Ich brauche Fußsoldaten, Mylords«, erklärte Edward, und seine Stimme klang panikartig und fast weinerlich. »Sobald ich welche habe, sind sie auch schon wieder weg. Ich brauche dringend Fußsoldaten.«

»Wir haben zweitausend Berittene, Herr«, antwortete eine beruhigende Stimme. »Das sind mehr als genug, um die schottischen Rebellen niederzuschlagen.«

Der König wandte sich zu dem Sprecher um: der Earl von Gloucester, der junge de Clare, der mit Despenser um die Gunst des Königs buhlte und der, obwohl ein Neffe des Königs, gegen die Reize dieses »neuen Gaveston« nichts ausrichten konnte.

»Ich habe schon früher gegen die Schotten gekämpft, Mylord Gloucester, glaubt mir, wir werden Fußsoldaten brauchen«, sagte Edward entschieden. Trotzdem klang es freundlich, sodass Despenser misstrauisch das Gesicht verzog, doch dann sah er seine Chance und ergriff sie mit beiden Händen.

»Außerdem ist Sir Giles wieder bei uns.«

Der Name ließ alle Anwesenden aufhorchen, und der König lächelte. Sir Giles d'Argentan war der drittbeste Ritter der Christenheit, so hieß es – die beiden anderen waren der Kaiser des Heiligen Römischen Reiches selbst und, was äußerst ärgerlich war, Bruce. Sir Giles war aus der Gefangenschaft der Byzantiner entlassen worden, weil der König das horrende Lösegeld gezahlt hatte, damit er jetzt wie eine Siegesfahne an der Spitze der Armee reiten konnte, die die Schotten besiegen würde.

Walwayn sah, wie die anderen lächelten und zustimmend nickten, Sir Payn Tiptoft, Gloucester, de Verdon. Sie waren damals gerade erst in den Zwanzigern, als diese jungen Männer – darunter auch Gaveston und sein Lord, Humphrey de Bohun – schon im Gefolge des Königs waren, der damals allerdings noch ein Prinz war. Sie alle hatten den älteren d'Argentan verehrt und waren ihm nach Frankreich zu einem Turnier gefolgt, als die Armee des Prinzen in der Wildnis Wallace gesucht hatte. Der wütende Edward I. hatte zweiundzwanzig von ihnen unter Arrest stellen lassen, und jetzt trugen sie dieses gemeinsame Schicksal wie ein Erkennungszeichen, das sie verband.

Das war vor acht Jahren gewesen. Seitdem war der Glanz der Jugendjahre verblasst …

Walwayn wurde aus seinen Gedanken gerissen, als der König sich jetzt an ihn, den noch immer Knienden, wandte.

»Und Ihr seid wer?«, fragte er, doch dann nickte er, als es ihm wieder einfiel. »Aber gewiss doch – Herefords Schreiber und Rechtsgelehrter. Nun, bringt Eurem Herrn dies …«

Er unterbrach sich und suchte danach, als hilfreiche Hände die versiegelte Pergamentrolle fanden, die er brauchte. Walwayn blickte auf und sah zwei Gesichter hinter dem König. Eins war das anzügliche Grinsen von Gilbert de Clare, Earl von Gloucester, das andere das lange, schwermütige Gesicht von Sir Marmaduke Thweng, in dessen Walrossschnurrbart das Licht silbern schimmerte.

Als säßen ein Engel und ein Teufel auf den königlichen

Schultern, dachte Walwayn und erhob sich, nachdem er die Schriftrolle aus der Hand des Königs entgegengenommen hatte.

»Euer Herr und der Earl von Gloucester werden gemeinsam als Befehlshaber die Vorhut anführen«, verkündete der König mit lauter Stimme.

Der Schreiber wurde blass, er zögerte.

»Euer Gnaden?«, sagte er mit zitternder Stimme, und das Augenlid des Königs sackte herab. Auch wenn er nur eine blasse Karikatur seines grimmigen Vaters war, flößte er dem kleinen Juristen aus Hereford doch noch genügend Furcht ein.

»Seid Ihr schwer von Begriff? Oder taub?«

Walwayn fing den warnenden Blick von Engel Thweng auf, er verbeugte sich und ging rückwärts davon, aber ihm war übel bei dem Gedanken, was er da seinem Herrn überbringen musste.

Sir Marmaduke sah, wie der Rechtsgelehrte eilig davonging. Er wusste, was den Mann aus der Fassung gebracht hatte. Gemeinsame Befehlsgewalt. Die de Clares und die de Bohuns waren erbitterte Rivalen, und sie gemeinsam zu Befehlshabern über einen Truppenteil zu machen war das sicherste Rezept für eine Katastrophe. Thweng wusste, der König hatte es als eine Beförderung für seinen Neffen, den jungen de Clare, gedacht. Der Earl von Hereford, Konstabler von England, würde außer sich sein, aber de Clare war nun einmal der neue Günstling. Irgendeinen Günstling hat Edward doch immer, dachte Thweng. Trotz der Tragödie mit Gaveston hat er nichts dazugelernt – und hinter sich spürte er die hasserfüllten Blicke der Despensers.

»Pembroke …«, sagte der König in diesem Moment. »Wo ist der Earl von Pembroke?«

»Sir Aymer ist doch in Berwick«, erklärte Thweng, ohne nachzudenken, doch dann besann er sich auf die Etikette. »Eure Gnaden haben de Valence nach Berwick geschickt, um die Angelegenheiten dort zu überwachen.«

Der König hatte es vergessen, was ihm unangenehm war, und Thweng vermied es, Blickkontakt zu ihm aufzunehmen.

Er verliert die Kontrolle, dachte er. Er hat ja sogar diesen albernen Löwen im Käfig mitgebracht, den er schon anno 1304 mit sich herumschleppte, als er und der Rest seiner Menagerie noch jung waren. Auch vor vier Jahren, bei seinem letzten Versuch, Bruce zu besiegen, hatte er ihn mitgebracht, obwohl der Löwe schon damals zahnlos war und ziemlich mottenzerfressen aussah. Jetzt war er blind und mehr tot als lebendig. Wahrlich ein passendes Symbol für diesen Feldzug.

Doch das Tier erinnert ihn und seine Gefährten an die goldenen Tage der Jugend, dachte Thweng spöttisch, sie können sich nicht davon trennen. Mein Gott, der König hatte ihn ja sogar Perrot genannt, der selbe Kosename, mit dem er auch Gaveston bedacht hatte. Ein dämlicher Name für ein Schoßtier, ganz und gar unpassend für einen Mann.

Ob er womöglich ein Sodomit war? Thweng blickte den König an, während er sich diese Frage stellte. Er war groß und stattlich – der Inbegriff eines Kriegers, aber das musste nicht viel bedeuten. Priester waren es auch, wusste Thweng, und bei Gott, bei den Templern galt es als zweitschlimmstes Vergehen, es kam gleich nach der Sünde der Gotteslästerung. Aber ein Herrscher? Der König selbst?

Thweng erinnerte sich, wie er als Junge manchmal einen Waffenbruder umarmt hatte. Es war nichts weiter gewesen als der Ausdruck von Freundschaft, wie sie beim gemeinsamen Kampf entsteht. Er schob den Gedanken an eine solche königliche Sünde von sich.

Nein, der König liebte keine Knaben, aber ein guter König war er auch nicht, und als Krieger nicht einmal halb so überzeugend, wie er aussah. Thweng bekreuzigte sich heimlich, denn eigentlich war schon dieser Gedanke eine Sünde.

Thweng reckte sich, sein Rücken schmerzte. Um ihn herum wurde über den bevorstehenden Kampf geredet, und das seit Stunden. Er war zu alt für dieses Geschwätz bis tief in die Nacht, und wenn noch weitere Beweise nötig waren, dass dem König die Kontrolle entglitt, dann waren es diese sinnlosen späten Zusammenkünfte.

Es war heiß im Raum, es stank nach nasser Wolle und Verzweiflung, und Sir Marmaduke wäre zu gern hinausgegangen in die Sommernacht, er sehnte sich nach frischer Luft.

CRAIGNISH, ARGYLL
ZUR GLEICHEN ZEIT

Er kämpft sich aus der Dunkelheit empor wie ein Schiff aus dem Mahlstrom, und wieder war der Albtraum da, das Krachen, reißende Geräusche, ein schwaches Licht und tanzende Schatten …

»Dem Himmel sei Dank, Euer Ehren, Ihr seid am Leben.«

Davon war Hal nicht unbedingt überzeugt. Er versuchte aufzustehen, sein Kopf tat ihm zum Zerspringen weh. Eine Hand fummelte an der Falle, die ihn festzuhalten schien, im Dunkeln fluchte jemand, und plötzlich war Hal frei und konnte sich aufsetzen, er hörte Stöhnen und Schreie wie von gequälten Schweinen, dann tauchte im Schein der Fackel ein Gesicht auf, klitschnass, aber grinsend vor freudiger Erleichterung.

»Niall Silkie …«, murmelte Hal, und die Fackel flackerte.

»Gut, gut, Ihr seid also bei klarem Verstand. Aber jetzt … vorsichtig. Wir liegen hier auf der Seite und alles ist drunter und drüber.«

Hal konnte sich nicht rühren, irgendetwas hielt ihn zurück. Dann merkte er, dass es das Wehrgehänge war, das sich an einem Eisenhaken im Boden verfangen hatte – bis ihm einfiel, dass dieser Haken sich einmal im Frachtraum an der Decke befunden hatte. Die Welt schien auf dem Kopf zu stehen.

Das Schiff …

Das Schiff war gestrandet und geborsten, die Planken zertrümmert und zersplittert wie abgenagte Knochen. Es war ein gefährliches Durcheinander von herumhängenden Gegenständen und Löchern im Boden. Niall und er mussten sich mühsam einen Weg nach draußen bahnen, und über all dem hörten sie den beruhigenden, sanften Atem des zurückweichenden Wassers, das die kläglichen Überreste des Schiffes knarren und ächzen ließ.

»Es gibt doch nichts Traurigeres als ein gestrandetes Schiff«, sagte Niall, als sie eine Pause machten, um sich zu orientieren. Sein Gesicht glänzte.

»Die anderen …«, brachte Hal mühsam heraus. Seine linke Gesichtshälfte fühlte sich taub an, in der Wange spürte er etwas Raues, das gegen seine Zunge scheuerte, vermutlich ausgeschlagene oder abgebrochene Zähne.

»Kirkpatrick ist am Strand. Pegy haben wir verloren und Donald auch, wie es scheint. Fast die ganze Mannschaft …«

Niall blieb zitternd stehen.

»Heute ist der Tag des heiligen Erasmus«, sagte er verwundert. »Möge der Patron der Seefahrer sie sicher in seine Obhut nehmen, wie wir es von ihm erwarten.«

Er schüttelte sich wie ein Hund, dann tasteten sie sich in der Dunkelheit weiter, Hal hinter ihm her, in der Hand noch immer sein Schwert und die Scheide, das war alles, was er in dem Chaos hatte retten können. Der heilige Erasmus, dachte Hal, den er als Sankt Elmo kannte – er musste zusammen mit Gottes anderen Heiligen wohl fest geschlafen haben …

Niall rief ihm eine Warnung zu, dann sprang er, und Wasser spritzte auf. Hal folgte ihm. Der Aufprall verursachte einen so rasenden Schmerz in seinem Kopf, dass er dachte, er würde ohnmächtig werden. Dann stapften sie weiter und traten schließlich durch die Rippen des zerborstenen Schiffes hindurch nach draußen, wo große Gegenstände verstreut im flachen Wasser lagen. Die Ladung, dachte Hal verzweifelt. Unsere Ladung …

»Lass uns nachsehen, ob wir noch jemanden finden«, sagte Niall. Langsam und vorsichtig gingen sie mit ihrer flackernden Fackel am Strand entlang und suchten ihn ab.

Es war keine leichte Aufgabe, denn sie mussten sich hauptsächlich auf ihren Tastsinn verlassen, um zu überprüfen, ob das, was sie fanden, vom Wasser aufgeschwemmte Leichen waren oder Wollzeug oder Algen, die sich wie wehende Haare im Wasser bewegten. Es konnte sich um Köpfe mit Bärten handeln oder bewachsene Steine, alle vom Wasser umspült und auf dem zischenden Kies von den Wellen hin- und hergeworfen.

Die beiden Männer, die Hal entdeckte, waren tot, und er gab den Versuch auf, sie aus der Brandung an Land zu ziehen. In einiger Entfernung hörte er Rufe. Zwei Fackeln tanzten im Dunkeln, und Niall Silkie stieß seine eigene Fackel ins Wasser und duckte sich.

»Strandräuber«, sagte er. »Verflucht. Die schneiden jedem Überlebenden die Kehle durch, bevor sie sich die Fracht vornehmen.«

Aber Hal hatte sofort erkannt, dass es Kirkpatrick war, der

da gerufen hatte. Er stand auf und ging durch die Brandung am Strand entlang, das Schwert in der Hand. Niall, der im Dunkeln nicht allein bleiben wollte, murrte.

Hal näherte sich den Stimmen, er spürte das Seegras, das sich um seine Füße schlang, er sah das Licht der Fackeln ineinanderfließen und die Schatten, die davorstanden. Er stolperte aus der Dunkelheit und sah einen Mann auf sich zustürzen, blitzenden Stahl in den Händen.

»Freund!«, schrie er. Somhairl, in jeder Hand ein Messer, grinste breit und rief seinen Namen, und alle Schatten wandten sich um. Viele waren es nicht. Einer davon war Kirkpatrick, der ihn kurz ansah und sich dann wieder umwandte, um einen langen Wortschwall auf Gälisch loszulassen, eine Sprache, die er mit viel Geduld von Bruce gelernt hatte.

»Das sind die Campbells, diese Bastarde«, knurrte er Hal an, während ihm der Wind die nassen Haarsträhnen ins Gesicht klebte. »Hochlandkrieger und noch Schlimmeres, die würden sogar deine Scheiße klauen, wenn es nichts anderes zu klauen gibt.«

Hal sah die Gestalten, die verunsichert mit ihren Fackeln dastanden, wildes Haar, nackte Beine, blinkender Stahl.

»Ich hoffe, du bist höflich zu ihnen«, sagte er. Er hatte ziemlich undeutlich gesprochen, und Kirkpatrick hielt seine Fackel höher, um ihn sich näher zu besehen.

»Du lieber Gott, du siehst aus, als hättest du eine Bratpfanne ins Gesicht bekommen«, sagte er. »Das sind ja mehr Blutergüsse als Gesicht.«

»Ein Tauende schafft das auch«, wandte Somhairl mit ernstem Gesicht ein, »wenn ein Sturm wie dieser bläst.«

In diesem Moment meldete sich in einiger Entfernung eine Stimme, die es offensichtlich nicht gewohnt war, Englisch zu reden.

»Wer seid Ihr?«

Hal, dem dabei der Kopf vor Anstrengung schmerzte, als wolle er bersten, rief zurück: »Sir Henry von Herdmanston, ein Freund von Neil Campbell, der um Hilfe und Gastfreundschaft bittet.«

Es entstand eine Pause, dann hörte man eine ruhigere, tiefere Stimme, die im Näherkommen versuchte, den Wind zu übertönen.

»Ach ja? Ihr behauptet, ein Freund von Niall mac Cailein zu sein? Das ist keine Kleinigkeit und wäre ein zweischneidiges Schwert, wenn es sich als Unwahrheit herausstellte.«

Der Sprecher war besser gekleidet, aber begleitet von barfüßigen Kerlen, die sich duckten und nahe bei ihm blieben wie ein Rudel Hunde. Er kniff die Augen zusammen, dann grinste er.

»Jetzt erinnere ich mich: Hal von Herdmanston. Ich war dabei, als Neil, der Sohn des großen Colin, Euch zu unserem Treffen auf der Heide mitbrachte, als König Robert auf die Inseln fliehen musste.«

Daran erinnerte Hal sich auch, aber nicht an diesen Mann. Sicher war es nur eine flüchtige Begegnung gewesen.

Der Mann blieb stehen, dann nickte er Kirkpatrick zu.

»Und Ihr brachtet damals die Nachricht, dass unser König entkommen war und überlebt hatte. Ein Diener des Königs, aber ich habe Euren Namen vergessen.«

»Kirkpatrick.«

»Richtig, das war es.«

Er machte eine kurze Bewegung, und seine Leute traten zurück und ließen die Waffen sinken. Der Mann trat vor und verbeugte sich.

»Dougald Campbell von Craignish«, stellte er sich vor. »Mein Haus gewährt Euch Gastfreundschaft.«

»Das ist eine große Erleichterung«, sagte Kirkpatrick, als der Mann sich umwandte, um seinen unsichtbaren Leuten Anweisungen auf Gälisch zu geben.

Er sagte zu Somhairl: »Tragt die Toten ans Ufer. Wenn es hell ist, kommen wir zurück und sehen nach, ob wir noch weitere finden.«

»Die Ladung …«, sagte Hal, und Kirkpatrick klopfte ihm beruhigend auf den Arm.

»Geh jetzt und lass dein Gesicht verarzten. Die Ladung wird geholt und in Sicherheit gebracht. Du hast es ja gehört, die Campbells von Craignish gewähren uns Gastfreundschaft.«

»Ja«, sagte Hal. Er wollte sich gerade abwenden, da durchzuckte ihn ein Gedanke, scharf wie ein glühendes Schwert. Er riss den Kopf hoch und sah in Kirkpatricks besorgtes Gesicht.

»Sim … wo ist Sim?«

Kirkpatricks bleiche Lippen bewegten sich nicht, sein Gesicht war starr. Doch Hal spürte einen Schlag, so unbarmherzig wie das Tau, das vermutlich sein Gesicht getroffen hatte. Er taumelte, die Welt schien abermals Kopf stehen zu wollen. Er beugte sich vor und musste sich übergeben.

Dann wurde es dunkel um ihn.

Isabel

Er kam, um zu gaffen, dieser de Valence, den sie den Earl von Pembroke nennen, weil er gehört hatte, ich sei eine Hexe oder etwas noch Schlimmeres. Selbst Earls sind nicht immun dagegen, die Gründe ihres schlechten Gewissens aufzukratzen, wenn es um eine Kuriosität wie Menschen im Käfig geht. Malise, kriecherisch und schwanzwedelnd wie ein demütiger Hund, brachte ihn zum Schweineturm, doch selbst das ging nach hinten los, denn man sah deutlich, welchen Abscheu Aymer de Valence empfand vor dem, was man mir angetan hatte. Grimmig und finster blickte er drein, was mich daran erinnerte, wie man ihn hinter seinem Rücken nannte, den Namen, den Gaveston ihm gegeben hatte: Jakob der Jude. Ich werde das hier beenden, sagte er zu Malise, nach Mittsommer, wenn die »gegenwärtigen Probleme« gelöst sind. Malise war das gar nicht recht, und ich hätte mich freuen sollen, dass ein Earl mir helfen will. Es ist, als bekäme ein durstiger kleiner Hund endlich Wasser. Aber ich konnte es mir dennoch nicht verkneifen, ihnen meinen Fluch entgegenzuschleudern und ihnen zu prophezeien, dass sie die »gegenwärtigen Probleme« nie lösen werden, eher wird sich die Sonne verdunkeln und der Mond wird nicht mehr scheinen und die Sterne werden vom Himmel fallen und die Festen der Himmel werden erschüttert werden. Evangelium nach Matthäus, sagte ich, als der Earl sich bekreuzigte. Kapitel vierundzwanzig, Vers neunundzwanzig, rief ich ihm nach, als er die Flucht ergriff, und in Malises Augen sah ich schon das strafende Feuer.

KAPITEL 8

WIRTSHAUS ZUR SCHWARZEN HÜNDIN, EDINBURGH
TAG DES HEILIGEN COLUMBAN, JUNI 1314

Der Hundejunge drängte sich missmutig durch die Menge. Ihm gefiel es nicht in dieser Stadt. Es stank nach alten Brandruinen in Edinburgh, nach Verzweiflung und Ratlosigkeit. Die Burg ragte auf wie die Schulter eines Buckligen, und dort, wo sie beschädigt war, war sie schwarz und verräuchert. Und noch immer knarrten die Wagen mit ihren eisenbeschlagenen Rädern die Königsstraße entlang, beladen mit Steinen von dem geschleiften Torgebäude, die jetzt für andere Häuser oder Trockensteinmauern verwendet werden sollten.

In Abwesenheit der Garnisonstruppen, die sonst für Ordnung sorgten, hatte sich übles Volk in der Stadt breitgemacht, Männer von beiden Seiten der Grenze und aus jedem Winkel dazwischen, Leute, die aus dem Süden geflohen waren, aber auch welche aus dem Norden – sie alle suchten nach Freunden und Verwandten oder einfach nach einer Möglichkeit, zu überleben. Die Stadt wimmelte von Huren und Hausierern, von Beutelschneidern, Bauernfängern, Betrügern und Schwindlern, während die Büttel und Vögte sich mit ihren wenigen Leuten und noch weniger Begeisterung bemühten, ein Mindestmaß an Ordnung aufrechtzuerhalten.

Was der Hundejunge und die anderen mitgebracht hatten – eine Handvoll Pergamente, nichts weiter –, würde die Sache nicht einfacher machen. Er hatte das Dokument den Mönchen von St. Giles überbracht, und zusammen mit dem Auftrag ihres Königs würde es wirken wie Funken, die auf Zunder fielen, so viel war klar.

Zwölf Pergamentrollen hatte er abgeliefert, jede war eiligst abgeschrieben und hierhergeschickt worden, wo glatzköpfige Schreiber mit ihren Tintenfingern sechs weitere Kopien angefertigt hatten, während die anderen sechs von Prälaten mitgenommen wurden, um sie von jeder Kanzel und jeder Straßenecke der Stadt mit Stentorstimme zu verlesen.

Bald würden sich die Beichtstühle füllen. Die Büßer würden angeschlichen kommen, das Gewissen beladen mit den Sünden des Stolzes, der Habgier, der Wollust und des Mordes, die sie alle in der Hoffnung auf Gottes Barmherzigkeit am Lettner abwerfen würden. Die Vernünftigen aber würden fliehen.

Der Hundejunge konnte zwar nicht lesen, aber er kannte den Inhalt dieser Pergamente, von dem Kopien nach Stirling, Perth und in jede andere »stolze Stadt« des Königreichs weitergeleitet wurden. Er hatte ja nicht geahnt, welcher Schatz in den Satteltaschen des Kuriers gesteckt hatte, auf dessen Pferd er aus Berwick geflohen war.

Es war ein Brief von Plantagenet an de Valence:

... Leith verschone wegen seines Hafens, die Stadt Edinburgh jedoch brenne nieder und lösche sie aus, als ewige Erinnerung daran, dass aufgrund ihrer Falschheit und Untreue das Gesetz Mose an ihr vollzogen wurde. Darüber hinaus zerstöre auch im weiteren Umkreis so viele Dörfer wie möglich, brenne sie nieder und töte jeden Mann, jede Frau und jedes Kind mit Feuer und Schwert,

ohne Ausnahme, denn es sind Geschöpfe, die gegen Gott und den König gefrevelt haben …

Es ging noch weiter, ein einziges hasserfülltes Verdammungsurteil. Man hatte es dem Hundejungen vorgelesen, als er zum König vorgelassen worden war – als hätte dieser Schock allein nicht schon genügt.

In St. Ninian hatte Bruce ihn im Bett liegend und auf Kissen gestützt empfangen, sein Gesicht grau und fleckig, die Haut schuppig und feucht glänzend. Er lächelte, als man den Hundejungen hereinführte. Seine lädierte Wange klaffte wie ein zweiter Mund, und er war so schwach, dass er kaum die Hand bewegen konnte.

»Es sieht schlimmer aus, als es ist«, sagte er, als er das erschrockene Gesicht des Hundejungen sah. Fürsorgliche Mönche eilten hin und her und versuchten, nicht mit Edward Bruce zu kollidieren, der wie eine mächtige Säule dastand und grunzte wie ein gereizter Eber.

»Gift«, sagte er unumwunden, aber der König winkte ab.

»Das hätten meine Feinde besser hinbekommen«, keuchte er. »Außerdem ist es ja nichts Neues, auch wenn niemand die Ursache kennt.«

Es wurde plötzlich still. Die Anwesenden wagten nicht, sich anzusehen, denn über die Ursache wurde doch schon längst überall geflüstert: Lepra. Trotzdem sprach es niemand laut aus, genauso wie niemand den Gedanken auszusprechen wagte, dass dies das Ende des Königs bedeuten könnte. Zwar hatte es auch vorher schon Zeiten gegeben, die genauso schlimm waren – doch diesmal hatte Bruce seinen Bruder Edward zu seinem Erben erklärt, nur für den Fall …

»Die Gräfin könnte Euch gewiss helfen«, platzte der Hundejunge heraus, und der König lächelte mühsam.

»Sie ist zwar keine Gräfin mehr, aber es ist richtig, Isabel MacDuffs Behandlung hat mir immer geholfen, auch wenn ihre Medizin ganz abscheulich schmeckte«, gab er zu. Er warf einen missbilligenden Blick auf die Mönche. »Aber zumindest hat sie ihre bitteren Pillen süß umhüllt.«

Er wandte sich wieder dem Hundejungen zu.

»Du warst sehr mutig und hast uns einen wahren Schatz aus Berwick mitgebracht«, sagte er und bedeutete Edward, das Dokument vorzulesen.

»Du sollst eine zweifache Belohnung bekommen«, hatte Bruce gesagt, als sein Bruder geendet hatte. »Bring jetzt ein Dutzend Kopien zu den Mönchen von St. Giles und sag ihnen, sie sollen weitere Kopien machen und sie in ganz Edinburgh verbreiten. Und dann sollen Kopien an alle stolzen Städte des Reiches geschickt werden.«

»Das wird eine allgemeine Panik auslösen«, wandte Edward stirnrunzelnd ein. »Die Leute werden fluchtartig die Stadt verlassen.«

»Und damit dem Tod entgehen, der ihnen sonst sicher wäre«, erwiderte Bruce entschieden. »Mir sind Panik und Chaos lieber, Bruder, als der Tod meiner Untertanen. Außerdem, wenn die Menschen hören, was Plantagenet mit ihnen vorhat, wird das ihren Hass anfachen.«

»Die besten Männer des Reiches haben sich bereits hier versammelt«, beharrte Edward. »Männer, die ihre eigenen Waffen mitgebracht haben, Männer, auf die wir zählen können, Grundbesitzer, denen die Zukunft des Landes nicht gleichgültig ist.«

»Es sind nicht genug«, sagte Bruce müde. »Ich hatte drei der Earls des Reiches an meiner Seite. Einer von ihnen ist weggerannt, die beiden anderen habe ich selbst ernannt. Plantagenet, selbst wenn er die Hälfte seiner Earls nicht mitbringt, hat Tausende – die Rede ist von zwanzigtausend oder mehr.«

»Gelobt sei Gott«, murmelte der Hundejunge, und alle bekreuzigten sich eilig.

»In Ewigkeit.«

»Und wenn du zurückkommst«, fuhr Bruce fort und wandte sich wieder an den Hundejungen, »dann bekommst du den besten Teil deiner Belohnung. Von Sir James Douglas weiß ich, dass du begabt im Umgang mit Hunden bist …«

Er lächelte schief, denn seine Wange spannte schmerzhaft. Der Hundejunge sah, dass das Kopfkissen unter seiner Wange ganz nass war.

»Wir sind alte Freunde, du und ich«, fügte Bruce hinzu. »Man muss eine Dame stets in Treue dienen …«

Der Hundejunge fuhr zusammen, als habe ihn etwas gestochen. Er wurde rot, er hatte nicht erwartet, dass der König sich an diesen Abend am Lagerfeuer erinnerte, der so viele Jahre zurücklag.

»Also bist du hiermit zum königlichen Hundemeister ernannt«, erklärte Bruce. »Vor Zeugen. Wenn ich wieder gesund bin, gehen wir zusammen auf die Jagd, du und ich, und du wirst die besten Hunde züchten, die je ein König gehabt hat.«

Wie betäubt hatte der Hundejunge sich verabschiedet, und noch während seines schnellen Ritts durch Edinburgh war er sprachlos und wie benommen gewesen. Befördert, du lieber Gott! Zum Hundemeister des Königs! Die Krönung für den Hundejungen.

Natürlich sprach es sich herum. Patrick und Parcy Dodd und die anderen freuten sich mit ihm und erklärten schließlich, sie wollten seine Ernennung zum königlichen Hundemeister in Edinburgh gebührend feiern und begießen. Sie hatten das Wirtshaus zur *Schwarzen Hündin* gewählt, teils wegen des passenden Namens, aber auch, weil es allgemein beliebt war.

Als der Hundejunge jetzt die warme, lärmende Schankstube der *Schwarzen Hündin* erreichte, brachen die sechs Männer, die mit ihm nach Edinburgh geritten waren, in wilden Jubel aus. Die umstehenden Gäste rückten verwundert zur Seite und machten den jungen Leuten Platz.

Die vor Schweiß glänzenden Männer drückten ihm einen Hornbecher mit Bier in die Hand und ließen ihn hoch leben. Er war der Liebling aller. Er war der Hundejunge, der sein Glück gemacht hatte.

»Der königliche Hundejunge ist er jetzt«, brüllte Patrick, und wieder stimmten die anderen lautstark ein, während Tam Napier, der Spielmann, seine ramponierte alte Fiedel strich, bis schließlich alle anfingen zu tanzen.

Buggerback Geordie schob ihm eine Frau entgegen, glutäugig und dunkelhaarig, mit verschwitzten Halbmonden unter den Armen und einem Lächeln, das von ihren Zahnlücken nur unwesentlich beeinträchtigt wurde. Sie hatte die schönsten Brüste, die der Hundejunge wohl je gesehen hatte, und sie zögerte auch nicht, sie ihm mit verführerischem Augenaufschlag darzubieten.

»Das ist Lady Trapseed«, sagte Archie Gower, den alle als »Süßmilch« kannten, warum, wusste niemand.

»Wir haben sie als Geschenk für Euer Ehren mitgebracht und hoffen, dass sie Euch noch viel höher befördert.«

»*Madame*«, sagte der Hundejunge mit einer spöttischen Verbeugung zur allgemeinen Belustigung. Er setzte sich auf eine Bank, die weiter vom Feuer entfernt stand, und nahm die Frau aufs Knie. Er spürte ihre heiße Haut durch ihr Kleid hindurch. Sie rutschte auf seinen Schoß und kicherte, als sie merkte, was sich unter ihr abspielte. Ihre Brüste waren glatt und weich.

»Wenn du nicht still sitzt«, rief Parcy Dodd ihr durch Rauch und Lärm zu, »dann schlägt unser Herrgott ihn mit Dummheit – das ist dir hoffentlich klar!«

»Gott? Was hat Gott damit zu tun?«, fragte die Frau, die inzwischen ohne hinzusehen die Bänder an der Hose des Hundejungen gelöst hatte. Sie setzte sich zurecht, hob ihr Kleid ein wenig an, und der Hundejunge war sprachlos über ihr Geschick, als er merkte, was sie getan hatte.

»Gott hat den Mann geschaffen«, fuhr Parcy fort, »und er gab ihm einen Schwanz und einen scharfen Verstand. Aber in seiner Weisheit richtete er es so ein, dass der Mann nicht beides gleichzeitig gebrauchen kann.«

Die Menge brüllte vor Lachen und verlangte nach mehr. Parcy ließ sich nicht lange bitten. Lady Trapseed bewegte sich sanft und wippte etwas auf und ab, sodass der Hundejunge in der dunklen Ecke leise zu stöhnen anfing.

»Es war einmal«, fing Parcy an, während die Gäste ihre Nachbarn anstießen, Ruhe zu geben, »ein gewaltiger Regen, eine wahre Sturzflut, sodass einige Menschen dachten, der Herr habe eine zweite Sintflut geschickt.«

Der Hundejunge, der jeden Moment seine eigene Sturzflut erwartete, versuchte, sich auf Parcy zu konzentrieren.

»Sie rannten zu ihrem Priester, einem braven kleinen Mann. Der ging hinaus in den Regen und sogar bis hinunter zum Fluss, der immer weiter anstieg, sosehr er auch um Erbarmen betete. Das Wasser reichte ihm schon bis zu den Waden, und der Deichvogt kam gelaufen und fragte ihn, ob er nicht lieber ans Ufer kommen wollte, er würde ihm auch dabei helfen. Der Priester weigerte sich, er sagte, der Herr würde ihn schon retten, also ging der Deichvogt davon.«

Die Frau war jetzt in einen sanft schaukelnden Rhythmus verfallen, wie Schilfrohr am Flussufer, und der Hundejunge gab es auf, sich auf Parcy zu konzentrieren.

»Das Wasser stieg weiter an und reichte ihm bald bis zur Hüfte, und noch immer bat der Priester den Herrn, ihn zu retten. Sein eigener Brotherr kam auf einem schönen Pferd angeritten, völlig durchnässt, aber entschlossen, den kleinen Priester vor der Flut zu retten. Aber der weigerte sich und beharrte darauf, dass Gott ihn schon retten würde. Der Herr ritt davon, und der Fluss stieg weiter an.«

Der Hundejunge biss der Frau in die Schulter, denn jetzt war es ganz still bis auf das rhythmische Rascheln ihrer Kleider und ihr angestrengtes Atmen. Doch niemand nahm Notiz von ihnen.

»Schließlich stand dem Priester das Wasser bis zum Hals. Da kommt der König selbst von den Inseln in einem kleinen Boot angerudert und verlangt, der Priester solle sofort ins Boot steigen und sich retten. Aber der Priester weigerte sich und sagte, Gott würde ihn schon retten – und der König trieb weiter den Fluss hinab.«

»Und dann?«, fragte eine ungläubige Stimme, und Parcy machte eine Kunstpause, die allerdings durch das laute Aufstöhnen der Frau gestört wurde, die merkte, dass der Hundejunge fast am Ziel war.

»Natürlich ist er ertrunken«, sagte Parcy verächtlich, und alles brüllte vor Lachen, das Mistress Trapseed völlig übertönte.

»Er kam in den Himmel. Er stand vor Gott dem Herrn und war ein bisschen verschnupft, weil seine Gebete nicht erhört worden waren, denn er war doch ein guter Priester und sein ganzes Leben lang ein guter Christ gewesen. Gelobt sei Gott.«

»In Ewigkeit«, antworteten die Zuhörer wie aus einem Mund. Parcy, ein Meister der Erzählkunst, hielt Ruhe gebietend die Hand hoch.

»Er beklagt sich, dass Gott ihn verlassen hatte, und der liebe Gott sieht den kleinen Priester streng an. ›Ich habe dir den Deichvogt geschickt, deinen Brotherrn und sogar den König, um dich zu retten. Was verlangst du denn noch?«

Die Zuhörer brüllten und schlugen begeistert auf die Tische und verlangten mehr. Lady Trapseed rutschte vom Hundejungen herunter, und der versuchte möglichst schnell, seine Kleider in Ordnung zu bringen, allerdings musste er aufstehen, um seine Hose zuzubinden, während die Frau, schwitzend und mit einem triumphierenden Lächeln, zu Buggerback Geordie ging und ihren Lohn verlangte.

Buggerback grinste mit seinem zahnlosen Gaumen und hielt Patrick die offene Hand hin, der ihm mit düsterem Gesicht eine Handvoll Münzen gab, wovon die Frau einige bekam.

»Ich habe ihr nicht geglaubt, dass sie dich hier mitten im Wirtshaus bumsen wird«, beklagte Patrick sich vorwurfsvoll beim Hundejungen, als Geordie mit klimpernden Münzen davonging. »Du gehörst ja inzwischen fast zum Adel, aber du bist schlimmer als Pferdeschwanz-Johnnie dort, der könnte es sogar mit einem Astloch aufnehmen. Deine Lüsternheit hat mich ziemlich viel Geld gekostet.«

Der Hundejunge wollte gerade etwas erwidern, als die Wirtshaustür aufflog. Wie ein kalter Wind fegte der Schwarze herein und blickte in die schweigende Runde, und selbst die, die ihn nicht kannten, wussten gleich, wer er war.

»Es tut mir leid, wenn ich eure fröhliche Versammlung stören muss«, sagte er und nickte dem Hundejungen zu, »aber die Engländer sind bereits in Berwick und stoßen nach Norden vor. Also los!«

KILMARTIN GLEN
ZUR GLEICHEN ZEIT

Schieben. Stapfen, Schritt für Schritt. Ziehen, immer wieder gegen die Räder stemmen. Staub schlucken, später auch den dreckigen Schlamm, zu dem er sich mit dem Schweiß auf dem Gesicht verwandelte. Von Sonnenaufgang bis Sonnenuntergang. Hal bot alle Kräfte auf, sein Kopf dröhnte, und seine Schulter schmerzte.

Doch wenigstens konnte er sich am Ende des Tages in einen warmen Umhang wickeln, sich ins Heidekraut fallen lassen und schlafen, ohne im Traum erneut zu sehen, wie Sim mit wehenden weißen Haaren im Wirbel des Mahlstroms verschwand.

Nachdem er ohnmächtig geworden war, hatte er sich im Laufe der nächsten Tage langsam wieder erholt, während Kirkpatrick und Campbell die Ladung aus dem gestrandeten Schiff geborgen und jedes nur denkbare Fahrzeug und Zugtier für den Transport herbeigeschafft hatten. Hal war jeden Tag hinunter zum Strand gegangen und am Rand des Wassers entlanggelaufen, er wollte die Hoffnung nicht aufgeben. Kirkpatrick hatte stets jemanden mitgeschickt, manchmal war es Niall, manchmal Somhairl, nur um sicherzugehen, dass Hal nicht wieder ohnmächtig wurde und womöglich mit dem Gesicht in ein Felsenbecken voll Wasser fiel. Und Campbell schickte auch einen seiner Leute mit, einen Soldaten namens Duncan. Der war früher Viehtreiber gewesen und sprach das Schottisch des Südens gut genug, um sich verständlich zu machen.

Sie fanden noch mehrere Leichen, aber niemanden, den Hal kannte, und auch Niall erkannte nur einen, als er das von Krebsen zerfressene Gesicht eine Weile betrachtet hatte.

»Die Carry Vaar gibt sie nur selten zurück«, sagte Duncan, als er Nialls Kummer sah. »Sie schläft mit allen.«

Hal wusste nicht, ob er Sim wirklich finden wollte oder lieber nicht. Es war, als sei er einfach verschwunden, und als sie bereit zum Abmarsch waren, musste er sich schließlich vom Strand regelrecht losreißen.

»Es ist ein schmerzlicher Verlust«, sagte Kirkpatrick etwas hilflos, als die Campbells loszogen, um die Waffen zu ihrem König zu bringen, und die schwer beladenen Wagen über die steinigen, ausgewaschenen Wege bugsieren mussten. Kirkpatrick erwartete keine Antwort. Er sah Hals geschundenes, in allen Farben schillerndes Gesicht, bemerkte seine traurigen Augen, und plötzlich kam ihm der erschreckende Gedanke, dass Hal von Herdmanston womöglich mit den Kräften am Ende war. Doch Kirkpatrick war erstaunt über die Reserven, die der Lord von Lothian noch immer hatte, wie sich in den kommenden Tagen zeigen sollte. Zu gern hätte er ihm gesagt, er solle es etwas langsamer angehen, aber andererseits wurde auch jeder gebraucht.

Sie hatten nicht genügend Wagen und Zugtiere, und Campbell von Craignish hatte stirnrunzelnd gesagt, seine Männer würden normalerweise nicht auf diese Weise Krieg führen. Als die brennenden Kreuze auf allen Hügeln aufgeflammt waren, um die Männer zusammenzurufen, packten sie Hafer ein – mit Wasser zu einem festen Brei gekocht und in Scheiben geschnitten – dazu einen Vorrat an Heringen wegen des Salzes, und dann machten sie sich auf den Weg über Felsen und Heide.

Kirkpatrick bemerkte, dass die Tuniken der Männer von Craignish mit Zwiebelschalen gefärbt waren, in Tönen, die vom tiefsten Braun bis zum blassen Gelb reichten. Ihre Beine waren nackt. Sie trugen Lasten, die selbst ein Esel nicht auf sich genommen hätte, und rannten damit über Stock und Stein wie junge Lämmer. Sie trugen alles, was nicht mehr auf die Wagen gepasst hatte, eine Ladung von Eisenhüten, Kettenpanzern, Speerspitzen und weiteren Gegenständen, die nach Kilmory hinuntergebracht wurden, wo Campbells Schiffe warteten, um alles nach Largs zu bringen. Dort würden die Engel ihren Anteil fordern, den Zehnten, der auf geheimnisvolle Weise verschwinden würde. Aber die Männer aus Craignish, die in Stirling ankamen, würden besser ausgerüstet sein als jeder andere Soldat.

Doch der Weg nach Kilmory war mühsam, eine höllische Quälerei auf schlechten, steilen Straßen, durch Orte mit Namen wie Black Crag. Keiner sprach, als sie in den Hohlweg von Martin Glan kamen, denn dies war der Ort der Steinkreise und unterirdischen Gräber, ein Ort der Geister, die einen bei Nacht entführen konnten und hundert Jahre nicht mehr gehen ließen. Ihr großer Zauberberg bei Dunadd beherrschte die ganze Gegend, und das Geschwätz und die gutmütigen Neckereien verstummten für mehrere Tage. Und obwohl Campbell von Craignish als ein guter Christenmensch und weltgewandter Adliger gelten wollte, war ihm in diesem Gebiet der Geister genauso mulmig zumute wie seinen Leuten.

»Elfen? Kobolde?«, fragte Kirkpatrick zweifelnd, als sie abends am Lagerfeuer saßen, und Campbell, etwas peinlich berührt, wiegte den Kopf.

»Meine Leute glauben daran. Was mich betrifft, so sorge ich mich vor allem darum, wie lange es noch dauert, bis wir diese Wagen endlich in Kilmory haben. Hier treiben sich nämlich MacDougalls herum.«

Kirkpatrick blickte erstaunt auf, und seine Stimme klang scharf, als er Campbell antwortete.

»Davon habt Ihr vorher nichts gesagt. Aber den Grund dafür kann ich mir denken. Man posaunt es nicht gern aus, dass Feinde im eigenen Gebiet herumziehen, wie es ihnen grade passt.«

Campbell nickte nur. Er schien es nicht krumm zu nehmen.

»Sie sind wie Läuse«, erklärte er. »Man denkt, man hat sie endlich alle erwischt, und dann sind sie doch wieder da und plagen einen.«

Er blickte Kirkpatrick an.

»Es liegt daran, dass ich so viele meiner Leute zu Sir Neil mitnehme. Wenn der König kämpft, werden Hunderte von Campbell-Männern an seiner Seite stehen, und fast niemand wird mehr hier sein, um unser Land zu schützen. Meine Burg ist zwar sicher, aber diese MacDougalls werden hier eine Weile herumlungern und versuchen, Schaden anzurichten. Aber dann verschwinden sie wieder. Mein Gott, die meisten sind ja sowieso schon nach Irland geflohen. Aber wenn ihnen hier so ein Trupp schwer beladener Männer und Wagen über den Weg läuft, dann schlagen sie natürlich zu.«

Kirkpatrick nahm die Antwort schweigend zur Kenntnis. Er starrte in das knisternde Feuer und wusste, dass der Lord von Craignish recht hatte – wenn Hal und er nicht mit ihrer Ladung dazwischengekommen wären, wären die Männer Campbells schon längst auf ihren Schiffen und auf dem Weg nach Ayrshire, um in Stirling zur Armee zu stoßen.

Etwas entfernt davon lag Duncan am Feuer und beobachtete seinen Herrn, wie er sich mit diesem seltsamen, dunklen Kirkpatrick unterhielt. Der andere, der ewig grübelnde, verletzte Lord von Lothian, war nicht bei ihnen – er schien nicht einmal bei sich selbst zu sein, dachte Duncan. Diese Südschotten waren schon anders als sie, o ja, und er selbst hatte die Routen der Viehtreiber schon so lange hinter sich gelassen, dass es ihm fast wieder wie neu vorkam. Diese Menschen konnten das Leben nicht hinnehmen, wie es eben kam, sie wollten es selbst in die Hand nehmen und etwas daraus machen, als könnten sie die Welt nach ihren Wünschen formen.

In ihren Gesprächen ging es nicht um Wild und Rinder, um die Berge und das Meer, sie sprachen von Ernteerträgen, von Macht und Geschäften, dafür bemerkten sie die verschiedenen Grüntöne der Blätter nicht, sie nahmen ja auch kaum Notiz von der Sonne und bemerkten sie erst, wenn sie untergegangen war und ihnen kalt wurde.

Einst, in seinen Zeiten als Viehtreiber, hatte er sich mit einer Südschottin aus Carlisle getroffen, und sie waren zum Stadttor hinausgegangen, was von ihrer Seite ohnehin schon ziemlich gewagt war, und noch dazu mit einem dieser Fremden aus der Gegend hinter den Mounth-Bergen.

Er wusste, dass er ihr in seinem Schottisch die schmutzigsten Wörter ins Ohr flüstern konnte, und sie würde nur kichern, denn für sie waren es lustige Ausdrücke, ja sogar verführerische. Er erinnerte sich, dass er, während er sprach und einen Arm um sie gelegt hatte, mit der anderen Hand auf dem Fels neben sich eine eben erwachte Kröte gefunden hatte.

Sie war noch winterstarr und ziemlich träge und wartete darauf, dass die Sonne auf dem Fels ihr neues Leben einhauchen würde. Sie sah ihn mit ihren großen goldenen Augen an, der grüne Hals pulsierte, er hatte selten etwas so Schönes gesehen. Deshalb überraschte es ihn, dass die Frau, als er ihr dieses Juwel zeigte, kreischend aufsprang.

Bei seinen eigenen Leuten hätte keine Frau so reagiert. Die Südschotten waren eben merkwürdig, so merkwürdig wie ihre Namen. Und Namen waren gefährlich, und wenn man den wahren Namen eines Menschen wusste, hatte man Macht über ihn, denn tief in seinem Innern war der Mensch sein Name. Er benahm sich wie jeder andere, doch in Wirklichkeit lebte jeder im Geheimen und für sich allein – bei seinem Namen. Es machte ihm nichts aus, wenn sie wussten, dass er Duncan hieß, denn das war nicht sein vollständiger Name und erst recht nicht der Name in seiner Sprache.

Der Lord aus Lothian aber verstand von all diesen Dingen noch weniger als seine Gefährten. Es war, als habe sich zwischen ihn und den Rest der Welt ein Schleier gesenkt. Als ob er – Duncan überlief es kalt bei dem Gedanken – schon halb bei den unsichtbaren Geistern wäre, die ihn lautlos aus unserer Mitte holen und in ihr zeitloses Königreich entführen.

Aber das leise Gemurmel der anderen beruhigte ihn. Die Männer saßen mit gekreuzten Beinen am Feuer, rührten in dem rußgeschwärzten Kessel und wischten sich den Rauch aus den tränenden Augen. Irgendwo schrie ein Käuzchen, und Duncan legte sich hin, schmeckte den Holzrauch der Nacht und schloss die Augen.

Morgen würden sie in Kilmory sein, dort würden sie die Sachen dieser Südschotten auf die Schiffe verladen und dann diesen unheimlichen Ort verlassen können.

Als der nächste Tag anbrach, leisteten die Geister ganze Arbeit.

Hal ging stolpernd in den tiefen Spuren eines Rollwagens, den er jeden Tag aufs Neue verfluchte, weil er öfter stecken blieb, als dass er rollte. Jetzt gerade war er froh, dass es wieder ein Stück vorwärtsging, er genoss die frische Brise auf seinem schwitzenden Gesicht, horchte auf das Pfeifen der Kiebitze und bewunderte im Stillen die muskulösen Beine des Mannes vor ihm, der Duncan hieß.

Ich finde es schwer genug, diesen Weg mit Hemd und Hose bekleidet zu gehen, dachte er, und das Einzige, was ich zu tragen habe, ist mein Schwert mit dem Wehrgehänge. Und dieser Mann trägt noch einmal sein eigenes Gewicht auf dem Rücken.

Der Mann war leicht bekleidet, nur mit einer safranfarbenen Tunika, die jetzt schweißgetränkt war. In dem Ring an seinem Gürtel steckte ein Dolch. Er schob die wasserdicht verpackte Last auf seinem Rücken etwas höher und setzte seinen Weg fort. Doch plötzlich schrie er auf, taumelte und fiel zu Boden.

Hal ging zu ihm hin, er dachte, er sei gestolpert, und bückte sich, um ihm wieder auf die Beine zu helfen. Aber das Geräusch eines Pfeils über seinem Kopf war wie ein Peitschenknall, ein Geräusch, das er gut kannte. Er spürte, wie sein Magen sich verkrampfte, als er sich neben Duncan hinwarf. Den Pfeil, der ihn getötet hatte, konnte man jetzt gut sehen. Er war einen Zoll unterhalb des Schlüsselbeins eingedrungen.

Weitere Pfeile schwirrten, Männer schrien auf und gingen zu Boden.

Die Campbells warfen ihre Bündel ab und griffen zu ihren Waffen, und als Hal den Kopf hob, sah er, dass die Pfeile lediglich die Vorhut waren, jetzt kam eine schreiende Meute auf sie zu, mit wilden Haaren, aufgerissenen Mäulern und scharfen Waffen: die MacDougalls.

Kirkpatrick, der ein paar Wagen vor Hal war, hörte ihre Schlachtrufe. Campbell von Craignish zog seinen Anderthalbhänder und ließ ihn über seinem Kopf kreisen. Er rief etwas auf Gälisch, und die Männer sammelten sich um ihn wie ein Rudel Wölfe. Er blickte nach links und rechts, um zu sehen, wie viele es waren, dann grinste er Kirkpatrick an und stürzte vorwärts. Erschöpft und fluchend musste Kirkpatrick ihm wohl oder übel folgen.

Hal duckte sich und wollte gerade aufstehen, als die Woge der MacDougalls ihn überrollte und sich mit den brüllenden Campbells vermischte, er konnte sie nicht mehr voneinander unterscheiden, und es war ihm auch egal, wer da gerade vor ihm stand und ihm die Klinge in die Rippen stoßen wollte.

Der Erste versuchte, ihn mit dem Speer zu töten, äußerst ungeschickt und im Rennen, sodass Hal den Schaft nur zur Seite zu drücken und ihm seine Schulter hinzuhalten brauchte, sodass der Mann dagegenrannte. Hal duckte sich, schlug ihn zu Boden. Der Schlag nahm ihm den Atem, sodass er, als das Schwert seinen Hals traf, kaum einen Ton herausbrachte.

Hal bemerkte es kaum, er hatte sich schon dem Nächsten zugewandt, duckte sich unter dessen Speer hindurch und wirbelte herum, sodass der Mann, als er an ihm vorbeirannte, sich kurz wunderte, weil seine Eingeweide herausfielen und sich um seine Knöchel wickelten.

Die Angreifer waren von wilder Verzweiflung getrieben, das spürte Hal. Sie waren viel zu wenige und hatten sich deshalb auf Schnelligkeit und das Überraschungsmoment verlassen. Sie hätten es gar nicht erst versuchen sollen, dachte er, aber die Schotten jenseits der Mounth-Berge waren nun einmal verrückt, seltsame Wesen, wie Kälber mit zwei

Köpfen. Es war seine Rettung, dass er mit Männern zusammen kämpfte, die genauso verrückt waren und die sich jetzt vom ersten Schrecken erholt hatten und sich mit grauenvollen Schreien in wahre Berserker verwandelten.

Hal hieb und parierte und schuf etwas Freiraum um sich herum – aber schon kam ein neues Rudel auf ihn zu. Er schlug wie wild um sich, um die Angreifer auf Abstand zu halten, bis er in dem verwirrenden Durcheinander von Gesichtern eins sah, das er kannte …

Kirkpatrick hob beschwörend die Hände hoch, und Hal ließ keuchend das Schwert sinken, von dem das Blut tropfte.

Mein Gott, dachte Kirkpatrick, er kann ja immer noch kämpfen, dieser kleine Lord von Herdmanston. Als er es aussprach, starrte Hal ihn nur aus seiner verschwollenen blaugelben Gesichtshälfte an.

»Niemals aufgeben«, brummte er, dann schwieg er betreten. Es war ja gar nicht Sim, zu dem er sprach, es würde nie wieder Sim sein.

»Wenn es bis Stirling so weitergeht«, knurrte Kirkpatrick, der die Campbells beobachtete, die jetzt mit blutrünstigem Geschrei ihre verhassten Gegner durch das Heidekraut jagten, »dann müssen sie uns alle mindestens zu Earls machen.«

Hal antwortete nicht, und als Kirkpatrick sich umdrehte, sah er, wie der Lord sich bückte. Er durchsuchte das Durcheinander, das aus dem Gepäck des toten Duncan gefallen war. Als Kirkpatrick näher trat und sah, was Hal gefunden hatte, erfasste ihn ein Schwindel. Eingewickelt in einen öligen Lumpen, aber dennoch gut zu erkennen, lag dort Sims ramponierte Windenarmbrust.

Kirkpatrick wandte sich ab. Er hörte Hal schluchzen.

ST.-MUNGO-KIRCHE, POLWARTH TAG DER HEILIGEN MARKUS UND MARCELLIANUS, JUNI 1314

Die Hennegauer waren ziemlich betrunken. Sie behaupteten, es sei lediglich ein Ausdruck ihrer Frömmigkeit, weil sie der beiden Märtyrer gedachten, die am heutigen Tag geehrt wurden – obwohl die meisten von ihnen bestimmt nicht die leiseste Ahnung hatten, um welche Heiligen es sich handelte, und Addaf war bereit, zu wetten, dass sie den nächsten Ehrentag eines Heiligen genauso feuchtfröhlich begehen würden. Dementsprechend sahen sie jetzt auch aus, mit rot geränderten Augen stolperten sie ziemlich planlos vor der Kirche herum, doch schließlich schafften sie es, sich mehr oder weniger in Reih und Glied zu formieren, wobei ihre Speerschäfte aneinanderstießen wie schwankende Bäume im Wind.

»Sorg dafür, dass etwas passiert«, hatte der alte Berkeley seinen Sohn angebrüllt, und mit rotem Kopf und zusammengepressten Lippen hatte Sir Maurice, seine feixenden Jungs hinter sich, den Befehl an Addaf weitergegeben. Und das alles nur, weil irgend so ein Idiot von der Kirche aus einen Bolzen abgeschossen und ein Pferd in die Flanke getroffen hatte, sodass es im Geschirr zusammengebrochen und der Karren umgekippt war.

Es wäre eigentlich nicht der Rede wert gewesen, dachte Addaf ärgerlich. Der Missetäter hatte es gerade in dem Moment getan, als die Engländer an der Kirchentür vorbeikamen, noch immer nass vom Durchqueren des Tweed an der Furt von Wark. Man hätte einfach ermitteln können, wer es getan hatte, hätte ihn bestrafen und mit einem Tritt in den Arsch in die Mönchszelle zurückschicken können.

Aber dummerweise hatte es sich um den Karren gehandelt, der die königlichen Banner transportierte, Hunderte von großen, reich bestickten Bannern aus Seide und Brokat. Und der König war ganz in der Nähe gewesen und hatte es gesehen. Mit unbewegtem Gesicht hatte er sich zum Earl von Pembroke umgedreht und gefragt: »Kümmert sich niemand hier um die Sicherheit, Mylord?«

De Valence hatte ein paar passende Worte an Sir Thomas Berkeley gerichtet, der noch immer nicht verschmerzt hatte, dass Addaf sein eigenes, blutiges Banner verloren hatte, das ihm schließlich von Thweng, diesem traurigen Walross, als spöttisches Geschenk von Bruce überbracht worden war. Und somit war die Schuld endlich bei den Walisern und den betrunkenen Speerkämpfern aus dem Hennegau angekommen.

Addaf war bereits ziemlich erschöpft, und sein Kettenpanzer wog schwer auf seinen Schultern. Seine Arme schmerzten, und die Sonne brannte schrecklich an diesem Tag, der von dem Gestank nach Leder, Schweiß, Mist und Pferdepisse geschwängert war. Die wartenden Bogenschützen fanden, dass er schlecht aussah mit den dunklen Ringen unter den Augen und dem grauen Haar, das ihm nass am Kopf klebte.

»Anlegen«, rief er, und man hörte, wie die Männer Pfeile auf die Sehnen legten. Addaf packte sein Schwert fester und wünschte sich, es wäre auch ein Bogen, aber schließlich war er der Captain, und das Schwert war sein Rangabzeichen. Der Captain der Hennegauer schwankte leicht und rülpste.

»Meine Männer werden Euren Vorstoß decken«, sagte Addaf. »Brecht die verdammte Tür auf, und die Sache ist erledigt.«

Der Hennegauer nickte und fuhr sich nervös mit der Zunge über die Lippen. Addaf war sich nicht sicher, ob der Mann ihn verstanden hatte, aber sie waren beide alte Hasen, und die Hennegauer waren aufgrund ihrer Kämpfe gegen die Flamen erfahrene Krieger und wussten, was zu tun war.

»Wartet, wartet! Ich bitte Euch, um Himmels willen …«

Die Stimme ließ sie herumfahren. Der hünenhafte Hennegauer runzelte unwillig die Stirn und blickte verständnislos auf den unrasierten und verzweifelten Mönch, der dort am Boden kniete.

»Der Mann, der den Bolzen abschoss, war unser Vogt, ein äußerst einfältiger Mensch. Hier gibt es nur noch zwei Mönche, alte Patres, die sich nicht mehr zur Flucht aufraffen konnten. Sie sind seit dreißig Jahren hier, vielleicht noch länger.«

»Und wer seid Ihr?«, fragte Addaf.

»Pater John«, erwiderte der Mann. »Ich lebe auch hier, aber ich war auf der Flucht. Jetzt hat Gott mich zurückgebracht, damit ich um das Leben dieser Männer in Seinem Haus bitten kann. Der Himmel möge Euch segnen, gnädige Herren. Bitte erlaubt mir, zu ihnen zu gehen. Kein Blutvergießen, ich bitte Euch!«

Addaf dachte nach. Der Hennegauer zuckte die Schultern, rülpste wieder und wischte sich den Schweiß von dem fetten Gesicht. Er konnte nicht viel Englisch, verstand aber, was der kleine Mönch wollte.

»Die Tür musst du opmaken, verstanden?«, brummte er. Das war ein vernünftiger Vorschlag, wie Addaf fand.

Pater John eilte los, und alle warteten in der heißen Nachmittagssonne. Man hörte nur das Knarren und Quietschen und Scharren der Armee, die weiterhin die Römerstraße hinaufzog auf dem Weg zum Pass von Lammermoor. Dies war die einzige Straße, die für den Zug der vielen Wagen geeignet war, und allen war klar, dass sie den Schotten hier die beste Gelegenheit gaben, sie anzugreifen.

Du lieber Himmel, dachte Addaf, der seinen Blick schweifen ließ, diese Wagenkolonne muss meilenlang sein, gefüllt mit allem möglichen Unsinn. Er hatte allein etwa zwanzig Rollwagen gesehen, die mit nichts anderem als der Möblierung für ein Wohn- und Schlafgemach beladen waren, und nicht weniger als acht weitere Wagen mit nichts als Geflügel. Wein und Wachs und Sattelzeug, Tanzschuhe und Leuchter – die Engländer schienen weniger einen Krieg als ein rauschendes Fest zu planen, dachte Addaf. Sie brachten sogar einen Käfig mit einem räudigen, zahnlosen alten Löwen mit.

Addaf hatte einhundertvier Bogenschützen unter seinem Kommando, mit einhundertsechsundzwanzig Pferden und drei Wagen – einen für das Gepäck der Männer, einen für das Sattelzeug und die tragbare Schmiede, einen für Futter. Und schon das waren drei Wagen zu viel, fand Addaf, denn wenn man nicht reiten und kämpfen konnte mit dem, was man in, um und unter dem Sattel unterbringen konnte, dann taugte man nicht viel als Soldat.

Nachdenklich betrachtete er seine raubeinige Truppe. Sie waren guter Dinge und neckten einander, und auch die Speerkämpfer der Hennegauer, groß wie Ochsen, die in Leder und Wolle gekleidet waren, bekamen ihren Teil ab. Ein paar der Waliser hatten Streifen von getrocknetem Rindfleisch und Wild unter ihren Sätteln hervorgeholt, wo sie durch den Schweiß des Pferdes mariniert und weichgeritten waren. Sie kauten mit gutem Appetit und behandelten wieder einmal die uralte Frage, wo das Fleisch am schmackhaftesten weichgeritten wurde: auf einem Wallach, auf einer Stute oder auf einem Hengst …

Addaf blickte zum Horizont, und er sah die Reiter, die auf

dem Berg vorbeizogen. Klar, es waren Schotten, die ihnen folgten wie Zecken und die sie nicht loswurden, aber solange sie auf Abstand blieben, war das nicht weiter schlimm. Seine Speerkämpfer auf ihren schnellen Pferden könnten sie in die Flucht schlagen oder auch nur für genügend Abstand sorgen – und wenn die Rebellen sich dann die Kranken und Schwachen vornahmen, dazu die Feiglinge, die sich ganz hinten versteckten, dann war das für die englische Armee kein großer Verlust.

In diesem Moment öffnete sich die Kirchentür, und mit einem erleichterten Blick brachte der Pater die Rebellen heraus: zwei humpelnde alte Priester, die sich aneinander festhielten – nervös, aber trotzig in ihren grauwollenen Kutten.

»Hier«, sagte Pater John und wischte sich den Schweiß von der Stirn. »Nichts passiert, kein Blut vergossen. Gelobt sei Gott.«

»In Ewigkeit«, antwortete Addaf fromm, doch im selben Augenblick hörte er Hufgetrappel, drehte sich um und blickte in das zornrote Gesicht von Sir Maurice Berkeley, an jeder Seite, wie Pfeiler, einer seiner Söhne.

»Ist die Sache erledigt?«, fragte er, und Addaf nickte und zeigte auf die kleine Gruppe. Noch immer stirnrunzelnd, drehte Berkeley sein Pferd um und ritt davon.

»Wurde auch Zeit, Zentenar Addaf«, rief er über die Schulter zurück. »Hängt sie alle, und dann folgt mir. Der Wagen mit der Schmiede voran.«

Es wurde still, und Pater John blickte fassungslos erst zu Addaf, dann hinter dem verschwindenden Sir Maurice her.

»Gnädiger Herr …«, fing er an, und Addaf merkte, wie sich ein Eisklumpen in seinem Magen bildete. Er wusste, es war zwecklos, Einspruch zu erheben, und er war sich auch bewusst, dass Y Crach triumphierend grinste.

Der hünenhafte Captain der Hennegauer sah das ratlose Gesicht des Walisers, er bohrte mit dem Finger im Mund herum, fand, was er gesucht hatte, betrachtete es und schnipste es fort.

»Lass uns dat maken«, sagte er grinsend. »Geen probleem.«

Addaf zögerte. Die Hennegauer wollten die Beutestücke aus der Kirche. Nun ja, das war in Ordnung. Sollten sie es also »maken«. Addaf wandte sich abrupt ab von Pater Johns fassungslosem Gesicht, bedachte Y Crach mit einem kurzen, verächtlichen Blick und gab seinen Leuten brüllend den Befehl, sich in Bewegung zu setzen, wobei er das Angstgeschrei des Priesters zu übertönen versuchte.

Gott kann ihm auch nicht mehr helfen, dachte Addaf gereizt und versuchte, nicht auf die verzweifelten Proteste zu hören. Dummer kleiner Priester, er hätte einfach nicht wiederkommen sollen.

Auf einer Anhöhe in der Ferne saßen der Hundejunge und der Schwarze. Sie machten eine Pause und hatten ein Bein über den Sattel gelegt, zu beiden Seiten eine Gruppe Getreuer. Sie beobachteten, wie die Bogenschützen aufsaßen und davonritten, während die beiden großen, rotgesichtigen Männer auf dem Friedhof ein Seil über den Ast einer Ulme warfen. Einige von ihnen gingen bereits in die Kirche hinein, um nach Beute zu suchen.

»Ich bin sicher, das sind die Waliser, mit denen wir neulich zusammengestoßen sind«, sagte der Schwarze. »Ich erkenne ihre Fahne wieder. Es ist die, die wir ihnen abgenommen haben und die der König ihnen als Geschenk zurückgeschickt hat.«

Der Hundejunge konnte es nicht leugnen. Gerade musste er mit ansehen, wie der Priester, der am lebhaftesten protestiert hatte, mit wild strampelnden Füßen aufgeknüpft wurde. Zwei starke Männer in metallbesetzten Jacken zerrten an seinen Beine, bis er aufgehört hatte zu zappeln, und einer fluchte, als sich der Darminhalt des Sterbenden über ihm ergoss.

Die beiden anderen Mönche, weißhaarig und schicksalsergeben, saßen da und warteten darauf, ebenfalls zu sterben, während rundum goldener Ginster duftete und die Bienen summten.

Es sei nicht recht, meinte der Hundejunge. Der Schwarze, der selbst schon eine Reihe von Priestern aufgehängt hatte, sagte nichts. Wenn er jemals daran dachte, was er getan hatte, dann immer in dem Bewusstsein, was die Engländer ihm genommen hatten. Selbst die Tatsache, dass die Cliffords von der Burg von Douglas vertrieben worden waren, und das Versprechen, die geschleifte Anlage wieder aufzubauen, konnten seine Rachegelüste nicht befriedigen.

Es war eine Zumutung, die Engländer dort vorbeiziehen zu sehen, die meilenlange Kolonne von Wagen in einer Staubwolke von Tausenden von Pferdehufen. Dahinter folgte wie eine Schleimspur der dreckige, stinkende Rest des Zuges. Allen voran die Kavallerie und die berittene Infanterie – darunter die Bogenschützen, die sich immer weiter von den Fußsoldaten absetzten.

»Die haben's eilig«, bemerkte der Schwarze.

»Trotzdem werden sie es schwer haben, bis zum Mittsommertag Stirling zu erreichen«, sagte der Hundejunge, »allein bis Edinburgh sind es noch mindestens zwanzig schottische Meilen.«

Eher fünfundzwanzig, dachte James Douglas, und sie schaffen in einem Tagesmarsch nicht mehr als zwölf. Bis sie Edinburgh erreicht haben, wird die Stadt niedergebrannt sein, und sie werden keine Möglichkeit haben, Nachschub von Schiffen zu entladen, und das wird sie teuer zu stehen kommen.

Bis dahin würde es kurz vor Mittsommer sein, und sie würden sich sehr anstrengen müssen, um die Burg von Stirling rechtzeitig zu erreichen, sodass die Belagerung als aufgehoben gelten kann. Mit sehr viel Glück würden sie es vielleicht noch schaffen, keuchend und mit hängender Zunge. Der Hundejunge nickte grinsend, als der Schwarze diesen Gedanken aussprach.

Patrick blickte die beiden Draufgänger an. Äußerlich machten sie wirklich nicht viel her: zwei nette junge Männer, die vielleicht eine wilde Nacht in Edinburgh planten. Stattdessen hatten sie allen Ernstes vor, es mit einer anrückenden Armee aufzunehmen.

Dann ging sein Blick wieder zu den Engländern in der Ferne. Die beiden alten Priester hatten kaum die Füße bewegt, als sie am Baum hochgezogen wurden. Auch Parcy Dodd hatte den Vorfall beobachtet. Jetzt wandte er sich auf seinem Pferd zu den andern um. Er grinste: »Hoffen wir, dass sie freundlicher im Himmel aufgenommen werden als Bruder Cedric.«

Patrick wusste, was von ihnen erwartet wurde, und stellte daher die unvermeidliche Frage: »Wie wurde der Bruder denn aufgenommen?«

»Bruder Cedric starb, alt und angesehen. Als er ans Himmelstor kam, war vor ihm noch ein anderer da, der wartete, eingelassen zu werden. Petrus fragte den Mann, wer er sei und was er in seinem Leben gemacht habe, und der Mann erklärte, er sei der blinde Tam, ein Steuermann, der sein Leben lang Pilger ins Heilige Land gefahren habe. Petrus überreichte ihm ein seidenes Gewand und einen goldenen Stab und lud ihn ein, auf den Straßen des Herrn zu wandeln.«

In der Ferne hörte man eiliges Hufgetrappel, und alle blickten auf. Doch Parcy ließ sich nicht beirren.

»Petrus stellt Bruder Cedric dieselbe Frage«, fuhr er fort, »und der erzählt, er habe sein ganzes Leben dem Herrn geweiht. Petrus nickt und gibt ihm ein einfaches wollenes Gewand und einen hölzernen Stab. Klar, dass er fragt, wieso der andere so kostbar beschenkt wurde, er aber nicht. Und Petrus sagt: ›Wenn du gepredigt hast, haben alle geschlafen, aber wenn der blinde Tam gesteuert hat, haben alle gebetet…‹«

In dem Moment erschien Yabbing Andra in einer Staubwolke, Pferd und Reiter mit Speichelflocken übersät.

»Speerkämpfer«, rief er, und der Schwarze zog seinen Fuß vom Sattel und setzte ihn wieder in den Steigbügel.

»Wahrhaftig, Parcy Dodd«, sagte er, als sie im Galopp davonritten, »deine Erzählungen sind besser als jede Predigt von einem Priester.«

Alle lachten, denn solch langweilige Predigten kannte jeder, aber Patrick schüttelte in gespieltem Vorwurf den Kopf.

»Für dich hat man in der Hölle bestimmt schon eine besonders gemütliche Ecke am Feuer reserviert, Parcy.«

Der Hundejunge, der das Meer von flatternden Bannern, von Männern und Pferden gesehen hatte, das sich auf Stirling zubewegte, war überzeugt, dass sie alle nur zu bald wissen würden, welchen Platz man ihnen in der Hölle zuweisen würde.

DIE FESTUNG VON LINLITHGOW
TAG DES HEILIGEN ALBAN, JUNI 1314

Weder hatte er Halt gemacht, um die Banner von St. Cuthbert und St. John von Beverley mitzunehmen, noch hatte er ihre Heiligtümer besucht, ein Ritual, das er nur deshalb nicht beachtet hatte, weil sein Vater es immer streng eingehalten hatte. Dem Kopfschütteln und Gemurmel seiner Ritter nach zu urteilen war dieses Versäumnis – wie Edward jetzt einsah – wohl ein Fehler gewesen.

Sie waren zimperlicher als Weiber, dachte er übel gelaunt, als er den Fisch mit der köstlichen Walnusssauce aß. Mein Gott, er hatte wahrhaftig genug Banner dabei – eine ganze Wagenladung hatte er mitgebracht – und die Unterstützung eines ganzen Rudels von Äbten und Bischöfen. Er aß sogar Fisch, wie es jeder christliche Ritter tat, um die Reinheit von Leib und Seele zu demonstrieren. Was war da schon ein Stück flatternder Stoff mehr oder weniger?

Außerdem war es *seine* Armee, die er mit enormen Kosten zusammengestellt hatte, trotz der Weigerung von Leuten wie Lancaster und Warwick. Wenn dies hier vorüber ist, dachte Edward in stiller Vorfreude, kann ich mit ihnen machen, was ich will und wie es einem wahren König zukommt, aber jetzt genieße ich erst einmal die ungewohnte Freiheit, mich über sämtliche Verordnungen hinwegsetzen zu können, mit meiner eigenen Armee hinter mir. Und was noch besser war, es waren Männer dabei, denen er absolut vertrauen konnte, sodass er es tatsächlich wagen konnte, sie hinter sich reiten zu lassen.

Wie zum Beispiel Ebles de Mountz – Edward hob den Becher, um dem Savoyer zuzuprosten, und der Mann errötete vor Stolz, dass der König ihn vor allen ehrte. De Mountz war wirklich eine große Bereicherung. Eine Zeit lang hatte Edward ihn seine Frau überwachen lassen, danach hatte er ihn zum Konstabler von Edinburgh gemacht. Zu spät, wie sich zeigte, denn die Stadt war inzwischen von den Schotten erobert worden, noch ehe de Mountz das Kommando übernehmen konnte – aber schließlich hatte der Mann vierzehn Jahre Erfahrung mit den schottischen Kriegen und war Konstabler von drei verschiedenen Burgen gewesen. Einschließlich Stirling.

De Mountz teilte die Bank mit Sir Marmaduke Thweng, einem alten Schlachtross von einem Kommandanten, der ebenfalls bei Stirling das Kommando geführt hatte. Ich kenne mich ganz gut hier aus, dachte Edward, zumindest in dem Gebiet, in dem wir kämpfen werden.

Aber die Männer, für die er eine ganz besondere Wärme empfand, eine Beziehung, die auf alte Kameradschaft und gegenseitiges Vertrauen zurückging, saßen unmittelbar neben ihm – grölend und prahlend: Sir Payn Tiptoft, d'Argentan, die de Clares und die de Bohuns und ein paar weniger berühmte Namen wie Lovel und Manse und die Ercedenes, einst Kameraden seiner goldenen Jugendzeit, jetzt die goldenen Krieger des königlichen Haushalts.

Unvermittelt stand Edward auf und prostete ihnen laut zu. Ihn durchströmte ein regelrechtes Glücksgefühl, als sie daraufhin ihren König Edward hochleben ließen, den zweiten dieses Namens durch Gottes Gnaden, so laut, dass die Deckenbalken der soliden Lagerhalle erzitterten, die sein Vater als Vorratslager für die Armeen hatte erbauen lassen.

Armeen ohne Ende, dachte Edward, und immer auf dem Weg nach Norden. Aber dieser Feldzug würde der letzte sein. Nach dieser Schlacht wäre dann ein für alle Mal Schluss.

Falls Bruce sich ihm stellen und kämpfen würde.

Thweng beobachtete den König, dessen Gesicht vom Wein gerötet war. Der Jubel über seinen Trinkspruch auf die »goldenen Krieger« war noch nicht verhallt, als der goldglänzendste von allen, dieser Ausbund von Ritterlichkeit und drittbeste Kämpfer der Christenheit, seinen Becher auf den Tisch knallte, sich von der Bank erhob und seine Hose aufband. Er hob seine Tunika und pisste nicht weit vom Tisch auf den strohbeckten Fußboden, sodass seine Sitznachbarn durch den scharfen Gestank vertrieben wurden.

»Mein Gott, d'Argentan«, protestierte Henry de Bohun, »könnt Ihr nicht den Abtritt benutzen wie ein *gentilhomme*?«

»Oder wie kleine Mädchen wie du?«, erwiderte d'Argentan und hob seinen Schwanz an, sodass der Rest des Stromes einen hohen Bogen machte und noch mehr spritzte. »Sieh dir an, wie ein richtiger Mann beschaffen ist. Und dann sieh dich an und schäme dich.«

Die Männer um ihn herum johlten und hauten mit der Faust auf den Tisch. Henry de Bohun war schockiert. Er war jung, noch keine zwanzig, das dichte Gewirr kupferroter Locken trug er nur oben auf dem Kopf wie eine Hirnhaube, die Seiten rundum waren kahl rasiert.

Damit wollte er sich absichtlich absetzen von all den anderen, die in ihrer goldenen Jugend ihr Haar hatten wachsen lassen und es noch immer lang trugen, selbst wenn es langsam dünn wurde und ergraute. Es war eine Andeutung, dass Henry de Bohun ein Krieger in der würdigen Tradition der Normannen war, während diese hier alternde Gecken waren, und für sie machte es die Sache auch nicht besser, dass man genau sah, wie dicht und lockig sein Haar wäre, *wenn* er es denn über die Ohren wachsen ließe.

Alles an Henry de Bohun war eine Ohrfeige für die anderen, seine Jugend, seine Klugheit und vor allem die selbstbewusste Art, mit der er allem aus dem Weg ging, was mit diesen »goldenen Kriegern« zu tun hatte. Und noch schlimmer war, dass er der Neffe von Humphrey war, dem Earl von Hereford und Konstabler von England, dem bitteren Rivalen von de Clare, dem Earl von Gloucester, dessen Leute jetzt am lautesten johlten.

»Ich glaube, Ihr habt zu viel Wein getrunken«, sagte Henry ruhig, aber seine Stimme drückte Verachtung aus.

»Noch längst nicht genug«, erwiderte d'Argentan, und wie zur Bestätigung nahm er einen großen Schluck aus seinem Becher und wischte sich die Tropfen von der langen Narbe am Kinn – eine Turnierwunde, als es vor fünf Jahren in Brackley um den Preis der Tafelrunde gegangen war. Er leckte sich den Rest von den Fingern der linken Hand, an der allerdings der kleine Finger fehlte – ein Buhurt vor acht Jahren, in irgendeiner französischen Stadt, deren Namen er nicht mehr wusste.

»Allerdings schon zu viel, als dass Ihr mir noch hinterherkommen könntet«, fügte er hinzu und grinste Henry schief an, wobei eine drei Zoll lange Narbe sich von seinem Mund nach links zog – ein Turnier auf Rhodos, mindestens zehn Jahre her.

Die Erinnerung daran ärgerte ihn noch immer, genau wie ihn jetzt Henry de Bohun ärgerte, der bereits ein anerkannter Meister im Turnierkampf war, diesem Messen der Kräfte Mann gegen Mann, was nach d'Argentans Meinung schon viel zu beliebt geworden war und zu oft das echte Kampfgetümmel ersetzte.

Er sah die herrliche Kraft der Jugend in de Bohun, diesem Bengel, und er sehnte sich danach, seine eigene Jugend noch einmal zu spüren. Er wurde nicht gern daran erinnert, dass er bereits über dreißig Jahre alt war, der jüngste Sohn von vieren, der nichts weiter besaß als seinen Namen und den Ruhm, als drittbester Kämpfer der Christenheit zu gelten. Nicht einmal der zweitbeste, denn diesen Titel trug ausgerechnet dieser Bruce, gegen den sie jetzt kämpfen würden.

Sein Alter wurde ihm bewusst, es fühlte sich an wie ein Trupp gegnerischer Krieger, und es gefiel ihm nicht, wie viel Angst ihm dieser Gegner machte.

»Bleib du bei deiner Mandelmilch, Kleiner«, brummte er. Es klang aggressiver als beabsichtigt, und sofort ertönten die spöttischen Rufe seiner Entourage, die dies als klare Herausforderung sahen. Er sah, wie de Bohun sich erhob, doch dann durchdrang eine laute Stimme das Durcheinander.

»Ihr fordert die Ehre meines Neffen heraus, Sir Giles, und damit fordert Ihr auch meine Ehre heraus.«

Sir Giles verbeugte sich entschuldigend vor dem Konstabler von England.

»Falls Euer Neffe Genugtuung verlangt«, sagte er, »stehe ich ihm morgen früh für ein freundschaftliches Duell zur Verfügung.«

»Wie Ihr wünscht und wann Ihr wünscht«, erwiderte Henry kurz und knapp.

Ein Diener ging plötzlich zu Boden, vielleicht war er gestolpert oder einer der johlenden Ritter hatte ihm ein Bein gestellt, und das Krachen und Klirren seines vollen Tabletts wurde mit weiterem lautem Gelächter quittiert. Er stand auf und sammelte so viele Pasteten wie möglich vom Boden auf und servierte sie samt daran klebendem Stroh. Um die anderen, die er nicht gefunden hatte, balgten sich die Küchenjungen und Hunde.

Der Zwischenfall hatte die Atmosphäre etwas entspannt, und Hereford wandte sich wieder dem leisen Gespräch mit seinem Schreiber Walwayn zu. Thweng sah, dass dieser merkte, dass er von ihm beobachtet wurde – er drehte sich um und starrte frech zurück.

Walwayn war Geheimnisträger, deshalb machte es ihn immer nervös, wenn er angestarrt wurde, aber der starre Blick dieses Mannes mit dem hängenden Schnauzbart verursachte ihm Magenschmerzen. Es war Sir Marmaduke Thweng, erinnerte er sich, ein Lord aus Yorkshire, der bekannt dafür war, dass er Briganten und Übeltäter aller Art aufspürte und das ausgesetzte Kopfgeld kassierte. Der Gedanke daran ließ ihn erschauern, und Hereford machte ein missbilligendes Gesicht, weil er glaubte, er höre ihm nicht zu.

»Walwayn!« Hereford stieß ihn an, als müsste er ihn aufwecken. »Ihr sagt, Lord Percy habe einen Mann geschickt, einen abtrünnigen Templer, der eine Verschwörung zwischen dem verbotenen Orden und den Schotten aufdecken soll?«

»So ist es, Mylord«, sagte Walwayn flüsternd, erschrocken darüber, wie laut Hereford gesprochen hatte. Der Earl merkte es und senkte ebenfalls die Stimme.

»Was für eine Verschwörung? Will der exkommunizierte König jetzt vielleicht zusammen mit abtrünnigen Templern gegen uns kämpfen?«

Walwayn schüttelte heftig den Kopf.

»Ich weiß es nicht, Mylord. Lord Percy denkt aber, es hänge mit einer Waffenlieferung zusammen. Oder auch mit irgendwelchen Schätzen.«

Hereford strich sich den Bart, im Raum herrschte ein schrecklicher Lärm. Der sagenhafte Schatz der Tempelritter war vielleicht nur ein Gerücht, aber die Waffen der Templer und die Fähigkeiten der kampferprobten ehemaligen Ritter stellten eine echte Bedrohung dar. Gott behüte, wenn Bruce sich geflohene Templer zu Diensten gemacht hatte.

Davon hatte Percy, der im gegnerischen Lager fest im Sattel saß, nichts verlauten lassen. Hereford kam ein Gedanke.

»Wer spioniert für Percy?«

Walwayn, dem jetzt der Sinn eher nach einem Wirtshaus und Frauen stand, wischte sich die Stirn ab.

»Ein Ritter, der früher zum Orden gehört hat, soviel ich weiß, Mylord.«

Hereford nickte und dachte nach, dann klopfte er Walwayn auf die Schulter.

»Bleibt dran und haltet mich auf dem Laufenden.«

Walwayn war endlich entlassen, er nickte und begab sich wieder an seinen Platz. Er fragte nicht, ob Hereford den König informieren würde. Er hielt es für unwahrscheinlich, schließlich waren all das nur Gerüchte, aber Walwayn hielt es für möglich, dass sie sich bewahrheiteten. Hereford würde abwarten, bis die Sache sich klären würde und etwas für ihn dabei heraussprang, aber dafür würde Walwayn sorgen müssen. Bis dahin gab es Wein und Weiber …

Es gab offensichtlich keine anständigen Frauen in Linlithgow, stellte Thweng fest, als er den Blick durch den Raum schweifen ließ, und das erklärte auch das Verhalten des Königs. Es gab zwar Serviermägde, die man bumsen konnte, ehe die Nacht herum war, am Feuer saß auch eine Amme mit irgendeinem Kind, aber es gab keine Frauen, in deren Gegenwart man sich etwas gesitteter benommen hätte. Denn hier befand man sich im Krieg, und auch wenn der gesamte Hofstaat mit dem König mitkam, die Königin und ihre Hofdamen blieben zu Hause.

Er legte missmutig seinen Fisch hin und wischte sich die Finger an der Tunika ab. Er hatte den Verdacht, dass der süßliche Geschmack weniger an den Gewürzen als an beginnender Fäulnis lag, ein Zustand, der seiner Meinung nach auch auf den ganzen Hofstaat zutraf. Er beobachtete den stattlichen Sir Giles, einen von Narben bedeckten Paladin ersten Ranges, sein roter Wappenrock mit den silbernen Kelchen war besudelt vom Fleischsaft und seiner eigenen Pisse, und noch immer starrte er den feurigen, jungen de Bohun an.

Der Onkel des jungen Henry hatte inzwischen seinen Schreiber fortgeschickt, seine Position als Leitwolf war wieder einmal bestätigt. Jetzt deutete er mit dem Finger auf den Earl von Gloucester, der jünger war als er. Zweifellos erklärte er gerade wieder einmal, dass er als Konstabler von England und Veteran der Schottenkriege das Recht habe, die Vorhut allein zu befehligen und nicht zusammen mit einem so unerfahrenen Grünschnabel wie de Clare. Natürlich alles sehr förmlich vorgetragen und stets auf den Rang bedacht.

»Was meint Ihr, Herr?«, brüllte d'Argentan zum König hinüber. »Ein ritterliches Duell morgen früh als passender Anfang für einen großen Tag?«

Er verdarb die Wirkung ein wenig, weil er laut rülpsen musste, und Thweng sah, wie das königliche Augenlid heruntersackte. Es war keine gute Idee, den König an die Zeit zu erinnern, dachte er, denn die wurde ihm knapp. Sie würden alles daransetzen müssen, um sich bis zum Johannestag Stirling bis auf drei Meilen zu nähern, und selbst dann würden sie alle Fußsoldaten und alles Gepäck zurücklassen müssen. Eine weitere Verzögerung, um ein »ritterliches Duell« auszutragen, war ganz ausgeschlossen.

Sir Giles war zu klug, um weiter darauf zu beharren, er verbeugte sich höflich und sah dann hämisch hinüber zu Henry de Bohun. Eine vorbeieilende Magd, die von einem der Nevilles in den Hintern gekniffen wurde, ließ erschrocken eine Fackel fallen, und im nächsten Moment gab es ein heftiges Stampfen, es flogen Funken und Ruß. Ein Hund nutzte die Gelegenheit, um Miles de Stapledon das Fleisch vom Teller zu stehlen, der hinter ihm herjagte und ihn anbrüllte, bis der Hund es wieder fallen ließ.

Thweng, der schrecklich schwitzte, blickte auf die Sehnen und Knorpel auf seinem Teller, auf die nächtlichen Insekten, die sich darauf versammelt hatten, und wünschte sich, er wäre woanders. Ganz gleich, wo.

Der ganze königliche Hof war hier und zwängte sich in die wuchtige Festung von Linlithgow, ein Pfahl im Herzen Schottlands, den Longshanks hier errichtet hatte. Er hatte eine frühere königliche Burg ausgebaut und die St.-Michaels-Kirche mit einbezogen, das Gotteshaus diente jetzt als Vorratsspeicher. Die Burg war noch nie besonders groß oder bequem gewesen, aber jetzt, wo die fliehenden Schotten einen Großteil zerstört hatten – wie sie jeden anderen ihrer Zufluchtsorte zerstört hatten –, war es besonders eng hier. Die Köche und Kellermeister, die Küchenjungen und Schlachter von Badlesmeres Haushalt, das Personal des Kammerherrn Despenser, die Beamten von Charltons Großsiegelbewahrern und die Brothertons, denen all die Pferde, Wagen und Karren unterstanden – sie alle hatten sich tagelang um jeden Raum und jede Schlafstelle gestritten. Die Brothertons waren dabei in einer guten Position, denn allein hundert ihrer Pferde gehörten dem König, darunter vierzig kostbare Schlachtrosse.

Ich habe zwei, dachte Thweng missmutig. Beide haben mich den Preis eines kleinen Herrenhauses gekostet, und möglicherweise werden die Häuser in Trümmern liegen, wenn das hier vorüber ist. Wieder wünschte er sich, er wäre weit weg von hier.

Und trotz aller Abenteuer, aller Freiheiten, die dieser Feldzug mit sich brachte, wäre auch Edward lieber woanders gewesen, und er wäre überrascht, wenn er gewusst hätte, dass er und Sir Marmaduke Thweng sich ähnlicher waren, als sie beide ahnten – denn im Herzen waren sie beide einfache Landadlige, die lieber auf ihren Ländereien ackerten und wirtschafteten, als sich mit den abscheulichen Machenschaften eines Königshofes herumzuärgern.

Die Sache wurde auch dadurch nicht besser, dass die Kirchenmänner immer noch wegen der fehlenden Banner von Beverley und St. Cuthbert herumjammerten, was Edward schrecklich auf die Nerven ging. Er hörte, wie die beiden alten Knacker, die Bischöfe von Ely und Winchester, darüber sprachen.

»Ich bin sicher, der Herr wird es uns nachsehen«, sagte Bischof Sandale von Winchester, aber John Hothum, der Bischof von Ely, starrte ihn missbilligend mit seinen Fischaugen an.

»Der Herr sieht alles«, brummte er, während er einen Knochen abnagte. Das Gewicht seiner prächtigen Roben trieb ihm den Schweiß auf die Stirn. Er hätte sie auch nicht zu tragen brauchen, aber er liebte den Prunk aus seiner kirchlichen Schatzkammer, und noch mehr genoss er es, wenn Leute sahen, wie mächtig er war, und vor allem sollte das auch der Bischof von Winchester sehen.

»Es bestünde immer noch die Möglichkeit, Beverley zu holen«, sagte Sandale zögernd. »Ein schneller Reiter …«

»Der Herr lässt sich nicht täuschen.«

Eine dünne, kreischende Stimme, wie ein Nagel auf Schiefer. Der Sprecher war in einfaches Schwarz-Weiß gekleidet. Wie eine Elster, dachte Edward, als er den päpstlichen Gesandten musterte, den Dominikanerpater Arnaud.

»Also ist es passiert?«, fragte er streng und sah, wie der Dominikaner den Kopf mit der Tonsur hob, seine kleine, dicke

Nase zuckte wie bei einem Kaninchen. Es war ein rundes, freundliches Gesicht, aber das war eine Täuschung. Dies war der unerbittlichste Inquisitor des Papstes, und man musste vorsichtig sein, denn in diesen schwarzen Beerenaugen brannte ein grausames Feuer.

Er war mit einer Delegation von Inquisitoren Clemens' des Fünften gekommen – mit Dieudonné, dem Abt von Lagny, mit Sicard de Vaur, dem Domherrn von Narbonne –, der mit dem Finger drohend warnte, dass, auch wenn in England die Folter nicht erlaubt war, König Edward gut daran tue, wenn er es der Kirche überlasse, wie mit Ketzern zu verfahren sei. Gott wollte es so.

Den Papst und den französischen König zugleich gegen sich zu haben, das war zu viel für Edward gewesen. Er hatte sich gezwungen gesehen, die Templer, die er noch bei sich hatte, an die Kirche auszuliefern. Jetzt hatten sich die Dinge geändert, und Edward wärmte sich an einem Gedanken, den er aber nicht laut auszusprechen wagte: Clemens war tot, und die Kardinäle konnten sich nicht einigen. Es gab keinen Papst. *Sede vacante.*

Das wird die Kirche lehren, mir vorzuschreiben, was ich zu tun und zu lassen habe …

»Und – predigt Ihr dasselbe, Pater Arnaud?«, fragte er wieder, beflügelt vom Wein und der Hitze im Raum. »Das, was Euer verflossener Herr über den Umgang mit Ketzern sagte?«

»Der Heilige Stuhl und die Inquisition haben die Gebiete im Westen von Ketzern befreit, Mylord«, erwiderte der Dominikaner. »Und ich möchte in aller Bescheidenheit darauf hinweisen, dass auch ich meinen Teil dazu beigetragen habe.«

»Ihr seid wirklich zu bescheiden«, erwiderte Edward. »Wenn Ihr mit ›befreit‹ meint, dass Ihr die Anzahl der steuerzahlenden Pächter in Frankreich verringert habt, dann habt Ihr recht. Obwohl es für einige etwas spät kommt, wie mir scheint, wenn Ihr glaubt, dass der Großmeister de Molay mit dem Teufel im Bunde war.«

»Das war er«, sagte Arnaud. »Und Eure Gebiete sind auf die gleiche Weise verseucht. Sie müssen gereinigt werden. Gott will es so.«

Gott behüte, musste Edward denken. Was für ein kleiner Sadist dieser neue Inquisitor doch war, wie ein bösartiges, gefährliches Kind, launisch und eitel. Er verzog den Mund zu einem spöttischen Lächeln. »Nun, ich würde mich lieber auf Frankreich konzentrieren, denn wie mir scheint, kann der Fluch eines Ketzers dort einen König und einen Papst gleichzeitig treffen.«

»Natürlich«, meldete sich jetzt Sandalls ruhige Stimme, der merkte, dass der Dominikaner innerlich kochte, »seine Gnaden, der König, erkennen in solchen Fragen immer die Entscheidungen des Papstes an. Selbst Könige bekennen sich zu der Notwendigkeit, das himmlische Reich auf Erden Früchte tragen zu lassen.«

»Was bereits Euer Vater anerkannte«, fügte Arnaud, zum König gewandt, mit falschem Lächeln hinzu, »als er sich zu einem neuen Kreuzzug verpflichtete. Die heiligen Stätten *outremer* müssen wieder in unseren Besitz zurückgelangen.«

Es war klar, dass er damit andeuten wollte, Edward möge diese Rolle übernehmen. Der König sah Sandall bitter an, und dieser wünschte sich inständig, der Dominikaner hätte lieber ein Schweigegelübde abgelegt.

»Der Tod entbindet von allen Gelöbnissen«, erwiderte der König schließlich.

»Ich bin sicher, man wird diese Dinge noch ausführlicher besprechen«, warf der Bischof von Ely ein, »wenn die exkommunizierten Schotten erst wieder in die Gnade Gottes und des Heiligen Vaters aufgenommen sind ... sobald wir wieder einen Heiligen Vater haben«, fügte er listig hinzu, und Edward stieß ein trockenes Lachen aus.

»Ja, und bis dahin, Pater Arnaud«, sagte er, »gibt es nur gottlose Schotten. Dieses Land ist voll von Abtrünnigen.«

Er regte den Kopf vor – wie ein Raubvogel, dachte der Bischof von Ely.

»Doch dieses Land, ob mit oder ohne falschen König, ist ein Teil meines Reiches, in dem nicht abgeschworen und nicht gefoltert wird. Das solltet Ihr wissen, Pater, besonders jetzt, da Ihr keinen Heiligen Vater habt, bei dem Ihr Euch beschweren könnt.«

Arnaud sagte nichts, aber sein Hass war offensichtlich. Nein, es gab keine Folter in England, dachte er spöttisch, die brauchte man auch nicht, es reichten schließlich Kälte, Hunger, Ketten und eine gelegentliche übereifrige Tracht Prügel. Man würde in Edwards Reich weder Folterbank noch Daumenschrauben noch heiße Eisen finden, und trotzdem starben dort Menschen bei der Befragung.

Edward, der langsam das Interesse an diesem Gespräch verlor, verlangte laut nach Musik, und Lutz, sein Troubadour, erschien, der auf einem Bündel sauberer Binsen gesessen und nur auf den Befehl gewartet hatte. Man hörte Stöhnen und Gemurmel. Edward wusste, man verspottete die »Genueser Fiedler«, mit denen er sich umgab, selbst seine engsten Freunde mochten ihn nicht.

Sie haben eben keine Ahnung, dachte Edward, der an seiner Unzufriedenheit nagte wie an einem Knochen. Sie verspotten ihren König heimlich, weil er den Geschmack eines einfachen Landedelmannes hat – und auch, weil ihm schöne Musik gefällt. Von denen kannte doch niemand den Unterschied zwischen einem okzitanischen Meister und einem Genueser Straßenmusikanten. Oder zwischen einer Laute und einer Lerche.

Lutz war eine Lerche mit einer Laute, dachte Edward, und er freute sich über diesen poetischen Gedanken, er wiederholte ihn im Geiste und überlegte schon, wie er ihn formulieren konnte, sodass alle ihn verstünden. Doch der Gesang des Troubadours unterbrach seinen Gedankengang.

Lutz aus Carcassonne sang erst ein paar Verse über den Untergang Trojas, dann ein, zwei Strophen über die Suche nach dem Gral. Dann begann er das Rolandslied, und langsam wurde es immer stiller, während seine Stimme klar und rein ertönte und er mit geschickten Fingern die Saiten zupfte.

Mein Durendal gebrauch ich, treu und gut,
Versenk die Klinge bis zum Schaft im Blut.
Verwehret bleibt den Heiden unser Reich,
Sie sind des Todes, das gelob ich Euch.

Thweng staunte darüber, wie sich die Stimmung verändert hatte, wie all diese Ritter plötzlich still wurden und mit feuchten Augen dasaßen. Ganz plötzlich waren sie ihrem Ideal etwas näher gekommen, dem, was sie eigentlich sein wollten. Als der Sänger sein Lied beendet hatte, applaudierten sie mit leisem, respektvollem Klopfen auf die Tischplatte.

Sie applaudierten selbst bei den Versen, die davon handelten, wie hart das Leben im Dienste eines Herrn war, wenn man große Hitze oder große Kälte erdulden musste.

Oder sein Leben lassen musste.

Isabel

O sende deinen Geist, heiliger Johannes, um sündige Lippen zu reinigen und gefesselte Zungen zu lösen, damit deine Kinder so recht von deinen Wundertaten singen. Zu Ehren des Abends und des Tages brachte mir die Nonne, die Konstanze heißt, einen Strauß Johanneskraut und kämmte mir das Haar, was schon allein ein Segen war. Noch besser war der unsichtbare Straßenmusikant, der einen Mönchsgesang auf seinem Instrument spielte – ut, re, mi, fa, sol, la –, *um dem heiligen Johannes sein eigenes Gebet darzubringen.*

Ut queant laxis
Resonare fibris
Mira gestorum
Famuli tuorum
Solve polluti
Labii reatum
Sancte Ioannes

Ich sang es mit ihm: Auf dass die Schüler, mit fröhlichen Stimmen, mögen zum Klingen bringen, die Wunder deiner Taten, löse die Schuld, der befleckten Lippe, heiliger Johannes.

Wie der heilige Johannes das Kommen unseres Herrn ankündigte, so kündigt dieses Fest mein Kommen an. Lass die Herzen Deiner Gläubigen nicht vom Weg der Erlösung abweichen.

KAPITEL 9

BANNOCKBURN
VIGIL DES ST. JOHANNISTAGS, JUNI 1314

Die Sonne hatte ihren Höchststand überschritten, eine grelle Scheibe, deren Hitze das Gras zu Heu werden ließ und das samtige Grün des Hügels in der Ferne in ein hässliches Gelb verwandelte. Sie ließ die Blätter der Bäume glitzern und gaukelte mit langen Schatten Kühle vor. Aber trotzdem wollte niemand einen Abstecher in den kühlen Thorwald unternehmen – hier draußen war es sicherer, in der Sonne, die auf Kettenpanzer und Leder brannte und Wams und Wappenrock zu einem Backofen machte.

Addaf hatte seinen Männern befohlen, abzusitzen, denn genau genommen waren sie nichts weiter als berittene Fußsoldaten, was den Befehlshabern der Vorhut auch klar war. Doch während sie jetzt im Schatten der schützenden Zelte hockten oder lagen, die sie aus ihren entspannten Bogen mit den Mänteln darüber errichtet hatten, blieben die stolzen Ritter und sonstigen Kämpfer auf ihren Pferden, wobei sie nur froh sein konnten, dass es keine Streitrosse waren.

Sir Marmaduke, selbst schweißüberströmt, bemerkte, dass die feineren Adligen noch nicht einmal die volle Rüstung anhatten und sich dieser Tortur erst noch unterziehen mussten. Doch wenn sie tatsächlich in den dichten, dunkelgrünen Thorwald reiten müssten, würden sie alle jetzt gängigen gepanzerten Rüstungsteile anlegen, die sie finden konnten, und sich womöglich noch mehr davon wünschen, um sich vor dem Unheil zu schützen, das ihnen dort angeblich drohte.

Der Ort hatte in der Tat etwas Unheimliches. Das dachte auch Thweng, obwohl sie nichts weiter sahen als eine Handvoll schottischer Reiter, angeführt von Sir Robert Keith, der den Truchsess von Stirling zu König Edward geleitet hatte, wie es in der Vereinbarung über Belagerung und Rückzug festgelegt war. Wenn de Mowbray den König informiert hatte, dass die Vereinbarung – nämlich sich der belagerten Burg bis auf drei Meilen zu nähern – erfüllt war, würde er mit derselben Begleitung wieder abziehen.

Was de Mowbray tatsächlich davon hielt, war ein Rätsel, dachte Thweng. Stellte er sich denn wirklich vor, sie alle – Schotten wie Engländer – würden sich freundlich anlächeln, sich zunicken und dann nach Hause reiten, nur weil einer Vereinbarung Genüge getan war? Dennoch, das Ritual dieses Tanzes musste vollzogen werden, Schritt für Schritt. Also gut, dachte Thweng grimmig, wahren wir den Schein, später können wir uns immer noch auf ehrenvolle und ritterliche Art und Weise umbringen.

Neidisch beobachtete er die Waliser und wünschte, jemand wäre so vernünftig, zu befehlen, dass der Rest der Vorhut ihrem Beispiel folgen solle, aber Hereford und Gloucester waren von Hass und Hitze derart aufgebracht, dass die de Bohuns und die de Clares zwei streng abgegrenzte Gruppen bildeten und nicht daran dachten, sich über irgendetwas zu einigen.

Auch Thweng hatte seine eigene Gruppe von Reitern, nicht nur die vier Bewaffneten, die seine engsten Begleiter waren, sondern auch ein Gefolge von jungen Rittern, die wie immer gekommen waren und um Erlaubnis gebeten hatten, mit ihm reiten zu dürfen. Sie hatten spontan kleine Bruderschaften gebildet – auch das taten sie immer – und sich geschworen, Großes zu vollbringen oder zu sterben. Diesmal nannten sie sich, wie Thweng sich erinnerte, »die Ritter des Schattens«, nach dem Psalm – wie der Lord von Badenoch Sir Marmaduke erklärt hatte –, in dem vom Schatten Seiner Flügel die Rede ist. Mehr schien er nicht darüber zu wissen, und es interessierte ihn auch nicht weiter.

Sir Marmaduke hatte den Lord der Comyn lange gemustert, das rotgoldene Haar, die blonden Wimpern und Augenbrauen, die Stupsnase. Er sah aus wie ein mageres, streitsüchtiges Ferkel, dachte Thweng, aber er hatte andererseits viel Verständnis für den jungen Schotten. Wenn man mit ansehen muss, wie der eigene Vater von dem Mann ermordet wird, der sich später als König feiern lässt, kann das nicht ohne Folgen bleiben. Wenn man erst siebzehn Jahre alt ist und in der Blutlache seines Vaters steht und sich anhören muss, wie die Mörder darüber beraten, ob sie dich ebenfalls umbringen sollen, dann würde wohl jeder als »Ritter des Schattens« Rache schwören.

»Wie köstlich ist Deine Güte, Gott, dass Menschenkinder unter dem Schatten Deiner Flügel Zuflucht haben«, hatte Thweng gegenüber Badenoch zitiert. Sir Marmaduke hatte ihn in Erstaunen versetzt, hatte ihm jedoch nicht verraten, dass dieser Name nicht zum ersten Mal gewählt worden war.

Er hatte so ziemlich jede Variante passender Zitate aus der Bibel und den Psalmen gehört. Das letzte Mal, als er in Stirling gekämpft hatte, dachte er, hatten sich die kühnen Ritter auch aufeinander eingeschworen und sich »die Weisen Engel« genannt.

Die meisten dieser ritterlichen Engel hatten sich allerdings nicht sehr weise verhalten, sie waren auf der falschen Seite der Brücke geblieben und den Klingen von Wallace' Leuten zum Opfer gefallen. Viele von ihnen waren also jetzt tatsächlich Engel, sie saßen zu Füßen Gottes und fragten sich vielleicht, wie sie dorthin gekommen waren.

Jetzt entstand eine Bewegung, die Reihen öffneten sich, und Mowbray erschien mit einem Gesichtsausdruck, als leide er unter Verstopfung. Er kam geradewegs auf Hereford zu, während einer der Jünglinge seinen Trupp verließ und zu Thweng herüberritt.

Er war nicht älter als vielleicht fünfzehn, das dunkle Haar klebte ihm am Kopf, und er schien ein wichtiges Anliegen zu haben. Thweng erkannte ihn als einen der Knappen von Sir Maurice Berkeleys Söhnen und versuchte, sich an seinen Namen zu erinnern.

»Alexander de Plant.«

»Mylord«, erwiderte der Knappe, froh, dass man sich an seinen Namen erinnerte. »Mein Herr, der König schickt mich mit Anweisungen für die Kommandanten der Vorhut«, ratterte er sein Begehr herunter. »Mylord von Pembroke sagte, ich solle sie Euch bringen, und Ihr würdet schon wissen, weshalb und was zu tun sei.«

Thweng knurrte und verfluchte de Valence. Natürlich wusste er, weshalb – weil der, dem man die Anweisungen des Königs überbrachte, unweigerlich den Zorn des anderen Earl auf sich ziehen würde und weil es deshalb besser war, wenn es einen geachteten Veteranen wie Thweng traf. Gegenüber Thweng würde der andere seinen Zorn zügeln müssen, und die Anweisungen des Königs würden zumindest geprüft werden.

Die Anweisungen waren einfach genug: Die Vorhut sollte geradeaus weiterziehen, während der verlässliche Sir Robert Clifford seine Truppen rechts herum führte, um den

Schotten den Rückzug abzuschneiden. Die linke Seite war, wie es schien, voller Gräben und Fallgruben, was Mowbray bekannt war.

Als Thweng sich näherte, hatte Mowbray schon fast alles berichtet, was er erfahren hatte, als er schwitzend seine inständige Bitte an Hereford und Gloucester gerichtet hatte, nicht durch den Thorwald zu reiten.

»Sie sind instruiert, Mylords«, erklärte er winkend. »Wobei die Sache eigentlich überflüssig ist. Die Burg ist befreit …«

Der dunkle, gut aussehende Gloucester, dessen Gesicht vor Freude und Schweiß gleichermaßen glänzte, lachte laut auf.

»Glaubt Ihr etwa, wir sind hierhergekommen, um einen Vergnügungsausflug zu machen?«, fragte er, und selbst Hereford musste ihm beipflichten, der Mowbray mit einer Handbewegung entließ.

»Kehrt nach Stirling zurück und wartet dort, Sir. Wenn der König der Vorhut befiehlt, weiterzuziehen, dann zieht sie auch weiter.«

Thweng übermittelte ihnen die Anweisungen des Königs und beobachtete dann schweigend, wie sich rings um ihn her alles in Bewegung setzte. Während Philip de Mowbray mit seinem weißen Banner zu den Schotten zurückritt, die im Thorwald warteten, nickte er Thweng kurz zu, der das Nicken ebenso kurz erwiderte. Wenn alles nach Plan ging, würden sie sich in höchstens drei Tagen in der großen Halle von Stirling gegenseitig zuprosten können.

Wenn alles nach Plan ging …

Knappen führten jetzt die Reitpferde fort und brachten stattdessen die großen Schlachtrosse, von denen die meisten schon jetzt nervös waren, teils wegen der Hitze, aber auch weil sie spürten, dass Arbeit auf sie wartete. Andere holten Schulterplatten und Armschienen für die reichen Gutsbesitzer herbei, die sich diese neumodischen Teile leisten konnten und die ihnen jetzt mit viel Geklirr und Scheppern angelegt wurden.

Thwengs Knappe stand neben ihm und hielt Garm am Zügel. Garm war solide wie eine Scheune gebaut und alt genug, um keinen Schaum mehr vor dem Maul zu haben, auch wenn er genau wusste, dass dies keine bloße Übung für seinen Herrn sein würde. Er war schwarz, und sein herrlicher Glanz wurde durch einen leichten Schweißfilm und die weiße Satteldecke mit den drei grünen Papageien der Thwengs noch mehr hervorgehoben.

Sir Marmaduke stieg auf und setzte sich zurecht, nahm Schild und Lanze von dem jungen John entgegen, der dann ebenfalls sein Pferd bestieg und versuchte, sein Zittern zu unterdrücken. Er war nicht älter als Alexander de Plant, dachte Thweng, während er misstrauisch den dichten Thorwald musterte, und ich habe seiner Mutter versprochen, dafür zu sorgen, dass ihm nichts passiert. Ich habe ihn mitgebracht, weil ich dem König vier Männer schuldete.

Er hätte es womöglich nicht tun sollen, warf Thweng sich jetzt vor. Denn alle guten Leute, die er hatte, hatte er den Edwards geopfert, erst dem Vater, dann dem Sohn. Jetzt war der Junge durch seinen Mutwillen in Gefahr …

Er wandte sich zu John um.

»Bleib mit den Reitpferden hier«, brummte er. »Es hat keinen Zweck, die Tiere in Gefahr zu bringen, ehe wir wissen, was da auf uns zukommt.«

John nickte nur. Er presste die Lippen zusammen und wurde rot, denn er wusste, was sein Herr damit bezwecken wollte – und er schämte sich, weil er so ungeheuer erleichtert war. Thweng blickte weiterhin mit gemischten Gefühlen zum Wald. Eine Lanze war hier vermutlich eher ein Hindernis als eine Hilfe, dachte er.

Er wartete und hielt seinen einfachen, zerbeulten alten Topfhelm unter dem Schildarm, während die vor Aufregung fiebernden Ritter sich Federbüsche aufstecken ließen und nach Stolen und Bannern riefen, die doch nur nutzlos in der unbewegten Luft hingen. Die Jüngeren, die noch nie an einem solchen Treffen teilgenommen hatten, riefen sich mit hoher, nervöser Stimme Grüße zu und versuchten, lässig und forsch zu wirken.

Thweng sah, wie Hereford stirnrunzelnd seinen Neffen Henry de Bohun musterte, der Mühe hatte, seinen riesigen Braunen im Zaum zu halten. Das Pferd schwitzte stark, an seinem Hals klebten dicke Schaumflocken, und es scharrte ungeduldig mit den großen Hufen. De Bohun, der bereits Schild und Lanze in Händen hielt, hatte seinen Helm unter den Lanzenarm geklemmt und betrachtete dessen Verzierung. Der große Visierhelm war mit einer blaugoldenen Helmdecke geschmückt, der von einem gedrehten Türkenbund aus demselben blaugoldenen Stoff gehalten wurde, auf dem ein ausgestopfter heraldischer Löwe aus Goldstoff thronte, aus dessen Maul drei blaugelbe Reiherfedern ragten.

Er war auf diese neumodische Kreation genauso stolz wie auf sein sündhaft teures Pferd, das er nach Rolands Schwert Durendal getauft hatte, aber im Moment hätte er es mit Freuden eher in ein paar Zentner Pferdefleisch zerlegt.

»Der braucht feste Zügel, Junge«, rief sein Onkel ihm zu, der ebenfalls schwitzte und gereizt schien und mit Gloucester stritt, während er sich auf sein ebenso nervöses Schlachtross schwang, das sich gegen den Lederpanzer um seinen Kopf wehrte.

»Achtet auf Eure *conrois*, Mylords. Und lasst endlich diese verdammten Waliser aufsitzen«, brüllte der Earl von Gloucester, und der Earl von Hereford, der noch immer mit Pferd und Helm kämpfte und in den Händen die Zügel, im Mund die Reiherfedern von seinem Helmbusch hatte, schäumte hilflos vor Wut über de Clares Anmaßung.

Addaf wechselte einen Blick mit Thweng und nickte. Früher hätte er auch noch respektvoll die Hand an die Stirn gelegt, aber jetzt war er zu alt für diese Feinheiten, es sei denn, er hätte es mit einem Lord zu tun. Außerdem wusste er genau, dass dieser Ritter aus Yorkshire von solchen Sachen auch nichts hielt. Er hatte ihn schon vor vielen Jahren kennengelernt … mein Gott, das war sein erster Feldzug gewesen damals, gegen Wallace. Thwengs Gesicht vergaß man nicht so leicht, seine buschigen Brauen sahen aus wie angeklebt. Zwei tiefe, senkrechte Falten zogen sich zu beiden Seiten seiner Nase nach unten wie die Kiemen eines Karpfens, und verschwanden irgendwo im Bart, wo auch seine Mundwinkel sein mussten. Seine Oberlippe war länger als die untere und hing darüber, was seinen Schnauzbart noch bedrohlicher aussehen ließ.

Thweng erkannte Addaf nicht, worüber der Bogenschütze nur bedauernd lächeln konnte. Nun ja, damals war er ein kräftiger, buckliger junger Kerl gewesen, dunkel und mürrisch, jetzt war er ein grauhaariger Veteran. Aber an Thwengs ruhigem Blick und seinem bedächtigen Nicken merkte man, dass der Lord aus Yorkshire die Bogenschützen sehr wohl zu schätzen wusste. Es war auch klar, dass er sich wünschte, sie könnten durch die Bäume zu Fuß laufen statt zu reiten.

Jetzt führte er die Vorhut aus der sengenden Sonne in den kühlen Schatten des Thorwaldes, eine Wohltat, die die Männer aufatmen ließ. Addaf ließ seine Berittenen ausschwärmen, so weit es ging, wie ein Fächer breiteten sie sich zu beiden Seiten des schmalen Weges aus und lenkten ihre Pferde durch die Bäume. Doch er hatte ein Gefühl, als zöge sich der Wald immer enger um sie zusammen.

Bei Gott, dachte Thweng, das hier wäre ein Ort für einen Überfall, wie selbst Vegetius ihn sich nicht besser hätte ausdenken können. Die anderen dachten offenbar dasselbe, denn ihre erleichterten Seufzer und Freudenausbrüche über den kühlen Schatten verstummten recht schnell. Eng aneinandergedrängt zu zweit und zu dritt ritten sie durch den dunklen Wald, und selbst ein gelegentliches Knarren oder Klirren des Zaumzeugs schien ihnen jetzt schon zu laut.

Mindestens fünfhundert sind es, dachte Thweng, aufgereiht wie nasse Wäsche auf der Leine. In der grün gesprenkelten Enge des Waldes kam es ihm plötzlich vor, als sei er unter Wasser.

Mit einem erleichterten Aufschrei verließen sie auf der anderen Seite den Thorwald, traten hinaus in die Sonne und auf ein neues Hindernis zu. Ein neues Stück Waldland, aber verglichen mit dem Thorwald eher ein kleiner Hain. Dahinter, nicht mehr als sechs Meilen entfernt, lag die Burg von Stirling.

Hereford, dessen Stimme unter seinem prächtigen Helm nur undeutlich zu verstehen war, brüllte Befehle, die Gloucester, der seinen Helm unter dem Arm trug, bereitwillig wiederholte, damit sie auch jeder verstand, sein rotes Gesicht strahlte vor Stolz und Hitze.

»Sir Henry soll mit den Fußsoldaten vorwärtsgehen«, schrie er de Bohun zu, »die Berittenen sollen sich sammeln. Durchkämmt das Gebiet vor uns nach Feinden, Sirrah, und zwar zügig.«

Addaf warf einen säuerlichen Blick auf den aufgeputzten Henry de Bohun, dessen Umhang, Wams und Sattelzeug von leuchtendem Blau und mit kleinen goldenen Löwen verziert war. Mit dem großen Helm, auf dem ebenfalls ein Löwe war, sah er fast so aus wie sein Onkel, nur dass sein Schild einen roten Balken trug. Ein richtiger Milchbart, dachte Addaf verächtlich, und ungefähr so nützlich wird er mir und den Meinen auch sein. Aber so war es nun mal, die Waliser mussten unbedingt von einem englischen Lord befehligt werden, auch wenn dieser nur ein Arschloch zu Pferde war.

Addaf gab ein Zeichen mit dem Schwert, und endlich saßen die Waliser ab. Die Reiter beruhigten ihre Pferde, während die anderen wie Jagdhunde lostrabten, die Bogen gespannt und einen Pfeil auf der Sehne. Sie liefen zwischen den Bäumen hindurch, de Bohun folgte ihnen, und sein Knappe, Dickon, ritt auf seinem Reitpferd hinterher, ausgerüstet mit einer zweiten Lanze und einer Anzahl weiterer Waffen, falls sein Herr sie benötigen sollte.

Thweng sah ihnen hinterher, während der Rest der berittenen Vorhut nachkam und sich neu formierte. Das Gesicht des Lords von Badenoch war rot wie ein versohlter Kinderarsch, als er neben Sir Marmaduke auftauchte.

»Die Rebellen wollen anscheinend doch nicht kämpfen«, sagte er höflich auf Französisch und rümpfte die aufgeworfene Nase. »Schade. Bruce ist mir noch was schuldig.«

Bruce ist uns allen noch was schuldig, dachte Thweng, aber die Schulden wirst du nicht von ihm eintreiben, kleiner Lord. Er fragte sich allerdings, ob der Bruce, den er gesehen hatte, derselbe war, den er in seinen jungen Jahren gekannt hatte, als sie noch Turniere gekämpft hatten. Verdiente er überhaupt noch den Titel als zweitbester Kämpfer der christlichen Welt?

Addaf wischte sich den Schweiß von der Stirn und blies ihn von den Schnurrbartenden. Da vorn waren Männer. Er hatte gesehen, wie sie verschwunden waren, immer in sicherem Abstand vor den Bogenschützen. Hinter ihnen hörte er Rufe und das vertraute Klappern von Speeren.

»Vorsicht! Speerkämpfer!«, rief er auf Walisisch, dann wiederholte er es auf Englisch, damit Henry de Bohun es auch wusste, aber ob der Lord es verstand oder auch nur hören konnte, blieb sein Geheimnis, er war nichts weiter als eine gesichtslose Gestalt aus Metall, die keinerlei Reaktion zeigte.

Plötzlich hörte man Pfeile, die Waliser duckten sich und versuchten, Ziele auszumachen, um die Schüsse zu erwidern. Ein Pfeil prallte von Henrys Helm ab, es hallte so laut, dass er zusammenfuhr, sein Pferd riss den Kopf hoch und schnaubte protestierend.

Die Waliser warfen sich zu Boden, wie Henry de Bohun bemerkte, das war vernünftig, wenn man keinerlei anderen Schutz hatte und an keine Ritterehre gebunden war. Er verzog verächtlich den Mund und trieb sein Pferd an.

Addaf sah den prächtigen Lord, den goldenen Löwen und die Federn, die auf seinem Helm nickten, die roten und blauen Stolen, die so hübsch flatterten, und er dachte, nun ja, das wird wohl das Letzte sein, was wir von diesem aufgeblasenen Gecken sehen werden, und damit wären wir einen weiteren Engländer los, Gott sei Dank. Er sah, wie der ängstlich murmelnde Knappe an den Walisern vorbeiritt, aber jetzt prallte ganz in seiner Nähe ein Pfeil an einem Ast ab, und er musste seine Aufmerksamkeit auf den Angriff richten. Er brüllte seine Männer an, sie sollten ihm jetzt keine Schande machen und endlich diese schottischen Bogenschützen erledigen.

Doch diese schlichen sich bereits davon, sie wussten, dass sie ihren Zweck erfüllt hatten. Kein Zweifel, hinter ihnen standen bereits dichte Reihen von Männern mit funkelnden Speeren.

Eine Speerwand, Bogenschützen und Reiter – ohne einen harten Kampf würde es dort keinen Weg hindurch geben, und dazu brauchte man Fußsoldaten und Speere anstatt seiner fast hundert Bogenschützen und der schweren Schlachtrosse. Er übergab das Kommando an Coch Deyo und arbeitete sich zurück durch den Wald in die helle Sonne, wo er die große Horde der geduldigen, aber langsam ermüdenden Reiter mit zusammengekniffenen Augen musterte. Steifbeinig wie ein alter Wolf ging er hinüber zu Hereford und Gloucester und bemühte sich, beiden gleichzeitig zu berichten, was er gesehen hatte.

Sie nahmen es gefasst auf. De Clare, der Jüngere, wollte sofort angreifen, aber der ältere Earl von Hereford war klüger, stellte Addaf fest. Er wusste, dass er mit seinen fünfhundert schweren Pferden zwar gewinnen könnte, diese dabei jedoch zugrunde richten würde. Es war auch klug von ihm, dachte der Waliser, nicht darüber zu sprechen, dass er deshalb zögere; stattdessen befahl er dem walrossbärtigen Lord Thweng, mit seinen Begleitern vorwärtszureiten, um herauszufinden, auf wie viele Gegner er traf.

Und als Addaf sich umdrehte, um wieder zu seinen Männern zurückzulaufen, voll Sorge, wie es Coch Deyo in der Zwischenzeit ergangen sein mochte, hörte er plötzlich den Schrei des Earl von Hereford:

»Wo ist mein Neffe?«

Henry de Bohun steckte in einem Backofen, und der Schweiß brannte ihm in den Augen, seine Lanze blieb dauernd an den niedrigen Ästen hängen, sodass er sie sich nach hinten über die Schulter legen musste. Der stolze Schmuck seines Helms schien sich an jedem Zweig zu verhaken und drohte, ihm die ganze Pracht vom Kopf zu reißen.

Das könnte eine Erleichterung sein, dachte er – bis der erste Pfeil meine Nase trifft. Durch den Schlitz in seinem Helm sah er einen Reiter, eine verschwommene Gestalt, nicht mehr. Dahinter aber entdeckte er, undeutlich und im grün gefleckten Wald getarnt wie Rehe, eine große Anzahl von Männern mit Speeren. Er wartete, überlegte, blickte nach links und rechts, sah dort aber niemanden.

Zumindest das ist eine Hilfe, dachte er, indem er nach oben blies, um sein schweißnasses Gesicht abzukühlen, denn ich würde hier ohnehin einen Schotten nicht von einem Waliser unterscheiden können.

Es wäre Irrsinn, weiterzugehen – es war ohnehin schon dumm, dass er sich so weit vorgewagt hatte –, deshalb wollte er Durendal umdrehen. Doch der hatte nicht gern den Feind im Rücken, er blieb stehen und scharrte ungeduldig mit den Hufen die Erde auf. Fluchend riss de Bohun am Zügel – dann erstarrte er.

Der Reiter hatte sich bewegt, er rief etwas und schwang eine kleine Axt. Er saß auf einem ganz normalen Reitpferd und trug einen prachtvollen goldenen Wappenrock mit einem roten Löwen darauf, eine blutige Nachahmung der Löwen, die Henry trug. Auf dem Kopf des Mannes, über dem offenen Helm, saß eine kleine rote Lederkappe mit einem goldenen Zackenkranz.

Eine Krone.

Der König selbst und ohne seine Leibgarde von Rittern, lediglich Speerkämpfer und nur einer oder zwei davon in Kettenpanzern, um anzudeuten, dass sie Adlige waren – aber zu Fuß. Kein anderer Reiter in Sicht.

Das Blut rauschte in Henrys Ohren, es donnerte in seiner Höhle aus Stahl, und fast hätte er laut aufgeschrien. Er drehte mühsam die Lanze um, die sich immer wieder in den Zweigen verfing, ehe er sie anlegen konnte. Dann gab er Durendal die Sporen, dass dieser aufwieherte, und ritt so schnell wie möglich hinaus, wobei er seine Helmdecke samt allen sonstigen flatternden Bändern von Herzen verwünschte.

»Unhold!«, schrie er, denn die Ritterehre gebot, dass man auf sich aufmerksam machte und den Gegner nicht ohne Warnung überfiel wie ein Gesetzloser. »Stellt Euch zum Zweikampf! Ich bin Henry de Bohun, ein Ritter …«

Bruce war nervös. Er war sicher, dass die Engländer die linke Seite vermeiden würden und jetzt geradewegs auf ihn zukämen. Doch Jamie und seine Reiter, die jetzt alle absaßen, um zu Fuß zu kämpfen, hatte berichtet, die Vorhut und der Hauptteil der Truppen träfen zusammen ein und dass sein drittes Bataillon weiter rechts von den Engländern sei, die auf der anderen Straße anrückten, die direkt nach St. Ninian und zur Burg führte.

Das ist in Ordnung, sagte er sich, während ihm der Schweiß in Strömen herunterlief. Da will ich sie ja auch haben, auf meiner linken Seite im Norden und Osten des Carse – wenn ich nur wüsste, wo dieses dritte Bataillon sich im Moment befindet und ob Randolph sie unter Kontrolle hat. Er blickte hoch zu dem großen, erbarmungslosen Feuerball, der jetzt langsam, ganz langsam in Richtung Horizont sank.

Es war zu spät – zu spät für die Engländer, um die Sache heute noch zu erledigen. Selbst wenn wir hier ausharren sollten, um herauszufinden, wo das dritte Bataillon ist. Clifford, sagte er zu sich selbst. Es wird Clifford sein. Oder Beaumont. Hereford ist hier vor mir, und Gloucester ist bei ihm; das ist ein unpassendes Gespann, dachte Bruce, und das könnte mein Vorteil sein. Doch er hat keinen Mangel an guten Befehlshabern, dieser Plantagenet …

Zu viele Wenn und Aber, und immer wieder die nervösen Blicke auf die Wappen, um festzustellen, wer und wo und mit wem. Eine Schlacht dauert so lange wie die erste Etappe im ganzen Plan, dachte Bruce, danach kann man genauso gut versuchen, Katzen zu hüten.

Bruce rief die Nachhut zusammen – etwa die Hälfte seines eigenen Bataillons –, um damit eine Barriere für die englische Vorhut zu bilden, wenn – *wenn*! – sie aus dem Wald herauskommen sollte, während die Bogenschützen hin und her flitzten, um ihnen mehr Zeit zu verschaffen. Hinter ihnen sollte sich der Rest der schottischen Armee im rechten Winkel formieren und unter dem hohen Rücken des Coxet Hill entlangmarschieren.

Gefährlich, sehr gefährlich, dachte Bruce, einem heranrückenden Feind entgegenzumarschieren, aber es kann mir trotzdem nicht schaden, ich muss ihnen nur zur Warnung klarmachen, dass es keinen leichten Weg in den Hain jenseits des Thorwalds gibt. Zeit gewinnen bis zum Ende dieses Tages, und wenn wir morgen einen besseren Überblick haben, können wir immer noch entscheiden, was zu tun ist.

Vermutlich werden wir rennen, dachte Bruce. Ich habe weder Leute noch Waffen, um irgendetwas anderes zu riskieren.

Ein Schrei ließ ihn herumfahren. Er erkannte sofort die goldenen Löwen auf blauem Grund, und eine Schrecksekunde lang dachte er, es sei der Earl von Hereford selbst, doch dann sah er den diagonalen roten Balken auf dem Schild. Ein Ableger, dachte er und runzelte die Stirn, weil der Mann unter seinem Helm unverständliches Zeug brüllte.

»Der König! Schützt Seine Gnaden …!«

Gilbert de la Haye, Befehlshaber der Leibgarde und in großer Sorge um seinen König, stapfte auf seinen festen, dicken Beinen vorwärts wie ein wütender Dreijähriger und schrie seine Angst laut heraus. Eine Horde von Fußsoldaten strömte auf sie zu. Der blaugoldene Ritter gab seinem Pferd die Sporen, und zum ersten Mal empfand Bruce so etwas wie Angst, denn er wusste, der Ritter würde zuerst auf ihn treffen. Beim Anblick der Lanze, dick wie eine Radachse und mit einer tödlichen Spitze, verkrampfte sich sein Magen.

Die Spitze der Lanze war schon dicht vor ihm. Er hörte seine eigenen Leute verzweifelt aufschreien, als ob sie mit ihren Schreien den englischen Reiter von ihrem König ablenken könnten. Dann wich er mit seinem Pferd zur Seite aus, es geschah ganz unwillkürlich, und sah fast unbeteiligt zu, wie die blaugoldene Gestalt in all ihrem gestickten Dekor an ihm vorbeidonnerte.

Die deutsche Methode, dachte er triumphierend.

Dann riss er sein Pferd herum und stand wartend da, während Gras und Erdklumpen aufspritzten und der blaugoldene Ritter beim Versuch, sein Pferd auf der Stelle zu wenden, fast mit einem Baum kollidiert wäre. Ein schönes, gut trainiertes Tier, dachte Bruce, und jetzt erkannte er auch den Reiter. Es war Henry de Bohun, der ihm als junger Mann einmal begegnet war, doch seitdem war er erwachsen geworden. Edwards Riege von neuen Kriegern, dachte er, jung, draufgängerisch und genauso versessen auf Turniere, wie er selbst es einst gewesen war. Eine merkwürdige, wilde Freude stieg in ihm auf, und er musste lachen.

Henry konnte nicht glauben, dass er ihn verfehlt hatte. Als es ihm gelungen war, Durendal zu wenden, bemerkte er, wie die Fußsoldaten angerannt kamen, in einer Minute würden sie bei ihm sein, eine Horde brüllender Krieger mit dem einzigen Ziel, ihren König zu schützen.

Doch er würde nicht nachgeben – das durfte er nicht. Dort stand Bruce und lachte ihn aus. Aber wenn es Henry gelänge, ihm das Lachen vom Gesicht zu wischen, wäre die ganze Sache erledigt, die Schlacht, der Aufstand, alles. Er warf sich nach vorn, im gleichen Augenblick schleuderte jemand verzweifelt eine vierzehn Fuß lange Pike nach ihm, die wie eine Riesenschlange unter den Hufen des Schlachtrosses hindurchglitt.

Bruce wartete, wich wieder aus, und der Blaugoldene segelte wieder an ihm vorbei. Bruce glaubte, ein frustriertes Aufheulen zu hören, und musste so laut lachen, dass er sich auf den Hinterzwiesel stützen musste. Er hatte völlig vergessen, dass er noch immer die kleine Axt in der gepanzerten Hand hielt.

Henry riss sein Pferd herum, schleuderte seine Lanze auf den nächsten Speerkämpfer, zerrte sich den Prachthelm vom Kopf und feuerte ihn wütend in die Menge, worauf ein weiterer Mann rückwärts zu Boden ging, weil er ihn ins Gesicht bekommen hatte.

»Stellt Euch wie ein würdiger Krieger!«, brüllte er Bruce an, sein Gesicht feuerrot und nass von Schweiß.

Bruce' Lachen erstarb auf seinen Lippen. Da wollte offensichtlich jemand eine alte Rechnung begleichen. Longshanks hatte den de Bohuns die Gebiete von Annandale und Lochmaben geschenkt, und sie hatten es nie verschmerzt, dass sie sie wieder verloren hatten. Diese Beleidigungen seiner Ritterehre und Männlichkeit durch den kleinen Lord gefielen ihm kein bisschen. Dachte dieser eitle Papagei etwa, es handle sich hier um ein Turnier? Ein netter kleiner Wettkampf, bei dem man sich hinterher freundschaftlich auf die Schulter klopft und dem Verlierer ein paar tröstende Worte sagt?

»Verschwindet!«, brüllte der König, aber de Bohun löste eine Keule und schleuderte sie wütend in seine Richtung, sodass Bruce sich ducken musste. Die Speerkämpfer kamen Henry immer näher, sie hatten ihre langen Waffen erhoben und drängten ihn zurück. Er schrie und schlug wütend mit seiner gepanzerten Faust auf den Sattel.

»Feigling!«, kreischte er, »Ihr seid kein König, Ihr seid ein elendiger Feigling!«

Jetzt stieg in Bruce Wut auf, eine große Flutwelle heißen Zornes, in dem sich alle Sorgen entluden, die auf seinen Schultern gelastet hatten. Sie platzte wie eine Pestbeule, und Bruce brüllte auf.

De Bohun, der die Speerkämpfer kaum zur Kenntnis nahm, hatte ihnen allen den Rücken zugekehrt und war drauf und dran, auf Durendal davonzutraben. Er hörte Bruce hinter sich im letzten Augenblick, hörte das Trappeln schneller, kleiner Hufe. Er drehte sich halb um und sah in das wutverzerrte Gesicht des Königs. Bruce stand fest im Sattel und hatte den Arm hoch erhoben. Die Axt blitzte in der Sonne auf.

»Ritterehre? Hier handelt es sich um einen Krieg, du Schwachkopf.«

Die Axt sauste herab, und Bruce hörte es knacken. Er schlug weiter mit dem Griff auf Henry ein und versuchte gleichzeitig, sein verstörtes Pferd zu beruhigen. Als er aufblickte, sah er das stolze blaugoldene Schlachtross davongaloppieren, auf dem Henry noch einen Moment schwankend saß, die Axt und etwa ein Viertel vom Griff im Schädel. Sie war durch Beckenhaube und Kettenpanzer und bis zu den Augenbrauen eingedrungen. Er sah aus wie ein Tier mit einem merkwürdigen Auswuchs auf dem Kopf, das Gesicht eine blutige Maske.

Henry de Bohun schwankte, neigte sich zur Seite und rutschte unter Getöse aus dem Sattel. Die schottischen Fußsoldaten stießen ein Freudengebrüll aus, und Bruce, der selbst kaum fassen konnte, was er getan hatte, sah, wie sie sich auf den Toten stürzten wie Krähen, wie sie mit ihren Speeren nach ihm hackten und mit den Stangen auf ihn einstießen.

Sein zitternder, völlig aufgelöster Knappe, der bei ihm gewesen war, wurde vom Pferd gezerrt und mit Lanzen und Keulen erledigt. Bald breitete sich der säuerliche Eisengeruch von Blut in der Hitze aus, und das Gesumm der Fliegenschwärme klang wie das ferne Psalmodieren betender Mönche.

Hilfsbereite Hände ergriffen die Zügel des Zelters und brachten ihn in Sicherheit, aber Bruce bekam von alle dem nicht viel mit, als sie ihn wieder in die Sonne herausbrachten. Er kam erst wieder zu sich, als sein Bruder und Randolph lautstark mit ihm schimpften, weil er sich eine solche Blöße gegeben hatte.

»Schließlich verkörperst du das Königreich, Bruder«, schrie Edward mit zornrotem Gesicht. »Du musst dich vorsehen, denn von deinem gekrönten Haupt hängen wir alle ab, und sollte es fallen, fallen auch wir.«

»Ich habe eine gute Axt ruiniert«, sagte Bruce benommen und starrte auf den zersplitterten Schaft. Die Männer, die um ihn standen, lachten laut, selbst der wütende Edward, und bald erzählte man sich überall, wie der König den englischen Kempen, einen Ritter in voller Rüstung, mit einer kleinen Axt, aber königlichem Mut besiegt hatte. Der Hain jenseits des Thorwalds hallte wider von ihrem Jubelgeschrei.

Die Engländer sahen, wie Durendal aus dem Wald galoppiert kam, der Sattel leer, aber blutverschmiert. Er brach zur Seite aus, senkte wütend den Kopf und schlug mit den

Hufen, kampfbereit, wild geworden vom Blutgeruch. Es dauerte eine Weile, bis sie ihn einfangen konnten, und aus der Ferne hörte man die Jubelrufe.

Hereford war wie benommen, er konnte es nicht glauben. Er nahm seinen Helm ab und ließ ihn fallen, zusammengesunken saß er auf seinem Pferd und starrte auf den leeren, blutigen Sattel, als hätte das Pferd den Reiter durch einen Zauber verschwinden lassen. Gloucester erholte sich als Erster von seinem Schreck. Er wandte sich den anderen zu und hob die Hand.

»De Clare«, brüllte er. »Die Vorhut, hierher zu mir.«

Es war, als hätte man ein Schleusentor geöffnet, und Thweng vergaß völlig, Garm festzuhalten, als die Reiter an ihm vorbeidonnerten. Buchans Pferd, dessen Zügel kurz gehalten wurden, drehte Pirouetten auf der Stelle, ein Bild der Unentschlossenheit. Erschöpft ließ Thweng Garm seinen Willen, und freudig galoppierte das Pferd hinter den anderen her. Einen kurzen Moment befand er sich neben Hereford, der noch immer benommen schien und keinen Helm aufhatte. Zusammengesackt saß er auf seinem Schlachtross, das jetzt den Wald erreicht hatte.

Addaf spürte es schon, noch ehe er sie hörte, er sah Eicheln und Zweige am Boden erzittern und wusste von früher, was das zu bedeuten hatte. Er wurde hellwach und brüllte wie ein Stier.

»Auseinander! Auseinander! Die *mochyn saesneg* kommen!«

Die englischen Schweine brachen durch die fliehenden walisischen Bogenschützen wie angreifende Eber. Addaf sprang hinter einen dünnen Baum, sah einen dickeren, doch als er darauf zurannte, kollidierte er mit einem wild schnappenden Pferd und wurde umgerissen. Er rollte herum und rappelte sich auf, gerade als Crach Thomas mit verzweifeltem Schrei unter den riesigen eisenbeschlagenen Hufen eines Reitertrupps verschwand. Er sah einen Ritter in Grün, der den jungen Ithel Mawr aufspießte wie einen Kaninchenbraten – dann rannte er in blinder Panik davon …

Die Schotten hörten die Schreie, spürten, wie der Boden vibrierte, und die, die wussten, was das bedeutete, warnten die anderen, sich auf den Ansturm vorzubereiten.

»Die Linie halten!«, schrie Gilbert de la Haye, und da er hier das Kommando hatte, pflanzte sich die Leibgarde des Königs auf, fest wie die Bäume vor ihnen, und machte sich bereit: die gepanzerte erste Reihe auf einem Knie, die zweite Reihe, ebenfalls in Kettenpanzern, schulterten ihre langen Speere und setzten einen Fuß fest auf das Speerende, das vor ihnen im Boden steckte.

Ein Mann kam aus dem Wald gelaufen, er hatte einen Bogen in der Hand und blickte nach hinten. Als er sich endlich umdrehte und die Reihe der Speere vor sich sah, blieb er schlitternd stehen und schrie auf. Er schien einen Moment zu überlegen, dann warf er sich vor den überraschten Männern der ersten Reihe auf den Boden und kroch zwischen ihren Beinen hindurch, bis einer ihn bei den Haaren packte und sein walisisches Wehgeschrei mit dem Messer beendete.

Es war noch nicht ganz verstummt, als die ersten englischen Reiter zwischen den Bäumen auftauchten, wo sie die panisch fliehenden Waliser aus dem Schutz des Waldes in die Sonne hinaustrieben. Pferde und Reiter brauchten einen Moment, bis sich ihre Augen an die plötzliche Helligkeit gewöhnt hatten, aber die nächste Welle wogte bereits an ihnen vorbei, sodass die Pferde laut wiehernd und einander beißend aufeinanderprallten.

Von hinten bedrängt und von der Sonne geblendet, ritten die ersten Reiter jetzt lediglich im Trab auf die Reihen der Speerkämpfer zu, die Hälfte von ihnen versuchten, nach links oder rechts auszuscheren und stießen gegeneinander. Die Reiter ganz am äußeren Rand entdeckten die schottischen Bogenschützen an den Flanken des Speerwalls, Gloucester sah sie als Erster.

Ein Pfeil traf auf seinen Brustpanzer, der Schlag gegen sein Brustbein nahm ihm den Atem, sodass er seinen Zügel ruckartig anzog und den Kopf seines Pferdes nach hinten riss. Halb blind und völlig verunsichert brach das Tier seitlich aus und preschte auf einen Knäuel scharfer Speerspitzen und Glefen zu, die ihm von verzweifelten, wütend brüllenden Männern entgegengestreckt wurden.

Das Wiehern, das das Pferd ausstieß, war noch lauter. Der junge Earl bemerkte, wie es zusammenbrach, und versuchte, sich zu befreien. Es gelang ihm nur teilweise, das Pferd fiel, wälzte sich ausschlagend und laut wiehernd am Boden und verfing sich in den langen, goldenen Bändern und Zaddeln vom Helm seines Reiters.

Mühsam schaffte es Gloucester, wegzurollen, doch wieder wurde er zurückgerissen, als habe ihn jemand am Haar gepackt, und er brach um Luft ringend zusammen, weil die Helmriemen in seine Kehle schnitten. Fieberhaft und vor Frust und Schmerz stöhnend, zerrte er an seinem großen Helm, als sei der ausgestopfte Greif darauf ein lebendiges Tier, das ihn mit den Krallen festhielt.

Er sah, wie die Speerspitzen sein Pferd töteten, sah auch, wie nahe er den Reihen der Speerkämpfer war, ein Wald von Beinen. Er blickte auf Kettenpanzer, Lederschuhe, nackte, schwielige Füße und dreckige Waden. Und aus diesem dunklen, stinkenden Dickicht kamen jetzt Männer mit Dolchen auf allen vieren hervorgekrochen wie grinsende Spinnen, um ihn zu erledigen.

Er brüllte und zerrte, aber er konnte den Helm nicht herunterreißen, die verdammten Bänder der Helmdecke fesselten ihn an sein totes Pferd, und er tastete nach seinem Schwert.

Thweng kam aus dem Schutz der Bäume geritten, er sah das tote Pferd und die tückischen Fesseln, gegen die der Mann verzweifelt ankämpfte. Er sah auch die dunklen Rächer mit den Dolchen, die auf ihn zukrochen. Er schrie Badenoch etwas zu und schwang sein Schwert, falls er ihn nicht hörte, dann preschte er los in den Hagel aus Staub und Grasklumpen, der von Hunderten von Pferdehufen aufgeworfen wurde.

Die Dolchkämpfer krochen zurück in den Schutz der Speerkämpfer, die Thwengs Schlachtross mit ihren tödlichen Spitzen zurückdrängen wollten, doch Thweng ließ Garm sich aufbäumen und mit den Hufen schlagen. Der Hengst reckte seinen Hals wie eine Schlange, er wieherte und biss, und Sir Marmaduke merkte, wie die Speerspitzen die Schutzdecken aufschlitzten, aus dem das Stroh herausquoll. Jetzt schleuderte er seine Lanze mitten in das Meer von Gesichtern und zog sein Schwert.

Es waren nur ein oder zwei Hiebe nötig, dann war der Earl befreit und konnte taumelnd aufstehen. Als Badenoch und die anderen nachkamen und es mit dem Dickicht aus Speeren aufnahmen, schwang Thweng das Bein über den Sattel und glitt zu Boden, doch selbst diese kleine Erschütterung spürte er in seinen Knien. Ich bin zu alt für das hier, dachte er …

Er schlug mit dem Schwert um sich und konnte sich die Speere vom Leib halten. Doch einer prallte krachend gegen seinen Schild, gerade als er den Earl packte und in Garms Richtung stieß, der gehorsam und schnaubend in der Nähe seines Herrn stehen geblieben war.

Der Earl war benommen, aber er begriff, was Thweng wollte, und vor Erleichterung schluchzend kletterte er in den Sattel. Thweng warf ihm die Zügel zu, klopfte Garm den Hals, dann waren beide verschwunden.

Aus dem Unterholz des Speerwalls schoss plötzlich eine Gestalt hervor und zielte mit dem blanken Dolch auf den Sehschlitz von Thwengs Helm. Der trat auf den Mann zu, und mit dem Schild auf der Schulter warf er ihn zu Boden und schnitt ihm die Kehle so mühelos durch, als handle es sich um eine Käserinde. Ein Haken verfing sich in seinem Umhang, zerriss ihn und zog Thweng zu sich heran, sodass er das Gleichgewicht verlor und den Schotten fast vor die Füße gefallen wäre.

Jetzt kam ein anderer auf ihn zu, Thweng sah, dass er keinen Helm trug und fast glatzköpfig war, seine verbleibenden Haare standen in kleinen Büscheln ab wie bei einer Eule. Der Mann wollte ihn umrennen, um dann seinen schmalen Dolch in den Helm zu stoßen, aber Thweng schob ihm seinen Schild entgegen und hob ihn mit einem mächtigen Ruck an.

Der Mann flog über Thweng hinweg und landete mit Wucht auf dem toten Pferd des Earls, sodass ihm die Luft wegblieb.

Thweng stolperte vom Speerwall zurück, gerade als Badenoch sich zwischen sie drängte und seine Lanze schleuderte. Thweng war sicher, dass er auch noch seinen Helm abgenommen und geschleudert hätte, wären da nicht die vielen Pfeile gewesen.

Plötzlich ertönte ein Hornsignal. Hereford hatte sich erholt und gab den Befehl zum Abbruch des Angriffs. Sir Marmaduke trottete davon, wobei er sich den Anschein tiefer Verachtung für seinen Feind gab, aber in Wahrheit war er viel zu erschöpft, um irgendetwas zu empfinden. Badenoch kam angaloppiert, hob grüßend sein Schwert und ritt höflich eine Weile als Begleitung neben ihm her. Thweng war froh darüber und nahm sich vor, dem kleinen schottischen Lord später dafür zu danken.

Etwas tiefer im Wald traf er auf zwei Trupps schwitzender Reiter, die die Leichen von Henry de Bohun und seinem Knappen halb trugen und halb am Boden zerrten, und er fragte sich, wie vielen Männern es das Leben gekostet hatte. Doch er wusste, es war wenigstens etwas, ein kleiner Sieg in dieser Katastrophe. Selbst in einem Krieg geschah es nicht oft, dass ein so ranghoher Ritter getötet wurde.

Die Wirkung auf die Kampfmoral war bereits spürbar, dachte Thweng, als er die zitternden Pferde und die schweißnassen, ungläubig dreinschauenden Reiter sah, die durch die Bäume zurückritten, verfolgt von tanzenden Schatten, Pfeilen und den Schmährufen derer, an denen sie gescheitert waren.

In sich zusammengesunken und nass von Schweiß und Tränen, saß der Earl von Hereford auf seinem kostbaren Pferd und sah, wie die Leiche seines Neffen weggetragen wurde, eine der blutigen Hände war heruntergerutscht und pendelte hin und her, als wolle sie ihm zum Abschied winken.

Isabel

Befreiung, Liberation: von liber, das heißt frei. Das hat die kleine Konstanze mir erzählt, als sie kam, um mir das Haar zu kämmen und zu färben, was ihr Spaß macht, denn sie selbst darf sich ja die Haare nicht färben. Die Menschenmengen in Berwick wogen dahin wie das Meer, sie fliehen vor den Armeen beider Seiten, suchen in der Stadt Schutz und finden nichts als Wahnsinn. Es wird getrunken und getanzt, erzählt Konstanze teils aufgeregt, teils ängstlich, aber das überrascht mich nicht. Die Hälfte wird auf die Knie fallen und zu Gott beten, die andere Hälfte wird sich vergnügen, solange es geht. Konstanze erzählt, dass eine ihrer Mitschwestern, eine Nonne, die dem Heiligen zu Ehren den Namen Giles gewählt hat, fordert, dass man sie einmauert. Erst hatte sie verlangt, meinen Platz in diesem Käfig einzunehmen, bis sie erfuhr, dass ich nicht ununterbrochen hier bin, sondern dass ich im Schweineturm eine Zelle habe, mit einem Abort, einer ganz annehmbaren Pritsche und einem Feuer im Winter. Das sei zu komfortabel, sagt sie.

Ich habe Konstanze gesagt, Schwester Giles könne meinen Käfig gern haben, denn ich werde ihn bald verlassen. Gott will es so.

Der Himmel ist voll dunkler Wolken. Sie künden von einem Gewitter, das keinen Regen bringt, nur drückende Hitze. Wir haben schon wochenlang keinen Regen mehr gehabt.

KAPITEL 10

BANNOCKBURN
VIGIL DES JOHANNESTAGS, JUNI 1314

Es hatte wochenlang nicht mehr geregnet, und die sechshundert galoppierenden Hufe verwandelten das trockene Gras und die Erde der Carse in eine Staubwolke, durch die die Sonne nur noch wie eine matte Goldmünze schimmerte. Die Carse von Bannockburn war eigentlich ein Sumpfgebiet, das von heimtückischen Wassergräben durchzogen und daher für Pferde kaum zu durchqueren war, aber jetzt sah Sir Robert Clifford auf dem Grund der steilen, von Büschen gesäumten Gräben nur kleine Rinnsale.

»Trotzdem immer noch ein Hindernis, Mylord«, sagte William Deyncourt und zeigte auf die schwitzenden Pferde, an deren Hälsen das Zaumzeug den Schweiß zu Schaum gerieben hatte. Sie hatten schwer gearbeitet, um die trockenen Gräben zu überqueren.

»Aber das Gebüsch ist ziemlich grün«, fügte Sir Thomas Gray hinzu, »was darauf hinweist, dass es immer noch Wasser bekommt.«

Beaumont, der sich mühsam in dieser Hitze dahinschleppte, wünschte sich, er hätte die Energie, um zu widersprechen. Er wollte Deyncourt sagen, dass die Ebene nur dann ein »Hindernis« war, wenn sie auf der gegnerischen Seite verteidigt wurde, und Gray hätte er gern angefaucht, dass sie schließlich keine Bauerntölpel seien und es daher niemanden kümmere, woher ein Gebüsch Wasser bekam. Aber Clifford nickte nur, als verstünde er, was Gray gemeint hatte, was Beaumonts Laune nur noch verschlechterte.

Klugscheißer, dachte er wütend. Er mochte Deyncourt nicht, schon allein deshalb, weil er zu Grays Gefolge gehörte. Und Gray konnte er noch weniger leiden, obwohl er wusste, dass das eigentlich ungerecht war, und das machte die Sache nur noch schlimmer. Sir Thomas Gray wäre fast ums Leben gekommen, als er ihm bei der letzten Belagerung von Stirling das Leben gerettet hatte. Mein Gott, das war jetzt auch schon wieder zehn Jahre her.

Bei der Erinnerung an den großen Haken, der nach unten schwang, um den Belagerungsturm zu fassen, bekam er noch heute eine Gänsehaut. Der Haken hatte sein Ziel verfehlt und ihn an seinem Umhang zu fassen gekriegt – bei dem bloßen Gedanken zog sich alles in ihm zusammen. Wie von einer Riesenhand war er hochgehoben und mit Armen und Beinen zappelnd wie ein hilfloses Insekt hin und her geschwungen worden, und es hätte ihn irgendwann gegen den Turm geschleudert. Aber Gray war dazwischengesprungen, hatte Pfeile und Steine ignoriert und ihn vom Haken befreit. Und genau in diesem Moment traf der Bolzen eines Katapults seinen Helm, durchschlug das Metall und drang ihm ins Gesicht ein, sodass sie Schmiedewerkzeug gebraucht hatten, um ihn zu befreien.

Schuldbewusst blickte Beaumont zu Gray hinüber und sah die große Narbe, die wie ein anklagendes Leuchtfeuer glühte. Eigentlich hätte Gray tot sein müssen, dachte Beaumont. Er war unter einem Haufen von Toten begraben gewesen. Beaumont war mit den Männern nur zurückgekehrt, um seine Leiche zu bergen. Doch er fing plötzlich an zu stöhnen und sich zu bewegen, was alle erschreckte – besonders diejenigen, die an seinem Helm gezogen und gezerrt und schließlich aufgegeben hatten, weil er fest mit seinem Kopf verbunden war.

Wie er die schwere Verletzung überlebt hatte, war ein Rätsel, dachte Beaumont, und er war sich bewusst, dass er sich hätte freuen und Dankgebete sprechen müssen dafür, dass Gott das Leben des Mannes bewahrt hatte, der das seine gerettet hatte.

Doch dieses Gesicht erinnerte Beaumont nur immer wieder an die entsetzliche Angst, die er an diesem Tag ausgestanden hatte, an diese schreckliche Hilflosigkeit und daran, was er Gott ängstlich stammelnd alles versprochen hatte, wenn er gerettet würde – Versprechen, die kein Mensch und nicht einmal ein Heiliger halten konnte.

Er wollte, dass die Sache endlich erledigt war, sodass er Gray vergessen konnte, und selbst wenn der Ritt über dieses unbekannte Gelände direkt in den Höllenschlund führen sollte, er wäre bereit dazu.

Kein Zweifel, die Carse war eine eigenartige Gegend. Sie alle hatten gehört, wie tückisch sie sein konnte – Grasland, das harmlos aussah und doch ein trügerischer Sumpf war. Aber nicht jetzt. Nicht nach der wochenlangen Hitze. Jetzt fühlte die Erde sich an wie frisches Brot, innen weich, aber mit einer festen Kruste, wie Clifford laut bemerkte. Sein Trupp von Getreuen lachte pflichtschuldigst, trotzdem waren sie nervös. Sie waren etwas später als die Vorhut aufgebrochen und wussten nicht, was dort links von ihnen in dem Hain passierte. Clifford war besorgt. Die Jubelrufe, die sie aus der Ferne hörten, machten die Sache auch nicht besser – denn wer jubelte dort, und warum?

Doch wenn er den Befehl des Königs ausführen wollte, die

Schotten einzukreisen, um ihnen den Rückzug abzuschneiden, musste er sich beeilen. Dafür hatte er dreihundert Ritter und weitere Bewaffnete auf Pferden, die alle ihre teuren, schwitzenden Schlachtrosse antrieben, um die kleine St.-Ninian-Kapelle zu erreichen. Die nächsten Fußsoldaten waren noch meilenweit hinter ihnen und quälten sich mit dem Gepäck ab.

Misstrauisch betrachtete Clifford den Wald zu seiner Linken, er hatte einen ziemlich fremd klingenden Namen, genau wie die Ebene, über die sie ritten. Sie kamen gerade an einen weiteren Fluss mit steilem Ufer, und Clifford fiel ins Schritttempo, Gray und Beaumont erschienen neben ihm.

»Der Pelstream, Mylord«, sagte Gray. »Unterliegt den Gezeiten wie alle Flüsse hier. Wir verlassen gerade die Carse von Balqhuiderock und kommen hinaus ins Dryfield. Wie der Name schon sagt, ist hier der Boden trocken und fest, auch bei schlechtem Wetter.«

Den Unterschied konnte man nicht erkennen. Die Ebene sah ganz genauso aus, aber Clifford wirkte zufrieden.

»Gutes Gelände zum Reiten«, erklärte er gut gelaunt. »Der König wird sich freuen. Hier sollte die Armee sich versammeln, Mylords.«

Gray hatte Zweifel, als er auf die Verjüngung des Geländes sah, die durch den Wald und den Fluss entstand, was er auch erwähnte, aber Cliffod meinte, dass die Gegend »ganz ausgezeichnet« sei.

»Und was ist das dort?«, knurrte Beaumont, den das höfliche Geplauder nervös machte. Er wischte sich mit einer Ecke seines Umhangs das Gesicht ab.

Er deutete mit der gepanzerten Faust, und alle Blicke folgten ihm, einige stellten sich in den Steigbügeln auf, um besser sehen zu können.

Sie sahen eine glitzernde Linie, wie eine Narbe in der Landschaft, die sich wellenförmig bewegte. Gray lachte, was Beaumonts Gesicht noch finsterer werden ließ.

»Das, Mylord«, sagte Gray fast fröhlich, »ist der Feind.«

Bruce hatte seine Benommenheit überwunden, aber noch immer musste er an seinen Wutausbruch denken, an dieses laute Knacken, als er die Axt niedersausen ließ. Bei Gott, er hatte so fest zugeschlagen, dass der Schaft abbrach. Nicht nur sein Arm, sein ganzer Oberkörper tat ihm von der Wucht des Schlages weh.

Wie ein ausgeblasenes Ei, erinnerte er sich mit Schaudern. Der Kopf des Jungen … Doch er verscheuchte den Gedanken, verschloss ihn in derselben übervollen Kiste, in der seine vielen anderen Sünden schlummerten.

Die Ironie war ihm nicht entgangen, als er an den Reihen der laut jubelnden Männer entlangritt, unter denen es sich herumgesprochen hatte, dass die englische Vorhut abgewehrt worden war, dass ein stolzer englischer Kempe tot dalag wie eine Opfergabe, im Zweikampf getötet von ihrem heldenhaften König. Ein guter Anfang, auch wenn es eine Sünde war, dachte Bruce. Und auch, wenn es den Fluch des Malachias gab …

Als Bruce jetzt zu den Hundertschaften von Randolphs Männern ritt, fand er den Earl von Moray dort nicht vor, sondern lediglich Duncan Kirkpatrick, der besorgt vor den dicht geschlossenen Reihen hin und her ritt. Bruce sah auf den ersten Blick, dass die besten Kämpfer verschwunden waren, nur die schlecht Bewaffneten waren noch da. Bekleidet mit nichts als dünnen Kitteln, lehnten sie wie teilnahmslos auf ihren langen Speerschäften. Manche hatten nur gehämmerte und im Feuer gehärtete Spitzen. Andere hatten merkwürdige Sensen oder lange Schäfte, an die irgendwelche primitiven Klingen gebunden waren, aber es war nichts darunter, was man als einen richtigen Speer oder einen Haken hätte bezeichnen können.

Ich werde mich mit dem längsten Stock verteidigen, den ich habe, dachte Bruce.

Duncan Kirkpatrick hatte das Gesicht wie im Schmerz verzogen, wischte sich den Schweiß aus den Augen und ging respektvoll aufs Knie. Er war überzeugt, dass er von der Hölle selbst dazu verdammt war, dem König zu erklären, was Sir Thomas Randolph, der Earl von Moray, gerade vorhatte.

Bruce starrte Duncan an und spürte, wie ihn Unruhe befiel. Ein Verwandter von Roger Kirkpatrick, erinnerte er sich. Wo steckt dieser alte Jagdhund eigentlich – und Hal von Herdmanston? Wenn sie nicht zurückkommen und erfolgreich waren, dann sind wir erledigt. Und wo ist Randolph mit unseren besten Männern? Der Gedanke, dass er desertiert sein könnte wie Atholl, schnürte ihm die Brust zu. Dann hörte er, wie Jamie Douglas einen leisen Überraschungsschrei ausstieß, gefolgt von einem verächtlichen Schnauben.

»Was im Namen aller Heiligen hat er bloß vor?«

Er deutete mit der Hand über das Dryfield, und alle sahen hin. Dort draußen marschierten Hunderte von Männern in langen Reihen über Dryfield, ihre Speere glänzten, das riesige Banner Randolphs flatterte keck neben dem Andreaskreuz. Es waren seine eigenen Truppen, die er von seinem Kommando abgezogen hatte, seine am besten bewaffneten Männer, die das Undenkbare, das Unverzeihliche taten, nämlich ungeschützt ins offene Gelände zu marschieren, einer Kavallerie auf Schlachtrossen entgegen.

Und Bruce sah, dass sie kam, schnell und unaufhaltsam, die Wimpel und Banner und Helmdecken mit ihren Wappen, die in der sonnigen Staubwolke aufleuchteten.

Er erkannte Cliffords Banner mit dem Schachbrettmuster. Beaumonts ebenfalls. Den schwarzen Löwen mit dem gegabelten Schwanz der Stapledons. Die Leyburns. Die Tailleboys. Du lieber Himmel – mindestens dreihundert schwere Schlachtrosse unter Cliffords Kommando, die auf die kleine Gruppe von Männern zukamen, die sich bereits zu einem Schildring zusammenschoben, so klein und zerbrechlich wie ein Vogelei auf Kopfsteinpflaster. Bruce verschlug es vor Angst den Atem.

»Was hat er vor?«, fragte jetzt auch de la Haye ungläubig. Uns den Arsch retten, das hat er vor, dachte der Hundejunge, der zwischen den schwitzenden Männern dicht hinter Jamie herging. Der Earl von Moray sollte nach der Kavallerie Ausschau halten und hat sie nicht rechtzeitig entdeckt. Jetzt stellt er sich dorthin, um wie ein Korken in einer Lederflasche dafür zu sorgen, dass die Engländer nicht näher an Stirling herankommen.

»Er will sie daran hindern, zur Burg vorzudringen, Euer Gnaden«, sagte Duncan Kirkpatrick verzweifelt.

Bruce hatte, was den Grund dafür betraf, seine eigene Theorie. Mit düsterer Miene beobachtete er, wie die Engländer den Schildring einkesselten.

Der Fluch des Malachias.

Clifford wollte es nicht fassen, und auch Beaumont schüttelte ungläubig den Kopf, doch der Anblick löste bei ihm ein wildes Triumphgefühl aus.

»Lasst sie noch näher kommen!«, brüllte er schließlich mit hochrotem Kopf. »Je mehr Platz wir ihnen lassen, desto leichter können wir sie von den anderen abschneiden und abschlachten.«

»Wenn wir ihnen noch mehr Platz geben«, bemerkteGray trocken, »werden sie bald überall sein, Mylord.«

Es war ihm so rausgerutscht, aber Beaumont fuhr herum mit wütend verzerrtem Gesicht.

»Habt Ihr etwa Angst?«, giftete Beaumont ihn an.

Gray bedachte ihn mit einem zornigen Blick. »Wie könnt Ihr es wagen, Sirrah? Ihr werft *mir* Feigheit vor?«

Beaumont, der merkte, dass er zu weit gegangen war, machte eine wegwerfende Handbewegung und murmelte etwas Unverständliches.

»Mein Gott, Beaumont«, schaltete sich Deyncourt ein, der den Wortwechsel mit angehört hatte.»Ihr verdankt diesem Mann Euer Leben …«

Die Bemerkung war nicht sehr hilfreich. Beaumont fuhr ihn an, was ihm einfalle, so mit einem Earl zu sprechen. Worauf Deyncourt nur verächtlich auflachte. Jetzt mischte sich auch sein Bruder Reginald ein.

»Earl? Als Earl von Buchan werde ich Euch erst anerkennen, wenn Ihr mehr vorweisen könnt als ein Stück Pergament mit dem Erbe Eurer Frau.«

»Meine Herren!«, ermahnte Clifford die Ritter. Erbefehligte dreihundert Berittene, deren Pferde langsam unruhig wurden, sie hatten keine Zeit für kleinliche Animositäten.

»Ach, geht doch zum Teufel, Beaumont. Ich bin noch nie vor einem Kampf weggelaufen, und niemand dürfte das besser wissen als Ihr.«

Damit riss Gray heftig am Zügel und wandte sein aufwieherndes Pferd um. Ehe irgendjemand begriff, was er vorhatte, hatte er seine Lanze angelegt, den Schild gehoben und trabte los, kurz darauf trieb er sein Pferd zum Galopp an. Ohne zu zögern, stürmten die beiden Deyncourts ihm hinterher. Im Reiten setzten sie ihre Helme auf, und der junge Reginald stieß einen wilden Freudenschrei aus.

Zu dritt donnerten sie den Hunderten von Soldaten entgegen, die einen Ring aus grausam drohenden Speerspitzen gebildet hatten.

Die Hitze im Ring war unerträglich. Will hasste es, wenn die Sonne derart brannte, dass man braun wurde wie ein maurischer Heide. Aber diese Hitze war noch schlimmer, weil man von allen Seiten eingekeilt war zwischen Männern, denen genauso heiß war wie ihm.

Ihm fiel sein Vater ein. Das ist nicht unser Krieg, hatte Will einst zu ihm gesagt. Was kümmert es uns, wer die Krone trägt? Würde das Kloster unter einem englischen König etwa keine Kerzen brauchen? Und sein Vater hatte es erklärt, wie er ihm alles erklärt hatte. Er hatte ihm auch gezeigt, wie man den Talg für eine Kerzenuhr bis zum letzten Tropfen abmessen muss – eine richtige Kerzenuhr, nicht diese dünnen Dinger in einem Zinnleuchter mit Strichen an der Seite, wie manche Leute sie haben.

»An wen zahlen wir unsere Pacht?«, hatte sein Vater gefragt, und damit hatte Will seine Antwort. Wir gehören dem Kloster, hatte sein Vater gesagt, und zur Pacht gehört auch, dass man als Soldat dienen muss. Sein Vater hatte anno 1307 und 1310 gedient und hatte das Glück, beide Male mit dem Leben davonzukommen.

Will war neun, als er das erste Mal davonzog. Jetzt war Will sechzehn, und weil sein Vater zu alt war, war die Wahl auf ihn, Will, gefallen.

Und darum bin ich jetzt hier, dachte Will, ich tropfe, als stünde ich im Regen, mit Pas rostigem Eisenhut, dem geflickten alten Waffenrock, dem Schwert mit dem klapprigen Griff und einem langen Speer, den ich vom König habe. Doch die Hände, die den Speer halten, sind meine Hände. Meine Knochen, meine Gelenke, und meine Finger mit den abgebrochenen Nägeln gehorchen meinem Befehl und sonst keinem, genau wie meine Beine und meine schwitzenden, stinkenden Füße in den abgewetzten Schuhen.

Er war Will, der Sohn des Wachsziehers, er war sechzehn, und irgendwo unter seinen Rippen oder in seinem Schädel kamen ihm Gedanken, die noch niemand gedacht hatte, und er hatte so große und mächtige Gefühle, wie sie noch niemand gehabt hatte.

Will, der Sohn des Wachsziehers, der selbst dahinschmolz wie Wachs. Er würde sich wohl nie einen großen Namen machen – so wie Master Overhill, der die Kerzenuhr erfunden hatte, um der Erfindung der französischen Horologen, diesem Teufelswerk aus Zahnrädern und Metallfedern, etwas entgegenzusetzen. Wenn er, Will, das hier lebend überstand, würde er wohl für den Rest seines Lebens nichts anderes machen, als Dochte in Talg zu tauchen und für schlechtes Licht zu sorgen.

Aber hier werden jetzt keine Kerzen gebraucht, dachte er, als die lauten Stimmen der Vintenars befahlen, dicht zusammenzubleiben und die Speere anzulegen. Hinter ihm, im Inneren des Ringes, wo es so eng war, dass kaum noch ein Fuß Platz hatte, stand Lord Randolph. Wie er es schaffte, in dieser Hitze aufrecht stehen zu bleiben, eingehüllt in Waffenrock, Kettenpanzer und Rüstung, grenzte an Zauberei. Es gehörte zu dem Geheimnisvollen, das die Adligen umgab.

Und er stand nicht nur aufrecht da, er brüllte seine Befehle laut hinaus, forderte von ihnen, den Ring zu halten. Außerhalb, über die Schulter des Mannes vor ihm, sah Will zwei

Reiter, er versuchte, sich mit seiner Faust in dem dicken Lederhandschuh den Schweiß aus den Augen zu wischen. Sein Speer schwankte und fiel klappernd gegen den Helm des Vordermannes, aber der schien das gar nicht zu bemerken.

Die Reiter kamen näher. Nur drei – jemand lachte ungläubig, aber plötzlich schienen die Männer um Will den Atem anzuhalten, und Will sah, dass die Reiter direkt auf seinen Abschnitt des Ringes zukamen.

»Haltet den Ring!«

Will glaubte nicht, was er sah. Kein vernünftiger Mensch ritt freiwillig direkt in ein Dickicht aus Speerspitzen hinein.

»Keine Angst, Junge«, sagte der grauhaarige Mann neben ihm. »Bleib an deinem Platz im Ring, halte deinen Speer, wie du es gelernt hast, dann wird es schon gut gehen.«

»Habt Ihr so etwas schon mal erlebt?«

Will schämte sich, weil seine Stimme zitterte, aber der Mann grinste ihn nur freundlich an.

»Ach, hundert Mal«, sagte er, und die Männer um ihn herum lachten zustimmend. Der Grauhaarige sah wieder geradeaus und schien seine Beine fester auf den Boden zu pflanzen.

»Scheiße«, sagte er jetzt, und Will sah die riesigen Reiter, die immer größer wurden, er sah die mächtigen Beine der Pferde, die den Boden zu Staub zerstampften und direkt auf ihn zugaloppierten.

Grays Wut war mit jedem Hufschlag zu spüren, es war ein Blutrausch, der ihn blindwütig auf den Ring aus Speeren zustürmen ließ, wobei er Brunos Langsamkeit verfluchte und ihn mit den Sporen bearbeitete, bis das Pferd vor Schmerz aufwieherte.

Jetzt preschte Sir William Deyncourt an ihm vorbei. Er hatte sich vorgebeugt und wäre fast seiner Lanze hinterhergestürzt. Eine schlechte Haltung, dachte Gray, denn man hat kein Gleichgewicht, wenn man trifft, man fliegt geradewegs durchs Torhaus und auf der anderen Seite wieder hinaus, wie ein Stein aus der Schleuder …

Deyncourt ritt Brunos Stallgenossen – Morgenstern, eine große Friesenkreuzung. Die beiden Tiere waren zusammen ausgebildet worden, an Hunderten von Strohmännern und an kümmerlichen Weidenhürden, damit sie lernten, dass es keine Barriere gebe, die sie nicht überwinden konnten. Solange der Reiter entschlossen genug war, würden sie selbst in eine Burgmauer ein Loch reißen und erst recht in so ein Nest von Speerspitzen.

Gray setzte sich zurück, seine Beine fast auf der Höhe von Brunos geschwungenem Hals, die letzte Phase des wütenden Ansturms auf den Ring war von einem Brüllen begleitet, das in seinem Helm widerhallte und sogar das Krachen und Splittern übertönte.

Will sah den Reiter an der Spitze als ein kurzes Aufblitzen zu seiner Linken, er hörte das Knirschen und Krachen und spürte das Gewicht der Körper, die vom Zusammenprall nach hinten geschleudert wurden. Schwankend und wie betäubt vor Angst blickte er um sich, um zu sehen, wann der zweite Reiter aus der Staubwolke auftauchen würde, ein riesiges Ungetüm mit entblößten gelben Zähnen, auf dem eine gesichtslose Gestalt aus Metall saß.

Es gab ein wildes Durcheinander aus Rot und Weiß, das kurze Auftauchen eines silbernen Löwen auf einem Schild, dann traf das Pferd auf die erste Reihe, als gäbe es sie gar nicht. Es klang, als fiele ein großer Baum um, und Will sah, wie der Mann vor ihm in die Luft geschleudert wurde und mit einem Schrei verschwand. Er duckte sich instinktiv vor dem Holz der splitternden Speere, sah die abgebrochenen Spitzen in der Brust und im Kopf des Pferdes. Eine war direkt in die geblähten Nüstern und aus dem Auge wieder herausgedrungen.

Dann kam ein Moment, wo alles stillzustehen schien, als der Mann auf dem Rücken des sterbenden Pferdes seine Lanze dicht neben Will in den Hals des graubärtigen Alten stieß, er schien in der Luft zu schweben, hoch und immer höher, sodass Will ihm mit offenem Mund hinterherstarrte.

Das sterbende Pferd, das immer noch lief und schrill wieherte, brach durch die Reihen und sprengte sie. Will kehrte wieder in die Gegenwart zurück, gerade als das Pferd zusammenbrach und seine letzten wilden Schreie und Tritte Wills Welt verdunkelten wie mit einer großen schwarzen Wolke.

Er spürte den Tritt und merkte, wie er rückwärts in die Menge der anderen Männer geschleudert wurde, und spürte die absurde Regung, sich bei ihnen zu entschuldigen. Er sah sich, als stünde er außerhalb der Dunkelheit, die ihn umgab. Der feine Flaum, Anfänge seines rotgoldenen Bartes, wie Stoppeln auf einem abgeernteten Feld, mit großen Füßen und großen, ungeschickten Händen.

Ich bin geprüft worden und kein Feigling gewesen, dachte er, auch wenn es jetzt dunkel ist und ich Angst habe.

Jetzt bräuchte ich eine Kerze.

Gray wusste, Sir William war bereits tot, als Bruno auf den Speerwall traf und ebenfalls starb. Er hatte kaum Zeit, diesen Verlust zu bedauern, ehe er, wie aus einem Katapult geschossen, in die Luft flog und abgeworfen wurde, aber nicht vollständig, ein Fuß blieb zunächst im Steigbügel hängen, und er spürte, wie sein Bein sich verdrehte. Dann kam es frei, und er geriet in einen Wirbel aus Armen und Beinen, wie die Gaukler, die er auf einem Jahrmarkt gesehen hatte. Durch seinen Helmschlitz nahm er einen Wimpernschlag lang ein Bild wahr, das Gesicht eines Jungen mit offenem Mund.

Er schlug auf dem Boden auf, dass ihm die Luft wegblieb. Er dachte, er stecke fest, aber dann merkte er, dass er getreten und fortgezogen wurde, er war einer Ohnmacht nahe. Ich bin noch zu jung, dachte er verzweifelt. Ich habe noch nichts vollbracht in meinem Leben … Er spürte, wie brutal an seinem Hals gezerrt wurde, dann wurde es hell, als ihm jemand seinen Helm vom Kopf riss. Blind und benommen blickte er auf schattenhafte Gestalten.

Gott sei meiner Seele gnädig …

Es war ein einziges Durcheinander, und Randolph schrie, man solle die Toten entfernen, die wie Knorpel ausgespuckt wurden, um den Ring zusammenzuhalten, damit er sich langsam von den toten Pferden wegbewegen konnte. Jemand warf ihm einen Verletzten vor die Füße, und er starrte auf das Gesicht des Ritters mit dem zerfetzten roten Umhang, die silbernen Löwen mit Blut besudelt.

»Ergeben, Mylord?«, fragte er, wie es die Ritterlichkeit erforderte, und Sir Thomas Gray, dessen Bewusstsein zusammen mit furchtbaren Schmerzen jetzt langsam zurückkehrte, konnte nur nicken.

Ein paar Fuß entfernt von ihnen bemühte sich Davey der Küfer, den langen Splitter eines Lanzenschafts aus Bannocks Hals zu ziehen, ehe er ihn wegrollte. Zahlreiche Füße halfen mit und rollten ihn aus dem Ring, der sich langsam weiterbewegte. Peel vom Bannock, dachte Davey, der Held von Linlithgow, der mit dem Heuwagen unter das Falltor gefahren war und es lange genug aufgehalten hatte, sodass die Männer in die Burg kamen und sie einnehmen konnten. Es ist jammerschade, dass wir ihn jetzt hier zurücklassen müssen als

Futter für die Krähen, ausgerechnet Bannock, der geschworen hatte, seinen Geburtsort zu verteidigen. Er und ein Dutzend andere – umgebracht von nicht mehr als drei Reitern.

Er untersuchte den Jungen zu seinen Füßen, dessen Gesicht bis zur Unkenntlichkeit entstellt war und der leise stöhnte.

»Ruhig, ganz ruhig«, sagte er, aber er wusste, dass der Junge – Will hieß er – sehr schwer verletzt war. Zu schwer.

»Kerzen«, hörte er den Jungen mit seinem zerschlagenen Mund sagen, doch jetzt ertönten schon wieder Warnschreie. Davey hatte keine Zeit, hier tatenlos zu hocken. Er zog sein Messer und schnitt dem Jungen die Kehle durch, dessen warmes Blut ihm über die Hände floss.

Diesem armen Kerl hätte auch keine Kerze mehr geholfen, dachte er, während er die Hände an seiner Tunika abwischte. Seine Augen waren ihm herausgerissen worden, und sein Gesicht war so zerquetscht, dass seine eigene Ma ihn nicht mehr erkannt hätte. Es war besser so …

Clifford heulte fast vor Wut. Er hatte seinen Helm abgenommen und ihn mit einem derben Fluch fortgeschleudert. Beaumont, entsetzt über das, was gerade passiert war, stellte fest, dass in seinem Bataillon das Chaos herrschte.

Abgeworfene Ritter versuchten fieberhaft, ihre Schlachtrosse wieder unter Kontrolle zu bringen, andere, die das nicht geschafft hatten, sprengten hilflos in alle Richtungen davon. Andere hatten ihre Pferde inzwischen wieder beruhigt und näherten sich wieder dem Speerring, jetzt aber weit auseinandergezogen.

»Formieren! Formieren!«, brüllte Clifford, und die, die noch übrig waren, versuchten, ihre nervösen Pferde so weit zusammenzudrängen, dass es wenigstens eine gewisse Ähnlichkeit mit einer Knie-an-Knie-Formation hatte. Aber dieses vertraute Manöver heizte die Pferde nur noch mehr an. Sie wollten losstürmen, wieherten wild und schnaubten wie Wale.

»Vorwärts«, rief Clifford schließlich verzweifelt, und als die Pferde die gelockerten Zügel spürten, schossen sie los wie Bolzen aus einem Katapult. Clifford musste nachgeben, er warf seine eisernen Fäuste hoch und folgte ihnen, hielt sein eigenes Pferd aber mit eisernem Griff, sodass Beaumont nur staunen und anerkennend nicken konnte.

Clifford bedachte ihn mit einem finsteren Blick. »Dies alles ist Eure Schuld, Mylord«, sagte er im Vorbeireiten, und Beaumont, dem keine passende Antwort einfiel, blickte wütend hinter ihm her.

Schließlich blieb ihnen nichts anderes übrig, als den Ring einzukreisen, die tödlichen Speere hielten sie auf Abstand. Sie konnten nur ihre Lanzen und Keulen schleudern.

Beaumont galoppierte einmal ganz um den Kreis herum. Er warf seine Lanze und dachte auch kurz daran, seinen Helm in diese verschwitzte, keuchende Menge zu schleudern, doch dann fand er, es sei eine sinnlose Verschwendung, und behielt ihn auf.

Sein Pferd schnaubte vor Staub und Blutgeruch, bahnte sich aber sicher seinen Weg über die Leichen hinweg, unter denen Beaumont nach Sir Thomas suchte.

Wenn Gott gerecht wäre, dachte er, dann müsste er Gray noch lebend finden. Er würde von seinem edlen Schlachtross absteigen und es ihm anbieten, damit wären sie quitt und er wäre dieses elende Gefühl seiner Verpflichtung ihm gegenüber endlich los. Aber er entdeckte keine Spur von Gray, lediglich die blutigen Reste seines Pferdes und eine Leiche, die vielleicht Sir William Deyncourt gewesen sein konnte – und zu Beaumonts Entsetzen jetzt auch noch die von Reginald

Deyncourt, der offenbar seinen älteren Bruder hatte rächen wollen und dafür bezahlt hatte.

Er fuhr herum, als Clifford mit rotem Gesicht und heiser vom Brüllen auf ihn zugaloppierte, eine Hand hinter sich. Beaumont hob das Visier an seinem eleganten neuen Helm und kniff die Augen zusammen. Noch immer tauchten Männer aus dem Wald auf, die jetzt eine dichte Wand von Speeren bildeten.

Bruce saß da und beobachtete, wie die drei Reiter ihr Ende fanden. Jamie Douglas entfuhr dabei ein Ruf der Bewunderung, wenngleich er den Kopf über diese Sinnlosigkeit schüttelte. Er hatte seinen Helm und die Kapuze aus Kettenpanzer abgelegt, und sein wirres schwarzes Haar stand in feuchten Büscheln vom Kopf ab, sein Gesicht strahlte vor Begeisterung.

Er genießt es, dachte Bruce, während er seine schmerzende rechte Hand massierte. Er hatte den Panzerhandschuh und das Kettenhemd abgelegt, um sie zu untersuchen. Vorsichtig bewegte er die Finger und entdeckte ein paar hässliche blaue Blutergüsse. Aber du kannst dich glücklich schätzen, sagte er sich, wenigstens kannst du noch alle Finger bewegen. Und die Zehen auch.

»Wollt Ihr, dass ich dem Earl von Moray Beistand leiste?«

Seine Stimme klang ruhig, aber die Frage war gefährlich wie eine geladene Armbrust. Doch als Bruce sich umdrehte, schien Jamies Gesicht unschuldig wie ein Nonnenschleier.

»Lasst meinen Neffen ruhig noch etwas warten«, erwiderte Bruce lakonisch. »Er scheint die Sache im Griff zu haben.«

Und wenn du ihm zu Hilfe kommst, Jamie Douglas, dachte er, dann nur, damit du Randolph die Rettung für den Rest seines Lebens unter die Nase reiben kannst, und das würde er weder dir noch mir verzeihen.

Sie beobachteten, wie die Reiter in ungeordneten Reihen ankamen, dann zögerten und im Kreis ritten. Einer preschte vor, und das Pferd ging zu Boden. Die Männer jubelten, als die Dolchkämpfer sich auf den Reiter stürzten und ihn, wie Patrick es ausdrückte, »in seine ganz persönliche Hölle« schickten.

Weitere Pferde gingen zu Boden, aber deren Reiter konnten sich aufrappeln und davonstolpern. Schließlich, fast als sei er des Schauspiels müde, wandte Bruce sich wieder an Jamie Douglas.

»Bringt Eure Leute bis zum Waldrand. Aber nicht weiter, Sir James!«

Jamie machte zunächst eine unwillige Miene, doch dann grinste er, denn er ahnte, was sein König vorhatte. Er wandte sich seinen wartenden Männern zu und winkte dem Hundejungen.

»Formiert euch, Jungs. Macht ruhig auch ein bisschen Krach, damit diese verdammten Engländer wissen, mit wem sie es zu tun haben.«

Sie marschierten los, schreiend und singend, wie eine Horde Lehrjungen an einem Feiertag. Die Engländer merkten, dass Verstärkung im Anmarsch war, und gerieten in Bewegung. Man hörte ferne Rufe, dann ein Hornsignal.

Bruce setzte sich tiefer in den Sattel, er merkte plötzlich, wie die Spannung bei ihm nachließ. Er spürte seinen wilden Herzschlag in der verletzten Hand. Er hörte Reiter und sah seinen Bruder ankommen, der finster grinste und mit einer unbestimmten Handbewegung zum Himmel deutete.

»Die Sonne geht unter«, erklärte er, als sei er persönlich dafür verantwortlich. »Bis morgen werden die nichts mehr riskieren.«

Bruce nickte und holte tief Luft. Dort unten löste sich jetzt auch Randolphs Speerwall. Die Männer winkten mit ihren Speeren und schrien den abziehenden Reitern Beleidigungen hinterher.

Der Tag war gut gelaufen, dachte Bruce. Doch morgen würde das alles wieder von vorn anfangen – oder wir müssen heute Nacht abziehen. Und wenn, dann ziemlich schnell, denn es ist die kürzeste Nacht des Jahres.

Plötzlich fragte er sich, warum sein Bruder hier war und nicht bei seinem eigenen Kommando. Er drehte sich um und wollte fragen, da sah er Edwards breites Grinsen, als er sein Pferd zur Seite lenkte und auf den Mann wies, der dahinter versteckt gewesen war.

Bruce starrte ihn an. Dreckig, verschwitzt und müde saß Kirkpatrick über seinen Sattelknopf gebeugt. Neben ihm, die eine Hälfte des Gesichts von einem riesigen Bluterguss entstellt und mit einem verbundenen Arm, vor Erschöpfung schwankend, aber grimmig und entschlossen wie immer, saß Hal von Herdmanston. Hinter ihnen eine Gruppe von Campbells, alle mit struppigen Bärten, stolz und aufrecht, aber auch enttäuscht darüber, dass sie für die Kämpfe heute zu spät dran waren.

»Meine zwei treuen Jagdhunde sind zurück.« Es war ihm herausgefahren, ehe er denken konnte, und er sah Hals hochgezogene Brauen und Kirkpatricks schiefes Grinsen.

»Ja, das sind sie«, erwiderte Kirkpatrick, »und das Maul voll Beute.«

»Ganze Wagen voll«, erklärte Edward Bruce, der nicht länger an sich halten konnte. »Waffen und Rüstungen ohne Ende.«

Sein Gesicht strahlte, als er seinen königlichen Bruder ansah. »Jetzt können wir uns stellen und kämpfen.«

Isabel

Sie spüren es, merken es an dem unregelmäßigen Herzschlag.

Der Truchsess hier, ein fetter, übereifriger Mensch, hat auf Anordnung des neuen Wärters, John de Luka, Malise die Aufsicht über mich entzogen. Das ist nicht aus Mitleid oder Gnade geschehen, sondern durch Deine Hand, Herr. Dazu die Möglichkeit, dass ich, sollte es schlecht ausgehen, ein Pfand sein könnte, um einen Waffenstillstand für diese Stadt auszuhandeln, was für einige Gold wert wäre. Hier liege ich also in meinem Käfig, zusammengerollt wie eine Katze, geputzt, geschminkt, gefärbt, eingekleidet, in einer Hand einen Bisamapfel mit Bällchen aus Moschus und zerstoßenem Bernstein, die andere sorgfältig verborgen, damit niemand sieht, wie Malise sie zugerichtet hat. Ich trage ein Gebände, das mit Goldstoff gesäumt ist. Zwischen meinen Brüsten ist ein Geschenk vom neuen Aufseher selbst, ein schwerer emaillierter Anhänger, auf der einen Seite sieht man zwei Liebende, die sich küssen, auf der anderen grinst einen der Tod an. Es ist ein beliebtes Motiv, aber es verrät doch mehr Feingefühl, als ich in dem harten Gesicht dieses königlichen Landedelmannes vermutet hatte. Ich frage mich nur, hat er es selbst ausgesucht oder hat er jemanden damit beauftragt? Egal, Deine Hand hat ihn geführt, Herr. Ich werde noch immer ausgestellt, aber jetzt fein herausgeputzt, und die meisten, die kommen, um mich anzustarren, denken wohl, ich hätte irgendwo eine Kröte versteckt, um sie besser verfluchen zu können, oder ich hätte im Schlaf einen Smaragd im Mund, um meine scheinbare Jugend zu bewahren.

Sollen sie denken, was sie wollen. Ich bin Isabel MacDuff, mit einem Erbe in Fife. Meine Jugend ist längst vorbei, aber ich bin bereit, meinen Liebsten zu empfangen. Er wird bald kommen, das ist Gottes Wille.

KAPITEL 11

BANNOCKBURN
MITTSOMMERNACHT, JUNI 1314

Die Dämmerung senkte sich über die Zeltstadt, weich und blau wie Holzrauch, der sich ebenfalls reichlich verbreitete, wofür die vielen kleinen Lagerfeuer sorgten. Wenn der Hundejunge über die Ebene blickte, konnte er die Feuer der Engländer sehen, die sich lang hinzogen wie der Schweif einer Sternschnuppe.

Er tauchte seinen Hornlöffel in die Holzschale und aß seine Suppe aus Hafer und Gerste, gekocht mit einem schönen Suppenknochen, sogar noch mit etwas Fleisch dran. Dazu gab es Brot und Dünnbier. Etwas Stärkeres oder gar Wein gab es nicht, damit niemand sich betrinken konnte, denn zum Ausschlafen war zu wenig Zeit.

Aus einiger Entfernung vernahm er Musik, eine Fiedel und eine Trommel, dazu laute Stimmen und Gelächter. Das waren die Männer von den Inseln, vielleicht auch die Campbells, die sich vom Trinken nicht abhalten ließen und ihre Vorräte selbst mitgebracht hatten. Doch auch wenn die Schotten aus dem Süden sehnsüchtig zu ihnen hinüberblickten, niemand von ihnen hätte daran gedacht, sich ungeladen zu den Fremden ans Feuer zu setzen. Stattdessen starrten sie trübsinnig in die Flammen, bis ihnen die Augen brannten.

»Eine gute Suppe«, bemerkte Yabbing Andra, der den Rest aus seiner Schale schlürfte und sie sorgfältig auskratzte. »Wir haben doch eigentlich gutes Essen hier, Jungs, oder? Ich erinnere mich noch …«

Ein Aufseufzen ging durch die Gruppe, denn Andra schwieg nur, wenn er aß, und auch wenn er seine Schale noch so sorgfältig auskratzte, es würde ihn nicht lange vom Reden abhalten.

Doch zur allgemeinen Überraschung unterbrach ihn Tam, der Troubadour. Der ergriff selten das Wort, sondern zog es vor, sich durch seine Musik auszudrücken, doch heute Abend schien er nicht dazu aufgelegt zu sein, stattdessen schnitt er Andras Redestrom mit ein paar energischen Worten ab.

»Dann mach das Beste daraus, denn diesen Winter wird es wenig zu essen geben. Uns erwartet eine Hungersnot.«

Die Landarbeiter unter ihnen nickten, sie wussten es. Patrick, der mehr mit Rindern zu tun hatte als mit Kornfeldern, meinte, das sei ja dann geradezu eine göttliche Fügung, denn die Engländer erwartete dasselbe Schicksal. Und die bauten mehr Weizen an statt des anspruchsloseren Hafers, außerdem hätten sie weniger Rinder.

»Und? Was haben wir davon?«, wollte ein Pferdeschwanz wissen, und Patrick erklärte es ihm, während er zum Zeitvertreib Holzsplitter von einem Stock schabte und ins Feuer warf.

»Denen werden bald nur noch ihre Tiere bleiben. Und wenn wir bei ihnen plündern, was unweigerlich kommen wird, dann haben wir wenigstens viel Fleisch.«

Die anderen quittierten das mit schadenfrohem Gelächter, bis auf Parcy Dodd, der meinte, zu viel Fleisch mache krank. Keiner von ihnen hatte jemals so viel Fleisch zur Verfügung gehabt, um davon krank zu werden, deshalb reagierten sie mit Spott.

»Ja, ja, ich weiß«, erwiderte er wie entschuldigend, »ich habe ja auch nicht gesagt, dass *ich* jemals von zu viel Fleisch krank geworden bin. Aber meine Mutter hatte Erfahrung im Heilen, und die kannte reiche Leute, die nicht mehr scheißen konnten, weil sie so viel Fleisch gegessen hatten, dass ihr Inneres davon ganz verstopft war.«

»Und, war sie eine gute Heilerin?«, fragte Milchgesicht, während die anderen skeptische Gesichter machten, wie immer, wenn Parcy Dodd etwas erzählte, weil man nie genau wusste, ob man es glauben konnte.

»Auf ihre fromme Art und Weise schon«, erklärte Parcy und zog die Brauen zusammen, »wenn ich auch nicht mehr alles glaube, was sie so behauptet hat. Zum Beispiel, dass Sachen, wo einem schlecht bei wird und von denen man kotzen muss, gut für einen sind.«

»So sind doch alle Mütter«, sagte Geordie, und die anderen brummten zustimmend. Musikfetzen drangen herüber von dort, wo die Männer von den Hebriden saßen, und der Hundejunge merkte, wie Tam der Troubadour lauschend den Kopf hob wie ein aufmerksamer Hund.

»Na ja, vielleicht, vielleicht auch nicht«, erwiderte Parcy. »Ich kenne Geordies Mutter nicht, ich kenne eigentlich nur meine eigene Mutter, aber die braute Heiltränke, die selbst ein Schwein zum Kotzen brachten. Sie hielt mir die Nase zu, bis ich nach Luft schnappte, und dann flößte sie sie mir ein.«

Der Hundejunge hörte zu, wie sie in Erinnerungen schwelgten und über diese gemeinsamen Erfahrungen lachten. Er selbst konnte da nicht mitreden. Er konnte sich kaum an seine Mutter erinnern, da war kein Gesicht, keine Stimme.

»Und hat es geholfen?«, wollte Pferdeschwanz wissen, und Parcy machte eine wegwerfende Handbewegung.

»Na ja, meist hatte es die gewünschte Wirkung. Wenn man das Zeug geschluckt hatte, musste man sich schnellstens nach einem Gebüsch zum Kotzen umsehen.«

»Na also«, murmelte Patrick nachdenklich, »dann muss es gut gewesen sein.«

»So sehe ich das nicht«, erwiderte Parcy. »Als Knirps habe ich mal einen Penny verschluckt. Einen ganzen Silberpenny, mit dem mein Vater die Pacht für unseren Ochsen bezahlen wollte. Also wurde er mit einer Medizin wieder zum Vorschein gebracht. Aber der Penny war danach nicht mehr derselbe, jedenfalls wollte ihn niemand mehr annehmen.«

»Ach komm, Parcy, erzähl keine Geschichten!«

Parcy hielt die Hände hoch.

»Gott bewahre, ich erzähle die reine Wahrheit. Der Vogt behauptete, er sei gefälscht. Klang hohl, sagte er. Nun ja, aber er sah gut aus, als ich ihn verschluckte. Aber es überrascht mich auch nicht, dass die Medizin meiner Mutter ihn ruiniert hatte. Das war ein Gebräu, damit konntest du einen Schiffsrumpf beizen.«

»Wenigstens hat man sie nicht als Hexe verbrannt«, sagte Süßmilch.

Erschrocken hob er den Kopf, als ihm klar wurde, was er gesagt hatte. Parcy durchbohrte ihn einen Moment mit Blicken, dann erlöste er ihn mit einem Grinsen, und alle lachten.

»Das bedeutet nicht, dass man es nicht versucht hätte«, fuhr Parcy fort. »Das ist einen Inquisitor mal teuer zu stehen gekommen.«

»Du hast doch keinen Inquisitor auch nur auf hundert Meilen zu Gesicht bekommen«, sagte Geordie abschätzig.

»O doch, er kam in unser Dorf«, gab Parcy entrüstet zurück, »es ist schon ein paar Jahre her, aber diese schwarzen Krähen durften tatsächlich in die Lowlands kommen, um nach Templern zu schnüffeln. Und da kamen ein paar Leute aus den Häusern und riefen, meine Ma sei eine Hexe. Auf den Scheiterhaufen mit ihr, schrien sie und verlangten, dass der Inquisitor sie verhörte.«

Er machte eine Pause, der Wind blies ins Feuer, und die Funken stoben, als gehöre es zur Erzählung.

»Der Inquisitor, der sich eigentlich nur für die Templer interessierte, hatte keine rechte Lust dazu. Er hatte schon gemerkt, dass Schottland voll war von braven, hilfsbereiten Leuten, die nichts lieber taten, als ihre Nachbarn zu verleumden. ›Warum glaubt ihr, sie sei eine Hexe?‹, fragte er, und sie antworteten, es stinke nach Schwefel, wenn sie furzt. Da sah der Inquisitor sie finster an und sagte: ›Das tut es bei mir auch, wenn ich furze.‹ Da sagte ein anderer: ›Sie hat eine dritte Brustwarze.‹ Der Inquisitor runzelte die Stirn. ›Ich habe eine Warze, die man auch leicht für eine dritte Brustwarze halten könnte‹, sagte er und seufzte. ›Sie missbraucht den Namen des Herrn‹, schrien andere. Da verlor der Inquisitor die Geduld. Er schleuderte wütend seinen Beutel mit den gesegneten Reliquien zu Boden. ›So, jetzt habe ich den Namen des Herrn auch missbraucht‹, rief er. ›Das kommt davon, wenn man sich mit Pack wie euch einlässt.‹«

Parcy schwieg und schüttelte dann bedauernd den Kopf.

»Na ja, er dachte, er hätte sie zur Vernunft gebracht, denn sie wurden still und redeten eine Weile leise untereinander, dann banden sie meine Mutter los. ›Vergiss die alte Frau‹, sagten sie und sahen ihn wütend an. ›Aber verbrenn die Hexe.‹«

Man hörte leises Lachen, aber die meisten waren still und staunten über diese Geschichte.

»Und was ist mit deiner Mutter passiert?«, wollte Yabbing Andra wissen, während einige noch ungläubig den Kopf schüttelten. »Haben die Nachbarn sie etwa gleich selbst verbrannt?«

»Nein, haben sie nicht«, sagte Parcy. »Sie ließen meine Mutter gehen und konzentrierten sich auf den unglücklichen Priester. Deshalb floh der in unser Haus, und bei der ersten Gelegenheit verwandelte er sie alle in Kröten. Jetzt gibt es niemanden mehr im Dorf, bis auf meine Mutter, ein paar hüpfende Kröten und den, der dafür verantwortlich ist. Kein Mensch geht mehr dorthin, nicht mal ich selber.«

»Du elender Aufschneider«, rief Patrick aus. »Wenn du deiner Mutter auch solche Geschichten aufgetischt hast, dann ist es kein Wunder, dass sie dir Medizin zum Kotzen gab.«

»Ich hatte auch mal eine Medizin …«, fing Yabbing Andra an, und alles stöhnte.

Der Hundejunge stand auf und ging. Er fühlte sich merkwürdig hier, er war zwar einer von ihnen, aber irgendwie gehörte er nicht mehr richtig dazu. Vielleicht war es das Gespräch über ihre Mütter gewesen. Vielleicht lag es aber auch an seiner neuen Kleidung, dem eleganten Wappenrock, so neu, dass er noch ganz sauber war, und darauf das Abzeichen des königlichen Hundemeisters.

Er hatte ihn aus der Hand des Kanzlers Bernard entgegengenommen. Als er ihn aufgesucht hatte, stellte dieser sich als ein dürrer, faltiger Priester heraus, der in seinem einfachen Gewand aus braunem Wollstoff schlichter gekleidet war als jeder seiner vielen Schreiber, die er beschäftigte.

»Aleysandir«, sagte er, als er ihm seinen Namen genannt hatte. Bernard sah in seinen Schriftrollen nach und runzelte die Stirn. Er gab ihm ein paar Instruktionen, und in kürzester Zeit hatte der Hundejunge seine neuen Kleider mit dem Wappen und einen Geldbeutel, in dem es angenehm klimperte.

»Ihr bekommt eine Besoldung, die vierteljährlich ausgezahlt wird«, erklärte der Kanzler. Seine Augen waren rot gerändert, das Ergebnis der vielen Arbeit, die er zu bewältigen hatte. Mit seinen schmalen Lippen wirkte er stets verkniffen, doch jetzt brachte er etwas wie ein Lächeln zustande.

»Die Hunde des Königs sind in Turnberry. Oder in Lochmaben – keiner weiß das so genau. Wenn diese ganzen Schwierigkeiten hier vorbei sind, könnt Ihr Euren Dienst aufnehmen.«

Und das war's. Besoldet, Herr im Himmel. Er war reich!

Doch seither wusste er nicht mehr, wohin er gehörte, er hing zwischen Himmel und Erde – als Bastard war er nicht der richtige Umgang für Jamie Douglas, und Patrick und Parcy Dodd fühlten sich in seiner Gegenwart befangen, weil er nur ein halber Höfling war.

Jetzt durchstreifte er das Lager und suchte nach Hal. Er wollte von ihm Näheres über die jüngsten Ereignisse erfahren, über den Tod von Sim Craw und über das Abenteuer, wie Kirkpatrick und der Lord von Herdmanston diese große Ladung an Waffen und Rüstungen aus Spanien geholt hatten. Er wusste, wo Spanien lag – über England hinaus und noch weiter nach Süden durch die Gascogne, bis dahin, wo die Menschen nicht mehr Englisch oder Französisch sprachen. Aber wie weit das war, konnte er sich nicht vorstellen, und noch viel weniger, jemals selbst dort hinzukommen.

Tatsächlich war der Hundejunge glücklich darüber, dass Hal lebend zurückgekehrt war. Ihn schmerzte nur, dass der Lord von Herdmanston sich noch nicht bei ihm gemeldet hatte.

Nun, warum sollte er auch, sagte sich der Hundejunge.

Wir wurden getrennt, lange ehe er in Roxburgh eingesperrt wurde, und dort war er sieben Jahre. Also sollte er mir nichts mehr bedeuten, wie auch ich ihm wohl nichts mehr bedeute. Doch es war ihm bewusst, dass sie sich einst sehr nahegestanden hatten, und diese tröstliche Nähe vermisste er jetzt.

Und deshalb werde ich ihn jetzt suchen, dachte er.

Das Banner des Lords von Herdmanston war nicht schwer zu finden, selbst in dem Durcheinander des Gepäcklagers, das eng zusammengedrängt im Schatten der Anhöhe von Coxet lag. Der Hundejunge bahnte sich einen Weg durch die dichten Reihen der überarbeiteten, aber geduldigen Schreiber von Bernard dem Kanzler, die im Schein von Talglichtern ihrer Arbeit nachgingen. In nur einer Nacht, die viel zu kurz war, um richtig dunkel zu werden, zählten sie Waffen und Rüstungen, gaben sie aus und mussten darüber Buch führen. Der Hundejunge kam zum Zelt von Sir John Airth, dem Kommandanten des Lagers, wo unter dem schlappen Banner eine gelangweilte Wache lässig am Pfosten lehnte.

Er war freundlich und entgegenkommend, was den Hundejungen überraschte, denn früher hätte so ein Mann ihm gesagt, er solle sich zum Teufel scheren, doch jetzt, wo er ein Wams mit dem königlichen Wappen trug, wurde er höflich behandelt.

Er erfuhr, dass »der alte Sir John« schlafe, doch Sir Henry von Herdmanston sei mit einem weiteren Lord der Sientclers, nämlich dem von Roslin, fortgegangen. Sie seien ins Lager der Sientclers gegangen – das Banner mit dem achtzackigen Kreuz sei deutlich zu sehen, bemerkte der Mann, denn die berühmten Sientclers hätten einen höheren Fahnenmast als alle anderen.

Unter dem flatternden Kreuz brannten Feuer, und ein regelmäßiges Hämmern ließ darauf schließen, dass irgendwo ein Schmied am Werk war. Die Menschen bewegten sich im Dunkel wie Schatten, bis plötzlich jemand vor ihm stehen blieb und ihn überrascht ansah.

»Bei Gott, Hundejunge, du siehst elegant aus, das muss man schon sagen.«

Der Hundejunge sah die Frau an. Sie hatte wirres Haar und trug wegen der Hitze nur einen losen Kittel. Der Schal um ihre Schultern mochte einst blau gewesen sein. Sie hatte ein Messer in der Hand und trug einen Korb, neben ihr stand ein Mädchen, den Daumen im Mund. Es sah ihn mit großen Augen an.

Sie war älter geworden, aber sie war immer noch schön. Bets Meggy. Ihr Anblick versetzte ihn augenblicklich zurück nach Herdmanston, in die Hitze jenes Sommers vor Jahren, als er zusammen mit den anderen bei der Kornernte die Sichel geschwungen hatte und es darum ging, wer das letzte Bündel Ähren schnitt. Er hatte gewonnen und es unter Jubel und vielen Neckereien Meggy geschenkt und eine kleine Puppe daraus geformt, ein Wiegenkind, zum Zeichen, dass sie als Nächste heiraten würde.

»Meg«, sagte er etwas verlegen, und sie schüttelte ungläubig den Kopf.

»Du hast es zu etwas gebracht in der Welt, Hundejunge. Wie muss ich dich jetzt anreden?«

Jetzt war er wieder ganz der Alte. Er grinste sie an.

»Jetzt, wo wir unsere Bekanntschaft erneuert haben«, sagte er, »brauchst du mich mit gar nichts anzureden. Gib mir einfach die Hand.«

Er strahlte, weil sie sich offensichtlich freute und lachen musste. Sie hatte die Blüte der Jugend hinter sich, ihr herzförmiges Gesicht, an das er sich so gut erinnerte, war gröber geworden, ihre Hüften waren fülliger – aber so geht es, wenn man Kinder bekommt, dachte er. Doch auch er war älter geworden, und die Frau, die jetzt mit wiegenden Hüften zum Feuer ging, zog er dem knabenhaft schlanken Mädchen von einst entschieden vor.

Sie schöpfte Eintopf in eine Schale, als ein Junge erschien, der den Hundejungen mit wachem, misstrauischem Blick musterte. Bets Meggy blickte erst ihn, dann den Hundejungen an, dann nahm sie Brot aus ihrem Korb.

»Hol dir einen Napf und einen Löffel«, sagte sie zum Hundejungen. Sie zeigte auf das Mädchen, das immer noch den Daumen im Mund hatte: »Das ist Bet«, und Aleysandir, der Hundejunge, lächelte. Natürlich muss sie so heißen, dachte er.

»Und das hier ist Hob«, sagte sie und zeigte auf einen Jungen, der jetzt hinzutrat. Dunkles Haar, dachte der Hundejunge, und seine langen Arme und Beine sind schrecklich mager, aber bei guter Ernährung würde er schon Muskeln bekommen und kräftiger werden. Er schätzte, der Junge müsse etwa neun Jahre alt sein.

»Wo warst du?«, fragte Meggy, und Hob wandte den Blick vom Hundejungen und hielt ihr die Hand hin, in der eine Münze lag.

»Ich hab den Sire zum Schmied begleitet, er wusste nicht, wo der ist«, erwiderte er. »Er hat mir einen ganzen Silberpenny gegeben.«

Der Junge schien noch immer ganz überwältigt, aber Bets Meggy nahm die Münze und steckte sie in ihren Ausschnitt. Sie würde zwischen ihren Brüsten nicht herausrutschen, dachte der Hundejunge bewundernd und erinnerte sich an die Mittsommernacht, als sie den Pferdetanz getanzt hatte, in nichts weiter als einem grünen Kittel mit flatternden Bändern und dem Pferdekopf aus Stroh, der zu diesem Mummenschanz gehörte.

Sie waren über das Stoppelfeld getanzt, zur Musik von Pfeife und Trommel, dem Gesang der anderen, die hinter ihr her wirbelten und den fernen monotonen Gebeten des Priesters, der entschlossen war, dafür zu sorgen, dass trotz dieses heidnischen Brauchs Gott nicht in Vergessenheit geriet. Meggy hatte auf dem Stoppelfeld getanzt, bis ihre Füße bluteten, was auch so sein sollte, damit das Feld mit dem Blut einer Jungfrau gesegnet wurde. Dann, als das Feld zur Zufriedenheit aller benetzt war, hatte der Hundejunge sie auf seinen Armen davongetragen, während man ihnen fröhlich gute Ratschläge hinterherrief. Er hatte ihr im Bach die Füße gewaschen, und sie beide hatten sich Raute angesteckt, um vor den Unsichtbaren sicher zu sein, die einen sonst in ihre Welt entführen konnten, wo man hundert Jahre oder mehr verbringen müsste.

Trotz der Raute hatte irgendetwas sie berührt in jener Nacht. Vielleicht waren sie wirklich in die jungfräuliche Königin und in König Sommer verzaubert worden, denn sie hatten sich geliebt, ineinander verschlungen wie zwei Schlangen, und zwischendurch hatten sie sich den staubigen Samen des Farnkrauts auf die Augenlider gerieben und, die Sträußchen aus Raute in der Hand, mit gekreuzten Beinen dagesessen und gehofft, einen Blick auf die Unsichtbaren zu erhaschen, ohne selbst davongetragen zu werden.

Gegen Morgen – die Nacht war viel zu kurz gewesen, die kürzeste des Jahres, wie diese jetzt, erinnerte sich der Hundejunge – hatte sie gelacht und mit einem Seufzer gesagt, sie würde den Pferdetanz nie wieder tanzen, denn nun hatte er ihr Tor ein für alle Mal geöffnet.

Und jetzt war er hier, als sei er aus der Welt der Unsichtbaren zurückgekehrt.

»Ich habe gehört, dass du geheiratet hast«, sprach er es

schließlich aus, und sie antwortete nicht gleich. Stirnrunzelnd blickte sie auf das Brot, das sie zu schneiden versucht hatte. Es war zu Brocken aus trockenen Erbsen und Bohnen zerbrochen, die mit Roggen und ein wenig Weizen vermischt waren. Der Hundejunge dachte an das gute Brot, das er früher gegessen hatte, und er schämte sich.

»Ja, das habe ich«, erwiderte sie, indem sie die Brocken in die Schalen gab, ehe sie sie verteilte. Sie wollte dem Hundejungen auch eine Schale geben, doch der lehnte ab. Sie wirkte erleichtert, warf eine weitere Handvoll Brot hinein und rührte um.

»John das Lamm«, erwiderte sie, und der Hundejunge nickte. Er war zwanzig Jahre älter gewesen als sie.

»Ein guter Mann«, sagte sie, wie um ihre Entscheidung zu verteidigen. Sie lächelte wehmütig. »Er war oft tagelang mit seinen Schafen fort, und wenn er wiederkam, brachte er immer etwas mit, einen Korb Wolle oder einen Hammelbraten.«

Ihre Augen wurden traurig.

»Er starb vor zwei … nein, vor drei Jahren. Ein kalter, strenger Winter, und dann sein Alter …«

Sie warf ihrem Sohn, der unwillig in seinem Napf herumrührte, einen strengen Blick zu.

»Iss jetzt. Am besten gewöhnst du dich dran, sonst musst du hungern, denn etwas anderes gibt's nicht.«

Sie seufzte und wandte sich entschuldigend an den Hundejungen.

»Er mag das Fleisch darin nicht, es ist Pferd.«

Der Hundejunge nickte. Pferdefleisch war das Einzige, was jetzt nicht knapp war, und er fragte sich, ob die stolzen Engländer, die es geliefert hatten, ahnten, welches Schicksal ihre kostbaren Streitrosse erwartete.

»Du isst das teuerste Fleisch, das es gibt«, sagte der Hundejunge zu Hob und erklärte ihm, warum. In den dunklen Augen des Jungen sah man einen Hauch von Interesse, aber sein Gesicht blieb finster.

Hob zuckte die Schultern: »Der Priester sagt, es sei eine Sünde, Pferdefleisch zu essen«, sagte er schließlich.

Der Hundejunge zuckte die Schultern. »Wenn euer Priester noch immer Pater Thomas heißt, dann hat er keine Probleme mit dieser Sünde«, sagte er und starrte ins Feuer. »Er hat Pferdefleisch gegessen, als Herdmanston belagert wurde. Und außerdem«, fuhr der Hundejunge fort, »Jamie sagt, die Franzosen essen es. Und er war in ihrem Land, um es kennenzulernen. Er sagt, es seien die Nordmänner gewesen, die die Priester erzürnt haben, denn die hielten Pferdekämpfe ab, und dann feierten sie ihre heidnischen Bräuche, indem sie jeweils das Siegerpferd opferten und sein Fleisch aßen. Und da die Priester die Nordmänner hassen, weil sie plündern, haben auch Pferde jetzt bei ihnen einen schlechten Ruf.«

»Ich mag es.«

Der Hundejunge grinste die kleine Bet an, die neben ihm erschienen war, dann blickte er wieder zu Hob, der leicht verächtlich, aber gleichzeitig neugierig zugehört hatte.

»Jamie«, fügte der Hundejunge erklärend hinzu, »ist Sir James Douglas. Der tapfere Sir James. Der isst Pferdefleisch, so oft sich die Gelegenheit dazu bietet.«

»Der Schwarze«, entfuhr es Hob bewundernd, und der Hundejunge lachte. Irgendwo erklang Musik, und man hörte lauten Jubel, als die Flammen hochschlugen. Die Johannisfeuer wurden gerade entzündet. Bei der Erinnerung daran blickte der Hundejunge Meggie an, sodass sie errötete. Dann wandte er sich wieder an den Jungen.

»Ja, unter diesem Namen kennt man ihn auch.«

Meggie lächelte und stieß ihren Sohn leicht an.

»Jetzt bedanke dich dafür, dass du es erklärt bekommen hast«, sagte sie, und Hob, der angefangen hatte, vorsichtig seinen Eintopf zu löffeln, machte wieder ein finsteres Gesicht und schien unentschlossen.

»Ich kenne ihn ja gar nicht, Ma«, sagte er. Sie lachte und blickte von ihm zum Hundejungen.

»Er ist dein Pa, Junge.«

BANNOCKBURN, LAGER DER ENGLÄNDER
MITTSOMMERNACHT, JUNI 1314

»Wie die Mongolen«, brüllte Giles d'Argentan, als er Cliffords Angriff beschrieb. »Rundherum, immer und immer wieder. Schade, dass sie keine Bogenschützen hatten.«

Ebles de Mountz, sternhagelvoll, wandte lachend und ebenso laut ein, d'Argentan habe doch noch nie einen Mongolen gesehen, und einen Augenblick sannen alle nach, aber dann warf Sir Giles den Kopf zurück und brüllte wieder vor Lachen.

»Hab ich sehr wohl. Der Kaiser von Konstantinopel hatte welche. Die sehen so aus.«

Damit legte er die Daumen seitlich an sein Gesicht, zog die Augen zu Schlitzen und schielte, während er mit einem weiteren Finger seine Nase hochschob, dass sie wie ein Schweinerüssel aussah. Die Zuhörer grölten und schlugen sich auf die Schenkel.

»Ach, Unsinn«, rief jemand von den Berkeleys. »So hässlich kann doch niemand aussehen.«

»Doch, kann er, wenn Satan ihn gezeugt hat«, erwiderte

d'Argentan, und alle bekreuzigten sich und fuhren dann fort, sich unter lautem Gelächter zuzutrinken.

»Wie Mongolen«, beharrte d'Argentan lauter denn je, sodass es durch die Nacht schallte bis dorthin, wo Clifford und seine Getreuen trübsinnig und schweigend an ihrem Lagerfeuer saßen. »Rundherum, und immer wieder …«

Wieder gab es lautes Gelächter, das jedoch erstarb, als d'Argentan die Hand hob.

»Aber natürlich ehre ich die tapferen Gefallenen, die ihre Pflicht getan haben«, sagte er. Er war ziemlich angeheitert, aber nicht regelrecht betrunken. »Ich ehre die Brüder Deyncourt und Sir Thomas. Ich bin froh, dass Sir Thomas nicht tot ist, sondern als Geisel festgehalten wird. Gott schütze ihn.«

Die Ritter, die sich um den aufgebockten Tisch mit dem Abendessen versammelt hatten, hoben feierlich ihre Becher. Irgendwo im Hintergrund fluchten Reiter über die Dunkelheit und die Bäche mit den steilen Ufern, über die sie ihre Pferde bugsieren mussten. Sie hatten vom Dorf Bannock Türen und Planken mitgenommen und provisorische Brücken errichtet.

Sie werden die ganze Nacht brauchen, dachte Thweng, und die Fußsoldaten sind immer noch unterwegs, ihnen wird nicht viel Zeit zum Ausruhen bleiben. Die meisten von ihnen werden von Glück sagen können, wenn sie es überhaupt bis zum Morgengrauen schaffen.

»Mongolen«, brüllte d'Argentan wieder, und inzwischen reichte dieses Wort allein, um das Gelächter der krakeelenden Männer erneut anzuheizen. Thweng ging fort, um sich an sein eigenes Feuer zu setzen. Sein Gepäck war noch nicht eingetroffen, deshalb hatte er kein Zelt und nichts, um es sich etwas bequemer zu machen, und gegessen hatte er auch nur, weil er an den Tisch des Königs geladen worden war. Er hatte angenommen, weil Edward nervös und voll Sorge war und dringend Rat und Unterstützung brauchte.

»Werden sie kämpfen?«, fragte er jeden – die Frage, von der alles abhing. Würden die Schotten sich stellen und kämpfen, oder würden sie im Dunkeln verschwinden? Jeder an der Tafel kannte die Schotten, jeder hatte schon gegen sie gekämpft – Beaumont, Segrave, de Valence, er selbst. Sogar der König war kein Neuling in dieser Sache, er war bei der Kampagne anno 1304 unter seinem Vater dabei gewesen, anno 1307 und 1310 dann unter seiner eigenen Regie.

»Die Schotten werden sich nicht stellen«, brummte Segrave und schüttelte den Kopf, während sein Sohn Stephen, der wie ein schwarz gekleidetes Gespenst dasaß, als sein Echo fungierte. »Die sind doch jedes Mal weggerannt, wenn wir mit einer Armee gekommen sind.«

Das war nicht ganz richtig, bei Methven waren sie geblieben und hatten gekämpft, woran sie de Valence auch sofort erinnerte, denn das war seine Schlacht gewesen, in der er Bruce geschlagen hatte.

Thweng konnte sich nicht zurückhalten, er musste ihn daran erinnern, dass Bruce nur ein Jahr später bei Loudon Hill ebenfalls de Valence gegenübergestanden – und dabei dem Lord alles zurückgezahlt hatte. Er war klug genug, nicht auch noch zu erwähnen, dass de Valence bei Methven nur deshalb gewonnen hatte, weil er – was nicht sehr ehrenhaft war – den vereinbarten Waffenstillstand gebrochen und überraschend angegriffen hatte.

Aber es stimmte schon, seitdem war die englische Armee zweimal nach Norden gekommen, und beide Male hatten die Schotten es vermieden, zu kämpfen. In sieben Jahren hatten sie sich nicht einmal gestellt, dachte Thweng.

Die Unterhaltung nahm ihren Fortgang, und Edward

blickte bald nach der einen, bald nach der anderen Seite, um keinen guten Ratschlag zu verpassen. Doch das Wichtigste begriff er nicht, wie Sir Marmaduke feststellte. Denn wenn Veteranen der schottischen Kriege den dringenden Rat geben, einen Tag zu warten, damit die Armee wieder Kraft schöpfen und ihre Kampfmoral wiedergewinnen kann, dann sollte man auf sie hören.

Schließlich hatte Thweng genug von unfruchtbaren Gesprächen. Er schlüpfte unbemerkt in eine dunklere Ecke, wo sogleich d'Umfraville und Badenoch neben ihm auftauchten. Er sah ihre finsteren Mienen.

Na ja, dachte er, die beiden sind schon lange unzufrieden. Wahrscheinlich waren sie zum letzten Mal zufrieden, als der König diesen Feldzug beschloss. Beide hatten seit Bruce' Aufstand große Gebiete in Schottland verloren und wurden nicht müde, sich darüber zu beklagen.

Doch jetzt blickten sie noch düsterer als sonst, und Thweng sah erwartungsvoll vom einen zum anderen.

»Wir vermissen jemanden bei unserem Fest«, knurrte d'Umfraville schließlich, und im ersten Moment dachte Thweng, dies sei eine etwas merkwürdig formulierte Einladung zu einem Zusammenschluss derjenigen Lords, die sich »die Enteigneten« nannten, ein Titel, den sie wie ein Banner vor sich hertrugen. In England nannte man sie »die schottischen Lords«, aber die meisten waren so englisch wie alle anderen hier, nur hatten sie große Gebiete in Schottland besessen, die sie jetzt zurückhaben wollten.

Doch Badenoch, der heftig mit seinen blonden Wimpern zwinkerte, als wolle er Tränen zurückhalten, klärte ihn auf.

»Seton ist verschwunden.«

»Ist weder hier noch sonstwo. Seine Truppe ist auch weg«, fügte d'Umfraville leise hinzu.

Thweng bekam einen Schreck, auch wenn diese Nachricht nicht ganz unerwartet kam. Alexander Setons Vater war vom alten König Edward ausgeweidet und gevierteilt worden, und seine Mutter hatte man im Süden in ein Kloster eingesperrt, weil sie eine Schwester von Bruce war, der ihnen hier mit seiner Armee gegenüberstand. Damit war Seton der Neffe von König Robert Bruce.

»Er hatte geschworen, König Edward zu dienen«, fauchte Badenoch empört. »Jetzt müssen wir dem König sagen, dass er seinen Schwur gebrochen hat. Das wirft ein schlechtes Licht auf alle Enteigneten.«

Ein Blinder hätte es kommen sehen können, dachte Thweng, aber für die schottischen Lords ist die Wiedergewinnung ihrer Gebiete wichtiger als alle Blutsbande. Es war interessant – und verstörend –, dass zumindest einer von ihnen das anders sah. Offenbar glaubte er, er hätte eine bessere Chance, seine Ländereien von einem schottischen König zurückzubekommen als von einem englischen.

»Ich würde das nicht so dramatisch sehen«, sagte Thweng abwiegelnd. »Seton hat König Edward sechs Jahre lang gedient. Doch er hat auch einst geschworen, Bruce zu schützen. Bis zu seinem Tod, soweit ich mich erinnere.«

»O ja«, höhnte d'Umfraville, »um seine Schwüre werden wir uns noch kümmern, wenn das hier vorbei ist. Es heißt ja nicht umsonst, jeder Mensch endet wie sein Vater.«

»Werdet Ihr es dem König sagen?«, fragte Badenoch, und da verstand Thweng, dass sie deshalb gekommen waren. Er dachte an den jungen Knappen, der Hereford und Gloucester die Befehle des Königs überbringen sollte. Auch dem hatte man aufgetragen, erst mit mir zu sprechen, dachte er verärgert. Warum muss ich hier eigentlich immer der Überbringer der schlechten Nachricht sein?

Er strich sich über den Schnauzbart und lächelte grimmig. Sollen sie es diesmal selbst machen und sehen, wie man für diese Aufgabe belohnt wird. Als er es ihnen sagte, reagierten sie verschnupft.

»Vielleicht hilft es, wenn Ihr Seiner Gnaden, dem König, sagt, dass wir in diesem Spiel immer noch einen Zug voraus sind. Atholl für Seton – ein Earl für einen Baron. Ein angemessenes Opfer in dem Spiel der Könige …«

Weiterstreitend gingen sie davon und ließen Thweng keine andere Wahl, als wieder an den Tisch des Königs zurückzukehren. Auch hier flogen Worte und Widerworte hin und her. Noch immer war man sich nicht einig, was man als Nächstes unternehmen sollte. Gloucester beharrte darauf – und nach Thwengs Meinung zu Recht –, dass man am nächsten Morgen nicht schon wieder kämpfen dürfe. Die Armee war erschöpft, und die Fußsoldaten kamen erst jetzt völlig kaputt an, deshalb wäre es besser, einen Tag zu warten.

Hereford verzog spöttisch den Mund, war aber klug genug, Gloucester nicht laut zu widersprechen. Natürlich würde sich der König nicht aufhalten lassen.

»Wenn die Schotten morgen früh kämpfen wollen, Mylord«, brummte er, »dann müssen wir es auch. Die werden nicht warten, bis wir Lust dazu haben.«

Auch das war richtig, dachte Thweng, und auch sehr wahrscheinlich, denn wenn Bruce sich tatsächlich auf einen Kampf vorbereitete, würde er nicht lange warten wollen. Jeder weitere Tag des Nachdenkens angesichts einer Streitmacht, die dreimal so stark war, würde ihre Entschlossenheit schwächen. Und das galt auch für Edward. Seine Armee war zwar groß und mächtig, aber der Eifer und die eigene Entschlossenheit hatten nach den heutigen Zwischenfällen deutlich nachgelassen. Jeder neue Rückschlag könnte die Sache ins Wanken bringen.

Der König hatte sich erhoben und ordnete jetzt auf dem Tisch Brotreste und Geschirr zu einem Schlachtfeld *en miniature*. Ein dünnes Rinnsal aus verschüttetem Wein auf der Tischplatte wurde zum Pelstream, eine Reihe fettiger Hühnerknochen wurden zur Kavallerie, eine Linie aus teurem Salz wurde zu Bogenschützen erklärt. Der König sprach, während er die Krieger verteilte.

»Die Pferde werden also an der Spitze sein, Mylords«, erklärte der König. »Und zwar in voller Erwartung der Möglichkeit, die Verfolgung aufzunehmen, falls die Schotten sich im Morgengrauen oder noch früher zurückziehen sollten. Ich will, dass wir sie festhalten und vernichten.«

Und wenn sie sich *nicht* zurückziehen, dachte Thweng grimmig, dann müsste man die Fußsoldaten und vor allem diese kleine Linie aus Salzkörnern nach vorn schieben, und das könnte den ganzen Tag in Anspruch nehmen, besonders da die Männer bis in die Nacht marschiert sind, um überhaupt bis hierherzukommen.

Der Tag, seufzte er innerlich, würde genauso lang werden, wie diese Nacht kurz ist …

Aus der Dunkelheit ertönten laute Rufe, und die Männer erhoben sich so hastig, dass die Bänke umfielen.

»Ein Angriff?«, fragte Segrave, aber das hielt niemand für wahrscheinlich. Sie hatten schließlich genau deswegen dafür gesorgt, dass sich an drei Seiten ihres Lagers Flüsse und Wälder befanden.

Genau wie bei Stirling Brig, hatte Thweng gedacht, als man ihn stolz darauf aufmerksam gemacht hatte, und noch immer überlief es ihn kalt, wenn er an die Speerwälle dachte, die auf die eingeschlossenen Pferde zugerollt waren.

Das würde doch sicherlich nicht wieder passieren, dachte er. Die Schotten werden sich nicht stellen. Bruce ist zahlenmäßig so deutlich unterlegen, dass nur ein Narr angreifen würde. Wenn er nur einigermaßen bei Verstand ist, ist er morgen früh weg.

Es war auch kein nächtlicher Angriff, sondern ein Feuer, das die Nacht erhellte. De Valence dachte, es sei die Burg selbst, die brenne, aber Thweng kannte sich in der Gegend besser aus.

»Das ist Cambuskenneth«, sagte er. »Das Kloster brennt.«

Isabel

Inter faeces et urinam nascimur – *zwischen Pisse und Scheiße werden wir geboren, und zwischen diesen liegt auch der Weg zu Gottes Gnade im Himmel. Das sagte ich Malise, als er im Dunkeln zu mir geschlichen kam, er weiß, dass seine Macht über mich bald zu Ende ist. Er hat kaum noch Kraft in den Lenden, und vor der Gewalt seiner Arme bewahrt mich Deine Gnade, o Herr – und die Befehle von John de Luka –, aber er kann immer noch Gift verspritzen. Ein Wort von mir genügt, sagte er mit seinem schiefen Grinsen, und du würdest brennen wie diese Ketzerin, die wir damals zusammen sahen. Es klang, als hätten wir Arm in Arm wie Liebende dagestanden, den Mond betrachtet und unsere Zukunft geplant. All deine Pracht wäre hin, fuhr er fort, und beim Sprechen flog sein Speichel, als könne er seine Wut nicht mehr zügeln. Aber ich wusste, o Herr, ich wusste es schon seit Langem, dass seine Wut gegen sich selbst gerichtet war. Einst kam ein Wolfsjäger nach Mar und erklärte mir, wie er es machte. Man nimmt drei Zoll dünnes Buchenholz und spitzt es an beiden Enden an, biegt es zu einem Ring zusammen und bindet es mit einem Leinenband. Dies versteckt man in einem toten Vogel oder in einem Stück faulen Fleisches, das der Wolf zur Gänze verschlingt, wie es seine Art ist, komplett mit dem tödlichen Ring. Wenn das Leinenband reißt, was nicht ausbleiben kann, durchbohrt das Holz die Eingeweide des Wolfes, und er verblutet. Er versucht zwar, alles auszukotzen, aber er kann es nicht. Genauso ist es mit Malise. Durchbohrt von seinem eigenen Hass und seiner Galle, unfähig, sie auszukotzen, obwohl er es immer wieder versucht. Du wirst einen Hängebusen haben, lange ehe der Teufel dich holen wird, fauchte er mich an. Er berührte mich, ich duldete es, obwohl ich eine Gänsehaut bekam. Wenn die Flammen an dir hochschlagen, zischte er, wird dein dünnes Hemdchen verbrennen, genauso wie dein schönes Haar. Angekettet wirst du auf dem Scheiterhaufen stehen, nackt und ohne Haare, wie ein gebrühtes Schwein. Notfalls wird* er *dafür sorgen. Er kann alles behaupten, und die Leute glauben ihm ohnehin, dass ich eine Art Hexe bin. Als er gegangen war, schnitt ich mir mit meinem Tischmesser die Vene auf, und mein Blut auf dem Boden zeigte, was ich bin – eine liebende Frau. Eine sterbende Frau. Beides Zeichen einer rettenden Gnade.*

KAPITEL 12

BANNOCKBURN
JOHANNISTAG, JUNI 1314

Er hörte das Trappeln durch den Morgennebel und sah die Köpfe seiner Männer. Einer ritt an der Spitze, und einen Moment später, als Bruce eintraf, sah er alle: den Reiter – der manchmal sein Bruder, manchmal Jamie Douglas war –, den kleinen Priester in seiner braunen Kutte, geduldig wie ein Baum, und die Gestalt mit der Kapuze.

Selbst im Traum bestand keinerlei Zweifel für ihn, wer diese vermummte Gestalt war, die dort stand, mit gebeugtem Kopf, einem Eimer zu ihren Füßen. Die weiße Hand, die die Klapper hielt, flatterte wie der Flügel einer Möwe, und ein Geruch nach faulem Fleisch stieg auf, der selbst den Gestank aus dem Eimer übertraf.

Doch es war ein Traum, selbst im Schlaf wusste er es. Es war eine verzerrte Version der wirklichen Ereignisse. Aber die wichtigsten Einzelheiten waren immer dieselben und immer so, wie sie sich tatsächlich zugetragen hatten.

Es war in Liston gewesen, im Spätherbst vor zwei Jahren, wohin er mit einigen Auserwählten gepilgert war, um noch einmal von dem Heilwasser dort zu trinken, und obwohl niemand es laut aussprach, wussten alle Bescheid über den Grund der Reise, denn die Quelle von Liston war bekannt für ihre heilende Wirkung bei Lepra.

Im Traum war da der Reiter, der von dem Leprakranken mit der Kapuze verlangte, gefälligst den Weg freizugeben, und der geduldige Priester, der erschrocken und unterwürfig auf die Knie sank, als er den König erkannte. Der Leprakranke versuchte jetzt ebenfalls, sich hinzuknien, eine schmerzhafte Sache für ihn, und Bruce machte ihm Zeichen, stehen zu bleiben.

Er erinnerte sich an die Bestürzung, den Anblick dieser weißen Hand, er wollte einerseits sein Gesicht sehen und es gleichzeitig auch nicht sehen.

»Wer bist du?«, fragte er. Der Priester wollte etwas sagen, aber Bruce hob die Hand, damit er schwieg. Der Aussätzige sagte kein Wort.

»Kann er sprechen?«, fragte Bruce den Priester, worauf der Aussätzige sich räusperte, ein schleimiges Keuchen.

»Noch kann ich sprechen«, sagte er schließlich, »aber ich tue es nicht, denn ich gelte bereits als tot.«

Das stimmte, Bruce hatte es nur vergessen. Aussätzige wurden allgemein als Tote betrachtet und mussten sich entsprechend verhalten. Er musste ein Gefühl des Schauderns unterdrücken, während er sich fragte, wie alt der Mann sein mochte. Er fragte danach, aber es schien, als habe der Mann seine Ration an Worten für diesen Tag aufgebraucht, er machte den Mund auf und wieder zu, ohne dass ein Ton herausdrang.

»Er wurde in dem Jahr geboren, als die Nordmänner bei Largs besiegt wurden, Euer Gnaden«, sagte der Priester eilfertig.

Neunundvierzig, rechnete Bruce aus. Elf Jahre älter als ich. Wird es mir in elf Jahren ähnlich ergehen?

»Wie heißt er?«

Auch das konnte ihm der Priester sagen. Er hieß Gawter,

stammte aus Tantallon, wo er Seemann gewesen war, ein geschickter Steuermann. Jetzt war er für einige Zeit in Liston und arbeitete als Latrinenreiniger im Kloster.

Vom Meer zur Scheiße, dachte Bruce. Ein fähiger Mann, so tief gesunken. In seinen Träumen gab er dem Leprakranken manchmal eine Münze, manchmal eine Leibrente, von der er den Rest seines Lebens zehren konnte, ohne Latrinen ausräumen zu müssen. Er wusste nicht mehr, ob er das wirklich getan hatte, aber er erinnerte sich immer an den Schluss, wie er sich wirklich ereignet hatte und wie er sich in sein Gedächtnis eingebrannt hatte.

Der Priester hatte entschuldigend gemurmelt, Gawter, der jemandem in den Weg getreten war, ohne ihn vorschriftsmäßig zu warnen, müsse öffentlich belehrt und daran erinnert werden, wer er sei. Also hatte Bruce in dem kalten Nieselregen gesessen und zugehört, wie der Priester dem Aussätzigen klarmachte, wie er sich zu verhalten habe, was hauptsächlich darin bestand, ihm zu sagen, was er *nicht* tun dürfe. Es war ihm verboten, in eine Kirche, in eine Brauerei, Bäckerei oder Metzgerei oder sonst irgendwohin zu gehen, wo Christenmenschen verkehrten. Es war ihm verboten, sich in einem Bach zu waschen oder Wasser daraus zu trinken, sondern das Wasser müsse für ihn eigens in eine Schüssel gefüllt werden. Es war ihm verboten, Nahrungsmittel oder Kleidungsstücke zu berühren oder auch nur barfuß zu gehen. Wenn er etwas zu essen kaufe, müsse die Münze, mit er bezahlte, in einer Schale mit Essig gereinigt werden, und essen und trinken dürfe er nur in Gesellschaft mit anderen Aussätzigen oder allein. Es war ihm verboten, mit einer Frau Verkehr zu haben, Kinder oder sonst wen anzusprechen sowie durch enge Gassen zu gehen, damit er nicht zufällig einen frommen Christenmenschen streife.

Er müsse Christenmenschen mit seiner Klapper warnen und die entsprechende Kleidung tragen, damit niemand im Zweifel war, wer er sei. »Und wenn du stirbst, wirst du außerhalb der Gemeinde begraben. Gott gebe dir Gnade und Geduld.«

Die Worte hallten wider, kälter als der kalte Regen. Gnade. Gnade …

Er erwachte und hörte Bernard, der leise nach ihm rief. Es war noch dunkel, bis auf den Lichtschein von Bernards flackernder Kerze.

»Euer Gnaden. Euer Gnaden …«

»Ich bin wach. Was gibt's, Kanzler?«

»Euer Bruder und Lord Randolph sind hier.«

»Ist es schon Zeit?«

»Noch nicht. Sie haben eine Nachricht …«

Er schwang die Beine aus dem Bett, spritzte sich Wasser ins Gesicht und zog Hose und Unterkotte an. Sein Arm und die Schulter taten immer noch weh, und im Kerzenlicht sah seine Hand mit dem Bluterguss dunkel marmoriert aus.

Doch seine Finger waren nicht taub, und er wusste, bei Tageslicht würde seine Hand beruhigend blau und gelb schillern, sie würde nicht weiß aussehen. Er spürte alle Finger und Zehen, er bewegte sie und dachte: Wieder ein Tag.

Der Himmel war in dieser Nacht nicht sehr dunkel geworden, aber am grauen Morgenhimmel blitzten immer noch ein paar Sterne, als er zum Zelteingang ging und den beiden Männern, die ungeduldig warteten, winkte, einzutreten. In der Ferne nahm er einen roten Schein wahr, was ihn wunderte, aber dann dachte er, dass er vom englischen Lager kommen müsse.

Sie waren vollständig angekleidet. Edward trug Kettenpanzer und Wappenrock. Bruce hielt es für möglich, dass er beides gar nicht abgelegt und auch nicht geschlafen hatte. Randolph war ebenfalls komplett angekleidet, aber sein Haar war wirr, er war barfuß, und der Gürtel seiner Tunika fehlte. Wohl aus dem Schlaf gerissen, wie ich, dachte Bruce.

»Hast du es gesehen, Bruder?«, fragte Edward ohne Umschweife. Bruce sah ihn verständnislos an, er versuchte immer noch, den Traum abzuschütteln.

»Was soll ich gesehen haben?«

»Den Feuerschein. Cambuskenneth brennt.«

Es war wie ein eiskalter Guss, und Bruce schnappte nach Luft, während eine schmächtige Gestalt hereinkam und ein Tablett mit Wein und etwas Brot und kaltem Fisch hinstellte.

»Die Engländer haben es gewagt, das Kloster in Brand zu stecken?« Bruce schrie es fast. Aber Randolph schüttelte den Kopf. Edward schenkte einen Becher Wein ein und reichte ihn seinem Bruder.

»Atholl, Euer Gnaden«, sagte Randolph fast wehmütig. »Einer unserer Männer hat es überlebt und hat uns berichtet. Der Earl von Atholl hat es niedergebrannt. Die Lagergebäude brennen, aber das Kloster selbst nicht, obwohl die Mönche alle Hände voll zu tun haben, um dafür zu sorgen, dass das Feuer sich nicht ausbreitet. Ein schönes Freudenfeuer für die Mittsommernacht hat er uns da beschert.«

In Cambuskenneth war nicht viel untergebracht. Es handelte sich um Sachen für die Belagerung, die aber fortgeschafft worden waren, als die Engländer näher gerückt waren – Strohhürden, Hacken, Schaufeln, Pferdefutter, etwas Bauholz, falls man Zeit gehabt hätte, rechtzeitig eine Art Belagerungsmaschine zu konstruieren. Und das Ganze bewacht von nicht mehr als sechs Leuten, soweit Bruce sich erinnerte.

»Nur ein Überlebender?«, fragte er. Edward wischte sich mit dem Handrücken über den Schnurrbart.

»Der Einzige«, erwiderte er schroff. »Der Franzose Guillaume, den seine Frömmigkeit rettete, er war gerade in der Kapelle, um die Vigil für St. Johannes zu halten. Die anderen fünf sind umgekommen ... Mein Gott, Sir William Airth ist tot. Bei allen Heiligen, Rob, der junge Strathbogie, verdient die härteste Strafe, die es gibt. Schlimm genug, dass er am Vorabend der Schlacht desertiert, aber das hier ist Hochverrat.«

»Der Earl von Atholl ist jung«, murmelte Bruce, »und er hat Angst. Und ich bin dein König, Bruder, nicht Rob.«

»Er ist nicht so jung, dass er nicht zwischen Recht und Unrecht unterscheiden könnte, mein König«, erwiderte Randolph, während Edward pikiert dreinschaute. »Pfändung seiner Güter sollte das Mindeste sein.«

Genau, dachte Bruce trocken. Nehmen wir ihm seine Güter und Ländereien weg, damit ich sie wie ein paar Leckerbissen an meine Auserwählten verteilen kann. Allen voran natürlich der Earl von Moray.

»Es ist kein großer Verlust«, fügte Edward hinzu. »Wenn er dachte, er könne uns Schaden zufügen, indem er die Lagerhäuser anzündet, hat er sich getäuscht.«

»Wir haben Sir William Airth verloren«, erinnerte Bruce ihn, »und vier weitere tüchtige Männer.«

Edward hatte den Anstand, rot zu werden, während Bruce sich überlegte, was er dem alten Sir John sagen würde, Williams Vater. Euer Sohn ist umgebracht worden, nicht von den Engländern, sondern vom Earl von Atholl. Gottes Wege waren wirklich unerforschlich.

»Es gibt noch eine Neuigkeit«, sagte Randolph in die Stille hinein. »Vielleicht ist es so etwas wie ausgleichende Gerechtigkeit.«

Bruce wartete und sah, wie Randolph das Zelt verließ, aber

das breite Grinsen seines Bruders verriet nichts. Es war dasselbe Grinsen, erinnerte Bruce sich schmerzhaft, wie er es als Kind aufgesetzt hatte, wenn er auf seinen kurzen, dicken Beinchen angestapft kam und ihm einen merkwürdigen Käfer oder sonst ein Tier zeigte.

Aber kein Tier konnte merkwürdiger sein als das, das jetzt mit Randolph zusammen in den Kerzenschein trat. Hochgewachsen, sodass er sich im Zelteingang bücken musste, dunkelhaarig und von bleicher Gesichtsfarbe, schwarze Augen, die wie im Fieber brannten … Bruce kannte ihn gut.

»Seton«, sagte er überrascht, denn dieser Mann war der Letzte, den er erwartet hätte. Doch schnell fasste er sich wieder, als der Ritter aufs Knie ging. Er streckte die Hand aus, ergriff ihn am Ellbogen und half ihm auf. »Alexander«, sagte er. »Mein Neffe. Sei mir willkommen.«

Der Lärm der Kinder weckte ihn, und er fuhr mit einem solchen Ruck in die Höhe, dass die kleine Bet sich erschrocken duckte. Hinter ihr stand Hob, der ihn ernst betrachtete.

Hob. Natürlich hatte sie ihn so genannt, denn so hieß der Sommerkönig. Er war volljährig, und Meggy hatte gesagt, der Junge sei von ihm, gezeugt in jener Mittsommernacht. Es war gut möglich … und er hatte es in dem Moment gewusst, als er etwas vorwurfsvoll gesagt hatte: »Du hättest es mich wissen lassen sollen.«

»Und warum?«, hatte sie kühl geantwortet. »Damit du aufhörst, mit Jamie Douglas herumzuvagabundieren und nach Roslin kommst, um für mich zu sorgen? Du kannst doch nichts anderes, als mit Hunden umzugehen, und dafür war auf Roslin kein Bedarf.«

Sie sah sein zerknirschtes Gesicht und lächelte.

»Ich kann Brot backen, selbst aus erbärmlichen Zutaten

wie diesen. Ich kann meine Kinder ernähren. Einen weiteren unnützen Esser hätte ich nicht brauchen können.«

Sprachlos hatte er sie angesehen, aber ihr Lächeln hatte den Worten die Bitterkeit genommen.

»Auch wenn du mich noch so sehr geliebt hättest«, fügte sie leise hinzu und klopfte ihm beruhigend auf den Arm. »Außerdem hat John das Lamm mich ja geheiratet, samt Hob, und hat für uns gesorgt, bis er starb. Vielleicht hat die Heilige Jungfrau dich geschickt, damit du für deinen Sohn, diesen Strolch, sorgen kannst, jetzt, wo du in königlichen Diensten stehst.«

Lächelnd hatte er den schlafenden Jungen betrachtet, obwohl ihm der Kopf noch immer schwirrte.

»Wenn er schläft, sieht er gar nicht wie ein Strolch aus«, sagte er, und sie lachte.

»Ja, vielleicht ist er doch nicht von dir«, sagte sie und lachte, als er sich empört nach ihr umdrehte.

»Männer«, spottete sie. »Bis jetzt hattest du nichts von ihm geahnt, aber schon schwillt dir der Kamm bei der Vorstellung, dass jemand dir ein Kuckucksei ins Nest gelegt haben könnte.«

Der Hundejunge war verwirrt und schwieg verlegen.

»Vielleicht war es ja einer von den Unsichtbaren«, sagte sie. »Damals, in jener Nacht der Nächte.«

Mittsommer, erinnerte er sich. Wie heute, die Nacht, wenn der Schleier zwischen unserer Welt und dem Reich der Unsichtbaren durchlässig wird. Sie sah sein Gesicht, und ihr Grinsen wurde noch breiter.

»Jeder, der dich als Kind kannte, wird es dir bestätigen«, beruhigte sie ihn, »er sieht genauso aus wie du in dem Alter.«

Der Hundejunge dachte darüber nach, und das Blut stieg ihm ins Gesicht. Es gab niemanden mehr, der ihn in dem Alter gekannt hatte, dafür hatten er und Jamie gesorgt, als sie die Burg von Douglas geschleift hatten. Das war am Palmsonntag vor sieben Jahren gewesen. Der alte Tam, der frühere Serjeant, war mit der Nachricht in ihr Versteck gehumpelt gekommen, dass die Besatzung der Garnison in die Stadt zur Kirche gegangen war, und sie waren wie eine Hundemeute über die Engländer hergefallen, hatten sie zurückgedrängt und die Burg eingenommen.

Danach hatte der wütende Jamie einen wahren Rachefeldzug gestartet. Der Hundejunge dachte daran, wie Gutterbluid, der Falkner, um sein Leben gebettelt hatte, als Jamie ihn mit einer Bogensehne erwürgen ließ. Der Hundejunge hatte die hoffnungslosen, verzweifelten Augen von Philippe, dem Berner, gesehen und dann genickt, worauf der hünenhafte Rote Corbie grinsend anfing, den Stock zu drehen, der dem Hundemeister langsam das Genick brach. Der hat mich in die Grube unter der Zugbrücke gesteckt, dachte er mit grausamem Triumph. Dort wäre ich beinahe umgekommen …

Diese beiden hatten sie in den Brunnen geworfen, die Leichen der anderen hatten sie in den Keller gezerrt, draufgepisst und dann verbrannt. Der Hundejunge dachte, er hätte das alles vergessen – bis auf den wunderbaren Moment, wo sie in den Zuchtbüchern entdeckten, dass er, den alle bloß »Hundejunge« nannten, einen Namen hatte.

Aleysandir.

Und einen Geburtsort, nicht weit von der Burg Douglas entfernt.

Er war dorthin zurückgegangen. Er erinnerte sich an seinen Vater und dessen prachtvolles Ochsengespann, ein unerhörter Reichtum, mit dem nicht einmal der Vogt oder der Priester mithalten konnten. Dafür wurde ich verkauft, dachte er bitter, als ihm so manche kleine, halb vergessene Einzelheit wieder einfiel. Als ich alt genug war, um so schnell zu rennen wie die Hunde, ging meine Mutter mit mir hinauf zur Burg von Douglas, wie der Sire ihr befohlen hatte.

Er konnte sich nicht an das Gesicht seiner Mutter erinnern, aber sie muss hübsch gewesen sein, wenn Sir William der Kühne so von ihr beeindruckt war, dass er ihr ein Kind machte. Und der Mann seiner Mutter, der ihm immer wie ein Riese vorgekommen war, hatte sich damit abgefunden, also muss er sie auch geliebt haben.

Und auf seine Art hat er mich auch geliebt, dachte der Hundejunge, als er sich an den wehmütigen Ausdruck in dem breiten Gesicht erinnerte, als er ihm gezeigt hatte, wie er rennen konnte. Er muss mich auch ein bisschen geliebt haben, auch wenn ich ständig eine Erinnerung daran war, dass seine Frau ihm untreu gewesen war. Aber er hatte ein Ochsengespann dafür bekommen, dachte er bitter, vielleicht war das ja ein Grund, mich zu lieben.

Er hatte keine Spur mehr von ihnen gefunden, als er in das kleine Dorf gegangen war, denn im Laufe der Zeit gab es neue Pächter auf den halb vergessenen Feldern, und niemand wusste etwas von einem Ehepaar, das ein Ochsengespann besessen hatte. Feuer, Krieg und Hungersnot waren mehrmals über das Land hinweggezogen. Gott sei mir gnädig, dachte der Hundejunge plötzlich und erschrak, vielleicht habe ich selber auch hier gewütet. Er fiel auf die Knie und dankte Gott dafür, dass weder er – soweit er sich erinnerte – noch sonst jemand, den er kannte, ein älteres Ehepaar umgebracht hatte. Bei der Vorstellung, dass er tatsächlich unwissentlich seine eigenen Eltern hätte umbringen können, lief ihm ein kalter Schauer über den Rücken.

Doch sie waren verschwunden, als hätte es sie nie gegeben, wahrscheinlich waren sie längst tot. Die Erinnerungen aus dieser Zeit überfielen ihn jetzt immer häufiger und quälten ihn schrecklich.

Eine Bewegung neben ihm, ein Kratzen und ein Gähnen brachten ihn wieder in die Gegenwart zurück. Er drehte sich zu ihr herum und dachte an die letzte Nacht. Vielleicht gab es ja bald noch einen kleinen Hob …

Er holte seine Kleider und zog sich an. Sie stand ebenfalls auf und tätschelte Hob anerkennend den Kopf, weil er so umsichtig gewesen war, in die Glut zu blasen und das Feuer wieder anzufachen. Sie klapperte mit den Töpfen und rührte Hafer und Wasser zusammen. Die kleine Bet spielte still mit ihrer Strohpuppe, und rings um die bescheidene Hütte aus Weidenruten und Decken erwachte jetzt auch das übrige Lager.

Der Hundejunge ging hinaus in die Morgendämmerung. Es war noch kühl, doch es würde ein heißer Tag werden, dachte er, als er die Bänder seiner Hose öffnete und sich einen Platz zum Scheißen suchte. Er hockte sich hin und grunzte leise, als er die Augen des Jungen auf sich gerichtet sah.

»Bist du wirklich mein Pa?«

Er beendete zügig sein Geschäft, und als alle Bänder wieder verschnürt waren, wandte er sich dem Jungen zu. Dunkel und misstrauisch stand er da, leicht vorgebeugt, wie ein Reh, das bereit ist, jeden Moment zu fliehen.

So war er selbst in dem Alter, das wusste er noch zu gut. So muss ich ausgesehen haben, als ich anfing, in den Hundezwingern auf der Burg von Douglas zu arbeiten, samt allem, was dazugehörte.

»Was sagt deine Mutter denn?«, fragte er, und der Junge runzelte die Stirn.

»Sie sagt, du bist mein Pa.«

»Na, dann muss es wohl stimmen, oder?«

Hob dachte eine Weile darüber nach, dann nickte er unsicher. Der Hundejunge grinste.

»Schön, da hast du die Antwort. Ich bin dein Vater, und Gott sei mit dir.«

Niemand sprach, der Hundejunge ging zum Feuer zurück, wo Meggy gebeugt stand und den Haferbrei im Kessel umrührte. Ein karges Essen, dachte er. Ich werde ihr etwas Besseres bringen, sobald ich kann.

»Ich muss gehen«, sagte er. Sie richtete sich auf und sah ihn ernst an. Sie lächelte müde, aber ihre Augen waren ernst.

»Wirst du sterben?«

»Ich komme wieder«, sagte der Hundejunge verlegen. »Und ich bringe euch etwas zu essen und …«

»Fühl dich zu nichts verpflichtet«, sagte sie leise. »Weder ihm gegenüber noch wegen der letzten Nacht.«

Der Hundejunge wusste, dass Hob anders darüber dachte, auch wenn er nichts sagte. Er nickte, diesmal mit Überzeugung.

»Ich komme zurück, so Gott will, wenn das hier vorüber ist.«

Sie zog ihn an sich, hielt ihn einen Moment ganz fest und ließ ihn dann so plötzlich los, dass sie beide taumelten. Er bemühte sich nach Kräften, seine Tränen zurückzuhalten, und beugte sich zu der kleinen Bet hinunter, die den Daumen in den Mund steckte und ihn anstarrte.

»Bekomm ich einen Kuss, Kleines?«, fragte er. Sie sah unsicher ihre Mutter an, und die nickte. Bet nahm den Daumen aus dem Mund und gab ihm einen Kuss auf die Wange, wobei eine Rotzspur in seinem Bart hängen blieb.

Hob stand da, die Augen groß und glänzend, sodass der Hundejunge nicht wusste, was er sagen sollte. Schließlich griff er in seinen Stiefel, zog seinen langen Dolch heraus und hielt dem Jungen den Griff hin. Hobs Augen wurden noch größer.

»Nimm ihn. Beschütz deine Mutter damit, bis ich wieder da bin.«

Hob blickte auf den Griff, dann auf den Hundejungen, dann zu seiner Mutter, die lächelte. Er streckte die Hand aus, nahm den Dolch und drückte ihn an seine Brust wie einen Schatz.

»Verletz dich nicht damit«, sagte der Hundejunge grinsend, »sonst kriegen wir es mit deiner Mutter zu tun.«

Es war ein schöner Moment, die beiden Männer als Verbündete. Dann nickte der Hundejunge Meggy zu und ging. Er spürte, wie sie hinter ihm her sahen, und wollte so schnell wie möglich fortkommen, und trotzdem fiel ihm jeder Schritt unsäglich schwer.

Er hatte den Abschied noch nicht ganz überwunden, als er die Schmiede erreichte, wo sich im Feuerschein dunkle Schatten bewegten, was vor dem Hintergrund der aufgehenden Sonne noch gespenstischer aussah. Er blieb stehen und versuchte zu erkennen, wer sich dort aufhielt, als ihn jemand aus der Dunkelheit anrief.

»Hundejunge, hör auf, dir den Hals zu verrenken, und komm rein.«

Eine Stimme, die er kannte, noch ehe er über das ramponierte Gesicht erschrecken konnte, über den schmutzigen Verband um den Arm und die Gestalt, die so hager war, dass man jeden einzelnen Knochen sah. Doch die Augen waren lebhaft wie immer und lachten ihn an.

»Sir Hal«, sagte er. »Mein Gott, es ist gut, Euch zu sehen.«

Der Hundejunge strahlte, doch dann fiel ihm Sim Craw ein, und seine Augen wurden traurig. Hal wusste sofort, woran er dachte.

»Es tut weh«, sagte der Hundejunge. »Er wird uns allen schrecklich fehlen.«

Hal schwieg. Auch er hatte den Tod von Sim noch nicht verwunden. Sim war tot, und die Lücke, die er zurückließ, war mit Schmerz und Trauer gefüllt.

Schweigend fasste er den Hundejungen an beiden Armen – wie hart und fest sie sich anfühlten – und zog ihn an sich. Einen Augenblick stand der Hundejunge wie gelähmt da, dann schlang er seine Arme um Hal, und für einen Augenblick trösteten sie sich gegenseitig, ehe sie sich voneinander lösten.

»Du bist eine stattliche Erscheinung geworden«, sagte Hal und musterte den breitschultrigen jungen Mann. Er tippte auf das Wappen auf dem neuen Wams, das noch auffällig sauber war. »Und bist ein feiner Mann geworden.«

Der Hundejunge nickte, und dann platzte es einfach aus ihm heraus. »Und ich habe einen Sohn«, sagte er.

Hal hörte sich die Geschichte an, die der Hundejunge teils stockend und teils überstürzt erzählte, als könne er es selbst noch nicht recht glauben. Wenn mein Johnny nicht gestorben wäre, dachte Hal, wäre er jetzt so alt wie der Hundejunge. Und hätte vielleicht auch einen Sohn. Diese Erkenntnis traf ihn wie ein Schlag. Ich könnte Großvater sein. Jetzt bin *ich* der alte Sire von Herdmanston, wie mein Vater vor mir.

»Und sie sind hier«, fuhr der Hundejunge fort. »Alle Leute von Herdmanston sind gekommen um unserem König beizustehen.«

Er klang, als staunte er darüber, aber Hal wusste es bereits. Sein Vetter aus Roslin hatte ihm auch davon berichtet, dass die Felder von Herdmanston bestellt worden waren. Der graubärtige Chirnside Rowan war gekommen, und mit ihm der pockennarbige Sore Davey. Einer nach dem anderen waren sie in der Mittsommernacht zu ihm gekommen, hatten das Knie gebeugt, ihm Nachrichten gebracht und versucht, ihm etwas Tröstliches zum Verlust von Sim Craw zu sagen.

Der fingerlose Will, Dirleton Will, Mouse – alle waren sie hier, alt geworden und hager, mit Frauen und Kindern, manche sogar schon mit Enkeln.

Alehouse-Maggie war vor einem Monat gestorben, erzählten sie, und es war ein Segen, dass Sim das nicht mehr hatte miterleben müssen, es hätte ihm das Herz gebrochen. Die verfallenen Häuser rund um den zerstörten Wohnturm von Herdmanston waren neu aufgebaut worden, und die Trockensteinmauer um den äußeren Burghof war auch wieder repariert, doch das Brauhaus und die Schmiede und die Bäckerei standen nicht mehr, denn seit Maggies Tod gab es keine Nachfolgerin für sie, einen Schmied gab es ebenfalls nicht, denn Leckie war geflohen, um ein Jahr und einen Tag in einer Stadt zu verbringen und so seiner Leibeigenschaft zu entkommen. Und ein Backhaus gab es auch nicht, weil es keine Bewohner gab, für die Maggie hätte backen müssen.

Vielleicht hatten ja englische Plünderer oder Deserteure und Gesetzlose beider Seiten schon wieder alles abgebrannt, dachte Hal, aber die Gesichter, die ihn anblickten, waren so voller Hoffnung, dass er den Gedanken nicht aussprach.

Er hatte nur an Isabel gedacht, doch er war immer noch der Lord von Herdmanston, der alte Sire. Er versprach, zurückzukommen, wenn das hier alles vorbei war. Er sagte, Herdmanston werde wieder aufgebaut – was ihm einen besorgten Blick von Sir Henry von Roslin einbrachte, der offenbar Angst hatte, Hal könne von ihm erwarten, sich an den Kosten zu beteiligen. Doch Hal beruhigte Henry, dass er die Hilfe seines Lehnsherrn nicht in Anspruch nehmen werde. Henry dachte daran, was Hal geleistet hatte, um dem König zu helfen, und vermutete, dieser habe Hal sicher eine ansehnliche Belohnung versprochen.

Die Wahrheit behielt Hal für sich. Unter dem Steinkreuz, dort, wo seine Frau und sein Sohn beigesetzt waren, schlummerten die sechs »Apostel«, die er zusammen mit Isabel vor langer Zeit dort begraben hatte. Diese Rubine, jeder so groß wie das Ei eines Zaunkönigs, die einst das Reliquiar des schwarzen Kreuzes geziert hatten, waren mehr als ausreichend, um den Wiederaufbau von Herdmanston zu finanzieren.

Ein Geschenk von Wallace an Isabel, wie er sich erinnerte.

Isabel. Er starrte in die Morgendämmerung, bis das Licht ihn blendete. Irgendwo dort draußen war sie und wartete auf ihn. Hoffte er jedenfalls.

Ein Hornsignal ertönte.

»Appell«, sagte der Hundejunge, und Hal nickte. Der Hundejunge wartete, aber Hal rührte sich nicht. Seine Stimme klang bitter, als er es ihm erklärte.

»Zeit zu gehen, Hundejunge«, sagte er. »Ich bleibe hier, Befehl des Königs. Anscheinend habe ich ausgedient.«

Er sah das verwirrte Gesicht des Hundejungen und brachte ein schiefes Grinsen zustande.

»Damit meint er, dass ich alt und gebrechlich bin. Tatsächlich habe ich lange keine Waffen mehr getragen. Er meint es gut. Ich bleibe jetzt hier mit den Frauen und Kindern zurück.«

Der Hundejunge wollte protestieren, doch dann musste er sich eingestehen, dass der König recht hatte, denn man sah, dass Hal von Herdmanston eine Gefahr für sich selbst wäre, wenn er eine Rüstung anziehen und sich in dieser Verfassung in einen Schildwall stellen würde.

Im Gegensatz zu Kirkpatrick, der jetzt ankam, strahlend

und von Kopf bis Fuß in einen Kettenpanzer gehüllt. Er hielt Hal einen Schild hin, auf dem das Wappen frisch gemalt war.

»Der Maler ist gerade fertig geworden.«

Hal betrachtete die erhobene Faust mit dem Dolch, von dem Blut tropfte.

»Ja«, sagte er, als er das spitzbübische Lachen in Kirkpatricks Augen sah, »damit wirst du ihnen bestimmt eine gewaltige Angst einjagen.«

»Daran werden sie mich erkennen, und das ist der Zweck der Übung«, erklärte Kirkpatrick energisch. »Sie kennen mich als den königlichen Wolfshund, den kleinen hinterhältigen Typ, der jedem in den Rücken fällt. Jetzt werden sie sehen, dass ich auch ein Ritter dieses Reiches bin.«

Hal wusste nicht, ob Kirkpatrick die englischen oder die vielen schottischen Lords meinte, die gegen ihn waren. Beide, dachte er, als Kirkpatrick ihn mit gerunzelter Stirn ansah.

»Es tut mir leid, dass du hierbleiben musst, aber Sir John wird froh sein, dass er einen klugen Berater hat. Schau dir mal an, was aus diesen Fässern gekommen ist ...«

Lachend wandte er sich um und folgte dem Hundejungen, dann drehte er sich noch einmal um und rief: »Der Schmied sagt, dein Schwert sei fertig.«

Hal ging in den Anbau der Schmiede und überlegte, was Kirkpatrick wohl mit seiner Bemerkung über die Fässer gemeint hatte. Der Schmied war ein finsterer, humorloser Mann, sein Lederschurz trug die Spuren unzähliger Funkenbrände. Wortlos reichte er Hal das Schwert, das er liebevoll gereinigt, geschärft und poliert hatte.

Im Hintergrund hörte man es klappern und rasseln, jemand fluchte, und dann kam der Maler zum Vorschein, der die ganze Nacht damit zugebracht hatte, die Schilde der

Lords zu überholen. Er war ein kleiner Mann mit mausgrauem Haar und rot geränderten Augen. Er war todmüde und ziemlich ungehalten über die viele Arbeit, die man ihm zugemutet hatte.

Hal reckte den Hals, um es zu sehen: eine ganze Flut breitrandiger Eisenhüte, der Rand schwarz, die weiße Krone mit einem roten Kreuz darauf. Kriegshelme der Templer. Natürlich, dachte Hal, die waren in den Fässern gewesen und nicht ausgegeben worden, weil der alte Fluch auf ihnen lag.

»Blau sollen sie werden«, tobte der Maler. »Mit dem weißen Andreaskreuz darauf. Bis ich die alle fertig angemalt habe und sie trocken genug sind, dass man sie tragen kann, ist die Schlacht längst vorbei, und wahrscheinlich ein Dutzend weitere. Wenn sie gebraucht werden, warum kann man sie dann nicht einfach aufsetzen, wie sie sind?«

»Weil es keinen Templerorden mehr gibt«, sagte der Schmied entschieden, »und unser König will auch nicht, dass er wieder zum Leben erweckt wird.«

Hal merkte, wie schmerzhaft es klang, und wusste sofort, auch dieser Mann war ein Templer gewesen. Er tauschte einen raschen Blick mit dem Schmied, und der nickte.

»Bei Liston. Bis die Johanniter es übernahmen«, sagte er. »Ich war nur ein Laienbruder, habe nur in der Schmiede gearbeitet, deshalb habe ich weder vor den Menschen noch vor Gott einen Eid gebrochen, wenn ich das verlassen habe, was der Papst selbst aufgelöst hat.«

Hal nickte und überlegte.

»Wir haben Johannistag«, sagte er mit einem schiefen Lächeln, weil sein Gesicht noch immer wehtat. »Ein Quartalstag. Und ein Löhnungstag. Habt Ihr eine Anstellung?«

»Ich bin Davey von Crauford, gnädiger Herr«, erwiderte der Schmied. »Ich stehe im Dienst keines Menschen, außer dem des Königs, was allein mein Wunsch ist, und im Dienst Gottes, der mir das Leben geschenkt hat.«

»Ich brauche in Herdmanston einen Schmied.«

Hal sah, wie er zögerte, dann deutete der Schmied mit dem Kinn auf die blanke Klinge in Hals Hand.

»Wenn Ihr mir sagt, wo Ihr das Schwert herhabt, und wenn ich mit der Antwort zufrieden bin, dann trete ich in Eure Dienste.«

Es war eine stolze Antwort, aber er war ein Schmied und wusste, was er wert war, und Hal nahm es ihm nicht übel.

»Ihr kennt diese Klinge?«, fragte er. Der Schmied nickte. Irgendwo ertönte ein Hornsignal, und Hal zuckte unwillkürlich zusammen und musste sich in Erinnerung rufen, dass es nicht ihm galt. Nicht mehr … Er kam sich vor wie der rotweiße Kampfhahn, der auf dem toten Gegner gestanden und seinen Sieg hinausgekräht hatte, auch wenn er dabei selbst fast umgekommen wäre. Das erinnerte ihn wieder an Sim, und ihn durchzuckte ein scharfer Schmerz.

»Das ist möglich«, erwiderte der Schmied. »Es gibt viele dieser Art, aber die meisten sind Nachahmungen, bei denen die Inschrift nachträglich in die Klinge und das Heft gehämmert wurden, während sie bei diesem Schwert beim Schmieden eingraviert wurden. Davon gibt es nur eins, und es gehörte einem gewissen de Bissot, der vor langer Zeit einer der Gründer des Templerordens war.«

»Ich habe es von einem de Bissot«, erwiderte Hal. »Rossal de Bissot, der tot in Kastilien liegt und nicht wollte, dass die Klinge seinen Feinden in die Hände fällt.«

»Gott segne ihn«, sagte der Schmied. »Es macht mich traurig, das zu hören, denn er war der Letzte seiner Familie, wenn er es Euch geschenkt hat. Also ist dies das echte Schwert. Ich hätte nie gedacht, dass ich es mal zu sehen bekomme.«

»Hat es einen Namen?«, fragte Hal.

Der Schmied schüttelte lächelnd den Kopf. »Keinen Namen, Herr. Aber es ist berühmt. Man sagt, es sei aus dem heidnischen Halbmond gemacht, den man vom Dach des Tempels gebrochen hat, als die Kreuzfahrer die Heilige Stadt eroberten. Damals dachte man, es sei aus Gold, und war ziemlich enttäuscht, dass es nur vergoldetes Eisen war. Aber sie haben das Eisen gut genutzt, und die Buchstaben wurden, wie gesagt, gleich beim Schmieden hinzugefügt.«

»Was bedeuten sie?«, fragte Hal, und der Schmied fuhr liebevoll mit dem rissigen Daumen über den dicken Knauf mit dem Templerkreuz, dann über die Buchstaben auf dem Griff: N+D+S+M+D.

»Es ist Latein«, sagte Davey von Crauford. »Ich kann die Sprache nicht, aber diese Worte kenne ich – wie jeder gute Schmied. *Non Draco Sit Mihi Dux*, das heißt: ›dass der Teufel nicht mein Führer sei‹.«

Hal nickte und fuhr über die Buchstaben auf der Klinge: C+S+S+M+L.

»Und das«, fuhr der Schmied fort, »bedeutet *Crux Sacra Sit Mihi Lux*.«

»Dass das heilige Kreuz mein Licht sei«, übersetzte Hal, und der Schmied lächelte.

»Ganz recht. Eine gute, gesegnete Waffe, die selbst eines heiligen Michael würdig wäre. Oder eines Sientcler mit dem achtzackigen Kreuz.«

Er ließ sich plötzlich aufs Knie nieder und umfasste Hals Füße. Dann gelobte er dem Lord von Herdmanston seine Treue, und als er die Worte sprach, spürte Hal, wie sich etwas in ihm veränderte.

Er war ein Ritter und ein Lord mit Besitztümern. Er war der Sire von Herdmanston, ob alt oder nicht, und es gab Menschen, die von ihm abhingen. Mit ihm war es genauso wenig zu Ende wie mit dem Königreich …

Die Hornsignale schmerzten ihn, dennoch stand er mit erhobenem Kopf da, stolz wie ein Schlachtross.

Sie drängten sich in das heiße, stickige Zelt, während draußen die misstönenden Signale der Hörner erschallten. Die Männer stanken nach Schweiß und Leder und dem Öl der Kettenpanzer, sie klirrten bei jeder Bewegung und betrachteten sich neugierig wie Hunde, die einander am Hinterteil beschnüffeln, um herauszufinden, wie man den anderen einschätzen sollte.

Die schottischen Lords hatten sich versammelt, die großen und die kleinen, so viele man zusammentrommeln konnte, doch alle voll Ungeduld, endlich zu ihren Leuten zurückzukehren, die sich draußen versammelten. Sie waren verschwitzt und verunsichert, einige schienen auch hungrig zu sein oder sahen furchtsam aus, dachte Bruce, aber es war längst nicht so schlimm wie auf der Gegenseite, wenn man Seton glauben durfte.

Sein Bruder Edward, dessen breites Gesicht bereits von seinem Kettenpanzer eingerahmt war, grinste breit, als er mit Jamie Douglas und dem jungen – mein Gott, wie schrecklich jung er noch war – Walter Steward plauderte. Sie beide würden vom König in den Adelsstand erhoben werden, wie es vor einer Schlacht Brauch war. Der junge Walter würde zum Ritter geschlagen werden, und der Schwarze, der jetzt so sanft sprach wie ein junges Mädchen, würde zum Bannerherrn aufsteigen.

Edward Bruce traute Seton nicht so recht, auch wenn dieser bei seinem Leben geschworen hatte, er wolle ausgeweidet und gevierteilt werden, wenn das, was er berichtete, nicht wahr sei, nämlich, dass die Engländer erschöpft und demoralisiert seien, einerseits von den langen Märschen und dann auch von den Niederlagen am Vortag, von der Gefangennahme von Thomas Gray und dem Tod von Herefords Neffen. Ihre Fußsoldaten waren noch immer nicht vollzählig eingetroffen, und außerdem waren sie alle davon überzeugt, dass die Schotten nicht kämpfen, sondern fliehen würden.

»Eine Falle«, hatte Edward geknurrt, aber Seton hatte empört geschworen, es sei die Wahrheit.

Ausgeweidet und gevierteilt, dachte Bruce. Weiß Alexander Seton überhaupt, wovon er da spricht? Er dachte an Wallace, an das grauenhafte Schauspiel, als er dort hing, während sein Blut an seinen Schenkeln hinunterlief und sich unter ihm in einer Pfütze sammelte, weil die Scharfrichter ihn bereits entmannt und seinen Bauch aufgeschlitzt hatten, sodass seine Eingeweide herausquollen.

Doch noch immer hatte er gelebt und nur einmal protestiert, als die beiden kräftigen Männer seine Arme ergriffen hatten, um seine Brust vorzuwölben, damit der Scharfrichter vom Bauch aus sein Herz erreichen konnte.

»Ihr verdreht mir die Arme.«

Bruce beugte den Kopf. Eine fremde Hand greift nach deinem Herzen, und mehr kannst du nicht sagen. Möge Gott dich zu seiner Rechten sitzen lassen, Will Wallace.

Doch noch ein weiterer Gedanke drängte in sein Bewusstsein: Solange Wallace nicht aus dem Weg geräumt war, so lange hatte ich keine Chance, auf den Thron zu kommen. Doch er verscheuchte diesen Gedanken, denn er war zu schmerzlich.

Dies also ist mein Ziel, dieses Zelt mit diesen Lords, dachte er spöttisch. In einem Monat bin ich vierzig Jahre alt. In einer oder zwei Stunden könnte ich tot sein, wenn diese Leute hier nicht kämpfen und wir versagen. Tot. Nicht gefangen genommen … Der Gedanke an eine Gefangenschaft flößte ihm ein Grauen ein, dass ihm fast übel wurde. Bei Gott, dachte er, ich werde nicht das gleiche Schicksal erleiden wie Will. Auf keinen Fall. Sie können meinen Kopf in London auf einen Pfahl stecken, aber ich lass mich nicht zum Ergötzen einer gaffenden Menge abschlachten.

Flucht kam ebenfalls nicht infrage … Sieg oder Tod. Doch was, wenn sie zur Flucht gezwungen wären? Wenn sie sich wieder in der Wildnis verstecken und wie Gesetzlose leben müssten? Dies war der schrecklichste Gedanke. Doch wenn er sich stellte und sich töten ließ, statt zu fliehen, dann wäre alles umsonst gewesen. Der Tod seiner Brüder und all derer, die ihm treu gedient und dafür mit dem Leben bezahlt hatten … all die Sünden, die so schwer auf seinem Gewissen lasteten. Alles Leid wäre umsonst, falls er im Angesicht der sicheren Niederlage lieber den Tod in Kauf nähme.

Und er hätte Elizabeth, seine Frau, für immer verloren. Zwar konnte von Liebe keine Rede sein, mein Gott, schließlich kämpften die irischen Soldaten ihres Vaters aufseiten der Engländer – aber diese Blüte am Stamme der de Burghs sollte doch Schottlands Zukunft sein.

Natürlich nur, wenn seine Krankheit es ihm bis dahin noch gestattete, einen Thronerben zu zeugen. Er dachte an die anderen, die sanften, weichen Frauenkörper, die ihn trösteten, die Christinas und Marys und alle anderen, an deren Namen er sich nicht mehr erinnern konnte. Immerhin hatten sie sich von den Gerüchten nicht abschrecken lassen. Und nach allem, was er wusste, war keine von ihnen krank geworden. Eine von ihnen hatte sogar einen Sohn geboren, einen strammen Jungen – aber das war schon einige Zeit her, und der Junge war bereits ein Knappe. Vielleicht wird er der nächste König, dachte er spöttisch, falls ich sterben sollte und Edward auch.

Der Adel würde es natürlich niemals hinnehmen, denn der Knappe Robert wäre als Bastard nicht würdig, König zu werden, und wenn es zum Schlimmsten kommen sollte – was gut möglich war –, würde das Königreich erneut im Chaos versinken.

Und so drehten sich die Gedanken des Königs wild im Kreise. Die Männer im Zelt traten ungeduldig von einem Bein aufs andere und fragten sich, worauf sie noch warteten. Sie sind hier, dachte Bruce, weil ich sie zum Kämpfen brauche und weil sie denken sollen, dass es ihr Wunsch ist und nicht meiner. Ich habe sie in diesen Kreis gerufen, aber tanzen müssen sie nach meiner Pfeife, ich muss sicher sein, dass sie meinen Schritten folgen und nicht etwa eine andere Richtung einschlagen.

»Wir haben Brüder, Freunde und Verwandte verloren«, richtete er jetzt das Wort an sie, und das Gemurmel erstarb. »Andere Verwandte und Freunde wurden gefangen genommen. Geistliche unseres Reiches sind eingemauert worden.«

Er merkte, dass er ihr Interesse geweckt hatte und wiederholte, was Seton berichtet hatte.

»Wenn ihre englischen Herzen bedrückt sind, dann taugen ihre Glieder auch nicht zum Kämpfen. Ihr Ruhm setzt schwere Pferde und schwere Wagen voraus«, fuhr er fort. Es war jetzt ganz still im Zelt. Draußen hörte man den Lärm der Männer, die mit den Vorbereitungen beschäftigt waren.

»Für unseren Ruhm wird Gott sorgen, der uns siegen lässt.«

Jetzt hingen sie geradezu an seinen Lippen. Er sagte ihnen, dass sein Entschluss feststehe, dass er kämpfen werde. Er sagte, wer ihm nicht folgen wolle, dem stünde es frei, sich zurückzuziehen, er werde es schweren Herzens akzeptieren.

»Doch wenn Ihr hierbleibt, um mit mir zu kämpfen, Mylords«, fügte er hinzu, »dann versichere ich Euch, dass es für eine gerechte Sache ist und dass Gott mit uns ist. Ihr werdet alle Reichtümer erbeuten, die die Engländer mitgebracht haben, und Eure Frauen und Kinder werden Euch segnen, dass Ihr sie verteidigt habt.«

Es ertönten Rufe, »Gott will es« und »heiliger Andreas«.

»Wir kämpfen nur um die Macht«, fügte Bruce hinzu. »Nehmt keine Gefangenen und plündert nicht, ehe wir gewonnen haben, Mylords. Und Ihr sollt wissen, dass alle früheren Vergehen gegen mich und die Meinen vergeben und vergessen sind und dass die Nachkommen all jener, die fallen sollten, ohne Einschränkung ihr gerechtes Erbe erhalten werden.«

Er wusste, dass diese Rede ihre Wirkung nicht verfehlen würde, denn sie appellierte in gleichem Maße an ihr Ehrgefühl und ihre Habgier.

»Seid Ihr an meiner Seite?«, fragte er und war sich ihrer Antwort sicher, noch ehe ihr Gebrüll die Zeltbahnen erzittern ließ.

Addaf sah, wie sie das Pferd im Fluss abschlachteten, sodass das Wasser blutrot Richtung Meer floss. Es hat bestimmt einen ganzen Jahreslohn gekostet, dachte er bitter, aber es war gestrauchelt, als es in der Nacht versucht hatte, die steilen Ufer des Flusses, der von der Flut angeschwollen war, zu erklimmen, genau wie ein halbes Dutzend weiterer teurer Tiere, die von den provisorischen Brücken abgerutscht und zu Tode gekommen waren. Ein Fest für die Fliegen, sobald die Ebbe einsetzte und die steifbeinigen, aufgedunsenen Kadaver auf dem Trockenen lagen.

Die Männer bewegten sich schwerfällig, mit müden, geröteten Augen. Die meisten von ihnen hatten die Nacht in voller Rüstung neben ihren Pferden gelegen und waren bei jedem Geräusch erschrocken hochgefahren, denn alle hatten damit gerechnet, dass die schottischen Teufel die Nacht für irgendein hinterhältiges Manöver nutzen würden.

Jetzt erhoben sie sich mühsam, ihre prächtigen Umhänge, Federn und Bänder von Staub und Pferdemist besudelt, und nur wer Glück oder einen gewitzten Knappen hatte, erwischte etwas Brot und einen Schluck Wein.

Addaf hatte nicht geschlafen, und viele seiner Bogenschützen auch nicht, bis auf die acht, die am Vortag von den Pferden der Vorhut in den ewigen Schlaf geschickt worden waren. Die anderen reckten sich, suchten ihre Ausrüstung zusammen und bereiteten sich mit finsteren Gesichtern auf den Tag vor, noch immer voller Wut über das, was man ihnen angetan hatte.

Sie werden nicht mehr kämpfen, dachte Addaf. Sicherlich nicht, nachdem diese englischen Schweine über sie hinweggeritten sind. Aber es sah ohnehin so aus, als würden die Engländer nur wieder ihre schweren Streitrosse einsetzen und damit ein allgemeines Chaos anrichten. Er hoffte es sogar, denn er wollte seine Leute dieser Prüfung lieber gar nicht erst aussetzen.

Und es war ausgerechnet Y Crach, der sie anfeuerte, jetzt in Gottes Namen zu handeln. Den werde ich mir vornehmen müssen, dachte Addaf, je früher, desto besser. Aber es würde ja doch nichts nützen.

Sir Maurice Berkeley, der bei dem Waliser stand, betrachtete die Soldaten, die erschöpft herumlagen oder an Bäume gelehnt dasaßen, Hennegauer, Genueser Armbrustschützen, Bogenschützen aus Cheshire und all die anderen. Nur meine walisischen Hunde sind noch kräftig genug, um eine Bogensehne zu spannen, dachte Sir Maurice. Aber ihre finsteren Gesichter gefielen ihm nicht. Auch er war entrüstet darüber, was ihnen Gloucester und Hereford angetan hatten, doch das behielt er für sich.

Er war froh, dass er die Vorhut los war, er war wieder im Bataillon des Earls von Pembroke: Je weiter weg seine Waliser von Herefords und Gloucesters Truppen waren, desto besser. Er wünschte nur, er könnte seinen Sohn und seinen Enkel ebenso leicht aus der Sache heraushalten.

Doch zum Glück werden die Schotten sich ja gar nicht stellen, dachte er.

Addaf blickte hinüber zu Sir Maurice und sah sein mürrisches Gesicht. Die Berkeleys sollten wirklich diesen Winkel auf ihren eleganten Schilden andersherum tragen, dachte er, das wäre ein gutes Symbol für diese ständige Falte auf ihrer Stirn.

Die Reiter bewegten ihre Pferde, um die steifen Muskeln von Mensch und Tier aufzulockern, und laut riefen sie sich ihr »*Je vous salue*« zu, wenn sie aneinander vorbeiritten. Es waren diejenigen, die früh genug aufgestanden waren, um noch einen Priester zu finden, bei dem sie beichten und die Absolution erlangen konnten. Jetzt waren alle Priester damit beschäftigt, Messen zu lesen, denn es war das Fest des heiligen Johannes.

Sir Marmaduke saß auf Garm. Er fühlte sich halb tot und ihm war kalt. Genieße es, solange du kannst, brummte er vor sich hin, dies ist der beste Teil des Tages, später wird es höllisch heiß werden, und außerdem ist halb tot besser als ganz tot.

Er hörte Rufe, die weitergetragen wurden, und wandte sich um. Sir Giles d'Argentan, herrlich anzusehen in Scharlachrot und Silber, kam durch die Menge galoppiert und hielt auf die Kavallerie an der Spitze zu. Lächelnd winkte er nach allen Seiten, der perfekte Paladin, um einen König in die Schlacht zu begleiten.

Edward folgte ihm, auch er in Scharlachrot mit den drei goldenen Löwen, die in der Sonne glänzten. Auf seiner linken Seite ritt de Valence, hinter ihnen das königliche Gefolge, etwas mitgenommen, aber hier und da sah man immer noch ein stolzes Grinsen.

Thweng trabte an die Seite von Sir Payn Tiptoft, der die gepanzerte Hand zum Gruß erhob.

»*Dieu vous garde.*«

Thweng erwiderte den Gruß, aber er hatte die Hände voll mit den Zügeln, dem Schild und der Lanze, deshalb fiel seine Entgegnung weniger elegant aus. Tiptofts Knappe, ohne Rüstung, ritt hinter seinem Herrn und trug Lanze und Schild, aber Thweng schätzte John, seinen jungen Knappen, zu sehr, um ihn einem solchen Risiko auszusetzen.

»Was meint Ihr, wird er reden?«, fragte Tiptoft, und Thweng wusste, er meinte den König. Er hielt es nicht für wahrscheinlich, und der andere schüttelte stirnrunzelnd den Kopf, als er das sagte. Keine heiligen Banner von Beverley und keine anfeuernde Rede. Kein einziger Ritterschlag – all die üblichen Rituale und Gebräuche vor einer Schlacht wurden heute offenbar ignoriert.

Er sah, wie der König jetzt die Zügel anzog, sodass sich alle gezwungen sahen, es ihm gleichzutun. Die Pferde stockten und tänzelten, man hörte unterdrücktes Fluchen und das Klirren von Rüstungen. Vielleicht fällt ihm jetzt ein, dass er doch etwas hätte sagen sollen, dachte Thweng, als der König sich im Sattel umdrehte und triumphierend eine Hand nach Süden ausstreckte.

»Die Sonne, Mylords«, rief er aus, während der Kronenreif auf seinem Helm in den ersten Strahlen aufblitzte. »Sie ist aufgegangen und wird unseren herrlichen Sieg sehen.«

Die Jubelrufe verstummten bald wieder, und sie ritten weiter. Ihre Schatten dehnten sich vor ihnen.

Addaf sah ihnen nach. Es war klar, dass die Fußsoldaten sich jetzt erst einmal selbst überlassen blieben, was er nicht bedauerte. Er wandte sich um und starrte mit zusammengekniffenen Augen in die aufgehende Sonne.

Und er sah die Schotten, die so hell angestrahlt wurden, dass jeder Einäugige sie treffen könnte. Nun ja, wenn die Reiter sie erst festgenagelt hatten, würden die Bogenschützen sie vollends erledigen. Und nicht diese langsamen, kleinen Genueser Armbrüste, auch nicht die Männer aus Cheshire mit ihren albernen Bogen, sondern nur die ruhigen, geballten Pfeilschwärme seiner walisischen Veteranen. Und wenn der Hass auf die englischen Schweine seine Männer auch nicht gerade zur Eile antrieb – die Vorfreude auf das Plündern der Schotten würde ihnen ganz bestimmt Flügel verleihen.

Er spürte, wie die Sonne seine steifen Glieder aufwärmte, und fast musste er lächeln.

Nyd hyder ond bw – auf nichts ist Verlass, außer auf den Bogen.

Isabel

Die ganze Nacht brannten Feuer hinter den Mauern der Burg und der Stadt, die traditionelle Art, die Mittsommernacht zu feiern. Selbst in der Stadt hatte man Feuer angezündet, es wurde getrunken und getanzt. Ich konnte es hören und roch den Gestank der brennenden Knochen, die man ins Feuer warf, um böse Geister fernzuhalten, doch für mich brachte es nur die Erinnerung an das arme Mädchen zurück, das man verbrannt hatte. Die Nacht wurde gar nicht richtig dunkel, und am frühen Morgen brachte Konstanze grüne Zweige, denn jedes Haus und jedes Geschäft ist mit Girlanden und Birkenzweigen geschmückt. Heute Abend, erzählte sie mir entzückt, wird es einen Fackelumzug geben, bewaffnete Männer, Gaukler und nackte, schwarz angemalte Jungen, die Sarazenen darstellen sollen. Aber auch Gottesdienste und Messen, fügte sie hinzu, froh, dass ihr Gott noch rechtzeitig eingefallen war. Wenn Ihr beichten möchtet, sagte sie, kann ich einen Priester kommen lassen.

Ich brauche keine Beichte. Ich brauche meine Freiheit, o Herr. Dein Sohn Jesus Christus erweckte Lazarus nach vier Tagen wieder zum Leben. Du selbst bewahrtest Jonas im Bauch des Wals und befreitest Daniel aus der Löwengrube. Warum, o Herr, kannst Du mich armes Weib nicht aus diesem Gefängnis befreien?

KAPITEL 13

BANNOCKBURN
JOHANNISTAG, JUNI 1314

Sie marschierten am Waldesrand auf, in lang gestreckter Reihe, ruhig, wenn auch nicht ganz lautlos – man hörte gemurmelte Gebete, kurze, knappe Befehle, Klirren und Scheppern von Waffen und Rüstungen, das Knarren von Leder und das Knacken von Unterholz und Zweigen.

Der Hundejunge, der sich unter die Männer eingereiht hatte, die Jamie kommandierte, die ihrerseits zu dem großen Bataillon gehörten, das der König persönlich befehligte, sah nichts weiter als die verdreckten Wappenröcke und das rostige Wehrgehänge der Männer vor ihm. Er blinzelte über ihre Schultern hinweg in die Sonne und sah in einiger Entfernung einen riesigen Schwarm funkelnder Glühwürmchen. Es dauerte einige Zeit, bis er begriff, dass das, was da funkelte, die Speerspitzen, die Helme und glänzenden Rüstungen der Feinde waren.

Der Feind. Ein großes glitzerndes Meer, bei dessen Anblick sich alles in ihm zusammenzog. Er blickte nach rechts und links. Er sah Parcy Dodd, er sah den Troubadour, Milchgesicht, Pferdeschwanz und die anderen, eine Mauer aus Schultern und zuversichtlich grinsenden Gesichtern, mit dreckigen, schwieligen Händen, die die vom Schweiß glatten Griffe ihrer Waffen umklammerten.

Der Hundejunge wusste, dass ein solch großer Block von Soldaten sich nicht beliebig zusammenfand. Die kleinste Einheit bildete ein »Griff« von fünf Männern, der so hieß, weil man ihn mit den fünf Fingern verglich, die sich um einen Speerschaft legten. Zwei davon hintereinander nannte man einen »Arm«. Zwei »Arme« bildeten eine »Vinte«. Sie bestand aus zwanzig Mann, die einem »Vintenar« unterstanden, und in dem Block des Hundejungen fiel Milchgesicht diese Rolle zu. Vinten wurden in zehnmal zehn Mann eingeteilt, die »Centane« hießen, obwohl es sich in Wirklichkeit um ein »langes Hundert« handelte, das etwa hundertzwanzig Mann umfasste und von den »Centenaren« kommandiert wurde. Der Hundejunge war Centenar für seinen Block, und alle Männer unter ihm gehörten zur Truppe von Jamie Douglas.

Darüber hinaus wurden die Centane zu jeweils Zehn zusammengefasst, sodass ein Bataillon tausendzweihundert und auch doppelt so viel Mann umfassen konnte – selten mehr, da dies zu unübersichtlich geworden wäre. Das Bataillon des Hundejungen unterstand dem König und umfasste zweitausend Mann. Da der König überdies das Oberkommando über die ganze Armee hatte, befehligte Jamie die eine Hälfte seines Bataillons, die andere Hälfte befehligte Gilbert de la Haye, der Konstabler von Schottland.

Auf der rechten Seite und etwas weiter vorne stand ein Bataillon von ähnlicher Größe, über das Edward Bruce das Kommando hatte, links ein weiteres, über das Randolphs pompöses Banner flatterte.

Zwischen den geordneten Bataillonen flitzten die Bogenschützen von Selkirk und Galloway hin und her, die zusammen mit den vielen Hochländern von jenseits der Mounth-Berge einen wilden Haufen bildeten, der nicht im Block mit

Pike, Glefe oder Schwertbeil kämpfte, sondern stattdessen mit kleinen runden, mit Spitzen bewehrten Schilden, langen Messern und Äxten überall dort dazwischenging, wo sich eine Gelegenheit bot. Zu diesen Kämpfern gehörten auch die seltsamen, düster wirkenden Iren, die O'Neills, O'Hagans und weitere, denen es hauptsächlich darum ging, mit ihren Gegnern, die die Engländer unterstützten, alte Rechnungen zu begleichen. Sie waren zum Teil gut ausgerüstet, mit knöchellangen, klirrenden Kettenpanzern und langen, furchterregenden Äxten.

Ganz in der Nähe stand eng zusammengerückt das – nach Ansicht des Hundejungen – lächerlich kleine Häuflein von Keiths' Reitern. Überhaupt waren sie insgesamt viel zu wenige, dachte der Hundejunge, als er das glänzende und wogende Meer der Feinde betrachtete.

Plötzlich ertönten laute Vogelstimmen, die hier völlig fehl am Platze schienen. Ein durchdringendes, protestierendes Gezwitscher, weil die friedliche Ruhe für ihr übliches Morgenkonzert gestört war. Doch einen Augenblick später wurden die Vögel von den Hornsignalen übertönt und stoben als große Wolke in die Luft.

Der Hundejunge beobachtete, wie sich die beiden Bataillone vor ihm langsam in Bewegung setzten. Er musste an seinen Sohn denken, und vor Stolz und Freude lachte er laut auf.

Hereford, von Kopf bis Fuß in matt glänzendes Eisen gehüllt, schritt klirrend auf sein prächtig ausgestattetes Schlachtross zu, blieb jedoch stehen, als sich jemand durch die Menge zu ihm vordrängte. John Walwayn, dachte er missbilligend, reichlich spät. Alle kamen reichlich spät heute – Gloucester war sogar ohne Umhang losgeritten, wie er gehört hatte.

Bloß damit ich nicht etwa als Erster bei der Vorhut bin und Befehle geben kann, dachte er mürrisch.

Walwayn war völlig außer Atem. Er ignorierte, so gut er konnte, die spöttischen Bemerkungen der Knappen, die sich über den Schreiber mit seiner rund geschnittenen Tunika und der graubraunen Hose lustig machten.

»Nun?«, fragte Hereford ungeduldig, und Walwayn war klar, dass seine Lordschaft endlich aufbrechen wollte, obwohl er vor Müdigkeit Ringe unter den Augen hatte, nachdem er die ganze Nacht im Gebet bei seinem gefallenen Neffen Henry zugebracht hatte. Dessen Leiche wurde jetzt irgendwo gekocht, bis das Fleisch von den Knochen abgelöst war, sodass er sie mit nach Hause nehmen konnte. Walwayn wusste, dass seine Nachricht zwar spät kam – aber noch nicht zu spät, wie er hinzufügte.

»Lord Percys Diener hat versagt«, berichtete er mit heiserem Flüstern. »Ich habe Nachricht aus Alnwick, dass der Tempelritter, den er geschickt hatte, in Spanien getötet wurde und Bruce sich eine Ladung Waffen sichern konnte. Wenn sie die nicht auf dem Rückweg verloren haben sollten, Mylord, dann verfügen die Schotten jetzt über eine große Menge Waffen und Rüstungen der Templer. Diese Nachricht kam vor zehn Tagen in Alnwick an.«

Hereford runzelte die Stirn und schürzte die Lippen. Wenn das stimmte … Er musterte Walwayn. Es gab keinen Grund, an den Worten des Mannes zu zweifeln. Das bedeutete aber auch, dass Percy es weder für nötig befunden hatte, sein Versagen dem König mitzuteilen, noch ihn über die Möglichkeit dieser Waffenlieferung für die Schotten zu informieren. Hereford war klar, dass diese Lieferung alles verändern würde. Nun ja, mit Percy würde man abrechnen, wenn das hier vorbei war.

»Dann werden die Schotten also kämpfen«, überlegte er und winkte einen Knappen herbei, der ihm beim Aufsitzen helfen sollte – mit den neuen Beinschienen war es schwierig, auf das große Pferd zu kommen. Er setzte sich zurecht und blickte zu Walwayn hinunter.

»Gut gemacht. Meldet Euch bei mir, wenn wir das hier überstanden haben, und holt Euch Euren Lohn.«

Walwayn fragte sich, ob Hereford ihn wirklich verstanden hatte. Er war drauf und dran, ihn zu fragen, aber allein bei dem Gedanken brach ihm der Angstschweiß aus, und er lächelte verlegen. Es war nicht seine Aufgabe, nachzufragen, ob sein Herr und Meister die volle Tragweite seiner Nachricht verstanden hatte.

Die Schotten würden also kämpfen. Somit handelte es sich jetzt keineswegs mehr um einen abgerissenen Haufen von Briganten, sondern um eine Truppe, die wochenlang Zeit zum Exzerzieren gehabt hatte und jetzt über Waffen und Rüstungen der Templer verfügte – und womöglich sogar von Tempelrittern angeführt wurde, den besten Kämpfern überhaupt, jetzt vom gerechten Zorn angetrieben über das, was man ihnen angetan hatte.

Er trabte los, wurde aber immer wieder aufgehalten von Knappen und Reitern, die gerade aufstiegen, um ihrem Earl zu folgen. Nach einer Weile stellte er jedoch fest, dass er für sich allein war – nur der süßliche Gestank des kochenden Henry de Bohun lag wie ein böses Omen in der Luft.

Von irgendwoher drangen Rufe durch die Morgenluft zu Walwayn, und auch wenn es nur aus der Ferne und geisterhaft klang, überlief ihn ein solcher Schauer, dass sogar sein Schatten erzitterte. Schwänzelnde Hunde, hörte er, und es war, als sei es das Flüstern des Teufels selbst.

Jamie Douglas empfing den Stab aus der Hand des Königs und hielt ihn hoch, dass er in der Morgensonne aufblitzte. Wie es das Ritual gebot, waren die spitzen Bänder des Wimpels abgeschnitten worden, aus dem damit ein vorschriftsmäßiges rechteckiges Banner geworden war, auf dem das Wappen der Douglas' im Morgenwind flatterte. Doch selbst wenn es völlig windstill gewesen wäre – der Jubel aus Tausenden von Kehlen hätte gereicht, um es in Bewegung zu setzen.

Barhäuptig sprang Jamie in den Sattel seines kleinen Reitpferdes, sehnsüchtig beobachtet von Bruce, der ihn um diesen großen Moment und um seine Jugend beneidete. Es gab keine andere Möglichkeit, einen Ritter zum Bannerherrn zu machen – ein Rang, der nur knapp unter dem eines Earls lag –, außer man wurde auf dem Schlachtfeld und vom König selbst dazu ernannt. Diese Zeremonien waren selten, aber es waren Rituale, die zur Schlacht dazugehörten und wichtig waren, weil die ganze Armee Zeuge wurde, wie der König in vollem Ornat jemanden beförderte, was man nicht tat, wenn man eine Niederlage erwartete.

Jetzt salutierte er dem Liebling der Menge – dem gefürchteten Schwarzen Douglas für die Menschen auf der Gegenseite oder dem guten Sir James, wenn man auf seiner Seite stand. Die große, stinkende Menschenmenge brüllte vor Begeisterung, auch wenn die Hälfte von ihnen vor Fieber und Angst schlotterte. Mit nackten Beinen und nacktem Arsch standen sie da, und der Durchfall lief ihnen an den Schenkeln herunter, doch sie warfen die Arme hoch und jubelten ihm zu – und dem König, für den sie bereit waren zu sterben.

»Ein Douglas!«, schrie Jamie, und sie schrien es zurück. »Schwänzelnde Hunde!«, brüllte er begeistert und ritt mit hoch erhobenem Banner an ihren Reihen entlang – und wieder brüllten sie es zurück.

Schwänzelnde Hunde – dieser schottische Spott verfehlte nie seine Wirkung und ließ die Engländer zornrot werden. Nickend und lächelnd galoppierte Bruce hinter Jamie Douglas her.

Damit hatten sie die üblichen Rituale hinter sich gebracht, bis auf einen: Maurice, der Abt von Inchaffray, stolperte unsicher über das holprige Feld, hinter ihm sein Gefolge von Priestern mit der Schatulle, in der das silberne Reliquiar mit dem Armknochen des heiligen Fillan ruhte. Einer der Ministranten zitterte so sehr, dass sein Räucherfass den Abt um ein Haar am Kopf getroffen hätte, doch zum Glück hatte sich der Prälat rechtzeitig geduckt. Die Männer in seiner Nähe lachten, als der Abt seinen langen Hirtenstab – ebenfalls ein Relikt des heiligen Fillan – gegen den Jungen erhob, als wolle er ihn damit schlagen, doch dann besann er sich und setzte seinen Weg fort.

Sie knieten nieder, Tausende von Männern in drei großen Blöcken mit scharfen Waffen, auch Edward Bruce und Randolph, Douglas und de la Haye und Bruce, während die Vintenare und Centenare die Gelegenheit ergriffen, als der alte Abt an ihnen entlangschritt und sie murmelnd segnete, ihre Reihen ein letztes Mal auszurichten.

Der Hundejunge fragte sich, ob der Knochen in dem Reliquiar wirklich von dem berühmten linken Arm des heiligen Fillan war, von dem behauptet wurde, er habe im Dunkeln geleuchtet, damit der Heilige auch nachts die Bibel studieren konnte. Bei Gott, dieses Wunder hätte er zu gern mal gesehen! Doch sogleich bekreuzigte er sich wegen seines lästerlichen Gedankens.

Sobald die Priester fertig waren, würde dieser dichte Wald aus scharfen Spitzen sich erheben und auf den Feind zumarschieren, und wenn die heiligen Männer ihre Sache gut gemacht hatten, würde Gott die Schotten im Namen von St. Fillan siegen lassen.

Dem Schutzheiligen der geistig Armen und Narren und Toren.

Thweng platzte mitten in die klirrende, scheppernde Pracht hinein, die den König umgab. Badenoch sah ihn strahlend an, doch irgendwie wirkte sein Grinsen fast irre. Hinter ihm stand ein weiterer Abkömmling der weit verzweigten Sippe der Comyns – Edmund, erinnerte Thweng sich jetzt. Und auch er grinste.

»Mylord«, rief Badenoch, »eine großartige Neuigkeit!«

Thweng sah den Schotten mit säuerlicher Miene an. Was der Mann für eine »großartige Neuigkeit« hielt, bedeutete bestimmt nichts Gutes, davon war er überzeugt. Und die nächsten Worte bestätigten es.

»Ich habe Erlaubnis erhalten, dass die Ritter des Schattens bei der Vorhut sein dürfen.«

Jeder Dummkopf wollte bei der Vorhut sein, dachte Thweng, denn dort konnte man den größten Ruhm ernten und sich die besten Beutestücke sichern. Und jetzt hat er auch mich da hineingezogen. Bei diesem Gedanken wurde Thwengs Gesicht so wütend, dass Badenoch die Augenbrauen hochzog.

Doch Gloucesters Ankunft lenkte beide davon ab, alle blickten jetzt auf ihn. Der König, prächtig anzusehen in seinem blutroten königlichen Umhang mit den drei goldenen Löwen, saß aufrecht auf einem schneeweißen Pferd und war sich der Wirkung seines Auftretens gewiss. Umgeben von den königlichen Standarten und dem finsteren, bedrohlich aussehenden Drachenbanner, starrte er hochmütig auf Gloucester, der ohne seinen Umhang mit dem Wappen erschienen war.

»Ihr kommt unvollständig gekleidet und überdies spät, Mylord.«

Gloucester, dessen Kettenhaube ihm wie eine Kapuze auf dem Rücken hing, errötete bis an die Haarwurzeln.

»Aber nicht zu spät, Euer Gnaden, um Euch zu bitten, dass Ihr den Heiligen ehrt, dessen Gedenktag heute ist, und deshalb heute nicht kämpft. Die Armee braucht einen Ruhetag.«

Die Proteste der eifrigen jungen Ritter um den König waren so laut und verächtlich, dass sich Gloucesters Nackenhaare sträubten. Thweng fiel auf, dass d'Argentan sich still verhielt.

»Wie es scheint, ist hier niemand Eurer Meinung, Mylord«, brummte Edward mit einer Kopfbewegung zu den dicht geschlossenen Reihen der Reiter hin. »Mylord Hereford ist bereits bei der Vorhut.«

Thweng dachte später, dass Gloucester eigentlich hätte wissen müssen, dass er damit entlassen war. Aber fast verzweifelt wiederholte der Earl seine Bitte, die Armee heute nicht kämpfen zu lassen, und jetzt bemerkten alle, wie das Schlupflid des Königs gefährlich zuckte.

»Ihr hättet Eure Zeit besser damit verbracht, Euren Mantel anzulegen, statt hier Gründe zu erfinden, warum nicht gekämpft werden soll«, fauchte Edward ihn an. »Aber Ihr könnt Euch ja niemals entscheiden – was meinen Gaveston das Leben gekostet hat.«

Hinter dem König hörte man zustimmendes Gemurmel – natürlich von Aymer de Valence, wie Thweng sah, der Gloucester inständig um Hilfe gebeten hatte, als Lancaster Gaveston beseitigen wollte. Gloucester hatte sich geweigert, Lancaster hatte seinen Plan ausgeführt, und Gaveston war gestorben.

Alle alten Wunden waren wieder aufgerissen, wie jeder sehen konnte. Gloucesters Gesicht war zornrot, er riss am Zügel seines protestierenden Schlachtrosses, und im Davonreiten rief er dem König über die Schulter seine Antwort zu.

»Ich bin kein Verräter, Mylord, das werde ich im Feld beweisen.«

Es trat eine kurze Stille ein, dann winkte Badenoch dem König zu, was einerseits wie eine Entschuldigung und andererseits wie ein Lebewohl aussah, und galoppierte hinter ihm her, und mit einem mühsam unterdrückten Fluch trieb auch Thweng sein Pferd an und folgte ihnen.

Unsicher sah Edward ihnen nach und fragte sich, was er da ausgelöst hatte. Schließlich entschied er sich, laut und spöttisch zu lachen, aber es klang zu schrill, um beruhigend zu wirken. Der Lärm der wieder einsetzenden Gespräche und das Geräusch der Klingen, die in letzter Minute an Wetzsteinen geschärft wurden, schienen plötzlich ohrenbetäubend.

»Falls die Schotten kämpfen«, bemerkte d'Umfraville an den König gewandt, »sollten wir uns anders formieren, Euer Gnaden.«

Die Aufmerksamkeit der Männer wandte sich wieder der dunklen Linie in der Ferne zu, und Edward runzelte die Stirn, erhob sich ein wenig im Sattel und deutete mit der gepanzerten Hand hinüber.

»Im Moment kämpfen sie nicht, sondern sie knien«, erklärte er. Dann hellte sich sein Gesicht auf. »Vielleicht bitten sie mich um Gnade?«

D'Umfraville, der jetzt ebenfalls genug hatte, verschluckte sich fast vor Zorn.

»Nein, Mylord«, brachte er mühsam heraus. »Zwar bitten sie um Vergebung, aber nicht Euch, sondern Gott. Denn so, wie die Dinge liegen, werden sie heute siegen oder sterben.«

Der König verzog unwillig das Gesicht, weil er deutlich heraushörte, dass das bewundernd klang, aber ein plötzliches Hornsignal ließ sie alle zusammenfahren. Einige der Pferde tänzelten oder bäumten sich erschrocken auf. Entsetzt sahen alle, wie die dunkle Linie jetzt anschwoll.

»Auch wir sollten um Vergebung bitten«, fügte d'Umfraville hinzu, »denn jetzt knien sie nicht mehr, Mylords, sie kommen auf uns zu.«

»Mein Gott«, brüllte de Valence. »Zu spät. Zu spät!«

Zu spät, dachte auch Addaf mit Entsetzen, als dass die Reiter noch den Weg frei machen und die Fußsoldaten nach vorn gebracht werden konnten. Genauso zu spät, wie es auch vor siebzehn Jahren hier an der Brücke zu spät gewesen war, als Wallace' und Morays Schotten auf die Engländer zukamen, die in den Windungen des Flusses gefangen waren.

Jetzt waren sie wieder eingeschlossen, und wieder hatten sie es sich selbst zuzuschreiben, denn die Absicherung vor einem nächtlichen Angriff, die die Windungen des Flusses an drei Seiten boten, war jetzt zu einer tödlichen Falle geworden. Addaf erinnerte sich noch an das letzte Mal. Wie ein Hase war er gerannt und hatte alles fortgeworfen, bis auf den Bogen. Dann der verzweifelte Sprung in den Fluss, wo er wie eine nasse Katze dahingetrieben war und sich endlich halb ertrunken ans Ufer retten konnte.

Halb betäubt blickte er um sich. Sir Maurice Berkeley erkannte es ebenfalls, genau wie die anderen Lords. Fassungslosigkeit auch bei denen, die auf ihre Befehle warteten, die aber nicht kamen.

»Aufgepasst, Bogenschützen!«, brüllte er und zeigte mit der eisernen Faust nach rechts. Die Köpfe drehten sich, und die Männer vollführten wie im Schlaf die gewohnten Handgriffe, sie bogen den Holzstab und griffen nach der Sehne, die sie aber erst einhaken würden, wenn Addaf es befahl.

»Addaf Hen!«, schrie Maurice. Das riss den Mann aus seinen Überlegungen. Er schüttelte sich wie ein Hund, blickte auf seinen Lord, dann nach dort, wo er hinzeigte. Die Feinde schwirrten umher wie Stare und versuchten, in die Flanken der Armee einzudringen, vor den Pferden waren sie durch einen der tiefen Wassergräben geschützt, der sich mit jeder Flut füllte und von dem Addaf wusste, dass er Pelstream hieß.

»Bogen spannen!«, brüllte Addaf, und mit den gewohnten Handgriffen stellte sich auch die alte Sicherheit wieder ein. »Sucht eure Ziele, aber schießt erst, wenn ich es sage!«

Zwar hörte er, wie sie die Pfeile anlegten und die Sehnen zurückzogen, doch gleichzeitig spürte er diese furchterregende Menschenmasse, die sich von der Seite auf sie zubewegte. Er wollte sich nicht umdrehen und sie sehen.

Im Lager unterhalb von Coxet Hill hatten sie viele Feuer angezündet und die ganze Nacht getanzt. Die ledigen Mädchen mussten sieben davon tanzend umrunden, wenn sie im nächsten Jahr heiraten wollten, und sie taten es gewissenhaft. Sie hatten ihre Schicksalskuchen gegessen, auch wenn diese jetzt mehr Stroh und Erbsen enthielten als Gerste oder guten Weizen. Sie hatten ihre Wünsche in Strohbündel geflüstert und anschließend verbrannt, sodass sie als gefährlicher Funkenregen in den warmen Nachthimmel aufstoben.

Es endete mit dem traditionellen Nadel-Einfädeln, einer endlosen, fast träumerischen Prozession zum Klang von Fiedel, Trommel und Flöte.

Nun war der Johannestag angebrochen mit Aschehaufen und allgemeinen Kopfschmerzen, und Hal bemerkte eine mürrische Gruppe von Leuten, die offenbar zu ihm wollten, als er mit Sir John Airth dasaß und die kurze Morgenkühle genoss. Sir John, mit rotem Gesicht, dickem Bauch und einem Bart wie ein aufgeplatztes Schafwollkissen, hatte nach dem Verlust seines Sohnes nicht gut geschlafen, und der Lärm und die Gicht in seinem Bein hatten die Sache nicht besser gemacht. Er blickte missmutig auf die Gruppe, die da angeschlurft kam, noch ehe sie etwas sagen konnten.

Hal ging es auch nicht besser, er hatte die Hörner vernommen und gesehen, wie die Männer davongestürmt waren, viele kamen reichlich spät – im Laufen ergriffen sie ihre Waffen, einige hatten sogar nur einen Schuh an. Er sehnte sich so sehr danach, mit ihnen zu ziehen. Doch gleichzeitig spürte er den dumpfen Schmerz in seinem verwundeten Arm, während sein Gesicht, immer noch blau und gelb schillernd, pochte wie ein fauler Zahn.

Die Wache sorgte dafür, dass die Männer nicht näher herankamen, aber sie waren ein nervöser Haufen, wobei einer hervorgetreten war, offenbar derjenige, der für sie alle sprechen sollte. Sir John winkte sie heran.

»Nun?«

Der Sprecher war ein Mann von durchschnittlicher Statur, bis auf seine starken Unterarme, die vom Drehen des Mühlsteins herrührten. Hal hatte gesehen, wie er ihn ununterbrochen gedreht hatte, um den armen Leuten das wenige Korn zu mahlen, das sie ihm brachten, er selbst hatte jeweils den Zehnten davon als Bezahlung genommen.

»Möge der Himmel Eure Lordschaft segnen«, fing der Mann an, während er seine Filzkappe in Händen drehte, ehe er mit einer nervösen Geste auf die Männer hinter sich zeigte. »Man hat mich gebeten, mit Eurer Lordschaft über eine Sache zu sprechen.«

»Name?«, wollte Sir John wissen. »Wie heißt Ihr, Mann?«

»Der Himmel soll Euch segnen, Sir, John von Noddsdale, Sir. Müller von Sir Robert Boyd, Gott möge ihn segnen und schützen.«

Hal sah, wie Sir John genervt die Augen schloss, und fühlte mit ihm, denn John der Müller hatte eine Stimme wie die Säge eines Steinmetz, und trotz aller Nervosität kam er sich äußerst wichtig vor, weil die anderen ihn zum Sprecher gewählt hatten. Der Grund war ganz sicher nicht, weil er ein guter Redner war, auch war er nicht der, den sie am meisten respektierten, sondern das Gegenteil war der Fall: Ihn würde man am wenigsten vermissen, falls Sir John sich hier und jetzt entscheiden sollte, ihn aufzuknüpfen.

Der Fall war schnell erklärt. Die Gruppe hinter John dem Müller wurde in diesem Lager zurückgehalten, weil ein Lord es so wollte, der seinerseits gerade in die Schlacht zog. Sie fühlten sich übergangen, was ihnen absolut nicht passte.

»Wir wollen kämpfen, Sir John«, endete der Müller. »Aber stattdessen werden wir hier auf Euren Wunsch festgehalten.«

»Auf Wunsch des Königs«, berichtigte Sir John. »Wenn ihr ordnungsgemäße Soldaten wärt, würdet ihr mit einem eisernen Hut, einem Kettenhemd oder einem Wappenrock kommen, mit einem langen Speer oder einer sonstigen Klinge. Habt ihr das?«

Die Männer traten unsicher von einem Bein aufs andere. Sie hatten gesehen, dass man anderen vom gleichen Rang wie sie eiserne Hüte und Speere zugeteilt hatte, aber es hatte nicht für alle gereicht, und es war an diejenigen gegangen, die schon länger hier waren oder wenigstens eine Grundausbildung mitgemacht hatten. Sie dagegen waren die Nachzügler, das wussten sie. Einer rief, sie hätten sich selbst Speere gemacht, und schwang dabei eine Stange, an deren Spitze eine Sichel gebunden war. Hal konnte ein Lächeln nicht unterdrücken.

»Da habt ihr die Antwort«, brummte Sir John wegwerfend. »Eine Stange mit einem Haken, in der Hand eines Mannes ohne Rüstung, ohne Kopfschutz und ohne Ausbildung. Das nützt dem König gar nichts.«

Es klang grob, kam jedoch von den Lippen eines Mannes, der noch völlig niedergeschmettert war vom Tod seines Sohnes, der an diesem Morgen in Cambuskenneth durch die Laune des Earls von Atholl ums Leben gekommen war. Doch das wussten diese Männer nicht, und es interessierte sie auch nicht, dachte Hal. Ihre Gesichter verfinsterten sich.

»Andere gehen auch los, sie schließen sich den anderen einfach an«, brach es aus John von Noddsdale heraus. »Männer von jenseits der Mounth-Berge, und sogar Frauen sind dabei.«

Jetzt verstand Hal. Die Frauen und die älteren Kinder, die Männer, die zum Kämpfen zu alt waren oder die es verstanden hatten, sich zu drücken, sie alle stahlen sich davon, um am Rand des Geschehens auf eine Chance zu warten, die Toten auszuplündern, und diese Männer hier wollten ebenfalls ihren Anteil daran. Ums Kämpfen ging es ihnen nicht im Mindesten. Hal stand auf, und sie sahen sein spöttisches Grinsen. Zwar gab es noch einige trotzige Blicke, aber schließlich standen sie alle mit hängenden Köpfen da und scharrten beschämt mit den Füßen.

Doch Hal wusste um diese gefährliche Situation. Das Lager war voll von Männern und Frauen wie diesen hier, sie sorgten sich um ihre Lieben, die bereits kämpften, sie litten Hunger und Durst und wussten nicht, wie alles ausgehen würde. Sie wollten auch etwas davon haben, egal, wer gewann, und wenn sie leer ausgehen sollten, würde es Schwierigkeiten mit ihnen geben. Wenn man sie von ihrem Vorhaben nicht abbringen konnte, müsste man sie wenigstens anleiten.

Ihm kam eine Idee, und er wandte sich an Sir John Airth, der ihm ansah, dass er etwas im Schilde führte. Sir John war froh gewesen, dass der Lord von Herdmanston bei ihm war, denn der Verlust seines Sohnes hatte ihm die letzte Kraft genommen. Er hatte von Anfang an gewusst, dass er zu alt für diese Unernehmung war, aber er war trotzdem gekommen, angefeuert von Williams Begeisterung darüber, an diesem denkwürdigen Tag hier zu sein. Jetzt lag William aufgebahrt in der Totenkammer des Klosters von Cambuskenneth, und das hatte Sir John Airth jegliche Freude auf dieser Welt genommen.

»Mit Erlaubnis Eurer Lordschaft«, fing Hal an, und Sir John winkte seine Bewilligung. Also wandte Hal sich an die Männer und erklärte ihnen, was er vorhatte. Er schilderte ihnen den Ruhm und Reichtum, der sie erwartete, und ihre Augen leuchteten. Er hatte sie für sich gewonnen, noch ehe er geendet hatte.

Schließlich schwärmten sie im Lager aus, um andere anzufeuern, sich ebenfalls zu beteiligen. Sir John warf Hal einen amüsierten Blick zu.

»Ihr könnt Williams großes Schlachtross nehmen«, sagte er. »Es heißt Cornix, ein gut ausgebildetes Pferd. Und die Rüstung meines Jungen wird Euch auch besser passen als mir, wenigstens dürfte Euch das Gewicht weniger zu schaffen machen.«

Hal stammelte seinen Dank, aber Sir John schüttelte den Kopf.

»Das ist ein gefährlicher Plan, den Ihr da habt«, brummte er. »Denn selbst wenn der Feind darauf hereinfällt, könnte es sein, dass Euer eigener König Euch dafür nicht dankt.«

»Der Sieg verzeiht alle Sünden«, erwiderte Hal. Er wandte sich zum Gehen und hoffte, dass es stimmte. Sie mussten einfach siegen, nicht nur für den König, nicht nur für das Königreich.

Sondern für Isabel.

Isabel

Konstanze kam zu mir, und wir nähten. Wie Schwestern saßen wir friedlich zusammen im Käfig. Es war eine Trotzgeste von ihr, dass sie sich so gut sichtbar den Gaffenden im Burghof zur Schau stellte, aber mit ihr als Nonne war Gott ebenfalls mit uns. Ich war dankbar, aber es lag eine Art Fieber in der Luft, das nichts mit der Hitze zu tun hatte, ich zitterte so, dass meine Nadel abrutschte und ich mir in den Finger stach. Konstanze sah es, sie schrie leise auf und hielt sich die Hand vor den Mund, aber dann zog sie die Knochennadel langsam und vorsichtig heraus, damit sie nicht abbrach. In meinem Finger ist ja schon ein Knochen, sagte ich, und sie lachte. Dann nahm sie etwas altes Brot und wickelte es um die Schwellung. Vielleicht schlaft Ihr ein wie die Prinzessin im Märchen, flüsterte sie kühn, und werdet dann vom Kuss eines Prinzen geweckt, der Euch aus dem Turm befreit. Ich erzählte ihr die Geschichte richtig. Es war keine Prinzessin, sondern die Tochter eines Kaufmanns, deren Magd ausrutschte und sie mit der Nadel einer goldenen Brosche stach, sodass sie ohnmächtig wurde. Der wütende Vater ließ die Magd töten und mit ihrem Blut den Garten wässern, worauf die Rosen so schnell und so wild wuchsen, dass sie das Haus des Kaufmanns in nur drei Tagen eingerissen hatten und alle darin getötet wurden bis auf die schlafende Tochter. Sie wachte am vierten Tag auf, und ihr Bräutigam fand sie, wie sie in dem verwilderten Garten umherwanderte, aber sie hatte den Verstand verloren. Als ich geendet hatte, saß Constance verstört und stumm da, und es tat mir leid, dass ich ihr schönes Kindermärchen verdorben hatte. Ich versuch-

te, wieder zu nähen, aber das Blut war durch das Teigpflaster gesickert, und als ich es abnahm, fiel ein Blutstropfen hinunter, hell wie eine Beere, dunkel wie ein Omen.

Irgendwo sterben Menschen.

KAPITEL 14

BANNOCKBURN
JOHANNISTAG, JUNI 1314

Marmaduke Thweng kannte sich mit Schlachten aus, er verstand sie, so wie ein Hirte sich auf Schafe versteht oder ein Bauer auf sein Getreide. Diese Schlacht, das wusste er, als er hinter dem wütenden Gloucester herritt, war bereits jetzt ein hoffnungsloser Fall.

»Der Feind, Mylord«, schrie Gloucester dem verwirrt dreinschauenden Hereford zu. »Wir müssen sofort angreifen!«

Hereford starrte auf die dunkle Linie, die sich auf sie zubewegte und in der blendenden Sonne nur aus tückisch scharfen Speerspitzen und glänzenden Kriegern zu bestehen schien, die unter bunten, flatternden Bannern immer näher kamen. Das blaue Andreaskreuz auf weißem Grund, die Winkelhaken von Carrick. Der Bruder von Bruce, dachte Hereford, mit einer großen Streitmacht …

»Wir müssen angreifen!«

Hereford wandte sich um und sah Gloucester an. Ohne Helm, stellte er fest, und auch ohne Umhang. So zieht dieser Dummkopf los, nur halb angekleidet, aber brüllt hier herum wie der letzte Grünschnabel von einem Knappen …

»Im Gegenteil, wir müssen uns zurückziehen, Sirrah«, brüllte er zurück. »Wir müssen die Fußsoldaten vorlassen … vor allem die Bogenschützen!«

»Dafür ist es zu spät«, schrie Gloucester und wandte sich den verwirrt umherreitenden Männern zu. »Formieren! Formieren! Hierher zu mir!«

Herefords Gebrüll klang abgerissen, aber laut genug, dass alle stehen blieben. Zornrot schlug er mit der gepanzerten Faust auf seinen Sattelknopf, sodass sein Pferd protestierend tänzelte.

»Bei Gott, de Clare, ich bin Konstabler von England, und ich habe hier das Kommando, nicht Ihr. Tut, was ich verlange, Sirrah.«

Thweng kam gerade rechtzeitig an, um zu sehen, wie Gloucester sich in den Steigbügeln erhob. Seine Lanze auf dem Rüsthaken schwankte wie ein Baum im Wind, und sein Gesicht war dunkelrot.

»Verdammt, hier befehle ich! Anordnung des Königs! Und während Ihr hier herumstreitet, de Bohun, lacht sich der Feind ins Fäustchen und kommt, um uns abzuschlachten. Nein, ich habe nicht die Absicht, auf eine derartig ehrlose Niederlage zu warten.«

Er riss sein Pferd herum, dass es vor Schmerzen aufwieherte, und galoppierte davon, gefolgt von Badlesmere und anderen Männern aus seiner Truppe. Payn Tiptoft sah Hereford an, dann folgte sein Blick Gloucester, der in der Ferne verschwand. Und als Hereford ihm keine Anweisung gab, warf er hilflos seinen Schildarm hoch und galoppierte ebenfalls los. Unter de Maulays Visierhelm bellte es kurz und knapp heraus, er gehöre zur Vorhut, um zu kämpfen, und nicht, um wegzurennen, und auch er folgte ihnen donnernd, worauf sich ihnen noch weitere anschlossen.

Badenoch und sein Vetter, der Comyn von Kylbryde, blickten Thweng erwartungsvoll an, der seinerseits Hereford traurig ansah und sich schließlich den Helm über den Kopf stülpte, was ein klares Signal war. Mit lautem Schlachtruf donnerten Badenoch und sein Vetter los, gefolgt von allen weiteren Rittern des Schattens. Ganz zum Schluss folgte, zögernd, Sir Marmaduke.

Hereford, dessen Kopf dröhnte, sah zu, wie sie schräg über das Feld auf die dunkle Linie von Edward Bruce' Bataillon zuritten. Er merkte, wie sein Augenlid zuckte, als er eine weitere Linie sah, die in größerer Entfernung links von Bruce' Bruder erschien. Über ihr flatterte das Banner mit dem ungezügelten Löwen, zum Zeichen, dass Bruce selbst mitmarschierte. Dahinter, etwas weiter zur Linken, nahte eine dritte Linie unter dem Banner eines weiteren Befehlshabers.

Der Earl von Moray, dachte Hereford, der auf der anderen Seite seines Herrn in die Schlacht zog. Die Schotten hatten ihre Bataillone also gestaffelt, wohlgeordnet wie seinerzeit Alexanders Mazedonier, und es gab Hereford einen scharfen Stich, als er feststellen musste, dass Gloucester recht gehabt hatte – sie hatten keine Zeit mehr. Nicht einen Augenblick.

Hew stolperte, ging in die Knie und wurde dafür mit Tritten und Flüchen belohnt, als die Männer, die in Reih und Glied marschierten, versuchten, um ihn herumzugehen, oder einfach über ihn hinwegstiegen. Wie ein hilfloser Käfer kämpfte er, um wieder auf die Füße zu kommen, als ihn plötzlich jemand beim Kragen packte und ihn wieder auf die Beine stellte.

Er wollte sich bedanken, aber die schwitzende Menschenmenge wälzte sich weiter wie ein monströses Tier, das sich unerbittlich voranbewegte.

Er ging weiter, ohne Speer, die Axt in einer Hand, am Gürtel den Dolch, und in der anderen Hand noch immer den Dreck und das Gras, in das er beim Sturz gegriffen hatte. Kein geeigneter Boden, um Gräben zu ziehen, dachte Hew. Nicht fest genug. Wenn man nach einem kräftigen Regen den Boden mit dem Daumen prüfen würde, wie man es tat, wenn man Gräben anlegte, dann würde man hier bis zum Gelenk ins Erdreich eindringen. Zum Gräbenziehen darf der Boden aber nur so nass sein, dass man höchstens bis zum Daumennagel eindringt. Die Grabenwände müssen schräg nach außen verlaufen, damit sie nicht einstürzen. Die meisten Leute wissen nicht, dass ein Würfel Erde von einer Elle Kantenlänge so schwer sein kann wie ein Mann in voller Rüstung auf seinem Pferd, und wenn der auf einen fällt, dann ist man tot, mit Sicherheit.

Er hörte den Mann neben sich aufschreien, sah geballte Fäuste und hörte das laute Gebrüll von Edward Bruce, dem Bruder des Königs, der mitten in dieser stinkenden, schwitzenden Menge stand und sie anfeuerte, weiter vorzurücken, das sei doch nichts weiter als ein kleiner Mann auf einem großen Pferd.

Ein Würfel Erde von einer Elle Kantenlänge, dachte Hew, der sich jetzt auf vier Beinen in rasendem Tempo näherte und gleich auf jemanden stürzen würde …

Es war ein Lärm, als fiele ein großer Haufen Suppenkessel auf ein Steinpflaster, und der große Block, in dem Hew marschierte, erzitterte wie ein Pferdeschenkel unter einer Bremsenattacke. Die vorderen Männer stoben zur Seite. Jemand schrie laut und schrill auf, man hörte Rufe, aber immer noch marschierten sie, und Hew wurde von dem dichten Haufen mitgerissen.

Man muss die steilen Wände gut abstützen – mit Holz, wenn es nur ein einfacher Graben ist, aber wenn es ein guter, zuverlässiger Burggraben werden soll, dann braucht es feste, gemauerte Steinwände …

Jetzt trat er auf etwas, das sich bewegte und stöhnte. Erschrocken entschuldigte er sich, als er feststellte, dass er auf einen Verwundeten getreten war.

»Mensch, töte ihn einfach«, knurrte jemand, der sich an ihm vorbeidrängte. Jetzt sah Hew, dass die stöhnende Gestalt ein Ritter in Helm und Kettenpanzer war, der auf seinem Schild lag. Die Metallringe seines Panzers waren voll Blut, er trug keinen Umhang. Hew versuchte, ihn umzudrehen, um das Wappen auf seinem Schild zu sehen – für einen einfachen Soldaten war die Ausrüstung des Mannes zu wertvoll –, aber er wurde getreten, und alle fluchten, weil er ein Hindernis darstellte.

»Er hat kein Wappen, also ist er nicht wichtig. Bring ihn um und fertig«, hörte er jemanden über sich rufen. Hew blickte auf und sah ein breites, gerötetes Gesicht, schweißüberströmt. Der Mann saß auf einem stolzen Ross. Hew sah den Umhang, der dreckig und zerrissen war, aber das Wappen von Edward Bruce trug.

Mit wütendem Schnaufen ritt der große Lord weiter, und Hew schluckte schwer, nahm seinen Dolch und fing an, den eleganten, neuen Visierhelm des Mannes aufzuhebeln. Es dauerte etwas, und Hew stieß einen Schrei aus, als das Visier sich endlich öffnete und ein schmerzverzerrtes junges Gesicht zum Vorschein kam.

»Ich ergebe mich«, stöhnte der Mann, aber Hew, der Grabenbauer, hatte seinen Befehl vom Earl von Carrick erhalten, und den Befehl eines Earls hatte er auszuführen. Mit der Klinge der Axt gab er dem Mann also seinen Segen – ein Kreuzzeichen, erst quer über die Augen und dann senkrecht, sodass sein Gesicht von den Brauen bis zur Nase gespalten wurde.

Er blickte auf und wischte sich den Schweiß und ein paar

Blutstropfen vom Gesicht. Er sah die Männer des Blocks, in dem er eben noch marschiert war, und die jetzt stillstanden. Einige kamen angelaufen, alles einfache Männer mit Axt und Dolch, wie er selbst, die zu Edward Bruce' Bataillon gehörten.

»Wen hast du denn da, Mann?«, hörte er jetzt jemanden fragen. Hew erhob sich und erblickte einen Mann in voller Rüstung, bewaffnet, mit einem guten Schild und dem Auftreten eines Lords. Wahrscheinlich einer von den gälischen Typen von jenseits der Mounth-Berge, dachte Hew.

»Ich weiß nicht, Mylord, er trägt kein Wappen. Mir wurde befohlen, ihn zu töten.«

Der Lord aus dem Norden rief etwas, und jetzt kamen seine Leute angetrabt, gehorsam wie Hunde, und rollten den Toten von seinem umgedrehten Schild, um zu sehen, um wen es sich handelte. Hew sah hinter den anderen her, er fuhr sich nervös mit der Zunge über die Lippen und fragte sich, wann er wieder in diesem dunklen, schwitzenden Wald verschwinden konnte. Doch ebenso fragte er sich, ob er das denn wirklich wollte, während er hier in der Sonne stand, auf diesem Hügel aus sandigem Lehm.

»Allmächtiger!«

Der Ausruf riss ihn aus seinen Gedanken, und er sah, wie der gälische Lord auf den Schild des toten Ritters starrte. Dann wandte er sich an Hew.

»Lauf zum König! Dort, in die Richtung! Halt Ausschau nach dem großen Löwenbanner und dem Mann mit der Krone auf dem Helm«, sagte der Lord. »Von meinen Leuten spricht niemand eure Sprache gut genug, also musst du es machen. Sag ihm, dass Neil Campbell Seiner Gnaden ausrichtet, dass der Earl von Gloucester gefallen ist.«

Er überlegte einen Moment.

»Wie heißt du?«

»Hew. Hew der Grabenbauer.«

»Sag ihm, dass du es getan hast.«

Neil Campbell sah hinter Hew her, der sofort lostrabte, und schüttelte den Kopf. Ein lauter Schrei von vorn ließ ihn aufblicken, er riss seinen Schild herum und spürte die Hitze, die seinen Rücken wie ein Faustschlag traf.

Ein vornehmer Lord, getötet von einem Grabenbauer, dachte er. Und das würde heute kein Einzelfall sein.

Die verstreut herumliegenden Leichen gefielen Garm nicht, ebensowenig die gestürzten Pferde, die schrill wieherten und wild ausschlagend versuchten, wieder auf die Beine zu kommen, und am meisten störte ihn der von Blut und Eingeweiden glitschige Boden. Garm, das Schlachtross, war geschult, auf alles zuzureiten, wenn es sein Herr befahl, aber über die Toten hier sprang er vorsichtig wie eine Katze.

Thweng war froh. Von Gloucester keine Spur, doch wo er hinblickte, nichts als blutige Wappenröcke und gebrochene Augen, er sah Badlesmere und die anderen, die immer wieder im Kreis ritten und brüllten, zustießen und Lanzen schleuderten, und doch war alles so wirkungslos wie ein Windstoß gegen eine Steinmauer.

Aber sie sollten dafür büßen. Als er der Mauer aus tödlichen Speerspitzen entgegenritt, die jetzt vor ihm stand und sich bereit machte, sah Thweng die zerschmetterten Überreste dessen, was einst Sir Payn Tiptoft gewesen war, zerquetscht und blutig unter seinem Pferd, das noch immer in Panik um sich trat.

Thweng wandte sich zur Seite und ritt nicht schneller als im Trab an der Hecke aus Speeren entlang, er stieß mit der Lanze zu, hörte, wie sie auf die langen Speerschäfte stieß, und spürte das Vibrieren in seinem Arm. Am Ende der Reihe schleuderte er sie wie einen Wurfspeer, riss sein Pferd nach links herum und zog sein Schwert, dann beschrieb er einen Kreis und näherte sich wieder, wobei er dem Ansturm von Badenoch und einem Pulk seiner Schatten-Ritter auswich, die sich gerade nach vorn warfen und dann von der Hecke aufgespießt wurden.

Plötzlich sah er in der dichten goldfarbenen Staubwolke einen bekannten Schild, der hinter dem Speerwall von einem Krieger in die Höhe gehoben wurde – das Wappen der de Clares. Also müsste Gloucester dort sein, auf diesem Hügel hinter den Schotten, und jetzt gab Thweng Garm rücksichtslos die Sporen, sodass das Pferd sich in die Reihen warf, sich auf Kommando aufbäumte und mit seinen riesigen, eisenbewehrten Hufen zuschlug.

Speerspitzen krachten auf seinen Schild. Ein Haken verfing sich im Harnisch des Pferdes, sodass Garm klirrend und mit größerer Wucht als beabsichtigt auf allen vieren zu stehen kam und laut aufwieherte, als er auf seinem blutenden Huf landete, der beim Aufbäumen von einem Speer getroffen worden war.

Haken und Klingen zerrissen die teure Baumwollpolsterung des Pferdeharnischs, und ein paar gut gezielte Hiebe, die allerdings nicht durchdrangen, nahmen Thweng den Atem, und er schwankte im Sattel. Dann merkte er, dass es keinen Zweck hatte, er wendete Garm und versuchte, ihn ein paar Schritte traben zu lassen. Schließlich zog er die Zügel an.

Schwitzend und zitternd stand Garm da, das verletzte Bein erhoben, sodass nur die Spitze des Hufes den Boden berührte. Fluchend stieg Thweng aus dem Sattel und spürte, wie seine Beine nachgaben, als plötzlich das volle Gewicht seiner Rüstung auf ihm lastete. Zu alt, dachte er. Verdammt, ich bin zu alt für so etwas. Und der Earl von Gloucester war verschwunden – gefangen, hoffte er, aber als er an den triumphierend hochgehobenen Schild dachte, wurde ihm übel bei dem Gedanken, was das bedeuten konnte.

Er war gerade dabei, Garms Wunde zu untersuchen, da bemerkte er, dass ihn aus der Nähe zwei tote Augen anstarrten. Er sah sich das verunstaltete Gesicht an. Das Wappen auf dem Schild war das der Comyns von Kylbryde, aber Thweng hätte den Mann nicht mehr erkannt nach dem, was Speer und Haken mit seinem Gesicht angerichtet hatten.

»Er hätte seinen Helm nicht wegwerfen sollen.«

Die düstere Stimme ließ Thweng herumfahren, und er blickte in das Gesicht von Badenoch, schweißnass und voll Trauer über den Verlust eines weiteren Verwandten. Doch seine Hauptsorge galt Sir Marmaduke.

»Seid Ihr verwundet, Mylord?«

Thweng schüttelte den Kopf.

»Ich brauche ein neues Pferd. Ich muss dieses hier wegbringen und nach meinem Knappen Ausschau halten.«

Er verstummte, als ihm der Wahnsinn der Situation bewusst wurde. Hier suchte er nach Worten des Trostes, während rings um ihn gebrüllt, gekämpft und Menschen abgeschlachtet wurden und der Boden längst zu aufgewühltem rotem Schlamm geworden war.

»Es tut mir leid um Euren Verlust.«

Badenoch nickte, als erwartete er nichts weiter. Dann holte er tief Luft, als wolle er tauchen, stülpte sich den Helm auf den Kopf und ritt ins Getümmel zurück.

Abgekämpft und gleichzeitig bemüht, den immer noch ankommenden Reitern aus dem Weg zu gehen, führte Thweng sein lahmendes Pferd durch den blutroten Schlamm dorthin, wo der Boden fester war und der Staub wie ein goldener Schleier in der Luft hing.

Für Tam Shaws war dies der schlimmste Augenblick seines Lebens. Aber das hatte er schon mehrmals gedacht seit dem Moment, als der Heidmann von Shaws ihn für die Wollroute ausgesucht hatte.

Es war verwirrend gewesen. Tam, der noch nie über Shaws hinausgekommen war, war mit sechs weiteren Männern und dem Wollertrag dieses Jahres runter nach Coldingham Shore gezogen. Das allein schon war eine aufregende Reise gewesen, die Tam fast wie ein Traum vorkam, der noch zusätzlich von dem Gedanken versüßt war, dass fünfzig Pfund von der Wolle, die die drei Packponys transportierten, ihm selbst gehörten.

Jetzt war sein früheres Leben zu einem Teil dieses Traumes geworden. Auf dem Höhepunkt des Sommers hatte er, zusammen mit anderen aus dem Dorf, die Schafe jeweils zu viert zum Teich getrieben, hatte sie untergetaucht, mit Asche eingerieben und mit frischem Wasser abgespült, worauf die Hirten die laut blökenden Tiere in einen Pferch auf der Wiese getrieben hatten.

Den ganzen Tag wurden sie von der Sonne getrocknet, am nächsten Tag hatte Tam bei der anstrengenden Arbeit des Scherens geholfen, immer bemüht, die Tiere nicht zu verletzen, und wenn es doch passierte, wurden die Wunden mit heißem Teer behandelt. Dann wurden ihre geschorenen Hinterteile mit ockerfarbenen Symbolen markiert, worauf die Schafe erleichtert und im Galopp auf die Weide zurückrannten. Die Männer grinsten müde, der Rücken schmerzte, aber es war ein gutes Gefühl, man hatte es geschafft.

»Da oben, hinter den Mounth-Bergen«, erzählte Daveys Pait, »dort rupfen sie einfach die Wolle von den Schafen wie die Federn bei einem Huhn.«

»Ach, erzähl nichts!«

Aber Daveys Pait schwor, er habe es von seinem Großvater gehört, und sie zogen los und dachten darüber nach, wie es wohl war, wenn man Schafe rupfte.

Als sie die Wolle sicher in Coldingham Shore abgeliefert hatten, von wo sie auf Lasttieren nach Berwick und noch weiter gebracht werden würde, war der Heidmann zu Tam gekommen und hatte ihm mitgeteilt, man habe ihn abermals ausgewählt, diesmal als Soldat. Der Lord hatte Tam gewählt, um seiner Verpflichtung gegenüber seinem Lehnsherrn, Earl Patrick, nachzukommen, denn Tam hatte weder Frau noch Kinder, die von ihm abhängig waren.

Also war Tam in die Schlacht gezogen, angetan mit einem dick gefütterten Wams und einem Eisenhut, einem langen, unhandlichen Speer und einem Dolch am Gürtel. Er hatte das Gespött der anderen ertragen und wusste, dass es nur ihre Erleichterung ausdrückte, dass es ihn getroffen hatte und nicht sie selbst.

Man hatte ihm zwei Silberpennys für die Reise in die Hand gedrückt mit der Anweisung, sich auf der Burg von Dunbar beim Vogt zu melden und dass er »der Tribut von Shaws« sei.

Das war jetzt vier Jahre her. Damals hatte Tam Shaws gedacht, es sei der schlimmste Augenblick seines Lebens, als er zur Garnison geschickt worden war, erst nach Edinburgh, dann nach Roxburgh. Er wusste, dass er wahrscheinlich nicht nach Shaws zurückkehren würde, wenn seine vierzig Tage um waren. Er hatte oft daran gedacht, einfach zu verschwinden, aber die Gesetze waren streng, und die Vögte kannten kein Erbarmen.

Nach einiger Zeit war es ihm bitter bewusst geworden, dass der Lord von Shaws und wohl auch der Herrgott selbst ihn vergessen hatten. Doch inzwischen hatte er sich damit abgefunden.

Und dann waren die Rebellen nach Roxburgh gekommen, und Tam hatte erneut gedacht, dies sei der schlimmste Augenblick seines Lebens, denn er hatte dem gefürchteten Schwarzen Douglas gegenübergestanden und ihm die Burg übergeben, weil sein Befehlshaber im Sterben lag und nicht mehr fähig war, zu sprechen.

Der hatte sich nämlich einem kleinen Lord von Lothian ergeben, der selbst sieben Jahre lang als Gefangener in Roxburgh gesessen hatte. Tam hatte fest damit gerechnet, dass dieser Lord sich rächen würde, aber zu seiner Überraschung hatte man die Überlebenden der Garnison verschont. Und weil er ahnte, was passieren würde, wenn er bei seiner alten »Verpflichtung« blieb, hatte er die Seiten gewechselt und sich zu den Rebellen geschlagen. Und wieder war er sich sicher, dieser Augenblick sei der schlimmste seines Lebens.

Doch einmal mehr hatte er sich geirrt, wie er jetzt feststellen musste, als er um sich auf das viele Blut blickte und die Todesschreie hörte. Nicht weit von ihm sah er Davey den Küfer, der um seinen Freund getrauert hatte, der gestern dem blinden Jungen die Kehle durchgeschnitten hatte. Jetzt hatte Davey drei Pfeile abbekommen, bis zu den Federn waren sie eingedrungen, und während Tam neben ihm kniete, hörte er das Sirren und Pfeifen weiterer Pfeile. Wie Schafscherer, und wir sind das Fell, dachte er, als sie auftrafen, dass es klatschte wie Steine auf einer nassen Lehmmauer.

Hinter Tam grunzte jemand, als würde er geschlagen. Der Mann vor ihm schien von einem Schmiedehammer getroffen. Er wurde in die Höhe geschleudert und flog an Tam vorbei wie ein Sack Getreide.

»Auf, Junge!«

Bei dieser Stimme hob Tam den Kopf, bis sich der Rand seines Eisenhuts in seine Schultern grub. Er sah das Kettenhemd und das Wams, dann blickte er in das finstere, bärtige Gesicht des Earls von Moray.

»Hier kannst du dich nicht verstecken, Junge«, erklärte Randolph, der die Pfeile überhaupt nicht beachtete – als handelte es sich um Regentropfen. »Außerdem wirst du gebraucht.«

Ein Earl braucht mich. Tam stand auf, unsicher, weil seine Knie zitterten. Er sah nach drüben, wo die feindlichen Bogenschützen standen, auf der anderen Seite des Flusses mit dem steilen Ufer, von wo aus sie gute Sicht und freie Schusslinie hatten. Mit einem zufriedenen Knurren wandte Randolph sich um und drängte sich durch die verbissen kämpfende Menge der Speere, als wolle er nichts weiter, als einen Freund sicher über einen bevölkerten Burghof geleiten.

Die Männer vor Tam schienen plötzlich zu zittern und in Bewegung zu geraten, jetzt stemmten sie sich fluchend gegen den Boden, als die englische Kavallerie vom Eifer der Männer hinter ihnen in die Hecke aus Speeren getrieben wurde.

Dies, dachte Tam, als er sich mit der Schulter gegen den Mann vor ihm stemmte, den Kopf gesenkt bis zu dessen Hüfte, als er sah, wie die Scheiße an dessen nackten Beinen herunterlief und er den Gestank einatmete – dies ist *wirklich* der schlimmste Augenblick meines Lebens.

Kirkpatrick spürte, dass seine Blase voll war, und rutschte im Sattel herum, um den Druck durch Waffenrock und Kettenpanzer zu mildern. Sein Schlachtross missverstand seine Bewegungen, dachte, es stünde ein Angriff bevor, deshalb zerrte es am Zügel und riss ihn nach vorn. Fluchend riss Kirkpatrick es zurück, die Lanze schlug gegen seinen Schild, und das Visier seines kunstvollen neuen Helms klappte krachend herunter, sodass er nichts mehr sehen konnte.

»Ihr müsst es festklemmen.«

Kirkpatrick, der mit beiden Händen gleichzeitig an vier Gegenständen herumfummelte, hob sein Visier und blickte in das grinsende Gesicht des Earls von Ross, der ganz entspannt auf seinem Pferd saß. Seine Lanze, vom Haken am Steigbügel gestützt, lag leicht in der Armbeuge. Er machte eine Bewegung mit der gepanzerten Hand.

»Kniffe ins Metall«, erklärte er strahlend. »Euer Schmied soll die Scharniere etwas zusammenkneifen, damit sie schwerer gehen und offen bleiben, bis Ihr sie wirklich schließen wollt. Das habe ich mit meinen auch gemacht.«

Kirkpatrick hasste den Mann samt seinem guten Rat, er hasste dieses verdammte Schlachtross, das den Wollertrag einer ganzen Saison verschlungen hatte, er hasste den Namen des Viehs – Zerberus. Und vor allem hasste er es, dass er sich hier in diesem Metallhaufen von Sir Keiths Kavallerie befand, nervös und unbeholfen, auf einem widerspenstigen Pferd. Er war sich bewusst, dass sein Geschick, was Waffen und Pferde anbetraf, das eines blutigen Anfängers war. Er wusste, dass die anderen ihn spöttisch beobachteten und es genossen, dass Bruce' »alter Spürhund« hier als echter Ritter aufzutreten versuchte.

»Danke, Mylord«, brachte er mühsam heraus, und Ross nickte höflich, doch dann runzelte er die Stirn.

»Wäre es nicht besser, Ihr wärt beim Tross, Sir Roger?«, fragte er unschuldig. »Hier scheint Ihr etwas fehl am Platze zu sein. Sollt Ihr wirklich hier sein?«

Kirkpatrick, dessen Pferd den Kopf hin und her warf, was ihn im Sattel schwanken ließ, merkte, wie diese locker hingeworfene Gehässigkeit sein Blut in Wallung brachte.

»Nein«, erwiderte er mühsam. »Das soll ich ganz und gar nicht. Keiner von uns sollte hier sein. Und wir bräuchten es wohl nicht, wenn gewisse Leute sich stets so loyal verhalten hätten, wie sie jetzt tun.«

Bei diesen Worten riss der Earl von Ross vor Wut so stark an seinem Zügel, dass sein Pferd laut protestierend den Kopf hochwarf. Auf Kirkpatricks Gesicht lag ein hämisches Grinsen, denn er fand, dass Ross diese Ohrfeige mehr als verdient hatte. Schließlich war der Mann bis vor Kurzem aufseiten der Engländer gewesen, die vor sieben Jahren ein kirchliches Schutzgebiet verletzt hatten, um Bruce' Königin und seine Schwestern festzunehmen und gefangen zu halten und seine Brüder zu töten.

»Bei Gott«, fauchte Ross, »wenn das hier vorbei ist …«

»Dann kümmere ich mich wieder um meine früheren Aufgaben«, fiel Kirkpatrick Ross ins Wort. Der wollte sein Visier herunterklappen, um seine Verlegenheit zu verbergen, aber es bewegte sich nicht. Kirkpatrick grinste.

»Ihr solltet die Scharniere etwas lockern«, riet er mit seidenweicher Stimme. »Ich habe einen kleinen, scharfen Dolch, der sich gut dazu eignet.«

Vielleicht hätte es zum Kampf geführt, aber jetzt kam ein Reitertrupp angeprescht, und Kirkpatrick sah mit Schrecken den stolzen Löwen und den Helm mit dem goldenen Band.

Bruce …

Mit einem Gefühl von Übelkeit beobachtete er, wie Keith, der Marschall von Schottland, sein Pferd dicht neben das Tier des Königs lenkte, der schnell sprach und mit der Axt hinter sich deutete.

Er hat eine neue Axt, schoss es Kirkpatrick durch den Kopf. Ersatz für die, die er gestern zerbrochen hat …

Er bekam einen trockenen Mund, als er merkte, dass der Marschall eine Gruppe Männer zusammenstellte und dabei auch ihn auswählte. Sechzig ungefähr, schätzte er, so klar war sein Kopf noch. Mühsam gelang es ihm, Zerberus dazu zu bringen, den anderen zu folgen, sodass er sich neben einem Ritter wiederfand, dessen Wappen goldene Ringe auf leuchtend rotem Grund zeigte. Vipond, erinnerte er sich. Sir William …

»Was sollen wir denn eigentlich machen?«, fragte er, und seine Stimme kam ihm selbst fremd vor.

»Wir sollen das Häufchen Bogenschützen dort in die Flucht jagen«, erwiderte Vipond barsch, »die dem Earl von Moray schwer zusetzen.«

Zum Teufel mit dem Earl von Moray, hätte Kirkpatrick am liebsten geantwortet. Soll er sich doch selbst darum kümmern …

»Kein Grund zur Aufregung«, sagte Vipond, der Kirkpatricks Gedanken erraten hatte. »Bleibt hier bei mir, Mylord«, sagte der Ritter und sah ihn lächelnd mit verschwitztem Gesicht an. »Es wird schon gut gehen.«

»Formieren!«

Kirkpatricks Hände zitterten so stark, dass sie ihm nicht gehorchten, aber sein loses Visier klappte herunter wie aufs Stichwort, und damit war seine Welt auf den Sehschlitz reduziert.

Er hörte den Befehl, im Trab zu reiten, weiter schien nichts zu passieren, aber Zerberus wusste, was zu tun war, er folgte den anderen, und Kirkpatrick hörte, wie sein Atem in dem metallenen Gefängnis seines Helms widerhallte. Er drehte den Kopf etwas zur Seite und sah, wie auch Vipond seinen großen Topfhelm aufsetzte und zu einem gesichtslosen Ungeheuer wurde.

»Los! *Paulatim!*«, hörte er, und Zerberus preschte los. Der Hinterzwiesel stieß Kirkpatrick hart gegen den Rücken. Plötzlich merkte er mit einem peinlichen Gefühl, wie es warm an ihm herunterlief, seine Blase hatte nachgegeben.

Nyd hyder ond bwa. Allein der Bogen zählt.

Sie brüllten es hinaus, während sie anlegten und die Sehnen mit aller Kraft zurückzogen, und sie brüllten es wieder, als sie die Schwärme sirrender, todbringender Pfeile auf die Männer losließen, die ihnen mit ihren Speeren gegenüberstanden.

Allein der Bogen zählt.

Schweißnass schritt Addaf hinter seinen Leuten auf und ab, seine Kleider klebten an ihm, als sei er in den Fluss gefallen, den sie gerade durchquert hatten. Alle Männer waren nass, aber im Flussbett war gar kein Wasser gewesen, bis auf das stinkende braune Rinnsal in der Mitte. Doch die Böschung am Ufer war so steil, dass die Männer sich an den dichten Bewuchs klammern und mühsam hochziehen mussten. Aber es hatte sich gelohnt, denn jetzt hatten sie freie Sicht und konnten unbehindert von rechts in die Reihen der Rebellen hineinschießen.

Das Schwirren der Pfeile klang wie zerreißende Seide, und Addaf rief ihnen immer wieder zu, ruhig und besonnen zu bleiben. Ihm war längst klar, dass sie zu wenige waren …

Er blickte hinüber und versuchte, einen der Lords von Berkeley zu erkennen. Er brauchte mehr Bogenschützen – selbst die Gascogner mit ihren lächerlich schwerfälligen Bogen wären jetzt eine Hilfe.

Er wandte sich um und legte Rhys die Hand auf die Schulter. Er wollte ihm den Auftrag ins Ohr brüllen und ihn alles wiederholen lassen, ehe er ihn losschickte. Aber nach den ersten Worten merkte er, dass Rhys ihm gar nicht zuhörte, auch schoss er nicht, stattdessen starrte er mit offenem Mund in die Ferne.

Addaf folgte seinem Blick und erstarrte ebenfalls. Pferde. Reiter kamen auf sie zu, im Galopp, mit flatternden Bannern, alle blau und weiß oder rot und golden.

»Lasst uns von hier verschwinden!«, brüllte er, doch zu seiner Überraschung vernahm er den empörten Schrei einer anderen Stimme, die sich schrill seinem Kommando widersetzte.

»Hiergeblieben! Schießen! Bringt diese Heiden um!«

Y Crach, bebend vor Pflichteifer, sah Addaf an und deutete mit dem Bogen auf ihn.

»Lauf du nur, wenn du Schiss hast, Alter.«

In Addaf stieg Wut auf, und er dachte, sein Kopf müsse explodieren. Hywel, Y Crach und der ganze Rest … In einem kleinen Teil seines Kopfes, der immer noch klar denken konnte, erschien plötzlich das Tal von Cilybebyll vor ihm, dieses Stück Land, das ihm einst gehört hatte und das er seit vielen Jahren nicht mehr gesehen hatte. Es traf ihn wie ein Faustschlag.

Y Crach hatte nicht geahnt, dass in dem Alten noch so viel Kraft steckte. Doch jetzt wusste er, dass er sich schwer verkalkuliert hatte, als dessen kräftige Hand ihn vorn an der Tunika packte. Die Schultermuskeln, die sich vom jahrelangen Ziehen an der Sehne zu einem Kraftpaket entwickelt hatten, das längst noch nicht erschlafft war, zuckten wie eine Pferdekruppe, und Y Crach flog durch die Luft.

Den Männern stockte der Atem, als der Bogenschütze am steilen Flussufer landete und mit einem verzweifelten Schrei verschwand.

»Wer führen will, muss eine Brücke sein«, brüllte Addaf hinter ihm her.

Die Männer lachten, als er so passend an dieses alte Sprichwort erinnerte, aber für Addaf war die Sache erledigt, nachdem Y Crach über den Rand des Flussufers verschwunden war. Er sah, dass die Reiter sich unaufhaltsam näherten. Sie sind schon zu nahe, Gott stehe uns bei, dachte er …

»Lauft!«, brüllte er. »Lauft, wenn euch euer Leben lieb ist!«

Dies hier war das dunkle Herz der Schlacht, das wusste der Hundejunge mit jedem Mann, den er herauszerrte, mit jedem Mann, den er an den Kleidern packte und wieder hineinstieß. Die meisten von denen, die er herauszog, bluteten nicht einmal, sie waren in der Hitze einfach ohnmächtig geworden.

Und doch werden wir weniger, dachte der Hundejunge. Wir stehen nur noch vier Reihen tief, und es ist immer noch nicht vorbei. Er half Parcy Dodd, einen Mann herauszuziehen, drehte sich um und packte mit seiner schmutzigen Faust die erste Schulter, die ihm in den Weg kam.

»Dorthin«, befahl er. »Reih dich dort ein!«

Es wurde nicht mehr viel gebrüllt jetzt, die Männer waren viel zu erschöpft, aber das gespenstische Schreien hinter ihnen verursachte dem Hundejungen eine Gänsehaut, obwohl er schwitzte. So klangen Pferde normalerweise nicht, dachte er. Nein, außer jetzt, wo sie halb wahnsinnig vor Schmerzen starben.

Ein Trupp rannte an ihm vorbei, ihr safrangelbes Banner flatterte, und er wusste, dass sich jetzt die verrückten Nordschotten ins Getümmel warfen. Mit Langäxten und wutverzerrten Gesichtern drängten sie sich durch die Reihen der Speerkämpfer. Er sah Schilde mit der schwarzen Galeere des Angus Og von den Hebriden, und für einen Augenblick empfand er fast Mitleid mit den Engländern.

Ganz vorn saßen die Reiter fest, sie konnten weder vor noch zurück, der Grund war ein totes Pferd, das zwischen seinen Nachbarn eingekeilt und von ihnen aufrecht gehalten wurde. Der Reiter saß noch immer darauf und hieb erschöpft nach allen Seiten. Nicht weit von ihm sah er einen Ritter, der entweder tot war oder einen Hitzschlag erlitten hatte und wie eine welke Blume auf seinem noch lebenden Pferd hing, auch er war zwischen den anderen eingekeilt und konnte nicht zu Boden fallen.

»Herr im Himmel.«

Parcys Stimme klang bitter, als er erst den Hundejungen ansah und dann auf den Toten zu seinen Füßen blickte, den er gerade herausgezogen hatte, es waren die blutigen Überreste von Buggerback Geordie, der wie eine weggeworfene Strohpuppe dalag.

Er dachte daran, wie er mit Geordie in der Taverne zur Schwarzen Hündin in Edinburgh gesessen hatte, wo dieser ihm das Geschenk mit der Hure gemacht und ihn mit seinen Zahnstummeln angegrinst hatte. Milchgesicht war auch dabei gewesen, erinnerte sich der Hundejunge und blickte auf das Dickicht aus Beinen, die sich gegen den Boden stemmten. Milchgesicht ist irgendwo dort drinnen.

»Ich hoffe, er hatte keine Schulden bei euch, Jungs«, ertönte eine Stimme, und sie blickten in das von Eisen umrahmte Gesicht von Jamie Douglas, das vor Erregung glänzte. Mit einem ärgerlichen Grunzer warf Parcy sich wieder in das Getümmel, während der Hundejunge den grinsenden Jamie ansah und nur staunen konnte, in was für einen teuflischen, hasserfüllten Kämpfer sich dieser früher so sanfte, ritterliche Schmeichler verwandelt hatte.

»Ihr seid ein harter Knochen, Sir James«, bemerkte er und erntete ein wölfisches Grinsen.

»Es sind harte Zeiten. Außerdem, hast du noch nicht gehört, dass man mich den Schwarzen nennt?«

Damit verschwand er wieder, die Axt in der einen, den Schild in der anderen Hand, und brüllte seinen Namen heraus, damit die Leute ihn bemerkten und Platz machten.

Sonst legt er sie am Ende noch um, nur um schnell genug an die Engländer heranzukommen, dachte der Hundejunge. Zuzutrauen wäre es ihm.

Als er neben den blutigen Überresten von Buggerback Geordie hockte und die goldenen Staubwolken sich am Boden mit Scheiße und Blut zu Schlamm vermischten, spürte er, wie satt er dies alles hatte. Er dachte an Bets Meggie und die Kinder.

»Mein Sohn«, sagte er laut. Um zu ihm und Meggie zurückzukehren, musste man nur genug Engländer umbringen. Bis sie aufgeben und sich zurückziehen ... oder alle tot sind.

Jetzt schienen sich die Reihen vor ihm zu teilen, langsam, wie in einem Traum, wie das Rote Meer für Mose. Dahinter sah er über einen Berg aus toten Männern und Pferden hinweg eine Gruppe von Reitern, die einen Mann umringten, auf dessen sauberem, makellosem Wappenrock goldene Löwen glänzten, auf seinem Helm prangte stolz ein Löwe aus Seide, umgeben von einer Goldkrone.

Edward, König von Gottes Gnaden.

Ein Engländer.

Mit offenem Mund und schweißtriefend trieb der Knappe sein Pferd an, das verwundet und mit seinen Kräften am Ende war. Er war noch zwei Lanzenlängen vom König entfernt, da preschte d'Argentan vor und hob die Hand.

De Valence sah die Farben, die der Knappe trug. Die Löwen der Cliffords waren beschmutzt und mit Blut bespritzt, und es überlief ihn kalt, als der Knappe und d'Argentan einige Worte wechselten, der Knappe immer noch nach Luft ringend. Beim Anblick seines bleichen, verängstigten Gesichts erschrak de Valence noch mehr, aber als er die verunsicherte Stimme des Königs hörte, wandte er sich um.

»Mylord Earl von Pembroke, haben wir die Fußsoldaten herbeordert?«

De Valence nickte höflich.

»Das haben wir, Sire. Sie müssen bald da sein.«

»Wie mir scheint«, sagte Edward verdrossen, »hat unsere Kavallerie schwer gelitten. Lasst die Bogenschützen kommen, de Valance, und zwar so schnell wie möglich.«

D'Argentan kam zurück, er sah besorgt aus.

»Clifford ist gefallen. Tot«, sagte er. Er unterbrach sich und fügte mit rauer Stimme hinzu: »Sir Miles de Stapleton ebenfalls. Und seine beiden Söhne.«

»Gott steh uns bei«, fauchte de Valence, »die schlachten uns ab wie ein Stück Vieh.«

Der König wandte sich um, sein Gesicht unter den Zipfeln aus Hermelin und dem aufgeputzten Helm mit dem Löwen wirkte ratlos.

»Und wer hat jetzt dort das Kommando?«

»Huddleston, wie der Knappe berichtet«, erwiderte d'Argentan, froh, dass er daran gedacht hatte, danach zu fragen. Der König schüttelte den Kopf.

»Nein, nein, nein, das geht nicht. Huddlestons Rang reicht dafür nicht aus. Tailleboys sollte es sein oder Leyburn. De Valence, sorgt dafür, dass Leyburn das Kommando über die Truppen des armen Clifford übernimmt.«

Verflucht noch mal, dachte de Valence bitter, während er sich im Sattel nach seinem Gefolge umwandte, was tut es schon, wer dort das Kommando hat? In dem Chaos kann man sowieso keinem Befehl mehr folgen ... Jetzt sah er einen

Schild mit einem Patriarchenkreuz und winkte den Mann heran. Einen Moment später galoppierte Sir William Vescy davon, um nach den Truppen des toten Clifford zu suchen.

»Nun, Mylords«, sagte der König und senkte sein Visier, sodass seine Stimme nur noch gedämpft zu hören war. »Es wird Zeit, dass der König selbst in die Schlacht eingreift. Das wird den Männern neuen Mut machen.«

»Gewiss, Euer Gnaden. Wir werden den Feind hinwegfegen«, rief d'Argentan grinsend.

Herrgott, dachte de Valence, hat er etwa ernsthaft vor, da hineinzureiten?

Trotzdem folgte er ihm und lenkte sein Pferd an die linke Seite des Königs, während die anderen, von diesem plötzlichen Entschluss überrascht, auf ihren ungeduldig tänzelnden Pferden erst noch Schild und Lanze in Position bringen mussten.

Schon als sie sich über die vielen Leichen hinweg ihren Weg bahnten, durch die schrill wiehernden, um sich tretenden Pferde, durch die stöhnenden Männer, sah de Valence, dass dieser Teppich immer dichter und schließlich zu einem Hügel wurde, ein Hügel aus Tier- und Menschenleibern – von denen einige noch lebten und sich bewegten, aber unter den anderen eingeklemmt waren und hoffnungslos feststeckten.

Doch jetzt sah er auch, wie sich aus den Reihen der Speerkämpfer kleine Gestalten lösten, kriechende Ungeheuer mit blanken Klingen, die durch eine Bresche in den Reihen der Reiter auf sie zukamen.

Der Hundejunge kannte diesen Ritter, er kannte ihn von früher her und hatte das Gefühl, als habe er schon sein ganzes Leben lang mit ihm gekämpft. Blaue und weiße Balken, dazu ein Schwarm kleiner roter Vögel – ganz sicher war er ein wichtiger Ritter, und irgendwo im Kopf des Hundejungen gab es auch einen Namen für ihn, doch im Moment konnte er sich nicht an ihn erinnern. Trotzdem griff er ihn an, leicht geduckt und mit wutverzerrtem Gesicht, er wusste, dass er Patrick und Parcy und andere hinter sich hatte.

De Valence sah die Gestalten, den Mann ganz vorn mit der Axt und dem langen Dolch in den Händen, sein Eisenhut hatte eine Delle, und das bärtige Gesicht war verzerrt, überrascht stellte er fest, dass der Mann geiferte wie ein tollwütiger Wolf …

Der Axthieb, der von oben kam, ließ ihn aufschreien, und sein Pferd bäumte sich auf – zu spät, de Valence sah, dass es Absicht gewesen war, denn der Dolch blitzte auf, und das Schlachtross wieherte schrill auf und schlug nach vorn und hinten aus. De Valence spürte den Tritt und wusste, dass jemand dicht hinter ihm den größten Teil davon abbekommen hatte.

Der Mistkerl versucht, meine Sattelgurte durchzuschneiden, schoss es ihm durch den Kopf, doch dann stürmten seine Männer nach vorn, und er verlor den geifernden Angreifer aus den Augen. Aber es waren noch viele andere da, und jetzt wusste de Valence, dass sie den König entdeckt hatten.

»Der König«, brüllte er. »Schützt den König!«

De Valence! Jetzt fiel dem Hundejungen der Name wieder ein. Er heißt de Valence und ist nichts Geringeres als ein Earl! Dann wurde er durch weitere ankommende Reiter fortgerissen und befand sich plötzlich neben einem riesigen, tänzelnden Schlachtross, einem weißen Tier mit roter Schabracke, auf der goldene Löwen glänzten. Er blickte nach oben auf den geschlossenen Helm, der von einem Löwen gekrönt war. Edward, König von Gottes Gnaden – ein Engländer …

Der Hundejunge schlug zu, und der König, der seinen Schild nicht tief genug halten konnte, spürte die Wucht des Axthiebs, der die gesteppte Decke seines Pferdes getroffen hatte, das aufschrie und um sich schnappte. Der Hundejunge fuhr zurück und schwang seinen Dolch. Aus dem Augenwinkel sah er Patrick, der jetzt ebenfalls unter Geschrei vorwärtsstürmte.

Das Schwert, das Patrick den Eisenhut vom Kopf schlug und gleichzeitig den größten Teil seines Schädels mitnahm, war von einem Ritter in Rot und Silber geführt worden, der jetzt seinen Schild auf den Hundejungen schleuderte, um mit der freien Hand die Zügel des Königs zu ergreifen.

»Weg von hier, Sire!«

Der Hundejunge, schwankend unter dem Aufprall des Schildes und fassungslos über den Anblick von Patricks blutigem Helm, der durch die Luft geflogen war, unternahm einen letzten verzweifelten Versuch mit der Axt, aber der König von England war schon fort.

De Valence kämpfte sich durch seine Leute an die Seite des Königs zurück, der jetzt sein Visier hochgeschoben hatte und ihn mit schweißüberströmtem Gesicht ansah.

»Bringt den König in Sicherheit!«, wandte sich de Valence an d'Argentan. Er musste schreien, um gehört zu werden.

»Bringt Ihr ihn weg«, erwiderte d'Argentan kurz. »Ich bin es nicht gewohnt, zu fliehen.«

Er wandte sein Pferd um, und de Valence, der ihn bewunderte und gleichzeitig wegen seines Ungehorsams verfluchte, nahm die Zügel des Königs in seine metallbewehrte Faust und bahnte sich einen Weg durch die Menschenmassen.

D'Argentan fühlte sich wie entfesselt, geradezu verjüngt! Er hätte jubeln mögen. Der drittbeste Ritter der Christenheit?

Warum nicht der erstbeste? Er musste nur Bruce persönlich stellen und ihn umbringen, und wenn er sich dafür seinen Weg durch die gesamte schottische Armee bahnen müsste! Angefangen bei diesem heulenden kleinen Idioten in dem Eisenhut …

Der Hundejunge sah den Ritter auf sich zureiten. Es war derselbe, der Patrick umgebracht hatte, in Rot, mit kleinen silbernen Kelchen auf dem Wappenrock, ohne Schild, aber das Schwert gezogen und bereit, zuzuschlagen. Der Hundejunge war halb blind von Rotz und Tränen, er wusste nicht, ob er wegen Patrick heulte oder einfach nur vor Wut. Oder um sich selbst, denn wie es aussah, würde er im nächsten Moment sterben.

Fast müde schleuderte er die Axt. Es war ein letzter, wahrscheinlich zweckloser Versuch.

D'Argentan sah sie auf sich zukommen und wollte den Schild heben, um sie abzuwehren. Den Schild, den ich nicht habe, erinnerte er sich im letzten Moment. Die Axt wirbelte über seinen Unterarm, traf seine Brust und prallte ab. Er hatte gerade noch Zeit, das dicke Futter und seinen Kettenpanzer zu segnen, ehe er das Gleichgewicht verlor und krachend zu Boden ging, während sein Schlachtross lief.

Einen Augenblick wusste er nicht, was eigentlich geschehen war. Er musste sich mühsam klarmachen, dass er auf dem Rücken lag, halb auf einem toten Pferd. Er versuchte, sich umzudrehen und aufzustehen …

Der Mann landete mit beiden Füßen auf ihm, sodass es ihm den Atem nahm. Krampfhaft schnappte er nach Luft, aber die Erfahrung aus seinen Turnierjahren sagte ihm, dass in seiner Brust etwas gerissen war.

»Bastard«, fauchte der Mann wütend, und d'Argentan, der immer noch vergebens um Atem rang, merkte, wie sein

Visier hochgerissen wurde, und starrte in das hasserfüllte bärtige Gesicht des Schotten.

Er war unsäglich müde und konnte sich gerade noch fragen, ob Gott ihm seine vielen Sünden vergeben würde, dann stieß der Hundejunge ihm den Dolch ins Auge und brüllte seine Rache für Patrick hinaus.

»Auf sie!«, brüllte er und blickte nach rechts und links. »Sie verlieren!«

Isabel

Das Sonnenlicht blendete mich, als ich aufwachte. Ich schlafe nicht oft im Käfig, nur wenn es so unerträglich heiß ist wie jetzt, aber das kommt in Schottland nicht oft vor. Konstanze weckte mich, dann bat sie mich, in die Kammer zu kommen, sie habe mir mein Frühstück gebracht, und dabei wirkte sie so aufgeregt, dass ich gespannt mitging. Sie überreichte mir ein ziemlich merkwürdiges Geschenk – Muttermilch. Von einer Amme, deren Zögling gestorben war, erzählte sie. Ich wollte sie nicht, besonders nicht von einer Amme, deren Kind gestorben war – denn woher wusste man, ob es nicht an der Milch gelegen hatte? Aber ich sagte es nicht, denn mir war klar, warum Konstanze sie gebracht hatte. Konstanze war davon überzeugt, dass Muttermilch bei alten und gebrechlichen Menschen, wie sie sich auszudrücken beliebte, Wunder wirke. Sie hatte erst kürzlich von der Geschichte der Schwester Petra in Köln erfahren und mir sofort davon berichtet. Diese Nonne, so heißt es, hatte sich von nichts anderem ernährt. Sie schloss sich in einem Turm ein und trank die Muttermilch mit einem Halm durch ein Loch in der Tür. Sie wartete darauf, dass ihr Liebster sie holen würde und wollte, wenn er kam, noch immer so hübsch und wohlgestaltet sein wie als Vierzehnjährige, als sie sich trennten und man sie zwang, den Schleier zu nehmen. Ich wollte Konstanze die Geschichte nicht verderben, indem ich ihr den Rest erzählte, denn ich kannte die Historie längst. Denn Schwester Petra ist unterdessen gestorben. Nach den vielen Jahren in der Zelle war sie so schwach geworden, dass sie an Herzversagen starb bei dem bloßen Versuch, ihre Zellentür zu öffnen.

Als die Nonnen sie fanden, war Petra bis auf die Knochen abgemagert und hatte das Gesicht einer Siebzigjährigen, was ihrem tatsächlichen Alter entsprach.

Ich brauche keine Muttermilch, um mein Gesicht für Hal zu bewahren. Er wird kommen, noch ehe das Jahr um ist. Das entnahm ich dem Muster, das die Muttermilch bildete, als ich sie in den Hof schüttete, nachdem Konstanze gegangen war. Wenn Malise eine Hexe verbrennen möchte, kann ich ihm eine nennen, denn Gott ist tot, und der Himmel ist grausam.

KAPITEL 15

BANNOCKBURN
JOHANNISTAG, JUNI 1314

Geduldig stand Thweng da, während John, sein Schildknappe, versuchte, die verbogenen Achselschilde neu zu schnüren. William, ein anderer Knappe, nahm unterdessen Garm Sattel und Zaumzeug ab, um es Goliath anzulegen. Garm stand da, den schmerzenden Huf angehoben, und schnaubte leise, während ein dritter Knappe versuchte, ihn zu beruhigen.

Hier herrschte eine wohltuende sommerliche Ruhe, nur gelegentlich hörte man aus der Ferne Schreie oder das Klirren von Metall, und das Gemurmel der Umstehenden war kaum lauter als Bienengesumm. Es war, als gebe es diese Schlacht gar nicht, dachte Thweng, als sei alles nur ein böser Traum gewesen.

Die ganze Gegend an diesem ausgetrockneten Flussufer war voller Menschen, die mit ihren Kräften am Ende waren. Sie waren nicht tot, aber viele von ihnen wünschten wohl, sie wären es, so erledigt waren sie von dem unmenschlichen Marsch in einer Hitze, die ihnen auch die letzte Energie geraubt hatte.

Soldaten standen in Gruppen zusammen, auf Speere oder Schilde gestützt, sie redeten leise und fragten sich, was hier eigentlich los war.

Ich könnte ihnen erklären, was hier los ist, dachte Thweng grimmig. Die Fußsoldaten sind die ganze Nacht durchmarschiert und kommen jetzt kleckerweise an. Und diejenigen, die das Kommando haben und ihnen Anweisungen geben sollten, sind längst woanders. Die ganze Sache war völlig schiefgegangen ...

John war mit den Achselschilden fertig, er trat zurück und musterte seinen Lord, dann nickte er und strahlte, bemüht, alles richtig zu machen. Es gab Thweng einen Stich, wenn er sich vorstellte, dass dieser Junge unter die bewaffnete Horde geraten könnte. John de Stirchley war der Jüngste aus der Kinderschar eines Nachbarn, noch keine fünfzehn und noch kein Ritter, aber er war fast geplatzt vor Stolz, dass der große Sir Marmaduke ihn mitgenommen hatte, während sein älterer Bruder zurückbleiben musste.

Thweng dachte an den Vater des Jungen und an seine Mutter, die für den alten Mann wie ein zweiter Frühling gewesen war. John war ein spätes Kind und dafür umso kostbarer.

»Hör gut zu«, sagte Thweng zu dem Knappen, denn er hatte einen Entschluss gefasst, »sattle die Reitpferde und sammle so viele unserer Männer, wie du kannst. Sorgt für Verpflegung und denkt daran, dass jeder eine Waffe hat. Lasst die Wagen und das Zelt zurück. Auch das Silber und Zinngeschirr. Kilton kann das bisschen Eichenholz und Zinn verschmerzen, aber vergiss die Schriftrollen nicht, die Pergamente, auf denen vermerkt ist, wie viel wir jedem schulden. Haltet euch bereit zum Aufbruch. Du wirst schon merken, wenn es so weit ist, auch wenn ich nicht hier bin, um es dir zu sagen.«

John schluckte ängstlich, aber er hatte verstanden und nickte ernst. Thweng hätte dem Jungen gern etwas Beruhigendes gesagt, aber er musste ihm diese Verantwortung aufbürden, denn er selbst war dem König verpflichtet und war sich keineswegs sicher, dass es ein Nachher für ihn geben würde.

In diesem Moment ertönte eine Stimme mit unverkennbar südlichem Dialekt, die mit William sprach, der sich vergeblich bemühte, den Sattelgurt von Goliath festzuziehen, weil das Pferd immer wieder mutwillig den Bauch blähte.

»Schwierigkeiten?«

Der Mann war rot im Gesicht und schwitzte in seiner gesteppten Jacke, der Eisenhut hing am Gürtel, und sein Speer war dunkel vom Alter und schweißnassen Händen.

Thweng merkte, dass William den Mann nicht sehr begeistert anblickte, während er jetzt die Schulter gegen Goliaths dicken Bauch rammte, worauf das Pferd endlich mit einem Schnauber die Luft abließ.

»Kennst du dich hier aus?«, fing der Mann erneut an, und Thweng, der endlich von seiner Rüstung befreit war, trat zu ihm.

»Tschuldigung, gnädiger Herr«, sagte der Mann, jetzt deutlich unterwürfig. »Wollte nur mal sehen, was hier los ist.«

»Wer bist du?«, fragte Thweng. Der Mann stellte sich aufrecht hin, jetzt strahlte er einen bescheidenen Stolz aus.

»Henry, Mylord. Ich bringe zehn Mann aus Wyndhome für den Sire dort, den guten Sir John.«

»Und wo ist der gute Sir John?«, fragte Thweng geduldig. Der Mann sah ihn an, als könne er die Frage gar nicht verstehen.

»Na, der ist doch bei dem alten Sir Maurice, oder etwa nicht?«

Berkeley, dachte Thweng. Das sind Gloucesters Leute, Speerkämpfer von Sir Maurice Berkeley, die irgendein Lehnsmann namens Sir John hergebracht hat. Thweng hatte keine Ahnung, wer das war oder wo Wyndhome lag – aber er wusste, wo der gute Sir John vermutlich war.

»Er ist dort«, sagte Thweng und deutete dorthin, wo der Staub am dichtesten war und von wo man, ganz leise und fern, Schreie, wiehernde Pferde und das Klirren von Metall hörte. »Dann solltet ihr dort hingehen.«

»Ohne dass wir eine Order dazu haben?«

Henry schüttelte energisch den Kopf, dann drehte er sich um, als jemand seinen Namen rief.

»He, Henry, sieh mal dort, ist das nicht unser König?«

Ein Mann zeigte mit der Hand dorthin, er hatte die Augen zusammengekniffen, die vom Rand seines Eisenhutes beschattet waren.

Aus der Staubwolke löste sich eine Gruppe von Reitern. Die Sonne spiegelte sich im Gold des prachtvollen Helms, den der Reiter in der Mitte trug. Hinter ihm ritt ein Gefolge von gepanzerten Männern unter dem flatternden Drachenbanner und dem großen königlichen Banner, das sie für alle erkennbar machte. Der König, dachte Thweng, und ihm war plötzlich schrecklich flau im Magen.

»Das ist unser König … Haut der etwa ab?«

»Unsinn«, sagte Thweng und gab John ein Zeichen, ihm beim Aufsitzen auf Goliath behilflich zu sein. Als der Knappe dicht bei ihm war, beugte er sich zu dem Jungen vor, während Gloucesters Männer unschlüssig miteinander berieten.

»Es ist Zeit«, flüsterte er. »Geh, Junge, und dreh dich nicht um.«

Er drehte sich um und sah, wie Henry und die anderen Männer die Hälse reckten, andere erhoben sich schnell, um den König in all seiner Pracht vorbeireiten zu sehen.

Thweng galoppierte hinterher, holte sie ein und brachte sein Pferd neben den verwirrten und verlegenen de Valence.

»Kehrt um!«, schrie er. Unwillig wandte der Earl von Pembroke ihm sein nasses, krebsrotes Gesicht zu und zog die Zügel an, sodass die beiden etwas hinter die anderen zurückfielen.

»Verdammt, die Leute glauben, dass der König abzieht und die Schlacht verloren ist«, schrie Thweng. De Valences Gesicht wurde noch düsterer, aus seinen Augen sprach eine tiefe Trauer.

»Und woraus schließt Ihr, dass es nicht so ist?«, erwiderte er.

Völlig überrascht hielt Thweng sein Pferd an, und der Earl ritt davon, um seinen König einzuholen. Und wie geht es weiter, dachte er?

Er blickte nach links und rechts, er wollte es nicht wahrhaben, dass dieses große Heer, das jetzt keinen Befehlshaber mehr hatte, unterlegen sein sollte. Noch immer stand er ungläubig da, als die Fußsoldaten, die hier Rast gemacht hatten, auf die Füße sprangen und etwas brüllten und nach rechts auf die bewaldeten Hügel zeigten.

Thweng blickte in die Richtung … und dort – fast dachte er, er sehe Gespenster – nahten Gestalten von den Hügeln hinter den schottischen Linien. Ein Reiter mit einem Banner. Thweng strengte seine Augen an, um es zu erkennen, er sah noch weitere Banner, die über den dichten Gruppen dieser dunklen Gestalten flatterten. Die Sonne – mein Gott, es war noch nicht einmal Mittag – ließ die scharfen Metallspitzen wie Feuer glänzen.

Noch mehr Truppen? Thweng konnte es nicht glauben. Noch mehr Schotten, die die Flanken der Armee verstärkten? Und dieses Banner – schwarz und weiß. Auf dem, das der Reiter an der Spitze trug, war ein großes Kreuz, da war er sicher, selbst aus dieser Entfernung und trotz seiner alten Augen war das zu erkennen. Aber das konnte doch nicht sein, das war einfach unmöglich …

Ein völlig verrückter Gedanke schoss ihm durch den Kopf: Sollte dies das Beauseant-Banner sein? Waren diese gottverdammten verbotenen Templer wiedergekommen, um an den Kriegern der Christenheit auf diese einzigartige Weise Rache zu üben?

Es war unglaublich …

Doch viele glaubten es, und selbst wenn man es nicht glaubte, war klar, dass es sich um ein bewaffnetes Heer handelte. Die Nachricht flog von Mund zu Mund, und da sie wussten, dass einige von ihnen sich bereits in Sicherheit gebracht hatten, zogen sie ihre eigenen Schlüsse. Zunächst liefen die Männer noch ziellos umher, doch plötzlich stoben sie auf wie ein Schwarm Stare und schwirrten davon, alle in eine Richtung.

Nur weg von hier.

Und Thweng wurde Zeuge, wie in einem einzigen Augenblick Edwards brüchige Macht in Scherben fiel.

Das große Banner schien ein Eigenleben zu haben, ein Laken geradewegs vom Bett des Höllenfürsten, wie es Hal schien. Es sah ganz echt aus, das musste er zugeben, als er nach oben blickte, denn die blaue Farbe des Malers war an den Balkenenden des Kreuzes verlaufen, und so war, wie durch einen göttlichen Zufall, fast perfekt das achteckige blaue Kreuz der Sientclers daraus entstanden.

Das war wenigstens ein akzeptables Symbol, unter dem er reiten konnte, dachte er. Dann blickte er dorthin, wo Davey der Schmied marschierte, den Schmiedehammer in der einen, das Beauseant-Banner in der anderen großen Faust, doch sein schwarz-weißer Templerhelm war nur einer unter vielen.

Der letzte Einsatz des Banners, dachte Hal. Ich hoffe nur, es funktioniert, denn Bruce' Zorn wird gewaltig sein, und nur ein Sieg wird ihn besänftigen können. Wenn wir verlieren, bin auch ich verloren, weil ich den Anschein erweckt habe, dass die Templer seiner mächtigen Armee in dieser Schlacht geholfen haben. Und auch Isabels Schicksal wäre besiegelt …

Es war ein gewagter Einfall, aber die Leute im Lager von Coxet Hill waren begeistert gewesen, denn so konnten sie ohne Risiko losmarschieren und die Gefallenen plündern. Also hatten sie die Templerausrüstung genommen, wie sie war, und hatten sich lachend damit ausstaffiert, und Sir John Airth war schnaufend und schwitzend in einer Sänfte gebracht worden, um das Beauseant-Banner zu entfalten, das wie ein böser Traum ganz unten im Waffenlager der Templer gelegen hatte, und es ihnen zu übergeben.

»Ihr könnt Euch genauso gut für ein ganzes Schaf hängen lassen wie für ein halbes Lamm«, brummte er kopfschüttelnd, sodass die Schweißtropfen flogen, sein Gesicht hatte die Farbe einer Himbeere, und seine dicken Beine waren wegen der Gicht bandagiert.

»Ich werde für Euch beten, Sir Hal, wie ich auch für die Seele meines Sohnes bete«, hatte er gesagt und dabei zugesehen, wie sie den seidenen Beauseant grob an eine lange Stange genagelt und dem Schmied übergeben hatten, der ihn mit einer Hand tragen konnte.

Hoffentlich betet Sir John jetzt, dachte Hal, und hoffentlich habe ich den richtigen Moment erwischt.

Er blickte nach beiden Seiten auf die Menschenmassen, die wie Wölfe den Hang hinabstürmten, bis sie am Rand des Schlachtfeldes angekommen waren. Wenn es zum Kampf kommen sollte, würden sie natürlich wegrennen wie die

Hasen, aber sonst brauchten sie weiter nichts zu tun, als für einen kurzen Moment gleichzeitig so grimmig und so entschlossen wie möglich zu wirken.

Eine Gestalt erschien neben seinem Steigbügel, und er blickte in das spitzbübische Gesicht von Bets Meggy, die einen Eisenhut schräg auf dem Kopf hatte und eine Stange in der Hand trug, an deren Ende ein Küchenmesser angebunden war.

»Sir Hal«, rief sie, »ist die Armee zur Zufriedenheit Eurer Lordschaft ausgerüstet?«

Freches Weib, dachte Hal, doch er musste grinsen. Dann sah er den Jungen, der einen Dolch umklammert hielt, der so lang wie sein Unterarm war, an der anderen Hand hielt er ein kleines Mädchen.

»Um Gottes willen«, rief Hal ihr zu, »musstest du unbedingt die Kinder mitbringen?«

»Wer sollte sich denn um die kleine Bet kümmern, Herr?«, rief sie zurück. »Und den Sohn des Hundejungen hätte man von einer solchen Unternehmung sowieso nicht zurückhalten können.«

Der Sohn des Hundejungen. Hal blickte zu dem Jungen und lachte über dessen abenteuerliches Aussehen, in einer vermutlich gestohlenen Kettenhaube und dem viel zu großen Templerhelm. Hob hieß er, hatte der Hundejunge gesagt. Hob. Er war jünger, als der Hundejunge damals gewesen war, als Hal ihn vor, ach, so vielen Jahren auf Burg Douglas kennengelernt hatte, aber er sah seinem Vater in jungen Jahren wirklich verdammt ähnlich. Er erinnerte Hal an seinen eigenen Sohn, John, der jetzt schon so lange tot war.

Der Hundejunge hatte ihm über den Verlust von John hinweggeholfen – und jetzt war sein Sohn hier. Er fragte sich, ob der neu ernannte königliche Hundemeister wohl damit einverstanden wäre, dass sein Sohn nach Herdmanston käme. Wenn Bets Meggy mit ihrem neuen Mann mitginge, brauchten sie auf Herdmanston eine neue Bäckerin. Und einen neuen Hundejungen.

Im Geiste sah Hal bereits, wie sie alle an der Zukunft von Herdmanston mitwirkten, und bei dem Gedanken wurde ihm warm ums Herz.

Er wusste nicht, wie lange er so dagesessen hatte, er hatte jegliches Zeitgefühl verloren, aber es war wie ein kalter Schauer, als er in die Gegenwart zurückkehrte. Er blickte auf den blutigen Mund des Mannes und merkte, dass er immer noch dessen Hand hielt.

Vipond.

Kirkpatrick erinnerte sich, wie er hinter dem Mann hergetrabt war und versucht hatte, Zügel, Schild und Lanze unter Kontrolle zu halten, bis er fluchend die Lanze von sich schleuderte und den Kopf drehte, um durch den engen Schlitz seines Helms etwas zu sehen.

Wie er das alles hasste, diese schweißtreibende Höhle von einem Helm und das verzweifelte Rempeln, Drängeln und Durchgerütteltwerden auf dem Streitross, das immer schneller sein wollte als sein Reiter, um mit den anderen mitzuhalten. Schließlich hatte Kirkpatrick ihm seinen Willen gelassen und sich einfach nur festgeklammert. Er hörte seinen rasselnden Atem in dem höllisch heißen Helm, hörte ein dumpfes Dröhnen, spürte, wie etwas auf seinen Schild prallte, und geriet in Panik, weil er dachte, sie stünden dem Feind gegenüber.

Da er nichts sehen konnte, hatte er sein Schwert gezogen und wild nach allen Seiten um sich geschlagen. Er verfluchte sich in diesem Moment, schalt sich einen Narren, weil er geglaubt hatte, es bräuchte nur den vermaledeiten Ritterschlag, um einer der Ihren werden. Ein fataler Irrtum, wie er sich jetzt eingestehen musste.

Plötzlich hatte er gesehen, wie Vipond im Sattel schwankte und sich halb zu ihm umdrehte. Der Ritter schien zur Seite zu sacken und streckte die Hand aus, wie um sich an Kirkpatrick festzuhalten, dann rutschte er aus dem Sattel und war verschwunden.

Fluchend hatte Kirkpatrick sein Pferd angehalten. Man hatte ihm versichert, es sei gut geschult, absolut gehorsam und die dreißig Mark wert, die es gekostet hatte, aber Kirkpatrick hätte es mit Freuden an die Schweine verfüttert, die er auf seinem Landsitz hielt, der genauso viel gekostet hatte wie dieses Streitross.

Er stieg ab, halb rutschte er, halb ließ er sich fallen, dann warf er den Schild hin, löste den Topfhelm und nahm ihn ab, wobei er nach frischer Luft schnappte, als sei er aus dem Wasser aufgetaucht. Dann riss er sich die Beckenhaube vom Kopf, schob die Kapuze des Kettenpanzers nach hinten und nahm auch die gepolsterte Haube ab. Es war eine einzige Wohltat.

Als er sich dann seinen Schild näher ansah, stellte er fest, dass zwei abgebrochene Pfeile darin steckten, die säuberlich die Faust mit dem erhobenen Dolch durchdrungen hatten. Das waren die Schläge, die ich gespürt habe, dachte Kirkpatrick plötzlich ernüchtert. Wenn die nicht in den Schild gedrungen wären …

Dann läge er jetzt da wie dieser Vipond. Der Ritter war auf den Rücken gefallen, mit dem gepanzerten Gesicht nach oben und einem Schaft so tief im rechten Oberarm, dass für Kirkpatrick klar war, dass er ihn durchbohrt hatte und beim Fallen abgebrochen war. Ein zweiter Pfeil steckte fast bis zur Befiederung in seiner rechten Seite.

Kirkpatricks Beine wankten, da das volle Gewicht seines Kettenpanzers auf ihm lastete. Schwerfällig ging er zu Vipond, er überlegte bereits, was er mit dem Toten machen sollte, da hörte er den rasselnden Atem, der aus dem Helm drang. Stöhnend ging er auf die Knie, löste die Riemen an Viponds Helm und nahm ihn ab. Das schweißüberströmte, blutige Gesicht starrte ihn an. Kirkpatrick sah, dass er Blut gespuckt hatte.

»Danke«, hauchte der Mann mit letzter Kraft. Kirkpatrick musterte die Verwundungen. Er wollte den Pfeil in seiner Seite anfassen, doch entschied sich dagegen und ergriff stattdessen den Pfeil im Arm des Mannes, ließ ihn jedoch sofort wieder los, als Vipond vor Schmerz laut aufstöhnte.

»Ich … ich hole Hilfe«, stammelte er. »Etwas Wasser …«

Er spürte, wie Vipond sein Handgelenk umklammerte.

»Bleibt.«

Die Augen des Ritters waren angstvoll aufgerissen.

»Lasst mich … nicht allein … sterben.«

Ihr seid nicht allein, wollte Kirkpatrick sagen. Gott sieht Euch. Aber es schien platt und abgedroschen, also sagte er gar nichts, er saß nur da und hielt Viponds Hand, während sein Pferd zufrieden graste.

Viponds Streitross war verschwunden, dafür tauchten drei fremde Pferde mit zerfetzter, blutiger Ausrüstung auf. Sie stiegen vorsichtig über die Gefallenen hinweg. Ein viertes Pferd lahmte stark, ab und zu blieb es stehen und stieß ein klägliches, schrilles Wiehern aus, das wie ein Hilfeschrei klang.

Die Zeit verstrich. Kirkpatrick war sich halb bewusst, dass der Schlachtenlärm rechts von ihm plötzlich wieder zugenommen hatte, aber es schien ihm nicht wichtig genug, um sich danach umzusehen. Er war innerlich wie erstarrt, sein Blick ging ins Leere. Er hatte keine Ahnung, wie lange er so dagesessen hatte.

Schließlich schreckte er hoch, weil er eine Bewegung wahrgenommen hatte. Es war ein Reiter, der wie eine Erscheinung in der flimmernden Hitze auftauchte.

»Ein Reiter! Jetzt kommt Hilfe«, sagte er zu Vipond. Er wollte sich aus der Umklammerung des Mannes lösen, was nicht so einfach war. Erst jetzt merkte er, dass ein Toter seine Hand hielt.

Der Reiter kam auf ihn zu. Kirkpatrick sah sich um und stellte fest, dass niemand sonst in der Nähe war. Er hörte sogar Vögel zwitschern. Zu seiner Linken erhob sich der hohe Buckel von Coxet Hill, rechts von ihm war das Schlachtfeld – übersät von Toten und Sterbenden, dahinter Hitze, Staubwolken und Gebrüll. Und jetzt sah er die Engländer … Sie zogen sich zurück! Kirkpatrick konnte es kaum glauben. Wir haben gewonnen, jubelte er innerlich. Wir haben tatsächlich gewonnen!

Der Reiter war näher herangekommen. Sein Schlachtross ging sehr langsam, es ließ erschöpft den Kopf hängen, seine Schabracke war verdreckt und zerrissen. Der Reiter hatte keinerlei Kopfbedeckung, sein Umhang war über und über besudelt. Er hatte auch keinen Schild, doch er hielt ein Schwert in der Hand, die schlaff an der Seite des Pferdes herunterhing.

Kirkpatrick stand wankend auf, das Gewicht seines Kettenhemds lastete schwerer denn je auf seinen Schultern. In diesem Moment blieb der Reiter stehen. Er richtete sich im Sattel auf, erhob das Schwert.

Er hält mich für gefährlich, dachte Kirkpatrick, und hielt die Sache für einen schlechten Witz. Er machte den Mund auf und wollte dem anderen etwas zurufen, doch dann erstarrte er, als er das Schwert auf sich gerichtet sah und unter Blutspritzern und Schmutz das Wappen des Mannes erkannte: drei goldene Garben auf rotem Grund.

Lord von Badenoch. Der Rote John!

Kirkpatricks Gedanken rasten. Ich habe dich umgebracht! Zumindest habe ich dir einen Dolch ins Herz gestoßen, auch wenn Bruce das eigentliche Werk schon vollbracht hatte. Ich sah im Kloster der Greyfriars zu, wie deine albernen hohen Absätze in deinem eigenen Blut trommelten, dass es spritzte, vor so langer Zeit …

Er besann sich. Nein, das war kein Gespenst, sagte er sich und sah sich nach seinem Schild und dem Schwert um. Nein, schlimmer.

Es war der Sohn, vom Teufel selbst in diese Ecke des Schlachtfelds geführt, wo er Kirkpatrick finden sollte, den Mann, den er hasste wie niemanden sonst.

Den Mann, der seinen Vater ermordet hatte. Ja, dachte Kirkpatrick bitter, und der den Sohn auch erledigt hätte – wenn Hal sich nicht eingemischt hätte.

Jetzt stieg Badenoch langsam vom Pferd, das breitbeinig und mit hängendem Kopf dastand. Der Mann klopfte dem Tier liebevoll den Hals, dann drehte er sich um, richtete sich auf, ließ das Schwert in der Hand herumwirbeln und kam auf Kirkpatrick zu.

Mit einem Satz war Kirkpatrick bei seinem Schwert, das noch immer neben dem toten Vibond lag, hob es auf und drehte sich um.

Badenoch blieb stehen, dicht genug, dass Kirkpatrick sein Gesicht sehen konnte, das fahl wie Stroh und schweißnass war, sodass sein Bart viel dunkler erschien. Vielleicht ist er doch verwundet, dachte Kirkpatrick. Oder er hat einen Hitzschlag. Nicht dass er selbst in besserer Verfassung gewesen wäre, steif, wie er war, vom Sitzen und halb erdrückt von Kettenpanzer und Rüstung.

»Ihr seid es«, sagte Badenoch barsch.

Kirkpatrick brachte ein verächtliches Grinsen zustande. »Und Ihr müsst der neue Badenoch sein. Ich kannte Euren Vater.«

Das teigige Gesicht des anderen wurde rot und gleich darauf fast unnatürlich blass. Kirkpatrick sah, wie die Knöchel um den Schwertgriff weiß wurden. Im nächsten Moment stürzte sich der junge Badenoch auf ihn.

Kirkpatrick schaffte es gerade noch, den ersten Hieb abzublocken, verlor aber fast sein Schwert, als er den zweiten parierte. Er wusste nur zu gut, dass ein Schwert kein Dolch war und dass Badenoch, der ein gut ausgebildeter Ritter und jünger war als er selbst, ihn töten würde.

Badenoch lächelte. Er musste seine Gedanken gelesen haben.

Der König wollte umkehren und kämpfen. Ziemlich mutig und lobenswert, dachte de Valence bitter, allerdings ganz und gar nicht hilfreich.

»Eure Gnaden täten besser daran, sich dem Angriff der Rebellen zu entziehen«, erklärte er, aber es war schwer, besonnen zu klingen, wenn man gegen den allgemeinen Lärm anbrüllen musste, um sich Gehör zu verschaffen.

Ringsum strömten die Menschenmassen an ihnen vorbei, auf die Mauern von Stirling zu, wo sie den Felsen zu erklimmen versuchten – und viele wieder herunterstürzten –, auf dem die Burg thronte, die aber schon die Tore verschlossen hatte, weil sie völlig überlaufen war.

»Was ist nur in Mylord de Mowbray gefahren?«, fragte der König.

Er klang überrascht und ärgerlich zugleich, wie de Valence bemerkte. Aber es hatte keinen Zweck, dem König zu erklären, dass Mowbray recht daran getan hatte, die Tore der Burg zu schließen, denn die Schlacht war verloren, und jetzt würde er, wie vereinbart, Stirling den Schotten übergeben müssen. Alles andere hätte nur zur Folge, dass sämtliche Bewohner der Burg umgebracht würden, wie es den Gesetzen des Krieges entsprach, also war es sehr sinnvoll, auch dem König den Zutritt zur Burg zu verwehren, wo er sonst mit Sicherheit dem Feind in die Hände fallen würde.

Doch der König würde alle klugen Ratschläge in den Wind schlagen, das wusste de Valence. Er würde von Feigheit reden und von Verrat, dabei sind wir nur unserer eigenen Arroganz zum Opfer gefallen …

Sie bahnten sich ihren Weg durch das Fußvolk und mussten laut fluchend um sich schlagen, damit ihnen Platz gemacht wurde. Sie kämpften sich von der Burg herab und gerieten immer wieder in die Windungen des Forth, die sie zu Umwegen zwangen – zu Umwegen über die von Leichen bedeckten Felder, immer verfolgt von den rachedurstigen Schotten, die jetzt hier regierten und in Rudeln jagten wie Wölfe. De Valence blickte um sich und sah eine Handvoll Ritter und ein paar berittene walisische Bogenschützen.

»Mylord …«

Der alte Thomas Berkeley hatte die Hand gehoben, und de Valence drehte sich um und sah Reiter, die rücksichtslos über die Toten und Sterbenden hinwegstoben und schnell näher kamen. Wie Elstern, dachte de Valence, sie werden vom Glitzern dieser verdammten Krone angelockt.

»Bringt Seine Gnaden, den König, in Sicherheit«, knurrte er Vescy an, dann wählte er einige Reiter aus, ihm zu folgen, und klappte sein Visier hinunter.

»*Bonne chance*, Pembroke.«

De Valence dankte dem König und trieb sein müdes Streitross an, gefolgt von der Gruppe von Reitern. Er spürte die

Männer neben sich mehr, als dass er sie sah, als er im Kurzgalopp auf einen niedrigen Busch zuritt und darüber hinwegsetzte, nur um seinem müden Pferd jetzt erst recht die Sporen zu geben. Er spürte ein regelrechtes Hochgefühl, das ihm so vertraut vorkam wie ein Paar alter, bequemer Schuhe, während der Feind näher kam.

Jemand ritt voraus. De Valence sah das Löwen-Emblem. Ein grober Verstoß gegen das Protokoll, den er sich merken würde, um ihn später aufs Schärfste zu rügen. Ein Kingston, stellte er fest. Sir John oder Sir Nicholas. Dem werde ich ein paar Worte flüstern ...

Sie trafen auf die Reiter und brachen unter Gebrüll krachend mitten in die Gruppe hinein. Ein Schwert traf auf den Schild von de Valence. Er beantwortete es mit einem ebenso sinnlosen Hieb, doch plötzlich wirbelte er wie in einem irrsinnigen Tanz um die eigene Achse, hieb um sich und steckte Hiebe ein. Kleine zottelige Männer auf kleinen zotteligen Pferden ... Wie alle Schotten, dachte de Valence. Sogenannte Reiter, die auf Hirschhunden in die Schlacht ziehen.

Die Keilerei hörte ebenso plötzlich wieder auf, wie sie begonnen hatte, und als de Valence sein Schwert sinken ließ, musste er mühsam den Kopf wenden, um überhaupt etwas durch den Schlitz seines Helmes zu sehen.

Die Schotten lagen alle am Boden oder rannten davon – aber noch immer kamen weitere nach, dicht gedrängt, die meisten barfuß, aber mit Äxten und dem üblichen wilden Kriegsgeschrei des Nordens. Ratten, Läuse und Schotten, dachte er wütend, man kann umbringen, so viele man will, es kommen immer welche nach.

»Zurück!«, schrie er, schwang das Schwert und wendete sein Pferd.

Sie galoppierten davon und ließen die ratlosen Schotten

zurück, die nichts weiter tun konnten, als ihnen ihre Verwünschungen hinterherzubrüllen. Es war ein weiter Weg, den sie auf ihren keuchenden Pferden zurücklegen mussten, um den König einzuholen, doch schließlich blieb de Valence stehen, riss sich den Helm vom Kopf und holte tief Luft, während der Rest des Trupps zu ihm aufschloss. Einige der Männer lachten, sie konnten sich kaum beruhigen. Einer von ihnen – der junge Hastang – nahm seinen Helm ab, leerte das Gekotzte aus und versuchte, sich das Gesicht mit der dekorativen Helmdecke abzuwischen.

Sie brauchten einen Augenblick, um festzustellen, wer fehlte: Sir Thomas Ercedene, dann beide Barone, der von Northamptonshire und der von Norfolk, außerdem beide Kingstons. Auch gut, dachte de Valence, dann brauche ich auch gar nicht danach zu fragen, wer die Dreistigkeit besessen hatte, vor mir zu reiten.

Und der alte Thomas Berkeley. Niemand hatte ihn fallen sehen. Sein Sohn Maurice war beim Trupp des Königs, und als sie ihn endlich wieder eingeholt hatten, überbrachte de Valence ihm die Nachricht. Eine schwache Hoffnung blieb: Vielleicht war er nur gefangen genommen und nicht getötet worden. Doch bei dem Gedanken an diese irrsinnigen Axtkämpfer erschien ihm die Wahrscheinlichkeit mehr als gering.

Maurice sagte nichts, doch Addaf sah ihm an, wie aufgewühlt er war, und hoffte, er würde nichts Unüberlegtes tun, um seinen alten Vater zu rächen. Wenn er sich auf die Schotten stürzen sollte, dachte Addaf, dann wäre er jedenfalls allein. Alle haben jetzt nur noch ein Ziel, nämlich von hier wegzukommen.

»Schützt den König!«

Wieder ertönte der Schrei, und der königliche Trupp ritt

dicht gedrängt durch die Menge der Fußsoldaten, die sich vor dem König teilte wie das Bugwasser vor einer schwerfälligen Kogge.

Schützt den König ... Addaf zog den Rotz hoch und spuckte aus.

Soll Gott doch den englischen König schützen, dachte er, obwohl allen inzwischen klar sein dürfte, dass der Herrgott heute nicht seine schützende Hand über ihn gehalten hatte.

Und über die Waliser auch nicht ... Weniger als eine Stunde später musste Addaf leider feststellen, wie schlecht es mit Gottes Gnade für die Waliser stand. Die schottischen Reiter hatten sie schon eine Weile verfolgt und in die Enge getrieben. Zwar waren sie immer wieder von kleineren Gruppen von Speerkämpfern aufgehalten worden, aber diese hatten nicht viel gegen sie ausrichten können und gerieten jetzt allen vor die Füße, dachte Addaf, uns genauso wie den Schotten.

»Absitzen!«

Addaf hörte den Befehl und fluchte. Maurice war in ein ernstes Gespräch mit de Valence verwickelt, der hinter den Rittern hertrabte, die sich um die leicht geduckte Gestalt des Königs geschart hatten. Addaf fiel auf, dass die blau-weiß gestreifte Schabracke von de Valence' Pferd von Blut getränkt und zerrissen war. Und von den Rittern auf der linken Seite des Königs sah auch keiner besser aus, stellte er fest, deshalb überlässt man die Arbeit jetzt uns. Ausgerechnet Waliser müssen den König von England beschützen ...

»*Nyd hyder ond bwa*«, rief er, und die Waliser lachten gröhlend. Diejenigen, die über ein Pferd verfügten, stiegen auf, die anderen formierten sich.

Allein der Bogen zählt ... Aber inzwischen hatte er das Gefühl, dass es nicht mehr genug Bogen gab. Er blickte an der Reihe entlang und zählte: zwanzig Schützen vielleicht, mehr nicht. Ganz vorn sah er Männer rennen, Hennegauer, die versuchten, sich vor den ankommenden Reitern in Sicherheit zu bringen.

Er hob den Bogen, um anhand der flatternden Bänder den Wind besser einschätzen zu können, den es jetzt zum Glück gab, eine herrliche kleine Brise, die plötzlich aufgekommen war und diesen glutheißen Tag etwas erträglicher machte. Addaf wandte sich zu Maurice um, der zusammengesunken auf seinem großen Pferd saß.

»*Dduw bod 'n foliannus*«, knurrte er – gelobt sei Gott. Maurice, der lange genug mit den Walisern zusammen gewesen war, starrte ihn mit traurigen Augen an und antwortete in seiner Sprache.

»*In ois oisou.*« In Ewigkeit.

Die letzten Hennegauer stolperten zur Seite, um den Reitern den Weg frei zu machen. Sechzig, schätzte Addaf, und es überlief ihn kalt. Vielleicht auch mehr. Er sah das Banner, das über ihren schwitzenden Pferden flatterte, da ergriff ihn die kalte Wut – Sterne auf blauem Hintergrund, das persönliche Wappen des Schwarzen Douglas. Er dachte an seine Leute, die tot oder sterbend in ihrem eigenen Blut gelegen hatten, das aus den Armstümpfen geflossen war, nachdem Douglas ihnen allen die rechte Hand abgeschlagen hatte.

»Anlegen!«

Es folgte das vertraute Geräusch gezogener Sehnen – ein leises Knarren wie bei einer alten Tür.

»Schießen!«

Die Luft vibrierte und sang. Addaf sah Pferde und Männer fallen, er sah, wie andere nach allen Seiten auseinanderstoben, ihre Pferde herumrissen und versuchten, außer Reichweite zu kommen. Er sah zu Sir Maurice auf, der aber lediglich mit ausdruckslosem Blick dasaß, und er wusste, sie würden noch einige Zeit hier ausharren müssen, um dem König Gelegenheit zu geben, den Abstand zwischen sich und dem Feind zu vergrößern.

Er blickte zum Himmel auf und sah, wie sich Wolken zusammenballten, er spürte die kühle Brise, die wie Balsam über sein Gesicht strich. Das war ein guter Tag, dachte er, wenn man so ruhig in der Kühle hier stehen konnte …

Die Hennegauer stolperten davon, gefolgt von anderen Soldaten, ein paar Reiter, eine Handvoll Pferde – alle auf der Flucht vor den Schotten, die jedoch außer Reichweite blieben und abwarteten. Jetzt kamen weitere hinzu.

»Aufsitzen!«

Der Seufzer der Erleichterung war hörbar.

»Dduw bod 'n foliannus«, grunzte Addaf, aber er drehte sich nicht um und rührte sich nicht, er wartete, bis alle im Sattel saßen und losgeritten waren. Der Letzte, der das Schlachtfeld verlässt, dachte er nicht ohne Stolz. Es schadet nichts, wenn andere das sehen …

»In ois oisou«, krächzte eine barsche Stimme, und überrascht drehte Addaf sich um.

Er hatte gerade noch Zeit, das wutverzerrte Gesicht Y Crachs zu erkennen, ehe dessen Klinge seine Rippen traf und er das Bewusstsein verlor.

Jetzt war Hal nur noch der Schmied geblieben, der Cornix immer noch treu und entschlossen folgte. Alle anderen waren nach und nach mehr oder weniger verlegen und unter Entschuldigungen zurückgeblieben. Chirnside, Sore Davey, Mouse – sie hatten nicht widerstehen können, die Verlockung goldener Sporen oder wertvoller Ringe an toten Fingern war zu groß gewesen.

Hal drehte sich im Sattel um und blickte zu Davey von Crauford, der das große seidene Banner, den Beauseant, hochhielt, der in der plötzlich aufkommenden Brise flatterte. Wenn er auch nur ein Laienbruder gewesen war, jetzt war die Brust des Schmieds von Stolz geschwellt, dass man ihn auserwählt hatte, das berühmte Ordensbanner zu tragen, das heute zum letzten Mal auf einem Schlachtfeld auftauchte.

»Reiß es von der Stange ab«, rief Hal ihm zu, und als er das Bedauern in Daveys Gesicht sah, empfand er ein gewisses Mitgefühl.

»Falte es zusammen«, fügte er freundlicher hinzu. »Ich weiß, wo wir es hinbringen werden, wenn das hier vorüber ist.«

Ja, und zwar zusammen mit Rossal de Bissots Schwert. Dann werden die schwarzen Brüder von Glaissery, deren Namen niemand kennt, ihre verehrten Reliquien hüten, für die die Welt keine Verwendung mehr hat.

Dann verließ er Davey und ritt langsam weiter. Sein Pferd suchte sich einen Weg durch die vielen Toten, das Blut hatte den Boden in einen zähen Schlamm verwandelt, der unter den Hufen schmatzte.

Etwas weiter vor ihm kämpften noch immer zwei Männer – nun ja, einer kämpfte, während der andere, dessen weißes Haar in der Brise flatterte, mit den Kräften am Ende zu sein schien. Er war auf ein Knie gesunken und versuchte nur noch, die wilden Hiebe des anderen abzuwehren. Wenn sein Gegner richtig zuschlagen würde, dachte Hal, dann wäre von dem Alten bald nicht mehr viel übrig.

Er ärgerte sich, weil das Ganze längst überflüssig war. Die Schlacht war vorüber, und er war sicher, dass Bruce gewonnen hatte, also war dies völlig sinnlos, und er wollte ihnen etwas zurufen, als er das Pferd erblickte, das immer noch seine Satteldecke mit dem gut sichtbaren Wappen trug.

Ein blauer Schild mit dem Andreaskreuz. Hal kannte das Zeichen. Kirkpatrick hatte keine Zeit mehr gehabt, es auf Satteldecke oder Umhang zu ändern, obwohl auf seinem Schild diese großspurige Hand mit dem blutigen Dolch prangte.

»Ho!«, schrie er, und die beiden fuhren auseinander, der alte Mann – es war Kirkpatrick, wie Hal jetzt feststellte – fiel nach hinten und blieb ausgestreckt im blutigen Gras liegen wie ein Gekreuzigter.

Der andere war Badenoch, Hal erkannte ihn sofort. Ihn durchfuhr ein freudiger Schrecken, denn hier war ohne Zweifel Gottes Hand im Spiel. Badenoch, der damals mit ansehen hatte müssen, wie Kirkpatrick seinen Vater tötete. Als verängstigter Siebzehnjähriger hatte er dagestanden, und er selbst, Hal, hatte Kirkpatrick daran gehindert, ihn ebenfalls umzubringen.

Jetzt ist er zum Mann herangewachsen und hat den Schwarzen Roger umgebracht. Ein unendliches Bedauern erfasste Hal, als ihm bewusst wurde, dass er den Jüngling damals verschont hatte, der sich jetzt an Kirkpatrick gerächt hatte. Es zischte vernehmlich, als er sein Templerschwert aus der Scheide zog.

Badenoch sah Hal, hinter ihm den Schmied und die Handvoll Männer, die von ihren Plünderungen wieder aufgetaucht waren und ihre beschämende Habgier gutzumachen versuchten, indem sie jetzt als Erste an Hals Seite waren. Badenoch rannte auf Kirkpatricks Pferd zu, war mit einem Satz im Sattel und riss es herum.

Ohne nachzudenken, setzte Hal hinterher.

Er trieb Cornix zum Galopp an, so gut es zwischen den vielen Leichen möglich war. Das Pferd musste mehrmals ausweichen, ehe es die Verfolgung wieder aufnehmen konnte.

Er hat den falschen Weg eingeschlagen, dachte Hal schadenfroh. Wenn er weiterreitet, landet er im Ford …

Ein Blitz, gefolgt von einem mächtigen, rollenden Donner, ließ Hals Pferd stolpern. Sie brachen durch ein niedriges Gebüsch, vor ihnen die Staubwolken von Badenochs wahnsinnigem Galopp. Das Tageslicht hatte eine fahle gelbliche Farbe angenommen.

Badenoch bemerkte seinen Fehler und kehrte abrupt um, wobei er das Gleichgewicht verlor und leicht im Sattel schwankte. Doch Hal hatte sein Pferd noch schneller gewendet und aufgeholt, er sprang über ein Gestrüpp hinweg und setzte so hart auf, dass seine Zähne aufeinanderschlugen.

Ihre Pferde brachen zur gleichen Zeit aus dem Gebüsch heraus ins Freie, wo Tote dicht an dicht lagen, dazwischen auch Pferde. Hal sah, wie Badenoch versuchte, einem noch immer um sich tretenden Tier auszuweichen, er lenkte sein eigenes Pferd links daran vorbei und hörte, wie seine Hufe krachend gegen etwas stießen, einen Schädel oder einen Helm, er wusste es nicht.

Sie näherten sich einem Flussufer: Bei Gott, der Pelstream, dachte Hal. Jetzt ist er gefangen …

Doch sofort merkte er auch, dass Badenoch nicht anhielt, er verlangsamte lediglich etwas und ritt an dem steilen Ufer entlang, um eine schmale Stelle zu finden. Herr im Himmel, dachte Hal, er will darüberspringen.

Jetzt gab Badenoch seinem Pferd die Sporen, dass es vor Schmerz aufschrie, er sah es lospreschen und wusste, dass Badenoch die Stelle gefunden hatte, an der er springen würde. Er beobachtete, wie das Tier einen ungeschickten Satz machte und tatsächlich auf der anderen Seite landete, wo es samt Reiter zusammenbrach.

Hal ritt näher und sah sich die Stelle an, sie war tatsächlich schmal, darum hatten auch die walisischen Bogenschützen versucht, hier auf die andere Seite zu fliehen. Hal hatte keine Ahnung, wie tief der schmale Lauf des Pelstream hier war, aber jetzt lagen so viele Tote darin, dass sie eine regelrechte Furt bildeten.

Hal sah, wie Badenoch am Boden versuchte, sich aus dem Gewirr von Zaumzeug zu befreien. Er wusste, was er tun musste, wenn er den Mann einholen wollte. Doch wollte er das wirklich? Kirkpatrick war tot … Dieser Gedanke schmerzte. *Mea culpa*, sagte er leise, entsetzt über den Verlust und darüber, dass er der Grund dafür gewesen war.

Sein Pferd würde weder über den Fluss springen noch auf den Berg von Leichen treten, also ließ Hal sich zu Boden gleiten und setzte versuchsweise einen Fuß darauf, zog ihn aber eilig wieder zurück, als er ein furzendes Geräusch hörte. Nichts weiter als entweichende Luft, sagte er sich. Nur tote Luft …

Schließlich ging er über diese grausige Brücke, es waren nicht mehr als drei, vier weiche, unsichere Tritte, unter ihm ächzte es, vielleicht die letzten Lebenszeichen noch Sterbender.

Badenoch war aufgestanden, taumelnd stand er da, mit erhobenem Schwert und dem verzweifelten Ausdruck einer gefangenen Ratte.

»Ist schon etwas anderes«, sagte Hal kalt, »wenn man jemandem gegenübersteht, der mit Schwert und Lanze umgehen kann, nicht wahr, mein kleiner Lord?«

»Ihr habt mich gerettet«, brach es aus Badenoch hervor. »Damals, als mein Vater im Greyfriars-Kloster ermordet wurde.«

»Das habe ich«, erwiderte Hal, der auf ihn zutrat und de Bissots Schwert schwang. »Aber jede gute Tat zieht eine schlechte nach sich.«

Badenochs Schwert wehrte den Hieb ab, und der Widerhall der Klingen wurde vom nächsten Donner verschluckt. Hal merkte, dass es dunkel geworden war, und fragte sich, ob die Schlacht so lange gedauert hatte, dass es vielleicht schon Abend war.

Entschlossen rappelte Badenoch sich auf und kam wieder auf ihn zu, er hieb nach links und rechts, auch Hal schwang sein Schwert, aber er traf nicht. Sie umkreisten sich wie zwei misstrauische Hunde.

»Ihr könntet Euch ergeben«, sagte Badenoch plötzlich. »Das wäre keine Schande. Ihr seid sowieso zu alt für diese Schlacht. Wenn Ihr es nicht tut, werde ich Euch töten, auch wenn ich Euch mein Leben verdanke.«

»Euer Leben gehört mir schon seit jenem Tag, und jetzt werde ich es mir ganz holen«, erwiderte Hal und kam näher, während der Wind auffrischte und an dem trockenen Gras zerrte. Badenoch duckte sich, machte eine halbe Drehung und schlug zu. Das Ende seiner Klinge traf flach auf Hals gepanzerte Faust. Der Hieb war so stark, dass die Hand vibrierte und Hal das Schwert entglitt.

Mit Triumphgeheul wollte Badenoch sich auf Hal stürzen, um ihn zu töten, aber er blieb mit seinen vergoldeten Sporen hängen und stolperte leicht. Hal rannte, stolperte über einen Toten und erblickte einen Speer, der mit der Spitze im Boden steckte.

Hal hatte kein Gefühl mehr in der rechten Hand. Er ergriff den Speer mit der Linken und rüttelte daran, aber der Speer war tief eingedrungen und rührte sich nicht. Hinter sich hörte er, wie Badenoch schwer atmend näher kam.

Hal warf sich nach vorn, noch immer hatte er den Speer in der Hand, doch auch jetzt löste der Speer sich nicht. Hal ließ ihn los, gerade als Badenoch sich auf ihn stürzen wollte – der Schaft schnellte zurück und traf den Mann wie ein Hammerschlag gegen Brust und Gesicht, er flog rückwärts durch die Luft und ließ sein Schwert fallen.

Jetzt sah Hal einen Schild und stürzte zu ihm hin – ein Mann mit einem Schild hat noch immer eine Waffe. Er hob ihn auf und fluchte, denn die Riemen waren gerissen, er war nutzlos. Jetzt war Badenoch wieder auf den Beinen, sein Gesicht war eine blutige Maske, aber er machte einen Satz auf den Speer zu und riss an ihm. Er bekam ihn mit einem Ruck heraus. Hal wich aus, als die Spitze auf ihn zukam, doch im Gegenzug versetzte er Badenoch einen Fußtritt.

Der Tritt traf Badenoch am Oberschenkel, er schrie auf und taumelte zur Seite, doch dann warf er sich wieder in den Kampf, die Speerspitze stieß zu wie eine wütende Schlange. Hal warf sich herum und hatte plötzlich den Schaft des Speers unter der linken Achsel, er selbst stand mit dem Rücken zu Badenoch. Entsetzt presste er den Arm an sich und versuchte, Badenoch den Speer zu entreißen oder, falls er festhalten sollte, ihn zu Boden zu werfen.

Der Schaft brach, für beide überraschend. Er gab nach wie ein morscher Knochen, sodass Hal plötzlich nur noch das letzte Stück des Holzes mit der Spitze daran unter dem Arm hatte, wie eine lächerlich kurze Lanze.

Badenoch warf die vier Fuß splitterndes Holz, die ihm geblieben waren, wütend fort und warf sich wie im Rausch mit seinen metallenen Fäusten auf Hal.

Mit der linken Hand riss Hal den abgebrochenen Speerschaft unter seinem Arm hervor und hielt ihn vor Badenochs Gesicht. Der rannte blindwütig wie ein wilder Stier darauf zu, und der Speer drang in seinen weit aufgerissenen Rachen ein, dann stolperte er noch ein paar Schritte weiter, ehe er zu Boden ging, und Hal sah, wie die blutige Speerspitze hinten aus seinem Schädel wieder hervortrat.

Einen langen Moment stand Hal ungläubig da, dann gab in seinem Inneren etwas nach, und er fiel auf die Knie, rollte auf die Seite und blieb auf dem Rücken liegen. Er starrte in den Himmel und hörte, wie Badenochs gepanzerte Füße in seinem Blut zuckten.

Wie sein Vater, erinnerte sich Hal. Er wollte aufstehen, aber er konnte sich nicht rühren, er konnte nur daliegen und zum Himmel starren, der dunkel und bedrohlich geworden war. Es ist vorbei, dachte er benommen. Badenoch ist tot. Und Kirkpatrick … Bei Gott, die ganze Welt ist heute umgebracht worden.

Wieder donnerte es, es klang wie eine tiefe Glocke.

Es schien ihm wie eine Ewigkeit, wie er dort lag, bis er die ersten Regentropfen hörte. Es wurde lauter, und schließlich strömte es herab: Regen, wie ein dichter Vorhang, der sich plötzlich zu teilen schien und eine humpelnde graue Gestalt freigab, die eine nasse Hand ausstreckte und Hal auf die Beine zog.

»Bei Gott«, sagte Kirkpatrick, »das hast du gut gemacht. Aber du hättest mir damals bei den Greyfriars erlauben sollen, ihn umzubringen, dann wäre uns dieser ganze Schlamassel erspart geblieben.«

Goliath war tot. Thweng hatte es nicht gemerkt, als das Pferd getroffen worden war, erst als es plötzlich stehen blieb und hustend in die Knie ging, ganz langsam, wie eine Blase, aus der die Luft entwich. Er hatte sich noch rechtzeitig befreien und herunterrutschen können, dann sah er, wie das Pferd auf den Knien und schließlich auf der Seite lag und Blut aus den Nüstern blies. Der Pfeil, der es getötet hatte, war gleich hinter dem Sattelgurt so tief eingedrungen, dass nur noch die Befiederung zu sehen war, unter dem Pferd bildete sich eine große Blutlache.

Walisische Bogenschützen, dachte Thweng bitter, verflucht sollen sie sein. Dieses Pferd war mehr als fünfzig von diesen dunklen Zwergen wert ...

Männer rannten an ihm vorbei, sie teilten sich nach links und rechts, um so schnell wie möglich wegzukommen von diesem Mann mit Schwert und Rüstung und seinem sterbenden Pferd. Unsere Infanterie, dachte Thweng, jetzt rennen sie wie die Hasen. Er hoffte, dass sein Knappe John und die anderen es ebenfalls geschafft hatten und davongekommen waren – und mit einem merkwürdigen Gefühl von Gleichmut fragte er sich, ob er es ebenfalls schaffen würde.

Er ließ sein Pferd zurück und ging zu Fuß weiter, immer wieder musste er über Tote steigen. Bogenschützen hatten hier gewütet und viele Pferde der Schotten erschossen, überall lagen zwischen den toten Soldaten kleine, zottelige Ponys, traten um sich und wieherten schrill. Und überall waren Pfeile, sie steckten in Tieren, in Menschen und im Boden, zerbrochen, gesplittert und zertrampelt – und einer davon hatte Goliath getroffen, dachte er bitter, obwohl er nicht wusste, ob es ein unglücklicher Zufall war oder ob ein bösartiger Waliser sich damit an den Engländern hatte rächen wollen.

Plötzlich stand ein Mann vor ihm auf, er holte tief Luft, und Thweng erschrak so sehr, dass er nach seinem Schwert griff. Der Mann betastete sich und schien überrascht, dass er keine Verletzungen hatte. Thweng sah das verdreckte Wams und die beiden notdürftig angehefteten Streifen in Form des Andreaskreuzes auf seiner Brust. Ein Schotte ...

Der Hundejunge rappelte sich von seinem toten Pferd auf, er musste ihm noch einmal mit der Hand über das Fell streichen, erstaunt, dass er selbst dem Hagel von Pfeilen entkommen war.

Er hatte gedacht, für heute sei es genug, als er aufgehört hatte, fliehende Engländer zu verfolgen – aber dann war Jamie Douglas gekommen, verdreckt, grinsend und in Hochstimmung.

»Komm, steig auf, Aleysandir«, hatte er befohlen, und der Hundejunge, der schrecklich müde war und alles gründlich satthatte, sah die anderen Männer und die Reitpferde, die sie mitgebracht hatten.

Also hatte er sich wieder in den Sattel geschwungen und war den anderen gefolgt – man jage den König, erklärten sie ihm –, bis sein Pferd vor Schmerzen aufgewiehert und ihn abgeworfen hatte. Er wusste nicht, ob es getroffen worden oder einfach vor Erschöpfung zusammengebrochen war. Er nahm auch die Bogenschützen nur undeutlich wahr, er selbst war so entkräftet, dass er es einfach geschehen ließ, als er stürzte.

So lange, bis sein Verstand wieder einsetzte, weil er jemanden kommen hörte. Er wollte nicht einfach hier liegen, um sich von einem Verrückten mit einem Dolch ausweiden zu lassen, dem es vermutlich egal war, zu welcher Seite er gehörte …

Misstrauisch beäugte er Thweng. Er kannte zwar das Wappen des Mannes, konnte sich aber nicht an seinen Namen erinnern.

Plötzlich bemerkten beide Männer, wie in einem Haufen Toter in ihrer Nähe eine Bewegung entstand, eine Leiche rollte zur Seite, und darunter kroch eine Gestalt hervor und erhob sich mühsam auf die Knie. Der Mann hob das blutige

Gesicht, und mit Schrecken erkannte Thweng, dass er ihn kannte. Ein alter walisischer Bogenschütze …

Addaf starrte von einem zum anderen. Er erkannte Thweng am Wappen, und die andere, schlanke, dunkle Gestalt kam ihm auch merkwürdig bekannt vor. Das musste doch bestimmt der Schwarze Sir James Douglas sein …

»Tötet ihn!«, krächzte er Thweng an und zeigte auf den Hundejungen, der fluchend in seinem Stiefel suchte und sich dann erinnerte, dass er seinen Ersatzdolch Hob gegeben hatte. Unbewaffnet und zitternd stand er da, die Augen aufgerissen, und wartete.

»Es ist der Schwarze«, beharrte Addaf, und Thweng, der wusste, dass er es nicht war, winkte müde mit dem Schwert ab.

»Wir haben alle heute genug getötet«, erwiderte er und ließ sich auf ein Knie nieder, weil das Gewicht der Rüstung ihn plötzlich an seine sechzig Jahre erinnerte. Addaf, völlig verwirrt und noch immer wütend über sich selbst, weil er so unvorsichtig gewesen war, zu glauben, dass Y Crach tot sein müsse, spürte plötzlich wieder den scharfen, stechenden Schmerz von dessen Klinge in seinen Rippen und setzte sich in seiner Blutlache hin, wobei er sich bewusst war, dass er wahrscheinlich sterben würde und dass nichts mehr wichtig war, selbst Y Crachs Verrat nicht. Wir sind doch alle verraten, dachte er.

Sie verbrachten noch eine ganze Weile beieinander, umgeben von Toten und Sterbenden, von Schreien nach Gott und nach Müttern, während ein Wind aufkam und das Tageslicht eine andere Farbe annahm. Dann hörten sie den ersten Donner rollen und sahen auf.

»Nun ja«, sagte Thweng, »sieht so aus, als gehöre dieser Tag Euch, Schotte. Habt Ihr einen Namen?«

Der Hundejunge betrachtete den englischen Ritter, er wusste, dass er den Mann kannte, und versuchte verzweifelt, sich an seinen Namen zu erinnern.

»Aleysandir«, sagte er und blickte mitleidlos auf den röchelnden Bogenschützen, der jetzt in seinem Blut lag.

Addaf machte eine Handbewegung, als er seinen Irrtum erkannte, aber es war nur noch eine schwache Geste, und der Hundejunge sah, dass der Waliser schon nicht mehr ganz in dieser Welt weilte. Addaf lag da, starrte zum Himmel auf und dachte an seine Mutter. Dann kam der Moment, wo er in die Welt hinübertrat, aber niemand merkte es, nicht einmal er selbst.

Der Hundejunge blickte zu Thweng und richtete sich auf, hochmütig wie ein Earl.

»Ergebt Ihr Euch?«

Sir Marmaduke lachte kurz auf.

»Euch nicht«, erwiderte er, und der Hundejunge zuckte die Schultern und deutete auf etwas hinter Sir Marmaduke.

»Wäre das eher der richtige Rang für Euch?«

Bruce hatte sich langsam durch die unzähligen Toten und Sterbenden hindurchgearbeitet und ritt hinter seiner rachewütigen, siegestrunkenen Armee her, doch die Reiter in seinem engeren Gefolge waren so überwältigt von ihrem Sieg, dass sie kaum auf den Weg achteten.

»Wir haben gewonnen«, sagte Keith immer wieder.

Wir haben gewonnen, dachte auch Bruce wie betäubt. Gott hat mich geschaffen, weil er einen Plan mit mir hatte, und ich habe das Königreich geschaffen, mit diesen Toten als Steine und ihrem Blut als Mörtel. Bei allen Heiligen, was für ein Gemetzel …

Das Ausmaß war atemberaubend, und Bruce spürte die

Last, die auf ihm lag. Und es würde noch schlimmer werden, wenn der Preis für seinen Sieg erst allen klar war.

Vor sich sah er zwei Gestalten, die sich zu ihm umwandten. Zu seiner Überraschung kannte er beide – der eine war der Mann aus Lothian, den er zu seinem Hundemeister ernannt hatte, den sie den Hundejungen nannten. Der andere war Sir Marmaduke Thweng.

Er missachtete die Warnung, die Keith ihm zurief, stieg vom Pferd und trat auf den Ritter zu.

»Sir M«, sagte er leise.

»Sirrah«, erwiderte Thweng. Es folgte eine kurze Stille, dann schlossen sie sich in die Arme, ließen sich wieder los und traten einen Schritt zurück.

»Ich ergebe mich. Ihr habt einen großen Sieg errungen«, sagte Thweng mit einem traurigen Lächeln. »Ich sollte Euch jetzt wohl König und Euer Gnaden nennen, denn Ihr habt schwer darum gekämpft.«

König. Bruce nickte. Er hatte sich die Krone aufgesetzt und endlich auch ein Königreich dafür errungen. Doch selbst jetzt wusste er, dass die Angelegenheit damit noch nicht beendet war, am wenigsten für die Engländer.

Die mochten jetzt nach Süden schleichen, entsetzt und fassungslos, aber sie würden zurückkommen – falls man Edward nicht überreden konnte, auf seine Ansprüche zu verzichten …

Es donnerte, und er blickte zum Himmel, halb hoffend und halb befürchtend, irgendein göttliches Zeichen zu sehen. Es war auch da, aber auch jetzt war klar, dass Malachias wie immer seine verfluchte heilige Hand im Spiel hatte.

Der Himmel tat sich auf, und Gott und alle Seine Engel weinten, und ihre Tränen fielen in den Bach von Bannock und in die blinden Augen der Toten.

Isabel

Die Stadt summt wie ein aufgerührter Bienenschwarm. Bei Stirling hat es eine große Schlacht gegeben, und König Edward ist geflohen. Er war nach Berwick gezogen, nachdem er mit dem Schiff von Dunbar nach Bamburgh gekommen war, dann ist er in die Stadt zurückgeritten, um die Lords seines Gefolges zu treffen, die die Küstenstraße genommen hatten. Ich habe ihn gesehen, wie er mit nicht mehr als vier Reitern in den Burghof geritten kam, aber ich hätte nicht sagen können, welcher von ihnen er war, denn sie alle sahen müde und verängstigt aus und waren durchnässt wie Bisamratten, weil sie im Gewitter ankamen, damit niemand sie sah. Außer mir. Ich war in meinen Käfig gekrochen und spähte durch den Regen nach unten, und in diesem Moment fühlte ich mich bestimmt freier als der, der unter den dunklen Gestalten da unten der König war. Das war vor vierzehn Tagen …

Konstanze kam heute und erzählte, dass König Edward jetzt abreist, er flieht zurück nach London, ehe Berwick belagert wird. Sie hatte Angst und war blass, und nicht lange danach kam Malise lautlos wie eine Spinne angeschlichen und schrie sie an, sie solle sich packen, und die arme kleine Nonne verlor den Mut und floh weinend. Dann fiel er auf die Knie und hob das Gesicht zu mir auf, als sei ich der Himmel selbst, sein Mund sah aus wie ein nasses Loch in einem Sumpf. Jesus Christus, stöhnte er – vom Heiligen Geist empfangen, geboren von der Jungfrau Maria, gelitten unter Pontius Pilatus, gekreuzigt, begraben und auferstanden –, ich kenne Dich. Du hast den Himmel berührt und bist zur Hölle gefahren und hast ausgetrieben, was dich beleidigt hat. Was Du geliebt hast, o Herr, das hast du zerstört. Das verstehe ich.

Er hat noch mehr gesagt, woraus ich entnahm, dass Badenoch tot ist und Malise keinen Lehnsherrn und somit keinen Unterhalt mehr hat, weder von ihm noch von mir. Jetzt hat er Gottes Spürhunde auf mich angesetzt, die eine Hexe brauchen werden, die sie für diese Niederlage der Engländer verantwortlich machen und opfern können, so wie sie in früheren Zeiten anderen Göttern ihre Opfer brachten.

O Herr, ich schäme mich, und es tut mir leid, dass ich Dich erzürnt habe. Gib mir Gelegenheit zur Buße, denn bald genug wirst du mich kennen.

KAPITEL 16

BERWICK
OKTAVE DER HEIMSUCHUNG, JULI 1314

Dort drinnen ist er, der König von England. Jamie sagte es zweimal, damit Hal es auch wirklich hörte, aber er wusste nicht, ob es bei ihm angekommen war, denn Hal reagierte nicht. Er starrte lediglich durch Nebel und Nässe hindurch auf die unscharfen grauen Umrisse mit den wenigen hellen Punkten – mehr konnte man von der Burg von Berwick nicht erkennen.

»Wollen wir ihn denn festnehmen?«, fragte Yabbing Andra, worauf Pferdeschwanz geräuschvoll Regenwasser und Rotz aus seiner Nase blies, was als Antwort genügte.

»Das werden wir, verdammt noch mal, nicht tun«, erwiderte Milchgesicht entschieden und sah den Schwarzen Sir James Douglas fragend an. »Stimmt doch, Herr, oder?«

»Das ist richtig«, bestätigte Jamie Douglas und haute Milchgesicht auf die Schulter, dass die klitschnasse Tunika nur so spritzte. »Wir sind nicht hierhergekommen, um uns damit brüsten zu können, dass wir den Sohn von Longshanks festgenommen haben.«

Er wartete einen Moment, um seine Worte wirken zu lassen, dann fügte er spöttisch und geheimnisvoll flüsternd hinzu: »Wir sind hergekommen, Jungs … der Liebe wegen.«

Eigentlich sollten wir überhaupt nicht hier sein, sagte Kirkpatrick sich im Stillen, und schon gar nicht wegen einer so aussichtslosen Sache. Aber er behielt seine Meinung für sich, es gab ohnehin keine andere Möglichkeit, und außerdem stand er beim Lord von Herdmanston tief in der Schuld.

Er musterte den Mann, der weiterhin in die graue Nässe starrte. Wenn der Teufel jetzt hier erschiene, dachte Kirkpatrick, würde Hal Sientcler von Herdmanston ihm seine unsterbliche Seele verkaufen, wenn er dafür die Macht bekäme, Isabel MacDuff allein durch seinen Blick aus ihrem Käfig zu befreien und an seine Seite zu bringen.

Er bekreuzigte sich wegen dieses Gedankens und blieb abwartend mit den anderen im dürftigen Schutz des Wäldchens sitzen, während das Tageslicht abnahm und der Regen die Welt in Trübsinn hüllte.

Es hatte seit dem Abend der Schlacht nicht mehr aufgehört zu regnen, sinnierte Kirkpatrick, und damit war alles, was noch auf den Feldern an Getreide gestanden hatte, verfault, und auch die letzte Chance, etwas zu ernten, war dahin. Das Vieh irrte im Schlamm umher und holte sich die Huffäule … Der Winter würde eine Hungersnot bringen.

Kirkpatrick, als er dies laut aussprach, war überrascht, dass der Schwarze sich zu ihm umdrehte.

Er nickte: »Ja, es wird schlimm werden. Das Brot wird unbezahlbar werden. Und immer sind es die Armen, die am meisten darunter leiden.«

Hal hatte es inzwischen aufgegeben, durch Nässe und Nebel zu starren in der Hoffnung, sie zu sehen. Kirkpatrick nickte lächelnd. Seit er Hal neben dem toten Badenoch wieder auf die Füße gezogen hatte, wusste er, dass er der Grund gewesen war, weshalb der Lord von Lothian diesen Mann so entschlossen verfolgt hatte.

Er glaubte, Badenoch habe mich getötet, dachte Kirkpatrick. Aber ich war nicht tot, wenngleich ich auch niemals zugeben werde, dass ich einfach nur aufgegeben hatte und liegen geblieben war, um von Badenoch abgestochen zu werden wie eine kranke Kuh. Und jetzt bin ich schuld daran, dass Sir Hal Badenoch umgebracht hat, denselben Mann, den zu töten er mich einst gehindert hatte … Du lieber Himmel, hier waren Sünden und Wiedergutmachung derart ineinander verschlungen, dass sogar Gott Mühe hätte, das alles zu entwirren.

Es war der letzte Akt an diesem blutigen Tag gewesen, dessen glorreichen Ausgang sie immer noch nicht ganz fassen konnten. Ein solcher Sieg, eine derart grausame Niederlage der englischen Lords … Die Beobachter hatten alle Hände voll zu tun gehabt, die Namen zu notieren: der Earl von Gloucester, tot. Sir Giles d'Argentan, tot. Tiptoft, Vescy, Deyncourt, Beauchamp, Comyn – große Namen, und alle tot.

Fünfzig der berühmtesten Männer Englands waren jetzt nichts weiter als eine Kerbe in einem Stück Haselholz, eine Handbreit für einen Earl, eine Fingerbreite für einen Bannerherrn, die Breite eines Gerstenkorns für jeden normalen Ritter.

Hunderte solcher Haselstöcke gab es, aber nicht einmal einen Zahnstocher für die vielen Leichen, die dort nackt und bleich in der Nässe herumlagen. Zu Tausenden lagen sie da, Schotten und Engländer, Gascogner, Hennegauer, Waliser – aber weder wurden ihre Namen erwähnt, noch wurden sie gezählt, sodass man auf schottischer Seite stolz verkünden konnte, nur drei verloren zu haben: Sir William Airth, Sir William Vipond und, wie ein Gottesgericht, Sir Walter Ross, den dritten Sohn des Earls von Ross.

Andere hatten Glück gehabt und überlebt, um freigekauft zu werden. Die wichtigsten unter ihnen Robert d'Umfraville, der Earl von Angus, und Humphrey de Bohun, der Earl von Hereford, die bei Bothwell gefangen genommen worden waren, gerade als sie sich in Sicherheit wähnten.

Besonders die Bohuns hatten so schwer unter Bruce' Aufstieg gelitten, dass man sich fragen musste, was die Familie getan hatte, um Gott so zu erzürnen: Henry, der Neffe des Earls, von Bruce selbst wie ein Opfer getötet; der Earl selbst und Gilbert, sein Vetter, festgenommen als Geisel, um gegen alle gefangenen Frauen der Bruces ausgetauscht zu werden – seine Schwester, seine Frau und seine Tochter.

Und Isabel MacDuff.

Wir brauchen nur warm und trocken dazusitzen und abzuwarten, hatte Kirkpatrick gedacht, bis die kleinen Advokaten sich geeinigt haben. Bis zum Jahresende könnte Isabel wieder an Hals Seite sein, ohne jede Gefahr. Er hatte es gewagt, das zu bedenken zu geben, als er und Sir James und der König die Sache erörterten und Hal darauf gewartet hatte, zu erfahren, ob ihm jemand bei dieser gewagten Befreiung helfen würde.

Hal hatte geschwiegen, und der König hatte Kirkpatrick einen Blick zugeworfen, der die Vergoldung jeder Heiligenstatue hätte abblättern lassen, also hatte er mit einer Handbewegung nachgegeben.

»Sir Hal hat lange genug gewartet«, sagte der König schließlich kurz und knapp.

»Isabel hat lange genug gewartet«, hatte Hal gewagt, ihn zu korrigieren.

Kirkpatrick machte sich erst jetzt die Ungeheuerlichkeit bewusst: Sieben Jahre hatte sie in diesem Käfig an der Burgmauer darauf gewartet, dass man sie befreite. Ja, es war wirklich höchste Zeit.

Aber dann hatte Bruce es doch verboten. Offiziell zumindest. Niemand, und ganz besonders Sir James Douglas nicht, dürfe auch nur die Fußspitze auf eine Burgmauer von Berwick setzen. Man hatte einen Waffenstillstand ausgehandelt, seine eigene Schwester und seine Frau, die Königin, warteten darauf, freigelassen zu werden – es war eine äußerst heikle Angelegenheit, bei der man kein Risiko eingehen durfte.

Kirkpatrick hatte zugestimmt und Hal mit Blicken gewarnt, jetzt bloß nichts zu sagen. Er wusste, der Lord von Lothian würde trotzdem losziehen. Und er war sich sicher, dass Bruce das auch wusste.

Während Edward Bruce und Randolph jetzt also mit eiserner Faust über die aufgeweichten Straßen nach Wark und Carlisle zogen, schickte der König die Leichen von Gloucester und Clifford in die Heimat zurück – ebenso wie die durch Kochen gelösten Gebeine von Humphrey de Bohun. Er tat es mit aller gebotenen Sorgfalt und hatte über seine eiserne Faust jetzt das Lammfell gezogen. Und er schien es auch nicht zu bemerken, als sich Sir James Douglas, Kirkpatrick und Sir Hal von Herdmanston zusammen mit einem Trupp kampferprobter Männer auf eigene Faust in Richtung Berwick aufmachten.

Der Tag ging dahin, und der Regen ließ nicht nach, als schließlich ein galoppierender Reiter aus dem grauen Schleier auftauchte und im aufspritzenden Schlamm schlitternd zum Stehen kam.

»Er ist weg!«, rief der Hundejunge und wischte sich das nasse Gesicht ab, während Dampfwolken von seinem Pferd aufstiegen. »Hat sich in Richtung Bamburgh aufgemacht, dann nach York, mit großem Gefolge, falls man versuchen sollte, ihn festzunehmen.«

Bei dieser Möglichkeit hellte sich Jamies Miene auf, aber dann sah er Hals Gesicht, zuckte die Schultern und ließ den

Gedanken an diese mögliche Ruhmestat beschämt wieder fallen.

»Nun denn«, sagte er. »Soll also allein die Liebe siegen. Aber einen Edward von England gefangen zu nehmen, das könnte mich schon reizen …«

»Das hier ist weniger riskant«, brummte Kirkpatrick finster, aber der Hundejunge schüttelte das Wasser ab und grinste ihn an.

»Und würdest du für deine Frau nicht dasselbe riskieren?«, fragte er. »Aus Liebe?«

Kirkpatrick sah ihn zweifelnd an. Klar gab es eine Frau, die er bald heiraten würde, und das Vermögen und die Ländereien, die sie mitbrachte, waren ein großer Trost. Dafür würde er auch einiges riskieren. Aber aus Liebe? Auf so einen Gedanken sei er im Zusammenhang mit einer Heirat noch nie gekommen, gab er unumwunden zu.

Der Hundejunge, glücklich über seine kleine Familie – Meggy, Bet und Hob –, konnte nur darüber lachen, wie man solche Dinge bei Adligen handhabte. Doch was das Risiko anbetraf, so musste er Kirkpatrick recht geben: Er hatte gesehen, wie der Reiterzug des Königs Berwick verließ, in der Mitte König Edward, in sich zusammengesunken und schwelend vor Hass – also war es jetzt, wo er weg war, besser, an den Burgmauern hochzuklettern. Eine andere Art von Risiko, aber eine willkommene Herausforderung, was er auch sagte, um den anderen Mut zu machen.

»König Edward hat denselben Rat bekommen, den der Heilige Vater dem Bettler gab«, erwiderte Parcy Dodd, und alle sahen ihn erwartungsvoll an, denn eine Geschichte würde sie jetzt genauso aufwärmen wie ein Feuer, das sie hier nicht anzünden konnten.

»Ich wollte gerade danach fragen«, sagte Jamie Douglas

lakonisch, und Parcy grinste breit, während ihm der Regen von der Nase tropfte.

»Der Papst besucht eine Stadt«, fing er an, »und alle Bewohner kommen aus den Häusern, sie haben ihre besten Kleider an und stehen entlang der Straße in der Hoffnung, vom Heiligen Vater gesegnet zu werden. Ein stattlicher, angesehener Bürger hat für den großen Moment sogar seinen besten pelzbesetzten Mantel und seine Goldkette angelegt, denn er ist sicher, dass der Papst bei seinem Anblick stehen bleiben und ihn segnen wird.«

»Gute Idee«, warf Pferdeschwanz ein, »denn die Kirchenleute sind wie Elstern, wenn sie was Glänzendes sehen, bleiben sie stehen.«

»Tja«, sagte Parcy und nickte, »aber direkt neben ihm steht ein Bettler, ein Mann, der nichts als schmutzige Lumpen am Leib hat und stinkt wie eine Latrine an einem heißen Sommertag. Der stattliche Bürger möchte nun Seine Heiligkeit beeindrucken, indem er dem Bettler genau im richtigen Moment ein Geldstück in die Hand drückt. Und richtig, der Heilige Vater kommt vorbei, der Bürger zieht mit großer Geste eine Münze hervor, der Bettler nimmt sie, beißt mit seinem letzten schwarzen Zahn darauf und lässt sie in seinen Lumpen verschwinden. Der Papst beugt sich aus seiner Sänfte heraus und spricht leise ein paar Worte zu dem Bettler. Der reiche Bürger ist sprachlos. Der Heilige beachtet ihn überhaupt nicht, er spricht nur mit dem Bettler und zieht weiter.«

»Na ja«, sagte Yabbing Andra, »der Heilige Vater ist eben aufseiten der Armen und Kranken.«

»Das dachte der reiche Bürger auch«, erklärte Parcy vergnügt, »also drückt er dem Bettler jetzt seinen ganzen Geldbeutel in die Hand und tauscht die Kleider mit ihm. Dann rennt er die Straße hinunter – bestimmt haben die Leute ihm Platz gemacht, so wie er jetzt stinkt – und wirft sich vor die Prozession mit dem Papst in der Sänfte. Und richtig, die Sänfte hält, eine beringte Hand winkt ihn heran, und der Bürger geht hin, um endlich den Segen zu empfangen, für den er so teuer bezahlt hat.«

Parcy grinste und machte eine kleine Pause.

»Da hört er, wie der Papst ihm ins Ohr zischt: ›Ich habe dir doch schon mal gesagt, du sollst mir aus dem Weg gehen, du dreckiger kleiner Mistkerl.‹«

Alle lachten lauthals, auch wenn einigen nicht wohl war bei dem Gedanken, so von dem Heiligen Vater zu sprechen.

»Es muss noch etwas dunkler werden«, sagte Hal unvermittelt, worauf das Gelächter mit einem Schlag verstummte.

Und während sie wieder die im Regen nebelverhangene Burg von Berwick anstarrten, unschlüssig, was jetzt zu tun sei, dachte der Hundejunge darüber nach, was er in Erfahrung gebracht hatte: Berwick war jetzt Sir Aymer de Valence unterstellt, dem Earl von Pembroke. Dem Ritter mit den Streifen und den kleinen roten Vögeln im Wappen, erinnerte er sich, den ich fast von seinem teuren Pferd geworfen hätte.

Er ist wie Rotz am Finger, dachte de Valence. Man denkt, man ist ihn los, und dann, der Himmel allein weiß, wie, klebt er einem doch wieder an der anderen Hand. Er blickte den Dominikaner an und wünschte ihn genauso weit weg wie den Abt und den König, die sich beide nach Süden aufgemacht hatten, wo sie in Sicherheit waren.

Und ich darf mich hier um die traurige Hinterlassenschaft kümmern, ging es ihm durch den Kopf.

Und die war traurig. Was von der Armee noch übrig war, schleppte sich auf einem Dutzend verschiedener Routen nach Süden dahin und hatte viel zu viel Angst vor einer möglichen Verfolgung, als dass sie Zeit zum Plündern und Brandschatzen gehabt hätten. Die Lords, die noch übrig waren, konnten keine Ordnung mehr halten. Diejenigen, die noch ein Pferd besaßen, waren längst verschwunden, und wer kein Pferd hatte, war entweder gefangen genommen oder tot.

Die Pergamentrollen lagen wie weiße Trauerkerzen vor ihm auf dem Tisch, endlose Listen mit Toten, die die Geistlichen sorgfältig zusammengestellt hatten. Doch auch jetzt waren sie noch nicht komplett. Noch immer kamen neue Schicksale hinzu, Gutsherren, Lords, Barone, die bei Stirling gekämpft hatten, und von vielen war noch immer ungewiss, was mit ihnen geschehen war.

Wenigstens über einen wusste man Bescheid, und de Valence bekam Bauchschmerzen, wenn er daran dachte, was er Joan, seiner Schwester, würde berichten müssen. Dein Sohn, der junge Lord von Badenoch, kommt nicht zurück – getötet von den gottverdammten schottischen Rebellen, die auch schon deinen Mann umgebracht haben.

In dieser Situation war Jean de Beaune, diese scheinheilige Vogelscheuche, die sich jetzt fromm Bruder Jakobus nannte, ein weiteres Ärgernis, auf das de Valence liebend gern verzichtet hätte. Die Angelegenheit, die der Dominikaner angesprochen hatte, konnte allerdings nicht so leicht abgetan werden. Trotzdem, de Valence schwor sich, diesen heuchlerischen kleinen Prälaten nach Carcassonne zurückzujagen, und wenn er selbst die Peitsche dazu schwingen müsste.

»Lady Isabel«, beharrte de Valence, »untersteht dem königlichen Landfrieden.«

Und jetzt mehr denn je, dachte er im Stillen, denn jetzt könnte sie zu einem nützlichen Spielstein in den Lösegeld-Verhandlungen werden.

»Sie ist angeklagt worden«, knurrte Jakobus. »Ihr dürft nicht dulden, dass eine Hexe am Leben bleibt.«

»Ihr Ankläger ist eine noch viel schlimmere Brut des Teufels als die Lady, um die es geht«, fauchte de Valence ihn an. »Malise Bellejambe ist, solange ich mich erinnern kann, ein Geschöpf der Comyns, möge Gott meinen Verwandten dafür verzeihen. Ich kenne ihn sehr gut, denn er war erst kürzlich bei mir und versuchte, sich bei mir einzuschmeicheln. Ich habe ihn weggejagt, genauso wie ich die Schlange im Paradiesgarten verjagt hätte.«

»Gelobt sei Gott«, säuselte Bruder Jakobus bei diesen Worten und bekreuzigte sich fromm.

»In Ewigkeit«, antwortete de Valence automatisch. »Jetzt sucht Malise also Eure Unterstützung. Gibt es nicht auch eine Belohnung, wenn man eine Hexe entlarvt? Ich meine, außer der Belohnung im anderen Leben?«

»Ihr behindert die Inquisition«, beharrte der Dominikaner.

»Ich gehorche meinem König«, erwiderte de Valence barsch, der die ganze Sache gründlich satthatte. Im Hintergrund warteten seine Schreiber, die Arme voller Pergamentrollen mit weiteren Verlusten des Königs.

»Sie ist eine Ketzerin.«

»Habt Ihr Beweise dafür? Ich meine, außer dem Wort dieses elenden Wurms Bellejambe?«

»Ich … das heißt …«

»Also nein«, unterbrach ihn de Valence und machte eine energische Handbewegung, die die Kerzen flackern ließ.

»Lasst mich allein, Bruder.«

»Ich werde der Sache weiter nachgehen.«

De Valence blickte den Dominikaner streng an.

»Ihr werdet nichts gegen den königlichen Landfrieden unternehmen. Drei Meilen, drei Achtelmeilen und drei Jochbreiten, neun Fuß, neun Handbreit und drei Gerstenkörner – innerhalb dieser Grenzen, Bruder, darf Lady Isabel nicht angerührt werden, bis der König persönlich über ihr Schicksal entscheidet.«

»Oder Gott«, beharrte Bruder Jakobus. »Ihr werdet feststellen, dass die braven Bewohner dieser Stadt der Meinung sind, dass Gottes Wille Vorrang hat bei der Frage, ob eine Hexe den königlichen Landfrieden in Anspruch nehmen darf.«

Als er de Valences Gesicht sah, wich Jakobus unwillkürlich etwas zurück.

»Wenn die braven Bewohner dieser Stadt diese Ansicht äußern sollten«, sagte de Valence mit leiser, aber messerscharfer Stimme, »dann werde ich wissen, wo ich den Urheber zu suchen habe. Denn in einer Stadt, in der ich befehle, zum Aufruhr anzustiften, ist Hochverrat, und hier habe ich die gerichtliche Gewalt.«

Er beugte sich vor, und das Kerzenlicht warf groteske Schatten auf sein Gesicht.

»Verletzt den Landfrieden, Bruder, und Ihr werdet merken, auch wenn es in England keine Folter mehr gibt, dass Eure Inquisition nichts ist gegen die Strafe, die ich verhänge gegen die, die sich gegen die Gesetze des Königs auflehnen.«

Einen Moment lang starrten sie sich an, dann machte Bruder Jakobus auf dem Absatz kehrt und eilte davon, dass die Kerzen flackerten. De Valence wartete, bis er bei der Tür war, ehe er ihn nochmals rief.

»Jakobus.«

Der Dominikaner fuhr herum, sein Gesicht war finster.

»Ihr vergesst Euren Stand, will mir scheinen.«

Der Prälat wurde zornrot. Schließlich verbeugte er sich.

»Mylord.«

»Ihr seid entlassen.«

Das Gesicht des Dominikaners bot einen herrlichen Anblick, und die Schadenfreude tröstete de Valence ein wenig, ehe er sich wieder seinen Schreibern zuwandte. Trotzdem wusste er, dass Isabel MacDuff in Gefahr war. Sollte sie in dem königlichen Spiel, das jetzt gespielt würde, keine wichtige Figur mehr sein, dann würde sie geopfert werden, das stand fest.

Die Schreiber traten näher mit ihren Rollen. Neue Rollen mit neuen Totenlisten. De Valence trat an den schmalen Fensterschlitz und stieß den Laden auf. Er brauchte dringend frische Luft.

Einen Augenblick stand er so am Fenster und horchte auf die fernen Geräusche innerhalb der Burg, die sich langsam zur Nachtruhe vorbereitete. Er sah die roten Flecken der Kohlebecken und die Gestalten um sie herum, nichts weiter als Schatten. Eine Wache trat in den Windschatten einer Zinne und überließ es dem Hund, den Wehrgang entlangzutraben. De Valence ärgerte sich über diese Nachlässigkeit. Nur weil der König jetzt die Burg verlassen hatte.

Doch dann hörte er, wie der Hund bellte, und war beruhigt: Ein guter Wachhund konnte eine schlechte Wache in der Tat leicht ersetzen.

In der Dunkelheit vor der Burg unterdrückte Jamie Douglas einen Fluch, als er das Gebell hörte. Man brauchte niemanden an das letzte Mal zu erinnern, als die Schotten versucht hatten, die Mauern der Burg von Berwick von außen zu erklimmen. Ein bellender Hund hatte sie damals verraten …

»Ist vielleicht derselbe Köter«, brummte Parcy Dodd.

»Ja, der weiß, wie Schotten riechen«, stimmte der Hundejunge grinsend zu.

»Das macht nicht gerade Mut«, murmelte Milchgesicht.

»Keine Angst«, erwiderte der Hundejunge. »Du brauchst nur dafür zu sorgen, dass du lautlos wie eine Spinne da hochkletterst und Sim Craws Wunderwerk über die Brüstung hängst, ohne dass man dich entdeckt. Überlass mir den Hund.«

Hal hörte, dass man Sim Craw erwähnte, und dann sah er, wie Milchgesicht leicht geduckt mit der aufgerollten Strickleiter in der Dunkelheit verschwand. Die Leiter war Sims Erbe genau wie die Windenarmbrust, dachte er, wobei ihn der Schmerz über seinen Verlust wieder ergriff. Er stellte sich vor, wie Sim zwischen Algen und Seegras trieb, das Gesicht von seinem weißen Haar verdeckt …

Ein Schlag auf die Schulter riss ihn aus seinen traurigen Gedanken, und er blickte in das Gesicht von Jamie Douglas, das eine einzige unausgesprochene Frage war. Hal schüttelte sie ab, und sie folgten Kirkpatrick, dem Hundejungen und Milchgesicht. Irgendwo standen Pferdeschwanz und Parcy Dodd mit den Reitpferden.

»Das letzte Mal haben wir uns als Kühe getarnt«, murmelte Jamie, »dadurch sind wir ziemlich an die Mauer herangekommen.«

Jetzt nicht, dachte Hal. Eine Kuh in Berwick, die noch nicht geschlachtet und gegessen war, würde eher Aufsehen erregen. Hingegen waren Leute, die halb verhungert hier draußen herumstolperten und sich aus Vorsicht und wegen des *couvre-feu* nicht näher heranwagten, jetzt ein ganz alltäglicher Anblick.

Trotzdem brauchten sie in der Dunkelheit und Nässe ziemlich lange, bis sie den Wall erreicht hatten, in den nassen Graben geschlittert und auf der anderen Seite durchgefroren und zitternd wieder herausgeklettert waren. Sie hatten keine Schwerter, nur lange Dolche. Sie trugen auch keine Panzer, sondern nur ihre gesteppten Jacken, obwohl bei Jamies Wams zusätzlich zum Stroh noch Metallplättchen ins Futter genäht waren.

Die Einzigen, die etwas zu tragen hatten, waren Milchgesicht mit der Strickleiter und der Hundejunge mit dem langen Speer – obwohl Kirkpatrick misstrauisch auf Hals Armbrust schielte. Es war die, die Sim gehört hatte, und Kirkpatrick vermutete, dass er sie mehr zur Erinnerung mitgenommen hatte, als um sie einzusetzen. Unnötig und riskant, überlegte er im Stillen, während er mühsam den Burgwall erklomm. Über ihnen erhob sich geisterhaft die Weiße Mauer in der Dunkelheit.

Milchgesicht, der schnaufte wie ein brünstiger Stier, kroch den Wall fast auf allen vieren hinauf, dicht hinter ihm der Hundejunge und alle anderen, die aufpassen mussten, um dem zwanzig Fuß langen Speer nicht zu nahe zu kommen, den er so niedrig wie möglich hielt.

Am Fuß der Mauer warf Milchgesicht seine Last so leise wie möglich ab, dann lehnte er sich gegen die Steinquader, sein Gesicht glänzte vor Schweiß. Er legte die Hände ineinander, und der Hundejunge, der den Speer in die Halterung am oberen Ende der Leiter gesteckt hatte, setzte den Fuß darauf wie auf einen Steigbügel und kletterte dann auf Milchgesichts Schultern. Der Mann grunzte und ging ein wenig in die Knie, sodass die anderen den Atem anhielten, doch dann richtete er sich auf und grinste.

Auf Milchgesichts Schultern hob der Hundejunge den Speer so hoch er konnte. Er musste aufpassen, um nicht das Gleichgewicht zu verlieren, doch schließlich glitten die mit

Stoff überzogenen Haken lautlos über die Mauer. Vorsichtig zog er den Speer heraus und reichte ihn hinunter zu Hal, der ihn ins Gras legte. Der Hundejunge fuhr sich mit dem Handrücken über den Mund, dann zog er sachte an der Leine und hörte es klicken, als sie sich löste, schließlich entrollte sich die Leiter an der Mauer so leise wie eine Katze, die eine Maus verfolgt.

Noch ehe sie ganz unten war, hatte der Hundejunge schon versuchsweise daran gezogen, im nächsten Moment kletterte er hinauf.

Er war fast oben, als er ein Knurren hörte und innehielt. Jetzt kam die schwerste Aufgabe.

Er griff in den Beutel an seinem Gürtel, brach von dem Inhalt ein Stück ab und warf es über die Mauer. Das Knurren verstummte. Der Hundejunge kletterte weiter, bis sein Kopf über der Brüstung erschien und Mann und Hund sich anstarrten. Man hörte ein Knurren.

Der Hundejunge warf ihm ein weiteres Stück hin und redete dem Hund leise zu. Der Hund schnappte danach, er winselte unruhig und wedelte mit dem Schwanz. Der Hundejunge kletterte noch etwas höher und streckte die Hand aus, sodass das Tier näher kommen musste, um den begehrten Bissen zu bekommen.

»Ruhig, ganz ruhig«, sagte der Hundejunge, und der Hund winselte leise. Er ließ ihn über die Mauer steigen, worauf er einen weiteren Leckerbissen bekam. Der Hundejunge saß im Schatten der Zinne und gab dem Hund den Rest, er kraulte ihm die Ohren, und der Hund wedelte mit dem Schwanz.

Du bist ein guter Hund und hast das hier nicht verdient, dachte der Hundejunge, als er vorsichtig sein Messer zog. Aber mir bleibt keine andere Wahl.

Das Tier gab ein kurzes, ersticktes Geräusch von sich, mehr

nicht, als er ihm die Kehle durchschnitt, und noch ehe es sein Leben ausgehaucht hatte, hatte der Hundejunge es schon am Nackenfell gepackt und über die Mauer geworfen.

Unten erschraken sie, als der Kadaver aufschlug, und Jamie musste Milchgesicht den Mund zuhalten, weil der vom Blut bespritzt worden war und anfing zu fluchen.

»Also los«, brummte Jamie, »das ist ja wohl das Signal.«

»Nicht für Euch«, erwiderte Hal. »Euch ist es verboten, den Fuß auf die Mauer zu setzen.«

»Ach, Unsinn«, sagte Jamie und ließ Milchgesicht so plötzlich los, dass der Mann taumelte. »Ich bin doch nicht zu dieser Tanzveranstaltung gekommen, um die hübschen Mädchen aus der Ferne zu bewundern.«

Hal blickte von ihm zu Kirkpatrick, aber der war auch keine Hilfe, sondern zuckte nur ratlos die Schultern.

Sie machten sich an den Aufstieg.

Als Erster Hal, der keuchend und schwitzend oben ankam. Er erblickte das unglückliche Gesicht des Hundejungen, der seine blutigen Hände an seiner Tunika abwischte.

Hal wusste, was im Innern des Hundejungen vor sich gehen musste. Er klopfte ihm tröstend auf die nasse Schulter. Dann blickte er den leeren Wehrgang entlang. Auf der linken Seite glühte in der Ferne ein Kohlebecken. Auf der anderen Seite erhob sich ein massiver Turm, einer von neun Türmen, über die die Festung Berwick verfügte, aber genau der, den sie suchten: der Schweineturm. Unten im Burghof sorgten Fackeln und Feuer für tanzende Schatten, und Hal erkannte die Schmiede, das Brauhaus und die Bäckerei. Das Dunkle mussten die Ställe sein, wo kein Feuer erlaubt war. Niemand rührte sich.

Jamie Douglas schlüpfte grinsend an seine Seite und wischte sich über das nasse Gesicht.

»Bei Gott«, zischte er, »ich hätte mehr Leute mitbringen sollen. Wir könnten die Burg so leicht einnehmen.«

»Deswegen sind wir aber nicht gekommen«, sagte Hal.

»Rein und raus«, kam jetzt Kirkpatricks atemlose Stimme, »nicht lange fackeln. So macht man das mit den Frauen.«

Er grinste Jamie Douglas anzüglich an.

»Jetzt haltet doch mal alle die Klappe.« Der Blick des Hundejungen ließ sie verstummen.

Hal wandte sich an Jamie. »Ihr wartet hier«, sagte er. »Jemand muss unseren Rückweg sichern«, fügte er an, um den Schwarzen zu besänftigen. Tatsache war, dass er jetzt beim besten Willen keinen ruhmversessenen Draufgänger gebrauchen konnte.

Jamie, der es nicht gewohnt war, von Leuten wie Hal Befehle entgegenzunehmen, wollte protestieren, aber der Hundejunge kam ihm zuvor.

»Ich werde ebenfalls hierbleiben«, erklärte er.

Jamie musste sich eingestehen, dass dies nicht seine Unternehmung war, also nickte er. Kirkpatrick grinste zufrieden und warf Hal einen kurzen Blick zu, dann schlichen sie zu dritt, dicht an die Brüstung gedrückt, auf den Schweineturm zu.

Sie trafen auf eine Tür. Kirkpatrick versuchte, sie leise zu öffnen, aber sie war, wie nicht anders zu erwarten, von innen verriegelt. Er drehte sich ratlos zu Hal um, der nach oben blickte, sodass der Regen auf sein Gesicht trommelte. Er sah nach dem Käfig, der wie ein Auswuchs an der Außenseite des Turmes klebte. Dort war sie, nicht mehr als ein paar Schritte entfernt, und nur durch eine Mauer getrennt …

Kirkpatrick sah es auch, er wischte sich den Regen aus den Augen.

»Ein gewandter junger Mann«, flüsterte er, »könnte im Nu dort oben sein.«

Milchgesicht brauchte einen Moment, aber als er merkte, dass Kirkpatrick ihn ansah, zuckte er fragend die Schultern.

Kirkpatrick wies mit der Hand darauf: »Siehst du das kleine schräge Halbdach?«, fragte er. »Das hat Holzschindeln, die sich leicht abnehmen lassen. Und die Käfigstangen sind auch aus Holz. Die könnte man zerbrechen.«

Milchgesicht betrachtete das Halbdach. Eigentlich war es nicht viel mehr als ein Vorsprung, von dem das Regenwasser in den Burghof lief, dazu die Käfigstangen, etwa so dick wie ein Handgelenk. Er blickte Hal an und sah sein ratloses Gesicht, das im Regen wie von Tränen überströmt aussah. Er verlangt nicht von mir, dass ich es tue, dachte Milchgesicht. Aber er will, dass seine Liebste endlich befreit wird.

Milchgesicht zuckte die Schultern. Es war nicht das erste Mal, dass er sein Leben für andere riskierte. Warum dann nicht für Hal von Herdmanston! Also trat er an die nasse Steinmauer des Turmes und suchte nach Vorsprüngen. Er steckte den Dolch in seinen Gürtel und ignorierte Kirkpatricks Rat, ihn zwischen die Zähne zu nehmen. So was macht doch nur ein Idiot, dachte er, denn so sieht man doch gleich wie ein Mörder aus, außerdem zerschneidet man sich Zunge und Lippen.

Zwischen dem verwitterten Mörtel der Steine tastete er nach Ritzen, Nischen und Simsen. Verdammt, das würde nicht einfach werden.

Hal sah, wie er sich nach außen schwang. Er hielt den Atem an, als er bemerkte, dass Milchgesicht seine Schuhe ausgezogen hatte, die jetzt um seinen Hals hingen. Das war klug, denn glatte Ledersohlen waren hier eher ein Hindernis, und Milchgesichts Schuhe waren ohnehin vor allem ein Statussymbol.

Wie zum Hohn fing es jetzt erst richtig an zu regnen, ein

dichter, rauschender Vorhang, der einem bis auf wenige Fuß jegliche Sicht nahm und in wahren Sturzbächen am Turm herabströmte. Süßmilch, dessen schmerzende Füße und Armmuskeln vor Anstrengung schrien, griff nach oben und bekam die tragenden Balken unter dem Käfig zu fassen.

Einen Moment schwang er an einer Hand frei über dem Abgrund, und alle hielten den Atem an. Dann streckte er die andere Hand aus und bekam das Holz zu fassen. Langsam und mühsam zog er sich hoch und hing schließlich an der Außenseite des Käfigs.

»Bei Gott«, meinte Kirkpatrick bewundernd, »der klettert wirklich wie ein Berberaffe.«

»Und wird runterfallen wie ein Stein«, murmelte Hal.

In diesem Moment hörten sie, wie jemand den Riegel der Tür beiseiteschob. Blitzschnell huschte Kirkpatrick hinter die sich öffnende Tür, doch Hal blieb wie erstarrt im Schatten des Wehrgangs hocken.

Jetzt schob sich ein Mann durch die offene Tür, über dem Kopf einen Umhang, um sich vor dem strömenden Regen zu schützen. Er nestelte an seiner Hose.

»Pass auf, dass niemand reinkommt«, rief eine Stimme hinter ihm. Der Mann, der jetzt vorgebeugt zwischen den Zinnen stand, fluchte nur leise.

»In so einer Nacht schickt man keinen Hund vor die Tür«, brummte er und grunzte erleichtert auf, als sich sein Wasser mit dem Regen vermischte.

Er stand da und genoss das Gefühl, seine Blase zu entleeren. Es dauerte, und er wünschte, es ginge schneller. Er hätte in die Zelle der Hexe gehen und ihren Topf benutzen können, doch vor ihrer Tür schlief jemand. Und außerdem galt sie ja jetzt als Hexe.

Bei dem Gedanken erschauerte er. Eine gut aussehende

Frau, trotz ihres Alters ... Er wandte sich zur Seite und starrte in das Gesicht eines völlig durchnässten Mannes, der wie ein Hase hier im Wehrgang hockte, wo er absolut nichts zu suchen hatte. Der Mann grinste unglücklich, das graue Haar klebte ihm in nassen Strähnen am Kopf.

»Wer zum Teu...«

Dann war sein Lebensfaden abgeschnitten, mitten im Satz, als Kirkpatrick hinter der Tür hervortrat und zustieß.

»Aufgepasst«, murmelte er, als der Mann mit wirbelnden Armen und Beinen wie ein Moriskentänzer von der Burgmauer fiel. Unten hörte man ihn aufschlagen.

Hal war bereits an beiden vorbeigerannt, in den finsteren Turm hinein. Eine Wendeltreppe, die nach oben und nach unten führte. Hal raste nach oben, wo er ein Licht sah.

»Beeil dich und mach die Tür zu, bevor die Kerze ausgeht.«

Die Stimme hallte von den Wänden wider. Hal schlich weiter. Der Mann saß an einem Tischchen, wo er mit irgendeiner Arbeit beschäftigt war. Er sah im selben Moment auf, als Hals Kopf auf dem Absatz erschien.

Sie stürzten beide gleichzeitig aufeinander zu. Aber Hal rutschte auf seinen nassen Sohlen aus, sodass er auf der letzten Treppenstufe hinfiel. Ich hätte mir auch die Schuhe um den Hals hängen sollen wie Milchgesicht, dachte er verzweifelt, als er sich ein paar Stufen weiter nach unten fallen ließ, um dem Mann auszuweichen, der sein Schwert gezogen hatte.

Funken stoben, als der Mann zuschlug und nicht traf. Hal sah, wie er sich hastig umdrehte, wo eine Eisenplatte an einem Haken hing und nur darauf wartete, dass jemand dagegen schlug, um Alarm auszulösen.

Der Mann ließ das Schwert noch einmal niedersausen, dann sprang er zurück, um gegen die Platte zu schlagen.

Doch Hal hinter ihm stieß wild mit seinem Dolch zu. Er traf ihn an der Ferse, und der Mann schrie auf, taumelte und prallte gegen den Tisch.

Hal stürzte sich auf ihn, doch der andere verfügte über die größeren Kräfte. Er schleuderte Hal von sich, der auf die Steine schlug und für einen Moment Sterne sah. Benommen rollte er fort, sein Mund blutete. Die Wache wollte sich gerade wieder der Eisenplatte am Haken zuwenden, da schoss eine dunkle Gestalt an ihm vorbei, und der Mann schrie auf, als Kirkpatrick ihm den Arm um den Hals legte und nach hinten bog. Der Dolch blitzte im Kerzenschein auf, dann war sein Glanz in den Eingeweiden des Mannes verschwunden.

Kirkpatrick hielt den zuckenden Mann fest, bis er sein Leben ausgehaucht hatte. Überall war Blut, weil er sich bis zum Schluss gewehrt hatte.

Hal kauerte auf allen vieren am Boden und spuckte Blut aus, und Kirkpatrick wischte sich erst die blutige Hand an der Tunika des Mannes ab, dann den Dolch, aber sein ganzer Ärmel war von Blut getränkt.

»Niemals aufgeben«, knurrte er, und Hal, dessen Benommenheit langsam nachließ, stand mühsam auf und ging die Treppe weiter hinauf, hinter ihm Kirkpatrick.

Die Gestalt war ganz in Schwarz gehüllt, sie saß im Dunkeln vor der Zellentür. Jetzt sprang sie auf.

Hal sah, dass es sich um eine Nonne handelte. Mit einem Satz war er bei der Frau, die gerade einen Schrei ausstoßen wollte. Hal hielt ihr Mund und Nase zu, so lange, bis sie ohnmächtig zu Boden sank.

»Schwester Alise? Was ist denn da draußen los?«

Diese Stimme, dachte Hal. Sie ist es.

Er schob den Riegel der Tür auf und öffnete sie.

Sie sah die dunkle Gestalt, und ihr Herz schlug ihr bis

zum Hals. Es war so dunkel, dass sie nur Schemen erkennen konnte – und dennoch wusste sie sofort, wer es war. Sie war nicht darauf vorbereitet, in ihrer Vorstellung hatte sie sich diesen Moment immer ganz anders ausgemalt. In ihren Träumen trug sie ihr Gebände und ihr Gewand mit den eingenähten Ärmeln, ihr Gesicht war makellos, ihr Haar leuchtete wie Farnlaub im Herbst. So saß sie in ihrer kleinen Zelle, die Hände im Schoß, ruhig und schön.

Doch jetzt war sie von ihrem Lager aufgeschreckt, Stroh hing ihr in ihrem unordentlichen grauen Haar, und sie war kaum bekleidet …

»Lämmchen.«

Bei diesem alten Kosewort lösten sich alle Bedenken auf wie Nebel in der Sonne, er machte einen Schritt auf sie zu und stand jetzt so, dass das Mondlicht auf sein Gesicht fiel. Es war runzelig, der Bart war grau. Mondlicht verlieh keinem Gesicht eine schmeichelhafte Farbe, aber es waren noch immer dieselben Augen, die sie jetzt anstrahlten.

»Habe ich mich so verändert?«, fragte er mit zitternder Stimme. Es klang unsicher, und plötzlich schmolz alles in ihr dahin, weil sie wusste, dass es ihm genauso ging wie ihr.

»Ich würde die Liebe meines Lebens überall erkennen«, brachte sie mühsam hervor, und dann hielten sie sich fest, als wollten sie sich niemals mehr loslassen. Seine Lippen waren salzig und schmeckten nach Eisen. Es war Blut, wie sie ahnte.

»*Estat ai en greu cossirier, per un cavallier q'ai agut*«, murmelte er undeutlich in ihr Haar, und sie lächelte. »Ich kam in tiefes Leid, durch einen Ritter, der um mich warb …« Die Worte in der Sprache des Languedoc waren aus dem berühmten Liebesgedicht der Gräfin Dia, das Hal und Isabel früher abwechselnd zu rezitieren pflegten, als sie selbst und die Welt noch jünger waren und jeder Moment so kostbar wie der jetzige.

»*Eu l'autrei mon cor e m'amor, mon sen, mos huoills e ma vida*«, erwiderte sie und sah unter Tränen lächelnd zu ihm auf. »Ihm schenke ich mein Herz, meine Liebe, meinen Geist, meine Augen und mein Leben.«

»Himmel, wollte ihr noch lange herumknutschen?«

Isabel fuhr herum, erschrocken über die Stimme, die aus dem Käfig zu kommen schien.

»Milchgesicht«, fluchte Hal und rief dem Mann leise und mit heiserer Stimme zu: »Zerbrich die Dachschindeln, Mann, und schrei hier nicht so rum.«

Fluchend hielt Milchgesicht sich mit einer Hand fest, mit der anderen bearbeitete er die festen Holzschindeln, bis er eine los hatte, die er zwischen den Käfigstäben hindurchschob, damit sie nicht mit lautem Klappern in den Burghof fiel und alle weckte. Dann hielt er inne, reckte den Hals, um besser sehen zu können, dann blicke er wieder nach drinnen, wo Hal und Isabel sich immer noch umfangen hielten.

»Jamie und der Hundejunge sind entdeckt worden.«

Er kam im Regen den Wehrgang entlang, schnalzte mit der Zunge, um den Hund zu locken, und fluchte zwischendurch, weil er die Wärme seines provisorischen Unterstands hatte verlassen müssen. Der Hundejunge wusste, es war der Mann, dessen Hund er getötet hatte und der sich jetzt kopfschüttelnd fragte, wo sein Aufpasser stecken mochte.

Auf den Fußspitzen balancierend, hockte Jamie da, noch drei Schritte, dann würde er sie entdeckt haben.

Er sprang auf, hoffte, die Sache mit einem Überraschungsangriff schnell zu beenden. Aber der Wächter war ein gut ausgebildeter Kämpfer, sein Speer war schon in Abwehrposition, noch ehe er recht begriffen hatte, wer oder was da auf ihn zukam.

Jamie, der nur mit seinem langen Dolch bewaffnet war, blieb so abrupt stehen, dass er das Gleichgewicht verlor und taumelte, doch sofort hatte er sich wieder gefangen, und die beiden starrten sich einen Moment an. Dem Wächter tropfte das Regenwasser vom Rand des Eisenhuts, sein Wams war schwarz vor Nässe, und auch vom Speer tropfte das Wasser.

Jetzt kam der Hundejunge dazu, und der Mann schien aus seiner Schockstarre zu erwachen, er machte den Mund auf und fing an zu brüllen.

»Überfall! Überfall!«

»Bei allen Heiligen, verdammt …«, zischte Jamie und schleuderte seinen Dolch. Der Griff traf den Mann ins Gesicht und ließ ihn verstummen, worauf sich der Hundejunge mit einem wütenden Grunzen auf ihn warf und ihn auf dem nassen Wehrgang niederdrückte. Der Mann ließ seinen Speer fallen, der über den Rand rollte und laut klappernd auf den gepflasterten Burghof schlug.

Der Wächter kämpfte, er spuckte und fluchte, aber jetzt saß Jamie ebenfalls auf ihm und hielt seine Arme und Beine fest, damit der Hundejunge seinen Dolch ziehen konnte, den er dem sich windenden Mann ins Ohr stieß.

Keuchend und in Regenwasser und Blut ausrutschend, rangen die drei noch eine Weile, bis endlich der Wächter nur noch krampfhaft mit den Beinen zuckte und schließlich still wurde. Jamie wischte sich den Regen aus den Augen und grinste. Auf Händen und Knien hockend, wollte er gerade bemerken, dass Fortuna ihnen mal wieder hold gewesen sei, als das launenhafte Weib ihnen einen Strich durch die Rechnung machte – denn in diesem Moment wurde mit lautem Scheppern Alarm geschlagen.

Der Hundejunge blickte zum Käfig hinüber, wo Milchgesicht immer noch wie eine Klette hing, dann nach unten, wo Männer aus den erleuchteten Türen strömten und über die Steintreppen nach oben getrampelt kamen, andere rannten über die Wälle in Richtung des Schweineturms, wo sie schließlich an der Strickleiter vorbeikommen würden, die ihr einziger Fluchtweg war. Und weder er noch Jamie konnten etwas dagegen tun.

»Wir müssen verschwinden!«, rief Jamie, er schlug dem Hundejungen auf die Schulter und zog ihn auf die Füße. »Sofort!«

»Wir können die anderen doch nicht im Stich lassen«, fauchte der Hundejunge, aber Jamie fuhr herum und blickte ihm ins Gesicht.

»Zu spät, Aleysandir. Wir sind ihnen keine Hilfe, wenn wir uns schnappen lassen.«

Der Hundejunge machte ein mürrisches Gesicht. Doch Jamie sah ihn nur grinsend an. Ihm war eine Idee gekommen. Er wandte sich um, lief den Wehrgang entlang und brüllte aus Leibeskräften.

»Ein Douglas! Ein Douglas! Der Schwarze ist hier! Der Schwarze ist in der Burg!«

Der Hundejunge rannte auf die Strickleiter zu, zwei Schritt hinter Jamie, doch er sah bereits, wie die Wachen sich an der Tür des Schweineturms drängten, jeder wollte als Erster bei dem legendären Schwarzen Douglas sein und ihn festnehmen oder töten, um sich das Lösegeld oder eine Belohnung zu sichern. Tatsächlich, sie alle waren da, wie der Hundejunge mit wildem Triumph feststellte, als er mit schmerzenden Händen die Strickleiter hinunterrutschte.

Hal und Isabel hielten sich atemlos umschlungen. Kirkpatrick, leicht geduckt, das Messer in der Hand, blickte von ihnen zur dunklen Gestalt von Milchgesicht, der außen an den Käfigstäben hing. Es war ganz still, Kirkpatrick konnte das Trommeln des Regens hören – und plötzlich Jamies lauten Schrei: »Ein Douglas!«

Ein wirklich schlauer Kerl, unser Sir Jamie, dachte er, als sich das donnernde Getrampel der Männer von einem Wehrgang zum nächsten fortsetzte. Man hörte gebrüllte Kommandos, aber bei ihnen im Turm erschien niemand.

»Ziehen wir sie aus!«

Das war Isabel, die sich auch sofort an die Arbeit machte, während die Männer einen Moment sprachlos dastanden, ehe sie begriffen und mit anfassten. Es dauerte nicht lange, der Nonne das Obergewand und das Skapulier auszuziehen, dann zerrten Hal, Isabel und Kirkpatrick sie in die Zelle. Die Nonne kam gerade wieder zu sich, als Isabels Kopf aus dem Skapulier auftauchte, und sie starrten einander an.

»Wenn Ihr schreit, seit Ihr des Todes, Schwester Alise, das sollte Euch klar sein«, sagte Isabel und blickte zu Kirkpatrick, der mit dem Dolch in der Hand dastand. Die Augen der Nonne wurden vor Angst noch größer.

»Ihr müsst sie nicht töten«, sagte Isabel an die Männer gewandt. »Ein Knebel dürfte reichen.«

Kirkpatrick nickte, und Alise wurde gefesselt und geknebelt.

»Wie schnell sich doch der Lauf der Welt ändert, Schwester«, sagte Isabel bissig mit sanfter Stimme. »Wenn Ihr nicht aus lauter Bosheit dafür gesorgt hättet, dass Konstanze der Kontakt mit mir verboten wurde, dann hätte sie jetzt vor meiner Tür gelegen und nicht Ihr. Malise wird nicht sehr erfreut sein. Seine Stellung ist er zwar los, aber sein Hass ist ungebrochen, und den wird er an Euch auslassen. Vielleicht werdet Ihr noch vor mir in der Hölle schmoren.«

»Wir müssen endlich von hier verschwinden«, raunte Kirkpatrick, und Hal blickte unglücklich zu Milchgesicht, der sie tapfer angrinste.

»Macht Euch um mich keine Sorgen, Herr. Ich finde schon einen Ausweg, irgendwie …«

Hal nickte traurig und wandte sich dann Isabel zu.

Sie drängte ihn zur Tür. »Runter in den Burghof und zum Tor hinaus«, rief sie. »Eine Nonne, die, von ihren ehrbaren Beschützern begleitet, vor der Gefahr des Schwarzen Jamie flieht.«

»Bei Gott«, erklärte Kirkpatrick bewundernd, »wenn der Plan von mir wäre, würde ich mir mächtig was drauf einbilden.«

Wie Schatten huschten sie die Treppe hinunter bis dorthin, wo die Wachen waren, dann über die Wendeltreppe weiter nach unten.

Am Fuße des Turms ging Hal allen voran durch den Hof, zügig, aber ohne übertriebene Eile, auch wenn sein Herz zum Zerspringen klopfte. Hinter ihm ging Isabel, die Hände fromm in den Ärmeln vergraben, die Kapuze des Skapuliers wegen des Regens tief ins Gesicht gezogen. Kirkpatrick, der hinter ihr ging, sah, wie sich das große Burgtor gerade schloss, doch Isabel rief laut und befehlend, dass man sie und ihre Begleiter passieren lassen solle. Der Torkommandant, der schon viele Jahre in der Garnison Dienst tat, sah die schwarz gewandete Braut Christi an und schüttelte den Kopf.

»Tut mir leid, Schwester, aber solange wir Alarm haben, bleibt das Tor geschlossen, und in einer Minute wird die Zugbrücke auch oben sein. Ihr müsst warten.«

Eine Dachschindel landete krachend zu seinen Füßen, und alle machten einen Satz und blickten erschrocken um sich. Über ihnen hing Milchgesicht, der jetzt grinsend eine weitere Schindel ergriff und hinunterwarf, sodass die Wachen auseinanderstoben. Jemand rief nach einer Armbrust. Mit kreidebleichem Gesicht blickte der Torkommandant durch den Regen nach oben, dann bekreuzigte er sich. Es musste ein Diener Satans sein, das stand fest … Gott im Himmel, in dieser Nacht war tatsächlich die Hölle los.

Ein Mann erschien mit gespannter Armbrust, er legte einen Bolzen an, zielte und schoss. Im selben Moment erinnerte der Torkommandant sich an die Nonne und wollte sie warnen, sich in Sicherheit zu bringen – aber sie war verschwunden.

Der Mann fiel und schlug mit einem furchtbaren Geräusch auf den Steinen des Burghofs auf, und der Torkommandant war enttäuscht – es war kein Diener Satans, nur ein Mensch mit schmerzverzerrtem Gesicht, dessen Schädelinhalt auf den Boden rann wie ein zerbrochenes Ei.

Hal wusste, dass Milchgesicht tot war, und tiefe Trauer erfüllte ihn, als sie sich durch den letzten Spalt des Burgtors quetschten und über die Zugbrücke rannten, die unter ihnen bereits angefangen hatte, zu beben und zu knarren.

»Er hat gesehen, dass man uns einschließen wollte. Er wollte uns helfen«, murmelte er. »Gott sei seiner Seele gnädig.«

Kirkpatrick, dessen Augen nie stillstanden, während sie jetzt im Schatten der Gebäude entlanggingen, brummte zurück, dass der Bolzen ihn schon getötet hatte, ehe er fiel. Es sollte ein Trost sein, aber es half auch nicht über den Verlust hinweg. Isabel unterbrach ihre Unterhaltung.

»Wir dürfen hier nicht länger herumstehen. Ich will auf keinen Fall wieder in diesen Käfig zurück.«

Hal sah sie an, der Regen lief ihm in den Kragen und über den Rücken. In diesen Käfig würde sie nie mehr zurückkehren, schwor er, eher würde er sterben, als dass er dies zulassen würde. Sie lächelte ihn dankbar an und gab ihm einen Kuss auf die nasse Wange.

Die Straßen waren dunkel – das *couvre-feu* war schon vor Stunden ausgerufen worden – aber sie waren längst nicht leer. Die Stadt wimmelte von Kriegsopfern, Menschen, die aus ihrem früheren Leben herausgerissen worden waren und jetzt in Berwick einen zweifelhaften Schutz suchten und nichts weiter hatten als ihre Hoffnung, an der sie sich festklammerten.

Zusammengedrängt hockten sie in Toreingängen und überdachten Gassen und kümmerten sich nicht um die Anordnungen des Stadtkommandanten, dass Bürger nachts in ihren Häusern zu bleiben hatten. Zu hungrig zum Schlafen, streckten sie die abgezehrten Hände aus: »Eine milde Gabe, um Christi willen.«

»Das kommt uns doch gerade recht«, sagte Kirkpatrick. »Eine Nonne, die den Armen Trost spendet, mit zwei treuen Begleitern, um sie zu beschützen …«

»Ja, bis sie Alise finden, zusammengeschnürt wie eine Weihnachtsgans«, erwiderte Isabel. »Dann werden sie ganz besonders nach einer Nonne und zwei Begleitern Ausschau halten.« Sie sah Hal bedeutungsvoll an und fügte hinzu: »Und von denen einer auch noch eine verdammt große Armbrust auf dem Rücken trägt.«

»Sie gehörte Sim Craw«, erklärte er.

Demnach war er also tot. Isabel fuhr sich erschrocken mit der Hand an den Mund. Sim. Sie würde ihn nie wiedersehen … Sie fragte Hal nicht nach Einzelheiten. Dafür war später immer noch Zeit.

Sie gingen so schnell, wie sie es für ratsam hielten, nur weg von der düsteren Burg. Doch ab und zu blieben sie stehen, wenn sie den flackernden Fackelschein der Wachen sahen, die ihre Kontrollgänge machten.

»Das alles habe ich dem Hundejungen zu verdanken, habe ich recht?«, fragte Isabel, als sie sich gegen eine Mauer lehnte. »Ich sah ihn, als er vor einigen Wochen in der Burg war, bei der Hexenverbrennung. Und als ich hörte, wie Alarm geschlagen wurde … Nun, offensichtlich ist er entkommen.«

»Gut kombiniert«, sagte Hal bewundernd. »Ja, es war tatsächlich sein Verdienst, und er ist für seinen Mut auch vom König belohnt worden. Nach allem, was er erzählte, musste er bei seiner Flucht aus der Stadt über einige Dächer klettern und viel rennen.«

Er war halb so alt wie wir, wollte Kirkpatrick zu bedenken geben, aber er sagte nichts.

»Wie ist er denn entkommen?«, wollte Isabel wissen, und Hal nickte stirnrunzelnd und dachte nach.

»Durchs Brückentor.«

Das entfernte Scheppern der Eisenplatte ließ sie hochfahren wie Hirsche, die die Hundemeute hören. Rufe wurden laut.

»Das Tor ist jetzt geschlossen«, bemerkte Kirkpatrick bitter.

Trotzdem gingen sie weiter, bogen um eine Ecke und liefen vier Wachen direkt in die Arme. Kirkpatrick stieß einen lauten Fluch aus, was ein Fehler war – denn die Wachen schienen noch ganz ahnungslos. Aber jetzt wurden sie misstrauisch.

»Lauft!«, rief Hal.

Und sie liefen.

Isabel hob ihre nasse Kutte an und steckte sie unter ihren Gürtel, sodass es wie eine weite, knielange Hose aussah, in der sie die Beine frei bewegen konnte. Sie rannten durch Straßen und Gassen, stolperten über schlafende, fluchende Bettler, die sich an den engsten Stellen hingelegt hatten, dort, wo die Häuser sich fast berührten und sie vor dem Regen ein wenig geschützt waren.

Sie nahmen Treppen und stürmten durch Höfe. Kirkpatrick stieß ein leeres Fass um, sodass es ihren Verfolgern vor die Füße rollte.

Keuchend und völlig durchweicht blieben sie endlich stehen, um Atem zu holen. Hal hielt Isabel fest, und mit ihrem nassen Gesicht sah sie ihn glücklich an. Der Topf hat seinen Deckel gefunden, dachte er, die Kehle ihr Lied. Egal, was jetzt noch passiert, ich bin glücklich wie eine Lerche in der Luft, und ich weiß, sie ist es auch.

In einem etwas gemäßigteren Tempo liefen sie weiter, bogen in eine Gasse und erstarrten, als sie hell lodernde Binsenlichter sahen, die an einem Karren befestigt waren. Dahinter sahen sie wieder die Fackeln der Wachen, die wirr durcheinandertanzten.

Hier herrschte ein Gestank, den sie alle gut kannten. Isabel hielt sich ein Tuch vor die Nase.

Es waren Leichen.

Ein ganzer Haufen. Hierher gebracht und abgelegt wie alte Lumpen. Es waren die, die vor Hunger und Krankheit gestorben waren. Zwei Männer in Tuniken aus groben Säcken arbeiteten im schwachen Licht der Fackeln und luden sie auf den Karren.

Kirkpatrick sah Hal an.

»Die werden nicht innerhalb von Berwick abgeladen werden«, sagte er nachdenklich. Hal überlegte, nickte und zog seinen Dolch. Isabel legte ihm kurz die Hand auf den Arm, dann steckte sie die Hände wieder züchtig in die Ärmel und ging weiter. Sie hörte, wie Hal und Kirkpatrick zur Seite gingen, wo es dunkel war.

Die beiden Männer hielten in ihrer Arbeit inne, sie blickten auf, sahen die Nonne und warteten respektvoll. Der eine schob sich sogar die raue Kapuze vom Kopf.

Er sprach sie an: »Für die hier kommt Euer Trost zu spät, ehrwürdige Schwester.«

Es klang bitter, aber ob wegen der Barmherzigkeit des Klosters oder wegen seines eigenen Elends, weil er diese Arbeit hier verrichten musste, war nicht klar, doch sein Kamerad stieß ihn in die Rippen für diese Respektlosigkeit.

»Das tut mir leid«, sagte Isabel fromm. »Schrecklich leid, genau wie alles andere, was jetzt noch geschehen wird.«

Der erste Mann scharrte mit den Füßen, verunsichert über die Bedeutung ihrer Worte.

Die Verwirrung der Männer dauerte nur so lange, wie Hal brauchte, um den Kopf des einen zurückzureißen und ihm die Kehle durchzuschneiden, der andere wollte sich umdrehen und bekam Kirkpatricks dünnen vierkantigen Dolch ins Auge.

Einen Moment herrschte Stille, nur unterbrochen von dem Prasseln des Regens, der das Blut der sterbenden Männer in den Gossenstein spülte. Isabel sah die beiden Männer an und bemühte sich, Mitleid mit ihnen zu empfinden, aber es gelang ihr nicht. Die Welt war voll Unschuldiger, die genauso tot waren wie diese beiden. Ein paar davon liegen hier herum, und auf dem Karren liegen noch mehr. Diese hatten wenigstens den Lebenden einen letzten Dienst erweisen können.

Hal und Kirkpatrick zogen den Männern hastig ihre Tuniken aus und streiften sie sich selbst über. Isabel warf die Nonnentracht ab und stand in ihrem Unterkleid da, das ihr nass am Körper klebte. Kirkpatrick hatte Mühe, sie nicht anzustarren. Sie warf ihm einen warnenden Blick zu, als sie auf den Karren kletterte.

»Zu niemandem auch nur ein einziges Wort darüber, was du hier siehst, Schwarzer Roger von Closeburn. Ist das klar?«

Kirkpatrick hob abwehrend die Hände und sah bewundernd zu, wie Isabel sich zwischen die Leichen legte, als ließe sie sich auf einem Federbett zur Nachtruhe nieder.

»Dreh dich zur Seite, Lady«, rief Hal ihr zu, »damit der Regen dir nicht in die Augen läuft, sonst musst zu zwinkern …«

Mein Gott, wie habe ich, neben allem anderen, auch den Mut dieser Frau vermisst.

Jeder von ihnen ergriff eine Deichsel und schob. Schwerfällig setzte sich der Karren in Bewegung. Die Binsenlichter flackerten und sandten Funkenregen in die Nacht.

Malise rannte durch die regennassen Straßen, eingehüllt in einen dunklen Mantel. Er kochte vor Wut. De Valence mochte zwar ein großer Lord sein, schimpfte er vor sich hin, aber deshalb hatte er noch lange kein Recht, so mit ihm zu sprechen. Es war schwer genug gewesen, sich Eintritt zur Burg zu verschaffen, und sein Ärger und seine Wut waren noch schlimmer gewesen, weil er ja von genau diesem Earl hinausgeworfen worden war.

Aber die Wache kannte ihn und ließ ihn schließlich hinein, wobei sie brummten, dass »der Feind am Tor« sei. Malise vermutete etwas anderes. Er sah den Earl selbst im Burghof, das blanke Schwert in der Hand, aber ohne Rüstung, wie er mit kaum unterdrückter Ungeduld Männer nach allen Seiten losschickte.

Er hatte sich rücksichtslos durchgedrängt und gefragt, was mit Isabel MacDuff geschehen sei, doch der Earl hatte ihn nur kühl angesehen.

»Sie ist verschwunden, aber das geht Euch nichts an«, hatte er gesagt und sich einen vorbeilaufenden Serjeant geschnappt.

»Ihr seid Hobman, stimmt's? Ja. Geht zum Tor, bringt in Erfahrung, wer diesen Mann hereingelassen hat, und nehmt denjenigen fest. Dann bewacht das Tor selbst und lasst niemanden herein. Hört Ihr? Niemanden. Wir werden angegriffen.«

Er wandte sich an Malise.

»Und Ihr werdet mit ihm gehen und die Burg verlassen. Wenn Ihr mir noch einmal unter die Augen kommt, werdet Ihr es büßen.«

»Es handelt sich nicht um einen Angriff. Sie sind nur gekommen, um sie zu befreien«, widersprach Malise. »Ihr müsst die Stadttore bewachen lassen, sonst entkommt sie …«

Ein Blick genügte, da spürte er auch schon die Hand von Serjeant Hobman auf seiner Schulter.

»Kommt bitte mit, Sir. Macht keine Schwierigkeiten.«

Der Regen lief Malise in den Kragen, und er kehrte wieder in die Gegenwart zurück, in diese Nacht und diese Nässe. Er hatte Angst, in den dunklen Gassen Schutz zu suchen. Hier lauerten nur Unheil und Schrecken auf ihn. Er versuchte, sich vorzustellen, was die Hexe jetzt wohl tun würde.

Sie ist nicht allein, dachte er, und ihn erfasste eine grausame Schadenfreude: Natürlich, der Lord aus Lothian, Hal von Herdmanston. Der musste es sein, der dumme alte Knacker, er wollte seine große Liebe befreien und entführen, wahrscheinlich kam er sich vor wie Sir Gawain, der den Gral gefunden hatte.

Es gab keine Möglichkeit für sie, zu entkommen, dachte er. Aber wenn ich es wäre, ich würde das Tor aufsuchen, das dem Tweed am nächsten ist, dort, wo früher die Brücke war, die so oft zerstört worden ist, dass die Stadt Berwick es aufgegeben hatte, sie wieder aufzubauen. Jetzt gab es dort nur noch eine Reihe schwarzer Holzstümpfe, wie alte, verfaulte Zähne, und die Menschen mussten durch den Tweed waten, aber das Tor hatte seinen Namen behalten.

Das Brückentor.

Er ging die dicht bevölkerten Straßen entlang, anfangs noch beunruhigt wegen der vielen Männer mit grimmigen Gesichtern, Fackeln und Eisenhüten, aber dann merkte er, dass es auch nur Bürger waren, die aufgerufen waren, die halb fertigen Stadtmauern zu bewachen, und die alle vor Angst schlotterten, dass die Schotten sie wieder angreifen könnten. Auch wenn viele von ihnen selbst Schotten waren, dachte Malise, sie hatten ihre Familien und ihre Häuser hier, und Bruce' Armee würde nicht gerade sanft mit ihnen verfahren.

Am Brückentor blieb er stehen und überlegte. Die Gegend wimmelte jetzt von Bewaffneten, es waren wenigstens zwanzig Mann hier, alle mit Speeren und Armbrüsten, und alle vom Regen völlig durchweicht.

Malise erkannte den diensthabenden Serjeant an seinem Kettenhemd und seinem Verhalten, er brüllte Befehle nach allen Seiten. Er trug seinen Topfhelm unter einem Arm, und auf dem Umhang, der dunkel vom Regen war, prangte das stolze Wappen der de Valences.

»Sind hier Männer mit einer Frau durchs Tor gekommen?«

Der Serjeant drehte sich um und sah die tropfnasse Gestalt, einen Mann mit einem Gesicht wie ein Ratte.

»Wer seid Ihr?«, fragte er ohne großes Interesse. Die Männer, die er hier hatte, waren alles einfache Bürger, die selbst hinter den sicheren Mauern keine große Hilfe waren. Gott sei uns gnädig, wenn die Schotten tatsächlich kommen sollten, dachte er …

»Sir Malise Bellejambe.«

Der Serjeant zuckte zusammen, und er sah, wie die klatschnasse Ratte sich näherte. Möglicherweise war der Mann tatsächlich ein Adliger. Auf jeden Fall war es ratsam, höflich zu sein.

»Also dann«, sagte der Serjeant mit leichtem Spott, »Mylord. Niemand ist durch dieses Tor gegangen. Und es wird auch niemand hindurchgehen. Weder hinein noch hinaus.«

»Nur der Leichenkarren.« Das war Gib, der gesprochen hatte, und der Serjeant funkelte ihn wütend an.

»Der was?«

Gib hörte den Ton des Serjeant und wünschte sich, er hätte seinen vorlauten Mund gehalten. Aber jetzt war es heraus, also gestand er stotternd die Wahrheit.

»Du hast das Tor geöffnet?«, fragte der Serjeant, und Gib hörte das drohende Gewitter und fing trotz des Regens an zu schwitzen.

»Ja, es waren zwei alte Männer. Ich sagte ihnen, dass ich das Tor nicht öffnen darf, weil es Alarm gegeben hat. Und sie sagten, dann würden sie den verdammten Karren hier stehen lassen, sie hätten keine Lust, ihn wieder dorthin zu schieben, wo sie hergekommen waren.«

Flehend sah er den Serjeant an, sicher konnte er ihm doch nachfühlen. »Ich wollte nicht, dass der Weg von einem Haufen Leichen versperrt wird und die ganze Nacht vor dem Tor stinkt …«

»Du hast das Tor aufgemacht«, wiederholte der Serjeant, seine Stimme klang immer noch ungläubig.

»Ich sagte ihnen, sie würden nicht wieder hereingelassen

werden«, wimmerte Gib, »aber sie haben nur gelacht und gesagt, dann hätten sie ja eine gute Ausrede für ihre Frauen und könnten die Nacht in der Schmiede verbringen.«

Malise kannte die Schmiede, sie lag gleich auf der anderen Seite der Furt und bediente durchziehende Reisende. Sie war aber auch eine Herberge für alle, die zu spät kamen und die Stadttore bereits verschlossen fanden, und im Laufe der Zeit zu einem bekannten Wirtshaus geworden, wo es Essen und Trinken und Huren gab, selbst in der jetzigen Zeit.

»Das waren Rebellen«, erklärte er dem stirnrunzelnden Serjeant, »die in der Burg eine Gefangene befreit haben und jetzt auf der Flucht sind. Wenn Ihr mir ein paar Männer gebt, können wir sie noch einholen …«

Der Serjeant fuhr ihn an. »Noch mal das Tor aufmachen?«

»Um sie zu verfolgen …«, fing Malise an, und der Serjeant kniff ein Auge zu und machte ein finsteres Gesicht.

»Ja, das würde Euch so passen. Wer sagt mir, dass Ihr nicht auch ein Rebell seid. Ihr bringt mich dazu, das Tor zu öffnen, und dann stürmen eure Freunde herein …«

»Ich bin Sir Malise Bellejambe.«

»Behauptet Ihr.«

»Er ist es«, wagte Gib einzuwerfen und duckte sich unter dem Blick des Serjeant. »Der Hexenwärter.«

Jetzt wusste der Serjeant, wer dieser Mann war – der Gefangenenwärter dieser Hexe im Käfig. Ihm kam eine Idee.

»Ist das etwa die, die entwischt ist?«

Malise, ungeduldig und nervös, nickte. Der Serjeant wischte sich den Regen vom Gesicht, dann holte er tief Luft.

»Also schön, Ihr könnt gehen«, sagte er, »ich lasse Euch zur kleinen Pforte hinaus, aber allein. Wenn es nur zwei alte Männer und eine Frau sind, sollten sie Euch keine großen

Schwierigkeiten machen. Aber denkt daran – heute Nacht kommt Ihr nicht mehr in die Stadt zurück.«

Und auch sonst niemand, dachte er im Stillen, als Malise eilig zu der kleinen Pforte ging, die in einen Torflügel eingelassen war. Der Serjeant nickte, und der Mann am Tor schloss sie mit dem großen Schlüssel auf, während Malise ungeduldig von einem Fuß auf den anderen trat. Sie war kaum offen, da war er auch schon hindurch.

»Den wären wir los«, erklärte der Serjeant und spuckte aus, während er das beruhigende Knirschen des Schlüssels hörte.

Steif und vor Kälte zitternd, rollte sie vom Karren und ließ sich den nassen Sack um die Schultern legen, den Hal ausgezogen hatte.

»Wird Zeit, dass wir hier wegkommen«, murmelte Kirkpatrick und blickte zum fernen Stadttor. Isabel nickte, dann sah sie zweifelnd die riesige Armbrust an, die Hal ihr reichte.

»Sie ist gespannt. Hier, du brauchst nur noch einen Bolzen einzulegen«, sagte er, indem er ihr einen reichte. Sie nickte wieder und spürte, wie schwer die Waffe war.

»Kommt jetzt«, zischte Kirkpatrick. Isabel blieb noch einmal stehen und machte ein Kreuzzeichen über dem Karren, der jetzt vorwärts geneigt voll rutschender Leichen dastand.

»Gelobt sei Gott«, sagte sie.

»In Ewigkeit«, murmelten sie und wandten sich dem Fluss zu. Das Wasser reichte ihnen nur bis zur Wade, aber der Regen hatte den Fluss anschwellen lassen, und die Strömung zusammen mit dem steinigen Kiesbett reichte aus, um sie schwanken zu lassen. Wie Schlafwandler wateten sie auf das ferne Licht der Schmiede zu, Kirkpatrick als Letzter. Er konzentrierte sich auf jeden Schritt.

Ein Glück, dass wir davongekommen sind, dachte er gerade, als er hörte, wie hinter ihm der Kies knirschte. Er drehte sich um, sah eine dunkle Gestalt und wollte sich ducken – da explodierte die Welt und tauchte seinen Kopf in ein helles Licht.

Hal und Isabel fuhren herum, als Kirkpatrick klatschend ins Wasser fiel. Isabel schrie, und jetzt tauchte etwas aus der Dunkelheit auf und warf sich auf Hal. Er sah etwas blitzen, ehe das Wasser aufspritzte, er hatte gerade noch Zeit, um zu sehen, wie Kirkpatrick vom Griff eines Dolches getroffen wurde. Dann blickte er in die wahnsinnigen Augen des Mannes und erinnerte sich an den Namen …

Malise.

Dann war die schwarze Gestalt über ihm, und alles versank im Chaos.

Isabel sah den Schatten und schrie wieder auf, sie wusste bereits, wer es war, als Hal angegriffen wurde und Kirkpatrick ins Wasser fiel wie ein gefällter Baum. Sie sah, wie er sich drehend mit ausgebreiteten Armen im flachen Wasser trieb. Er war bewusstlos und würde ertrinken, wenn sie ihm nicht zur Hilfe kam.

Sie watete mühsam zu ihm hin, aber ihre Unterkleider, der nasse Sack um ihre Schultern und die Armbrust machten jede Bewegung zur Qual. Mühsam drehte sie ihn mit dem Gesicht nach oben … Hinter ihr hörte sie es spritzen, wo die beiden Männer miteinander kämpften.

»Wach auf!«, schrie sie ihn an und schlug ihm auf die Wange. Aber sein Kopf kippte kraftlos hin und her. Isabel ergriff ihn bei den Schultern und versuchte, ihn ans Ufer zu ziehen …

Hal hatte unterdessen Malise umschlungen. Er hielt das Handgelenk mit dem Dolch umklammert, der andere Arm des Angreifers fuhr wild durch die Luft, und Hal versuchte, ihn mit dem Unterarm zu blockieren. Doch als Hal jetzt einen dumpfen Schmerz im Arm spürte, schlug er zu und merkte, wie der Mann taumelte, einen Augenblick torkelten beide durch das aufspritzende Wasser. Doch Malise bestürmte ihn erneut, und wieder hielten sie sich erbittert umklammert.

»Ich mach dich fertig, Lothian …«, zischte das Rattengesicht.

Sein Atem war wie ein Pesthauch. Da er keine Hand frei hatte, griff Hal zu einem bewährten Mittel, er ließ seine Stirn mit voller Wucht auf die Nase des anderen krachen. Malise brüllte wütend auf und zerrte noch stärker. In blinder Wut riss er Hal herum, und beide stürzten ins aufspritzende Wasser. Spuckend und knurrend wie zwei nasse Hunde trennten sie sich, um sogleich wieder aufeinander loszugehen.

Hal drehte sich einen Wimpernschlag zu spät, und Malise' Hieb mit dem Unterarm, der für seine Kehle bestimmt war, traf sein Handgelenk, das Badenoch im Kampf beim Pelstream verletzt hatte. Der Schmerz ließ ihn aufschreien. Malise setzte mit einem Fußtritt nach, der zwar vom Wasser gebremst wurde, aber ausreichte, um Hal das Gleichgewicht zu nehmen, sodass er stürzte.

Malise wollte sich auf ihn werfen – da legte sich etwas um seinen Hals und zog ihn abrupt zurück. Wütend und verwirrt drehte er sich um und griff nach etwas, das sich wie eine Schlinge anfühlte – und blickte in das nasse, hasserfüllte Gesicht Isabels, der das Haar wie bei einer Medusa in wilden Schlangen um das Gesicht hing und die mit beiden Händen eine große Windenarmbrust festhielt.

Damit hatte sie zugeschlagen, aber da die Waffe gespannt war, hatte sie ihn verfehlt, allerdings waren der Bügel und die gespannte Sehne wie eine Schlinge über Malise' Schultern gerutscht. Mit wutverzerrtem Gesicht sah er sie an. Er beugte sich vor, um sich zu befreien, aber als er sich der Sehne näherte, schob sie ihn wieder zurück. Er hob seine freie Hand und versuchte vergeblich, die Armbrust über seinen Kopf zu schieben.

»Du wirst in der Hölle schmoren«, kreischte er. Doch Isabel musste nur daran denken, was er ihr alles angetan hatte. All der Unflat, mit dem er sie überschüttet hatte, die Beleidigungen, die Pein …

»Dann werden wir uns dort treffen«, sagte sie und drückte auf den Abzug.

Die Sehne dröhnte, als sie auf Malise' Hals auftraf wie eine Ramme und seinen Kehlkopf samt Luftröhre zerschmetterte. Die Wucht warf ihn zurück. Er stürzte ins Wasser und rollte herum.

Hal stand schwankend auf, und sie ging zu ihm, um ihn zu stützen. In diesem Moment hörten sie, dass sich Reiter näherten. So nahe am Ziel …

Sie überlegte, ob sie irgendwo zwischen den Steinen Malise' Dolch finden könnte, denn sie würde auf keinen Fall zurück in den Käfig gehen. Nicht, solange sie atmete.

Die Reiter kamen näher, und auf dem Gesicht des Anführers erschien ein strahlendes Grinsen.

»Bei Gott, also habt Ihr es geschafft. Wer ist dieser Kerl?«

Es war der Schwarze Douglas. Isabels Knie gaben nach, und Hal fing sie im letzten Moment auf.

»Malise Bellejambe«, erwiderte er benommen, und jetzt sah er auch den Hundejungen und Parcy und die anderen ankommen. Er dachte schmerzlich an Milchgesicht, den sie verloren hatten.

»Das ist Malise?«, sagte Jamie Douglas und sah hinunter

auf den Mann, der im flachen Wasser trieb und nach Luft schnappte wie ein Fisch auf dem Trockenen. »Den hatte ich mir größer vorgestellt.«

Kirkpatrick trat hinzu, er taumelte leicht, und sein Gesicht war blutig.

»Wir müssen …«, fing er an, aber er konnte den Satz nicht beenden.

»Ja, wir müssen«, stimmte Jamie Douglas zu. »Denn wir haben die Schmiede angezündet. Sitzt auf, und lasst den hier ersaufen!«

Aber der Hundejunge war von seinem Pferd gestiegen und watete ins Wasser zu Malise. Er blickte hinab auf ihn, blickte in die verzweifelten kleinen Rattenaugen, und als er ganz sicher war, nickte er langsam.

»Ja«, sagte er mit ruhiger Stimme. »Ich sehe, du erkennst mich. Den kleinen Jungen von Douglas. Du hast die Hunde vergiftet und Todds Wattie umgebracht.«

Die alten Sünden kehrten in Malises Erinnerung zurück. Er wollte etwas sagen, brachte aber nur ein entsetzliches Gurgeln zustande. Dann sah er, dass der Hundejunge ein Messer zückte. Und er sah die Flammen der brennenden Schmiede, die jetzt hoch aufloderten. Und er sah die Hexe, die sich in der Dunkelheit geisterhaft von dem Feuerschein abhob. Noch einmal drehte sie sich auf ihrem Pferd um, ihr nasses Haar wand sich wie Schlangen um ihren Kopf. Der Schmerz, dass er sie verloren hatte, seine einzige Liebe, wurde verdrängt von einem noch größeren Schmerz, der Erkenntnis nämlich, dass alles weitergehen würde wie bisher, nur dass er nicht mehr dabei sein würde.

Der Hundejunge schnitt ihm die zerschmetterte Kehle durch, eine Hand hatte er ihm auf die Augen gelegt, wie man es mit einem Hund macht, der zu alt oder zu schwach ist, um weiterzuleben. Sein Blut floss in den reißenden Fluss wie eine Opfergabe.

Dann stand der Hundejunge auf und ging wortlos zu seinem Pferd, schwang sich in den Sattel und ritt, ohne sich umzusehen, durch die Furt.

EPILOG

HERDMANSTON
TAG DES HEILIGEN ANTONIUS, VATER ALLER MÖNCHE, JANUAR 1315

Seit dem Andreastag hatte es ununterbrochen geschneit, und die Welt war in eine dichte weiße Decke gehüllt. Erfrorene Vögel fielen von den Traufen und hinterließen für kurze Zeit ein Loch im hohen Schnee, der rund um Herdmanston lag.

Die Menschen bewegten sich nur langsam, was weniger an den Schneewehen lag als an ihren schwindenden Kräften. Sie ernährten sich jetzt von Brennnessel- und Klettenwurzeln, um etwas im Magen zu haben und die Gaben des Lords von Herdmanston zu strecken, der noch immer Hafer und Gerste verschenken konnte, was im Moment wertvoller war als Gold.

Die ganze Welt schien zu hungern und zu frieren, und die Menschen, die sich im Schutz von Herdmanston zusammendrängten, konnten sich glücklich schätzen, dass es hier immer noch etwas Wärme und Essen gab.

Hal war in seinem Keller und betrachtete die Vorräte. Er versuchte auszurechnen, wie viel er als Saatgut fürs nächste Jahr zurückbehalten musste, denn er war sicher, dass die Kleinbauern auf seinem Land ihre Vorräte alle aufgegessen hatten. Der Kinder wegen machte man in den Häusern morgens kein Licht, damit sie möglichst lange schliefen, aber irgendwann erwachten sie doch und schrien vor Hunger, und Hal konnte es den Eltern nicht verdenken, dass sie auf das Saatgut fürs nächste Jahr zurückgriffen, um sie satt zu bekommen.

Er hörte, wie er gerufen wurde, und ging zurück nach oben.

In wollene Tücher gehüllt und trotzdem mit blau gefrorenem Gesicht, kam Parcy über den kurzen Wehrgang und ließ von Hand die hölzerne Brücke zur Treppe herunter. Unten saß, in mehrere Mäntel und Tücher gehüllt, eine Gestalt auf einem Pferd, und jetzt erschien ein vertrautes Gesicht, das in den klaren, kalten Himmel aufsah, der so blau war, dass man Mäntel für tausend Jungfrauen daraus hätte machen können. Eine blutrote Sonne ließ die weiße Landschaft wie mit unzähligen Diamanten glitzern.

»Kirkpatrick«, sagte Hal, und der Mann grüßte zurück, ehe er auf ein noch unförmigeres Bündel auf einem Esel deutete.

»Es wäre schön, wenn der junge Rauf und ich deine Gastfreundschaft in Anspruch nehmen könnten. Ich hoffe, du hast irgendwo ein gutes Feuer brennen.«

Hal winkte ihnen zu, nach oben zu kommen. Er schickte Pferdeschwanz los, um die Tiere zu versorgen, und geleitete die beiden Männer in den Saal. Zwei Bedienstete, die sich mit einer Arbeit an den Kamin gesetzt hatten, machten Platz.

Hal wartete, bis der Wein, der zum Wärmen am Feuer gestanden hatte, in die Becher geschenkt und mit einem heißen Eisenstab unter Zischen erhitzt worden war. Mintie grinste den bibbernden jungen Rauf an, während sie Gewürze hinzufügte und umrührte.

»Das wird dir Leib und Seele wärmen«, sagte sie und reichte ihm einen Becher. Er nickte nur, vor lauter Zittern konnte er kaum sprechen.

»Kalt. Weiter Weg. Ganz von Roslin …«

»Warum habt ihr euch das angetan?«, fragte Hal überrascht, und Kirkpatrick, der sich langsam aus seinen Hüllen schälte, machte eine unbestimmte Handbewegung.

»Wir kamen zufällig vorbei.«

Es war eine offensichtliche Lüge. Hal winkte Mintie und allen anderen, sie sollten gehen, und widerwillig verließen sie den warmen Raum. Schließlich waren sie zu dritt, und Rauf merkte, dass die Blicke der beiden alten Männer auf ihm ruhten. Er sah von einem zum anderen, dann verstand er. Den heißen Becher mit beiden Händen umklammernd, wandte er sich um und ging ebenfalls hinaus.

»Ein guter Junge«, bemerkte Kirkpatrick. »Ein Neffe meiner Frau, gerade Knappe geworden, davon hätte er früher nur träumen können.«

»Ich habe gehört, dass du geheiratet hast«, sagte Hal wie nebenbei, um keine Peinlichkeit aufkommen zu lassen, denn weder er noch Isabel waren zur Hochzeit im vergangenen September eingeladen gewesen. Kirkpatrick hatte genügend Anstand, verlegen zu werden.

»Wir haben es kurzfristig entschieden«, sagte er, erklärte es aber nicht weiter. »Wie ich höre, soll deine Hochzeit im Frühjahr sein«, fügte er hinzu, um Hal zu besänftigen, und dieser nickte. Er und Isabel hatten vor, im Mai zu heiraten, und aus Höflichkeit fügte er hinzu, Kirkpatrick sei natürlich herzlich eingeladen.

»Ja, das wird ein Ereignis, da bin ich mir sicher«, sagte Kirkpatrick. »Der König hat ja mit Freuden seine Einwilligung dazu gegeben. Aber du dürftest nicht sehr traurig sein, dass er nicht kommen wird, dadurch bleiben dir viele Kosten erspart.«

Hal hob seinen Becher und trank darauf. Die Teilnahme des Königs hätte die Ankunft des gesamten Hofstaats samt der gerade befreiten Königin, der Schwester und ihres Gefolges bedeutet – und das während einer Hungersnot.

Zur Christmesse waren sie in Edinburgh gewesen. Hal war mit Isabel hingeritten, weil es erwartet wurde, und zu seiner Überraschung hatte der König ihm ein Schwert geschenkt, mit einem schön ziselierten Griff und auf der Klinge eingraviert die Worte *Le Roi me donne, St. Cler me porte*.

»Als Ersatz für das, was Ihr zusammen mit dem Beauseant-Banner nach Glaissery gebracht habt«, hatte der König gesagt, und Hal hatte sich dankend verbeugt, wenn auch mit einem Gefühl des Unbehagens, weil sein Besuch dort offenbar bemerkt worden war.

»Der Hof zieht jetzt nach Perth«, fuhr Kirkpatrick fort, »ehe er Edinburgh völlig kahlfrisst. Doch uns geht es noch immer besser als den Engländern, denn Hafer und Gerste sind widerstandsfähig, aber Weizen nicht. Jenseits des Tweed verhungern die Menschen.«

»Sie verhungern deshalb, weil Randolph, Jamie und der Bruder des Königs alles plündern, was den Leuten noch übrig geblieben ist«, sagte Hal.

Kirkpatrick machte eine wegwerfende Handbewegung.

»Mit dem Plündern haben sie aufgehört. Aber nur, weil der Winter sie vertrieben hat«, erklärte er. »Jetzt sind sie alle wieder zu Hause. Jamie ist auf Burg Douglas und will sie in Ordnung bringen.«

Hal hatte den Schwarzen Jamie und Randolph bei der Christmesse gesehen. Mit geröteten, fettigen Gesichtern und trunken vor Siegesfreude waren sie immer wieder aufgesprungen, um Bruce, ihrem heldenhaften König, zuzuprosten. Isabel hatte zurückhaltend und etwas verächtlich reagiert, wie immer.

»Man könnte denken, sie haben die Philister besiegt«,

hatte sie gemurmelt. »Stattdessen haben sie das Königreich einem Sohn abgenommen, von dessen Vater sie nie auch nur einen Fuß schottischen Bodens erobert hätten.«

Das war ein hartes Urteil über einen Sieg, bei dem so viel Blut vergossen worden war. Hal erinnerte sich, wie Kirkpatrick damals so höflich wie möglich versucht hatte, sie zum Schweigen zu bringen. Schließlich war es dem Hundejungen gelungen, Isabel zu besänftigen. Er war mit seiner jungen Frau zu ihr gegangen, um sie ihr vorzustellen – die fröhliche Bets Meggy. Isabel hatte deren Mutter gekannt, und so waren die beiden Frauen sofort in ein lebhaftes Gespräch vertieft gewesen, was Hal mit einem erleichterten und dankbaren Nicken in Richtung des Hundejungen quittierte. Er staunte, was im Laufe der Jahre aus dem Jungen geworden war: ein hochgewachsener junger Mann, eine Kopie von Sir James Douglas in der Tracht eines königlichen Hundemeisters, dessen Sohn mit großen Augen am Ende der Festtafel saß und sich um seine kleine Schwester kümmerte, sich aber trotzdem nichts von diesem großartigen Abend entgehen ließ.

Wenn Hal dem Leben am Hof auch nicht nachgetrauert hatte, der Abschied von ihnen war ihm schwergefallen.

»Wie geht es Malady?«, fragte Kirkpatrick und unterbrach Hals Gedanken. Er saß zurückgelehnt da, hatte ein Bein lässig über die Armlehne seines Stuhls geschlungen und bewegte es im Rhythmus zu irgendeiner unhörbaren Musik. Seine Stiefel dampften in der Wärme.

»Könnte ihr nicht besser gehen«, erwiderte Hal, aber Kirkpatrick hörte eine kleine Unsicherheit heraus und zog eine Braue hoch.

»Sie redet etwas öfter mit Gott als früher«, fügte Hal fast trotzig hinzu, und Kirkpatrick nickte, als habe er so etwas geahnt. Aber natürlich war das nicht der Fall, und jetzt musste er sich Mühe geben, kein betretenes Gesicht zu machen. Denn seiner Meinung nach gab es nichts Schlimmeres als eine tüchtige Frau, die frömmlerisch wurde. Daran war die Zeit im Käfig schuld, erklärte er jetzt.

»Aber in dieser schönen Umgebung wird sie bestimmt bald wieder ganz die Alte sein«, fügte er hinzu und machte eine Bewegung mit seinem Becher, die ganz Herdmanston umschrieb. »Du hast wirklich schon viel wieder aufgebaut.«

Der Geruch von frisch geschlagenem Holz und Steinstaub lag in der Luft, und jedes Mal, wenn Hal ihn einatmete, musste er an Sim denken, der so viel dazu beigetragen hatte, das niedergebrannte Herdmanston wieder aufzubauen. Der Verlust dieses treuen Freundes war eine Wunde, die immer noch nicht verheilt war.

»Wir haben hier ein Dach über dem Kopf«, sagte er, »aber das Stockwerk darüber ist noch nicht fertig und nach oben offen. Die Außengebäude lasse ich in Stein bauen, dann sind sie nicht so leicht abzureißen.«

Kirkpatrick nickte. Ihnen allen war klar, dass der Krieg immer noch nicht vorbei war. Wie ein unsichtbares Raubtier lauerte er hinter dem nächsten Berg und konnte jederzeit wieder zuschlagen.

»Muss dich eine Menge Geld gekostet haben«, fügte er gespielt harmlos hinzu. »Der König ist überzeugt, du hast es mit den Pachtgeldern aus Cessford bezahlt, das er dir damals geschenkt hat.«

Hal blickte in seinen Becher und sagte nichts. Das Herrschaftsgebiet von Cessford war Bruce' Belohnung an Herdmanston für seine Dienste. Ein Danaergeschenk, das aus einem ausgebrannten Herrenhaus und verwüsteten Feldern bestand, wo die Bewohner genauso viel Hilfe brauchten wie in Herdmanston, wenn sie nicht verhungern sollten.

»Oder vielleicht mit Pachtgeldern aus Lady Isabels kleinem Besitz in Balmullo, der ihr ja rechtmäßig gehört«, fuhr Kirkpatrick vorsichtig fort und ließ seinen Fuß weiterpendeln, für den er sich plötzlich stark zu interessieren schien. »Aber das hat Buchan ja zu seinen Lebzeiten noch niederbrennen lassen. Also braucht es, genau wie Cessford, mehr Geld, als es im Moment abwirft.«

»Gott sorgt für die Seinen«, erwiderte Hal ausweichend, und Kirkpatrick lachte leise.

»Das tut er, da bin ich ganz sicher.«

»Worauf willst du hinaus, Kirkpatrick?«

Hals Stimme war jetzt so scharf wie die Gewürze am Boden von Kirkpatricks Becher, aber ehe er antworten konnte, mischte sich eine andere Stimme ein.

»Was er meint, ist, dass die Wege des Herrn unerforschlich sind.«

Isabel war unbemerkt eingetreten, jetzt trat sie zu ihnen ans Feuer. Sie trug ein weiches, wollenes Gewand in einem Grün, das einen bezaubernden Kontrast zu ihrer Haarfarbe bildete, diesem Rotbraun wie herbstliches Farnkraut, und das sie offen unter dem weißen Tuch trug. Kirkpatrick wollte aufspringen und sich höflich verbeugen, aber sie winkte freundlich ab.

»Der König selbst schickt seine besten Wünsche«, sagte Kirkpatrick und ließ sich wieder in den Lehnstuhl zurückfallen. »Er fragt, ob Ihr ihm mit Eurer Gunst und Eurer Sachkenntnis zur Seite stehen würdet, will aber nicht darauf bestehen.«

»Hübsch formuliert, Kirkpatrick«, erwiderte Isabel. »Natürlich werde ich den König nicht besuchen, aber ich gebe Euch eine Salbe für sein Gesicht mit. Für ihn und seine Königin allerdings habe ich keine Salbe – da müssen sie schon selbst einen Weg finden. Das könnt Ihr ihm sagen.«

Kirkpatrick brachte ein schwaches Lächeln zustande. Die Königin, erst vor Kurzem zusammen mit Bruce' Schwester und seiner Tochter Marjorie aus der Gefangenschaft entlassen, war an einen Hof zurückgekehrt, wo man sie kaum kannte, und zu einem König, der nie so recht gewusst hatte, was er mit der hübschen jungen Elizabeth de Burgh anfangen sollte. Nichts lastete schwerer auf ihm, als einen legitimen Erben zu zeugen, denn noch immer hielt sich das Gerücht, dass er ein Aussätziger sei, dessen Atem allein schon töten könne. Also hatte er die Frauen rufen lassen, mit denen er sich während der Jahre der Gefangenschaft der Königin getröstet hatte. Es sollte der neu angekommenen Gemahlin die Angst nehmen, denn es bewies ja – da alle diese Frauen noch am Leben und ihre Kinder gesund und munter waren –, dass die Gerüchte um die Lepra tatsächlich nichts weiter als Gerüchte waren.

Natürlich hatten die Frauen, die alle weitaus jünger und auch hübscher waren, die Sache nur noch schlimmer gemacht, und Isabel, die mit Hal zum Christfest gekommen war, hatte traurig den Kopf geschüttelt und gemurmelt: »*Fenêtre d'enfer*.«

»Fenster zur Hölle« war eine treffende Beschreibung für diese Frauen, dachte auch Hal. Eng in ihre Kleider eingenäht, geschlitzt bis zum Oberschenkel und mit hinten eingenähten Fuchsschwänzen, damit der bis zum Äußersten gespannte Stoff nicht die Spalte zwischen den Pobacken sichtbar werden ließ, vorn ausgeschnitten bis zum Nabel, aber so eng anliegend, dass man die fruchtbaren, runden Bäuchlein nicht übersehen konnte.

Die Königin hatte ihren strengen Mund zu einem falschen Lächeln verzogen, und Isabel hatte gewusst, dass das lustige Leben am Hofe jetzt vorbei war. Elizabeth würde die Mätressen alle verjagen. Sie war nicht länger das naive Mädchen, das Bruce geheiratet hatte, die Gefangenschaft in England hatte ihre einstige Liebenswürdigkeit in Zanksucht verwandelt.

Kirkpatrick beobachtete, wie Isabel sich jetzt auf einem Stuhl niederließ, den Mintie ihr brachte, die Hände graziös im Schoß, um die Schultern ihr pelzverbrämtes Gewand zum Schutz gegen den Zug. Das hier ist kein *fenêtre d'enfer*, dachte Kirkpatrick, zwar ist sie ein paar Jahre älter geworden, aber sie ist immer noch eine atemberaubend schöne Frau.

»Also«, sagte sie schließlich mit honigsüßer Stimme, »Ihr seid nicht nur der Wünsche des Königs wegen gekommen, Kirkpatrick, denn die sprach er auch schon in Edinburgh aus, und ich gab ihm dieselbe Antwort. Warum seid Ihr in Wirklichkeit hier?«

Kirkpatrick holte tief Luft.

»Ich wollte mich einfach nach Hals und Eurem Befinden erkundigen …«, begann er ausweichend.

»Und nach dem Befinden von gewissen Aposteln wolltet Ihr Euch nicht zufällig erkundigen?«, fuhr Isabel mit liebenswürdiger Stimme fort.

Kirkpatricks Fuß hörte auf zu wippen.

»Der König«, sagte er schließlich, »möchte wissen, warum Hal mit zwanzig Bewaffneten nach Glaissery geritten ist. Er fand es etwas übertrieben wegen ein paar kleiner Reliquien des Ordens. Aber er gab sich zufrieden, als ich ihm die Geschichte von de Bissots Schwert erzählte. Deshalb hat er dir auch die neue Klinge geschenkt. Für König Robert sind Loyalität und Freundschaft im Moment außerordentlich wichtig.«

»Aber Ihr wisst natürlich auch den wahren Grund«, sagte Isabel rundheraus.

»Plünderei und Überfälle haben leider noch nicht aufgehört«, sagte Kirkpatrick, »und auch auf der Straße nach Glaissery hätte man nichts gegen ein paar wertvolle kleine Edelsteine, noch besser wäre natürlich das Geld gewesen, das dafür erlöst worden wäre und womit all diese Arbeiten hier bezahlt werden könnten.«

Hal sagte nichts. Er hatte gehofft, die letzten Templer, die jetzt, oben im Norden, einfache Benediktiner waren, hätten die Sache für sich behalten. Er hatte gedacht, es sei ein kluger Schachzug gewesen, dass er zwei der großen Rubine, genannt »die Apostel«, zu ihnen gebracht hatte, unter dem Vorwand, Rossal de Bissots Templerschwert und das Beauseant-Banner dorthin zurückzubringen, wo sie hingehörten. Die Mönche hatten immer noch Kontakte, über die man einen guten Preis für die Edelsteine erzielen konnte, selbst wenn man einen Teil davon für die kleine Kirche spendete. Eigentlich hatte ihm diese Geheimnistuerei nicht gefallen, aber er hatte sich Isabels vernünftigem Einwand gebeugt, als sie sagte, dass die Edelsteine ja einst Teil einer heiligen Reliquie gewesen waren, woran man den König nicht unbedingt zu erinnern brauchte.

Die beiden Apostel gehörten zu den sechsen, die Isabel einst als Geschenk bekommen hatte, und zwar von keinem Geringeren als Wallace selbst. Ursprünglich waren sie Teil eines Kreuzes auf dem Reliquiar gewesen, in dem das Heilige Kreuz aufbewahrt wurde, das Longshanks mit in den Süden genommen hatte und das später aus seiner Schatzkammer in Westminster gestohlen worden war. Das Kreuz auf dem Reliquiar hatte aus zwölf Edelsteinen bestanden, Rubine von der Größe eines Taubeneis und so gleichmäßig und rot, dass es hieß, jeder einzelne enthalte das Blut eines anderen Apostels.

»Ich besaß sechs«, sagte Isabel unvermittelt. »Ein Geschenk von Wallace, der sie von seinem Vetter hatte, von Jop. Der hatte sie als Teil seiner Belohnung bekommen, dafür, dass er bei dem Raub in Westminster geholfen hatte. Eigentlich hatte er sie Will Wallace verkaufen wollen, weil er sie nicht anders loswerden konnte und daran dachte, wie viel Beute Wallace zusammengetragen haben musste.«

»Und Will nahm sie einfach mit. Für den guten Zweck«, fügte Kirkpatrick lachend hinzu und schüttelte bewundernd den Kopf. »Ich war dabei, als Jop das erzählte.«

»Ich erinnere mich gut. Du hast ihn erstochen«, sagte Hal, und Kirkpatrick zuckte seufzend die Schultern.

»Das leugne ich nicht«, sagte Kirkpatrick langsam. »Jedenfalls, wenn du noch mehr davon verkaufen willst, dann machst du es am besten über mich. Ich will nichts daran verdienen. Und solange ich in Diensten des Königs stehe, ist dein Geheimnis bei mir sicher.«

»Warum solltest du das tun?«, fragte Hal, und Kirkpatrick rutschte ein wenig auf seinem Stuhl hin und her. Er machte eine wegwerfende Handbewegung.

»Ich schulde dir und Euch, Mylady, etwas, das ich wiedergutmachen möchte.«

Ja, sieben gestohlene Jahre meines Lebens, dachte Hal wütend, aber er unterdrückte den aufkommenden Zorn. Er empfand in diesem Moment ein merkwürdiges Gefühl der Freiheit.

»Dann wären wir also quitt«, fügte Kirkpatrick hinzu, und Hal merkte, dass es ihm wirklich ernst zu sein schien.

»Hat sich denn der König für die Edelsteine vom Kreuz interessiert?«

Kirkpatrick wandte sich Isabel zu, die ihn aufrichtig interessiert ansah.

»Es ist lange her, seit die Reliquie verschwand. Das Kreuz selbst wurde zurückgegeben und hat jetzt ein neues Reliquiar. Falls es wirklich das echte ist.«

»Der Raub in Westminster ist noch länger her«, sagte Isabel. »Im Ausland tauchen immer wieder Edelsteine aus dem Schatz der Plantagenets auf, und kaum jemand kümmert sich darum. Am wenigsten Edward. Wenn es ihm so wenig wichtig ist wie seinem Vater, dass er beraubt worden ist, warum sollte es König Robert kümmern?« Als Kirkpatrick nicht antwortete, fuhr Isabel fort. »Wegen ihres Wertes vielleicht? Es ist teuer, eine neue Armee aufzustellen, um für das Frühjahr gerüstet zu sein. Und die Hungersnot belastet das Land ebenfalls. Aus Flandern kommen zwar jetzt Kaufleute, nachdem wir bei Stirling gesiegt haben, aber vielleicht kommt unserem König der Handel ja zu langsam in Schwung. Außerdem«, fügte sie mit einem kleinen Lächeln hinzu, »Robert war nie sehr gut, wenn es um Geld ging. Er hat sich gefreut, wenn er es bekam, aber er konnte es nie sehr lange behalten.«

Isabel sah Kirkpatrick direkt in die Augen, bis dieser den Blick senkte.

»Der König«, sagte er schließlich, »weiß nichts. Und wenn es nach mir geht, wird es auch so bleiben. Aber die Mönche von Glaissery erzählen mir oft Dinge, damit ich sie an ihn weitergebe, besonders wenn es seine Interessen oder seine Sicherheit betrifft.«

Klar tun sie das, dachte Hal. Diese kleinen Mönche von Glaissery versuchen nach Kräften, den Eindruck zu erwecken, als hätten sie nie etwas mit der Armen Ritterschaft zu tun gehabt. Im Grunde verdanken sie Bruce alles, was ihnen hierzulande noch geblieben ist. Also würden sie ihm durch Kirkpatrick, den königlichen Spitzel und Mann fürs Grobe, auch jede nützliche Information zukommen lassen.

»Lasst mich raten, warum es Robert nicht gleichgültig wäre, wenn er es wüsste«, sagte Isabel. »Nicht, weil die Edelsteine von dem Reliquiar des Heiligen Kreuzes stammen. Auch nicht, weil sie wertvoll sind. Jetzt, wo zwei davon verkauft sind, habe ich immer noch vier. Einst waren es sechs, die sechs von Wallace, die er von Jop hatte. Die anderen sechs gingen an Lamprecht. Allgemein nimmt man an, dass der Orden sie besaß, nachdem Lamprecht getötet worden war, und dass sie später an die Engländer zurückgingen.« Sie lächelte versonnen. »Aber nicht alle sechs«, fügte sie dann hinzu. »Von Lamprecht kamen nur fünf, denn der sechste war verschenkt worden ...«

Hal richtete sich in seinem Stuhl auf.

»An Bruce!« Jetzt fiel es ihm wieder ein. Dieser Rubin, den Lamprecht in einen Brotlaib hineingedrückt hatte, als er versuchte, sich Bruce' Vertrauen zu erschleichen. Es war natürlich ein Komplott gewesen, das sie erst später und unter Lebensgefahr aufgedeckt hatten.

»Bruce bekam den sechsten. Und er hat ihn behalten.«

Kirkpatrick wirkte erschöpft. Er blickte Hal an und versuchte zu lächeln.

»Du erinnerst dich. Natürlich erinnerst du dich.«

»Dieser Apostel ist der Einzige, dessen Namen ich weiß«, flüsterte Isabel. »Es ist der Einzige, den Longshanks jemals zurückbekam. Man fand ihn in Wallace' Beutel zusammen mit dem Geleitbrief des Königs von Frankreich. Nun ja, den Brief hat man ignoriert, aber den Rubin nicht.«

Judas.

Dieser Rubin sorgte dafür, dass man Wallace nicht verzieh, nachdem er an die Engländer verraten und vor Gericht gestellt worden war. Einem reuigen Rebellen hätte Longshanks vielleicht noch verziehen, aber einem Dieb des Münsterschatzes niemals. Und der Stein musste durch Kirkpatrick dorthin gelangt sein, nachdem er ihn von Bruce erhalten hatte. Ein wertvolles, aber unheilvolles Geschenk. Oder ein zynischer Verrat?

Hal starrte Kirkpatrick entsetzt an, als ihm klar wurde, dass Isabel es schon lange gewusst hatte. Auch Kirkpatrick begriff, dass jetzt alles heraus war. Er holte tief Luft und stellte vorsichtig den Becher hin. Etwas steif stand er auf.

»Na ja, da habt ihr's«, sagte er. »Wenn ich euch helfen kann – ihr braucht nur zu fragen. Jetzt schleppe ich meine alten Knochen besser nach Roslin zurück. Dann nach Edinburgh oder bis nach Perth, wenn ich Pech habe und der Hof schon weg ist.«

»Wusste Bruce, was er tat, als er dich beauftragte, den Edelstein in Wills Beutel zu schmuggeln?«

Hals Stimme war heiser. Kirkpatrick, der sich gerade wieder in seine warmen Hüllen einpackte, hielt kurz inne, doch er vermied es, Hal anzusehen.

»Diese Frage solltest du nicht stellen«, sagte er entschieden. »Niemals.«

Hal und Isabel sahen sich an und merkten, wie die alte Angst mit ihren Krallen wieder nach ihnen griff. Wenn es stimmte und der König den Verdacht hatte, dass jemand davon wusste … dann wären sie ihres Lebens nicht mehr sicher. Hal spürte plötzlich eine große Müdigkeit. Er wollte es nicht glauben, dass Bruce dazu fähig war, aber andererseits konnte er die Möglichkeit auch nicht ausschließen – der Mann war zu allem fähig, wenn es darum ging, seine Macht zu sichern.

Kirkpatrick erriet Hals Gedanken.

»Solange du die Steine durch mich verkaufen lässt, bist du sicher«, sagte er. »Danach lass einfach Gras über die Sache wachsen. Der König weiß nichts von den Apostelsteinen, und das ist auch gut so. Er hat jetzt genug andere Sorgen. Er braucht jetzt vor allem einen Erben.«

Lächelnd blickte er erst Hal, dann Isabel an.

»Er würde wohl sein Königreich geben, wenn er das hätte, was Ihr habt«, sagte er, und die beiden schwiegen nachdenklich, bis er das Torhaus erreicht hatte, gefolgt von dem frierenden Rauf.

»Bleibt gesund«, rief Kirkpatrick am Tor und zog seine Handschuhe an, während Pferdeschwanz ihre Reittiere zum Fuß der Treppe brachte. »Ich werde auf Eurer Hochzeit tanzen.«

Hal sah ihm nach. Es hört niemals auf, dachte er, niemals ist einem ein glückliches Ende vergönnt. So lange hatte ein Schatten auf ihnen gelegen, der Schatten des rachsüchtigen Earls von Buchan und Badenoch und der Schatten eines mörderischen Krieges. Und jetzt, wo es schien, als könnten sie endlich im hellen Sonnenschein zum Traualtar schreiten, schwebte wieder eine Gewitterwolke über ihnen, schwarz und unheimlich, und drohte mit der Fortsetzung eines grausamen Krieges.

Und unter der Wolke stand ein König, der alles daransetzte, das Königreich zu erhalten. Und der treue Spürhund, der ihn dabei unterstützte, war derjenige, dem Hal sich jetzt wohl oder übel anvertrauen musste, wenn er sicher sein wollte in einer Welt, in der das einzig Verlässliche ein Schwert und ein gut gemauerter Turm waren.

»O Herr, himmlischer Vater«, murmelte Isabel, während die Kälte durch die offene Tür hereinkam, »lass Deine Engel über deinen Dienern wachen, damit sie sicher ihr Ziel erreichen und keine Feinde sie auf ihrem Weg überfallen und ihnen auch sonst nichts zustößt. Beschütze sie vor reißenden Flüssen, vor Dieben, wilden Tieren – und vor misstrauischen Königen.«

»Amen«, sagte Hal mit Nachdruck, überzeugt davon, dass sie mit ihrem Gebet nicht nur Kirkpatrick und Rauf gemeint hatte.

Ein Kälteschwall drang ins Torhaus. Hal legte schützend den Arm um Isabel, und sie gingen zurück in die Burg von Herdmanston.

»Parcy«, rief Hal über die Schulter zurück, »leg doppelte Riegel vor.«

HISTORISCHE NACHBEMERKUNG

Für die meisten Schotten des einundzwanzigsten Jahrhunderts haben die Probleme, mit denen sich Schottland im Jahre 1297 abplagte, nichts von ihrer Aktualität verloren. Schon immer wurden die Schotten von England beherrscht; sie haben sich aufgelehnt und gekämpft und sind gestorben. Sie haben sich immer wieder vergeblich dagegen gewehrt, von England aus regiert zu werden, und damit hat sich so etwas wie eine historische Verpflichtung zum Kampf für die Freiheit entwickelt, so unrealistisch die Chancen auch sein mögen.

Die Erinnerung geht weit zurück. An einem einzigen herrlichen Tag, der in diesem Buch behandelt wird, errangen die Schotten gegen alle Erwartung einen großen Sieg und drehten den Engländern eine lange Nase – was natürlich den starken Nachbarn nur noch mehr erboste, der sich bald wieder erholte und Schottland für die nächsten mehreren Hundert Jahre dafür büßen ließ.

Denn auch wenn die Schotten es gern anders sähen: Bannockburn war nicht das Ende. Mit dieser Schlacht war alles erreicht – und nichts. Sie festigte Bruce auf dem Thron und schickte das Verhältnis Edwards II. mit seinen rebellischen Baronen in eine Abwärtsspirale, von der es sich nie erholen sollte, und die endlosen Überfälle, das Gemetzel und das Plündern waren damit längst nicht beendet.

Es verhinderte auch nicht, dass ein Balliol auf den Thron kam. Unterstützt von Edward III., stieß 1332 Toom Tabards Sohn Edward Balliol Bruce' Sohn David vom Thron. Fast ebenso schnell wieder abgesetzt, wurde er prompt von den Engländern wieder als König eingesetzt, nur um abermals abgesetzt zu werden. Nachdem er zum dritten Mal an die Macht gekommen war, wurde er 1336 erneut abgesetzt, und jetzt hatte er es begriffen.

All das zeigt, dass der Krieg zwischen Schottland und England immer weiterging. Selbst der Versuch Heinrichs VIII., seinen kleinen Sohn Edward mit der schottischen Prinzessin Mary zu verloben, gehörte dazu, denn es war nichts weiter als ein erneuter erfolgloser Versuch, die Schotten zu unterwerfen. Das Blutvergießen hörte erst 1603 mit der Thronbesteigung James' VI. auf, der in Personalunion als James II. von England beide Königreiche regierte, was schließlich 1707 zur vollständigen Union beider Länder führte. 1715 und 1745 flackerten die Feindseligkeiten noch einmal kurz auf, um dann mit der Schlacht von Culloden (der letzten Schlacht auf britischem Boden) endgültig beigelegt zu werden.

Trotz aller geschichtlichen Bedeutung ist Bannockburn eine Schlacht, über die wir nicht viel wissen. Die Angaben über die Zahlen, über den tatsächlichen Austragungsort und den Hergang beruhen nur auf Wahrscheinlichkeiten. Ich habe viele verschiedene Quellen benutzt und mich jeweils der Einzelheiten bedient, die für mich als Autor historischer Romane am wirkungsvollsten schienen. In unserem Zeitalter Furcht einflößender militärischer Machtarsenale muss man sich vor Augen halten, dass die gesamte Armee Edwards II., die für die damalige Zeit ein gigantisches Heer darstellte, in Edinburghs Meadowbank-Stadion gepasst hätte, das 16 000

Menschen fasst. Bruce' Speerkämpfer hätten – wenigstens dicht an dicht – Platz auf dem Fußballfeld gehabt.

Über die Bedingungen in Bannockburn am fraglichen Tag kann man auch nur spekulieren, aber man scheint sich darüber einig zu sein, dass der morastige Boden die englische Kavallerie massiv behinderte. Diesen Eindruck gewannen zweifellos spätere Historiker, als sie sich tatsächlich einmal die Mühe machten, in einem typischen schottischen Sommer die Gegend zu erkunden.

Der Sommer 1314 war allerdings nicht typisch, genau wie die Schlacht nicht typisch war. In verschiedenen Schilderungen findet man Hinweise darauf, dass der Mai und der Juni extrem heiß und trocken gewesen waren – und nach wochenlangem Sonnenschein ist der Boden im Tal von Bannockburn fest und ideal zum Reiten, auch wenn die steilen Flussufer, die zweimal am Tag durch die Gezeiten unter Wasser gesetzt werden, immer feucht bleiben.

Mit dem Jahr 1314 setzte eine Klimaveränderung ein, die lange, harte Winter, trockene Sommer und viel Regen im Herbst brachte, was im Laufe der folgenden Jahre zu Missernten führte. Im Jahr nach Bannockburn gab es eine Hungersnot in Großbritannien, die für die Menschen in Nordengland am schlimmsten war, weil ihre Weizenernten vom Wetter vernichtet wurden und die siegreichen Schotten alles Übrige zerstörten oder plünderten. Schottland litt ebenfalls, doch der verachtete Hafer, die Grundlage der schottischen Ernährung, war widerstandsfähiger gegen Nässe, außerdem hat niemand den Schotten ihre wenigen Vorräte verbrannt.

Eine weitere ständig auftauchende Frage betrifft die Templer, und die Debatte über sie lebt immer wieder auf. Hat Bruce sie geschützt? Ist er, wie behauptet wird, Oberhaupt des Ordens geworden? Oder hat er aus den Überbleibseln des Ordens einen neuen gegründet? Sind die heutigen Freimaurer ihre direkten Erben? Ist der Schottische Ritus von den Templern auf uns gekommen? Kamen sie tatsächlich im entscheidenden Moment mit einer Armee »kleiner Leute« von Coxet Hill herunter und verhalfen so Bruce zum Sieg?

Wenn man wissen möchte, ob ein Autor seinen Verstand verloren hat, braucht man nur nachzusehen, ob er sich mit der Geschichte der Templer in Schottland befasst hat. Ich persönlich halte davon gar nichts. Bruce war nicht so dumm, sich an einen diskreditierten, aufgelösten Orden zu binden. In den Nachwirkungen von Bannockburn ging ja sein ganzes Sinnen und Trachten dahin, die Exkommunizierung rückgängig zu machen und den päpstlichen Segen für seine Herrschaft als König zu bekommen, also war es unwahrscheinlich, dass er den Vatikan mit diesen Ketzern verärgerte.

Die Zeit des Templerordens ging in Schottland zu Ende, genau wie überall, aber zweifellos wurden die entrechteten Templer in Schottland nachsichtiger behandelt, ähnlich wie in Irland. Es gibt Hinweise, dass in beiden Ländern noch Komtureien unterhalten wurden, die eine Art Ruhesitz für alte Ordensmitglieder waren, und niemand war daran interessiert, den alten Männern in diesen Häusern etwas anzutun.

Gab es einen Templerschatz, der aus Frankreich in den Norden Schottlands gebracht wurde? Möglicherweise. Dazu muss man definieren, was ein Schatz ist. Wenn die Templer glaubten, dass sie den Gral besaßen oder das Grabtuch Christi und ähnliche heilige Gegenstände, worauf sie sich schließlich spezialisiert hatten, dann ist es möglich, dass die Könige und Päpste lange und vergeblich nach den falschen Schätzen gesucht haben.

Aber einen sagenhaften wertvollen Schatz gab es wahrscheinlich nicht. In den Berichten über aufgelöste Komtureien steht sehr wenig über reiche Beute. Wenn es für Bruce einen Templerschatz gab, dann bestand der aus den Waffen und Rüstungen, die er dringend brauchte. Ein Dauerkrieg, ständige Überfälle und die englische Herrschaft waren eher hinderlich, wenn es darum ging, die nötigen Waffen und Rüstungen, ganz gleich wie einfach, für die schottische Armee zu beschaffen.

Wo also hatte er sie herbekommen? Mit Sicherheit nicht, wie ich es beschrieben habe, indem er den Nutznießern des aufgelösten Ordens in Nordspanien, dem neu gegründeten Alcántara-Orden, mit dem Geld der Templer deren Waffen abgekauft hat. Aber es verhalf Hal und Kirkpatrick zu einem Abenteuer, während sich die Ereignisse überstürzten und schließlich am Mittsommertag 1314 in der blutigen Schlacht kulminierten.

Übrigens ist die Burg von Glaissery, in der Bruce die »einfachen Benediktiner« aufsucht, heute die Burg von Fincharn, eine frühere Hochburg der MacDougalls am Loch Awe und nur einen Steinwurf entfernt von der Kirche von Kilneuair, einer leider vernachlässigten Ruine mit Grabsteinen, auf denen noch Templersymbole zu sehen sind. Nach Loch Awe hatten die Templer aus Frankreich ihren legendären Schatz gebracht, wenn man den vielen Theorien darüber Glauben schenken will.

Alles das ist für einen Schriftsteller natürlich viel zu spannend, um es zu ignorieren, aber Historiker tun gut daran, die Geschichten über eine geheime Fortdauer der Templer in Schottland mit einem großen Fragezeichen zu versehen.

Die wichtigsten Ereignisse der Schlacht von Bannockburn sind durch verschiedene Quellen recht gut belegt: die Ankunft der Engländer, die völlig erschöpft und übermüdet waren; ihr hastiger und schlecht vorbereiteter Angriff; der

Tod von Sir Henry de Bohun durch Bruce persönlich; die Überzeugung, dass die Schotten keinen zweiten Tag kämpfen würden, und der Schock, dass sie am nächsten Tag nicht nur immer noch da waren, sondern sogar angriffen.

Der Sieg war für Bruce die Krönung all seiner Bemühungen, in Schottland als König anerkannt zu werden. Es sollte weitere fünfzehn Jahre dauern, ehe der Rest der Welt ihn ebenfalls anerkannte.

Der Anfang dieses Buches wurde angeblich im Februar 1329 von einem unbekannten Mönch geschrieben, drei Monate ehe Robert Bruce vom Papst endlich als König von Schottland anerkannt wurde – und vier Monate vor seinem Tode, dahingerafft von einer »nicht näher beschriebenen Krankheit«.

Stellt euch vor, ihr seid auf eine Truhe mit alten mönchischen Aufzeichnungen gestoßen, die ihr beim Licht einer flackernden Kerze lest, mit Bruchstücken von Schicksalen, die längst verloren und im Dunkel der Zeit zur Legende geworden sind …

Sollte es Schilderungen oder Unterlassungen geben, die Euch ärgern, blast die Kerze aus, und nehmt meine Entschuldigung an.

DIE HAUPTPERSONEN

ADDAF, DER WALISER

Ein typischer Soldat seiner Zeit, aus einem der Länder, die Edward I. erst vor Kurzem erobert hatte. Inzwischen ist Addaf jedoch Vertragshauptmann – der Anführer einer Gruppe bezahlter walisischer Bogenschützen, gut bewaffnet, zu Pferde und mit den Erfahrungen aus Einsätzen in den französischen Kriegen. Das Geschick der Waliser im Umgang mit Pfeil und Bogen ist bekannt, aber die endgültige Schlagkraft, die Strategie mit den dicht gedrängten Reihen wie in Crecy und Azincourt, war während der Schottischen Unabhängigkeitskriege noch nicht voll entwickelt. Wie bei allen Walisern hält sich Addafs Loyalität den Engländern gegenüber in Grenzen, und als Hauptmann seiner Söldner weiß er sehr wohl, dass es mit Loyalität ihm gegenüber bei einigen seiner Leute auch nicht weit her ist.

D'ARGENTAN, SIR GILES

Ein undurchsichtiger Typ. Er war einer der vielen Ritter, die an dem berühmten Schwanenfest teilnahmen, als Edward I. seinen Sohn zum Ritter schlug, zusammen mit vielen anderen »goldenen Jünglingen«, die er damit, an den jungen Prinzen zu binden versuchte. D'Argentan verfolgte Bruce bei der Schlacht von Methven, und wenn sein Pferd nicht gestürzt wäre, wäre es vielleicht ein historischer Kampf geworden: Er stand nämlich im Ruf, der drittbeste Kämpfer der Christenheit zu sein; der zweite war Bruce und als erster galt Heinrich, der Kaiser des Heiligen Römischen Reiches. Nicht lange danach wird d'Argentan als einer der Ritter erwähnt, die der wütende Edward I. festnehmen lässt, weil sie sich vom Feldzug seines Sohnes nach Schottland abgesetzt hatten, um an einem Turnier in Frankreich teilzunehmen. 1314, trotz seiner akuten finanziellen Probleme, fand Edward II. Zeit und Geld, um d'Argentan aus der Gefangenschaft in Saloniki freizukaufen, nachdem dieser nach Rhodos gereist war, um dem Johanniterorden beizutreten und gegen die Sarazenen zu kämpfen. Es war klar, dass Edward II. Ritter seines Kalibers brauchte, wenn auch nur zur moralischen Unterstützung. D'Argentans heldenhafter Tod bei Bannockburn, auch wenn er typisch für seine Unüberlegtheit war, mehrte zweifellos seinen Ruhm.

BADENOCH, LORD VON

Hier ist der Sohn des Roten Comyn gemeint, der in der Kirche der Greyfriars ermordet wurde. John IV., Lord von Badenoch, erlebte als Jüngling mit, wie sein Vater ermordet wurde, und stand danach fest auf englischer Seite. Seine Mutter war Joan de Valence, die Schwester von Aymer de Valence (siehe unten). Er wurde bei Bannockburn getötet, aber die genaueren Umstände sind nicht bekannt.

BALGOWNIE, PEGY

Eine erfundene Person; Kapitän der Kogge, die Hal und Kirkpatrick im Dienst des Königs nach Spanien bringt. Pegy ist ein Spitzname; es ist die schottische Bezeichnung für die Spitze des Mastes, an der der Wimpel flattert. Bei mir ist er ein ehemaliger Freibeuter, einer der Kapitäne des historischen Roten Rover, eines französischen Piraten namens de Longueville, der Wallace half, über den Kanal nach Frankreich zu gelangen. Jack Crabbe hat es ebenfalls gegeben, und als de Longueville die Piraterie zugunsten eines privilegierten Lebens an Land aufgab, mussten seine Kapitäne einen anderen Weg finden. Der erfundene Pegy Balgownie schloss sich Bruce an. Jack Crabbe machte allein weiter, wurde später von den Engländern gefangen genommen und wurde zu einem loyalen Anhänger Edwards III. Da er Erfahrung im Umgang mit der neu erfundenen »Donnerbüchse« hatte, kommandierte er 1333 die Artillerie bei der Belagerung von Berwick, als die Stadt schließlich fiel.

BEAUMONT, HENRY DE

Einer der erfahrensten Krieger im Gefolge Edwards II. Er war auch Earl von Buchan, ein Titel, den er durch seine Ehe mit Alice Comyn erhielt, der Nichte des Earls, mit dem Isabel MacDuff verheiratet war. Der Titel einer Gräfin von Buchan, den Isabel verlor, ging auf Alice über, obwohl de Beaumont den Titel nur »auf dem Papier« besaß. Er nahm an einem Feldzug in Flandern teil und kämpfte dann bei Falkirk gegen Wallace, wo sein Pferd unter ihm getötet wurde und er Glück hatte, mit dem Leben davonzukommen. 1302 und 1304 war er wieder in Schottland, wo er an der Belagerung von Stirling durch die Engländer teilnahm. Der Vorfall, bei dem er beinahe ums Leben gekommen wäre, und seine Rettung durch Sir Thomas Gray (s. u.) spielte sich genauso ab, wie es hier beschrieben ist, ebenso sein Streit mit Gray bei Bannockburn. De Beaumont verließ zusammen mit Edward das Schlachtfeld und wurde zu einem leidenschaftlichen Verteidiger der Enterbten, jener Lords, die den englischen König unterstützten und deren schottische Titel und Ländereien von Robert Bruce beschlagnahmt wurden. Von 1314 bis zu seinem Tod im Jahre 1340 leitete de Beaumont eine Aktion nach der anderen gegen Schottland, sowohl militärisch als auch politisch – aber ohne Erfolg. Er starb, ohne dass er die Länder der Buchans zurückbekommen hätte, und als seine Frau Alice 1349 starb, fiel der Titel an die Krone zurück, bis er 1382 Alexander Stewart verliehen wurde. Dieser wurde wegen seiner Habgier und Grausamkeit als »der Wolf von Badenoch« bekannt.

BELLEJAMBE, MALISE

Erfunden. Der skrupellose Handlanger des Earls von Buchan, Erzrivale von Kirkpatrick. Er ist jahrelang der offizielle Gefängniswärter von Isabel MacDuff in ihrem Käfig in Berwick, erst im Auftrag des Earls von Buchan und danach für den Lord von Badenoch. Seine Beziehung zu ihr wird im Laufe der Zeit immer obsessiver.

BERKELEY, SIR MAURICE

Bekannt als »der Großherzige«, nahm zusammen mit seinem Vater (s. u.) an der Belagerung von Caerlavrock teil, wurde 1312 Verwalter von Gloucester und 1315 Captain von Berwick. 1316 wurde er Oberster Richter von Südwales, 1320 Truchsess von Aquitanien. Kurz nach dem Tode seines Vaters nahm er an dem Aufstand Lancasters gegen Edward II. teil, wurde verhaftet und auf der Burg von Wallingford festgehalten, wo er vier Jahre später starb.

BISSOT, ROSSAL DE

Erfunden. Nachkomme von Geoffrey de Bissot, einem der neun Ritter, die den Templerorden gründeten. Er versucht zu retten, was von dem aufgelösten Orden noch übrig ist, ist sich aber auch im Klaren darüber, dass es die Macht und der Hochmut der Templer waren, die ihren Niedergang verursacht hatten. Zusammen mit de Villers, Widikind von Esbeck und de Grafton ist er einer der letzten Tempelritter in Schottland und versucht, für Bruce Waffen und Geld zu beschaffen, gegen die Zusicherung eines geschützten Orts für entflohene Mitglieder des Ordens, wo sie als einfache Benediktiner weiterleben können.

BOHUN, HENRY DE

Neffe des Earls von Hereford, im Jahre 1314 wahrscheinlich nicht älter als zweiundzwanzig Jahre, und einer aus der neuen Generation von Rittern, die sich im *tournoi* auszeichnen, dem neuen ritterlichen Zweikampf, der das altmodische Massengefecht, das *grande mêlée,* abgelöst hat. Seine Berühmtheit geht darauf zurück, dass er unüberlegt und voreilig König Robert angriff und dabei getötet wurde. Bruce' bevorzugter Kampfstil, der hier beschrieben wird, ist korrekt: Nach der sogenannten »deutschen Methode« wich man Gegnern in schwerer Rüstung aus, um sie dann mit einem schnelleren und wendigeren Pferd anzugreifen. Im *grande mêlée,* wenn die Gefangennahme eines Ritters ein schönes Lösegeld versprach, galt diese Kampfmethode als vernünftig, aber unritterlich. Dabei waren diese Gefechte ohnehin meist nur brutale Tumulte ohne jede Spur von Ritterlichkeit. Hier beschreibe ich die Technik, wie sie mit Sicherheit ursprünglich gemeint war, nämlich um einen größeren, stärkeren Gegner in schwerer Rüstung von hinten anzugreifen.

BOHUN, HUMPHREY DE

Der Earl von Hereford; im Jahre 1314 Konstabler von England. In dieser Position hätte er das Kommando über eine

Armee bekommen müssen, aber er war wegen des Mordes an Piers Gaveston bei Edward II. in Ungnade gefallen. Stattdessen bekam Gilbert de Clare, Earl von Gloucester (s. u.), das Kommando. Das war der Grund, weshalb Hereford und Gloucester in Bannockburn ständig verschiedener Meinung waren, was ein geschlossenes Vorgehen der Armee praktisch unmöglich machte. Nach der Niederlage war Hereford gezwungen, nach Norden zu fliehen, wo er in Bothwell, der einzigen noch von den Engländern gehaltenen Festung, Zuflucht suchte. Der Kommandant von Bothwell allerdings schwenkte auf die andere Seite um und nahm Hereford fest, zusammen mit allen weiteren Lords, die mit ihm geflüchtet waren. Hereford kam schließlich im Austausch für Bruce' Schwester und seine Tochter frei, Isabel MacDuff jedoch war von diesem Tausch nicht betroffen. Historisch ist dies ein Hinweis darauf, dass sie zu diesem Zeitpunkt wahrscheinlich nicht mehr am Leben war.

Als überzeugter Gegner der Despensers beteiligte Hereford sich schließlich an einem Aufstand gegen Edward II. Bei der Schlacht von Boroughbridge führte er einen Angriff auf die Brücke gleichen Namens an, um nicht zwischen zwei Armeen eingeschlossen zu werden. In dem Tumult wurde er von unterhalb der Brücke erstochen. Seine Todesschreie versetzten die Armee in Panik, sodass sie floh.

BRUCE, EDWARD

König Roberts einziger überlebender Bruder und – solange es keine legitimen Nachkommen gab – auch Thronfolger. Der Überlieferung zufolge war sein Bruder Robert Bruce so außer sich über den schlecht überlegten Waffenstillstand mit de Mowbray, dem englischen Befehlshaber von Stirling, dass es darüber zu einer offenen Schlacht kam. Während ich gern glaube, dass sein königlicher Bruder wütend darüber war, bin ich mir genauso sicher, dass Edward genau wusste, was er tat, und zwar aus den Gründen, die ich im Roman erwähne. 1315 erhielt der unbedachte und ehrgeizige Edward Truppen und Ausrüstung für eine Invasion in Irland, offiziell, wie es hieß, um die Anhänger Englands auszuschalten. Er erklärte sich zum »Hochkönig von Irland«, wurde aber am 14. Oktober 1318 in der Schlacht von Faughart (auch Schlacht von Dundalk) besiegt. Er wurde gehängt, ausgeweidet und gevierteilt, und sein Kopf wurde an Edward II. geschickt. Ironischerweise war unter den vielen schottischen Lords, die an diesem Tag an seiner Seite kämpften und starben, auch ein gewisser Philip de Mowbray, der ehemalige Kommandant der Garnison von Stirling, der sich nach der Schlacht von Bannockburn ergeben und mit Bruce Frieden geschlossen hatte.

BRUCE, ROBERT

König Robert I., jetzt Robert Bruce. Sein Vater, ebenfalls Robert, war der Earl von Annandale. Sein Großvater, auch ein Robert, wurde bekannt als »der Mitbewerber«, weil er unermüdlich das Anrecht der Bruces auf den Thron aufrecht hielt und diese Überzeugung an seinen Enkel weitergab. Während Edward II. unter seinen Rückschlägen schwankend und mutlos wurde, gab der gehetzte und verfolgte Bruce niemals auf. Die Geschichte mit der Spinne, die zwar apokryph ist, zeigte späteren Generationen die Entschlossenheit dieses Mannes und diente zur Inspiration. Der Fluch des Malachias war für die Bruces eine sehr reale Bedrohung, auch wenn es uns im areligiösen einundzwanzigsten Jahrhundert absurd vorkommen mag, doch Bruce' Krankheit war eine ständige Beunruhigung. Es kann Lepra gewesen sein – davon gibt es viele

Varianten – oder eine einfache Hautkrankheit, aber Untersuchungen seines Schädels zeigen eine großflächige Verletzung der rechten Wange und Spuren einer schweren Wunde unter dem linken Auge, obwohl es nicht blind war. Das Standbild von Pilkington im Museum von Bannockburn mag den Ruhm des Königs demonstrieren, aber die Realität war für Bruce schmerzhaft und wenig schön, und am Ende seines Lebens (mit Mitte fünfzig) ist es durchaus möglich, dass sein Gesicht von der Krankheit gezeichnet war. Der Mythos hat dem Bild dieses heldenhaften Königs einen solchen Glanz verliehen, dass man seine wirkliche Erscheinung und seinen Charakter nur noch erahnen kann.

CAMPBELL, DOUGALD, LAIRD VON CRAIGNISH

Der sechste Laird von Craignish, der Gegend auf der wilden Halbinsel von Argyll, ist zur Zeit von Bannockburn Anfang vierzig und macht sich auf, um Neil Campbell, das Oberhaupt seines Clans, zu unterstützen. Das Wappen auf den Schilden der Campbells ist auffällig und sofort erkennbar, weshalb es bei Reenactments gern kopiert wird, sogar noch lieber als die berühmte goldene Galeere auf schwarzem Grund der MacDonalds von Angus Og. Es besteht aus acht Dreiecken, abwechselnd gelb und schwarz, auf einem Schild, der an einem schwarzen Balken hängt. Das Ganze ist ein altes Runensymbol, das darauf hindeutet, dass die Vorfahren der Campbells von Craignish Wikinger waren.

CAMPBELL, SIR NEIL

Bekannt als Niall mac Cailein (»Neil, Colins Sohn«). Er war ein überzeugter Anhänger Edwards I., dem er 1296 Lehnstreue geschworen hatte. Zehn Jahre später jedoch, als Edward die Gebiete der Campbells an englische Adlige verteilte, entschloss sich Neil Campbell zum Widerstand und wechselte 1306 zu Bruce über. Er war einer der wenigen, die auch nach den Niederlagen von Methven und Dalrigh weiterhin zu König Robert hielten. Als Belohnung gab Bruce ihm seine Schwester Mary zur Frau, außerdem bekam er die Ländereien des abtrünnigen David Strathbogie, Earl von Atholl (s. u.). Später wurde sein Sohn Ian zum Earl ernannt.

CLARE, SIR GILBERT DE

Der Earl von Gloucester, dessen Mutter Joan von Acre war, die Schwester Edwards I. Als derartig naher Verwandter Edwards II. gehörte er zu den Günstlingen, die später Gavestons Platz einnahmen. Mit nur dreiundzwanzig Jahren übergab man ihm über den Kopf von Humphrey de Bohun, dem Konstabler von England (s. o.), hinweg, das Kommando über die Armee. Edward sorgte noch zusätzlich für Verwirrung, indem er beide gleichzeitig zu Befehlshabern ernannte, wodurch die Katastrophe vorprogrammiert war, da die beiden sich nicht ausstehen konnten. Nachdem Gloucester in Bannockburn gleich am ersten Tag vom Pferd stürzte und nur knapp mit dem Leben davonkam, wurde er am nächsten Tag getötet, die näheren Umstände sind jedoch nicht bekannt.

CLIFFORD, SIR ROBERT

Als vertrauenswürdiger Befehlshaber Edwards I. gehörte er zu den jungen Rittern, die beim Schwanenfest 1306 ihre goldene Jugend feierten – aber acht Jahre später hatten alle ihren goldenen Glanz und ihre Jugend eingebüßt. Clifford und Sir Henry Percy hatten die Aufgabe, den ersten schottischen Aufstand niederzuschlagen und 1297 Bruce und die anderen schottischen Rebellen in den »königlichen Frieden« zurückzuführen, aber sie konnten Wallace nicht bezwingen. Clifford brachte auch eine Gefolgschaft mit nach Falkirk, um dort zu kämpfen, einschließlich Ritter aus Cumbria und Schottland. Einer aus der Gruppe der Letzteren war ein gewisser Sir Roger Kirkpatrick von Auchen Castle, Annandale, also der »echte« Kirkpatrick, der den Roten Comyn ermordete. Clifford steht auch auf der Liste derjenigen, die 1300 an der Belagerung der Burg von Caerlavrock teilnahmen, danach 1314 an der Schlacht von Bannockburn, bei der er getötet wurde.

CRAW, SIM

Eine halb erfundene Persönlichkeit – Sim von Leadhouse wird geschichtlich nur einmal erwähnt als der kluge Erfinder der Strickleitern, mit denen James Douglas 1314 heimlich Roxburgh einnahm. Hier ist er die zuverlässige rechte Hand Hals von Herdmanston, älter als Hal – der selbst schon alt ist –, von kräftiger Gestalt und am liebsten mit einer großen Armbrust aus Stahl ausgestattet, die durch eine Winde gespannt und meist in Belagerungen eingesetzt wird.

DALTOUN, THOMAS

Eine geschichtliche Gestalt. Ein Thomas war 1296 Abt von Inchaffray, und es gibt Hinweise darauf, dass ein Thomas Daltoun Bruce' Hausgeistlicher war. Da Bruce' Seelsorger 1314 angeblich Maurice war, der Abt, der nach Thomas kam, vermute ich, dass sich irgendwo eine Ungenauigkeit eingeschlichen hat und dass Thomas, der zugunsten von Maurice zurücktrat, Bruce' Hausgeistlicher wurde. Deshalb ist er es in diesem Roman auch, der der Armee bei Bannockburn mit dem Armknochen von St. Fillan den Segen erteilt.

DOUGLAS, SIR JAMES

Lord der Burg von Douglas im Südwesten Schottlands, Sohn von Sir William dem Kühnen (»The Hardy«). Er war bekannt als der Schwarze Douglas (wenn man ihn zum Feind hatte und mit Schreckenstaten in Verbindung brachte) und als der gute Sir James (wenn man Schotte war und von Schottlands beliebtestem und größtem Helden sprach). In den Jahren zwischen seiner Rückkehr nach Schottland – gerade als Bruce König wurde – und 1314 wurde sein Name zum Synonym für Grausamkeit. Besonders denkwürdig ist die sogenannte »Vorratskammer von Douglas«, wo er die Mitglieder der Garnison und die Kollaborateure seiner eigenen Burg (die in den Händen der Cliffords war) abschlachtete, dann in das Lagerhaus brachte und alles niederbrannte. Sein Wagemut war ebenso legendär wie sein unversöhnlicher Hass auf die Engländer und – abgesehen von einem kleinen Ausrutscher – seine Loyalität. Nach der Schlacht von Bannockburn machte Sir James Douglas das Grenzgebiet zu seinem Anliegen und die Art der Kriegführung – schnelle Überfälle auf kleinen, flinken Pferden – zu einem bleibenden Vermächtnis in dieser Region. Im Jahre 1327 überraschte und vernichtete er eine Armee, die von einem dritten Edward angeführt wurde, wobei es ihm beinahe gelungen wäre, den jungen König gefangen zu nehmen. 1329, nach Bruce' Tod, nahm er das Herz des Königs mit auf einen Kreuzzug nach Spanien, wo er gegen die Sarazenen kämpfte. Im folgenden Jahr nahm er in Teba bei Granada an einer Schlacht teil, wo die Schotten den überwältigten Feind zu weit verfolgten und einige von ihnen eingeschlossen wurden. In dem Versuch, sie zu befreien, wurde Douglas selbst eingekesselt, worauf er die Schatulle mit Bruce' Herz in die Menge der Feinde schleuderte und rief, dass er, wie immer, Bruce folgen würde. Er wurde zusammen mit all seinen Leuten getötet. Ironischerweise war der Ritter, den Douglas retten wollte, ein Sir William Sientcler von Roslin.

EDWARD II.

König von England. Zur Zeit dieses Romans hat er schon sieben Jahre lang vergeblich versucht, sich Schottland zu sichern, doch jeder seiner Feldzüge hat lediglich Bruce' Macht weiter gefestigt. Schließlich beschließt er 1314 unter dem Druck der »Ordainers« (einer Gruppe oppositioneller Barone, die seine Macht einschränkten), die Schotten zu einer alles entscheidenden Schlacht zu zwingen. Das Ergebnis war die schlimmste Niederlage einer englischen Armee seit der Schlacht bei Hastings im Jahre 1066. Durch sie geriet Edward in einen schlimmen Zwist mit den »Ordainers« und schließlich auch mit seiner eigenen Königin (s. u.) und ihrem Liebhaber, Roger Mortimer. Er wurde abgesetzt, eingekerkert und schließlich ermordet.

GRAFTON, SIR WILLIAM DE

Historische Figur, deren Lebenslauf ich für meine Zwecke bearbeitet habe. Er wird als einer der Präzeptoren der Templer-Komtureien in Yorkshire genannt, der 1308 festgenommen wurde, um 1313 an Henry, den Baron Percy von Alnwick, ausgeliefert zu werden, der mit Edward II. wegen des Mordes an Piers Gaveston verfeindet war. Hier habe ich de Grafton eigenmächtig zu einem widerspenstigen Templer gemacht, den Henry Percy schickt, um Bruce bei seinem spanischen Abenteuer auszuspionieren, der dann aber seinen König über das, was er herausgefunden hat, nicht informiert. Natürlich will de Grafton später durch Mord und Schurkereien seinen eigenen Vorteil aus dieser Sache ziehen. Ich habe

Henry Percy auch deshalb zu dem Baron gemacht, der durch sein Stillschweigen die Engländer verrät, weil er im Oktober 1314 im Alter von einundvierzig Jahren starb – durch Gift, wie gemunkelt wurde.

GRAY, SIR THOMAS

Historische Figur, dessen Streit mit Henry de Beaumont bei Bannockburn zu seinem unüberlegten Angriff, dem Sturz vom Pferd und seiner Gefangennahme führte. Er wurde freigekauft und kehrte auf seinen Familienbesitz nach Heaton zurück, wo er ca. 1344 starb. Ironischerweise wurde sein Sohn, der ebenfalls Sir Thomas hieß, 1355 von den Schotten gefangen genommen und mit einer Lösegeldforderung festgehalten. Er vertrieb sich die Zeit seiner Gefangenschaft in der Festung von Edinburgh damit, die *Scalacronica* zu schreiben, eine Geschichte Britanniens seit der Schöpfung. Der Teil, in dem es um Edward I. und allem Nachfolgenden geht, basiert darauf, was er von seinem Vater gehört hatte, und ist dadurch eine interessante, fast zeitgenössische Schilderung – wobei man natürlich einen gewissen Vorbehalt gegenüber den Schilderungen des Sohnes haben muss, wenn es um die väterlichen Heldentaten geht.

ISABELLA, KÖNIGIN VON ENGLAND

Hier erleben wir sie ganz kurz während einer tatsächlichen und äußerst wichtigen Mission, die sie im Interesse ihres Mannes zu ihrem Vater führt, einer von vielen, die sie unternahm. Sie selbst ist noch ein »Teenager«, als ihr Sohn, der künftige Edward III., bereits zwei Jahre alt ist. Ich tue der Frau bestimmt unrecht, wenn ich das Image der »Wölfin« aufgreife, das die Geschichte ihr angehängt hat. Trotz ihres späteren Verrats an ihrem Mann, der abgesetzt wurde, damit sie mit ihrem Liebhaber Mortimer regieren konnte, glaube ich nicht, dass sie so »zanksüchtig« oder so durchtrieben war, wie sie dadurch erscheint.

KILWINNING, BERNARD VON

Der ehemalige Abt von Kilwinning. Von 1310 bis 1328 Abt von Arbroath, während dieser Zeit Bruce' Kanzler. Er starb 1331, zwei Jahre nach seinem König. Viel wichtiger aber ist, dass er als einer der Hauptverfasser der Deklaration von Arbroath gilt, des bewegenden Dokuments, das ganz allgemein Unabhängigkeit, doch diese ganz besonders für Schottland, fordert und in dem das berühmte und oft bemühte Zitat steht: »*... denn, solange auch nur einhundert von uns am Leben sind, werden wir uns unter keinen Umständen England unterwerfen. Denn wir kämpfen wahrhaftig weder um Ruhm, um Reichtum noch um Ehre, sondern allein für die Freiheit – die jeder ehrliche Mensch mit seinem Leben verteidigen wird.*«

KIRKPATRICK, ROGER

Erfunden, aber basierend auf dem echten Sir Roger Kirkpatrick von Closeburn, den ich als Verwandten des erfundenen beibehalten habe. Der Grund dafür ist, dass mein Kirkpatrick von Anfang an ein unerschütterlicher Anhänger von Bruce war, was der echte Sir Roger nicht war, der bei Falkirk sogar auf englischer Seite für Clifford kämpfte. Mein Kirkpatrick spielt die Rolle von Bruce' Gefolgsmann, dem kein Auftrag zu schmutzig ist – einschließlich Mord –, solange es dem Aufstieg seines Herrn hilft. Im Jahr 1314 ist Kirkpatrick in Closeburn zur Würde eines Barons aufgestiegen und zum Ritter geschlagen worden, aber er steht bei Hal von Herdmanston tief in der Schuld und hat den dringenden Wunsch, etwas gutzumachen. Der Mord in der Kirche der Greyfriars nützte und schadete den Kirkpatricks gleichermaßen; im Jahr 1357 wurde ein weiterer Sir Roger Kirkpatrick von Closeburn in einem »privaten Streit« von Sir James Lindsay ermordet. Sir James war der Sohn des Mannes, der sich bei mir zusammen mit Kirkpatrick, Hal und dem Hundejungen bei den Greyfriar-Mönchen in Dumfries aufhielt, als der Rote Comyn ermordet wurde.

MACDUFF, ISABEL

Sie ist eine geschichtliche Figur, die ich mir zu eigen gemacht habe und der ich eine Liebesaffäre mit Bruce angedichtet habe, was zu ihrer Zeit bestimmt weiter nichts als üble Nachrede war, und eine weitere Affäre mit dem erdachten Hal von Herdmanston, die ein Eckstein dieses Buches sowie der anderen Romane dieser Serie ist. Diese Liebesgeschichte, bei der sie von ihrem rachsüchtigen Mann, dem Earl von Buchan, unbarmherzig verfolgt wird, steht auch im Zeichen mehrerer Kriege und anderer großer Ereignisse. Als Mitglied des mächtigen, wenn auch zersplitterten Hauses von Fife war sie es, die Robert Bruce 1306 offiziell krönte, eine Handlung, die traditionell immer von einem MacDuff von Fife ausgeführt wurde. Jedoch gab es zu dem betreffenden Zeitpunkt nur noch ihren jüngeren Bruder, der in England gefangen gehalten wurde. Mit dieser Krönung widersetzte sie sich nicht nur ihrem Mann, sondern den Familien der Comyns und der Balliols. Sie wurde später gefangen genommen und mit Zustimmung ihres Mannes in einem Käfig an der Außenmauer der Burg von Berwick zur Schau gestellt. Ihr Mann starb 1308, verfolgt und gebrochen durch Bruce' »ethnische Säuberung« der Ländereien Buchans. Der Titel der Buchan ging an einen anderen über, was darauf hinweist, dass der Earl sich in der Zwischenzeit entweder von seiner Frau hatte scheiden lassen oder dass sie gestorben war. In meiner Version hängt Isabel sieben Jahre lang unter dem wachsamen Auge von Malise Bellejambe in einem Käfig am Schweineturm und wartet auf ihre Rettung …

PIMENTAL, DOÑA BEATRIZ RUIZ DES CASTOR Y

Erfundene Person; Schwester eines der Ritter von Alcántara, dem Orden, der die Komtureien der Templer in Leon und Kastilien übernommen hatte, die zur Zeit der Erzählung unter dem Kommando des durchtriebenen Ruy Vaz stehen. Ihr schillernder Name ist Doña Leonor Ruiz de Castro y Pimental entlehnt, der Frau von Prinz Felipe, dem jüngeren Bruder von König Alfonso dem Weisen von Kastilien und Leon – und selbst ein Tempelritter, bei denen offenbar kein Zölibat vorgeschrieben war.

RANDOLPH, SIR THOMAS

Ein Anhänger Bruce', der bei Methven gefangen genommen wurde und zur anderen Seite überlief. Später von den Schotten festgenommen, wechselte er prompt wieder die Seiten und war im Jahre 1314 gerade zum Earl von Moray befördert worden. Er wird immer als Bruce' »Neffe« bezeichnet, doch das genaue Verwandtschaftsverhältnis ist ungewiss. Zur Zeit der Handlung sind er und Sir James Douglas große Rivalen, eine Tatsache, die Bruce sich zunutze machte: Kaum hat Douglas auf äußerst raffinierte Weise die Burg von Roxburgh eingenommen, muss Randolph mit List und Tücke Edinburgh einnehmen. Er kommandierte einen der großen Speerblöcke bei Bannockburn, und mit Bruce' Tod wurde er Regent für dessen minderjährigen Sohn David II. Drei Jahre später starb er, angeblich durch Gift, was jedoch als unwahrscheinlich gilt.

SETON, SIR ALEXANDER

Im Jahre 1306 gab es bei der Abtei von Lindors ein gegenseitiges Abkommen – einen dieser häufigen ritterlichen Verträge – zwischen Sir Gilbert Hay von Erroll, Sir Neil Campbell von Lochawe und Sir Alexander Seton von Seton, mit dem erklärten Ziel, »König Robert Bruce und seine Krone bis zum letzten Besitz und Blutstropfen zu verteidigen«. Alexander war der Bruder von Christopher Seton, der nicht nur bei der Schlacht von Methven geholfen hatte, Bruce zu retten, sondern seine Unterstützung des Königs auch teuer bezahlte, als er bei der Verteidigung der Burg von Loch Doon festgenommen und danach gehängt, gevierteilt und ausgeweidet wurde. Ein weiterer Verwandter, John de Seton, wurde bei der Verteidigung der Burg von Tibbers gefasst und erlitt das gleiche Schicksal. Vielleicht war das der Grund dafür, dass Alexander seinen Schwur vergaß und sich auf die Seite der Enterbten schlug, jener Lords, die ein materielles Interesse an einem Sieg der Engländer hatten. Doch am Abend vor der Schlacht von Bannockburn hatte Alexander Seton die Engländer schließlich satt. Er lief über und brachte Bruce Nachricht von den chaotischen Zuständen der englischen Truppen, worauf Bruce beschloss, dazubleiben und zu kämpfen.

SIENTCLER VON HERDMANSTON, SIR HENRY

Allgemein Hal genannt. Er ist der Sohn und Erbe von Herdmanston, dem bescheidenen Sitz einer Familie, die bei ihren Verwandten, den Sientclers von Roslin, in Lehnspflicht steht. Hal ist ein typisches Beispiel für die vielen verarmten Adligen Lothians, die auf beiden Seiten der Trennlinie in die Kriege verwickelt wurden – nur dass Hal sich in Isabel MacDuff verliebt hat (s. o.) und ihre unglückliche Liebesgeschichte unter dem Krieg und dem Hass ihres Mannes leidet, was mit der Gefangennahme beider endet. Isabel ist dazu verdammt, ihr Leben in einem Käfig an der Mauer von Berwick zu fristen, Hal wird zum Tode verurteilt, aber mit dem Tod Edwards I. im Jahre 1307 wird er vergessen und bleibt in der Burg von Roxburgh gefangen. Im Jahre 1314, sieben Jahre später, wird er befreit, als James Douglas die Burg einnimmt. Trotz seines Alters – er ist etwa siebenundvierzig, zu einer Zeit, als die mittlere Lebenserwartung für einen Mann fünfzig und für eine Frau fünfunddreißig Jahre betrug – und trotz seiner Gebrechlichkeit ist er entschlossen, Isabel zu befreien, um endlich glücklich und in Frieden mit ihr leben zu können, selbst wenn er dafür erst in Bannockburn gegen die Engländer kämpfen muss. Die Sientclers von Herdmanston sind ein weniger bekannter Zweig dieser Familie, der im fünfzehnten Jahrhundert kurz von sich reden machen sollte. Die Burg von Herdmanston ist heute nur noch ein unscheinbarer Steinhaufen am Rande eines Ackers, und ihre Beschreibung ist ein Produkt meiner Fantasie.

STRATHBOGIE, SIR DAVID

Der Earl von Atholl. Er wurde als Junge von den Engländern gefangen gehalten. Sohn des Mannes, der wegen seiner Unterstützung des schottischen Aufstands im Jahr 1306 gehängt, ausgeweidet und gevierteilt wurde. Von den Engländern wieder als Earl eingesetzt, unterstützte er zunächst Bruce, verließ ihn aber im Jahr 1307, um kurz vor Bannockburn wieder zurückzukehren. Berühmt wurde er, weil er am Vorabend vor Bannockburn abermals umschwenkte, höchstwahrscheinlich wegen Edward Bruce' Bemühungen um seine Schwester Isabel. Zu dem Zeitpunkt war er von Bruce zum Konstabler ernannt worden, um ihn bei Laune zu halten, doch mit dem Titel verbanden sich keinerlei Machtbefugnisse; das Einzige, was Strathbogie kontrollierte, waren die Vorräte für die Belagerung, und die plünderte er, ehe er ging. Diese unglückselige Entscheidung kostete ihn schließlich seine Ländereien und seinen Titel, die dem loyalen Neil Campbell zugesprochen wurden.

THWENG, SIR MARMADUKE
Lord von Kilton in Yorkshire, ein berühmter Ritter, der mit einer gewissen Lucia de Brus verheiratet war, einer entfernten Verwandten von Robert Bruce. Sir Marmaduke verkörperte den gemäßigten, von allen akzeptierten Vertreter des englischen Rittertums. In seinem eigenen Land durchaus auch als Plünderer bekannt, gehörte er auch zu dem Kreis der Turnierkämpfer um den jungen Robert Bruce. Er kämpfte bei der Brücke von Stirling und gehörte zu den wenigen, die sich wieder bis zur Burg von Stirling durchkämpften, wo er schließlich gefangen genommen wurde. Er war an weiteren Schlachten beteiligt, einschließlich der von Bannockburn, wo er, obwohl er die sechzig schon überschritten hatte, mitkämpfte, bis er sich Bruce persönlich ergeben konnte, der ihn ohne Lösegeld freiließ.

VALENCE, SIR AYMER DE
Zum königlichen Leutnant in Schottland ernannt und im Jahre 1314 auch Earl von Pembroke, war er einer der wichtigsten Verbündeten Edwards II. gegen den Earl von Lancaster, hauptsächlich wegen Piers Gaveston. Ursprünglich hatte er zu den »Ordainers« gehört und war an der Festnahme und Gefangenschaft von Gaveston beteiligt, doch fühlte er sich in seiner Würde und Ehre schwer gekränkt, als Lancaster Gaveston auf eigene Faust aus dem Gefängnis holte und ohne großes Federlesen hinrichtete. Bei Bannockburn war

de Valence eine Stimme der Vernunft; doch als er sich kein Gehör verschaffen konnte, half er, den König aus dem Debakel der Niederlage in Sicherheit zu bringen. Später unterstützte er Edward II. gegen die oppositionellen Barone, die »Lord Ordainers«, und als Lancaster nach der Schlacht von Boroughbridge schließlich festgenommen und vor Gericht gestellt wurde, konnte de Valence sich rächen, indem er zu dessen Verurteilung und Hinrichtung beitrug. 1324 war er als Gesandter des Königs nach Frankreich unterwegs, als er in der Picardie zusammenbrach und starb. Er wurde nach England überführt und in der Westminster Abbey beigesetzt. Im achtzehnten Jahrhundert, als man nach einem Ort suchte, um General Wolfe, dem Helden von Quebec, ein Denkmal zu setzen, wollte der Dekan von Westminster das Grabmal de Valence' entfernen, weil er irrtümlich annahm, Aymer sei ein Tempelritter gewesen, die er für »sündhaft« hielt. Als er erfuhr, dass Aymer kein Templer war, willigte er ein, das Grabmal zu erhalten. Es wurde Anfang des neunzehnten Jahrhunderts renoviert.

VILLERS, GERALD DE

Tatsächlich nach Gerard de Villiers benannt, einem Tempelritter der Kreuzzüge. Einer der letzten des sterbenden Ordens.

VON ESBECK, WIDIKIND

Erfundene Gestalt, obwohl es in Deutschland einen von Esbeck gab, der Großmeister der Templer war. Zusammen mit de Bissot, de Villers und de Grafton ist Widikind einer der letzten Tempelritter in Schottland.

DANKSAGUNG

Wie immer ist die Liste derer, die dieses Buch möglich gemacht haben, lang genug, um beide Lager der Schlacht von Bannockburn zu besetzen – aber ganz besonders möchte ich erwähnen:

Katie Espiner, meine Lektorin, die unermüdlich am Manuskript gearbeitet hat.

Jim Gill, mein Agent, der das Potenzial erkannte und auf den ich mein Glas erhebe.

Meine Frau Kate, die sich um alles kümmert, wovor ich mich drücke, damit ich Zeit zum Schreiben habe.

Schließlich die Mitarbeiter vom Bannockburn Heritage Centre.

Gleich dahinter kommt Nigel Tranter, dessen Bücher über schottische Geschichte, besonders die Trilogie über Bruce, einen hohen Standard setzen. Ich hoffe, er muss nicht zu schnell im Grabe rotieren.

Nach wie vor stehe ich auch in der Schuld der Glasgow Vikings und aller anderen Wikingern in Großbritannien und international (www.vikingsonline.org.uk), die zur Entstehung dieser Trilogie beigetragen haben.

Der Schreibprozess wurde wie immer von einer ganzen Bande treuer Fans unterstützt, die schon den *Eingeschworenen* gefolgt sind und jetzt weiterlesen wollen – deshalb geht mein Dank an alle ehrlichen Kritiker aus allen Ecken der Welt, mit denen ich mich ausgetauscht habe.

Slainte mhath!